COMÉDIAS DE GOLDONI

Coleção Textos

Dirigida por:

João Alexandre Barbosa (1937-2006)
Roberto Romano
Trajano Vieira
João Roberto Faria
J. Guinsburg (1921-2018)

Este livro contou com o apoio do Istituto Italiano de Cultura

Equipe de realização – Coordenação de texto: Luiz Henrique Soares e Elen Durando; Preparação: Marcio Honorio de Godoy; Revisão: Raquel F. Abranches; Ilustração: Sergio Kon; Projeto de capa: Adriana Garcia; Produção: Ricardo W. Neves e Sergio Kon.

COMÉDIAS DE GOLDONI

ALESSANDRA VANNUCCI

ORGANIZAÇÃO
PREFÁCIO, NOTA FILOLÓGICA E NOTAS

ALESSANDRA VANNUCCI
ROBERTA BARNI
ÁLVARO DE SÁ
MARIA CAROLINA LAHR
RUGGERO JACOBBI

TRADUÇÃO

ALESSANDRA VANNUCCI ▪ FERNANDA TEIXEIRA

REVISÃO DA TRADUÇÃO

Questo libro è stato tradotto grazie ad um contributo alla traduzione assegnato dal Ministero degli Affari Esteri e della Cooperazione Internazionale Italiano

Obra traduzida com a contribuição do
Ministério das Relações Exteriores e da Cooperação Internacional da Itália
Data de publicação: 6 de julho de 2020

CIP-Brasil. Catalogação na Publicação
Sindicato Nacional dos Editores de Livros, RJ

G572c

Goldoni, Carlo, 1707-1793
　Comédias de Goldoni / Carlo Goldoni ; organização Alessandra Vannucci ; tradução Alessandra Vannucci ... [et al.] ; revisão da tradução Alessandra Vannucci, Fernanda Teixeira. - 1. ed. - São Paulo : Perspectiva, 2020.
448 p. : il. ; 210 cm.　(Textos ; 38)

　Inclui prefácio e posfácio
　ISBN 978-65-5505-026-4

1. Goldoni, Carlo, 1707-1793. 2. Teatro italiano. I. Vannucci, Alessandra. II. Teixeira, Fernanda. III. Título. IV. Série.

20-65176　　　　　　　　　　　　　CDD: 852
　　　　　　　　　　　　　　　　　CDU: 82-2(450)

Camila Donis Hartmann - Bibliotecária - CRB-7/6472
23/06/2020　　　26/06/2020

1ª edição

Direitos reservados em língua portuguesa a

EDITORA PERSPECTIVA LTDA.

Av. Brigadeiro Luís Antônio, 3025
01401-000　São Paulo　SP　Brasil
Tel.: (55 11) 3885-8388
www.editoraperspectiva.com.br
2020

SUMÁRIO

Cronologia Sucinta..11
Prefácio: O Autor, Aos Que Leem.. 17
Nota Filológica Sobre a Língua de Goldoni............................ 55

COMÉDIAS
    O Teatro Cômico..67
    Café..119
    O Mentiroso.. 159
    A Dona da Pousada...229
    Bafafá..303
    O Leque..367

Posfácio:
O Teatro Cômico: Uma Poética em Ação – *Roberta Barni*...... 433

Agradecimentos aos atores e atrizes que participaram das leituras das comédias, na fase de preparação deste volume, sugerindo ajustes:

Daniel Pimentel,
Mariana Chiote,
Fernanda Teixeira,
Julia Carrera,
Julio Adrião,
Giovanna de Toni,
Savio Moll,
Nicola Siri,
Tiago Catarino,
Lara Oliveira,
Arnon Segall,
Sophia Fred,
Pedro Barroso;

O ciclo de leituras Comédias de Goldoni aconteceu com apoio do Instituto Italiano de Cultura (IIC-Rio) e realização do Laboratório de Estética e Política (LEP-ECO/UFRJ) em parceria com a Escola Estadual de Teatro Martins Pena e com a Oficina Social de Teatro de Niterói.

CRONOLOGIA SUCINTA

1707   Carlo Goldoni nasce em Veneza, em 25 de fevereiro, filho de Giulio Goldoni e de Margherita Salvioni.

1718-1720   Inicia seus estudos de gramática e retórica no colégio jesuíta de Perúgia, onde o pai é dono de uma farmácia. Prossegue no colégio dos padres dominicanos em Rimini, de onde, aos quinze anos, foge, seguindo uma trupe de comediantes até Chioggia, nos arredores de Veneza.

1721-1722   Reside com a mãe em Veneza, trabalhando como aprendiz no escritório de advocacia do tio, Giampaolo Indric.

1723-1725   Começa seu curso superior em Direito no prestigiado Colégio Ghislieri, na Universidade de Pavia, recebendo bolsa de estudos. É expulso por escrever *Il colosso*, no qual satiriza os hábitos das filhas das famílias proeminentes da cidade.

1725-1727   Segue o pai, que exerce a profissão de médico, na região do Friuli e na Eslovênia. Prossegue seus estudos em Direito na Universidade de Módena.

1728-1729	É ajudante adjunto do Podestà (promotor de justiça) na Cancelleria Criminale (juizado penal) de Chioggia e, depois, de Feltre.
1730	Escreve, como amador, alguns entremeios para o Carnaval de Feltre: *Il buon padre* e *La cantatrice*.
1731	A morte do pai o obriga a retomar seus estudos em Direito, na Universidade de Pádua, onde se forma. Começa a exercer a profissão de advogado em Veneza.
1734	Conhece em Verona o empresário Giuseppe Imer, que o encarrega de escrever entremeios, tragicomédias e melodramas para o Teatro San Samuele, em Veneza.
1735	Conhece o compositor Antonio Vivaldi.
1736	Em Gênova, conhece e desposa Nicoletta Connio, filha de um tabelião.
1738	Estreia no Teatro San Samuele sua primeira comédia, *L'uomo di mondo* (O Mundano).
1739	É designado cônsul da República de Gênova em Veneza.
1744-1748	Trabalha como advogado na Toscana, onde frequenta círculos letrados e progressistas.
1745	Escreve *Il servitore di due padroni* (Arlequim, Servidor de Dois Amos), para o ator Antonio Sacchi.
1747	Começa a colaborar com o empresário Girolamo Medebach, arrendatário do Teatro Sant'Angelo, em Veneza.
1748	Escreve e estreia *La vedova scaltra* (A Viúva Esperta).
1749-1750	Assina contrato de quatro anos com Medebach. Escreve *La putta onorata* (A Boa Menina), *La bona muger* (A Boa Esposa), *Il padre di famiglia* (O Pai de Família), *La famiglia dell'antiquario* (A Família do Antiquário).

1750-1751 Depois de apostar com o público, cumpre a promessa de escrever e estrear dezesseis comédias em uma temporada, entre elas *Il teatro comico* (O Teatro Cômico), *La bottega del café* (Café), *Il bugiardo* (O Mentiroso), *Il giocatore* (O Apostador). É publicada em Veneza a primeira edição de suas obras, pelo editor Bettinelli.

1752 Escreve *La locandiera* (A Dona da Pousada), sua última e mais celebrada comédia na companhia de Medebach.

1753 Assina contrato de dez anos com o Teatro San Luca, de propriedade do empresário Luca Vendramin. É publicada em Florença a segunda edição de suas obras, pelo editor Paperini.

1754 Estreia o melodrama *Il filosofo di campagna* (O Filósofo na Roça).

1756 *Il campiello* (A Pracinha).

1757 *Le baruffe chiozzotte* (Bafafá). Publicação em Veneza da terceira edição de suas obras, pelo editor Pitteri, com o título *Il nuovo teatro comico* (Novo Teatro Cômico).

1759 *Gli innamorati* (Os Apaixonados).

1760 *I rusteghi* (Os Rústicos), *La casa nuova* (A Casa Nova).

1761 *Trilogia della villeggiatura* (Três Peças Sobre o Veraneio: Os Desejos do Veraneio, As Aventuras do Veraneio, O Retorno Após o Veraneio). Inicia a publicação, em Veneza, da quarta edição de suas obras, pelo editor Pasquali.

1762 Goldoni aceita o convite para dirigir o teatro da Comédie-Italienne, em Paris. Despede-se dos palcos venezianos com a peça *Una delle ultime sere di Carnevale* (Uma das Últimas Noites de Carnaval).

1763 Estreia em Paris *L'Éventail* (O Leque), peça escrita em francês.

1765	*Il ventaglio* (O Leque) estreia em Veneza, no Teatro San Luca. Convidado pelo rei Luís xv, Goldoni assume função de professor de italiano das princesas reais, irmãs do futuro rei Luís xvi.
1769	Luís xv concede-lhe uma pensão à Corte de Versalhes.
1771	Estreia *Le Bourru bienfaisant* (O Rabugento Benévolo), na Comédie-Française. Conhece Jean-Jacques Rousseau.
1774	Em 10 de maio, falece o rei Luís xv. É sucedido pelo neto, Luís xvi.
1784-1787	Escreve e publica sua autobiografia, *Mémoires pour servir à l'histoire de sa vie et à celle de son théâtre* (Memorias Para Contribuir à História de Sua Vida e Teatro).
1788	Inicia-se a publicação em Veneza da quinta edição de suas obras, a mais completa, comportando 44 volumes, pelo editor Zatta.
1789	Em 14 de julho, populares tomam a Bastilha; tem início a Revolução Francesa.
1792	A Assembleia Legislativa depõe o rei Luís xvi e abole as pensões reais.
1793	Em 21 de janeiro, Luís xvi é decapitado pela guilhotina na Place de la Révolution (hoje praça da Concórdia).
1793	Goldoni morre em petição de miséria em Paris, em 6 de fevereiro. É sepultado em vala comum.

Nota: a listagem das obras aqui apresentada é incompleta. Ao todo, Goldoni escreveu 124 comédias em italiano das quais cinco em dialeto veneziano, 24 comédias em francês, vinte tragicomédias (das quais uma perdida), dezesseis entremeios, 56 melodramas jocosos, seis melodramas sérios e uma ampla produção de letras (canções, serenatas) para música.

Retrato de Goldoni, *1750 (autor desconhecido)*.

Prefácio:
O AUTOR, AOS QUE LEEM

1.

Muitos leitores devem conhecer pelo nome o autor desta nova antologia de comédias, tanto que desejaram tirá-la da estante da biblioteca ou livraria onde se encontram; talvez nem todos saibam que foi um dos primeiros escritores na Itália a fazer da sua arte uma profissão.

Após longo tirocínio como autor amador (*dilettante*), o veneziano Carlo Goldoni, já na casa dos quarenta anos de idade, decidiu abraçar de vez o teatro, largando a advocacia que praticava deslocando-se por diversas regiões italianas. Em 1748, regressou à cidade natal para honrar seu primeiro contrato profissional de autor da companhia de Girolamo Medebach, assentada no Teatro Sant'Angelo. Em 1750, sua segunda temporada no local, prometeu ao público estrear dezesseis novas comédias e cumpriu a promessa. Naquela mesma década, lançaria outras trinta, passando a ocupar o cobiçado Teatro San Luca, no Canal Grande, e sendo convidado a apresentar suas novidades em Pisa, Florença e Roma. Em 1761, mudou-se para Paris a fim de assumir a direção da Comédie Italienne.

A carreira de Goldoni nos palcos foi meteórica, acompanhada por intensa atividade de produção bibliográfica: na mesma década de 1750, quatro antologias de suas obras foram publicadas por editores italianos (Bettinelli, Paperini, Pitteri e Pasquali), de modo que seu nome circulou amplamente nas décadas seguintes. Suas peças foram lidas, encenadas, traduzidas, pirateadas e plagiadas na Europa inteira. "O fato de ter versões em francês, inglês, alemão de muitas delas me faz entender que fiz um trabalho bem tolerável"[1], remata o autor na carta aos leitores que fecha o volume x da edição Paperini (Florença, 1755).

Foi o êxito de seus versos para música (compôs muitos, entre entremeios e melodramas, em sua fase amadora, enquanto a advocacia ainda pagava as dívidas) que o persuadiu a abraçar a vocação: ser comediógrafo – dir-se-ia, na atualidade, dramaturgo. Ainda treinou, com menor resultado, os gêneros trágico e tragicômico (*Belisário, Don Giovanni Tenório, Giustino* entre 1734 e 1738). Foi o comediante Antonio Sacchi que o convenceu a tentar a comédia em 1745 – e usei a palavra "comediante" para evocar o estatuto profissional dos *comici dell'Arte*, ou seja, atores que viviam da arte (diversamente dos amadores) e tramitavam os segredos do ofício pela tradição oral[2]. Os comediantes formavam trupes a partir da disponibilidade familiar, implicando membros de diversas gerações (seus filhos e netos seriam, normalmente, *figli d'arte*). Entre eles eram distribuídas tarefas pelo critério da habilidade e da especialização em tipos fixos. Sacchi era caçula de uma trupe familiar oriunda de Veneza e nômade

---

1 *Tutte le opere...*, vol. xiv, p. 465. A publicação sem autorização do autor era frequente, sendo sintoma de sucesso além do que instrumento de lucro não destinado ao autor. A "Carta aos Leitores" que acompanha a edição Paperini é um manifesto no qual Goldoni denuncia a prática, especialmente angustiado com o descuido filológico que caracterizava tais versões tiradas, quase sempre, de roteiros utilizados por atores no palco. "Facilmente compreende-se que tendo eu composto uma peça com intuito de doá-la ao Teatro, somente, não terei dedicado a ela o tempo e os cuidados que lhe dedico quando entendo publicá-la" (Idem, p. 455). Nesta antologia, mantivemos as notas filológicas preparadas pelo autor com a indicação (N. do A.).

2 O italiano *essere in arte* significa "ter um emprego" sendo esperto nas técnicas do ofício (*lavorare a regola d'arte*).

por força do ofício; havia sido criado em Viena, onde os pais recitavam à corte dos Habsburgo. Era bailarino, enquanto suas irmãs maiores eram atrizes. Em 1729, a companhia passou por Gênova, onde Goldoni praticava a advocacia, após ter-se casado com a filha de um tabelião local; naquela temporada, o jovem ator fazia sucesso com uma interpretação acrobática do Truffaldino (um *zanni*, ou seja, um tipo de criado malandro e preguiçoso). Quinze anos depois, regressando consagrado após temporadas triunfais por Moscou e São Petersburgo e já dono de sua trupe (*capocomico*), Sacchi lembrou-se daquele advogado apaixonado por teatro e pediu-lhe que arranjasse um *canovaccio* sobre os feitos do Truffaldino, para a ocasião da estreia de sua trupe em Veneza.

Ora – devem estar perguntando os meus leitores –, e o que é um *canovaccio*? Não se trata de uma peça, mas de um roteiro sem falas nem diálogos: é uma espécie de rubrica ininterrupta com indicações detalhadas das ações cênicas (*lazzi*) previstas para o enredo. *Il servitore di due padroni* – título do *canovaccio* que Goldoni adaptou para Sacchi em 1745 – fazia parte do repertório dos comediantes há algumas gerações e, a cada vez, acolhia no título o tipo da especialidade do ator que o interpretaria, podendo ser Truffaldino (como Sacchi), Arlecchino, ou outros *zanni*. A peça que Goldoni escreveu viria a ser uma das mais encenadas e longevas comédias da história do teatro italiano – só no século XX, ficou em cartaz 53 anos ininterruptos, na histórica montagem do Piccolo Teatro de Milão.

A fortuna do autor, portanto, começou no movimento típico do comércio veneziano do século XVIII, do qual a *Commedia dell'Arte* participava como mercadoria produzida na laguna e consumida nas mais longínquas cortes europeias que os comediantes conseguissem alcançar com suas precárias carroças, até mesmo à corte dos czares. Na ocasião, Goldoni montou o texto adequando-se ao critério da distribuição por tipos que regia a companhia de Sacchi e ao formato de *canovaccio*; mesmo escrevendo boa parte dos diálogos, deixou outros em aberto, para que fossem improvisados em cena. Fica evidente a tentativa de requalificar a habilidade retórica daqueles atores, sem perder o efeito da performance ao vivo que aconteceria sempre de modo único, enquanto enlaçado ao momento, ao ambiente e ao público presente. Goldoni foi um autor que anos mais tarde se orgulharia de jamais ter escrito uma peça sem conhecer pessoalmente os atores (seus recursos, seus tiques) que a interpretariam[3]. Entretanto, na primeira edição de suas obras (1754), Goldoni preferiu publicar o *Servitore di due padroni* inteiramente escrito e descrito, com os *lazzi* virando rubricas. Estava preocupado em alcançar os leitores, dos quais não poderia esperar a especialização profissional necessária para leitura de um *canovaccio*.

Vejamos. Ao lançar-se naquele mercado – "lançar-se" bem define o gesto atrevido de um autor iniciante que desafia o público com um despropósito de estreias: o dobro do que havia combinado com o empresário por temporada –, Goldoni naturalmente contava com o caráter funambulesco dos seus comediantes. Deles, costumava elogiar publicamente a "admirável prerrogativa de improvisar" (no *Teatro Cômico*) e "extemporaneidade, que pode ser dita só italiana" (no *Café*)[4]. Entretanto, seu intenso processo criativo marcará progressivos ajustes nas estruturas preexistentes, modificando a sensibilidade psicológica e retórica dos atores sem renunciar à arte de improvisar e assim estimulando um processo gradual de reforma do gosto que coincide com a fase de institucionalização do mercado teatral italiano. Mesmo arrendando teatros cada vez maiores e produzindo temporadas para o público burguês, do qual poder-se-ia cobrar ingressos proporcionais, o insurgente empresariado teatral no qual Goldoni entrara não conseguia renunciar

---

3 "Todas as peças que escrevi, escrevi pensando em pessoas que conhecia e tendo sob os meus olhos o tipo daqueles atores e atrizes que iam representá-las; isso contribuiu à sua eficácia. De modo que adotei este hábito como regra: uma vez achado o argumento da comédia, não definia os Personagens para depois escolher os Atores, mas principiava observando os Atores para daí, em seguida, imaginar o caráter dos Personagens." Introdução geral à edição Pasquali. *Tutte le opere...*, v. I, p. 694.

4 *Teatro comico*, em *Tutte le opere...*, v. II, p. 1081 e dedicatória da *Bottega del caffè*, em *Tutte le opere...*, v. III, p. 3.

aos repertórios consagrados e, em boa parte, desgastados dos comediantes. Isso explica o interesse renovador de alguns autores como o nosso, com seus predecessores e epígonos, no século XVIII e no seguinte.

Entretanto, na memória de alguns leitores de hoje, o nome "Goldoni" pode ter evocado outro tipo de ação reformadora, bem mais radical no embate entre texto e cena, e que acabaria sufocando a pujança performativa da *Commedia dell'Arte*. É bem verdade que essa definição de agente abolicionista da improvisação dos atores costuma enquadrar seu projeto artístico em enciclopédias e manuais de literatura e deu-lhe fama; em parte foi ele mesmo que entrou no papel quando, aos 81 anos de idade, se pôs a relatar seu percurso e missão de vida para o público francês. Seu último livro (*Mémoires*) é um romance autobiográfico no qual são ressaltadas afinidades eletivas com alguns potenciais leitores excelentes, como o contemporâneo Denis Diderot[5]. A cartografia da ampla influência de Goldoni justifica o perdurar de sua extraordinária fortuna cênica até hoje, passando triunfalmente pelo século XIX, quando suas peças foram cavalo de batalha de intérpretes de fama mundial – como Adelaide Ristori e Eleonora Duse –, e pelo século XX, quando seu repertório virou obsessão de lendários diretores – como Stanislávski, Visconti, Strehler e Luca Ronconi.

Em tempos de crise econômica e de migrações transoceânicas, Ristori e Duse, sendo ambas *figlie d'arte* e tendo com muita luta conquistado o posto de *capocomica*, haviam optado por reproduzir os modos de vida mambembe dos ancestrais, só que em escala intercontinental. O alcance de suas carreiras demandaria uma administração menos artesanal dos investimentos necessários à produção das turnês, chegando a prefigurar um modelo embrionário de estrelato nos albores da indústria do espetáculo. Eram divas (*primedonne*) reconhecidas mundialmente; mas, para lotar as gigantescas salas de teatros construídos

---

[5] Ver infra, p. 41.

para a ópera lírica (como o Teatro Colón, em Buenos Aires), deveriam enfrentar a concorrência do melodrama. Pouquíssimos autores, entre os quais Goldoni, com *Gli innamorati* e *La locandiera*, ofereciam oportunidade de protagonismo em papéis femininos (Eugenia, na primeira peça, e Mirandolina, na segunda); sobrava para as atrizes a alternativa de representar papéis masculinos em *travesti* (como fazia Sarah Bernhardt, para manter Shakespeare em repertório). Ristori, que rodava o mundo com seu celebrado repertório de heroínas nobres e decentes, de trágico destino (como Mirra, Medeia, Rosamunda, Fedra e Maria Stuart), reservou a Mirandolina um espaço surpreendente dadas as origens humildes da personagem, sua escancarada sensualidade e o final feliz que caracteriza o enredo cômico[6]. Igualmente, Eleonora Duse adorava fazer Mirandolina, intercalando as pesadas personagens de seu repertório habitual, assinado por autores como Ibsen, D'Annunzio, Dumas, entre os quais Goldoni ofereceria um parêntese leve, até em termos de figurino. Ela pedia às costureiras que lhe aprontassem umas meias-calças de seda e muitos lacinhos nas mangas; pois o ambiente "goldoniano" exigia, segundo ela, "brilho, brilho, brilho e elegância"[7].

Na virada do século XIX para o XX, o Teatro de Arte de Moscou montou *La locandiera* três vezes, sempre sob a direção de Constantin Stanislávski, que também entrava em cena no papel do misógino Cavaleiro de Ripafratta. Interpretou o papel ao lado de três diversas atrizes no papel de dona da pousada, as três chamadas Olga: em 1898 (por uma única noite) foi Olga Knipper, futura esposa de Anton Tchékhov; quatorze anos mais tarde foi Olga Gzovskaia, branca e fria como uma boneca de porcelana (esta, a pedido do diretor, preparava pessoalmente o

---

6   Ristori manteve *La locandiera* no repertório entre 1841 e 1870, apresentando-a inclusive ao público carioca em sua primeira temporada no Rio de Janeiro, em julho de 1869, sob o título *A Estalajadeira*, quando Machado de Assis, em uma resenha, qualificou o autor como um "Molière italiano". Ver A. Vannucci (org.), *Uma Amizade Revelada*, p. 280-282; e A. Vannucci, *Ó Tempos! Ó Saudades! Machado de Assis Espectador de Teatro*, *Machado de Assis em Linha*, v. 12, n. 26, jan./abr. 2019. Ver infra, p. 45.
7   Apud S. Ferrone, *La vita e il teatro di Carlo Goldoni*, p. 140.

prato que seria servido por Mirandolina ao Cavaleiro durante o espetáculo); finalmente, em 1923, foi Olga Pyzova, na montagem que triunfou em Paris e nos Estados Unidos sem chegar aos palcos russos. Nesta altura, a peça havia se tornado um desafio obsessivo para o diretor/ator, que procurava traduzir a psicologia de cada personagem em um determinado ambiente, ou seja, uma específica composição de cores, sonoplastia e uma específica partitura rítmico-gestual para cada cena. Os seus achados ecoaram pelos palcos do século xx. O cenário da segunda versão, no formato de um amplo terraço contornado pela paisagem toscana com um véu de neblina, foi lembrado por Luchino Visconti em sua montagem de 1952 com a Cia. Morelli-Stoppa. As ações físicas definidas na terceira versão dirigida por Stanislávski levaram os intérpretes a estados de paroxismo psicológico, e alimentaram o desígnio de construir minuciosas partituras rítmicas nas montagens de Giorgio Strehler e de Luca Ronconi, na década de 1960 (que comentaremos adiante).

Na mesma virada do século xix para o xx, enquanto Stanislávski valorizava o realismo textual de Goldoni como plataforma para embasar sua busca por uma atuação e uma encenação naturalistas, outros diretores russos, como Vakhtângov e Meierhold, resgatavam *canovacci* da *Commedia dell'Arte* e fábulas do conde Carlo Gozzi, contemporâneo e concorrente de Goldoni no mercado veneziano. Ou seja, um modelo dramatúrgico farsesco e feérico, oposto ao proposto por Goldoni, porém muito mais apropriado ao formato circense das montagens desses diretores, intencionados a dispensar qualquer ambientação naturalista e definição psicológica que pudessem ser julgadas burguesas e pré-revolucionárias.

Esse interesse retrospectivo das vanguardas engoliu, em que lhe pese, o próprio Goldoni. A versão do *Servidor de Dois Amos* pelo diretor alemão Max Reinhardt conquistou as plateias; montada em 1924 para inaugurar o Theater in der Josefstad em Viena, foi replicada durante uma década e viajou a Europa inteira, virando referência de um estilo "goldoniano". O diretor havia resgatado o *canovaccio* já adaptado por Goldoni na peça que conhecemos e ajustado à música (Mozart) no formato de uma coreografia lúdica, até mesmo folclórica. A Itália pitoresca, para gringos gostarem, era estilizada ao modo da *Commedia dell'Arte*, com máscaras coloridas e estereótipos gestuais. A fome de Truffaldino, cada vez mais gigantesca perante a quimera do almoço, vinha a ser fome por antonomásia; sua gula vinha a ser "a gula do mundo inteiro"[8]. A montagem era uma apoteose barroca que o crítico italiano Silvio D'Amico, que a assistiu em 1932 no Teatro Quirino, em Roma, julgou "pouco goldoniana"[9]; mas o que conta aqui é que o estilo alegórico que se fixou ao nome do autor no imaginário moderno o retrodatava, abafando o intuito de sua reforma realista.

Assistindo à montagem por Giorgio Strehler da mesma obra, em 1947, no Piccolo Teatro, em Milão, que também resgatava o formato do *canovaccio*, D'Amico notou a persistência do gosto lúdico das montagens de antes da guerra; contudo observou o "sentido inteiramente diferente que os italianos oferecem quando improvisam (*recitano a soggetto*): esses atores parecem brincar feito crianças; o público se diverte vendo que eles, primeiramente, se divertem"[10]. Marcello Moretti, no papel de Arlequim, vestindo pela primeira vez a máscara em couro esculpida por Amleto Sartori, que tapava seu rosto quase por inteiro, pareceu a D'Amico "um fenômeno: sua pirotecnia inquieta, em vez de denunciar o longo treinamento, parece um fato natural e imediato"[11]. Em seguida, Strehler "contratou" Goldoni como autor permanente do Piccolo. Montou *La putta onorata* (1950), *Gli innamorati* (1950), *L'amante militare* (1951), *La vedova scaltra* (1953) e alcançou um tom singelo, intensamente melancólico ("tchekhoviano", comentou D'Amico) nas três montagens tiradas da *Trilogia della villeggiatura* (1954). As três peças,

---

8 Segundo Silvio D'Amico (*Cronache del teatro*, p. 203), ao comentar a montagem de Reinhardt da última cena do segundo ato.
9 Ibidem.
10 Ibidem, p. 821.
11 Ibidem.

parodiando o gênero arcádico imperante no século XVIII, apresentam o campo não como uma opção de bucólico retorno à simplicidade, mas como o lugar onde os artifícios urbanos proliferam. Observe o leitor, como observou então D'Amico, que uma trilogia cômica jamais havia sido escrita, muito menos sobre tema tão frívolo como a vaidade das jovens esposas que arruínam os maridos gastando tudo que podem no veraneio.

Em 1956, Strehler, após estrear a *Opera da tre soldi*, de Bertolt Brecht, no Piccolo Teatro (com a presença do autor, que não assistia a essa sua obra encenada desde 1928, em Berlim), decidiu remontar o *Servitore di due padroni*, cuja primeira versão, com título *Arlecchino, servitore di due padroni* e cenário do Gianni Ratto, havia viajado o mundo aportando inclusive em São Paulo (no Teatro Santana, em junho de 1954). Convidado por Maria Della Costa, que havia assistido o trabalho, Ratto se mudaria para a cidade no mesmo ano. Observem, leitores, que Brecht havia tirado a *Opera da tre soldi* da *Beggar´s Opera* (1728) de John Gay, uma paródia de melodrama na qual a aristocracia revelava-se metida em negócios tão escusos quanto os da ralé de Londres, entre prostitutas traídas e amores delituosos. Contaminada por esse imaginário, a remontagem do *Arlecchino* por Strehler, em 1956, fez emergir do texto uma amarga epopeia popular. A escrita cênica dessa segunda versão operou uma guinada profunda na apreciação coletiva do que seria um estilo e um ambiente "goldonianos". O cenário de Ezio Frigerio situava a ação em uma devastada praça de província onde, entre mendigos, palácios abandonados e outras relíquias de passada grandeza, os comediantes apresentam, pela enésima vez, o tal antigo *canovaccio* que lhes garantiria seu precário sustento. O enquadramento metateatral implicava na presentificação do autor, representado pela personagem do Ponto, que a toda hora se insurgia da caixa para acender e apagar velas, agitar seu amassado roteiro e reclamar de falas mal pronunciadas e deixas erradas.

A série épica na qual Strehler reenquadrou Goldoni deu-lhe uma chave de leitura para textos até então menos encenados, como as peças em dialeto veneziano e formato coral, com cerca de dez personagens sempre simultaneamente em cena (*Le Baruffe chiozzotte*, montado em 1964, e *Campiello*, em 1974). O diretor era leitor obsessivo da citada autobiografia de Goldoni (*Mémoires*), que adaptou em versão televisual em 1971 e ensaiou em versão cênica durante 25 anos, até a morte, sem chegar a estrear. Assim, excepcionalmente atuando como ator na personagem do Autor, Strehler foi se aproximando de Goldoni até formar um duplo autoficcional já que o diretor costumava assinar com a letra inicial do nome de ambos (G. de Giorgio e de Goldoni). Nas páginas elegantes e melancólicas daquele "diário íntimo" de um homem (Goldoni) que amadureceu sua arte às dependências do mercado teatral, em plena ascensão burguesa, sob o rufar dos tambores revolucionários, encetavam-se algumas das obsessões humanas e civis de um outro homem (Strehler) que saiu da sombra da Segunda Guerra Mundial durante a qual havia se formado como artista, e investiu toda sua energia no teatro como ferramenta essencial à refundação democrática.

Esse e outros percursos de feliz anacronismo, no âmbito da encenação moderna, na Itália do segundo pós-guerra, resgataram Goldoni – e faz tempo! – do museu dos babados, das crinolinas e dos passos de minueto onde arriscou ser exilado pelos catálogos literários; e o relançaram em pleno século XVIII, ou seja, o século da ascensão burguesa. O resgate – e justamente por ser alguém que decidiu viver de teatro entre atores e atrizes – foi operado por diretores, atrizes e atores. O leitor de hoje precisa ser avisado de que facetas modernas e inquietantes da obra de Goldoni já foram e são o tempo todo desveladas nos palcos. De modo que, especialmente nesse caso, espetáculos se impuseram como contribuições essenciais à fortuna crítica do autor, configurando a história material do teatro como parte importante da história da literatura dramática.

Oferecemos mais três exemplos da requalificação de Goldoni, sem esgotar o riquíssimo leque de variantes oferecidas pela cena moderna e contemporânea.

No mesmo ano de 1956, em que estreou a segunda versão do *Arlecchino* do Piccolo Teatro, uma *Locandiera* dirigida por Luchino Visconti era apresentada no Theatre des Nations, em Paris. Na plateia, entre outros, Bernard Dort e Roland Barthes. A peça impunha um ritmo lento às falas para dar tempo ao público de analisar a dialética de classe estruturando todos os níveis da cena (cenário, figurino, marcação, linguagem). "Eis enfim *La locandiera* feita como um drama burguês! Foi-se aquela perene *Commedia dell'Arte!*", exultou Barthes, bem sabendo que, assim, a peça decepcionaria um certo público à espera de algo rápido, leve, feérico e inconsequente – em uma palavra: "italiano"[12]. Uma vez desmontado o estereótipo e seus corolários, que aprisionavam crítica e artistas em uma visão pitoresca da obra do autor, finalmente nela aparecia, segundo Barthes, a "aurora dos tempos modernos: o momento no qual a afetividade humana, por mais que esteja encarnada nos tipos, começa a socializar, a se tornar prosaica, a abandonar a pura álgebra das combinações amorosas para se comprometer numa vida objetiva, a do dinheiro e das condições sociais, dos objetos e do trabalho humano"[13]. Bernard Dort reconheceu no espetáculo uma etapa essencial do percurso crítico que a direção teatral escrevia na cena italiana do pós-guerra (etapa que viria a ser descrita como "direção crítica"): a peça oferecia ao espectador "uma descrição da vida cotidiana que ao mesmo tempo se constitui em uma abertura para a história"[14].

Na década de 1960, as montagens de Luca Ronconi (a primeira, de 1963, *La buona moglie*), mesmo observando a mais absoluta fidelidade à letra do autor, desvendaram facetas inéditas no tecido verbal, por exemplo, a gélida maldade que, atrás da aparente leveza de carrossel de vaidades, aprisiona e sufoca os corpos, principalmente corpos femininos (como em *La serva amorosa*, de 1987). Resultou, nessas peças, um Goldoni mais

12 *Estudos Sobre Teatro*, p. 54.
13 Ibidem.
14 *O Teatro e Sua Realidade*, p. 141.

cínico do que alegre e um tom "goldoniano" mais para melancólico do que para cômico (é o caso do *Ventaglio*, última montagem do autor dirigida por Ronconi, em 2007, no Piccolo Teatro).

Fora da Itália, a reescrita que Rainer M. Fassbinder fez da *Bottega del cafè* (*Das kaffenhaus*, 1969) revelou o potencial soturno de ambientes "goldonianos" só aparentemente leves e coloridos. O diretor realocou a trama em um submundo metropolitano povoado por uma humanidade lacerada entre algozes e cobaias: viajantes, prostitutas, nobres falidos e atrizes endividadas, bicheiros e jogadores, cada um infeliz ao seu modo, perpetuam a luta pela sobrevivência devorando-se um ao outro. Indiscriminadamente, sem perdição nem superação. Veneza revelava sua face Babilônia. Essa visão fez emergir, nas comédias de Goldoni, ingredientes de cinismo, violência e erotismo bem mais consistentes do que poderia se esperar no cânone do gênero; ingredientes que o acostam à literatura libertina do século, até mesmo (como faz o crítico Roberto Alonge, em *Goldoni il libertino*) a autores malditos como o Marquês de Sade. Afinal de contas, toda a dramaturgia de Goldoni, mesmo a dos inícios, quando ainda escrevia na decorosa condição de advogado, é bem pouco recomendável: burgueses que tudo desejam, menos trabalhar; jovens proletários que por indolência preferem encostar-se nas namoradas; donzelas que negociam seus favores sem o menor constrangimento; pais e filhos disputando a esposa numa saga indecente de taras hereditárias. Ilusões, enganos, seduções picarescas, traições bem-sucedidas e, acima de tudo, dinheiro fácil são valores que definem pequenas e grandes desforras das personagens, inclusive femininas, sobre a sociedade conservadora que as oprime.

De fato, é com a microssociedade alternativa e promíscua dos artistas que Goldoni, em vida, se identificou, abraçando a profissão de dramaturgo e embarcando em contínuas viagens numa rota de aproximação à metrópole libertina por excelência, Paris, onde chegou em 1761 e viveu durante 32 anos. Viu montar as barricadas e ouviu o rufar dos tambores em volta da

Bastilha, fugiu dos arrastões à baioneta e, provavelmente, assistiu à decapitação do rei, em janeiro de 1793. Morreu menos de um mês mais tarde, com 85 anos e pobre, pois a pensão concedida pela corte décadas antes havia sido cortada pela Convenção Nacional. No dia seguinte a seu falecimento, a Convenção devolveu a pensão ao autor, em consideração de seus méritos literários e políticos.

2.

Hoje, ao escrever sobre o autor no contexto bibliográfico atualizado pelas inúmeras publicações em homenagem ao duplo aniversário (bicentenário da morte em 1993 e tricentenário do nascimento em 2007), vale a pena tentar extinguir qualquer apontamento de incoerência entre a conclamada "reforma" de Goldoni e sua manifesta adesão ao mundo dos "comediantes". Após um mergulho amplo em sua produção, resulta que seu projeto renovador se deu em benefício das companhias com as quais compartilhava salas e horas de ensaio, lucros na bilheteria e dívidas; se deu incorporando as habilidades dos comediantes em uma estrutura mais sólida que garantisse mais visibilidade a cada pessoa, sua vida cotidiana, suas relações de classe; se deu a favor das colegas atrizes que mereciam mostrar sua habilidade na construção de personagens complexas, dotadas de psicologia e não somente de atributos físicos. A "reforma" se deu com os atores e não contra eles. Foi um processo gradual que levou em conta as mudadas condições de recepção: espectadores, antes só ocasionalmente atraídos por eventos ao ar livre (no pátio da igreja, nas cortes dos palácios ou no chão da feira), começavam a frequentar teatros fechados, apreciando falas discursivas e até mostrando desejo de relê-las. Tanto que, a esse público de espectadores e espectadoras, que poderiam ser também leitores e leitoras, Goldoni dirigia antologias de peças como se fossem romances.

Certo otimismo cultural, na Veneza republicana da segunda metade do século XVIII, preenchia as bibliotecas patrícias de livros recém-publicados e lotava as salas onde se apresentassem companhias novas e propostas inovadoras, não só no âmbito da comédia como também da tragédia e do melodrama[15]. Pela primeira vez na história do teatro ocidental, mulheres poderiam tomar posse de seus corpos e negócios – e do negócio que era expor seu corpo nos palcos. Não por acaso, é pela presença feminina que melhor se expressa a otimística cumplicidade de Goldoni com sua época: nós a vemos nos textos redigidos para a ocasião da estreia da peça ou da abertura da temporada e depois publicados sob o título genérico de "O Autor, Aos Que Leem", nas edições curadas pelo autor ao longo da década de 1750, a coincidir com o exercício de sua nova profissão de dramaturgo[16]. São saudações à distinta plateia que eram pronunciadas no proscênio pela atriz predileta do momento, de modo que não surpreende certo tom peremptório, no estilo do "manifesto", que anima a escrita. Fica clara a missão, conferida às atrizes no palco, de fidelizar o público para enfrentar a concorrência em um mercado teatral competitivo, dominado pelo gosto feérico e pela secular hegemonia do melodrama.

Goldoni enceta seu lance inovador, ousadamente, no enredo da peça de inauguração de sua parceria com Medebach no Teatro Sant'Angelo em 1750, *Il teatro comico*. Nela, os atores e atrizes da companhia interpretam a si mesmos (com nomes de fantasia) enquanto ensaiam uma nova peça do Poeta (ausente, uma espécie de *alter ego* do autor ao qual se contrapõe em cena Lélio, um outro poeta, com suas expressões obsoletas) sob o comando do *capocomico* Horácio, quase uma "encarnação do próprio Medebach"[17]. Inseguros diante das novidades do texto, disputam os

---

15 S. Ferrone, op. cit., p. 10-15.
16 Goldoni começou a inserir os prefácios na edição Bettinelli (1750) e, de modo mais sistemático, na edição Pasquali (dezessete volumes, publicados a partir de 1761), que trazem o subtítulo *Memorie Italiane*; em seguida, reciclou muitos deles no formato autobiográfico dos *Mémoires* (1787).
17 S. Ferrone, op. cit., p. 78.

modos de encená-lo, cada qual se agarrando aos seus hábitos e fazendo valer as suas habilidades. É melhor usar a máscara ou marcar a partitura psicológica? Deve-se decorar a deixa ou improvisar? Há de haver música no meio da comédia ou não? Alguém se confessa apavorado com a nova moda de decorar as falas[18]; alguém, pelo contrário, sente-se bem mais confortável quando dispõe de diálogos escritos e "premeditados"[19]; e há quem implique com os colegas "ignorantes" aos quais deve ser explicado que somente pode improvisar aquele ator "virtuoso" que conhece bem o papel, porque o estudou[20]. A peça discute o tempo todo os modos de se fazer uma peça; "traduz as ideias do autor em teatro vivo [...] A passagem do velho ao novo é dada ao público com modos plásticos e performáticos", como escreve Siro Ferrone[21]. É este "teatro vivo" que está posto, aliás exposto e escancarado em cena, com inegável amor pelo ofício.

Especialmente, são expostas as atrizes as quais, pela primeira vez na história do teatro ocidental, pisam em cena no papel de si mesmas. Admitidas nos palcos menos de um século antes na Itália e tão somente durante o Carnaval para que cantassem e dançassem, já no início do século XVIII as atrizes brilhavam, atuando e dirigindo; algumas, como Isabella Andreini, haviam alcançado rol de *capocomica* e até mesmo de autoras das peças que protagonizavam. Contudo, em sua exibição no palco ainda se percebia algo de impudico, assimilável ao exercício da prostituição a que muitas eram de fato forçadas, segundo

18 TONINHO (I, 4): Um pobre comediante, que fez os seus estudos conforme a Arte, e que se acostumou a falar de improviso, bem ou mal, o que lhe passa pela cabeça, tendo necessidade de estudar e de ter que pronunciar o texto premeditado, se ele tiver alguma reputação, é preciso que pense, é preciso que se canse de tanto estudar, e que trema a cada vez [...] receando não sabê-la de cor tanto quanto necessário, ou não conseguir sustentar a personagem como é necessário.
19 PLÁCIDA (II, 1): Na maioria das vezes fazemos comédias de personagem, premeditadas, mas quando acontece de falarmos improvisando, utilizamos o estilo familiar e falamos fácil, para não perder credibilidade.
20 HORÁCIO (II, 10): Os franceses costumam dizer que os comediantes italianos são temerários, arriscando a falar em público de improviso. Essa, que pode ser chamada de temeridade em comediantes ignorantes ou amadores, é uma bela virtude nos comediantes virtuosos.
21 Op. cit., p. 78.

sua condição, quer para fornecer o guarda-roupa, quer para complementar o escasso salário. Será preciso esperar o outro século para que as atrizes italianas encarem a opinião pública e se emancipem de tais estigmas – como Eleonora Duse, que se dava licença de interpretar Mirandolina de meia-calça de seda.

Nos prefácios "aos que leem", cada inovação dramatúrgica é apresentada e justificada por Goldoni com detalhes de sua invenção e encenação: motivações por vezes muito técnicas, que parecem estar interpelando um público de especialistas. Na versão publicada, esses materiais não são retirados, pelo contrário, são valorizados como sugestões para montagem, visando garantir eficácia e êxito em cena, de modo que a poética do autor parece derivar de sua própria experiência prática como (digamos, com palavra anacronicamente aplicada) "encenador". Trata-se de um manual de *playwriting*, no qual Goldoni assume a tarefa de superar a divergência entre literatura e espetáculo, trazendo os fatores constitutivos da cena para dentro da escrita; algo que nem os comediantes, embora muitas vezes autores (como é o caso da citada Isabella Andreini e de Flaminio Scala, Silvio Fiorillo, Nicolò Barbieri) fizeram, nem evidentemente os literatos saberiam fazer.

Temos assim, na sequência dos prefácios que Goldoni enlaça com reiterados apelos ao "leitor caríssimo", o registro do processo lento e gradual de "reforma" que ele agenciou no teatro de sua época. A dramaturgia deve comportar as mudanças que estão ocorrendo em cena: nenhuma decisão preconcebida guia as ideias daquele advogado de honrada carreira que havia largado tudo para recomeçar no palco como aprendiz da arte, acompanhando os atores e tomando para si aquela precária posição de autor. Tentou, sim, emancipar a escrita cênica das práticas do improviso, passando a redigir falas articuladas para cada personagem de modo a melhor aproveitar o talento de cada intérprete e provocar um efeito coral não uníssono, capaz de dar conta da polifonia do mundo real. Goldoni nomeia tal realidade de Mundo: nele o teatro se espelha e mede. Tentou, sim, subtrair o riso do âmbito dos truques histriônicos entregues às contingências e ao estro da noite e requalificá-lo "com a ajuda de gestos e da inteligência do exato tempo cômico e do tom da voz, algo que não há como registrar na escrita"[22]. Tentou então escrever de modo que "aquele que lê consiga aproveitar da ocasião predisposta pelo autor ou inventada com habilidade pelos comediantes nos ensaios, para provocar o riso naquela contingência"[23]. Tentou, enfim, substituir paulatinamente o improviso pelo *concertato*, como na música[24]. "Quando escrevo, não penso em mim; penso nos atores, penso no Maestro o tempo todo, penso no prazer dos espectadores e ouvintes do Teatro, penso nos leitores; caso minhas comédias somente fossem representadas e jamais lidas por ninguém, ficaria esperando melhor sorte para elas."[25]

Nessa tríplice atividade de dramaturgo/encenador/escritor, Goldoni se assemelha com Bertolt Brecht, que escreveu peças a partir de suas experiências (mesmo que em grande parte teóricas, devido aos percalços de seu longo exílio) e argumentou sobre invenções próprias e alheias na prática cotidiana da escrita (*Diários de Trabalho*), onde embasa sua teoria teatral em uma análise das condições reais de produção, ou seja, das estruturas sociais nas quais a produção teatral é inserida. Editadas em livro, as peças (de Goldoni, assim como de Brecht) não ganham uma forma final, única e autorizada pelo autor, mas, sim, uma forma aberta para que, mais adiante, sejam traduzidas e adaptadas a outros contextos: ganham uma espécie de sobrevida. Tanto que o próprio Goldoni traduz (do francês para o italiano e vice-versa) e modifica suas peças nas sucessivas versões editadas, onde constam variantes. Nos volumes publicados, além dos prefácios, dedicatórias são dirigidas com evidente zelo a potenciais mecenas ou divulgadores (entre eles, "as nobilíssimas damas venezianas"), visando expandir o público que assiste às

---

22 *Mémoires*, cap. II, em, *Tutte le opere...*, v. I, p. 523.
23 Ibidem.
24 A palavra deriva da terminologia dos gêneros líricos, que descreve a articulação de todas as vozes e instrumentos na partitura do *maestro*.
25 Dedicatória, *Tutte le opere...*, v. XII, p. 1171.

peças no teatro e abranger a bem mais ampla plateia dos "que leem". Essa plateia, ao longo da vida de Goldoni, de local tornou-se nacional e internacional. Confirmando o alcance obtido, as sucessivas convocações fizeram com que o autor abandonasse Veneza e fosse para Roma e Florença (1758), chegando pouco tempo depois a Paris (1761).

3.

Goldoni nunca deixou de escrever libretos para melodramas, entremeios e *canovacci* de comédias. Após o sucesso do *Servitore di due padroni*, escreveu *Il figlio d'Arlecchino perduto e ritrovato* (que foi traduzido para o francês em 1762). Intensificou especialmente a sua produção musical a partir de 1755 quando, contratado pelos irmãos Vendramin, empresários do gigantesco Teatro San Luca, se viu obrigado a enfrentar a concorrência de seu empresário anterior (Girolamo Medebach), que o havia substituído pelo arquirrival Pietro Chiari, tão prolífico quanto ele. Em parceria com o músico Gualuppi, Goldoni começou a escrever libretos em versos no gênero da *opera buffa* que tiveram muito êxito[26]. Essas obras, bem mais que as comédias, motivaram o convite para que dirigisse a Comédie Italienne, onde o haviam precedido muitos comediantes consagrados.

Embora suas comédias tivessem impactado os hábitos de consumo do público[27], os repertórios tradicionais da arte continuavam atraentes, mesmo em Veneza, onde invariavelmente dominavam os palcos durante o período do Carnaval, quando a mobilidade cultural da cidade se reduzia ao frenético consumo de farsas e ao uso e abuso de máscaras. Malandros e outros cidadãos de bem aproveitavam do disfarce carnavalesco para

---

26 Entre as quais *Arcadia in Brenta, Il Mondo della luna, Il mondo alla rovescia, Il Conte Caramella, Il Filosofo di campagna, Il Conte Chicchera*.
27 Ver Ludovico Zorzi, Venezia, la repubblica a teatro, em M. Pieri, *Il teatro di Goldoni*, p. 63-73.

assumir condutas à margem da convivência social. Nas cidades dotadas de pontes, sujeitos mascarados de Arlequim e Pulcinella pulavam dos rios às ruas, em bando, pretendendo surgir direto do rio Aqueronte e dedicando-se aos mais abjetos descomedimentos; a tropa infernal só debandava com a chegada dos guardas. Nove meses depois, os partos de órfãos aumentavam exponencialmente, até porque aos festejos carnavalescos seguia--se a quaresma, quando a Igreja recomendava abstinência[28].

Em 1762, antes de partir para Paris, Goldoni escreveu e encenou no Teatro San Luca uma peça ambientada, melancolicamente, na balbúrdia da última noite de carnaval (*Una delle ultime sere di Carnovale*). O sucesso foi tocante e gratificador. Espectadores de todas as idades gritavam entre aplausos: "Boa viagem! Volte logo! Não nos deixe."[29] Goldoni despedia-se do público veneziano imaginando retornar dois anos mais tarde; em vez disso, nunca mais retornaria.

A tradicional predileção do público francês para com o teatro italiano o fazia esperar por uma carreira de sucesso; paradoxalmente, porém, o autor se viu obrigado a engavetar quase que imediatamente seus propósitos renovadores para integrar sua produção no gosto daquele público. Tal gosto era conservador e cristalizado em estereótipos bem enraizados em uma longa tradição. São francesas as mais antigas fontes iconográficas sobre máscaras da *commedia italiana*: uma série de incisões de Lorenzo Vaccaro e algumas páginas tituladas *Compositions de Rhétorique*, de Tristano Martinelli, ator, reunidas na *Recueil Fossard* (Paris, 1584)[30]. Trata-se de um panfleto dobrável com retratos de *Harlequin* e outras máscaras, em situações diversas que, provavelmente, servia para promover os serviços de uma companhia teatral italiana em turnê. As trupes mambembes, por lá chamadas de *fraternels compagnies*, pouco se pareciam com as

---

28 G. Ciappelli, *Carnevale e Quaresima*, p. 93.
29 Anotou nos *Mémoires*, cap. XLV, em *Tutte le opere...*, v. I, p. 431.
30 Bibliothéque Nacional de France, publicadas em edição anastática pela Librairie Théâtrale (Paris, 1981).

formações profissionais estáveis, regidas por estatuto de empresa e sediadas em teatros privados edificados em áreas nobres das cidades italianas, como é o caso, em Veneza, do Teatro Sant'Angelo e do Teatro San Luca, nos quais Goldoni havia trabalhado sob contrato. Pagava-se ingresso naquelas salas venezianas, sendo preciso atrair público todas as noites; o público ditava um gosto médio; o gosto médio definia o repertório. Ser contratado como autor implicava conhecer e satisfazer as demandas do mercado. Já as trupes mambembes que circulavam no território transalpino se apresentavam em praças públicas, sem compromisso nem continuidade, pois seguiam o precário calendário das feiras; não tendo como cobrar ingresso, recebiam o que desse na rodada de chapéu; carregavam uma estrutura mínima de contrarregragem, pois a qualquer hora poderiam ser compelidos a desmontar tudo e fugir. Viviam vidas clandestinas e eram vítimas de repressão por parte dos poderes de vigilância; de noite, arriscavam ser recolhidos, junto com miseráveis e mendigos, nas *cours des miracles* presentes em muitos bairros das cidades francesas. Segundo alguns observadores, só de dia os moradores de rua eram cegos, coxos e aleijados – enfermidades ostentadas para apiedar os transeuntes que à noite, milagrosamente, sumiam; eram vistos então a dançar, cantar, contar causos, fazer piada e rir. Daí o nome do local: *cours des miracles* (corte de milagres).

Tratava-se, em grande parte, de uma população iletrada. Na série de retratos de personagens populares estampada pelo incisor francês Jacques Caillot em Nancy (*Balli di Sfessania*, 1621), reconhecemos atores nas figuras mascaradas que pulam, duelam e dançam em duplas e em bando; mal se consegue imaginar um texto, a não ser musical, que pudesse caber nesse tipo de pantomima realizada ao ar livre, tendo por palco um caixote de feira (é o significado de *saltimbanco*, do italiano *saltar in panca*, ou seja, pular no banco).

Um século e meio mais tarde, quando Goldoni aportou em Paris, esse imaginário de entretenimento lúdico e simplório ainda descrevia e promovia a comédia italiana; o público lotava as salas onde se apresentavam versões adaptadas daquilo que, para o recém-chegado, representava a degradação da arte que já conquistara um patamar bem mais respeitável nas salas privadas das cidades italianas. O que fazia sucesso em Paris? O gênero da *commedia giocosa* (ou *ridicolosa*), que consistia em transcrições para o palco dos mais toscos *lazzi* apresentados pelas trupes mambembes nas praças. No gênero da *comédie pastoral*, o tipo do *zanni* era um pastor enrolado, e o o enredo poderia ser uma paródia de poemas épicos: por exemplo o *Rinaldo*, livremente tirado da obra de Torquato Tasso. Nessa paródia, Arlequim, criado do protagonista, certa hora defendia o castelo de Montalbano armado de frigideira. Nada, porém, gozava de tanto favor na França como o gênero da *opera comique*, ou seja, a italiana *opera buffa* em sua versão francesa.

4.

Desde o fim do século XVI, a chegada a Paris de comediantes italianos havia sido promovida no âmbito dos festejos cada vez mais feéricos que visavam propiciar, no imaginário público, a fecundação e benção simbólica da família real dos Valois – aquela que, ao longo de quase quarenta anos, amargou a falta de um herdeiro legítimo. A frenética sequência de casamentos justificava o ritmo das festas à corte, motivando convites expedidos a trupes de artistas da Europa inteira[31]. A vantagem dos "italianos" era que seus enredos singelos, divertidos e sensuais eram interpretados por atrizes: não atores travestidos, como era hábito francês, inglês e ibérico, mas mulheres em carne e osso que cantavam, dançavam, tocavam diversos instrumentos e, obviamente, mostravam o corpo sempre que possível.

Em 1600, o rei Henrique IV reclamou dos duques de Mántua a melhor trupe local como presente para seu segundo

[31] S. Ferrone, op. cit., p. 61-67.

casamento com a florentina Maria de' Medici, que lhe daria o desejado delfim logo no primeiro ano de união. Foi assim que a Compagnia degli Accesi (chefiada por Drusiano Martinelli, irmão do grande ator Tristano) se instalou no Hôtel de Bourgogne, inaugurando uma nova sala chamada Theatre de Petit Bourbon. Ali, a Comédie Italienne não temia concorrência, a não ser da Troupe de Monsieur, dirigida por Jean-Baptiste Poquelin, dito Molière, ao qual o rei Luís XIV, em 1658, concedeu o uso da mesma sala, alternando-se com os italianos.

Três anos mais tarde, Molière conquistou uma sala própria no Palais Royal; nela encenou óperas cômicas (*Escola de Maridos* e *Escola de Mulheres*) de sua autoria e comédias realistas (*O Avarento*, em 1668, e *O Doente Imaginário*, em 1673) que também protagonizava. Como ator, Molière contava com o sólido legado do gosto cômico italiano já que havia sido aprendiz do antigo diretor da Comédie Italienne, Tiberio Fiorilli, dito Scaramuccia e, na França, Scaramouche (mas Fiorilli era napolitano, assim como a máscara que vestia). Entretanto, como autor, Molière desenvolveu uma escrita em prosa e um estilo mais satírico do que ridículo, com diálogos premeditados e personagens dotados de certo realismo psicológico. Em 1680, sete anos após o falecimento do grande ator em cena no papel do doente imaginário, o rei decretou a fundação da Comédie Française no Hôtel Guénégaud, no Palais Royal, onde está sediada até hoje. A Comédie Italienne continuou trabalhando no Hôtel de Bourgogne até exatamente o dia 13 de maio de 1697, quando um comediante fez uma piada grosseira sobre Mme. de Maintenon, amante do rei Luís XIV. Foi a última récita da gloriosa companhia. Dias depois, o rei fechou o teatro e expulsou os italianos de Paris.

Voltaram após duas décadas, sob insistente pedido popular. Dessa vez, a migração de artistas foi endêmica, de modo que a oferta dos gêneros italianos no mercado parisiense proliferou descontroladamente. Em todo canto da cidade surgiam salas *des bouffons*, ou seja, de bufonaria e óperas cômicas (sendo que o francês *bouffe* vale pelo italiano *opera buffa*). Em 1753, a estreia de *La serva padrona*, de Giambattista Pergolesi, na Académie Royale de Musique (atual Ópera de Paris), por uma trupe italiana, deflagrou a disputa sobre quem merecia primar no teatro musicado, se italianos ou franceses. A disputa ficou conhecida como *querelle des bouffons* e se deu fisicamente nos teatros, entre palcos, ou melhor, entre cantos (daí ser conhecida também como *guerre des coins*), pois a torcida francesa sentava perto do palco do rei enquanto a torcida italiana sentava perto do palco da rainha. A contenda se expandiu para ambientes filosóficos, complicando um polemista como Jean-Jacques Rousseau que, na *Lettre sur la musique française* (1753), proclamou publicamente sua predileção pelo som italiano, mais "natural", enquanto tachava de abstrato e decorativo o repertório francês. No fim do ano, o rei Luís xv cansou da brincadeira e expulsou novamente os italianos dos teatros da corte.

Esse é o clima no qual Goldoni foi convidado a dirigir a Comédie Italienne chegando em Paris em 1762. Durante a viagem, que demorou cerca de quatro meses, recebeu carta do empresário Zanuzzi, anunciando que a companhia havia se fundido com a Opera-Comique, fato que, Goldoni bem compreendeu[32], geraria uma demanda maior por peças de gosto lírico e paródico (*opera buffa*, *comédie pastoral* e *comédie-ballet*). Por isso, recém-chegado, se dispôs a escrever versos para música e *canovacci* com Arlequim protagonista, que alcançaram imediato sucesso, deram-lhe estabilidade e afastaram a ideia do retorno imediato. Entre 1762 e 1763, assinou não menos de vinte *canevas* para comédias de improviso como *Arlequin cru mort*, *Arlequin valet de deux mâitres* e *Les 22 infortunes d'Arlequin e Camille aubergiste*, que em parte reciclavam personagens das comédias anteriores (à certa altura, Mirandolina virou Camille).

Deitando raízes, cogitou encetar um novo processo de reforma, dessa vez do teatro italiano na França. Em 1763, após passar um tempo observando os hábitos daqueles comediantes,

---

32 Ver *Mémoires*, cap. 1, em *Tutte le opera...*, v. I, p. 443.

escreveu, em francês, *L'Éventail*, uma comédia com pouco diálogo e muita ação – até mesmo cenas inteiras redigidas no formato de rubrica, sem falas, com indicação de execução no modo *pantomima*, ou seja, uma sequência de ações coreografadas, que hoje chamaríamos de "partitura". As pantomimas do *Leque* citam o formato performativo dos *lazzi* da *Commedia dell'Arte*, com a novidade de ter, ao centro da cena, somente um pequeno objeto de pouco valor que, passando de mão em mão, muda os humores, obstrui relações e engasga a vila inteira num fluxo de equívocos que atropela a máquina social e modifica seu curso. Tudo, porém, gira acrobaticamente em volta do argumento mais inconsistente possível. É uma obra-prima de ourivesaria teatral, cujo ritmo frenético preanuncia o *vaudeville*. Goldoni sabia que sua peça era a "melhor, a mais *legata* de todas"[33], e apostou nela para firmar seu trabalho em Paris; entretanto, a estreia, prejudicada pelo número insuficiente de ensaios, resultou em um fracasso redundante. Em carta ao Marquês Albergati, antes da estreia, Goldoni louvou o ritmo da comédia composta "de muitas cenas, breves, rápidas, brilhantes e animadas por um moto perpétuo de ações, onde os cômicos tenham que agir, agir, agir mais do que falar"; contava, com esse novo método, "tirar alguma coisa boa destes atores"[34]. Logo depois da estreia, comentou decepcionado que a peça talvez fosse "sofisticada demais para as habilidades destes atores"[35]. Resolveu traduzir a peça para o italiano e oferecê-la aos irmãos Vendramin, empresários do Teatro San Luca aos quais ainda devia duas comédias do contrato com duração de dez anos, assinado em 1753 (*Il ventaglio* é a penúltima; nunca entregou a última). Voltou a elogiá-la como "uma grande peça, que me custou um grande trabalho e grande esforço custará aos atores para representá-la", e recomendou dedicar-lhe um número adequado de ensaios: "tudo depende da execução"[36]. *Il ventaglio*

---

33 Carta a Stefano Sciugliaga, 27.11.1764, em *Tutte le opere...*, v. XIV, p. 327.
34 Carta ao Marquês Albergati, 18.04.1763, em *Tutte le opere...*, v. XIV, p. 280.
35 Carta a Gabriele Corner, 24.02.1765, em *Tutte le opere...*, v. XIV, p. 332.
36 Carta a Sciugliaga, 27.11.1764, em *Tutte le opere...*, v. XIV, p. 327.

estreou em Veneza, em fevereiro de 1765, ficou em cartaz por seis noites, foi replicada em temporadas sucessivas e traduzida para o alemão, russo, catalão; entre os comediantes, contudo, manteve certa fama de peça difícil. Sua publicação em italiano se deu em 1788, sem a revisão do autor, de modo que (os meus leitores notarão) não possui o canônico prefácio "aos que leem" que acompanha as outras.

Da peça que tanto orgulhava Goldoni, falta qualquer informação nos *Mémoires*. Somente cinco anos mais tarde escreveria outra peça em francês (*Le Bourrou bienfaisant*) lançada na Comédie Française em novembro de 1771 para homenagear o casamento do futuro rei Luís XVI com Maria Antonieta de Habsburgo-Lorena. O sucesso foi significativo, principalmente comparado ao fracasso de *O Filho Natural* de Diderot, retirado após uma única apresentação na Comédie Française, dois meses antes. O resultado do triunfo de Goldoni, porém, foi seu adeus aos palcos. Convocado ao cobiçado posto de professor de italiano da família real, posto que assumiu com nome afrancesado de Charles Goldoni, conseguiu a pensão graças à qual pôde sobreviver durante muitos anos, sem depender do favor das plateias. Dando a notícia, desabafou: "Deus me livrou dos comediantes [...] Meus amigos mais queridos ficarão contentes em saber que não sou mais obrigado a mendigar o pão dos comediantes nem mais estarei sujeito aos humores do público, sob evidente risco de não ser correspondido."[37]

Chegando na casa dos oitenta anos, dedicou-se a escrever a autobiografia, publicada em três volumes em Paris, em 1787. Diversas páginas descrevem as tentativas de se aproximar do círculo dos *philosophes* (Diderot, Rousseau, Voltaire), nos quais o velho dramaturgo confiava encontrar apreciadores de sua ideia realista e moderna de teatro cômico. Voltaire o admirava a ponto de endereçar-lhe públicos elogios e escrever-lhe em 1760, de seu exílio em Genebra, um bilhete em veneziano onde teria declarado

---

[37] Carta a Gabriele Corner, 24.02.1765, em *Tutte le opere...*, v. XIV, p. 332.

que sentir-se-ia honrado caso o colega lhe dedicasse uma comédia[38]. Goldoni retribuiu com entusiasmo, levando pessoalmente sua obra ao colega, logo após sua chegada a Paris, e alimentando a correspondência com cartas nas quais apelida Voltaire de "Monsieur et cher ami" e o informa das novidades parisienses (por exemplo, da estreia do *Bourrou bienfaisant*) sem, porém, receber resposta; fato para o qual Goldoni não encontra explicação. Nos *Mémoires*, narra ter visitado Rousseau no modesto quarto de hotel onde este vivia em Paris, naquela mesma fatídica temporada de 1771, e tê-lo convencido a assistir a sua peça (*Le Bourrou bienfaisant*) em cartaz na Comédie Française. Narra que, nos dias seguintes ao encontro, foi informado, por conhecidos, sobre o temperamento ranzinza de Rousseau; logo, temendo que o filósofo pudesse se reconhecer no protagonista da peça, com consequências imprevisíveis, Goldoni parou de procurá-lo[39]. Foi malsucedida também sua vontade de conhecer Diderot. Goldoni queria sanar a polêmica lançada por filólogos e leitores, sobre quem dos dois teria plagiado o outro, vistas as evidentes semelhanças entre algumas peças (*O Filho Natural* tem o mesmo enredo de *Un vero amico* e *O Pai de Família* é quase idêntica ao *Padre di Famiglia*)[40]. O francês negou-se a encontrar o colega italiano; esbarrando por acaso nele em um *salon*, exigiu desculpas. Goldoni recusou; nunca mais se encontraram. Nas *Mémoires*, ele conclui que aquele que tanto admirava jamais lhe fez a "honra da sua benevolência"[41]. Mesmo assim, não parou de mencionar e citar o autor dos *Entretiens* sempre que a conversa vertesse sobre a questão do realismo em arte. Pois aquilo que Goldoni chamava de *commedia nuova* correspondia aos parâmetros propostos por

---

38. A informação consta na correspondência com o Marques Albergati, 18.4.1763, em *Tutte le opere...* v. XIV, p. 280-2. A carta de Voltaire a Goldoni, citada, se perdeu.
39 *Mémoires*, v. III, cap. 17, em *Tutte le opere...*, v. I, p. 513.
40 A acusação, feita por um erudito a Diderot, procede considerando que essas peças de Goldoni foram publicadas em 1750 na Itália e três anos mais tarde na França: sendo que é de 1757 a produção de Diderot. No entanto, o francês reagiu acusando Goldoni, recém-chegado a Paris, de plagiário e desqualificou-o como "autor de farsas" no *Discurso Sobre a Poesia Dramática* (1763). Ver S. Ferrone, op. cit., p. 128-129.
41 *Mémoires*, v. III, cap. 5, em *Tutte le opere...*, v. I, p. 457.

Diderot para lançar *O Filho Natural* como um novo gênero de escrita dramática onde não mais figuras excelentes ou heroicas, mas sim o homem médio (o burguês: dono de seu dinheiro, trabalho e destino) protagonizaria enredos sérios em ambientes cotidianos e contemporâneos. Diderot punha na boca de personagens teatrais a prosa e o ritmo de diálogo de personagens de romance, imitando a conversação familiar e urbana de modo a parecer verossímil. O palco, segundo ele, deveria hospedar um microcosmo real aos olhos do espectador: um *tableau vivant*.

Não se afasta disso a argumentação de Goldoni de que um autor de teatro deveria ser, antes de mais nada, espectador do vasto espetáculo cotidiano. A escrita cênica (incluindo gestos, sons, cores e objetos no ritmo específico de um determinado ambiente) deveria dar conta das possíveis correspondências entre "os dois grandes livros do Mundo e do Teatro", sendo que "o primeiro me mostra tantos tipos de pessoas e tão naturalmente, que parecem estudados [...] com as marcas, a força, os efeitos das paixões humanas; o segundo me faz aprender com quais cores posso representar em cena os caráteres, paixões, eventos que no Mundo com tanta clareza eu observo"[42]. São *tableaux vivants* as pantomimas do *Leque*. Os prefácios dirigidos "aos que leem" têm a mesma intenção dos *entretiens*, ou seja, requalificar a produção teatral como obra autoral a serviço da educação do gosto, protegendo a arte do oportunismo dos comediantes e garantindo aos palcos uma medida "natural" de realismo. Vejam o prefácio do *Café* (1750):

Esta comédia tem caráteres tão universais que, por onde foi apresentada, acreditou-se terem sido copiadas, no modelo, pessoas originais que os espectadores reconheciam. A personagem fofoqueira, no caso, encontrou seu protótipo em todo e qualquer lugar. [...] Meus tipos são humanos, verossímeis e até mesmo, digamos, verdadeiros; pois tiro-os da turma universal dos seres humanos. Necessariamente, sempre alguém neles se identifica. Quando isso acontece, não é por minha culpa se a personagem

---

42 Prefácio a edição Bettinelli (Veneza, 1750) em *Tutte le opere...*, v. I, p. 769.

parece com o sujeito mau-caráter; mas é culpa do sujeito mau-caráter que por azar se vê descrito, pintado e espelhado na personagem.[43]

"Verdadeiro" é um nexo de correspondência entre exemplos concretos e tipos convencionais. "Universal" é a condição humana não reduzida à mera psicologia individual. Uma personagem nunca é heroína ou vilã, boa ou má: é um ser humano analisado em sua origem e circunstâncias nas quais age; seu comportamento também representa o modo de agir de uma ou outra classe que persiste, agoniza ou emerge. Personagens se relacionam como camadas sociais que se entrelaçam, se sobrepõem, se devoram uma à outra. Cada ação retrata as grandes ou mínimas negociações da convivência democrática em metrópoles como Veneza, onde a experiência burguesa se dá primeiramente na troca incessante de bens e valores.

Assim como os *philosophes*, Goldoni viveu um tempo de grandes transições. O mundo que ele queria retratar era aquele que em breve tomaria a Bastilha; o teatro que ele queria proporcionar ao público era um modo novo de olhar a sociedade, não moralista nem indulgente, mas moderno, inteligente, realista. É ao debate iluminista que busca se aproximar, quando traça a rota de suas viagens, passando de Veneza para as progressistas cidades da Toscana, rumo a Paris. Nessa perspectiva é que Ruggero Jacobbi, diretor, crítico e poeta italiano, quis apresentá-lo em 1949 aos leitores e espectadores brasileiros, que bem pouco sabiam do autor até então.

Os objetivos declarados da reforma goldoniana foram, antes de tudo, a observação da realidade psicológica e social e, em segundo lugar, a necessidade de o teatro readquirir um conteúdo ético e recobrar sua posição de intérprete e, ao mesmo tempo, educador da opinião pública. São estes dois objetivos bem ao gosto do século XVIII, duas finalidades características da mentalidade iluminista, deixando clara a posição de Goldoni, semelhante à de Beaumarchais, como revelador dos anseios do espírito europeu na véspera da grande revolução burguesa.[44]

---

43 O Autor, Aos Que Leem, em *Tutte le opere...*, vol. X. Ver, infra, p. 120.
44 Goldoni e a *Commedia dell'Arte*, em A. Vannucci (org.), *Crítica da Razão Teatral*, p. 79.

Em outra ocasião, Jacobbi afirma:

Este mundo nasce com o sorriso da hoteleira Mirandolina e as trapalhadas do barbeiro Fígaro. O riso é uma revolta. As trapalhadas são a defesa instintiva de quem já muito apanhou, durante séculos, e já não pode ser bom; prefere ser esperto. Mas ambos olham para o mundo novo, apontam os terríveis caminhos da esperança. Tempo das grandes crises do Ocidente, de uma crise que dura até hoje.[45]

5.

Na verdade, Goldoni frequentava o ambiente lusitano desde o século XVIII, sendo naquela época mais citado do que o celebérrimo Metastasio. Sua carpintaria teatral impactou na dramaturgia do teatro de cordel setecentista[46] e muitas peças foram traduzidas. Pelo menos uma sofreu a censura da inquisição: *La bella selvaggia*, na qual Goldoni definia o português uma "língua americana" e descrevia o Brasil como "terra há muito oprimida pelos portugueses"[47]. O enredo conta as aventuras da bela índia Delmira que, na antiga Guiana portuguesa (atual estado do Amapá), assume a tarefa de provar que o mérito reside nas virtudes pessoais e não na nobreza dos natais. Representada em Veneza, no Teatro San Luca, no Carnaval de 1758, a peça chegou a Lisboa em 1763, traduzida por um lisboeta que preferiu ficar anônimo, e foi proibida duas vezes, em 1774 e em 1775; mesmo assim, consta que foi apresentada por mais de uma década no Teatro do Bairro Alto, em Lisboa (1776-1788)[48].

---

45 "Bom Dia, Mirandolina", programa de *Mirandolina*. TPA–Teatro Maria della Costa, n. 10, jul. 1955, em A. Vannucci (org.), *Crítica da Razão Teatral*, p. 93.
46 Ver M.J. Almeida, *O Teatro de Goldoni no Portugal de Setecentos*, p. 146; e J. da Costa Miranda, O Teatro de Goldoni em Portugal (Século XVIII), *Estudos Luso-Italianos*, p. 261-297.
47 La bella selvaggia, *Tutte le opere...*, v. IX, Tragicommedie. Parte da versão em português em L.M. Tarujo Ferreira, *"La Bella Selvaggia" de Carlo Goldoni na Versão Setecentista de Nicolau Luiz da Silva*, p. 141.
48 L.M. Tarujo Ferreira, op. cit., p. 141.

No Brasil, durante muito tempo e até a década de 1940, o nome de Goldoni ficou vinculado a pouquíssimos títulos. Há indícios de que circulasse nos repertórios das casas de ópera da Corte desde o século XVIII, com outros autores de "entremeios" (*intermezzi*) e "comédias jocosas" (*opere buffe*), como Antonio José da Silva, Metastasio e Molière; cenas de suas peças foram objeto de edições em cordel, entretanto, nenhuma fonte testemunha que tenham sido montadas e apresentadas. Machado de Assis e seus contemporâneos puderam assistir a *La locandiera* em 1869, na interpretação de Adelaide Ristori da qual o escritor elogiou a naturalidade em "deixar a coroa nos palácios para entrar na hospedaria e deixar as chaves na hospedaria para voltar aos palácios"[49]. Quem assistiu a Eleonora Duse, em 1907, deslumbrou-se com a interpretação psicológica, quase intimista, de personagens cômicas como Mirandolina, que a grande atriz alternava com mulheres sofridas, como Margarita Gauthier, em *Dama das Camélias*[50].

Contudo, para ter uma intérprete nacional à altura dessas divas, os espectadores brasileiros tiveram que aguardar a estreia nos palcos de Bibi Ferreira, em fevereiro de 1941, no Teatro Serrador, no Rio de Janeiro. Aos dezenove anos, ela encarava o papel de sedutora do próprio pai, Procópio, nos panos do misógino Cavalheiro de Ripafratta. Procópio, que costumava controlar até os mínimos detalhes de gestão de marketing da companhia, havia lançado a peça com título *Inimigo das Mulheres*, para poder se projetar no tipo do *bon vivant* sem escrúpulos que fazia sucesso junto ao público.

Embora adaptada, tratava-se mais uma vez da mesma peça *La locandiera*[51]. Causou, portanto, certo frisson a estreia do *Arlequim, Servidor de Dois Amos* no Teatro Ginástico, no Rio de Janeiro, em 9 de março de 1949 pelo Teatro dos Doze, sob

---

49 M. de Assis apud A. Vannucci (org.), *Uma Amizade Revelada*, p. 281.

50 As duas personagens entraram no repertório da atriz em 1896, de modo que o público carioca não pôde assisti-las na primeira temporada brasileira da atriz (1885-1886), mas somente na segunda (1907).

51 Não muito melhor, é jus dizer, andava na mesma década a fortuna do autor na França onde, mesmo com vinte títulos traduzidos, somente seis eram encenados.

a direção do jovem italiano recém-chegado à cidade, Ruggero Jacobbi. A trupe, formada na experiência amadora do Teatro do Estudante, se lançava ao mercado profissional dominado por feras como Procópio; não parece pequeno o impacto da estreia naquela que foi saudada pela crítica como uma "noite de glória para o teatro nacional"[52] e marcou "a primeira grande vitória da direção"[53] no placar da renovação teatral, por muitos acalentada. O diretor havia preparado o terreno junto ao público especialista escrevendo, dois meses antes, no primeiro número da revista *Dyonisos*, a citada ampla resenha sobre os tipos cômicos tradicionais da *Commedia dell'Arte* e seu possível resgate na cena moderna. Como primeiro motor deste resgate, Jacobbi apontava Goldoni, não somente por sua obra, mas por seu modo de vida de escritor com os dois pés no palco – um tipo de intelectual prático com o qual o próprio Jacobbi se identificava, tanto que costumava apresentar-se como um "literato metido no teatro". A aproximação emerge nos textos que acompanham as três peças goldonianas que Jacobbi montou no Brasil, entre 1949 e 1955. "Amigos" – apelou aos espectadores da *Mirandolina*, em 1955:

Esta é a *Locandiera* do veneziano Carlo Goldoni, com músicas do veneziano Antonio Vivaldi, dirigida pelo veneziano Ruggero Jacobbi. Os três nasceram em fevereiro, em pleno Carnaval de Veneza, os três estavam destinados a morrer longe de casa – o primeiro em Paris, outro em Viena, e outro provavelmente em São Paulo – mas agora aqui estamos, os três venezianos, às voltas com uma toscana. Será que o espectador brasileiro percebe essas distinções regionais?[54]

Conceitos caros ao século dos lumes, como "universal" e "regional", são repropostos por Jacobbi no dinâmico jornalismo brasileiro da década de 1950, quando o assunto da

---

52 Mário Nunez, *Jornal do Brasil*, Rio de Janeiro, 11 mar. 1949, apud A. Vannucci, *A Missão Italiana*, p. 80-81.
53 Oswald de Oliveira, *A Manhã*, Rio de Janeiro, 11 abr. 1949, apud A. Vannucci, *A Missão Italiana*, p. 80-81.
54 R. Jacobbi, "Bom dia, Mirandolina", em A. Vannucci (org.), *Crítica da Razão Teatral*, p. 92.

renovação do teatro nacional estava em pauta como iniciativa inadiável. Artistas invocavam a intervenção do governo para que "abrisse perspectivas"[55] importando estrangeiros, preferencialmente europeus; o ministro Capanema patrocinava temporadas de jovens companhias[56] desde que sintonizadas com o que havia de mais moderno no âmbito do repertório e das técnicas de encenação. Na contramão disso, em seu primeiro ano carioca, Jacobbi assumiu também a direção da companhia de Procópio Ferreira, suscitando polêmicas, pois parecia impossível aplicar poéticas modernas a comediantes da velha guarda, cujo trabalho era regido por hábitos tradicionais.

Na roda-viva das entrevistas, Jacobbi lançou a ideia de que o governo assumisse papel de gerador de políticas contínuas, não pontuais e efêmeras, de fomento para garantir a existência de pelo menos um teatro "público" em cada cidade. Tentava repetir a campanha renovadora com a qual, poucos anos antes, um grupo de jovens agitadores culturais (Strehler, Paolo Grassi, Nina Vinchi, Gerardo Guerrieri e o próprio Jacobbi) havia convencido a prefeitura socialista de Milão a fundar o Piccolo Teatro, primeiro "teatro estável" da península. Uma das bandeiras da reforma do Piccolo foi justamente Goldoni, com *Arlecchino, servitore di due padroni* (1947); não foi então por acaso que Jacobbi optou pelo mesmo autor e título para lançar o Teatro dos Doze no Rio de Janeiro, dois anos mais tarde. O resgate daquele *canovaccio* que havia sido plataforma para os primeiros passos reformistas do próprio Goldoni e, séculos depois, havia sido campeão do movimento renovador do pós-guerra italiano, afirmava uma ideia "universal" da cena moderna, implicando em deslocamento dos artistas e transnacionalidade dos repertórios. Mas não só. O texto bem se adaptava à cena teatral carioca, onde grandes atores dominavam os processos de ensaio cortando textos autorais para que se

---

55 Daniel Caetano, *Diário de Notícias*, Rio de Janeiro, 28 jun. 1946. Ver A. Vannucci, *A Missão Italiana*, p. 65.

56 Como a temporada "intelectual" da Dulcina de Moraes no Teatro Municipal, em 1948.

acomodassem ao seu tipo e apropriando-se das falas dos outros quando lhes convinha, fazendo "cacos" e dispensando qualquer critério de verossimilhança. Dispensavam até mesmo ensaios, pois contavam com o suporte do ponto e com o mais completo favor do público. Jacobbi entendeu que somente conseguiria penetrar nesse mercado do gosto uma "renovação" que não desqualificasse a potência dos atores, mas a valorizasse. Uma reforma gradual, uma lenta transição que, tal qual a "reforma" de Goldoni, se faria nas tábuas do palco e não na mesa de algum literato. "O mais interessante é o seguinte", escreveu Jacobbi no ensaio na *Dionysos*:

> Goldoni não conduziu sua campanha em nome de uma *revanche* da literatura contra o teatro; quis melhorar o teatro, o teatro como representação e espetáculo, encontrando na existência do texto escrito o meio mais adequado para alcançar seu fim. [...] Ele não renegou as qualidades teatrais da *Commedia dell'Arte*, a qual ficou sendo a base técnica de todo seu teatro: a transformou, aperfeiçoou, tornou mais humana e atual [...] soube transfigurar o sentimento anônimo de um século em forma universal de arte.[57]

O encenador se pôs a traduzir pessoalmente, em parceria com atores e atrizes, as peças que ia montar: a primeira (*Arlequim*, 1949), com Carla Civelli e Carlos Vergueiro; a segunda (*O Mentiroso*, 1950), com Maurício Barroso; e a terceira (*Mirandolina*, 1955), com Itália Fausta[58]. O crédito compartilhado seria, por si só, uma espécie de manifesto da nova poética. As versões deviam caber na boca dos intérpretes, por isso seriam, declarava Jacobbi em todas as entrevistas, "abrasileiradas", ou seja, adaptadas ao contexto da linguagem falada local, assim impactando na gestualidade e nos ritmos da encenação. Enquanto tradutor e diretor com fama de "especialista acertado em matéria"[59], Jacobbi entendeu que estaria

---

57 Goldoni e a *Commedia dell'Arte*, *Dionysos*, n.1, out. 1949, p. 28, republicado por A. Vannucci (org.), *Crítica da Razão Teatral*, p. 73-87.

58 O crédito da tradução, no programa, é de Italia Fausta; mas no roteiro (Archivio Bonsanti, Gabinetto Vieusseux, Florença) há anotações de Jacobbi ao longo do texto todo, por ele assinado.

59 V. Ancona, *Folha da Manhã*, S. Paulo, 22 nov. 1949; e A. Mesquita, *Depoimentos* II, p. 29.

agenciando uma operação de descolonização cultural perante "a longa ditadura francesa", que fazia com que espectadores brasileiros vissem Arlequim "como um bailarino sensual, rival do lírico Pierrot"[60]. Em vez disso, realocou Arlequim na Lapa e Esmeraldina na favela[61]. Convenceu o protagonista da peça (Sérgio Cardoso) a incorporar "os espíritos nacionais do moleque negro, do Saci-Pererê, do dançarino grotesco índio"[62].

Em *O Mentiroso*, a personagem Brighella virou Pulcinella, máscara napolitana de fala sonsa, já que o ator escalado para o papel, Renato Consorte, era oriundo de Nápoles. Na adaptação, ainda mais ousada, houve "transferência das piadas mais regionais para um repertório popular moderno; cortes, alguns deles violentos; reconstituição da figura tradicional do Doutor, com seu repertório de frases latinas", e o final que resgatava uma variante presente apenas em alguns *canovacci* anteriores à edição[63]. A licença filológica do tradutor deriva da opção estética declaradamente nacional-popular da direção, intencionada a moldar uma linguagem apropriada à tradição cultural local – mais precisamente, à tradição de gosto do público local. Coube até reciclar "umas frases e piadas felizes de uma velha tradução, que Procópio certa vez me mostrou", confessa Jacobbi[64]. O reuso desse imaginário tradicional é estratégico, pois estimula a absorção de um comportamento cênico específico: a improvisação, requalificada como modo eficaz de criação. "O ensaio", conclui o diretor, "deve ser obra de colaboração, pois no texto sente-se muitas vezes o caco, por assim dizer, oficializado"[65].

A versão de *La locandiera*, com título *Mirandolina*, renunciava ao pitoresco das máscaras e das palavras arcaicas e introduzia, em

---

60 R. Jacobbi, *Le rondini di Spoleto*, p. 63.
61 A montagem absorveu gírias e bailados populares, "tirando o tipo de malandro carioca do malandro de Goldoni" (Altamiro Martins, entrevista, em A. Vannucci, *Ruggero Jacobbi ou da Transição Necessária*).
62 Ibidem.
63 Variante recuperada em nota na tradução aqui publicada.
64 R. Jacobbi, "Reflexões Sobre *O Mentiroso*", programa de *O Mentiroso* (TBC, SP, 1949), em A. Vannucci (org.), *Crítica da Razão Teatral*, p. 89.
65 Ibidem, p. 88.

pleno século XVIII, "termos da gíria atual: facada, trouxa, pronto, sabidinha"[66]. O pastiche linguístico fornecia uma ferramenta idiomático-gestual para os intérpretes e um estímulo analítico para os espectadores aos quais caberia questionar "a origem de classe, as circunstâncias dos defeitos das personagens", conforme explicou o diretor no programa. O "realismo psicológico" precisava se entrosar num "realismo social"; no pano de fundo dos painéis pintados por Gianni Ratto, deveria se estampar "a peste social das camadas de novas classes que se devoram uma à outra"[67]. A dona da pousada herdava seus hábitos expressivos das criadas (*servette*), ou seja, as Colombinas, Corallinas, Esmeraldinas etc. que a precedem na galeria de trabalhadoras oprimidas da *Commedia dell'Arte*; com a diferença de que Mirandolina não só se emanciparia da opressão social como tentaria se livrar do julgamento moral ao qual fora submetida por gerações de críticos. Entretanto, a peça vinha tão carregada de reivindicações que Décio de Almeida Prado achou por bem apertar o diretor para que definisse as suas intenções, se estéticas ou políticas, e avisá-lo para que não emprestasse a Goldoni "intenções que certamente ele nunca teve":

Dar a *Mirandolina* mais substância histórica do que ela mesma deseja ter é um erro que tem seu preço, porque a arte costuma vingar-se dos que não acreditam na sua soberania. *Mirandolina* é [...] uma comédia escrita para divertir, concebida fora do realismo moderno. [...] A poesia é a verdadeira dimensão das obras clássicas – esta é a certeza essencial da qual deveria partir a encenação. [...] Jacobbi, como crítico e encenador, adota dois diversos critérios de julgamento: o estético e o político. Ora, não se pode observar um objeto de dois ângulos ao mesmo tempo. Enquanto não resolver esta contradição, ficará [...] sem saber a quem servir, se ao teatro ou à sua concepção de arte interessada.[68]

Apesar dos esforços de Jacobbi para livrar o autor dessa sistemática redução ao tamanho de "clássico do entretenimento",

---

66 Décio de Almeida Prado, *O Estado de S. Paulo*, 29 jul. 1955, em A. Vannucci, *A Missão Italiana*, p. 265.
67 R. Jacobbi, "Bom Dia, Mirandolina", em A. Vannucci (org.), *Crítica da Razão Teatral*, p. 93.
68 Décio de Almeida Prado, op. cit., p. 265.

durante algumas décadas, as peças de Goldoni continuaram sendo recebidas com certo preconceito idealista[69] e tendo suas encenações comprometidas por traduções excessivamente literais ou estereótipos pitorescos. Explica-se talvez porque, por aqui, bastaram aqueles poucos títulos já anteriormente traduzidos, convenientes ao ambiente lúdico e leve atribuído por tabela à dramaturgia da época de Goldoni, para dar conta de um autor cuja revolucionária modernidade era valorizada, na mesma década, nos palcos italianos e franceses, por outros títulos de seu vasto repertório[70]. O que interessa aos meus leitores, hoje, é que ainda há espaço para valorização da "teatralidade" de um autor (Goldoni) engajado na construção de uma cena realista que se mostra capaz de transpor as fronteiras não só da língua como das tipicidades que definem o pertencimento a uma ou outra nacionalidade. Desenquadrado de tais categorias redutoras, por mérito de sua história de vida cosmopolita, arrebatada nas redes do iluminismo europeu e de sua experiência autoral poliglota, Goldoni ressurge como autor realista e atento ao seu tempo. Precisamente nessa questão, tão bem focada pelo crítico acima (se um artista deva servir ao mundo ou somente ao teatro), Jacobbi mais se identificava com seu conterrâneo Goldoni e mais se distanciava do ambiente intelectual ao qual dirigiu suas traduções, no Brasil da década de 1950. Por isso, voltamos a propor uma delas (*Mirandolina*, aqui com título de *A Dona da Pousada*) nesta primeira antologia de comédias do autor no Brasil – aos leitores, a avaliação de quanto ainda seja eficaz e atual.

69 Na sua resenha à minha adaptação e montagem de *Café*, na Casa da Gávea (2009), Barbara Heliodora opinou que a comédia clássica teria sido "rebaixada a chanchada" (*O Globo*, 21 nov. 2009, 2º cad., p. 7).

70 Ver supra, p. 28. Note-se que, do repertório do Piccolo Teatro, somente o *Arlecchino* (na versão com cenário de Gianni Ratto) viajou a América Latina em 1954, sendo que ainda não existiam as montagens posteriores (*Triologia della villeggiatura*, 1955). Jacobbi dedicou ao espetáculo uma resenha crítica na *Folha da Noite* (São Paulo, 7 jul. 1954), na qual receia "não ter sido bem compreendido" em seu anterior esforço de introduzir Goldoni ao público brasileiro e elogia o "violento didatismo" da montagem de Strehler: uma "reevocação inteligente, que pisca o olho ao público de hoje e um pouco visa o passado". Republicada por A. Vannucci (org.), *Crítica da Razão Teatral*, p. 212.

No mais, o sentido da seleção atendeu ao critério do ineditismo[71] – que seja surpreendente para os leitores deparar-se com tantas "novas" peças do velho Goldoni na estante de "clássicos" das livrarias! E que a surpresa seja grata à classe artística que de repertório se alimenta.

Assim como o próprio autor, dado a republicar-se ciclicamente, acreditamos que não se trata de arquivar coisas mortas, mas de conferir se ainda estão vivas. A prova se dará no palco, pois estas comédias foram criadas para o palco e fixadas em livro; este é o formato no qual alcançam nossos leitores hoje. Mas se alguém que lê poderá sempre recorrer a dicionários, enciclopédias e notas de rodapé para esclarecer o sentido de uma ou outra fala, enquanto lê, não farão o mesmo os espectadores de um teatro no qual porventura estas comédias venham a ser montadas, os futuros públicos aos quais, finalmente, se destinam. Entre o acontecimento das palavras que ressoam nos corpos presentes de atores e espectadores e o registro do sentido na escrita, há uma glosa perdida, uma falha, uma saudade da qual a tradução deve dar conta. Da linearidade da escrita deve saltar a tridimensionalidade da presença; o texto impresso e único deve conservar a marca dos muitos subtextos e variáveis ocultas como uma espécie de repertório latente das inúmeras interpretações possíveis. Esse estado de latência contém a vocação da obra teatral a sobreviver ao seu autor e ser reaproveitada, para além do seu século e fronteiras.

No mais, invocamos indulgência, visto que vivemos outros tempos, mas nos apaixonamos por estilos e linguagens de culturas distantes na história e no atlas; traduzimos peças que não devem necessariamente corresponder ao que reconhecemos como gosto nacional e hábitos contemporâneos. Na ambígua delimitação do que seria nacional e contemporâneo, cabem

---

71 Ou seja, selecionamos peças não publicadas; mas em alguns casos (*Bafafá, A Dona da Pousada* e *Café*) são versões montadas (esta última, muito adaptada). Por conta desse critério, não consideramos oportuno republicar a ótima tradução de Millôr Fernandes de *Arlequim, Servidor de Dois Amos*, tradução que saiu pela Abril Cultural, em 1987.

gritos isolados, expressões herméticas de um mundo sem passado, elucubrações autoficcionais e uma frenética agitação de bandeirinhas, tanto nos palcos como nas redes sociais, refletindo a liquidez de nossos encontros e artes. Essas peças setecentistas são ilhas de racionalidade e realismo que, mesmo que soem "clássicas", até anacrônicas, podem beneficiar nossa sobrevivência mental no meio do caos que nos abisma. São derivas utópicas tanto mais necessárias quanto mais distópicas são as facetas atuais das relações de classe nessa nossa sociedade burguesa que lá, no século XVIII, se implantava e se moldava. Não sem sustos, reformas e revoluções – nem que seja só no palco.

A.V.

NOTA FILOLÓGICA SOBRE A LÍNGUA DE GOLDONI

A retomada dos estudos goldonianos por ocasião do duplo centenário incentivou a publicação de novas traduções em diversos idiomas; o amadurecimento crítico recomendou valorizar – o que vem acontecendo nas versões em línguas estrangeiras – as características de teatralidade presentes nos originais com vistas à mais ampla penetração nas diversas culturas. Sendo que se trata de peças que têm na cena a sua destinação primordial, qual cavalo de Troia melhor que o sucesso junto ao público? No caso da cena brasileira, onde nosso autor foi pouco apresentado, de modo redutivo e repetitivo, importa reposicioná-lo no âmbito do repertório cômico universal, destacando as características linguísticas que fazem jus aos argumentos expostos na introdução. Apresento a seguir algumas dessas características, que poderiam resultar especialmente eficazes para uma eventual encenação.

A língua de Goldoni é contingente, escrita para ser atuada no palco ou daí transcrita: é uma letra instrumental, lida como signo gráfico, mas ansiando ser voz. A palavra não se apresenta como opção lexical fechada em seu uso castiço, literário, mas aberta ao uso suspenso e incompleto da conversação, onde as locuções carregam uma intencionalidade que se define ao vivo, na relação. As falas são empurradas para o concreto e subordinadas ao gesto; elas criam ambientes; são miméticas.

Mesmo tirando as máscaras de algumas personagens e premeditando suas falas, Goldoni conserva na escrita a excepcional energia do improviso: um "perfume [sugeria lindamente o tradutor Jacobbi], uma saudade capaz de se articular em ritmo"[1]. Acionado do interior da experiência teatral, o novo processo criativo de parceria entre ator e autor oferece ao espectador uma experiência linguística mais sofisticada; e exige do ator uma maior habilidade performativa daquela que era exigida ao ator-tipo. Pois em cena estarão, ao mesmo tempo, porém distintos, a personagem, com falas decoradas e partituras físicas premeditadas, e o intérprete, cuja presença real pode produzir interações improvisadas (ou premeditadamente improvisadas).

As peças de Goldoni são atravessadas por uma aguda percepção do valor social da palavra. Suas metáforas são tiradas da vida cotidiana, não da pintura que inventa o imaginário pitoresco a partir de paisagens genéricas (lagunar, ou toscano). As expressões de cada falante, seu modo de usar objetos e tratar outras personagens, denunciam sua classe social – são *gestus* (para usar a definição brechtiana). Em *A Dona da Pousada*, a contraposição entre o baixo calão das atrizes (quando falam entre si) e seu perfeito italiano (quando aparentam ser damas perante a sociedade para abocanhar um almoço) tem força estrutural, já que testemunha a aviltante economia de fome à qual são sujeitas. Já a língua de Mirandolina esculpe com precisão a capacidade de subjetivação da personagem que ao longo da peça se emancipa, dispensando humilhações e aprendendo a escolher. A cobiçada *locandiera* (ou seja, dona da pousada) transcorre brilhantemente entre tratamentos formais e informais, às vezes na mesma cena (por exemplo, na cena final, ela mistura expressões de intimidade

---

[1] Reflexões Sobre *O Mentiroso*, em A. Vannucci (org.), *Crítica da Razão Teatral*, p. 88.

como "serei toda sua" para o futuro marido, com a formalidade extrema com a qual mantém todos os outros à distância).

Tal realismo linguístico talha também o emprego de dialetos (veneziano, especialmente) que legitimam o aproveitamento de um código coloquial nunca dantes visto em cena. Mesmo escrevendo em "italiano" (a língua em uso na região da Toscana) os seus prefácios, dirigidos a um público mais amplo de leitores, Goldoni transita na geografia linguística de seu tempo, entre línguas e dialetos (ou seja, línguas regionais) sem diferenciá-los hierarquicamente. Seu plurilinguismo tem como pressuposto a busca por uma comum inteligibilidade; é cosmopolita como a sociedade que retrata, absorvendo expressões francesas e inglesas entre os registros de conversação utilizados por personagens que, em outras cenas, se expressam em dialeto. Assim, a escrita de uma peça como *Le baruffe chiozzotte* (aqui apresentada com título *Bafafá*) no dialeto veneziano falado em Chioggia, dotado de um sotaque especialmente popular por ser uma vila de pescadores, não resulta caricatural nem portadora de intenções expressionistas. Pelo contrário, como Goldoni explica no prefácio "aos que leem", atende ao objetivo de repertoriar um vernáculo empregado nas ruas por estratos sociais diversos, trabalhadores que frequentam os teatros pagando ingresso tal qual os comerciantes ricos e os nobres bem-nascidos; mas cujos hábitos, vícios e virtudes eram omitidos, até aquele momento, dos palcos da península.

Na tradição da língua italiana, tal objetivo configura uma opção cívica, até mesmo política do autor que afronta a hegemonia da tradição culta sobre os mais diversos modos da oralidade popular aos quais convencionalmente a escrita não corresponde – resultando na absoluta "não popularidade" do italiano literário, inclusive daquele empregado pela literatura teatral e destinado aos palcos, que Antonio Gramsci bem diagnosticava como "doença"[2]. Na contramão disso, o italiano de Goldoni não é o código castiço outorgado pelas academias, mas a linguagem atrevida das

2 Ver Letteratura popolare, em *Quaderni del cárcere*, 14 (I) 72 e 17 (IV) 38 (parcialmente incluído no vol.6, p. 256 da versão em português).

criadas florentinas e das atrizes (em *A Dona da Pousada*); seu veneziano dança ao ritmo das fofocas das mulheres que tecem sentadas à borda do canal (em *Bafafá*). O Mundo ao qual Goldoni se refere para inventar seu Teatro é um mundo urbano, polifônico, ruidoso; são as praças e ruas do vasto dia a dia em uma cidade moderna, como Veneza (em *Café*) ou Milão (em *O Leque*). Para manter este mundo audível em outra língua, o tradutor precisa adotar um procedimento de realocação que considere as peculiaridades linguísticas de cada peça e dê conta do esforço do autor para sintonizar as tipicidades daquela situação e enredo.

Nas sucessivas publicações de sua obra, o próprio autor operou uma revisão lexical, em algum caso moderando os tons mais desabusados sem renunciar à agilidade sintática[3]. No caso de peças escritas em francês (como *L'Éventail*, da qual não se conservou o original) e traduzidas pelo próprio autor, aparece um outro idioma italiano, um tanto nostálgico e cristalizado na memória do emigrante, motivando extravagantes neologismos (por exemplo, *consolare*, que significa "consolar", usado por Joaninha no sentido de "congratular-se" [*O Leque*, III.6]). A trama sonora do *Leque* incorpora modos da oralidade, como interjeições repetidas (por exemplo, aquele uso eufórico da palavra *matto* por Joaninha [II.13], que traduzimos com uma sequência de variações de "doido"), exclamações simultâneas "à parte" de personagens que observam, sem serem vistos, algum acontecimento surpreendente na praça (como em [1.4]) e interrupções recíprocas (nas cenas

---

[3] Neste volume, traduzimos as versões canônicas fixadas por Giuseppe Ortolani na série "Classici" da Mondadori (*Tutte le opere...*, v. I-XIV), em algum caso indicando, em nota, as variantes, especialmente presentes na primeira edição (Bettinelli: Veneza, 1750-1757, v. I-IX). Dessa primeira edição, somente os primeiros três volumes foram publicados com consentimento do autor; o resto foi publicado pelo *capocomico* Medebach, brigado com o autor, a partir de textos deixados no baú da companhia ou até mesmo plagiando a segunda edição (Paperini, 1753-1757, v. I-X) que o próprio autor estava publicando em Florença. A terceira edição (Pitteri, 1757-1763, v. I-X) foi iniciada em Veneza com espírito antagonista, mas sofreu muitos percalços. A quarta edição (Pasquali, 1761-1780, v. I-XVII) seria a mais perfeita e completa, se tivesse chegado aos cinquenta volumes previstos pelo autor quando a confiou ao tipógrafo veneziano, em 1761, antes de partir para Paris. A distância atrapalhou os planos. A quinta e última edição (Zatta, 1788-1795, v. I- XLIV) é a mais completa, embora tenha sido realizada sem supervisão do autor.

de briga entre os artesões [I.5] e entre mulheres [III.3]), desenhando a paisagem perpétua de uma pequena praça do subúrbio de uma grande cidade[4]. Nas três cenas indicadas como pantomima, o incremento das indicações de figuração cênica demanda uma tradução atenta às rubricas, tanto quanto às falas. A primeira cena [I,I] é um *tableau vivant* com quatorze personagens espalhadas na praça que ocupam gestualmente com seus diversos ofícios: onze trabalham, um lê e dois tomam café. Após alguns instantes, todos começam a falar simultaneamente, como acontece na realidade, e circulam pelos diversos ambientes – há uma mercearia, uma sapataria, uma drogaria, um boteco, um café, uma habitação pobre e um sobrado, com um balcão no primeiro andar. Pela movimentação, fica logo claro que nem todo mundo é admitido ao balcão do sobrado: a exclusividade dos andares altos mapeia a praça verticalmente, em uma hierarquia espacial na qual o ócio dos abastados parece desvalorizar o trabalho dos outros, quando, na verdade, a separação faz com que os ociosos não alcancem as informações que circulam incessantemente entre trabalhadores na praça; sendo estas, afinal, bem mais valiosas do que as dicas de etiqueta e a literatura exclusiva dos andares altos.

O título já denuncia a centralidade do pequeno objeto de pouco valor (um leque), que uma dama deixa cair de uma sacada, que é escondido, doado, roubado, esquecido, achado, emprestado e finalmente devolvido. De tão leve, o enredo torna-se abstrato, quase metafísico. Mesmo sem fadas, príncipes ou donzelas, há tanto encantamento na dança daquela coisinha fútil pelos bolsos dos transeuntes e cantos da praça que a viúva Gertrudes, mesmo louca por uma boa novela, dispensa o conto de fadas que o conde insiste em ler para ela; pois é o leque o objeto mágico que faz proliferar o desejo e contagia todos, até que o amor triunfe numa final apoteose de casamentos[5].

---

4   Na versão que publicamos, a rubrica indica uma "vila no subúrbio de Milão". Na versão Bettinelli, a indicação é para um *campiello* (ou seja, uma praça interna de Veneza).

5   Ver especialmente, sobre essa peça, o belíssimo estudo do diretor e crítico Luigi Squarzina, *Da Dioniso a Brecht*, p. 79-169.

Na sequência de quiproquós, quem sabe melhor aproveitar é a camponesa Joaninha, a mais oprimida entre mulheres oprimidas naquele demente sistema patriarcal, a qual, intuindo o valor de troca do objeto na dinâmica do capital, sabe utilizá-lo para emancipar-se. É um jogo do amor e do acaso, bem mais dialético que marivaudiano[6]. No final, Joaninha elogia "Grande leque!", ao que a viúva arremata (aludindo ao novo endereço do autor): "Vem de Paris". O quanto de nostalgia – a dor do impossível retorno ao lugar e tempo passado – está camuflado nessa fala? Será que Goldoni sentia-se viúvo de sua cidade?

Em *A Dona da Pousada*, os objetos que decoram a pousada são descritos com precisão insolitamente concreta (a roupa de cama, os molhos e vinhos, o ferro de passar, o frasco com a essência de Melissa, o chocolate), compondo um ambiente "naturalista", para usar uma expressão que justificaria a obsessão de Stanislávski pela peça. Seu diverso uso por parte das personagens determina os caráteres e comportamentos – ao contrário do que acontece com personagens de Molière, como *O Avarento* e *O Doente Imaginário*, que, pelo seu caráter e comportamento, parecem emanar o ambiente em volta e os objetos que o caracterizam. Na *Locandiera*, a disputa pelos favores da dona da pousada se dá também como concorrência entre objetos a ela doados pelos pretendentes, cujo valor de uso aumenta exponencialmente, como valor de troca, quando aproximam o doador da eventual conquista. Só que, no final, Mirandolina revela sua intenção de não se submeter a ninguém como objeto de desejo e de manter-se dona de seus bens, de seu trabalho e de suas opções, quando escolhe seu próprio empregado por marido. Daí, consideramos que o título em português deveria manter a referência ao ambiente (*A Dona da Pousada*, sendo que o italiano *locanda* significa "pousada") que a personagem possui, e não à personagem em si (*Mirandolina*, como na tradição dos palcos lusitanos).

---

6   Ao modo de Pierre de Marivaux (1688-1763), dramaturgo francês, autor de *Jogos do Amor e do Acaso*.

Não faltam nela, assim como em *O Leque* e em *O Teatro Cômico*, fartos indícios de uma irônica postura metateatral, que a tradução tenta manter. Goldoni escreveu o papel principal para Maddalena Mariana Raffi, uma jovem atriz encarregada de papéis de criada (*servetta*); escreveu a personagem Fabrício, empregado e prometido de Mirandolina, no modelo da máscara de Briguela, sendo que o ator disponível era o marido (veneziano) de Maddalena. Em *Mémoires*, o autor revela que a primeira atriz, Mme. Teodora Medebach, deu chilique ao ver que a *criada* ocupava papel central na nova comédia e se deu por doente na estreia; no dia seguinte, perfeitamente curada, exigiu do marido a substituição da peça em cartaz por outra, da qual fosse protagonista. Pois bem: não é que Mirandolina, insatisfeita, se finge doente e até desmaia, e, uma vez satisfeita em seu capricho, levanta perfeitamente curada [II.17]? O autor está atento ao que acontece e improvisa, roubando da vida um caso engraçado que terá grande sucesso no palco: o *lazzo* da dama que se passa por doente, reproposto em *Finta ammalata* e em *Una delle ultime sere di Carnovale*. O mais curioso é que, no prefácio, Goldoni chama de oportunista a pobre Mirandolina, sem tocar no assunto da primeira atriz. Quanta ironia há nas entrelinhas dessas operações metateatrais?

Em *O Mentiroso*, o contraste linguístico não é marcado pela segregação espacial entre o patrão mentiroso (Lélio) e seu criado (Arlequim), mas, sim, pelo uso distinto que fazem da língua no ambiente doméstico ou em público: enquanto em particular o primeiro manda no outro, que resiste e o contraria, em público, ambos mentem porque Arlequim, obrigado a fornecer álibis às falácias do patrão, acaba por imitá-lo naquilo que mais lhe inveja, ou seja, a habilidade retórica e política de criar realidade com as palavras. A cumplicidade entre empregador e empregado localiza a dramaturgia em seu momento histórico, perante a avançada da classe trabalhadora que urge para romper as margens, não somente linguísticas, como também sociais, pelo modo de acontecer desta linguagem. Quando Arlequim conclui uma de suas destrambelhadas mentiras empenhando a sua palavra de honra, como faria um senhor ("Pegue na feira o que lhe agrada, que eu pagarei; gaste à vontade até meio milhão" [1.14]) sem se preocupar com as consequências, mostra que se apropriou do direito de realizar seu desejo com uma simples promessa – com um ato de fala. Na tradição da *Commedia dell'Arte*, nenhum *zanni*, por mais debochado que seja, jamais ousaria dar uma ordem ao patrão, como Arlequim faz ("Pode parar, patrão, essa aí é para mim" [1.11], falando de Colombina), ou então desobedecer uma ordem do patrão; contudo, das monossilábicas réplicas de Trapo, em *Café*, ou de Joaninha, em *O Leque*, emana uma evidente e ríspida vontade de fazê-lo. Se não reagem violentamente, é porque estão disfarçando suas verdadeiras intenções. A retórica irônica aciona um "não" em potência que fica velado, mas, caso fosse dito, faria desmoronar toda aquela estrutura de relações convencionais opressoras. A dissimulação dos oprimidos, que já muito apanharam, assume função utópica e até mesmo profética; o traço retórico que assimilaram em seu uso da linguagem revela a precariedade social do século, que engendra terríveis e grandiosas mudanças a porvir.

A primeira cena de *Café* é uma conversa entre criados de manhã cedo, pela qual ficamos sabendo do gênio e das dívidas das personagens que em breve irão povoar o cenário – uma rua (*calle*) com um sobrado onde cabem um boteco, uma casa de jogo e um hotel para solteiros onde moram um barbeiro, que só perde no jogo, e outro sujeito, que se diz conde. Estes ficam por ali, fofocando e tomando café; o bicheiro faz usura sempre que alguém necessite, enquanto disputa com o dono do boteco pelo controle dos ponteiros do relógio que regula o ritmo de trabalho (noturno, diurno) do criado Trapo, que ambos exploram para acumular capital. Trapo é um exemplo muito bem--sucedido de personagem "reformada": um tipo de funcionário "uberizado", despojado de qualquer direito e aparentemente incapaz de se rebelar (como um *zanni* da *Commedia dell'Arte*) mas embutido de carga explosiva, já que alimenta desejos de mudança. Como todo o movimento produtivo depende do serviço dele, sua potencial evolução (a possibilidade de se recusar a servir) desvenda a fragilidade da estrutura capitalista. Se na farsa a imobilidade da personagem-tipo representa um real imutável; na comédia reformada a mutabilidade da personagem realista sugere que cada um pode alterar seu destino e a realidade em que vive. Perante essa gaiola com homens tomados por vãs expectativas de dinheiro e sucesso, transitam mulheres que correm atrás da vida real: uma mulher burguesa em busca do marido jogador; uma cantora[7] que faz bico em boates; uma estrangeira com uma missão misteriosa. Postas todas as cartas na mesa, a cena é uma página em branco, na qual cada personagem inscreve-se pelo que faz e diz a cada entrada, proliferando a trama pela palavra em ação que gera reações e cria problemas em fluxo contínuo. A dinâmica da rua retrata, por metonímia, o movimento da grande cidade que sentimos pulsar em volta. Breves monólogos (*à parte*) de personagens são dirigidos ao público com a franqueza de quem confessa suas intenções, mesmo perversas, como que falando sozinho. Desmonta-se qualquer pressuposto moralista; a moral é construída, ou melhor, desconstruída em cena. É uma barafunda de revelações, seduções, efusões, táticas, truques e disfarces sem qualquer caricatura; todos têm fome, têm ou não têm dinheiro na mão, jogam, blasfemam, traem, transam e choram. Todos querem café, tudo acaba em cafezinho. Daí a escolha do título em português (*Café*), concentrado no produto, em vez de concentrado no ambiente (*Bottega del caffè*): um bem de troca precioso para a burguesia europeia que, no século XVIII, vira consumidora compulsiva de café, determinando a centralidade desta mercadoria na fase de acumulação originária do capital. A extraordinária sequência de apropriações dessa peça, até esta

7   Na primeira versão da *Bottega del cafè*, era uma cantora e depois virou bailarina; em nossa versão, recuperamos a profissão originária. Além disso, algumas personagens falavam dialeto e vestiam máscaras; foi só na versão impressa (Bettinelli, 1753, v. IV) que Arlequim virou Trapo e Briguela virou Ridolfo, ambos sem máscara e falando toscano, como o autor diz no Prefácio (infra p. 119).

que apresentamos, é prova de que o grande teatro, quanto mais situado e local, tanto mais resulta universal: ou seja, funciona em outras épocas e latitudes.

A.V.

Bibliografia

ALMEIDA, Maria João. *O Teatro de Goldoni no Portugal de Setecentos*. Lisboa: Imprensa Nacional/Casa da Moeda, 2007.

ALONGE, Roberto. *Goldoni il libertino: Eros, violenza, morte*. Bari: Laterza, 2010.

BARTHES, Roland. *Estudos Sobre Teatro*. São Paulo: Martins Fontes, 2007.

CIAPPELLI, Giovanni. *Carnevale e Quaresima: comportamenti sociali e cultura a Firenze nel Rinascimento*. Roma: Storia e Letteratura, 1997.

COSTA MIRANDA, José da. O Teatro de Goldoni em Portugal (século XVIII): Teatro Declamado. *Estudos Luso-Italianos: Poesia Épico-Cavaleiresca e Teatro Setecentista*. Lisboa: Instituto de Cultura e Língua Portuguesa, 1990.

D'AMICO, Silvio. *Cronache del teatro (1929-1955)*. Bari: Laterza, 1964.

DORT, Bernard. *O Teatro e Sua Realidade*. São Paulo: Perspectiva, 1977.

FERRONE, Siro. *La vita e il teatro di Carlo Goldoni*. Venezia: Marsilio, 2011.

GRAMSCI, Antonio. *Quaderni del carcere*. Torino: Einaudi, 2014.

JACOBBI, Ruggero. *Le rondini di Spoleto*. Trento: La Finestra, 2001.

SQUARZINA, Luigi. *Da Dioniso a Brecht*. Bologna: Il Mulino, 1988.

TARUJO FERREIRA, Luís Manuel. *"La Bella Selvaggia" de Carlo Goldoni na Versão Setecentista de Nicolau Luiz da Silva*. Lisboa: Edições Colibri, 2003.

TUTTE LE OPERE *di Carlo Goldoni*. Organizado por Giuseppe Ortolani. Milano: Mondadori, I Classici, vol. I-XIV, 1956-1964.

VANNUCCI, Alessandra. *Ruggero Jacobbi ou da Transição Necessária. Estratégias de Modernização Teatral Entre Tradição Cômica e Mercado Cultural. Brasil, Década de 1950*. Dissertação (Mestrado em Teatro), UNIRIO, Rio de Janeiro, 2000.

____. Ó Tempos! Ó Saudades! Machado de Assis Espectador de Teatro. *Machado de Assis em Linha*, v. 12, n. 26, jan./abr. 2019.

VANNUCCI, Alessandra (org.). *Uma Amizade Revelada*. Rio de Janeiro: Fundação Biblioteca Nacional, 2004.

____ (org.). *Crítica da Razão Teatral: O Teatro Brasileiro Visto Por Ruggero Jacobbi*. São Paulo: Perspectiva, 2005.

____. *A Missão Italiana: Histórias de uma Geração de Diretores Italianos no Brasil*. São Paulo: Perspectiva, 2014.

ZORZI, Ludovico. Venezia, la repubblica a teatro. In: PIERI, Marzia. *Il teatro di Goldoni*. Bologna: Il Mulino, 1993.

____. *L'attore, la commedia, il drammaturgo*. Torino: Einaudi, 1990.

COMÉDIAS

O TEATRO CÔMICO [1]

O Autor, Aos Que Leem

Esta peça, que intitulo *O Teatro Cômico*, mais do que como comédia pode ser vista como prefácio às minhas comédias. Seja lá como for, nesta composição eu pretendi evidentemente notar uma boa parte daqueles defeitos dos quais procurei escapar e todos aqueles fundamentos nos quais estabeleci o meu método, ao compor minhas comédias. Não há outra diversidade entre um proêmio e esta minha composição, salvo que no primeiro os leitores talvez ficassem mais facilmente entediados, ao passo que no segundo vou parcialmente esquivando o tédio com o movimento de algumas ações.

Não pretendi dar aqui novas regras aos outros, mas apenas fazer com que se conhecesse o que, com longas observações

---

1   A peça foi escrita em Veneza, em 1750, para abrir a temporada inaugural da parceria com Medebach, como de fato aconteceu no fim daquele ano. Antes disso, em setembro do mesmo ano, foi representada em Milão. Tradução e notas de Roberta Barni, excetuadas as notas originais do autor. Existe outra tradução em português, da atriz Olga Navarro, sem data, no acervo Sandro Polônio do banco de peças da Biblioteca Pública da UNIRIO. Possivelmente, a tradução foi realizada no final da década de 1940, quando a atriz fez parte do Teatro Popular de Arte, sem, contudo, chegar a montar a peça.

e exercício quase contínuo, afinal logrei: abrir para mim um caminho que pudesse ser trilhado com algum tipo de segurança maior, e a boa recepção de minhas comédias junto dos espectadores representa disso uma prova nada insignificante. Eu desejaria que qualquer pessoa que se dê a compor, seja lá em que tipo de estudo for, notificasse aos outros o caminho que ela tomou, de maneira que serviria sempre às artes como esclarecimento e melhora.

Da mesma forma, espero que algum bom engenho da Itália se dedique a aperfeiçoar minha obra e a devolver a honra perdida aos nossos teatros com boas comédias, que sejam realmente comédias e não cenas reunidas de qualquer forma, sem ordem ou regra; e eu, que para alguns talvez pareça (desde já) querer bancar o professor, nunca me envergonharei de aprender de seja lá quem for, contanto que esse alguém tenha capacidade de ensinar.

Mandei representar esta comédia no ano de 1750 na primeira noite, ou seja, na estreia da temporada de outono como abertura do teatro. Ali estavam enxertadas aquelas cerimônias que os comediantes em geral costumam fazer aos espectadores na primeira noite. Coisas que depois retirei, como partes inúteis para a comédia em si.

Para me adaptar também ao hábito e dar valor à companhia e às máscaras principalmente, eu as introduzi primeiramente com seus trajes diários e seus rostos, e depois vestidos e mascarados como aparecem em cena. Mais tarde, porém, isso me pareceu uma palhaçada, e agora, na reimpressão[2] que faço dessa comédia, também designei para cada personagem um nome próprio, reservando-me chamá-la com nome artístico quando, nos supostos ensaios da comédia, está representando a tal personagem. Essa é uma correção a mais, que me ocorreu agora, e que será um defeito a mais na imperfeita edição de Bettinelli.

---

2   A nota ao leitor não aparecia na primeira edição de *O Teatro Cômico* (Bettinelli, 1751). Ela foi escrita em 1753 e já aparece na edição Paperini. Em seguida, Goldoni a retomou parcialmente na edição Pasquali e nas edições seguintes. Essa é a segunda versão da nota ao leitor (edição Pasquali).

Personagens

HORÁCIO, chefe da companhia de comediantes, chamado Otávio na comédia[3]
PLÁCIDA, primeira namorada, chamada Rosaura
BEATRIZ, segunda namorada
EUGÊNIO, segundo namorado, chamado Florindo
LÉLIO, poeta
ELEONORA, cantora
VITÓRIA, criada do teatro, chamada Colombina
*TONINHO, veneziano, depois Pantalone na comédia[4]
PETRÔNIO, que representa o doutor na comédia
*ANSELMO, que representa Briguela
*GIANNI, que representa Arlequim
O PONTO
UM LACAIO da cantora, que fala
CRIADOS do teatro, que não falam

O cenário fixo é o próprio teatro, no qual se representam as comédias, com cenários e vista de pátio, figurando ser dia, sem luzes e sem espectadores.

Ato I

Cena 1

O pano de boca se levanta. E antes que esteja totalmente erguido, saem Horácio e depois Eugênio.

HORÁCIO: Parem, parem! Não levantem, parem!
EUGÊNIO: Por que, senhor Horácio, não quer que se levante o pano?
HORÁCIO: Para ensaiar um terceiro ato de uma comédia não há necessidade de levantar o pano.
EUGÊNIO: E não há motivo para mantê-lo abaixado.

---

3 "Chefe da companhia" corresponde a *capocomico*, uma espécie de produtor e diretor geral sem ser necessariamente o dono do empreendimento ou seu mecenas.
4 As três personagens marcadas com* falam a língua veneziana, misturada com algum vocábulo lombardo. (N. do A.)

HORÁCIO: Claro que há motivo. Vocês senhores atores nem pensam naquilo tudo que eu penso. Podem abaixar o pano. (*Em direção aos bastidores.*)
EUGÊNIO: Parem! (*Em direção aos bastidores.*) Com o pano abaixado não se enxerga nada. Portanto, senhor diretor, para ensaiar será preciso acender as luzes.
HORÁCIO: É, sendo assim, é melhor mesmo levantar a cortina. Levantem, levantem, que não quero gastar dinheiro em luzes. (*Em direção aos bastidores.*)
EUGÊNIO: Muito bom. Viva a economia.
HORÁCIO: Ó meu caro amigo, se eu não fizesse economia, as coisas iriam mal. Os comediantes não enriquecem. Tanto ganham, tanto gastam. Têm sorte aqueles que, no fim da temporada, não levam prejuízo. Na maioria das vezes é mais dinheiro que sai do que o que entra.
EUGÊNIO: Gostaria de saber por que motivo o senhor não queria erguer o pano.
HORÁCIO: Para ninguém assistir aos ensaios de nossas cenas.
EUGÊNIO: No meio da manhã, quem é que vai vir ao teatro?
HORÁCIO: Há curiosos que levantam até de madrugada para nos espiar.
EUGÊNIO: Nossa companhia já esteve aqui outras vezes, não haverá tanta curiosidade.
HORÁCIO: Temos personagens novas.
EUGÊNIO: É verdade: essas não devem ser vistas nos ensaios.
HORÁCIO: Quando se quer prestigiar uma personagem, é bom criar expectativa. Para fazer com que se destaque, tem que lhe dar um papel pequeno, mas bom.
EUGÊNIO: E ainda assim há quem peça aos poetas que escrevam dois terços de comédia só para suas personagens.
HORÁCIO: Estão errados, muito errados. Se o ator é bom, torna-se maçante; se for ruim, deixa o público com raiva.
EUGÊNIO: Mas o tempo passa e não estamos fazendo nada. Esses senhores colegas não chegam.
HORÁCIO: Ah, vida de comediantes. Levantar tarde.
EUGÊNIO: Nosso maior sacrifício: ensaiar de manhã.
HORÁCIO: Mas ensaiar é que faz os bons comediantes.
EUGÊNIO: Pronto. Chegou a primeira atriz.
HORÁCIO: Não é pouca coisa, ela ter chegado antes dos outros. Em geral, as primeiras atrizes gostam de fazer-se esperar.

Cena 2

Plácida e acima citados.

PLÁCIDA: Aqui estou! Eu sou a primeira. Essas senhoras não se dignam de chegar? Se elas atrasarem, senhor Horácio, eu vou-me embora.

HORÁCIO: A senhora mal chegou e já está inquieta? Tenha paciência, eu tenho tanta! Tenha alguma também, minha senhora.

PLÁCIDA: Eu acho que poderiam mandar me chamar quando todos já estivessem reunidos.

EUGÊNIO (*baixinho para Horácio*): Está ouvindo? Fala como uma *primadonna*.

HORÁCIO (*baixinho para Eugênio*): É preciso ser diplomático: melhor aturá-la. (*Dirige-se a Plácida.*) Minha senhora, eu pedi que viesse mais cedo, antes dos outros, para conversarmos a respeito da escolha de nossas peças.

PLÁCIDA: O senhor não é o diretor? Pode decidir e dar as ordens, sem depender de ninguém.

HORÁCIO: Posso dar as ordens, é verdade. Mas faço questão que todos fiquem satisfeitos comigo; e especialmente a senhora, por quem tenho a maior consideração.

EUGÊNIO (*baixinho para Horácio*): Está querendo depender de seus conselhos?

HORÁCIO (*baixinho*): Este é meu mote: ouço todos e faço do meu jeito.

PLÁCIDA: Diga, senhor Horácio, qual é a comédia que o senhor escolheu para amanhã à noite.

HORÁCIO: Aquela nova, intitulada *O Pai Rival do Filho*. Ontem nós ensaiamos o primeiro e o segundo ato e hoje ensaiaremos o terceiro.

PLÁCIDA: Para ensaiar não tenho dificuldade, mas para representá-la amanhã à noite... duvido.

EUGÊNIO (*baixinho para Horácio*): Viu? Discorda.

HORÁCIO (*baixinho para Eugênio*): Ah, ela vai concordar sim. (*Dirige-se a Plácida.*) Que outra peça a senhora acharia melhor?

PLÁCIDA: O poeta, que nos fornece as peças, preparou dezesseis neste ano, todas novas, todas com suas personagens completas, com as falas escritas. Vamos representar uma delas.

EUGÊNIO: Dezesseis peças em um só ano? Parece impossível.

HORÁCIO: Mas ele fez mesmo. Comprometeu-se a escrevê-las, e as escreveu.

EUGÊNIO: Quais são os títulos?

PLÁCIDA: Eu vou contar para o senhor: *O Teatro Cômico, Os Caprichos das Mulheres, O Boteco, O Mentiroso, O Adulador, Os Poetas, A Pâmela, O Cavaleiro de Bom Gosto, O Jogador, O Amigo Verdadeiro, A Que Se*

Passou Por Doente, A Mulher Cuidadosa, A Incógnita, O Aventureiro Honrado, A Mulher Volúvel, As Birras das Mulheres, comédia veneziana.

EUGÊNIO: A peça que vamos representar amanhã, não é do mesmo autor?
HORÁCIO: Sim! É dele: mas é uma farsa curta, que ele não conta no número de suas comédias[5].
PLÁCIDA: Por que vamos levar uma farsa e não uma das comédias?
HORÁCIO: Minha cara, a senhora sabe que estamos com dois atores para os papéis sérios faltando: um homem e uma mulher. Estamos esperando. Se não chegarem, não poderemos representar comédias completas.
PLÁCIDA: Se fizermos ainda as farsas da *commedia dell'Arte*, onde vamos parar? Ninguém aguenta mais de tanto ver sempre as mesmas coisas e ouvir sempre as mesmas palavras; os espectadores sabem o que Arlequim vai dizer antes mesmo de ele abrir a boca. Quanto a mim, friso isso, senhor Horácio, estou pouquíssimo disposta a atuar naquelas velharias; estou encantada com o novo estilo, me agrada: amanhã à noite vou representar porque se a comédia não for de caráter, pelo menos está bem dirigida, e o jogo dos sentimentos tem seu efeito. Por outro lado, se a companhia não estiver ao completo, podem também abrir mão da minha presença.
HORÁCIO: Mas enquanto...
PLÁCIDA: Vamos, senhor Horácio. Fiquei em pé tanto tempo que já chega. Vou para o meu camarim descansar. Quando começar o ensaio, mande me chamar, e diga às senhoras comediantes que não se acostumem a deixar esperar uma *primadonna*. (*Sai.*)

Cena 3

Horácio e Eugênio.

EUGÊNIO: Eu morro de rir.
HORÁCIO: Você ri, mas eu tenho vontade de blasfemar.
EUGÊNIO: Não foi o senhor mesmo que disse que tem que ter paciência?
HORÁCIO: Sim, é preciso ter paciência, mas só eu sei os sapos que engulo.
EUGÊNIO: Chegou Pantalone.
HORÁCIO: Caro amigo, faça-me um favor, vá chamar as senhoras.

---

5   Goldoni entende por "comédia de personagem" sua proposta de comédia realista, com personagens caracterizadas psicologicamente, tendo suas falas inteiramente escritas e decoradas ("premeditadas") pelos atores. No Brasil, o conceito aproxima-se ao de "comédias de costumes", em auge no século XIX por autores como Martins Pena.

EUGÊNIO: Vou sim. Mas aposto que estarão na cama ou fazendo a toalete. Essas são suas maiores incumbências: repousar ou se enfeitar. (*Sai.*)

Cena 4

Horácio e depois Toninho.

HORÁCIO: Bom dia, senhor Toninho.
TONINHO: Sr. diretor, meus respeitos.
HORÁCIO: O que o senhor tem? Parece-me um tanto perturbado.
TONINHO: Nem eu sei, sinto uma tremedeira... acho que estou com febre.
HORÁCIO: Deixe-me sentir seu pulso.
TONINHO: Aqui está, compadre, o senhor sabe me dizer se está batendo no tempo normal ou se estremece?
HORÁCIO: Febre não tem. Mas o pulso está muito agitado. Alguma coisa o perturba?
TONINHO: Sabe o que eu tenho? Um medo... um medo que nem sei do quê.
HORÁCIO: Medo de quê?
TONINHO: Caro senhor Horácio, deixemos de brincadeira, falemos seriamente. As comédias de personagem viraram nosso ofício pelo avesso. Um pobre comediante, que fez os seus estudos conforme a Arte, e que se acostumou a falar de improviso, bem ou mal, o que lhe passa pela cabeça, tendo necessidade de estudar e de ter que pronunciar o texto premeditado, se ele tiver alguma reputação, é preciso que pense, é preciso que se canse de tanto estudar, e que ele trema a cada vez que se começa uma nova comédia, receando não sabê-la de cor tanto quanto necessário, ou de não conseguir sustentar a personagem como é necessário.
HORÁCIO: Concordamos nisso, que esta nova maneira de representar exige maior esforço, e maior atenção: mas quão maior é o prestígio que dá aos comediantes? Diga-me, com todas as comédias *dell'Arte*, teria o senhor alguma vez conseguido os aplausos que o senhor conseguiu no *Homem Prudente*, no *Advogado*, nos *Dois Gêmeos* e em tantas outras comédias nas quais o poeta escolheu Pantalone como protagonista?
TONINHO: Isso é verdade, disso estou bem feliz, mas continuo com medo. Tenho a impressão de que o pulo seja grande demais e me lembro daqueles versos do Tasso:
> *Todo voo muito alto e repentino*
> *sói ter o precipício por destino.*

HORÁCIO: O senhor conhece Tasso? Se vê que o senhor tem prática de Veneza e do bom gosto que eles têm em cantar os versos do Tasso em toda esquina.
TONINHO: Ah, para falar de Veneza, eu sei em que barco devo remar.
HORÁCIO: O senhor curtiu Veneza quando jovem?
TONINHO: Curti demais! Fiz de tudo.
HORÁCIO: Muitas damas bonitas, não é? Como o senhor passou?
TONINHO:
> Carrego em mim daquelas damas travessas
> as memórias todas como que impressas.

HORÁCIO: Muito bem, senhor Pantalone! Gosto de sua animação, de sua jovialidade; muitas vezes ouço o senhor cantando.
TONINHO: Pois sim; sim senhor: quando estou sem dinheiro, sempre canto!
HORÁCIO: Faça-me um favor, enquanto os nossos caríssimos colegas não nos fazem o favor de chegar, cante uma canção para mim.
TONINHO: Depois que estudei três horas o senhor ainda quer que eu cante? Tenha dó, não posso atendê-lo.
HORÁCIO: Já estamos sós, ninguém nos ouve.
TONINHO: Não dá. Fica para outra vez.
HORÁCIO: Faça-me esse favor. Quero ver se sua voz é boa.
TONINHO: E se estiver boa, o senhor quer que eu cante em cena?
HORÁCIO: Por que não?
TONINHO: O senhor quer que eu diga? Eu faço papel de Pantalone e não de cantor, e se eu quisesse ser cantor, não teria tido o incômodo deste cavanhaque. (*Sai.*)

Cena 5

Horácio e depois Vitória.

HORÁCIO: Ele fala assim, mas bem que gosta. Se for necessário, tenho certeza de que ele cantará.
VITÓRIA: Meus cumprimentos, senhor Horácio.
HORÁCIO: Ah, senhora Vitória, bom dia. A senhora é das mais disciplinadas.
VITÓRIA: Eu sempre cumpro de boa vontade o meu dever, e para provar que isso é verdade, veja bem: como o meu papel, o que me tocou na peça que estamos ensaiando, é deste tamanho (*mostrando o dedo*), peguei outro e estou decorando.
HORÁCIO: Muito bem, é assim que eu gosto. E qual é o papel que a senhora pegou?

VITÓRIA: O da Cate, na *Moça Honrada*.
HORÁCIO: Ah! A senhora gosta desse geniozinho de depenadora?
VITÓRIA: No palco sim, mas fora do palco não.
HORÁCIO: É, pouco ou muito, as mulheres sempre depenam.
VITÓRIA: Outrora depenávamos, mas agora acabaram os trouxas.
HORÁCIO: E, no entanto, ainda hoje se vê rapazes depenados até o osso.
VITÓRIA: Sabe por quê? Eu vou dizer ao senhor. Em primeiro lugar porque as penas são poucas, e depois, uma pena no jogo, outra no crápula, outra nos teatros, outra nos festins; para as pobres mulheres só sobra penugem e algumas vezes até cabe a nós revestirmos esses pobres depenados.
HORÁCIO: A senhora já teve que vestir algum?
VITÓRIA: Ah não, não sou tola.
HORÁCIO: Claro que é sabida; é comediante.
VITÓRIA: Eu sei o suficiente para não cair numa furada; quanto ao fato de ser comediante, não vem ao caso. Há senhoras que nunca saíram de casa e são mestres no assunto. Sabem das coisas cem vezes mais do que nós.
HORÁCIO: Quer dizer então que para ser esperta basta ser mulher.
VITÓRIA: É verdade, mas sabe por que as mulheres são espertas?
HORÁCIO: Por quê?
VITÓRIA: Porque os homens lhes ensinam as malícias.
HORÁCIO: Aliás, não fossem os homens, elas seriam muito inocentes.
VITÓRIA: Sem dúvida.
HORÁCIO: Nós homens que seríamos inocentes, se não fosse por vocês, mulheres.
VITÓRIA: Vocês, inocentes? Ê malditos cafajestes!
HORÁCIO: Ê bruxas endiabradas!
VITÓRIA: Mas afinal, senhor Horácio. Vamos ensaiar ou não vamos?
HORÁCIO: Ainda estão faltando as outras mulheres, o Arlequim e o Briguela.

Cena 6

Anselmo e acima citados.

ANSELMO: Briguela está cá para servi-lo.
HORÁCIO: Muito bem.
ANSELMO: Estive conversando com um poeta até agora.
HORÁCIO: Poeta? De que gênero?
ANSELMO: Poeta de comédias.

VITÓRIA: É um tal senhor Lélio?
ANSELMO: Exatamente, o senhor Lélio.
VITÓRIA: Ah, ele também foi me visitar e, assim que eu o vi, imaginei que fosse um poeta.
HORÁCIO: Por que motivo?
VITÓRIA: Porque me pareceu miserável, mas feliz.
HORÁCIO: Só por isso a senhora concluiu ser um poeta?
VITÓRIA: Sim senhor. Os poetas, diante das misérias, se divertem com as Musas e vivem alegres e felizes.
ANSELMO: Há outros também que fazem a mesma coisa.
HORÁCIO: E quem são?
ANSELMO: Os comediantes.
VITÓRIA: É verdade, é verdade; eles também, quando não têm dinheiro, pedem emprestado, vendem, empenham tudo o que têm, mas sem perder a alegria.
ANSELMO: Há alguns que estão cheios de dívida e andam por aí intrépidos, feitos paladinos.
HORÁCIO: Perdoem-me, senhores, estão sendo injustos consigo mesmos falando dessa maneira. No teatro, infelizmente haverá uns malandros; mas desses o mundo está cheio, e se encontram em todas as artes. O verdadeiro comediante deve ser honrado, tal qual os outros, deve conhecer o seu dever e respeitar as virtudes morais.
ANSELMO: O comediante pode ter todas as virtudes menos uma.
HORÁCIO: E qual seria a virtude que ele não pode ter?
ANSELMO: A economia.
VITÓRIA: Justamente, como o poeta.
HORÁCIO: Entretanto, se há alguém precisando economizar, esta pessoa é o comediante, porque estando a arte cênica sujeita a infinitas peripécias, o lucro é sempre incerto, e as desgraças são frequentes.
ANSELMO: Vamos ou não ouvir esse poeta?
HORÁCIO: Nós não precisamos dele.
ANSELMO: Tudo bem, vamos ouvi-lo por curiosidade.
HORÁCIO: Por simples curiosidade, eu não ouviria, não. Tenho respeito por doutos e artistas. Mas já que você me pede, vou ouvir de bom grado e, se tiver alguma boa ideia, não hesitarei em aceitá-la.
VITÓRIA: O nosso Autor não se ofenderia?
HORÁCIO: Que nada. Conheço seu gênio. Ele ficaria chateado se esse senhor Lélio destratasse suas obras; mas se for um homem de bons modos, um crítico sábio e discreto, tenho certeza de que serão bons amigos.

ANSELMO: Então vou buscá-lo.
HORÁCIO: Sim e faça-me o favor de avisar os outros, de modo que todos estejam aqui para ouvi-lo. Terei prazer de que cada um diga sua opinião. Os comediantes, mesmo que não tenham habilidade para escrever as peças, têm, porém, bastante conhecimento para distinguir as boas das ruins.
ANSELMO: Sim, mas há também os que julgam a peça pelo tamanho do seu papel. Se for curto, dizem que a comédia não presta; cada um gostaria de ser o protagonista; quando ouve risos e aplausos, se entusiasma e acha que a peça está ótima.
*Já que se o povo aplaude e dá risada,
o comediante serviu bem para a empreitada. (Sai.)*

Cena 7

Horácio e Vitória.

HORÁCIO: Lá vem os versos. Antigamente, todas as cenas terminavam assim.
VITÓRIA: É verdade; todos os diálogos terminavam numa cançãozinha. Os atores de repente viravam poetas.
HORÁCIO: Hoje, o gosto das comédias se renovou, moderou-se o uso de tais versos.
VITÓRIA: Grandes novidades no teatro cômico!
HORÁCIO: A senhora acha que quem introduziu tais novidades errou ou acertou mais?
VITÓRIA: Essa é uma boa pergunta, mas não cabe a mim responder. Porém, vendo que o mundo todo aplaude, me parece que foi mais um acerto do que um erro. Digo isso, não obstante para nós tenha sido ruim, porque temos de estudar muito mais, e para vocês empresários foi bom, porque a bilheteria está rendendo bem mais. (*Sai.*)

Cena 8

Horácio e depois Gianni[6].

---

6 O nome Gianni ou Gian, diminutivo de Giovanni, que no norte da Itália se transforma dialetalmente em Zanni, Zani, Zuan, Zuani ou Zuane, acabou dando origem ▶

HORÁCIO: Todos pensam apenas no lucro! Ninguém pensa nas despesas que eu tenho! Se um ano não for bem, adeus empresa e adeus empresário. Ah, vem Arlequim.

GIANNI: Senhor Horácio, já que tenho a honra de favorecê-lo com minha insuficiência, resolvi vir receber o incômodo de vossa graça.

HORÁCIO: Viva, senhor *zanni*. (*À parte*) Não entendo se está falando como Arlequim, ou se acredita que assim seria italiano castiço.

GIANNI: Disseram-me para eu vir no desconserto e não faltei, aliás, estava numa biboca tomando café e pela pressa quebrei a xícara, para servi-lo...

HORÁCIO: Sinto ter sido o motivo incidente.

GIANNI: Ah, não foi nada. *Post factum nullum consilium*.

HORÁCIO (*à parte*): Realmente está de bom humor. Diga-me, senhor Gianni, que tal Veneza?

GIANNI: Gosto nada.

HORÁCIO: Não? Por quê?

GIANNI: Porque ontem à noite eu caí num canal.

HORÁCIO: Pobre senhor Gianni. E como aconteceu?

GIANNI: Vou lhe contar: do barquinho...

HORÁCIO: Mas o senhor está falando toscano?

GIANNI: Sempre, a todo vapor.

HORÁCIO: Um *zanni* não precisa falar toscano.

GIANNI: Caro senhor, por favor, me diga, como falaria então?

HORÁCIO: Deveria falar Bergamasco, o dialeto de Bérgamo.

GIANNI: Deveria, sim, também sei que deveria. Mas como se fala?

HORÁCIO: Nem eu sei como.

GIANNI: Então vá estudar e depois venha aqui me corrigir. La lara la lara. (*Cantarolando com entusiasmo.*)

HORÁCIO (*à parte*): Até eu estou rindo com essa. (*A Gianni*) Diga-me uma coisa, como é que o senhor foi cair na água?

GIANNI: Ao descer da gôndola, coloquei um pé na terra firme e o outro na borda do barco. O barco afastou-se da beira e eu, de bergamasco que era, virei veneziano.

HORÁCIO: Senhor Gianni, amanhã à noite vamos estrear uma comédia nova.

GIANNI: Cá estou eu, na cara dura, na cara de pau, medo nenhum.

HORÁCIO: O senhor lembre que já não representamos à moda antiga.

▷ ao nome genérico dos criados da *Commedia dell'Arte*, *Zanni*, sendo que era prenome comum de gente do povo. Não é à toa que o senhor Gianni aqui representa Arlequim, o segundo *Zanni*, ou segundo criado.

GIANNI: E nós vamos representar à moda moderna.
HORÁCIO: Nosso bom gosto apurou-se.
GIANNI: O bom agrada também aos bergamascos.
HORÁCIO: E o público não se contenta com pouco.
GIANNI: O senhor está fazendo de tudo para me intimidar, mas aí não faria mais nada. Eu faço uma personagem que tem que fazer rir e, se eu tenho que fazer os outros rirem, é preciso antes que eu ria, de modo que é melhor não pensar em nada. O que será, será. Vou pedir apenas uma coisa, vou suplicar, aliás, ao meu caríssimo, meu piedosíssimo público, que se quiser me prestigiar com uma dúzia de maçãs, que façam a caridade, a gentileza de atirá-las cozidas, não cruas.
HORÁCIO: Louvo a sua franqueza. Em qualquer outra pessoa poderia se chamar temeridade, mas num Arlequim que, como bem diz, deve fazer rir, essa jovialidade, esse atrevimento é um capital.
GIANNI: *Audaces fortuna juvat, timidosque*[7] e o que vem depois.
HORÁCIO: Daqui a pouco vou ter que ouvir um poeta e depois eu quero ensaiar algumas cenas.
GIANNI: Se quiser um poeta, cá estou eu.
HORÁCIO: Também é poeta?
GIANNI: Mas é claro!
Também eu fui, entre os loucos, redentor,
sou poeta, sou músico e pintor. (*Sai.*)
HORÁCIO: Bom, muito bom! Gosto muito disso. Vindos do Arlequim, até os versos são toleráveis. Mas... esses senhores colegas não chegam. Vou chamá-los. É preciso ter muita paciência para ser diretor. Quem não acredita, que tente por uma semana e tenho certeza que sua vontade logo logo passará. (*Sai.*)

Cena 9

Beatriz e Petrônio.

BEATRIZ: Vamos lá, senhor Doutor, faça-me o favor, vamos lá! Quero que o Senhor seja o meu cavalheiro e servidor.
PETRÔNIO: Deus me livre disso.
BEATRIZ: Como? Por quê?

---

7   A fórmula latina completa, *Audaces fortuna juvat, timidosque repellit*, significa: "Ao homem ousado, a fortuna estende a mão".

PETRÔNIO: Em primeiro lugar, porque não sou tão louco a ponto de querer me sujeitar aos caprichos de uma mulher. Em segundo lugar, porque se eu quisesse fazê-lo o faria fora da companhia, pois quem tem juízo leva o lixo para longe de casa; em terceiro lugar, porque, com a senhora, eu acabaria representando justamente o papel do Doutor na comédia intitulada *A Sogra e a Nora*.
BEATRIZ: Ou seja?
PETRÔNIO: Como prêmio por minha servidão, só poderia esperar ganhar um cuspe na cara.
BEATRIZ: Escute, eu não ligo para essas coisas. Criados eu nunca tive e nem quero, mas se quisesse ter, escolheria jovens.
PETRÔNIO: As mulheres sempre se apegam ao pior.
BEATRIZ: Nunca é pior aquilo que agrada.
PETRÔNIO: Não temos que buscar o que agrada, mas o que nos favorece.
BEATRIZ: Realmente o senhor só serve para dar conselhos.
PETRÔNIO: Eu sei dá-los, mas a senhora, pelo que eu vejo, não sabe recebê-los.
BEATRIZ: Quando eu for velha, os receberei.
PETRÔNIO: *Principiis obsta; sero medicina paratur*[8].

Cena 10

Horácio, Eugênio, Plácida e os demais acima citados.

BEATRIZ: Bom dia, senhora Plácida.
PLÁCIDA: Meus cumprimentos, senhora Beatriz.
BEATRIZ: Como está? Está bem?
PLÁCIDA: Muito bem, para servi-la. E a senhora, como está?
BEATRIZ: É, mais ou menos! Um pouco abatida pela viagem.
PLÁCIDA: Oh, essas viagens são um sofrimento!
BEATRIZ: Acho graça naqueles que dizem que nós vivemos passeando e tendo diversão pelo mundo.
PLÁCIDA: Diversão, é? Come-se mal, dorme-se pior, ora sofremos o calor, ora o frio. Essa diversão bem que eu deixaria de ter.
HORÁCIO: Minhas senhoras, terminaram com as cerimônias?
PLÁCIDA: Minhas cerimônias acabam logo.
BEATRIZ: Eu tampouco me enrosco em cerimônias.

8 A frase ovidiana completa *Principiis obsta, sero medicina paratur/Cum mala per longas convaluere moras* significa: "Opõe-te aos começos, recorre-se tarde ao medicamento quando o mal tomou forças em virtude da longa demora."

HORÁCIO: Então vamos nos sentar. Criados, onde estão? Tragam cadeiras. (*Os criados trazem cadeiras, todos se sentam; as mulheres sentam-se perto uma da outra.*) Vamos ouvir um novo poeta.
PLÁCIDA: Com prazer.
EUGÊNIO: Aí está ele, vem vindo.
PETRÔNIO: Pobrezinho! É muito magro.

Cena 11

Lélio e acima mencionados.

LÉLIO: Humilde criado dos senhores. (*Todos o cumprimentam.*) Uma resposta, por favor; qual dessas senhoras é a primeira dama?
HORÁCIO: Aqui está ela: a senhora Plácida.
LÉLIO: Permita que, com todo respeito, eu cumpra um ato devido. (*Beija-lhe a mão.*)
PLÁCIDA: Muita me honra, senhor, eu nem mereço.
LÉLIO (*a Beatriz*): A senhora talvez seja a segunda atriz?
BEATRIZ: Para servi-lo.
LÉLIO: Permita-me também... (*Como acima.*)
BEATRIZ: Não, senhor. (*E retira a mão.*)
LÉLIO: Suplico-lhe... (*Torna a tentar.*)
BEATRIZ: Não se incomode. (*Como acima.*)
LÉLIO: É minha obrigação. (*Beija-lhe a mão.*)
BEATRIZ: Como queira.
HORÁCIO (*a Eugênio*): Esse poeta é cheio das cerimônias.
EUGÊNIO (*a Horácio*): Os poetas são quase todos assim com as mulheres.
HORÁCIO: O senhor então é o senhor Lélio, famoso comediógrafo, não é assim?
LÉLIO: Às suas ordens. E quem é o senhor, posso saber?
HORÁCIO: Represento o papel do primeiro namorado e sou o diretor da companhia.
LÉLIO: Permita, então, que eu cumpra com o senhor os meus atos de respeito. (*Faz uma reverência afetada.*)
HORÁCIO: Por favor, não se incomode. Ei, vocês, tragam uma cadeira para ele.
LÉLIO: O senhor me honra com tamanha bondade. (*Os criados trazem uma cadeira e vão embora.*)
HORÁCIO: Por favor, fique à vontade.

LÉLIO: Ora, se me permitir vou ficar ao lado dessas belas senhoras.
HORÁCIO: Vejo que lhe agrada a companhia das mulheres.
LÉLIO: O senhor é bom observador. As musas são mulheres. Viva o belo sexo, viva o belo sexo.
PETRÔNIO: Senhor poeta, seu criado.
LÉLIO: Seu escravo. Quem é o senhor?
PETRÔNIO: O Doutor, para servi-lo.
LÉLIO: Muito bom, fico feliz. Tenho uma bela comédia, perfeita para o senhor.
PETRÔNIO: Como se intitula?
LÉLIO: *O Doutor Ignorante*.
PETRÔNIO: Também me deleito em escrever, o senhor sabe; também tenho uma comédia perfeita para o senhor.
LÉLIO: É mesmo? Como se intitula?
PETRÔNIO: *O Poeta Doido*.
LÉLIO: Viva! Parabéns! (*Voltando-se para Plácida.*) Madame, tenho umas cenas de ternura que caem como uma luva para a senhora e que farão chorar não apenas a audiência, mas os próprios bancos. (*A Beatriz.*) Para a senhora, tenho cenas tão fortes que até os palcos baterão palmas.
EUGÊNIO (*à parte*): Os bancos choram, os palcos batem palmas, esse poeta parou no século passado.
HORÁCIO: Favoreça e nos deleite com algo bonito.
LÉLIO: Pois não. Este é uma comédia de improviso. Compus ela em uns quarenta e cinco minutos.
PETRÔNIO: Bem que podemos afirmar que foi feita precipitadamente.
LÉLIO: Ouçam o título, *Pantalone, Pai Amoroso, Com Arlequim, Criado Fiel. Briguela, Rufião Por Interesse. Otávio, Administrador dos Bens da Cidade e Rosaura, Delirante Por Amor*. O que o senhor acha? Não é bonito? (*Às damas.*) Gostaram?
PLÁCIDA: É um título tão comprido que já nem lembro mais.
BEATRIZ: É um título que inclui quase toda a companhia.
LÉLIO: Aí é que está, fiz com que o título sirva de argumento da comédia.
HORÁCIO: Perdoe-me, senhor Lélio. As boas comédias têm que ter unidade de ação, o argumento tem que ser um só e o título tem que ser simples.
LÉLIO: Bom, antes abundar do que faltar. Essa comédia tem cinco títulos. Tome entre eles aquele que mais lhe agradar. Aliás, faça assim: a cada ano que for representá-la novamente, mude o título e por cinco anos terá uma comédia que vai parecer sempre nova.
HORÁCIO: Prossigamos. Vamos ouvir como começa.
LÉLIO (*a Plácida*): Ah, Madame, terei grande prazer se me der a honra de escrever alguma coisa para a senhora.

PLÁCIDA: Sinto muito. Dou pouca honra.
LÉLIO (*a Beatriz*): Gostei da ideia! A senhora é perfeita para o tipo da bela tirana.
BEATRIZ: O senhor poeta está zombando de mim.
LÉLIO: Digo isso de coração.
PETRÔNIO: Senhor poeta, tire-me uma dúvida, o senhor já foi ator?
LÉLIO: Atuei nas mais famosas academias da Itália.
PETRÔNIO: Parece especialmente talhado para papéis caricatos.
HORÁCIO: Então, senhores, podemos ouvir a peça?
LÉLIO: Pois não. Vamos a ela: *Primeiro ato. Rua. Pantalone e Doutor. Cena de amizade.*
HORÁCIO: Ultrapassado, ul-tra-pas-sa-do.
LÉLIO: Mas, por favor, me ouça, o *Doutor pede a Pantalone a filha em casamento.*
EUGÊNIO: E Pantalone promete.
LÉLIO: Isso mesmo. *E Pantalone promete-a. O Doutor sai. Pantalone bate à porta e chama Rosaura.*
HORÁCIO: E Rosaura vem à rua.
LÉLIO: Sim senhor; *e Rosaura vem à rua.*
HORÁCIO: Com licença, não vou ouvir mais nada. (*Levanta-se.*)
LÉLIO: Por quê? O que há de mal nisso?
HORÁCIO: Essa enorme impropriedade de deixar as mulheres saírem à rua foi tolerada na Itália durante muito tempo. Que indecência. Graças aos céus isso já foi corrigido e eliminado; não permitiremos uma coisa dessas em nosso teatro.
LÉLIO: Então façamos assim. *Pantalone vai para a casa da filha e o Doutor fica.*
HORÁCIO: E enquanto Pantalone está dentro de casa o que é que o Doutor dirá, no meio da rua?
LÉLIO: *Enquanto Pantalone está em casa, o Doutor...* ah, ele diz o que vier à cabeça. *Nisso,* ouçam bem, *nisso Arlequim, criado do Doutor, chega devagarinho e dá uma paulada no patrão.*
HORÁCIO: Credo! Credo! Cada vez pior.
PETRÔNIO: Se fosse o poeta no papel do Doutor, seria bom.
HORÁCIO: O criado dando pauladas no patrão é uma indignidade. Infelizmente, essa piada sem gosto foi praticada pelos cômicos, durante muito tempo, mas agora já não se usa. Pode se imaginar maior tolice que isso? Arlequim dá pauladas no seu amo e o amo tolera, só porque é engraçado? Senhor poeta, se não tiver algo mais moderno, por favor, nem se incomode mais.
LÉLIO: Ao menos ouçam esse diálogo.
HORÁCIO: Ouçamos o diálogo.

LÉLIO: *Primeiro Diálogo. O homem roga, a mulher enxota.* (HOMEM). *Mulher mais surda do que o vento, não escutas meu lamento?* (MULHER). *Ó, fique distante insolente feito mosca, ou feito pernilongo.* (HOMEM). *Meu ídolo dileto...*
HORÁCIO: Não posso mais com isso.
LÉLIO: *Tenha compaixão...*
HORÁCIO: Vá cantar seus versos de meia-tigela noutro lugar. (*Sai.*)
LÉLIO: (MULHER). *Quanto mais o senhor diz me amar, tanto mais consegue me maçar.* (HOMEM) *Coração ingrato, estou estarrecido.*
EUGÊNIO: Eu também, senhor poeta, estou aborrecido. (*E vai embora.*)
LÉLIO: (MULHER). *Pode ir, seu pavão, seu rogar vai ser em vão.* (HOMEM). *Ouça-me, ó mulher, ó deusa.*
PETRÔNIO: Está me dando diarreia.
LÉLIO: (MULHER). *Fuja, voe, desapareça.* (HOMEM). *Pare, sua maldosa arrasadora.*
BEATRIZ: Vou-me embora, já fui. (*Sai.*)
LÉLIO: *Mas isso é desumano.*
PLÁCIDA: Meu caro, o senhor é insano. (*Sai.*)
LÉLIO: (MULHER). *Não espere de mim piedade, pois piedade do senhor não tenho.* (HOMEM). *Se piedade de ti eu não tiver, desesperado vou morrer.* Como! Saíram todos? Me deixaram aqui só, feito um pateta? Assim zombam de um homem de minha categoria? Juro aos céus que vou me vingar. Vou mostrar para eles quem sou eu. Farei representar minhas comédias a despeito deles, e se não encontrar outro lugar para expô-las, mandarei representá-las em cima de um banco da praça por uma companhia de valorosíssimos charlatães. Quem são esses senhores, que pretendem renovar de uma hora para outra o teatro cômico? Só porque mostraram ao público algumas comédias novas, acham que podem abolir todas as velhas? Não passarão! Com suas novidades nunca chegarão a se consagrar nem ganhar tanto dinheiro quanto durante tantos anos o inesquecível *Convidado de Pedra*. (*Sai.*)

Ato II

Cena 1

Lélio e Anselmo.

LÉLIO: Senhor Anselmo, estou mortificado.

ANSELMO: Também, o senhor foi logo propor como primeira comédia uma porcaria de sujeito que não serviria nem para uma companhia de fantoches.

LÉLIO: Quanto ao sujeito eu admito, mas o diálogo não era para ser tão maltratado assim.

ANSELMO: Mas o senhor não sabe que figuras, solilóquios, reproches, conceitos empolados, desesperos e tiradas[9] são coisas que não se usam mais?

LÉLIO: Mas, afinal, o que se usa hoje em dia?

ANSELMO: Comédias de personagem.

LÉLIO: Ó, comédias de personagem eu tenho quantas quiser.

ANSELMO: Por que então não foi propor uma delas para o nosso diretor?

LÉLIO: Porque pensei que os italianos não gostassem das comédias de personagem.

ANSELMO: Ao contrário, agora o público não quer saber de outra coisa! Caiu tanto no gosto das pessoas que agora até o povão tem opinião sobre os tipos e os defeitos das comédias.

LÉLIO: Isso é algo realmente surpreendente.

ANSELMO: Mas vou lhe dizer por quê. A comédia foi inventada para castigar os vícios e ridicularizar os maus hábitos; e quando as peças antigas eram feitas assim, o povo todo refletia e julgava, porque ao ver a cópia de um tipo em cena, cada qual reconhecia, em si ou em alguém mais, o original. Quando as comédias se tornaram mero pretexto para fazer rir, ninguém deu mais bola, porque em nome da diversão admitiam-se os mais absurdos despropósitos. Agora que se voltam a buscar comédias no *mare magnum* da natureza, os espectadores sentem-se tocados, seu coração sendo remexido e, deixando-se tomar pela paixão, ou pelo caráter que se representa, sabem perceber se a paixão está bem sustentada, se o caráter está bem conduzido e bem retratado.

LÉLIO: O senhor fala de tal maneira que mais parece poeta do que comediante.

ANSELMO: Vou lhe dizer. Vestindo a máscara eu sou Briguela, sem máscara sou um homem que se não for poeta por criação tem, ao menos,

---

9 Trata-se de termos técnicos utilizados pelos atores da tradição da *Commedia dell´Arte* e que designavam o repertório, por assim dizer, "fixo" ou "premeditado", a ser utilizado (encaixado) pelas personagens conforme as circunstâncias que se criavam durante as improvisações. Assim, cada personagem, ao longo da prática, reunia seu próprio repertório. Os "conceitos", por exemplo, pertenciam ao repertório dos Namorados, e, segundo Perrucci (*Dell´Arte Rappresentativa Premeditata ed all´improvviso*, Napoli: Michele Luigi Mutio, 1699), "nada mais são do que uma breve locução figurada". A "tirada" corresponde a uma longa fala, geralmente usada na primeira entrada da personagem; o rei das tiradas era o Doutor, personagem verborrágica.

o discernimento suficiente para entender seu ofício. Um comediante ignorante não pode representar nenhuma personagem.

LÉLIO (*à parte*): Receio que esses comediantes saibam mais do que eu. (*A Anselmo*) Caro amigo, me faça o favor de dizer ao diretor que eu tenho também comédias de personagem.

ANSELMO: Darei o recado. O senhor pode voltar hoje à noite ou amanhã de manhã que já terei falado com ele.

LÉLIO: Não, na verdade estou com pressa. Faça isso agora mesmo.

ANSELMO: Veja bem; temos que ensaiar algumas cenas para amanhã à noite. Certamente agora ele não poderá atendê-lo.

LÉLIO: Se não me atender, vou-me embora, e darei minhas comédias para alguma outra companhia.

ANSELMO: Fique à vontade, nós não estamos precisando.

LÉLIO: O teatro de vocês perderá muito.

ANSELMO: Paciência.

LÉLIO: Amanhã tenho que partir. Se ele não me ouvir agora não dará mais tempo.

ANSELMO: Faça boa viagem.

LÉLIO: Amigo, vou abrir meu coração; estou sem dinheiro e nem sei como fazer para comer.

ANSELMO: Esta sim é uma boa razão, e me convence.

LÉLIO: Peço sua ajuda. Ponha uma boa palavra por mim.

ANSELMO: Vou imediatamente falar com ele. Espero que ele venha ouvir logo as suas comédias de personagem. (*À parte*) Mas acho que o melhor papel da comédia seja ele mesmo: o poeta esfomeado. (*Sai.*)

Cena 2

Lélio e depois Plácida.

LÉLIO: Eu cheguei numa péssima conjuntura. Os comediantes hoje são esclarecidos: mas não importa. Presença de espírito e franqueza. Pode ser que eu consiga me fazer valer. Eis a Primeira Atriz voltando. Creio ter causado nela alguma boa impressão.

PLÁCIDA: Senhor Lélio, ainda aqui?

LÉLIO: Sim, minha senhora, como borboleta apaixonada eu vou dando voltas ao redor do lume de suas pupilas.

PLÁCIDA: Se continuar nesse estilo o senhor vai passar ridículo.

LÉLIO: Mas os livros que vocês chamam de "genéricos" não estão repletos dessas figuras retóricas?

PLÁCIDA: Os meus livros que continham tais conceitos eu os queimei todos, e assim fizeram todas as atrizes esclarecidas pelo gosto moderno. Na maioria das vezes fazemos comédias de personagem, premeditadas, mas quando acontece de falarmos improvisando, utilizamos o estilo familiar e falamos fácil, para não perder credibilidade.

LÉLIO: Sendo assim, vou lhe dar umas comédias escritas com estilo tão suave, que ao decorá-las ficará encantada.

PLÁCIDA: É só não ser naquele velho estilo cheio de "antíteses" e de "tropos".

LÉLIO: A antítese deixou de ser bela? O tropo não soa mais bem ao ouvido?

PLÁCIDA: Enquanto a antítese for figura, tudo bem; mas quando se torna vício, é insuportável.

LÉLIO: Homens do meu quilate sabem tirar figura dos vícios. Fico animado em transformar a mais ordinária cacofonia numa graciosa repetição.

PLÁCIDA: Está bem. Escutarei as belas produções do seu espírito.

LÉLIO: Ah, senhora Plácida, a senhora há de ser minha rainha, minha estrela, minha diva, minha musa.

PLÁCIDA: Essa figura parece-me uma "hipérbole".

LÉLIO: Vou penetrar com a minha mais fina retórica todos os "tropos" de seu coração.

PLÁCIDA (à parte): Não gostaria que com sua retórica avançasse demais.

LÉLIO: Da sua beleza "argumento filosoficamente" sua bondade.

PLÁCIDA: Mas que filósofo, o senhor me parece um belo calculista.

LÉLIO: Tornar-me-ei "especulativo" nas prerrogativas de vosso merecimento.

PLÁCIDA: Errou na conta, o senhor é um mau aritmético.

LÉLIO: Espero que com a perfeição da "óptica" poderei "especular" sobre sua beleza.

PLÁCIDA: Também nisso é um péssimo "astrólogo".

LÉLIO: É possível que não queira ser "enfermeira" amorosa de minhas chagas?

PLÁCIDA: Sabe o que eu serei? Uma "juíza" que mandará o senhor ser amarrado e levado ao hospital dos loucos. (À parte) Se ficar mais tempo com ele me deixaria louca também. Aqueles conceitos todos deveriam ser vetados, como armas curtas. (Sai.)

Cena 3

Lélio e depois Horácio.

LÉLIO: Essas princesas do palco pretendem ter soberania sobre os poetas, mas se não fosse por nós, não conseguiriam os aplausos do público. Mas eis o senhor empresário e diretor; com ele convém se conter com humildade. Oh fome, fome, como você dói!

HORÁCIO: Briguela me disse que o senhor tem comédias de personagem, e embora eu não esteja precisando delas, ainda assim, para lhe agradar, vou ficar com algumas.

LÉLIO: Ficarei eternamente grato.

HORÁCIO: Tragam cadeiras. (*Os criados trazem duas cadeiras e vão-se embora.*)

LÉLIO (*à parte*): Ó sorte, ajude-me.

HORÁCIO: Muito bem, favoreça mostrar-me algo bonito.

LÉLIO: Sim senhor. Esta é uma comédia traduzida do francês, e se intitula...

HORÁCIO: Pare! Se é traduzida, não serve para mim.

LÉLIO: Por quê? O senhor despreza as obras francesas?

HORÁCIO: Não desprezo; louvo-as, as estimo, as venero, mas não são o que quero. Os franceses triunfaram na arte das comédias durante um século inteiro; chegou a hora da Itália mostrar que por aqui não se apagou a luz dos bons autores, aqueles que, após gregos e latinos foram os primeiros a dar lustro aos palcos. Não se pode negar que os franceses têm bons tipos em suas comédias, bem representados e que manipulam bem as paixões, e que seus diálogos são argutos, cheios de espírito e brilhantes, mas o público daquele país contenta-se com pouco. Um tipo apenas basta para sustentar uma comédia francesa. Em torno de uma única paixão bem conduzida, enfileiram uma grande quantidade de períodos que, por força do estilo, tomam ares de novidade. Os italianos querem muito mais. Querem que o caráter principal seja forte, original e verossímil, que quase todas as pessoas que formam os episódios sejam outros tantos tipos; que o enredo seja fecundo de acidentes e novidades. Querem a moral temperada com sal, pimenta e piadas. Querem um final inesperado, mas coerente com o curso da comédia. Querem tantas e infinitas coisas, que eu demoraria muito para mencioná-las, e apenas com o hábito, com a prática e com o tempo pode-se chegar a conhecê-las e executá-las.

LÉLIO: Mas, afinal, quando uma comédia tiver todas essas boas qualidades, na Itália, agradará a todos?

HORÁCIO: Oh, não. Porque, já que cada espectador pensa de uma maneira peculiar, nele a comédia produz efeitos diferentes conforme seu modo de pensar. O melancólico não gosta da piada, o alegre não gosta da moralidade. Esse é o motivo pelo qual as comédias nunca têm, nem nunca terão, o aplauso universal. Mas a verdade é que quando são boas, a maioria gosta, e quando são ruins, desagradam a maioria.

LÉLIO: Sendo assim, eu tenho uma comédia de personagem da qual, tenho certeza, a maioria há de gostar. Parece-me ter observado nela todos os preceitos, mas mesmo que não seja, estou certo que cumpri o essencial, que é ter um único cenário.

HORÁCIO: Quem lhe disse que o cenário único seja essencial?

LÉLIO: Aristóteles.

HORÁCIO: O senhor leu Aristóteles?

LÉLIO: Pra dizer a verdade, não li, mas ouvi dizer assim.

HORÁCIO: Vou lhe explicar o que diz Aristóteles. Este bom filósofo começou a escrever uma comédia, mas não terminou, e só temos dele, a respeito dessa matéria, nada mais do que poucas páginas imperfeitas. Em sua *Poética* ele prescreveu a observância da cena única em relação à tragédia, e não falou da comédia. Há quem diga que o que ele escreveu a respeito da tragédia valer para a comédia, e que se ele tivesse terminado o tratado sobre a comédia, também a teria prescrito. A isso respondemos que se Aristóteles estivesse vivo no presente, ele próprio aboliria o preceito, porque causa mil absurdos, mil impropriedades e demências. Temos dois tipos de comédia: a "comédia simples" e a "comédia de entrecho". A comédia "simples" pode ser representada num espaço unitário, a comédia "de entrecho" não pode, a não ser às custas de muitas incoerências. Os antigos não tinham a facilidade que nós temos na mudança de cenário, e por isso mantinham um único cenário. Nós podemos dizer que observamos a unidade do lugar, sempre que a ação se passe na mesma cidade e, muito mais, na mesma casa; contanto que não se vá de Nápoles até a Castilha em um dia, como costumavam fazer os espanhóis, os quais hoje começam a corrigir esse abuso e a respeitar as distâncias e o tempo. Concluindo, se a comédia, sem esticadas inúteis e impropriedades, pode ser representada na cena fixa, que se faça; mas se, para manter a regra da unidade, tivermos que recorrer a absurdos, é melhor mudar o cenário e observar as regras da verossimilhança.

LÉLIO: E eu que penei tanto para observar esse preceito.

HORÁCIO: Pode ser que o cenário único funcione. Qual é o título?

LÉLIO: *O Pai Rufião das Próprias Filhas.*

HORÁCIO: Ai de mim! Péssimo argumento. Quando o protagonista da comédia tem maus hábitos, ou muda seu caráter no meio do enredo e se redime, de acordo com os preceitos, ou a própria comédia parecerá escandalosa.

LÉLIO: Como assim, não se deve colocar em cena vilões para corrigi-los e fazê-los envergonhar?

HORÁCIO: Tudo bem um vilão, mas não um que dê escândalo, como seria o caso de um pai servindo de rufião das próprias filhas. Querendo mesmo introduzir um tipo desprezível numa comédia, deve ficar em segundo plano e não de frente, por exemplo, aparecer em uma cena só, em contraste ao tipo virtuoso, para que melhor se exalte a virtude e se deprima o vício.

LÉLIO: Senhor Horácio, já não sei o que dizer, eu não tenho mais nada para lhe oferecer.

HORÁCIO: Sinto muito, mas o que me ofereceu não serve para mim.

LÉLIO: Senhor Horácio, estou passando por dificuldades.

HORÁCIO: Eu lamento, mas não sei como ajudá-lo.

LÉLIO: Uma única coisa me resta lhe oferecer. E espero que o senhor não tenha coragem de desprezá-la.

HORÁCIO: Diga-me no que consiste.

LÉLIO: Na minha própria pessoa.

HORÁCIO: E o que eu deveria fazer com o senhor?

LÉLIO: Sou ator, se o senhor quiser me aceitar.

HORÁCIO (*levanta-se*): Ator? O senhor se oferece como ator? Um poeta, que deve ser mestre dos comediantes, rebaixa-se ao grau de ator? O senhor é um impostor: assim como é um falso poeta, será um mau ator. Motivo pelo qual recuso sua pessoa como já recusei sua obra, e digo mais, o senhor está enganado se acredita que os comediantes honestos, como nós somos, dão abrigo a vagabundos. (*Sai.*)

LÉLIO: Que vão para o diabo os argumentos, as comédias e a poesia. Teria sido melhor me apresentar como ator logo de cara. Agora o diretor me deu um pé na bunda e não me quer; o que faço? Pode ser que, com a ajuda de Briguela, eu seja aceito. Eu gosto tanto de teatro. Tudo bem, não sirvo para escrever, vou querer representar. Como aquele soldado que, não podendo ser capitão, contentou-se em ser tamborim da tropa.

Cena 4

O Ponto com papéis na mão e uma vela acesa, depois Plácida e Eugênio.

PONTO: Vamos, senhores, que já está ficando tarde. Vamos ensaiar. Agora é a vez de Rosaura e Florindo.
PLÁCIDA: Eis-me aqui, eu estou pronta.
EUGÊNIO (*ao Ponto*): Estou aqui, pode começar.
PLÁCIDA: Veja bem, senhor Ponto: nos trechos que sei, sopre baixinho; onde eu não sei, fale alto.
PONTO: E como vou adivinhar onde a senhora sabe e onde a senhora não sabe?
PLÁCIDA: Se souber fazer seu trabalho, tem que acertar. Vamos; ai do senhor se me fizer errar.
PONTO (à *parte*): Todos assim, estes comediantes: não decoraram o papel, a culpa é do Ponto.
Entra e vai trabalhar.

Cena 5

Rosaura e Florindo, ensaiando.

ROSAURA: *Caro Florindo, o senhor está sendo injusto comigo. Confie em mim! Meu pai nunca chegará a dispor de minha mão.*
FLORINDO: *Não temo vosso pai, mas o meu. Pode ser que o Doutor, amando a senhora ternamente, não queira a sua ruína; mas o amor que meu pai tem pela senhora me deixa angustiado e não tenho ânimo para declarar-me rival.*
ROSAURA: *O senhor pensa que eu sou tão tola a ponto de querer consentir casar com o senhor Pantalone? Eu disse que serei esposa de alguém da casa Necessitados, mas entendia do filho e não do pai.*
FLORINDO: *No entanto ele se gabava que possuía a senhora, e ai de mim se ele descobrisse nosso acordo.*
ROSAURA: *Manterei oculto meu amor até o ponto em que por causa do meu silêncio eu não arrisque perdê-lo.*
FLORINDO: *Adeus, minha cara, mantenha-se fiel.*
ROSAURA: *E vai me deixar assim tão já?*
FLORINDO: *Se o senhor seu pai a surpreender, será desvelado todo o segredo.*
ROSAURA: *Ele não virá tão cedo.*

Cena 6

Pantalone e mencionados, ensaiando.

PANTALONE: *Ó de casa, posso entrar?*
FLORINDO: *Ai de mim! Meu pai!*
ROSAURA: *Esconda-se naquele quarto.*
FLORINDO: *Veio falar de amor com a senhora.*
ROSAURA: *Vou fazer o jogo dele para não criar suspeitas.*
FLORINDO: *Mantenha o jogo só até certo ponto.*
ROSAURA: *Rápido, rápido, vá.*
FLORINDO: *Ó amor fatal que me obriga a ter ciúmes de meu próprio pai! (Retira-se.)*
PANTALONE: *Tem alguém em casa? Posso entrar?*
Rosaura: *Venha, venha, senhor Pantalone.*
PANTALONE: *Senhora Rosaura, minha patroa, faço-lhe reverências. A senhora está sozinha?*
ROSAURA: *Sim senhor, estou sozinha, meu pai não está em casa.*
PANTALONE: *A senhora consente que eu fique um pouquinho com a senhora, ou prefere que eu vá embora?*
ROSAURA: *O senhor é dono de ir ou de ficar, como preferir.*
PANTALONE: *Obrigado, minha cara filha. Bendita essa boquinha que disse tão belas palavras.*
ROSAURA: *O senhor me faz rir, senhor Pantalone.*
PANTALONE: *Coração alegre tem ajuda dos Céus. Eu gosto que a senhora ria, que seja alegre, e quando eu vejo a senhora de boa vontade, sinto propriamente meu coração fraquejando.*
ROSAURA: *Imagino que o senhor tenha vindo para encontrar meu pai.*
PANTALONE: *Não, coluna minha, não, esperança minha, não vim aqui para ver o papai. Eu vim pra ver a filhinha.*
ROSAURA: *E quem é essa?*
PANTALONE: *Ah, sua espertinha! Ah, ladra deste coração! A senhora sabe que eu sofro, que eu morro pela senhora?*
ROSAURA: *Fico muito honrada com o seu amor.*
PANTALONE: *Vamos lá, estamos sozinhos e ninguém está ouvindo. A senhora ficaria contente, a senhora se dignaria de se casar comigo?*
ROSAURA: *Senhor, será preciso conversar sobre isso com meu pai.*
PANTALONE: *O vosso pai é meu bom amigo, espero que ele não me diga não. Mas eu gostaria de ouvir da senhora, minhas queridas vísceras, algumas palavras que pudessem consolar meu pobre coração. Eu gostaria que a*

senhora me dissese: "Senhor, sim, senhor Pantalone, eu vou casar-me com o senhor, eu quero todo meu bem ao senhor, apesar de o senhor ser velho eu gosto muito do senhor". Se me disser assim, vou ser o homem mais feliz do mundo!

ROSAURA: *Essas coisas eu não sei dizer.*

PANTALONE: *Diga-me minha filha, já fez amor?*

ROSAURA: *Não senhor, nunca.*

PANTALONE: *A senhora não sabe como é que se faz amor?*

ROSAURA: *Na verdade eu não sei.*

PANTALONE: *Eu vou lhe ensinar, minha cara, eu vou lhe ensinar.*

ROSAURA: *Essas não me parecem coisas para a sua idade.*

PANTALONE: *Amor não tem respeito por ninguém. Tanto fere os jovens, como os velhos; e tanto os velhos quanto os jovens... é preciso se compadecer deles quando estão apaixonados.*

FLORINDO: *Então o senhor há de se compadecer de mim se estou apaixonado.*

PANTALONE: *Como assim? Você está por aqui?*

FLORINDO: *Sim senhor, eu estou aqui, por aquela mesma razão que faz o senhor estar aqui.*

PANTALONE: *Confesso que tremo de cólera e de rubor ao ver a cara de meu filho no momento em que descobre as minhas fraquezas. É grande sua temeridade em aparecer assim à minha frente numa conjuntura tão perigosa, mas essa surpresa, essa descoberta, servirá de freio a teus projetos e à minha paixão. Para remediar o mau exemplo que lhe dei nessa ocasião, saiba que me condeno por mim mesmo, que confesso ter sido muito fraco, muito fácil, muito louco. Se eu disse que os velhos e os jovens que se apaixonam merecem compadecimento, foi um transporte da paixão amorosa. Aliás, os velhos que têm filhos não podem se apaixonar, pois levariam prejuízo à sua família. Da mesma forma, os filhos não podem teimar sem o consenso daquele que os colocou no mundo. Portanto, todos fora dessa casa. Eu por escolha, você por obediência. Eu para remediar ao escândalo que te dei, você para aprender a viver com cautela, com mais juízo, e com mais respeito para com o seu pai.*

FLORINDO: *Mas, senhor...*

PANTALONE: *Sem mas! Eu disse imediatamente fora dessa casa!*

FLORINDO: *Permita-me...*

PANTALONE: *Obedeça, ou eu mesmo vou te arrastar escada abaixo com minhas mãos.*

FLORINDO: *Amaldiçoadíssimo ciúme, que me deixou impaciente.*

PANTALONE: *Senhora Rosaura, não sei o que dizer. Eu lhe quis bem, ainda lhe quero e vou lhe querer bem. Mas um único momento decidiu da*

senhora e de mim. Da senhora, que não será mais admoestada por esse velho; de mim, que morrerei o quanto antes, sacrificando a vida a meu decoro, a minha estima.
ROSAURA: Ai de mim! Que gelo busca minhas veias? Em que agitação estremece o meu coração? (Em direção ao Ponto.) Fale baixinho que conheço o texto. Florindo, descoberto pelo pai, não virá mais em minha casa, não será mais meu esposo? Ai, que a dor me mata! Ai, que o sufoco... (Ao Ponto.) Sopre, que não estou recordando. Ai que o sufoco me oprime, Rosaura minha infeliz. Poderá você viver sem o seu querido Florindo? E sofrerás essa dolorosa... (Ao Ponto.) Calado! ... essa dolorosa separação? Ah não! Mesmo correndo o risco de perder tudo, com o risco dos perigos, de morte, quero ir ao encalço do meu ídolo, quero superar as adversidades... o fato adverso...E quero que o mundo saiba... Maldito Ponto, não se ouve nada: chega. Não quero ensaiar mais. (Sai.)

Cena 7

O Ponto com texto na mão, a seguir Vitória.

PONTO: Vamos lá, Colombina, é a vez da Colombina e depois de Arlequim. Não acaba nunca. Maldito ofício este! Fica-se aqui dentro três ou quatro horas se esgoelando; os senhores comediantes sempre gritam, nunca estão satisfeitos. Já passou do meio-dia; sei lá se o empresário me contou para o almoço. (*Chama em voz alta.*) Colombina!
VITÓRIA: Estou aqui, estou aqui.
PONTO: Ânimo, já está tarde. (*Entra e vai para o lugar do Ponto.*)
COLOMBINA: *Pobre senhora Rosaura, pobre da minha patroa! O que será que faz ela chorar tanto e se desesperar! Ah, eu bem que sei o que seria necessário para curar o seu mal! Um pedaço de mau caminho lhe faria passar a melancolia. Mas o ponto é que eu também preciso do mesmo medicamento. Arlequim e Briguela estão igualmente inflamados por minhas belezas estontentes, mas eu não saberia a qual dos dois eu teria que dar a preferência. Briguela é esperto demais, Arlequim é bobo demais. O esperto vai querer fazer do seu jeito, o bobo não saberá fazer do meu jeito. Com o esperto ficarei mal durante o dia, com o bobo ficarei mal à noite. Se houvesse alguém a quem pudesse pedir um conselho, eu bem que pediria.*

Cena 8

Briguela e Arlequim ouvindo, e a mencionada Colombina.

COLOMBINA: *Chega, vou andar pela cidade, e quantas mulheres eu encontrar, a tantas vou querer perguntar se é melhor casar-se com um marido esperto ou com um marido ignorante.*
BRIGUELA (*vem à frente*): *Esperto, esperto.*
ARLEQUIM (*vem à frente*): *Ignorante, ignorante.*
COLOMBINA: *Cada qual defende a própria causa.*
BRIGUELA: *Eu tô dizendo a verdade.*
ARLEQUIM: *Eu tenho razão.*
BRIGUELA: *E eu vou provar isso com argumentos formais.*
ARLEQUIM: *E eu vou provar isso com argumentos sapatais.*
COLOMBINA: *Muito bem, quem entre os dois me convencer, será meu marido.*
BRIGUELA: *Eu, como homem cuidadoso, vou dar duro, vou suar, para que em casa nunca falte comida.*
COLOMBINA: *Este é um bom capital.*
ARLEQUIM: *Eu, como um homem ignorante que não sabe fazer nada, vou deixar que os bons amigos tragam em casa comida e bebida.*
COLOMBINA: *Assim também poderia ser bom.*
BRIGUELA: *Eu, como homem cuidadoso que sabe manter sua honra, vou fazer você ser respeitada por todos.*
COLOMBINA: *Gosto disso.*
ARLEQUIM: *Eu, como homem ignorante e pacífico, vou fazer com que todos te queiram bem.*
COLOMBINA: *Não me desagrada.*
BRIGUELA: *Eu, como homem cuidadoso, vou cuidar perfeitamente da casa.*
COLOMBINA: *Bom.*
ARLEQUIM: *Eu, como homem ignorante, vou deixar que você cuide.*
COLOMBINA: *Melhor.*
BRIGUELA: *Se você quiser se divertir, eu vou te levar para onde você quiser.*
COLOMBINA: *Muito bem.*
ARLEQUIM: *Eu, se você quiser andar por aí, vou deixar você ir sozinha para onde quiser.*
COLOMBINA: *Isso é ótimo.*
BRIGUELA: *Eu, se vir que algum tontão vai te insultar, vou mandá-lo embora com maus modos.*
COLOMBINA: *Isso!*

ARLEQUIM: *Eu, se vir que alguém está te rodeando, deixarei que a fortuna decida.*
COLOMBINA: *Isso mesmo!*
BRIGUELA: *Eu, se encontrar alguém em casa, vou enchê-lo de porrada!*
ARLEQUIM: *E eu vou trazer o castiçal e vou iluminá-lo.*
BRIGUELA: *O que você me diz?*
ARLEQUIM: *O que lhe parece?*
COLOMBINA: *Agora que ouvi as razões de cada um, concluo que Briguela parece demasiado rigoroso e Arlequim demasiado paciente. Portanto, façam assim: misturem-se os dois, façam de dois loucos um homem sábio, e então eu me casarei com vocês.*
BRIGUELA: *Arlequim?*
ARLEQUIM: *Briguela?*
BRIGUELA: *Como é?*
ARLEQUIM: *Como é?*
BRIGUELA: *Você, que é um macarrão, vai ser fácil de amassar.*
ARLEQUIM: *Antes você, que é uma lasanha sem frente e sem verso.*
BRIGUELA: *Chega. O meu decoro não me permite competir com você.*
ARLEQUIM: *Você sabe o que a gente pode fazer? Colombina sabe bancar a esperta e a cuidadosa quando ela quer; portanto, vamos nos amassar nós dois junto com ela e vamos fazer de três uma massa boa para fazer biscoito.* (*Vai-se.*)

Cena 9

Briguela ensaiando, depois Horácio e Anselmo.

BRIGUELA: *Pelo que eu vejo, esse sujeito é desengonçado e certinho. Não seria decoroso de minha parte que eu me deixasse superar por ele. A situação demanda espírito, demanda engenho. Como um piloto, que estando em alto mar com seu navio, observando o imã da bússola que o vento salta de garbino a siroco*[10]*, manda os marinheiros virarem as velas; assim farei eu também, aos marinheiros de meus pensamentos...*
HORÁCIO: *Chega. Assim tá bom, chega.*
ANSELMO: *Muito obrigado por suas graças. Por que não me deixa terminar a cena?*

---

10 Garbino é um vento do sudoeste típico do mar Adriático, siroco é genericamente vento do sul.

HORÁCIO: Essas metáforas, essas alegorias, já não se usam.
ANSELMO: Bom, quando as fazemos as pessoas batem palmas.
HORÁCIO: Olhe bem quem é que bate palmas. As pessoas cultas não se contentam de banalidades, que diabo! Comparar o homem apaixonado ao piloto que está no mar e depois dizer: "aos marinheiros de meus pensamentos"! Não acredito que o poeta escreveu isso. Essa é uma comparação que saiu de sua cabeça.
ANSELMO: Então não posso fazer as minhas comparações?
HORÁCIO: Não senhor.
ANSELMO: Não posso buscar as minhas alegorias?
HORÁCIO: Tampouco.
ANSELMO: Melhor. Menos trabalho para mim. (*Sai.*)

Cena 10

Horácio e Eugênio.

HORÁCIO: Viu? Eis o motivo pelo qual é preciso prender os comediantes ao texto, porque facilmente eles caem no antigo e no inverossímil.
EUGÊNIO: Temos que acabar com as comédias improvisadas?
HORÁCIO: Acabar não; que os comediantes italianos mantenham a capacidade de fazer aquilo que outras nações nunca tiveram coragem de fazer. Os franceses costumam dizer que os comediantes italianos são temerários, arriscando a falar em público de improviso. Essa, que pode ser chamada de temeridade em comediantes ignorantes ou amadores, é uma bela virtude nos comediantes virtuosos; e há, no entanto, algumas personagens excelentes, que, para honra da Itália, e para glória de nossa arte, levam ao triunfo com mérito e com aplauso a admirável prerrogativa de falar improvisando, sem ficar devendo por elegância ao que pode fazer um poeta ao escrever.
EUGÊNIO: Mas as máscaras normalmente sofrem com o papel premeditado.
HORÁCIO: Quando o texto é espirituosos e brilhante, apropriado ao tipo da personagem que tem que falar, qualquer boa máscara aprende-o de boa vontade.
EUGÊNIO: Não poderíamos tirar as máscaras de nossas comédias de personagem?
HORÁCIO: Ai de nós, com uma novidade dessas: ainda não chegou o momento de fazer isso. Em todas as coisas nunca é bom contrariar o que é do gosto universal. Outrora o povo ia até ao teatro apenas para rir

e não queria assistir outra coisa que não fossem as máscaras, e se começasse um diálogo meio longo, na mesma hora ficavam entediados; agora estão se acostumando a ouvir de bom grado os papéis sérios, apreciam as palavras, se deliciam com os acontecimentos e lhes agrada a moral e riem das piadas e das alfinetadas tiradas do próprio papel sério, mas também assistem de bom grado às máscaras e não é preciso tirá-las totalmente, aliás, é conveniente procurar situá-las e apoiá-las como merece seu caráter ridículo, mesmo no gênero sério mais ligeiro e gracioso.

EUGÊNIO: Mas isso tudo é muito complicado.

HORÁCIO: É uma maneira de escrever que surgiu há pouco tempo e todos apreciam, não passará muito tempo para que os mais fecundos se interessem, como deseja sinceramente quem a inventou.

Cena 11

Petrônio e mencionados.

PETRÔNIO: Vosso criado, senhores.

HORÁCIO: Meus cumprimentos, senhor Petrônio.

PETRÔNIO: Queria também dar uma passada nas minhas cenas, mas me parece que não há condições.

HORÁCIO: Por agora chega. Ensaiaremos mais alguma coisa depois do almoço.

PETRÔNIO: É que eu moro longe. É um desconforto ter que ir, para voltar.

EUGÊNIO: Então fique aqui almoçando com o senhor Horácio. Eu também estou pensando em ficar.

HORÁCIO: Fiquem à vontade! Vocês que mandam…

Cena 12

O Ponto e depois Anselmo, Lélio e mencionados.

PONTO (*a Horácio*): Sendo assim, também vou ficar, se o senhor for tão gentil…

HORÁCIO: Como não. Naturalmente! (*O Ponto entra.*)

ANSELMO: Senhor Horácio, sei que o senhor tem uma disposição tão boa para comigo que não vai me negar uma graça.

Lélio faz reverências.

HORÁCIO: Pode falar; se eu puder, conte comigo.

Lélio, como acima.

ANSELMO: Está aqui o senhor Lélio. Ele deseja ser ator: ele tem graça, certa habilidade; a companhia está precisando de um galã; faça essa fineza, receba-o como um favor pessoal.

HORÁCIO: Para fazer-lhe um favor senhor Anselmo, eu até faria isso de bom grado, mas quem garante que ele tem condições?

ANSELMO: Vamos pô-lo à prova. O senhor Lélio concorda com um pequeno ensaio?

LÉLIO: Fico muito feliz. Sinto que não possa ser agora, já que não tomei meu chocolate; estou com a voz fraca e o estômago vazio.

HORÁCIO: Fazemos assim; volte depois do almoço e vamos ensaiar.

LÉLIO: Mas, enquanto isso, o que faço?

HORÁCIO: Vá para casa, depois volte.

LÉLIO: Casa, tenho não.

HORÁCIO: Mas onde está hospedado?

LÉLIO: Em lugar nenhum.

HORÁCIO: Há quanto tempo está em Veneza?

LÉLIO: Cheguei ontem.

HORÁCIO: E onde o senhor comeu ontem?

LÉLIO: Em lugar nenhum.

HORÁCIO: Ontem não comeu?

LÉLIO: Nem ontem, nem hoje.

HORÁCIO: Mas então como fará...

EUGÊNIO: Senhor poeta, venha almoçar com o nosso diretor.

LÉLIO: Aceito o seu convite, senhor chefe; são as incertezas da vida de poeta.

HORÁCIO: Eu não recebo o poeta, só o ator.

PETRÔNIO: Venha, venha senhor Lélio, são percalços da vida de comediante também.

HORÁCIO: Ó, me perdoe! Sempre por minha conta, claro.

LÉLIO: Ah, já está resolvido, não falemos mais nisso. Hoje o senhor poderá conferir a minha habilidade.

PETRÔNIO: Começaremos a vê-la à mesa.

Cena 13

Vitória e mencionados.

VITÓRIA: Senhor Horácio, está aí uma forasteira cheia de cachinhos, toda animada, de pelerine, de chapeuzinho, e pergunta pelo diretor da companhia.
HORÁCIO: Que entre.
LÉLIO: Não seria bom recebê-la depois do almoço?
HORÁCIO: Vamos ouvir o que ela deseja.
VITÓRIA: Então vou fazê-la passar.
HORÁCIO: Mande um criado.
VITÓRIA: Eu que faço a criada na peça, vou fazê-la também de verdade.

Cena 14

Plácida, Beatriz e mencionados.

PLÁCIDA: Que classe, que classe!
BEATRIZ: Grande beleza, grande beleza!
HORÁCIO: O que é que há, minhas senhoras?
PLÁCIDA: Vem subindo a escada uma forasteira que é um encanto.
BEATRIZ: Tem um criado de libré. Deve ser uma grande dama.
HORÁCIO: Veremos. Aqui está ela.

Cena 15

Eleonora, com um criado, e mencionados.

ELEONORA: Vossa criada.
HORÁCIO: Seu respeitosíssimo servidor, minha senhora. (*As mulheres fazem reverência, e todos os homens estão com o chapéu na mão.*)
ELEONORA: São comediantes, os senhores?
HORÁCIO: Sim senhora, para servi-la.
ELEONORA: Quem é o diretor da companhia?
HORÁCIO: Eu, para obedecer-lhe.
ELEONORA: E essa é a primeira atriz? (*Em direção a Plácida.*)
PLÁCIDA: Às ordens. (*Com uma reverência.*)

ELEONORA: Muito bem, eu sei que a senhora merece ocupar esse lugar.
PLÁCIDA: Agradeço a bondade.
ELEONORA: Eu vou muito assistir às comédias e, quando vejo suas palhaçadas, rio feito uma louca.
HORÁCIO: Por favor, senhora, para que eu não falte com o respeito; me diga com quem temos a honra de falar.
ELEONORA: Sou uma virtuose de música.
HORÁCIO: A senhora é cantora?
ELEONORA: Cantora não. Sou uma virtuose de música. (*Todos se entreolham e colocam o chapéu na cabeça.*)
HORÁCIO: A senhora talvez ensine música?
ELEONORA: Não senhor, canto mesmo.
HORÁCIO: Então é cantora.
PLÁCIDA (*a Eleonora*): A senhora é *primadonna*?
ELEONORA: De vez em quando.
PLÁCIDA: Boa menina, irei ouvi-la. (*Zombando.*)
PETRÔNIO: Eu também, e quando vejo as caretas das cantoras, me mato de rir.
LÉLIO: Perdoe-me, não é a senhora Eleonora?
ELEONORA: Sim senhor. Justamente.
LÉLIO: Não se recorda que representou num drama meu?
ELEONORA: Onde? Não lembro.
LÉLIO: Em Florença.
ELEONORA: O drama, como se intitulava?
LÉLIO: *A Didone in Bernesco*.
ELEONORA: Ah, sim, é verdade, eu representava o papel principal. O empresário acabou falindo por causa do libreto, era muito ruim...
LÉLIO: Me disseram que foi por causa da *primadonna*.
BEATRIZ: Então canta em óperas bufas?
ELEONORA: De vez em quando.
BEATRIZ: E vem aqui zombar das bufonarias dos comediantes?
ELEONORA: Que nada, gosto tanto de vocês, que eu vim para me unir à companhia.
HORÁCIO: A senhora quer se tornar uma comediante?
ELEONORA: Eu, comediante!
HORÁCIO: Mas então o que quer conosco?
ELEONORA: Ah, virei cantar os entremeios.
HORÁCIO: Obrigadíssimo por suas graças.
ELEONORA: O acompanhador, eu mesma arranjo e com uma centena de moedas de ouro, o senhor paga ambos.
HORÁCIO: Só?

ELEONORA: Bem: viagens, estadias, vestuário, essas são coisas sobre as quais a gente vai se entendendo.
HORÁCIO: Compreendo.
ELEONORA: Os entremeios, nós temos: por contrato faremos só quatro em cada praça, querendo mais, vai nos dar um acréscimo de dez moedas para cada número extra.
HORÁCIO: Nada mal.
ELEONORA: A orquestra tem que ser boa o suficiente.
HORÁCIO: Isso está subentendido.
ELEONORA: Roupas novas.
HORÁCIO: Tenho um costureiro na casa.
ELEONORA: O meu criado faz um papel sem falas; contentar-se-á com aquilo que o senhor lhe der.
HORÁCIO: O criado é discreto.
ELEONORA: Está combinado, então.
HORÁCIO: Muito bem combinado.
ELEONORA: Nos acertamos, ao que parece.
HORÁCIO: Acertadíssimos.
ELEONORA: Então...
HORÁCIO: Então, não precisamos da senhora.
TODOS: Bravo! (*Com alegria.*)
ELEONORA: Como assim! Desprezam-me tanto assim?
HORÁCIO: Está pensando o que, cara senhora? Que nós comediantes precisamos da sua música? Infelizmente, durante algum tempo nossa arte aviltou-se ao mendigar da música uma força, para atrair o público ao teatro. Mas graças aos céus, acabou e a música foi inteiramente banida de nossos teatros. Eu não quero entrar no mérito ou demérito dos professores de canto, mas vou lhe dizer que é tão virtuoso o músico quanto o comediante quando cada um sabe o próprio ofício; com a diferença de que nós, para entrar em cena, temos que estudar e ensaiar, ao passo que vocês, cantorazinhas, repetem um par de árias, feito papagaios, e com tamanho esforço conseguem as palmas do público. Senhora virtuose, passar bem. (*Sai.*)
ELEONORA: Aí está. Sempre os comediantes são inimigos dos músicos.
PLÁCIDA: Não é verdade, senhora, não é verdade. Os comediantes sabem respeitar aqueles músicos que têm valor e capacidade; e os músicos de mérito também respeitam os bons comediantes. Se a senhora fosse uma cantora de rango, não viria se oferecer para cantar os entremeios da comédia. Ainda assim, caso a aceitássemos, a senhora melhoraria bem a sua condição; pois é muito melhor viver entre comediantes

medíocres, como somos nós, que entre músicos incapazes, com os quais até agora a senhora há de ter convivido. Dito isso, senhora, passar bem. (*Sai.*)

ELEONORA: Essa primeira atriz deve ter interpretado algum papel de princesa e ainda acredita ser uma.

BEATRIZ: Como a senhora, que deve ter visto as folhas de alguma partitura e quer dar a crer que é virtuose. Passou-se o tempo em que a música mantinha sob seus pés a nossa arte. Hoje em dia nós temos o teatro lotado de gente fina; e se antes eles vinham admirar vocês cantores e rir de nós, comediantes, agora vai-se ao teatro de prosa para desfrutar da comédia, e ao teatro de ópera para bater papo. (*Sai.*)

ELEONORA: São mesmo atrevidas essas atrizes, eu não esperava tal tratamento.

EUGÊNIO: Teria sido tratada melhor, se tivesse vindo com melhores maneiras.

ELEONORA: Nós, virtuoses, falamos assim.

EUGÊNIO: E nós, comediantes, respondemos assim. (*Sai.*)

ELEONORA: Maldita seja a hora em que eu vim aqui.

PETRÔNIO: Claro que a senhora fez mal em vir sujar seus virtuosos pés no tablado dos comediantes.

ELEONORA: E o senhor é quem?

PETRÔNIO: O Doutor, para servi-la.

ELEONORA: Doutor da comédia.

PETRÔNIO: Assim como a senhora é virtuose de teatro.

ELEONORA: Quer dizer: doutor sem doutrina.

PETRÔNIO: Quer dizer: virtuose sem saber ler nem escrever. (*Sai.*)

ELEONORA: Isso já é demais; se eu continuar aqui minha reputação se vai. Criado, vamos embora.

ANSELMO: Senhora virtuose, se quiser ficar e estiver servida para comer um pouco de arroz com os comediantes, pode ficar.

ELEONORA: O senhor é um homem educado e civilizado.

ANSELMO: Eu não sou o dono da casa, mas o diretor é muito meu amigo, de modo que se a senhora vier comigo, sei que ele a receberá de bom grado.

ELEONORA: Mas as senhoras atrizes não vão gostar.

ANSELMO: Basta que a senhora se contenha e verá como vão tratá-la.

ELEONORA: Então diga ao diretor que, se ele me convidar, pode ser que eu me convença a ficar.

ANSELMO: Vou imediatamente. (*À parte*) Eu entendi. A música dessa patroa faz o par com a poesia do senhor Lélio. Fome de dar medo. (*Sai.*)

LÉLIO: Senhora Eleonora, a mim que sou seu velho conhecido, pode falar com liberdade. Como vão as coisas?

ELEONORA: Muito mal. O empresário da ópera onde eu representava faliu; não me pagou o ordenado, tive que voltar por minha conta e, para dizer a verdade, não me sobrou nada mais do que aquilo que vê.

LÉLIO: Eu também estou no mesmo caso; se quiser seguir o meu caminho, a senhora também vai melhorar.

ELEONORA: Qual caminho?

LÉLIO: Ser comediante.

ELEONORA: Deverei me rebaixar a esse ponto?

LÉLIO: Minha senhora, como vai o seu apetite?

ELEONORA: Razoavelmente bem.

LÉLIO: O meu está excelente. Vamos almoçar e depois conversaremos a respeito.

ELEONORA: O diretor não me convidou.

LÉLIO: Não importa: é um cavalheiro. Não vai recusar.

ELEONORA: Fico sem graça.

LÉLIO: Eu não. Vou ouvir a harmonia das colheres que é a música mais bonita do mundo. (*Sai.*)

ELEONORA: Criado, o que vamos fazer?

LACAIO: Eu estou com uma fome que já não posso mais.

ELEONORA: Vamos ou não vamos?

LACAIO: Vamos, pelo amor de Deus.

ELEONORA: Será preciso engolir a vergonha. Mas o que fazer? Me convencer a ser comediante? Vou decidir conforme o cardápio. Afinal, é tudo teatro, e de má cantora, pode ser que eu me torne uma comediante aceitável. Quantas minhas companheiras assim fariam o mesmo, se pudessem! É melhor ganhar o pão com o próprio suor, que dar margem à falação. (*Sai com o Criado.*)

Ato III

Cena 1

Horácio e Eugênio.

EUGÊNIO: Agora a companhia está completa. O senhor Lélio e a senhora Eleonora vieram preencher os dois papéis de que necessitávamos.

HORÁCIO: E será que eles sabem representar?

EUGÊNIO: Terão que ensaiar; mas aposto que vão se sair otimamente.

HORÁCIO: Será conveniente observar seu comportamento. Um tem na cabeça a poesia, outra, a música; não gostaria que criassem caso com suas ideias. Prezo o sossego em minha companhia, prefiro uma pessoa bem-comportada a um bom ator, mas excêntrico e de mau caráter.

EUGÊNIO: É assim que deve ser. A harmonia entre colegas contribui para o êxito das comédias. Ali onde há dissenso, disputas, invejas, ciúmes, tudo vai mal.

HORÁCIO: Eu não sei como a senhora virtuose resolveu de repente ser comediante.

EUGÊNIO: A necessidade de ganhara este pedaço de pão.

HORÁCIO: Quando se sentir bem novamente, fará como muitos outros, nem lembrará do benefício que recebeu e vai nos voltar as costas.

EUGÊNIO: O mundo sempre foi assim.

HORÁCIO: A ingratidão é uma grande culpa.

EUGÊNIO: Ainda assim, são muitos os ingratos.

HORÁCIO: Observe o senhor Lélio, que está pensando em algo para demonstrar sua habilidade.

EUGÊNIO: Agora ele vai vir até aqui para ser ouvido. Eu não quero deixá-lo sem graça.

HORÁCIO: É melhor que saia. Procure a senhora Eleonora e quando eu tiver terminado com o poeta, mande a virtuose.

EUGÊNIO: Poeta analfabeto e virtuose palhaça. (*Sai.*)

Cena 2

Horácio, depois Lélio.

HORÁCIO: Ele vem vindo com passo grave. Vai representar alguma cena.

LÉLIO: *Fui rever minha donzela e não tive a sorte de encontrá-la, então quero ir buscá-la no mercado.*

HORÁCIO: Com quem está falando?

LÉLIO: O senhor não vê que estou representando?

HORÁCIO: Vejo, o senhor está representando; mas na representação, com quem está falando?

LÉLIO: Comigo mesmo. É um solilóquio.

HORÁCIO: Falando consigo mesmo, diz "fui rever minha donzela"? Ninguém fala assim consigo mesmo. Seria melhor que contasse a alguém por onde esteve.

LÉLIO: Pois bem, estou falando com o público.

HORÁCIO: É isso que queria ouvir. O senhor não sabe que com público não se fala? Que o ator, quando está sozinho em cena, deve imaginar que ninguém está ouvindo e ninguém está vendo? Isso de falar ao público é um vício intolerável, não deve ser permitido em nenhum caso.

LÉLIO: Mas quase todos os que improvisam fazem assim. Entram sozinhos e vão contando ao público onde estiveram e para onde eles pretendem ir.

HORÁCIO: Fazem mal. Não devem ser imitados.

LÉLIO: Então nunca mais faremos solilóquios.

HORÁCIO: Faremos sim. Os solilóquios servem para explicar os sentimentos do coração, mostrar ao público o íntimo da personagem e fazer com que veja os efeitos e as mudanças das paixões.

LÉLIO: Mas como se faz um solilóquio sem falar com o público?

HORÁCIO: Facilmente: escute o seu discurso no fluxo natural. Em lugar de dizer: *estive procurando minha donzela e não a encontrei, quero ir procurá-la* etc. diga assim: *fortuna ingrata, você que me impediu o contento de rever na própria casa o meu bem, conceda-me que eu possa encontrá-la...*

LÉLIO: ... na feira.

HORÁCIO: Ah, essa é engraçada! O senhor quer encontrar a sua bela na feira?

LÉLIO: Sim senhor, na feira. Imagino que a minha bela seja uma vendedora; se o senhor tivesse me deixado terminar, teria ouvido quem eu sou, quem é ela, como nos apaixonamos e como penso chegar ao nosso casamento.

HORÁCIO: E tudo isso o senhor queria dizer para você mesmo? Não, não. Sirva-lhe a regra que não se deixa o argumento todo da comédia ser falado por uma única pessoa em cena; pois veja, não é verossímil que um homem falando sozinho faça a si mesmo o histórico de seus amores e vicissitudes. Os nossos comediantes italianos costumavam apresentar o argumento geralmente na primeira cena, tendo nela Pantalone com o Doutor; ou um patrão com o criado, ou uma mulher com sua criada. Mas a melhor maneira de apresentar o argumento das comédias sem aborrecer o público é dividir o argumento em mais de uma cena e ir desenvolvendo aos poucos, para prazer e surpresa dos ouvintes.

LÉLIO: Francamente, senhor Horácio, eu não quero improvisar. O senhor tem um sistema de regras que não é nada comum e eu sou principiante, sei menos ainda que os outros. Representarei nas comédias ensaiadas.

HORÁCIO: Muito bem; precisará de um tempo para aprender um papel: decore, de modo que eu possa ouvi-lo.

LÉLIO: Vou representar alguma coisa minha.

HORÁCIO: Pode falar, estou ouvindo.

LÉLIO: Um trecho de comédia em versos.
HORÁCIO: Pode começar. Mas, cá entre nós, os versos são seus?
LÉLIO: Temo que não.
HORÁCIO: E de quem são?
LÉLIO: Vou dizer depois. É uma cena em que o pai tenta convencer a filha a não se casar. *Filha, que eu amo de uma forma que não pode ser expressa, sabes quanto por ti eu fiz. Antes de estreitar os vínculos com o duríssimo laço do matrimônio, ouça quantos pesos traz consigo o deleite conjugal. Beleza e juventude, preciosos decoros da mulher, são pelo casamento oprimidos e postos em fuga diante do tempo. Chegam os filhos. Ó, coisa dura os filhos! Carregá-los no seio, dá-los ao mundo. Criá-los, alimentá-los são coisas que nos deixam horrorizados! Mas quem te garante que o marido não seja ciumento e não queira te proibir o que ele mesmo irá buscando? Pense, minha filha, pense e depois quando tiver pensado melhor, serei pai, complacente como agora sou para te aconselhar.*
HORÁCIO: Não parecem versos e tenho certa dificuldade em acreditar que o sejam.
LÉLIO: Quer ouvir se são versos? Ouça como se faz, quando se quer que pareçam versos. (*Recita os mesmos versos declamando-os para que se conheça a métrica.*)
HORÁCIO: É verdade, são versos e não parecem versos. Caro amigo, me diga, de quem são?
LÉLIO: O senhor deveria conhecê-los.
HORÁCIO: No entanto, não os conheço.
LÉLIO: São do autor de suas comédias.
HORÁCIO: Como é possível se ele nunca fez comédias em versos e disse que não quer nem pensa em fazê-las?
LÉLIO: De fato não quer; mas como sou poeta também, confiou-me essa cena.
HORÁCIO: Então o senhor o conhece?
LÉLIO: Conheço e espero um dia chegar a escrever comédias como ele.
HORÁCIO: Ah, meu filho, é preciso gastar no teatro tantos anos quantos ele gastou e depois poderá esperar realizar alguma coisa. Ou acha que ele se tornou autor de comédias de um dia para outro? Foi fazendo aos poucos e chegou a ser aceito, após estudar muito, praticar muito, assistir espetáculos incansavelmente; e principalmente observar os hábitos e o gênio dos povos.
LÉLIO: Chegando ao ponto, sirvo ou não sirvo para ser ator?
HORÁCIO: O suficiente.
LÉLIO: Vai me aceitar em sua companhia?

HORÁCIO: Aceito, com toda satisfação.

LÉLIO: Mesmo? Estou contente. Vou me dedicar a ser ator e deixarei de escrever; pois por aquilo que eu estou percebendo, são inúmeros os preceitos de uma comédia tantas quantas são as palavras que a compõem. (*Sai.*)

Cena 3

Horácio e depois Eleonora.

HORÁCIO: Esse jovem é bem animado. Parece um pouco extravagante, como dizem os florentinos, mas para em cena é preciso ter alguém assim, para interpretar os tipos mais brilhantes.

ELEONORA: Sua criada, senhor Horácio.

HORÁCIO: Faço-lhe a reverência, senhora virtuose.

ELEONORA: Não me humilhe. Sei muito bem que me apresentei com arrogância, mesmo precisando ser aceita, mas os ares da ópera insuflaram-me; o comedimento, a afabilidade, a modéstia de suas mulheres fez com que eu me encantasse por elas e por vocês todos. Vê-se aqui realmente desmentido o adágio de que atrizes não tenham jeito, e consigam seu ganho aqui e acolá.

HORÁCIO: Para o nosso consolo, não apenas banimos qualquer iniquidade das pessoas como também todo e qualquer escândalo do palco. Já não se ouvem palavrões, trocadilhos obscenos, diálogos grosseiros. Já não se veem ações no limite do decoro, gestos equívocos, cenas indecentes para dar o mau exemplo. As mocinhas já podem ir ao teatro sem ter medo de aprender malícias e outras coisas impróprias.

ELEONORA: Pois bem, quero mesmo ser comediante e me remeto à sua assistência.

HORÁCIO: Remeta-se a si própria. Que equivale a dizer: estude, observe os outros, aprenda bem os papéis e, acima de tudo, se ouvir umas poucas palmas, não fique ensoberbada nem dê ares de grande dama. Se ouvir muitas palmas, desconfie. O tal aplauso de pé é bem suspeito. Muitos aplaudem por hábito, outros por paixão, alguns por gosto, outros por compromisso e muitos porque são pagos pelos protetores.

ELEONORA: Eu não tenho protetores.

HORÁCIO: A senhora foi cantora e não tem protetores?

ELEONORA: Não, não tenho, e me remeto ao senhor.

HORÁCIO: Eu sou o diretor da companhia; amo a todos igualmente e desejo que todos se saiam bem no interesse de cada um, e meu: mas não costumo ser parcial com ninguém, muito menos com as mulheres, porque, mesmo sendo amigas, sempre se invejam uma à outra.

ELEONORA: Mas não quer nem me ensaiar para ver se eu sou capaz de ficar na vaga de terceira atriz que está me dando?

HORÁCIO: Ah, isso sim. Meu êxito depende de sua habilidade.

ELEONORA: Vou dizer um trecho de *recitativo* de alguma peça, sei lá.

HORÁCIO: Mas não uma peça musical.

ELEONORA: Vou tirando a música. Uma cena da *Dido à la Berni*, composta pelo senhor Lélio.

HORÁCIO: Aquela que fez o empresário ir à falência?

ELEONORA: Ouça (*volta-se para Horácio, representando*). *Enéias, da Ásia o esplendor...*

HORÁCIO: Dê licença. Gire um pouco em direção ao público.

ELEONORA: Mas se eu vou falar com Enéias...

HORÁCIO: Pois bem; nesse caso mantenha o peito em direção ao público e com graça vire a cabeça em direção à personagem; veja: *Enéias, da Ásia o esplendor...*

ELEONORA: Em música, não me ensinaram assim.

HORÁCIO: Bem sei, vocês não se preocupam com nada mais que a cadência.

ELEONORA:
Enéias, da Ásia o esplendor,
Querido filho de Vênus e único Amor dessas luzes ternas,
Vês como em Cartago criança,
Consoladas com sua bem-sucedida chegada,
Até as torres dançam a furlana?

HORÁCIO: Chega; não diga mais nada, pelo amor de deus.

ELEONORA: Por quê? Fui tão mal assim?

HORÁCIO: Não, no que diz respeito à representação estou até satisfeito, mas o que não posso aguentar é o estrago que fez dos belíssimos e dulcíssimos versos da *Dido*; se eu soubesse que o senhor Lélio maltratou o drama de tão célebre e venerável poeta[11], não o teria aceitado em minha companhia; mas ele nunca mais vai fazer isso. Tamanha obrigação temos para com estas obras, que nos deram tanto lucro.

ELEONORA: O senhor diretor acha que posso ser atriz?

HORÁCIO: Para uma principiante, é passável; a voz não é firme, mas com a prática vai melhorar. Tome cuidado de pronunciar as últimas sílabas, que devem ser ouvidas. Fale pausadamente, sem exagerar; nas cenas

---

11 Pietro Metastasio, autor (entre inúmeras outras obras) do melodrama *Didone abbandonata*, que estreou em Nápoles em 1724, com enorme sucesso.

mais potentes, carregue a voz e acelere o ritmo. Evite sobretudo cair no lenga-lenga ou na declamação. Represente naturalmente, como se estivesse falando, pois, já que a comédia imita a natureza, devemos agir de modo verossímil. Quanto ao gesto, também deve ser natural. Mova as mãos segundo o sentido da palavra. Mexa sobretudo a mão direita, menos a esquerda; e tome cuidado para não mexer ambas de uma vez só, a não ser quando um ímpeto de cólera, uma surpresa, uma exclamação assim pede; a regra é que, se começar o período com uma mão, nunca termine com a outra, mas com a mesma com a qual começou. Quero lhe avisar de outra coisa muito vista por aí, que poucos entendem. Quando uma personagem contracena com você, atente para ela e não se distraia com os olhos nem com a mente; não fique olhando aqui e acolá pelos cenários ou pelos camarotes, porque disso surgem três efeitos péssimos. O primeiro é que o público se irrita vendo o ator distraído e o julga ignorante ou inconsistente. O segundo, que assim se maltrata o colega com o qual se contracena; e, o último, que, quando não se presta atenção ao fio do raciocínio, a fala chega inesperada e jogada sem naturalidade; são coisas que estragam o ofício e fazem despencar as comédias.

ELEONORA: Agradeço os bons conselhos que me dá; procurarei pô-los em prática.

HORÁCIO: Quando estiver de folga, vá para os outros teatros. Observe como os bons comediantes representam, pois esse é um ofício que se aprende mais com a prática do que com regras.

ELEONORA: Isso não me desagrada.

HORÁCIO: Quero lhe dar um último conselho e depois temos que deixar o palco para os colegas terminarem o ensaio da comédia que vai à cena amanhã. Senhora Eleonora, seja amiga de todos e não dê confiança para ninguém. Se ouvir falar mal dos companheiros, procure apaziguar. Se contarem alguma coisa para a senhora que seja contra a senhora mesmo, não dê crédito e não fique zangada. Quanto aos papéis, aceite aquele que lhe é designado; não pense que o que faz brilhar um comediante é um papel longo, mas um bom papel. Seja disciplinada, chegue cedo ao teatro, procure ser simpática e se alguém for antipático contigo, dissimule. A adulação é um vício, mas uma sábia dissimulação sempre foi virtude. (*Sai.*)

ELEONORA: Este diretor deu-me mais conselhos do que faz um professor no primeiro dia de escola. Mesmo assim, fico agradecida. Procurarei me valer deles quando for o caso e, já que escolhi essa profissão, tentarei estar, se não entre as primeiras, ao menos não entre as últimas. (*Sai.*)

Cena 4

O Ponto, depois Plácida e Petrônio.

PONTO: Vamos lá, meus senhores, que o tempo está passando, e já já é noite. É a vez de Rosaura e do Doutor. (*Entra.*)
DOUTOR: *Minha filha, de onde vem essa sua melancolia? É possível que você não queira se confidenciar com um pai que tanto a ama?*
ROSAURA: *Pelo amor de Deus, não me atormente.*
DOUTOR: *Quer uma roupa, eu mando fazer. Quer ir ao campo, eu levo você. Quer uma festa com baile e tudo? Eu encomendo. Você quer um marido, eu...*
ROSAURA: *Ai!* (*Suspirando.*)
DOUTOR: *Sim, eu vou dá-lo a você. Diga-me, minha querida, você está apaixonada?*
ROSAURA (*chorando*): *Senhor pai, compadeça minha fraqueza, infelizmente estou apaixonada.*
DOUTOR: *Vamos lá, não chore, eu me compadeço de você. Você está em idade casadoura e eu não vou deixar de te consolar se for correto. Diga--me: quem é esse amor pelo qual você suspira?*
ROSAURA: *É o filho do Senhor Pantalone dos Necessitados.*
DOUTOR: *O jovem não pode ser melhor, fico feliz com isso. Se ele a desejar, eu lhe darei sua mão.*
ROSAURA (*suspirando*): *Ai!*
DOUTOR: *Sim, eu o darei a você, eu o darei a você.*

Cena 5

Colombina e acima mencionados.

COLOMBINA: *Pobrezinho! Não tenho coração de vê-lo sofrendo assim.*
DOUTOR: *O que há, Colombina?*
COLOMBINA: *Ah, um pobre jovem, que passeia sob as janelas dessa casa e chora, e se desespera, e bate a cabeça contra os muros.*
ROSAURA: *Ai de mim, quem é ele? Diga!*
COLOMBINA: *É o pobre senhor Florindo.*
ROSAURA: *Ó meu benzinho, meu coração, minha alma! Senhor pai, por caridade.*
DOUTOR: *Sim, minha querida filha, quero consolá-la. Vá logo, Colombina, chame-o e diga que eu quero falar com ele.*

COLOMBINA: *Vou já. Sem perder tempo. Quando se trata de ser útil para a juventude eu fico bem rapidinha.*
ROSAURA: *Caríssimo pai que tanto me quer bem.*
DOUTOR: *Você é o único fruto do meu amor.*
ROSAURA: *O senhor vai me dar Florindo como marido?*
DOUTOR: *Claro que sim. Vou lhe dar Florindo como marido.*
ROSAURA: *Mas tem um problema.*
DOUTOR: *Que problema?*
ROSAURA: *O pai de Florindo não vai ficar satisfeito.*
DOUTOR: *Não? E por qual motivo?*
ROSAURA: *Porque o bom velho também está apaixonado por mim.*
DOUTOR: *Eu sei, eu sei, deixa para lá: vamos dar um jeito nisso também.*

Cena 6

Florindo e mencionados.

COLOMBINA: *Aqui está, aqui está ele. Morre de contentamento.*
ROSAURA (à parte): *Benditos aqueles olhos; me deixam toda suada.*
FLORINDO: *Senhor doutor, perdoe-me, incentivado por Colombina... porque se a Senhora Rosaura... Mas, aliás, o senhor seu pai... Compadeça-se de mim, não sei o que estou a dizer.*
DOUTOR: *Entendo, entendo; o senhor está apaixonado por minha filha e gostaria de se casar com ela, não é assim?*
FLORINDO: *Não desejo outra coisa.*
DOUTOR: *Mas ouvi dizer que seu pai tem pretensões ridículas.*
FLORIANO: *O pai é rival do filho.*
DOUTOR: *Então não podemos perder tempo, é preciso acabar com a esperança de que possa obtê-la.*
FLORINDO: *Mas como?*
DOUTOR: *Dando imediatamente a mão de Rosaura ao senhor.*
FLORINDO: *Isso é algo que me alegra.*
ROSAURA: *Isso é algo que me consola.*
COLOMBINA: *Isso é algo que me faz morrer de inveja.*
DOUTOR: *Ânimo então, vamos logo com isso. Deem-se as mãos.*
FLORINDO: *Aqui está, junto a meu coração.*
ROSAURA: *Aqui está, como testemunha de minha palavra.*
COLOMBINA: *Ah, meus queridos! Ah, que coisa bonita! Estou sentindo água na boca.*

Cena 7

Pantalone e mencionados.

PANTALONE: *O que está acontecendo? Que história é essa?*
DOUTOR: *Senhor Pantalone, embora o senhor não tenha se dignado a falar comigo, eu soube de sua intenção, e cegamente eu a favoreci.*
PANTALONE: *Como? Intenção de quê?*
DOUTOR: *Diga-me, por favor; o senhor não desejou que minha filha fosse a esposa do senhor Florindo?*
PANTALONE: *Isso não é verdade.*
DOUTOR: *O senhor disse a ela que queria vê-la casada em sua casa.*
PANTALONE: *Sim, mas não com meu filho.*
DOUTOR: *Então com quem?*
PANTALONE: *Comigo, comigo.*
DOUTOR: *Nunca imaginei que nessa idade o senhor fosse atacado por um instinto desses. Tenha dó, me enganei; mas esse engano produziu o casamento de seu filho com Rosaura, minha filha.*
PANTALONE: *Não, não diga, nunca vou concordar com isso.*
DOUTOR: *Digo mesmo. Se o senhor não aprovar, eu aprovo. O senhor e o filho do senhor namoraram a minha filha: portanto ou o pai, ou o filho há de se casar com ela. Tanto faz para mim, um ou outro; mas como o filho é mais jovem e mais veloz das pernas, chegou antes; o senhor, que é velho, não conseguiu terminar a corrida e ficou no meio do caminho.*
COLOMBINA: *É o costume dos velhos. Depois de quatro passinhos, precisam descansar.*
PANTALONE: *Estou lhe dizendo que isso é uma trapaça! Um pai não tem nada que bancar o rufião da filha, para prender na armadilha o filho de um cavalheiro, de um homem honrado.*
FLORIANO (*a Pantalone*): *Vamos lá, pai, não se zangue.*
DOUTOR: *E um cavalheiro, um homem honrado, não tem nada que seduzir a filha de um bom amigo, contra as leis da hospitalidade e da amizade.*
ROSAURA (*ao Doutor*): *Pelos céus, não briguem.*

Cena 8

Lélio, Toninho e mencionados.

LÉLIO: Bravo, senhores, bravíssimo. Realmente, muito bom. O senhor diretor não para de falar da reforma do teatro, de explicar todas as

regras que devem ser observadas: então, essa cena de vocês é um despropósito! É inaceitável, não se pode fazer assim.
EUGÊNIO: Por que é inaceitável? Qual é o despropósito?
LÉLIO: É um dos mais enormes que se possa imaginar.
TONINHO: O senhor que é, desculpe? O ensaiador das comédias?
PLÁCIDA: É um poeta "famosíssimo". (*Faz sinal de que só pensa em comer.*)
EUGÊNIO: Sabe de cor as *Bocólicas* de Virgílio
LÉLIO: Sei e não sei; o que sei é que essa é uma cena ruim.

Cena 9

Horácio e mencionados.

HORÁCIO: O que há? Não vão terminar o ensaio?
EUGÊNIO: Quase terminamos. Mas o senhor Lélio grita e diz que essa cena está ruim.
HORÁCIO: Por que motivo, senhor Lélio?
LÉLIO: Porque ouvi dizer que Horácio, na *Poética*, dá por preceito que não se deve colocar em cena mais do que três pessoas de uma vez, e nessa cena temos cinco.
HORÁCIO: Queira me perdoar, diga a quem lhe disse isso que Horácio não deve ser entendido assim. Ele diz: *Nec quarta loqui persona laboret*. Alguns entendem: *Não trabalhem mais que três*. O que ele quis dizer é que, se forem quatro, o quarto não se dê trabalho, ou seja, que não falem os quatro ao mesmo tempo, como acontece nas cenas de improviso, nas quais quatro ou cinco pessoas em cena logo fazem confusão. Aliás, as cenas podem ser até com oito ou dez pessoas, desde que sejam bem marcadas; e que todas as personagens falem um de cada vez, sem se atropelar um ao outro, nisso concordam todos os melhores autores, que assim entendem o trecho de Horácio que o senhor citou.
LÉLIO: Então, aqui também, tudo que eu sei está errado.
HORÁCIO: Antes de falar sobre os preceitos dos antigos, convém considerar duas coisas: a primeira, o verdadeiro sentido do que escreveram; a segunda, se em nosso tempo seria conveniente seguir o que escreveram, porque já se mudou a maneira de vestir, de comer e de conversar, e assim também mudou o gosto e a ordenação das comédias.
LÉLIO: E assim esse gosto ainda variará e as comédias que hoje triunfam se tornarão velharias, como a *Estátua*, o *Falso Príncipe*, e *Madama Pataffia*.

HORÁCIO: As comédias envelhecem depois de serem feitas e refeitas; a maneira de encená-las, espero, é que vai melhor. Os caráteres verdadeiros sempre agradarão, e ainda que não sejam infinitos em gênero, são infinitos em espécie, ao passo que cada virtude, cada vício, cada costume, cada defeito, toma um aspecto diferente conforme a variedade das circunstâncias.

LÉLIO: Sabe o que sempre agradará no palco?

HORÁCIO: O quê?

LÉLIO: A sátira.

HORÁCIO: Desde que seja moderada. Que mire ao universal e não ao particular; que aponte o vício e não o vicioso; que seja crítica, não satírica.

VITÓRIA: Senhor diretor da companhia, com licença, uma das duas: ou nos deixe terminar o ensaio, ou permita que saiamos.

HORÁCIO: Têm razão. Esse ator novato faz-me ser malcriado. Quando os comediantes ensaiam, não devem ser interrompidos.

LÉLIO: Eu pensei que tivessem acabado quando Florindo e Rosaura se casaram, já que é notório que todas as comédias terminam em casamento.

HORÁCIO: Nem todas, nem todas.

LÉLIO: Oh, quase todas, quase todas.

TONINHO: Senhor Horácio, eu termino meu papel na peça antes que os outros. O senhor dá licença que eu faça minha cena e que vá embora?

HORÁCIO: Sim, faça como quiser.

Cena 10

O Ponto e mencionados.

PONTO: Por todos os diabos! Vamos ou não vamos acabar de ensaiar essa maldita comédia?

HORÁCIO: Mas o senhor está sempre gritando. Quando ensaiamos, quer que se galope para terminar logo. Quando fazemos a comédia, se alguém falar nos bastidores, o senhor resmunga e xinga tão alto que todo mundo ouve.

PONTO: Se resmungo e xingo tenho razão, pois o palco está sempre cheio de gente barulhenta e muito me espanta o senhor permitir que tantas pessoas sentem lá onde mal dá para se mexer.

HORÁCIO: No futuro não será assim. Quero a cena toda livre.

EUGÊNIO: Eu não sei qual prazer há em ver a comédia dos bastidores.

VITÓRIA: Fazem isso para não ter que ficar na plateia.
EUGÊNIO: Desfruta-se melhor o espetáculo da plateia do que dos bastidores.
VITÓRIA: É! Mas há quem cuspa dos camarotes, e isso incomoda.
HORÁCIO: Pois é, para por ordem nos teatros, falta observar essas regras básicas de higiene.
EUGÊNIO: Falta outra coisa, que não ouso dizer.
HORÁCIO: Estamos entre nós, pode falar livremente.
EUGÊNIO: Falta ser proibida aquela bagunça nos camarotes!
HORÁCIO: Isso é muito difícil.
PLÁCIDA: Para ser sincera, é um sofrimento para nós comediantes representar quando a audiência faz tanto barulho. É preciso se esgoelar para que ouçam e, mesmo assim, nem adianta.
VITÓRIA: Muita paciência com o público. E as vezes que se ouvem certos assobios, certos cantos de galo? Juventude alegre; é preciso ter paciência mesmo.
HORÁCIO: O fato é que perturbam os outros.
PETRÔNIO: E quando bocejam? O que é aquilo!
HORÁCIO: Sinal de que a comédia não agrada.
PETRÔNIO: Não, senhor. Fazem por maldade e em geral nas estreias para perturbar e até comprometer o espetáculo.
LÉLIO: Sabem o que cantam, os que vão à comédia? O refrão de um entremeio:
Meu senhor, vou à bagunça
Aqui gasto minha bufunfa
vou fazer o que eu bem entender.
PONTO: Vamos ou não vamos?
TONINHO: Vá logo, senão eu mesmo mando.
PONTO: Veja lá como fala, senhor Pantalone.
TONINHO: Com a boca, compadre.
PONTO (*entra*): O senhor me respeite, ou vai se arrepender. Deixarei que diga despropósitos em cena, se não me tratar direito. Se os comediantes fazem bonito, é devido ao meu jeito de soprar-lhes as falas.
HORÁCIO: Certamente, tudo contribui ao êxito geral.
PONTO: *Sei que o senhor não gostaria, que o seu filho...* (*de dentro, sugerindo*) *Sei que o senhor não gostaria, que o seu filho...*
TONINHO: Doutor, é sua vez.
DOUTOR: Ah, aqui estou. *Sei que o senhor não gostaria que o seu filho se casasse com a minha filha, porque está apaixonado por ela, mas a sua fraqueza desonra seu caráter, logo na sua idade. Rosaura jamais teria aceitado se casar com o senhor; então o seu amor é inútil e é ato de justiça que dê o consentimento ao seu filho. Se ama Rosaura, será um gesto heroico, de homem*

honesto, sábio, sensato cedê-la a uma pessoa que a fará feliz e a satisfará. O senhor terá o consolo de ter sido a causa de sua mais completa felicidade.

PANTALONE: *Sim, bem, sou um cavalheiro, sou um homem honrado, sábio, ajuizado, quero bem a essa menina e quero fazer um esforço para lhe demonstrar o amor que tenho por ela. Florindo se casará com sua filha, mas como olhei sua filha com alguma paixão e não posso esquecê-la, não quero me arriscar ao tê-la em casa, a viver no inferno o tempo todo. Florindo, meu filho, que o céu te abençoe, toma a Rosaura, que bem o merece, vai morar lá na casa dela e com o senhor seu pai, enquanto eu estiver vivo. Passarei a você uma mesada. Nora, já que não me quis bem a mim, queira bem a meu filho. Trate-o com amor e caridade, e compadeça-se das fraquezas de um pobre velho, cegado mais por seus méritos do que por suas belezas. Caro Doutor, venha à minha casa, que acertamos tudo no papel. Se precisarem de dinheiro ou de alguma coisa, estou aqui. Gastarei, farei tudo, mas nessa casa não virei nunca mais. Ai de mim! Meu coração está engrossado de tanta dor, não posso mais. (Sai.)*

ROSAURA: *Pobre pai, me dá pena.*

Cena 11

Briguela, Arlequim e mencionados.

ARLEQUIM: *Sendo assim, aproveitando da situação, Colombina, dê-me a mão.*
BRIGUELA: *Colombina não será tão injusta com Briguela.*
LÉLIO: Senhor Horácio, justamente, assim termina meu argumento que o senhor não quis ouvir. (*Puxa as folhas e lê.*) *Florindo casa-se com Rosaura. Arlequim com Colombina; e com os casamentos termina a comédia.*
HORÁCIO: O senhor tem humor mesmo.
LÉLIO: Aliás, vou lhe dizer mais...
GIANNI: Senhor Horácio, tem mais coisa para ensaiar?
HORÁCIO: Não, por hoje chega.
GIANNI: O senhor bem que podia ter me poupado.
HORÁCIO: Por quê?
GIANNI: Porque esse tipo de cena eu faço até dormindo. (*Tira a máscara.*)
HORÁCIO: Não diga isso, senhor Arlequim, não diga isso. Mesmo nas pequenas cenas se distingue o ator requintado. Quando se fazem e dizem as coisas com jeito, rouba-se a cena; e quanto mais a cena é breve, tanto mais agrada. Arlequim deve falar pouco, mas na hora certa. Deve dizer sua fala vibrando, não arrastada. Estropiar alguma

palavra com naturalidade, mas não o tempo todo, e não cair naqueles cacos que todos os segundos Arlequins fazem. É preciso sempre criar algo seu, e para criar é preciso estudar.

GIANNI: O senhor me perdoe, mas pode-se criar mesmo sem estudar.

HORÁCIO: E como?

GIANNI: Como eu fiz. Casei-me e fiz uns filhos e agora crio. (*Sai.*)

HORÁCIO: Essa não foi ruim.

PLÁCIDA: O ensaio acabou? Eu vou indo.

HORÁCIO: Vamos todos.

EUGÊNIO: Podemos ir com nosso diretor, que nos oferecerá um café.

HORÁCIO: Mas claro, vocês é que mandam.

LÉLIO: ... mais uma coisa, e depois acabei.

HORÁCIO: Pode falar.

LÉLIO: O meu argumento terminava com um soneto, gostaria que me dissesse se é coisa bem-feita, ou malfeita, terminar a comédia com um soneto.

HORÁCIO: Sonetos ficam bem em algumas comédias e mal em outras. Até o nosso autor algumas vezes usou-os com razão e noutras bem que podia evitar. Por exemplo, na *Mulher Garbosa*, a comédia termina em uma academia poética, então é lícito encerrá-la com um soneto. Na *Puta Honrada*, Bettina termina com um brinde e faz o brinde num soneto. Na *Boa Esposa*, ela diz num soneto final qual seria a boa companheira. Na *Viúva Astuciosa* e em *Dois Gêmeos Venezianos,* poderia ter se poupado do esforço do soneto; e nas outras não fez sonetos para o final, porque não se pode, nem se deve, fazer sonetos sem razão.

LÉLIO: Ainda bem que até o seu autor errou.

HORÁCIO: Ele é homem como todos nós, e facilmente pode se enganar. Aliás, com meus próprios ouvidos eu o escutei dizendo, mais e mais vezes, que sempre treme ao ter que estrear uma comédia nova neste palco. Que escrever comédias é uma arte difícil, que não se gaba de ter chegado a conhecer à perfeição a arte da comédia, e que se contenta por ter estimulado as pessoas de espírito, para que um dia possa ter reputação o Teatro Italiano.

PLÁCIDA: Senhor Horácio, estou cansada de ficar de pé. Já acabou de tagarelar?

HORÁCIO: Podemos ir, o ensaio acabou. E pelo que tivemos oportunidade de tratar nesse dia, acredito que se entenda bem como deve ser, segundo a nossa ideia, o Teatro Cômico.

Fim da comédia.

CAFÉ [1]

O Autor, Aos Que Leem

Ao escrever esta comédia, inicialmente, pus nela Briguela e Arlequim e devo dizer que agradou muito, por toda parte. Entretanto agora, que a publico, parece-me adequado oferecer ao público dois personagens falantes italiano no lugar daqueles, como também outros três, que também no palco só falavam veneziano; deste modo a peça me parece mais universal. Em Florença foi representada uma comédia com titulo similar

1   *La bottega del caffé* estreou em Mântua, em maio de 1750, seguindo para o Teatro Sant'Angelo, em Veneza, onde foi uma das dezesseis comédias da primeira temporada de Goldoni com a Cia. Medebach. Fez um enorme sucesso, sendo replicada durante doze noites. O mesmo tema já havia sido usado, em 1736, em versão de *intermezzo* (entremeio) para música. A peça foi traduzida para todas as línguas europeias e diversas vezes para o russo. A versão em português aqui apresentada estreou com título *Café!*, na Casa da Gávea, no Rio de Janeiro, em outubro de 2009, com direção da organizadora deste livro e quatro extraordinários comediantes (Renato Carrera, Renato Livera, Julia Carrera, Lucas Odradevski) dando conta de todos os papéis. Devido a isso, algumas adaptações foram necessárias: a personagem de Dom Márcio, o fofoqueiro, tradicionalmente considerado protagonista da peça (escrito para o próprio Medebach), absorveu a personagem do bicheiro (Pandolfo) que aparece, no original, muitas vezes conversando com ele. A bailarina Lisaura se tornou a cantora Bela, já que a montagem era em formato de comédia musical (nesta publicação não incluímos as canções, inteiramente de autoria do elenco). ▶

e algumas situações parecidas àquelas que aqui se encontram; pois bem, era um plágio. Um amigo meu com muita disposição quis fazer um teste de memória; porém, como assistiu à minha peça somente uma ou duas vezes em Milão, se viu obrigado a inventar muita coisa. Ficamos amigos, parabenizei-o pelo engenho; entretanto não quero reivindicar o bom que não é meu nem quero que digam que é minha alguma coisa ruim. Quero portanto informar o Público deste fato; de modo que ao comparar esta minha, que agora publico, com a peça do amigo, a verdade fique manifesta e cada um aproveite de sua dose de elogios e aguente sua dose de vergonha.

Esta comédia tem caráteres tão universais que, por onde foi apresentada, acreditou-se terem sido copiadas, no modelo, pessoas originais que os espectadores reconheciam. A personagem fofoqueira, no caso, encontrou seu protótipo em todo e qualquer lugar e quem sofre sou eu, mesmo que injustamente, porque me tacham de malicioso e dizem que imitei esse ou aquele. Certamente não sou capaz disso.

Meus tipos são humanos, verossímeis e até mesmo, digamos, verdadeiros; pois tiro-os da turma universal dos seres humanos. Necessariamente, sempre alguém neles se identifica. Quando isso acontece, não é por minha culpa se a personagem parece com o sujeito mau-caráter; mas é culpa do sujeito mau-caráter que por azar se vê descrito, pintado e espelhado na personagem.

▷ O processo de criação, seguindo um percurso arqueológico no próprio fazer cênico do autor, previu muita improvisação a partir do *canovaccio* reconstruído pela direção; acabou proporcionando um texto bem mais ágil do que o original, que contava com sessenta e seis cenas distribuídas em três atos para um elenco de dezesseis atores; essa versão visa oferecer uma opção viável para quem quiser montar. Como dito no Prefácio, especialmente este texto de Goldoni foi objeto de adaptações no século XX, sendo a mais radical a de Rainer Maria Fassbinder (*Die koffenhaus*, 1969) por ele dirigida em Brema com Peer Raben; nela também, Dom Márcio e Ridolfo eram sintetizados em uma única personagem: um usurário chantagista, promotor dos interesses de todos e depravador que, no final, morria esfaqueado. Uma tradução literal da *Bottega de caffé* em português, com título *Café*, foi publicada pelo Teatro Nacional São João (Porto, 2008). Tradução, adaptação e notas de Alessandra Vannucci.

Personagens

RIDOLFO, dono do boteco
DOM MÁRCIO, dono da casa de jogos
EUGÊNIO, barbeiro e jogador
FLAMÍNIO, sob o falso nome de Conde Leandro
PLÁCIDA, esposa de Flamínio, disfarçada de estrangeira
VITÓRIA, esposa de Eugênio
BELA, cantora
TRAPO, criado do boteco
CAPITÃO das guardas

A cena representa uma praça de Veneza, ou uma rua bem larga, onde há três estabelecimentos comerciais: o do meio é um boteco, o do lado é uma loja de barbeiro, o da esquerda é uma casa de jogo; acima das lojas há uma pousada, com alguns quartinhos praticáveis, cujas janelas dão para a rua. Acima do boteco há o quarto da cantora; acima da casa de jogo, o quarto do Conde.

Ato I

Cena I

Ridolfo e Trapo.

RIDOLFO: Ânimo, rapaz, acorda, de pé, cara limpa; no serviço, temos que ser solícitos e educados. O crédito do meu boteco depende dessa cara que você põe na rua logo cedo de manhã.

TRAPO: Patrão, acordar a essa hora não vai com a minha cara.

RIDOLFO: Precisamos estar prontos! Essa é a hora do freguês, gente que trabalha, que viaja. Empresários, artistas... Gente fina, que levanta cedo.

TRAPO: Só dá mendigo na rua a essa hora, patrão. Vou voltar pra cama.

RIDOLFO: Até mendigo pode vir a ser freguês. Todo mundo quer fazer o que os outros fazem. Café é a moda do dia. Antes era a cachaça, hoje é o café. E nós temos café! Café pra todo mundo, café o dia inteiro. Temos que pensar no futuro.

TRAPO: Essas horas da manhã, a vida só tem passado.
RIDOLFO: Criado agora é filósofo. Vem cá engraxar o meu sapato. (*Parado, enquanto o outro engraxa.*) É a regra do negócio: tentar o freguês, garantir o vício e embolsar a grana. Veja o bicheiro, aí. De dia é do bicho, de noite é da roleta. Dia e noite, todo mundo quer! O bom do vício é que, na velhice, só aumenta. E o bicheiro enche o bolso sem sair do lugar. Acabou?
TRAPO: Patrão, você se encanta com esse negócio de jogo, mas eu acho que jogo rouba a alma. Veja o coitado do seu amigo barbeiro... (*Ouve-se som de roleta.*)
RIDOLFO: Quem está jogando, Trapo? É ele?
TRAPO: É ele. Tem mulher, uma delícia, toda bem arrumada, mas ele fica aqui a noite inteira, jogando feito um condenado.
RIDOLFO: A noite inteira?
TRAPO: Bingo, dupla, quina, pôquer, buraco e loteria. Não está na moda? Não é o que todo mundo faz?
RIDOLFO: Ganhou?
TRAPO: Pela cara, acho que não.
RIDOLFO: Ah. Perdeu. Perdeu de quem? Do conde?
TRAPO: Conde quem?
RIDOLFO: O conde, bem-apessoado, cabelo grande.

Aparece o Conde na janela, tira a peruca e coça a cabeça careca.

TRAPO: Acho que é peruca, patrão.
RIDOLFO: Quieto, Trapo. Pare de achar e nada de fofocar dos fregueses. Principalmente dos que têm dinheiro. Seria até bom se esse conde virasse freguês do meu boteco. Passou o café?
TRAPO: Não.
RIDOLFO: Sobrou de ontem?
TRAPO: Sobrou.
RIDOLFO: Requenta e mistura.
TRAPO: Café requentado é coisa de pé sujo, eu acho.
RIDOLFO: Quieto! Café fresco, só no dia da inauguração. Sabe quanto custa o ponto? E mais o aluguel de louças, cadeiras, mesas, uniformes...
TRAPO (*reparando em sua própria roupa*): Uniformes?
RIDOLFO: Requente, requente. E põe farinha no açúcar.

Cena 2

Trapo, Ridolfo e Dom Márcio, que entra sonolento, passando a mão nos olhos.

DOM MÁRCIO: Amigo! O café é de hoje?
RIDOLFO: Fresquinho. Sente-se. Trapo! Café. (*A Dom Márcio.*) Trabalhando a essa hora?
DOM MÁRCIO: Que hora? São três da manhã.
RIDOLFO (*levanta para ver o relógio*): Está enganado, amigo, já passou das sete. (*A Trapo, que está limpando muito devagar a mesa.*) Anda, Trapo! Café, café, café.
TRAPO: Estou limpando aqui.
RIDOLFO: Rápido. É tarde.
DOM MÁRCIO (*tira o relógio do bolso e analisa*): É cedo.
TRAPO: Também acho, bem cedo.
RIDOLFO (*furioso*): Pare de achar e traga o café.
DOM MÁRCIO: Isso mesmo. O dono do estabelecimento é que estabelece o que você tem que achar, rapaz.
TRAPO: O meu patrão mandou concordar sempre com o freguês. (*A Dom Márcio.*) Que horas são?
DOM MÁRCIO: Meu relógio novo importado dá três horas e dois minutos.
TRAPO: O freguês disse que é cedo? Então é cedo!
RIDOLFO: Cedo nada, são quase sete.
DOM MÁRCIO: Bem, cedo ou tarde, é uma questão de pontos de vista. Pode ser tarde para abrir o boteco e cedo para fechar o jogo. Se der lucro, é cedo. (*À parte.*) Chato, esse cara. (*A Ridolfo.*) Como é que não tem movimento na rua, se são quase sete?
RIDOLFO: Pois é! Se o senhor fechasse o jogo antes, chegaria freguesia para mim mais cedo.
DOM MÁRCIO: Desculpe, é você que manda aqui?
RIDOLFO: Me perdoe: dia é dia, noite é noite. Só digo o que seria justo.
DOM MÁRCIO: Justo para você. (*Vozes dos jogadores fora de cena.*) Vamos parar com essa conversa fiada. Estou trabalhando.
CONDE (*de fora*): Vai ser pôquer? Cartas! Dom Márcio!
DOM MÁRCIO: Já vou! Esse café demora?
RIDOLFO: Trapo! O freguês tem pressa! (*A Dom Márcio.*) Bom negócio o seu. Dia e noite, sempre lucro.
DOM MÁRCIO: Negócio é ter sorte. Só quem joga, ganha.
RIDOLFO: Tem jogador que só perde.

DOM MÁRCIO: Aí é azar. Você tem um amigo, não tem?
RIDOLFO: Muitos.
DOM MÁRCIO: Um que é bem conhecido. Preciso lhe contar...
RIDOLFO: Espere. Bem conhecido meu ou em geral?
DOM MÁRCIO (*à parte*): Oh, mas é chato! (*A Ridolfo.*) Seu amigo barbeiro. Essa noite, perdeu tudo o que tinha no bolso. Mais a cueca.
CONDE (*de fora*): Amigo, perdeu!
RIDOLFO: Sei.
DOM MÁRCIO: Escuta só. Não faz meia hora, o sujeito chega alucinado bem aqui na frente do seu boteco, com as meias arriadas e os olhos vidrados, rangendo os dentes que nem fantasma, me pega pelo braço e...
RIDOLFO: Diga...
DOM MÁRCIO (*ajoelha com as mãos juntas*): "Senhor!!"
RIDOLFO: Não diga!
DOM MÁRCIO (*levanta*): Digo ou não digo?
RIDOLFO: Diga, diga.
DOM MÁRCIO: "Senhor, me salve." Enfia lentamente a mão no bolso e tira os brincos da esposa. A esposa, dona Vitória, sabe? Os brincos dela, já viu, não viu? Estes aqui! (*Tira do bolso e mostra.*) E diz: "É a última joia da família. Preciso de dinheiro! Dou por dez."
RIDOLFO: Dez o quê?
DOM MÁRCIO: Dez ducados.
RIDOLFO: Dá cinquenta e três dólares e oitenta centavos, uns trinta euros e quebrados, menos de cem reais. Só?
DOM MÁRCIO: Vale mais?
RIDOLFO (*analisa os brincos*): Bem mais.
DOM MÁRCIO (*satisfeito*): É mesmo? Então, fechamos por setenta.
RIDOLFO: Eu? Não, não tenho dinheiro.
DOM MÁRCIO: Eu, eu fechei com ele por setenta. Fiz esse favor ao seu amigo barbeiro. Não se fala mais nisso. (*Coloca os brincos no bolso.*) Sou uma pessoa discreta.
RIDOLFO: Pobre rapaz! Cedeu os brincos por setenta pratas?
DOM MÁRCIO: E como me agradeceu: de joelhos! Que sou um santo, que se não fosse por mim ele estaria falido!
CONDE (*de fora*): Perdeu de novo! Outra rodada?
RIDOLFO: O senhor não deveria ter feito isso.
DOM MÁRCIO: Precisando, estou à disposição. Sou uma pessoa generosa. Quando era criança, ninguém gostava de mim. Não tinha amigos. As outras crianças me perseguiam na rua! "Fofoqueiro", gritavam e

eu chorava. Meu amigo, quanto sofri! Mas agora, tudo mudou. Gosto de me sentir útil. Você deixa todo mundo tomar café aqui, não deixa?

RIDOLFO: A freguesia é sempre bem-vinda no meu boteco. Gente fina, gente de bem, trabalhadores.

DOM MÁRCIO: Pois é. Aquele barbeiro é freguês, não é?

RIDOLFO: É.

DOM MÁRCIO: Trabalhador? Honrado? Desde que casou, ficou esquisito o seu amigo. Mas esse café, tem que torrar ainda?

CONDE (*de fora*): Mais quinhentos, amigo! Hoje é o meu dia.

RIDOLFO: Trapo! Café! (*A Dom Márcio.*) Esquisito, como? Pelo contrário, casamento endireita o homem e o barbeiro fez um ótimo casamento.

DOM MÁRCIO: Pois é, casou com uma dama mesmo. Se não fosse por mim, dona Vitória acordava hoje casada com um mendigo.

RIDOLFO: Coitada. Maldito vício.

DOM MÁRCIO: O senhor disse vício? De quem está falando? Está falando daquela cantora?

RIDOLFO: Que cantora?

DOM MÁRCIO: A cantora que aluga o quarto aqui em cima. O senhor não sabe?

RIDOLFO: Sei. Bela.

DOM MÁRCIO: Então. Bela e barata.

RIDOLFO: Barata?

DOM MÁRCIO: Vinte ou vinte e cinco ducados, no máximo!

RIDOLFO: Vinte e cinco dá cem libras ou setenta e três marcos e quebrados, umas dez pratas. Mas dez pratas para quê?

DOM MÁRCIO: Para mais nada, infelizmente. Desde que apareceu aquele conde, dizem que ela não dá mais barato para ninguém. Arranjou namorado e subiu na vida.

RIDOLFO: A cantora? Com o conde?

CONDE (*de fora*): Quer ver que é meu dia? Dom Márcio! O que deu no bicho?

DOM MÁRCIO: Deu galinha.

CONDE (*de fora*): Opa, ganhei!

DOM MÁRCIO: Ele mesmo! Um cara de sorte. Um dos meus melhores fregueses. (*Levanta.*) Preciso ir. Esse café vai ser para outra vez.

RIDOLFO (*berra*): Trapo! Café, rápido. Anda!! (*A Dom Márcio.*) É fresquinho, de hoje.

TRAPO (*chegando bem devagar, com o café*): De hoje que está aqui.

DOM MÁRCIO (*tomando café muito quente*): Então, o conde com a cantora, o senhor reparou?

RIDOLFO (*ao Trapo*): Vem cá, o conde namora a cantora?
TRAPO: E como! Pelo que se ouve daqui debaixo...
RIDOLFO: Quieto! Nada de fofoca, já te disse (*Trapo sai.*)
DOM MÁRCIO: Será que ele é bom de cama, também?
CONDE (*de fora*): Sorte minha! Ô, amigo, você já me deve mil pratas. Quer parar? Como, não tem? (*Aparece e fala a Dom Márcio.*) Dom Márcio, tem pendência aqui! O cara não tem como pagar.
DOM MÁRCIO: O prazo é até o pôr do sol, senhor conde. (*A Ridolfo.*) Então, o conde ganha todas e o seu amigo barbeiro perde, chora e fica devendo. Todo dia é assim.
RIDOLFO: Pobre rapaz. Precisamos tirar ele de lá.
DOM MÁRCIO: Quer um conselho? Nunca se meta na vida dos outros. Vai perder o crédito... Seu negócio aqui é principiante...
RIDOLFO: Eu? Perder o crédito? Meu negócio de principiante? Trapo! A conta de Dom Márcio.
DOM MÁRCIO: Pendura aí, Trapo.
RIDOLFO: Pendura nada.
DOM MÁRCIO: Meus fregueses são seus fregueses. Não vai querer me cobrar um cafezinho.
RIDOLFO: Passar bem, Dom Márcio. Diga ao barbeiro que preciso dele. (*Sai.*)

Cena 3

Dom Márcio, e Trapo entrando com a conta.

DOM MÁRCIO: Trapo! Vem cá. Você ouviu a cantora mesmo?
TRAPO: A cantora?
DOM MÁRCIO: É, a cantora.
TRAPO: Ouvi.
DOM MÁRCIO: E daí?
TRAPO: Acho que canta bem.
DOM MÁRCIO: Namora o conde? O que acha?
TRAPO: Sei lá. Depende.
DOM MÁRCIO: Depende de quê?
TRAPO: Depende do troco. (*Olhando a moeda com que o outro está pagando.*)
DOM MÁRCIO: Ah, o troco! Mas ouviu ou não ouviu? Namoram, ou não?
TRAPO: Depende.
DOM MÁRCIO: Depende? Depende de quê?
TRAPO: Da hora.

DOM MÁRCIO: O que quer dizer? O negócio dela é por hora? Imagino o movimento na porta!
TRAPO: Acho que o conde só a frequenta em certos horários. Entrando pela outra porta.
DOM MÁRCIO: A outra porta? Nos fundos? Então é assim, o freguês entra pela frente e sai pelos fundos. É muita modernidade.
EUGÊNIO e CONDE (*brigando e berrando, de fora*): Dom Márcio!
DOM MÁRCIO: Não briguem! Já vou aí resolver. (*Embolsa a moeda e sai.*)
TRAPO: Que dupla. Entre ele e eu, somos uma redação completa. Agora, isso de não querer pagar a conta, acho que é vício.

Cena 4

Eugênio, Ridolfo e os mesmos.

EUGÊNIO (*entrando*): Trapo! Que horas são?
TRAPO (*enfiando a conta de Dom Márcio no bolsinho*): Acho que... depende.
EUGÊNIO: Como acha que depende? Vá ver no relógio, Trapo!
TRAPO: No relógio do freguês são quatro da manhã, no relógio do boteco já faz tempo que bateram as sete.
EUGÊNIO: Sete! Maldito sete. Perdi tudo por causa do sete! Mas agora, vou ganhar. (*Senta na cadeira, exausto.*) Cadê o teu patrão? Mandou me chamar? Estou com pressa.
TRAPO: Vou ver. (*E sai.*)
RIDOLFO (*entrando*): Virou a noite, amigo?
EUGÊNIO: Virei. Quero café!
RIDOLFO: Perdeu de novo? Perdeu tudo? Precisamos conversar...
EUGÊNIO: Hoje não é dia. Traga um café! (*Ridolfo sai.*)
DOM MÁRCIO (*entrando, a Eugênio*): Você mesmo, estava atrás de você.
EUGÊNIO (*levantando da cadeira*): Já sei. Devo, não nego, vou pagar.
DOM MÁRCIO: É que o senhor conde...
EUGÊNIO: Quanto?
DOM MÁRCIO: Você sabe. Jogo é jogo.
EUGÊNIO: Já me levou tudo que tinha no bolso. Mais as setenta pratas dos brincos da minha mulher.
RIDOLFO (*voltando com o café*): Mais a cueca...
DOM MÁRCIO (*sentando na cadeira*): E mais as mil pratas que perdeu ainda agora.

EUGÊNIO: Sou homem de bem. Tenho até título de cavalheiro da Ordem da Mosqueta. Bem que o conde poderia aliviar. Nem acabou a noite!

RIDOLFO (*calculando*): Mil pratas dá trezentos e vinte ienes que dá sessenta libras...

EUGÊNIO: Agora não tenho. Talvez amanhã.

DOM MÁRCIO: Isso não é palavra de cavalheiro.

RIDOLFO: ...um pau e meio! Um homem arruinado!

EUGÊNIO (*grita*): Obrigado!

RIDOLFO: Ainda vai perder a esposa! E o seu café que esfria...

EUGÊNIO (*grita*): Já disse obrigado!

RIDOLFO (*ofendido*): Você que pediu café! Eu mesmo requentei! Bem forte. (*E sai.*)

DOM MÁRCIO (*pega o café e bebe*): Conhece as regras. Tem que pagar até o pôr do sol. Pelo meu relógio, até as sete.

EUGÊNIO: Sete! Maldito sete! Basta! Devo, não nego e vou pagar. Mas hoje não tenho.

DOM MÁRCIO: Um pau para salvar a sua honra, eu consigo.

EUGÊNIO (*ajoelhando-se*): O senhor consegue? Vou lhe ser eternamente grato. Mas como?

DOM MÁRCIO: Venda consignada.

EUGÊNIO (*levantando*): Do dote da minha mulher não sobrou nada. Só as cortinas do quarto dela.

DOM MÁRCIO: Cortinas? Valem mil pratas?

EUGÊNIO: São trinta metros de veludo vermelho!

DOM MÁRCIO: Pode ser. E para mim?

EUGÊNIO: Para você o quê?

DOM MÁRCIO: A minha parte.

EUGÊNIO: Quanto? (*Grita.*) Café!

DOM MÁRCIO: Vinte por cento.

RIDOLFO (*de fora*): Outro?

EUGÊNIO: Como, outro?

RIDOLFO (*de fora, bufando*): Trapo! Outro café. E a minha barba?

EUGÊNIO: Daqui a pouco.

Entra Trapo com café e deixa na mesa. Entra Ridolfo pronto para fazer a barba.

DOM MÁRCIO (*pegando o café*): Vinte por cento, e mais um cafezinho.

RIDOLFO (*à parte*): Agiota! Sem vergonha. (*A Eugênio.*) Eu sou seu amigo. Se precisar de alguma coisa...

EUGÊNIO: Preciso sim.

RIDOLFO: Diga.
EUGÊNIO: Saia e só volte quando eu chamar. (*Ridolfo sai.*) Dom Márcio, vinte por cento é demais. Ainda tenho que resgatar os brincos que estão com o senhor.
DOM MÁRCIO: Os brincos, lhe devolvo por duzentos.
EUGÊNIO: Duzentos? Mas o senhor me deu setenta por eles.
DOM MÁRCIO: E os juros?
EUGÊNIO: Juros? Assim não dá. O conde que espere.
DOM MÁRCIO: Um conde nunca espera!
EUGÊNIO: Então vou vender as cortinas, eu mesmo, aqui na rua. Viro camelô.
DOM MÁRCIO: Bom negócio! Vou buscar as cortinas?
EUGÊNIO: O senhor vai mesmo? Obrigado.
DOM MÁRCIO: De nada. Amigo é pra essas coisas.
EUGÊNIO: Espere. E se cruzar com a minha mulher?
DOM MÁRCIO: Dona Vitória? Dou um jeito.
EUGÊNIO: E o conde?
DOM MÁRCIO: Vou pedir que espere até amanhã.
EUGÊNIO: Muito obrigado!
DOM MÁRCIO (*em pé, à parte*): Veludo vermelho. Bem que preciso de um casaco novo.
EUGÊNIO (*sentando*): Café, café, café.
RIDOLFO (*entrando, zangado*): Está gozando da minha cara?
EUGÊNIO: Eu? Só quero o meu café!
RIDOLFO (*chamando*): Trapo! Café.
DOM MÁRCIO: Trapo! Toma conta da loja aqui, enquanto vou ali buscar um negócio (*Sai.*)

Cena 5

Eugênio, Trapo.

TRAPO (*entrando, sem café*): Eu? O quê? Tomar conta de quê?
EUGÊNIO: Não é meu dia mesmo. Mas eu sabia. Maldito sete! Danado sete! Sempre me trai. Pelo menos aparecesse uma mulher! Uma qualquer, sem ser a minha.

Ouve-se uma voz de mulher cantando.

EUGÊNIO: Trapo! Sabe quem canta lá em cima?

TRAPO: Sei.
EUGÊNIO: ...Quem?
TRAPO: Uma cantora.
EUGÊNIO: Cantora como?
TRAPO: Boa.
EUGÊNIO: Bonita? Feia?
TRAPO: Sortuda.
EUGÊNIO: Por quê?
TRAPO: Arranjou emprego. Com um cara cheio da grana.
EUGÊNIO: Grana? (*Levantando.*) Deve ser o conde. Claro que é ele, com tudo que ele rouba no jogo! Qual o emprego? O que ela faz?
TRAPO: Quase nada.
EUGÊNIO: Ah, é assim? Emprego fácil. E o conde paga?
TRAPO: Pagou, levou.
EUGÊNIO: Entendi. Quanto?
TRAPO: Não sei.
EUGÊNIO: Mas o bicheiro deve saber. Quem canta assim, não me engana.

Cena 6

Ridolfo, Bela e os mesmos.

RIDOLFO: Dá para fazer a minha barba agora?
EUGÊNIO: Sente-se, amigo. Tem gente por aqui que adora se meter na vida dos outros.
RIDOLFO: O bicheiro. Mas você não deveria deixar.
EUGÊNIO: Eu? Deixar o quê?
RIDOLFO: Se meter na sua vida.
EUGÊNIO: Eu? Nem o conheço.
RIDOLFO: Como! Lhe deve dinheiro.
EUGÊNIO: Eu? Quem disse?
RIDOLFO: Ele contou pra todo mundo aqui no boteco, agora há pouco. Você perdeu um pau e meio, vendeu por uma merreca os brincos de sua esposa e vai perder muito mais: família, amigos, negócios! Cuidado, rapaz. Perdeu o crédito, é o fim!
EUGÊNIO: Sou um homem honrado. Devo, não nego, mas vou pagar.
RIDOLFO: E como?
EUGÊNIO: Se conseguir vender hoje uma cortina que tenho lá em casa...
RIDOLFO: Vender onde?

EUGÊNIO: Aqui na praça.
RIDOLFO: Vai virar camelô?
EUGÊNIO: O pano é maravilhoso. É dote da minha mulher.
RIDOLFO: Vale um pau?
EUGÊNIO: Muito mais.
RIDOLFO: E ela concorda em vender?
EUGÊNIO: Claro! É minha mulher!
RIDOLFO: Então venda pelo que vale, sem botar a sua reputação a perder. Você não deveria jogar fora o título que ganhou com esse casamento. Cavalheiro da Ordem da Mosqueta! E o dote! Já se viu? Na praça! Espere uma semana que eu vendo para você no mercado de tecidos.
EUGÊNIO: Uma semana! O conde não espera tanto!
RIDOLFO: Enquanto isso, alguém empresta a grana.
EUGÊNIO: Sério?
RIDOLFO: Quero dizer...
EUGÊNIO: O senhor é um amigo. (*Estica a mão.*) Já tem o dinheiro?
RIDOLFO: Aqui. Um real pela barba.
EUGÊNIO: Faltam novecentos e noventa e nove.
RIDOLFO: Tome dois, cinco, vamos lá, tome dez reais e não se fala mais nisso.
EUGÊNIO: Obrigado. (*Faz movimento para pegar o dinheiro.*)
RIDOLFO (*segurando a mão*): Prometa que não volta a jogar! Dívida dá cadeia.
EUGÊNIO: Não, nunca!
RIDOLFO: Prometa que não vira camelô!
EUGÊNIO: Nunca.
RIDOLFO: E jure que volta para casa, para a sua mulher!
EUGÊNIO: Juro.
RIDOLFO: Lembre-se de que nossas cadeias são as piores do mundo! (*Os dois apertam as mãos, Eugênio retira o dinheiro e coloca no sapato.*) Por que não coloca o dinheiro no bolso?
EUGÊNIO: Está furado.
RIDOLFO: Bolso se conserta, mão furada é que é o problema. Melhor escrever aqui um acordo.
RIDOLFO: Eu, Eugênio, de profissão barbeiro, juro que não volto a jogar e juro que não fujo mais da minha esposa e juro que não viro camelô e juro que não esqueço que devo dez reais ao dono do boteco. (*Enquanto isso, Bela aparece na janela cantando. Eugênio a observa admirado. Ridolfo de costas, sem ver o que está ocorrendo atrás.*) Assine aqui. (*Eugênio assina.*) Agora, vá logo buscar o pano.

EUGÊNIO: Agora? Não posso.
RIDOLFO: Por quê?
EUGÊNIO: Quer que a minha mulher me veja neste estado? Chegando em casa às nove da manhã?
RIDOLFO: Coitada, ela não merece. Tá certo. Trapo! Vai buscar um pano na casa da senhora dona Vitória, esposa do Eugênio, e me traz aqui. Entendeu?

Trapo de fora, barulho de algo caindo na cozinha.

RIDOLFO: Trapo. Está fazendo o quê? Vamos, anda. Vai logo, já está tarde!
TRAPO (*aparecendo com café*): Calma, patrão. Melhor tarde que malfeito.
RIDOLFO: Criado agora é filósofo. Olha a minha filosofia: faça de má vontade, mas faça depressa. Vai!

Trapo deixa a xícara de café e sai. Ridolfo sai.

Cena 7

Bela, Eugênio, Conde.

EUGÊNIO (*a Bela*): Bom dia, patroa! Acordou faz muito?
BELA: Agorinha mesmo.
EUGÊNIO: Quer café, chocolate? Eu pago.
BELA: Agradeço, mas eu mesma faço café aqui em casa.
EUGÊNIO: Quer ajuda?
BELA: Para quê?
EUGÊNIO: Cabelo, unha, massagem... Sou barbeiro unissex. Deixe eu subir que lhe mostro o catálogo.
BELA: O senhor viu o senhor conde?
EUGÊNIO: Infelizmente, sim. Mas agora está dormindo. Por onde é que entro, gata?
CONDE (*à parte*): Não durmo, não durmo. E não estou gostando nada dessa serenata.
BELA: Aqui só entra quem quero e quando eu mando.
EUGÊNIO: Então mande agora! Eu pago! (*Mostra o bolso.*)
BELA: O seu bolso está furado.
EUGÊNIO: Tenho mais na meia.
CONDE (*à parte*): Miserável!
EUGÊNIO: Madame, por acaso sabe quem sou eu?

BELA: Um que não merece a minha compaixão.
EUGÊNIO: Olhe aqui, garota! Quanto é? Tome dois, cinco, seis, dez reais! (*Joga dinheiro.*)
BELA: Obrigada.
CONDE (*à parte*): Sem vergonha, deixa eu resolver isso.
BELA (*à parte*): Por um relógio novo, um anel, um belo par de brincos até aceitava a serenata, mas por dinheiro! Não sou mulher de tão baixo nível. (*Some da janela.*)

Cena 8

Conde, Eugênio, Dom Márcio.

CONDE (*entrando*): Seu morto de fome, nem tem como pagar as dívidas e fica jogando dinheiro fora!
EUGÊNIO (*armado de navalha*): Pegue, pegue o dinheiro, seu Conde de araque. (*Indica as moedas no chão, o Conde se ajoelha e recolhe.*) Pegue, pegue. Eu não sou homem que dobre os joelhos.
CONDE: Veremos. Aqui tem dez, faltam novecentos e noventa. Se cuida. (*Chamando.*) Bela, abre aqui. Sou eu.
BELA (*de dentro*): Por onde você andou a noite toda?
CONDE: Negócios. (*Mostra o dinheiro.*) Abre, vai.

Bela não quer abrir. Conde mostra para ela o brinco que recebeu de Dom Márcio. Eugênio não vê.

BELA (*ao Conde*): Só porque é você. (*Abre e Conde entra.*)
EUGÊNIO: Por dez? Abriu a porta por dez reais? Ei! Por que ele sim e eu não? (*A Dom Márcio, que entra.*) Dom Márcio! Você viu? Ela abre a porta por dez reais!
DOM MÁRCIO: É barata mesmo. (*Chama.*) Trapo!

Bela na janela mostra a Eugênio que colocou o brinco de Vitória.

EUGÊNIO: Ei, aquele brinco é meu! Como chegou aí? O conde lhe deu? Por isso que a senhorita abriu a porta! Seu conde de araque, generoso com brincos da mulher dos outros. Mas vou pegar de volta, juro que vou. (*Ameaça com a navalha.*)
DOM MÁRCIO: Cadê o Trapo? Veio alguém para a casa de jogo? Ninguém? O movimento está meio fraco hoje. E você, Eugênio, está à toa? Faça o favor aqui. (*Senta na cadeira, para fazer a barba, o barbeiro começa*

o trabalho.) Ah, só porque estou velho e cansado. Que saudade do vigor da juventude! Infelizmente, naquela época, eu não tinha um tostão e as mulheres que eu desejava me desprezavam. Por falar nisso, a sua esposa...

EUGÊNIO: Minha esposa? O quê? Não deixou pegar?

DOM MÁRCIO: Peguei, peguei.

EUGÊNIO: Cadê?

DOM MÁRCIO (*tirando o veludo do casaco*): Aqui. A sua esposa nem me viu. Mas eu a vi. E como sou seu amigo, digo: cuidado com ela.

EUGÊNIO: Ela o quê? Como assim?

DOM MÁRCIO: Ainda bem que sou seu amigo. Acabo de fazer um favor para você, não é? Dito isso, cuide bem dela porque aquela mulher ainda dá um caldo. Que avião! Bem melhor que aquela cantora barata. O senhor deveria...

EUGÊNIO (*ameaça com a navalha*): Eu deveria o quê? Vender a minha esposa?

DOM MÁRCIO: Eu não disse nada, ora. Você é que tem dívidas!

EUGÊNIO: Não se meta. Ela é inocente! Ela vai para a igreja todas as manhãs!

DOM MÁRCIO: Melhor, assim pode confessar o que fez de noite.

EUGÊNIO: Jurei que ia protegê-la! Jurei ao pai dela, no leito de morte.

DOM MÁRCIO: Então deverá dar conta disso só no outro mundo.

EUGÊNIO: Mas acabou que ele não morreu. A cidade inteira vai falar mal de mim.

DOM MÁRCIO: Pior do que agora, impossível.

EUGÊNIO: Por quê? Alguém fala mal de mim? Eu sou Cavalheiro da Ordem da Mosqueta. Sou um homem honrado.

DOM MÁRCIO: Como dizem os italianos: muitos inimigos, muita honra.

EUGÊNIO: Inimigos, não tenho. Não sou urubu que nem você, Dom Márcio. Monstro! Nem ouse olhar mais para ela, viu!

DOM MÁRCIO (*levanta com espuma no rosto*): Olhar não mata, rapaz. Agora você me ofendeu. Logo eu, que tanto fiz para o seu bem. Me ofendeu e essa dor vai ficar para sempre no meu coração. (*Senta, encabulado.*)

EUGÊNIO: Ah, não vem com essa, Dom Márcio.

DOM MÁRCIO: Não se esqueça da sua dívida. Um pau, até o pôr do sol.

EUGÊNIO: Não ficou para amanhã? O senhor não falou com o conde?

DOM MÁRCIO: Não. Fale você.

EUGÊNIO: Eu? Por favor, Dom Márcio.

DOM MÁRCIO: Favor nada, chega por hoje.

EUGÊNIO: Hoje não é meu dia. Já está virando pesadelo. Pelo menos se aparecesse uma mulher! Uma qualquer que não fosse a minha.

Cena 9

Batem 10 horas. Plácida, Dom Márcio, Eugênio.

PLÁCIDA (*entra e fala com sotaque estrangeiro*): Hola.
DOM MÁRCIO e EUGÊNIO: *Hola.*
PLÁCIDA: *Como están?*
DOM MÁRCIO e EUGÊNIO: *Bien. Bien.* Chile? Peru? China? Congo? Checoslováquia?
PLÁCIDA: *Si! Si! Si!*
EUGÊNIO: A senhora viaja por diversão?
PLÁCIDA: Necessidade. *Estoy* buscando *alguien.*
EUGÊNIO: Posso ajudar?
PLÁCIDA: É a primeira vez na vida que saio de *mi casa.* (*Senta e chora.*) *Mi marido...*
EUGÊNIO: Seu marido faz o quê?
PLÁCIDA: Dívidas. No jogo. E fugiu. Me deixou!
EUGÊNIO (*impressionado*): Deixou a senhora na necessidade?
PLÁCIDA: Deixou.
EUGÊNIO: Safado. Como pode um homem fazer isso com sua própria mulher? Deveria ser preso.
PLÁCIDA: Eu só quero que ele volte para casa. Mas ele foge de mim. (*Chora.*) Vejam! Sou feia? Sou velha? Ai. Ele me despreza.
EUGÊNIO: Eu vou protegê-la. Pode confiar em mim. Sou um cavalheiro! (*A Dom Márcio.*) O que faço agora?
DOM MÁRCIO: Esse barbeiro é um tolo mesmo. Leva pro motel!
PLÁCIDA: Hotel? *Si, si.* (*Levanta.*) *Dónde está el hotel?*
DOM MÁRCIO: Ali.
PLÁCIDA: Mas como posso pagar? *No tengo dinero.*
EUGÊNIO: Eu pago.
PLÁCIDA: *Gracias, gracias. Muy generoso...*

Plácida sai, Eugênio vai atrás.

DOM MÁRCIO: Vai indo que ele paga. (*Sozinho, ensaiando uma capa com o veludo.*) Dinheiro pouco, tem que gastar bem. Mulheres não prestam. Só pensam em joias e roupas novas. Eu não daria um tostão furado por essa mulher. (*A Eugênio, que voltou.*) Mui generoso com o dinheiro e com a mulher dos outros.
EUGÊNIO: Aquela pobre criatura precisa da minha proteção.
DOM MÁRCIO: Precisa mesmo. Faz um ano que a pobre criatura busca um pavão que nem você pelos quatro continentes para depenar, e não acha.

EUGÊNIO: Como assim, um ano? Ela disse que acabou de chegar e que nunca antes tinha saído de casa.
DOM MÁRCIO: Pena que no Carnaval passado já estava aqui com a mesma historinha.
EUGÊNIO: Não é possível. Não pode ser a mesma.
DOM MÁRCIO: Como não? Viu como escondeu o rosto quando me viu? Para não ser reconhecida. Ela é paraguaia ou o quê?
EUGÊNIO: Uruguaia, se não me engano.
DOM MÁRCIO: Uruguaia, paraguaia, dá no mesmo. Enfim, é ela!
EUGÊNIO: Como você sabe, se não viu?
DOM MÁRCIO: Reconheci pela voz.
EUGÊNIO: Disse que está procurando o marido...
DOM MÁRCIO: A do Carnaval também procurava um marido. É um por mês.
EUGÊNIO: E qual era o nome?
DOM MÁRCIO: Um nome esquisito... Nome gringo. Agora não lembro.
EUGÊNIO: Essa se chama Plácida!
DOM MÁRCIO: Isso, isso mesmo. Está vendo?
EUGÊNIO: Ah, mas se for verdade, vou descontar dela o que merece. Mulheres!
DOM MÁRCIO (*ensaiando com veludo*): Vá, vá lá dentro ver se não é verdade.

Eugênio sai.

Cena 10

Entra Trapo e, atrás dele, Vitória mascarada.

VITÓRIA: Cadê? Ele não estava aqui? Será que voltou a jogar?
TRAPO: Não sei.
DOM MÁRCIO (*envolto em veludo*): Oi, madame. Buscando companhia? Posso ajudar?
VITÓRIA (*tirando a máscara, ao que Dom Márcio tira o veludo dos ombros e o esconde debaixo da camisa*): Bom dia, Dom Márcio. Meu marido, você viu? Sabe onde está?
DOM MÁRCIO: No inferno. Devorado pelas chamas do vício e da paixão.
VITÓRIA: Paixão pelo jogo. Essa é a minha desgraça. Quando namorávamos, ele só tinha olhos para mim. Uma felicidade. Mas agora, ele nem me olha mais.

DOM MÁRCIO: E faz muito mal. A senhora vale ouro, vale em ouro os quilos que pesa.
VITÓRIA: Eu? Acabei de casar e já estou me sentindo uma velha.
DOM MÁRCIO: E pensar que o seu marido caiu nas garras daquela diaba…
VITÓRIA: Ele não está no salão de jogos?
DOM MÁRCIO: Eu disse que ele está no inferno, dona Vitória. Inferninho, com uma diabinha. Quer conferir?
VITÓRIA: Não! Diabinha como? Uma garota? Mais jovem do que eu?
DOM MÁRCIO: Ô, o seu marido chegou aqui de manhã tão alucinado, com um par de brincos que deviam valer… quanto, Trapo? Pelo menos umas duzentas pratas, não é? Valem isso?
VITÓRIA: Brincos como? Os brincos de ouro da minha avó? Ah, traidor. Valem muito mais! Ele vendeu por duzentas pratas?
DOM MÁRCIO: Ele deu, dona Vitória, deu para a cantora que mora ali no segundo andar. Quer conferir?
VITÓRIA: Não! Ele está com ela agora? Trapo, você viu?

Trapo nega.

VITÓRIA: Fala, Trapo! O meu marido foi para o quarto da cantora?

Trapo nega.

DOM MÁRCIO: Escute aqui, dona Vitória. O seu marido foi pro motel com uma paraguaia que chegou às dez horas. A cantora foi mais cedo, às nove e pouco.
VITÓRIA: Uma cantora às nove, uma paraguaia às dez! Ah, mas eu bem que sabia que ele estava aprontando, desgraçado.
DOM MÁRCIO: Desgraçado mesmo, com tudo que perdeu no jogo essa noite!
VITÓRIA: Perdeu? Quanto? Ai, meu Deus.
DOM MÁRCIO: Tudo que tinha, mais a cueca e um pau e meio que ele deve ao senhor conde. Quer conferir?
VITÓRIA: Não!
DOM MÁRCIO: Dívida dá cadeia, dona Vitória.
VITÓRIA (*vai sentar no seu colo e chora*): Cadeia? Ai, meu Deus. (*Dom Márcio dá o pano para ela enxugar as lágrimas.*) Mas… este veludo (*observando o pano*) este veludo é meu! É a cortina do meu quarto!
DOM MÁRCIO: É nada! É meu casaco!
VITÓRIA (*levantando*): Me dá!
DOM MÁRCIO: Me dá! Você não se importa mesmo com o seu marido? Dívida dá cadeia, dona Vitória. Então, eu vou pagar a dívida e tirá-lo de lá.

VITÓRIA: Como?
DOM MÁRCIO: Vendendo o pano que ele me deu (*mostrando o pano*). Ele disse que vale mil pratas, mais ou menos. (*Grita.*) Vendo esse veludo na praça por mil pratas ao primeiro comprador!
VITÓRIA: Espere! Trinta metros de veludo vermelho! Só de pano, é muito mais do que isso! Três mil no mínimo!
DOM MÁRCIO (*esticando o pano para dona Vitória*): Três paus! Fechado! Por três mil, vendo a cortina para a senhora, dona Vitória. Cartão ou cheque?
VITÓRIA: Como assim? Esse pano já é meu. Você quer me vender? Que absurdo. E os brincos?
DOM MÁRCIO: Os brincos posso comprar da cantora por quinhentos e devolvo para a senhora já já. No total, dá três paus e meio. Sem juros e sem percentual. Só porque é a senhora, dona Vitória. Vai ser em dinheiro mesmo?
VITÓRIA: Ah, não vem com essa, Dom Márcio. Eu não tenho dinheiro. Faça o favor.
DOM MÁRCIO: Favor é comigo mesmo.
VITÓRIA: Não faça nada até amanhã. Preciso resolver isso com o meu marido.
DOM MÁRCIO: Dívida dá cadeia, dona Vitória. O senhor conde não espera até amanhã.
VITÓRIA (*colocando a máscara*): Então faça o favor de não espalhar a minha desgraça pra todo mundo.

Cena 11

Eugênio e os mesmos.

EUGÊNIO (*entrando*): Dom Márcio, eu tentei, mas a gringa não dá fácil não. Será que... (*Vê Vitória mascarada.*) Boneca, quer companhia? Com essa máscara, não me engana. É muda? Não quer nada não? É tímida? Já sei. Trapo! Um café pra esta gracinha.
VITÓRIA (*desmascarando-se*): Não quero café. Quero meus brincos, minha cortina e meu marido.
DOM MÁRCIO (*a Eugênio*): Já falei pra ela que precisamos vender a cortina.
EUGÊNIO: Vitória! Que história é essa? O que você está fazendo na rua, mascarada desse jeito?
VITÓRIA: Estou atrás de você, Eugênio. Não é por diversão não. É por desespero. É que eu me importo com você.

EUGÊNIO: Pra casa, mulher. Já.
VITÓRIA: Você vem? Eu te suplico, vem, vamos juntos.
EUGÊNIO: Ninguém manda em mim.
VITÓRIA: É isso que você quer? Ficar com as garotas? Me deixar sozinha em casa, chorando até ficar velha?
EUGÊNIO: Vai pra casa e não se meta na minha vida.
VITÓRIA: Vou sim. Para casa do meu pai. Ele sabe me defender. A mim e ao meu dote.
EUGÊNIO: Ah, não! Essa não, Vitória. É assim que você se importa comigo? Esse é seu grande amor?
VITÓRIA: Meu grande amor se acabou de tanto chorar. Você é que não se importa comigo. Chega.
EUGÊNIO: Como assim, Vitória? Como ousa? Sou seu marido. O que eu fiz, afinal?
VITÓRIA: Você sabe o que fez. Aliás, todo mundo sabe. Não é mesmo, Trapo? (*Trapo nega.*) Jogo, garotas, brigas. Dom Márcio me contou tudo. (*Dom Márcio nega.*)
EUGÊNIO: Calúnia! Dom Márcio disse o que de mim? Tudo calúnia.
VITÓRIA: Basta, marido. Perdeu minha confiança.
EUGÊNIO: Então vá, mulher, vá se tiver coragem! Já que não me ama mais, vá e não volte.
VITÓRIA: Vou sim. Adeus.
EUGÊNIO (*desesperado*): Vitória! (*A Dom Márcio.*) Monstro, o senhor contou para ela!
DOM MÁRCIO: Eu? Eu não. Vou te dizer quem foi. Foi Trapo!

Trapo nega.

EUGÊNIO (*pegando Trapo pelo pescoço*): Trapo, foi você que trouxe ela para cá? Quem mandou?
TRAPO: Vou dizer quem foi. Foi o meu patrão.
EUGÊNIO (*largando Trapo*): Ridolfo?
TRAPO: Ele mesmo! (*Deixa a xícara e sai.*)
EUGÊNIO: O que que é isso, um pesadelo? Que dia! Todo mundo contra mim?

Batem 11 horas.

CONDE (*de fora*): Café!! Café! Ô, do boteco, café!

Ato II

Cena 1

Dom Márcio, Eugênio, Conde.

DOM MÁRCIO (*à parte*): Ah, se não fosse por mim. Fico aqui, à disposição de todo mundo. As pessoas não reconhecem. Agora, vou vender o pano para aquele desgraçado e os senhores e senhoras acham que ele vai me agradecer? Que nada. Enfim... eu mereço um casaco novo.

EUGÊNIO (*à parte*): Até o pôr do sol, quer dizer, mais ou menos... que horas? Sete horas! Ai, de novo, maldito sete! Não posso parar, devo jogar até sair esse sete! Preciso da grana. Calma. Deve ter outro modo. O bicheiro disse que Vitória vale bem mais que aquela cantora barata. Suponhamos, vejamos, quanto que eu poderia... bom, se aquela moça cobra dez, eu poderia cobrar pelo menos cem, cento e vinte pratas pela minha mulher. São onze horas agora. Até as sete, daria para contar com sete ou oito fregueses. Daria quase mil pratas! Perfeito. Ah não, isso não. O que estou dizendo? Estou ficando louco.

CONDE (*à parte, bebendo o café deixado por Trapo na cena 5*): Que sorte, um café para mim. Isso prova que sou um cavalheiro mesmo. Sorte e nobreza são dons da alma. Vejam: estou tirando aquela cantora do mau caminho, ensinando tudo pra ela, fazendo dela um ser humano. E aquele coitado do barbeiro, também está aprendendo comigo. Perdeu tudo, joias, dinheiro e até a mulher. Coitado. É a vida. Ou é azar mesmo. Vou deixar ele ganhar um pouco, pra voltar a acreditar em si mesmo. (*A Eugênio.*) Colega! Daqui a pouco é meio-dia. Vamos jogar antes do almoço? Como diziam os gregos, no meio do dia, o jogo da sorte vira!

EUGÊNIO: Não, chega por hoje. Já perdi tudo.

CONDE: Olha os brincos da sua mulher enfeitando a minha! Se você voltar a jogar, poderá devolvê-los à sua.

EUGÊNIO: Nada a fazer por hoje. Não é meu dia.

CONDE: O dia é longo. E como dizem os ingleses, uma vez é o cão, outra vez é a raposa. Que horas são, seu Márcio?

DOM MÁRCIO: Faltam cinco para o meio-dia.

EUGÊNIO: Acontece que eu sou sempre cão e você sempre raposa.

CONDE: Eu não me importo de perder. É a sua chance. A sorte pode virar.

EUGÊNIO: Não tenho mais dinheiro.

CONDE: Dinheiro! Que dinheiro? Quem falou em dinheiro? Eu confio em você.

EUGÊNIO: Não, não. Sou honrado, eu.

CONDE: Por isso mesmo quero que aceite. Vamos, só mais uma mão antes do almoço, para relaxar. Jogo de cavalheiros.

EUGÊNIO: Já disse que não.

CONDE: Por um café.

EUGÊNIO: Um café?

CONDE: Um café. Não se fala mais em dinheiro.

EUGÊNIO: Bem, como diziam os romanos: *alea jacta est*, ou seja: vamos nessa, que vai ser a boa. (*Saem.*)

Cena 2

Ridolfo, Dom Márcio, Trapo.

RIDOLFO (*a Dom Márcio*): Trapo! Aonde ele foi se meter? Dormiu?

Trapo bocejando.

DOM MÁRCIO: Ô, ele está atrás de você. Preste atenção.

RIDOLFO (*a Dom Márcio*): Faz mais de uma hora que mandei ele buscar um pano lá na Dona Vitória. Você viu?

DOM MÁRCIO (*preocupado*): Um pano? O quê? Vi nada. Mas Trapo estava aqui agora há pouco, com a Dona Vitória.

RIDOLFO: Dona Vitória? Quem mandou ela vir? Você que mandou?

DOM MÁRCIO: E eu mando no seu funcionário?

RIDOLFO: Pois é, já se viu? Dono do boteco sou eu.

EUGÊNIO (*entrando, alegre*): Deu sete! Um café para mim, paga o conde.

RIDOLFO: Eugênio! Voltou a jogar? Você jurou que não ia jogar mais!

EUGÊNIO: Isso foi antes do meio-dia. Depois do meio-dia, a sorte vira.

RIDOLFO: Jurou que ia voltar para a casa da sua esposa.

EUGÊNIO: Ela não confia mais em mim. Mas não importa. A sorte virou, estou sentindo. Preciso de mais dinheiro.

RIDOLFO: Para quê? Perdeu?

EUGÊNIO: Ganhei! Eu não posso ganhar? Como dizem os romanos: *Veni vidi vixit*.

RIDOLFO: Hein?

TRAPO (*entrando*): Acho que é latim.

RIDOLFO: Acha o que, Trapo! (*A Eugênio.*) Quer dizer o que esse *venividivixit*?

EUGÊNIO: Fui, joguei, ganhei! (*Grita.*) Café!

RIDOLFO: Outro café? Quem paga? Você já me deve um.

CONDE (*de fora*): O café do seu Eugênio é por minha conta.
EUGÊNIO: Ouviu? Ele paga!
RIDOLFO (*sai ofendido. De fora, pede.*): Trapo! Café.
CONDE (*de fora*): Amigo! Volta pro jogo ou não?

Volta Trapo com café. Dom Márcio tenta pegar, mas Eugênio pega primeiro. Trapo sai.

EUGÊNIO: Vou sim! Espere. Preciso de dinheiro! (*Enquanto bebe o café.*) Dom Márcio, o senhor me anteciparia um trocado daquela venda?
RIDOLFO (*entrando e se metendo*): Olha a dívida aí. E os dez que lhe emprestei? Esqueceu?
EUGÊNIO: Obrigado! Vou devolver, ô! (*Devolve a xícara vazia pro Ridolfo.*)
RIDOLFO (*à parte*): Pronto. Virei funcionário no meu próprio estabelecimento! Ninguém me respeita. Eu que sou dono do boteco. Eu que mando aqui! Se eu não mandar no meu boteco, onde eu vou mandar? (*Sai ofendido.*)
CONDE (*de fora*): Vamos, estou com fome. Mais uma rodada, antes do almoço. Quem perde, paga a conta.
EUGÊNIO: Dom Márcio, pode pedir o almoço. Eu não vou mais perder! (*E sai.*)
DOM MÁRCIO: Oi, do boteco!
RIDOLFO (*entrando*): O quê?
DOM MÁRCIO: Não viu o relógio?
RIDOLFO: O seu ou o meu?
DOM MÁRCIO (*à parte*): Oh, mas é chato! (*A Ridolfo.*) Já passou da hora do almoço! Quer perder a freguesia?
RIDOLFO: Eu? Ficou doido? (*E sai. De fora.*) Trapo! Cardápio.
DOM MÁRCIO (*a Trapo, que entra com o cardápio*): Ô, seu patrão está te chamando. Quer perder a vaga?
TRAPO: Antes do almoço? Eu não.
DOM MÁRCIO (*lendo o cardápio*)[2]: Prato do dia, tem?
TRAPO: Vou ver. (*E sai.*)
RIDOLFO (*entrando*): Tem tudo que está escrito ali.
DOM MÁRCIO: Oh, não parece. O seu funcionário diz que não tem.
RIDOLFO: Trapo? Cadê ele?
DOM MÁRCIO: Ele estava aqui agora. Então vai o prato do dia. Churrasco. Com todas as guarnições. Quero bem passado. (*Devolve o cardápio a Ridolfo, que sai ofendido como antes.*)

2   Nesta altura da cena, na montagem, havia um *lazzo*, consistindo em "tudo que Dom Márcio pede, Trapo diz que não tem". Em seguida, havia outro *lazzo*, consistindo na listagem das guarnições que Dom Márcio ditava a Ridolfo e repetia a Trapo.

EUGÊNIO (*de fora*): O que vai ser?
DOM MÁRCIO: Churrasco.
EUGÊNIO: Quero malpassado.
DOM MÁRCIO: Mal não. Nada de mal. Eu sou do bem.
TRAPO (*entrando*): Tem churrasco.
DOM MÁRCIO: Já sei.
TRAPO: Vai com quê?

Dom Márcio repetindo todas as guarnições.

TRAPO: Malpassado?
DOM MÁRCIO: Mal, não! Bem passado. Sou do bem. E água!

Trapo sai. Ridolfo entra.

DOM MÁRCIO: Cadê minha água?
RIDOLFO: Pronto, virei garçom de farmácia agora. Me diga, eu sou seu funcionário?
DOM MÁRCIO: Não, claro. Só pedi uma água. Cadê o Trapo?
RIDOLFO: Trapo é seu funcionário?
DOM MÁRCIO: Eu, hein. Eu não tenho funcionário.
RIDOLFO: Ah, não? Quem lhe traz o café?
DOM MÁRCIO: Trapo.
RIDOLFO: Quem lava a calçada?
DOM MÁRCIO: Trapo.
RIDOLFO: Quem toma conta da sua loja quando você sai?
DOM MÁRCIO: Trapo.
RIDOLFO (*triunfante*): Então, Trapo é seu funcionário

Dom Márcio fica confuso. Batem 13 horas.

DOM MÁRCIO: É a fome! Assim que trata a freguesia? Trate de trazer esse almoço, logo.
RIDOLFO: É o freguês que manda. (*Grita.*) Trapo! Toalha!

Cena 3

Bela, Plácida e os mesmos.

Ouvem-se, de fora, vozes masculinas que jogam cada vez mais dinheiro e outras vozes de quem prepara o almoço. Enquanto isso, Trapo leva os pratos do churrasco para cima e para baixo. De vez em quando, Trapo tenta pegar alguma coisa, sem conseguir. Bela aparece na janela.

DOM MÁRCIO: Olha, a da porta de trás. Senhorita, senhora, madame!
BELA: É comigo?
DOM MÁRCIO: Sou seu fã!
BELA: É mesmo?
DOM MÁRCIO: A senhorita está maravilhosa com esses brincos: iluminando a praça!
BELA: Imagina.
DOM MÁRCIO: Foi um presente do senhor conde?
BELA: Só aceito joias se forem de presente.
DOM MÁRCIO: Sou muito amigo dele. Digamos que sou fiador dele.
BELA: Ah, bom.
DOM MÁRCIO: É um verdadeiro cavalheiro, esse seu conde, né! E a senhorita, nossa condessa, tão charmosa.
BELA: Bondade sua.
DOM MÁRCIO: Quando teremos casamento?
BELA: Casamento? Não falo das minhas coisas pela janela.
EUGÊNIO (*de fora, jogando*): Sinto que o jogo vai virar. Coragem. É agora ou nunca. Sete!
CONDE (*de fora*): Sete?
TRAPO (*entrando e servindo*): Olha o coração de galinha!
EUGÊNIO (*de fora*): Sim, tudo no sete!
DOM MÁRCIO (*a Bela*): Deixe-me entrar e falamos pessoalmente. Tenho aqui um presente para a senhorita. (*Mostra o coração de galinha.*) Ô, meu coraçãozinho abandonado.
BELA: Desculpe, aqui não é consultório.
DOM MÁRCIO: Abra a porta de trás para mim...
BELA: Perdão, senhor, não tenho a chave dessa tal de porta de trás.
CONDE (*de fora*): Doze. Perdeu.
TRAPO (*servindo*): Linguiça?
DOM MÁRCIO (*a Bela*): Mas o senhor conde tem. (*Com a linguiça na mão.*) Vai uma linguicinha?
BELA: Acabo de tomar café.
DOM MÁRCIO: Então desça pro almoço!
BELA: Coração, linguiça ou até o porco inteiro, não, obrigada. Estou sem fome.
DOM MÁRCIO: Bem, sendo assim, convidarei outra senhorita.
BELA: Tem muita mulher faminta por aí. (*E fecha a janela.*)
EUGÊNIO (*de fora*): Sete! Mais uma vez no sete! Não é possível que não saia...

CONDE (*de fora*): Três. Perdeu.

Plácida entra.

DOM MÁRCIO: Pronto. Esta sim parece bem faminta. *Buenos dias*, senhorita. Passeando?

PLÁCIDA: *Estoy* em busca de alguém.

DOM MÁRCIO: O mesmo ou outro?

PLÁCIDA: Eugênio, o barbeiro.

DOM MÁRCIO: É muito amigo meu.

PLÁCIDA: Ah, é?

DOM MÁRCIO: Sou amigo da mulher dele também.

PLÁCIDA: Ah, sim?

DOM MÁRCIO: Dona Vitória. Uma dama. Ele não disse que é casado?

PLÁCIDA: *Si*, claro. *Que bien.*

DOM MÁRCIO: Tanto faz para a senhorita? (*À parte.*) É faminta mesmo.

PLÁCIDA: Isso não me diz respeito. *No sei. Tiengo marido.*

DOM MÁRCIO: Hoje um, amanhã outro.

PLÁCIDA: *No, no. Un solo* marido.

DOM MÁRCIO: Mas ele não está por aqui, infelizmente.

Plácida começa a prestar atenção na voz dos dois jogadores.

CONDE (*de fora*): Cartas?

EUGÊNIO (*de fora*): Sete.

CONDE (*de fora*): De novo? São sete vezes que você perde no sete! Pense melhor.

EUGÊNIO (*de fora*): Vou jogar tudo no sete! Nem que seja a última coisa que faço na vida.

DOM MÁRCIO: Então. O barbeiro mandou convidar a senhorita pro almoço.

PLÁCIDA: *No, gracias.*

DOM MÁRCIO (*a Trapo, que entrou*): O que tem aí?

TRAPO: Torresmo. Lombo. Coxão de dentro. (*E sai.*)

DOM MÁRCIO: Olha, coxão, seu prato preferido.

PLÁCIDA: *Soy* vegetariana.

DOM MÁRCIO: Ninguém é perfeito. (*Busca no bolso.*) Tenho três castanhas. Vai?

PLÁCIDA (*atenta aos jogadores*): *Muy* generoso.

CONDE (*de fora*): Vamos, mais uma.

PLÁCIDA (*a Trapo, que entrou*): Moço. De quem é essa voz?

TRAPO: De um conde.

PLÁCIDA: *No puede* ser. *Mi marido no es* conde.

EUGÊNIO (*de fora*): O que deu?
CONDE (*de fora*): Dez. Perdeu!
EUGÊNIO (*de fora, desesperado*): Agora foi-se tudo mesmo. Trapo! Outro café.
DOM MÁRCIO (*à parte*): Estas castanhas, comprei ano passado por dez reais! Se fosse hoje, valeriam quanto? (*A Plácida.*) A senhorita não quer mesmo?

Plácida recusa as castanhas e pede silêncio.

CONDE (*de fora*): Isso é que é azar, meu amigo! (*Rindo.*) Não ia virar o jogo?
DOM MÁRCIO (*à parte*): Ano passado ela era mais barata. Qualquer castanha bastava. (*Enfia a mão no bolso e oferece mais uma castanha.*) Quatro castanhas e não se fala mais nisso.
CONDE: Trapo! Traz um chope aqui! Quero brindar ao meu amigo azarado.
PLÁCIDA (*reconhecendo a voz do Conde*): É ele sim! Que um raio me parta a cabeça, se esse não é meu marido. (*Chamando.*) Trapo! Trapo!
TRAPO (*entrando com dois copos*): O quê?
PLÁCIDA: Chame o senhor conde para mim.
EUGÊNIO: Trapo!!!!!! Café! Café! Café!
CONDE: Trapo!!! O meu chope!
TRAPO (*sem saber o que fazer*): Já vou!
PLÁCIDA: Deixe eu te ajudar. Eu levo. (*Pega o chope e o café, e sai.*)
DOM MÁRCIO: Não disse? De manhã um, de tarde, outro. Isso é que é esposa de hoje em dia. Que decadência.

Tocam 15 horas.

Cena 4

Os mesmos e Vitória mascarada que, sem ser reconhecida, se põe a escutar os jogadores que brigam.

DOM MÁRCIO: Oh! Mais uma mulher em busca de aventura.
CONDE (*de fora*): Dom Márcio, vamos acertar aqui. Eugênio, você me deve três paus e meio!
VITÓRIA (*à parte*): Três paus e meio! Meu Deus.
DOM MÁRCIO (*à parte*): Mais as mil pratas que perdeu de manhã, dá quatro e meio. Posso emprestar. Com juros...
CONDE (*de fora, a Eugênio*): Ouviu o relógio? Até as sete, quero o meu dinheiro.
EUGÊNIO (*de fora*): Que dinheiro, já disse que não tenho dinheiro.

DOM MÁRCIO (*à parte*): Ih, acho que ele vai ter que hipotecar a casa. Coitada da mulher dele.

VITÓRIA (*à parte*): Ah, coitada de mim, sinto que vou morrer.

EUGÊNIO (*de fora, chorando*): Não íamos apostar dinheiro, o senhor disse que era um jogo de cavalheiros. A gente ia jogar só por jogar!

DOM MÁRCIO (*à parte*): Onde já se viu, jogar só por jogar.

EUGÊNIO (*de fora*): Pelas minhas contas, devo-lhe cinco cafés.

CONDE (*de fora*): Como é, seu velhaco? Não vai pagar? Aprenda a ser homem! (*Entrando em cena armado.*) Paga ou morre.

EUGÊNIO (*entrando em cena desarmado*): Socorro! Socorro! (*E foge.*)

DOM MÁRCIO: Que decadência! (*Vitória, que sai atrás do marido.*) Senhorita? Ih! Será que aquela era dona Vitória?

Cena 5

Plácida, entrando com copos na mão, Bela, Vitória, Ridolfo e os mesmos.

CONDE: Plácida?

PLÁCIDA: Flamínio!

CONDE (*agitando a arma*): O que está fazendo aqui?

PLÁCIDA: Socorro! Ele me mata.

DOM MÁRCIO: Gente! Isso aqui vai dar tragédia!

Plácida deixa os copos na mão de Dom Márcio e foge, gritando socorro. Eugênio foge, gritando socorro. Dom Márcio se esconde debaixo da cortina.

CONDE: Ela está aqui? (*Revelando Dom Márcio.*) Deixe passar, Dom Márcio. Não se faça de herói.

DOM MÁRCIO: Herói, eu?

CONDE: É a minha mulher, entendeu? Tenho direito de matar.

BELA (*aparecendo pela janela, ao Conde*): O que você disse?

CONDE: É a minha mulher, eu disse! Casados no cartório. Tenho direito...

BELA: Sua mulher? Casado? No cartório?? Seu canalha, trapaceiro, mentiroso. (*Fecha a janela.*)

CONDE: Bela! Calma! O que eu fiz afinal?

BELA (*abrindo a janela*): O que fez? Prometeu casamento! Disse que eu ia ser condessa! (*Fecha a janela. Abre novamente.*) Eu não mereço isso. (*Joga coisas do Conde pela janela e fecha a janela. Conde dobra-se para pegar as coisas e a espada cai. Eugênio pega a espada. Dom Márcio se esconde debaixo da cortina.*)

CONDE: Minha espada!
EUGÊNIO (*ameaçando o Conde com espada*): Sete! Virei o jogo!
CONDE (*recuando*): Socorro!
EUGÊNIO: Que direito é esse, matar a própria mulher?
CONDE: Eu não ia matar ninguém. Sou um cavalheiro.
EUGÊNIO: Mas trair, traiu! E trapacear, trapaceou! (*Atacando.*)
CONDE: Só um pouquinho! Perdão! Piedade!

O Conde foge de quatro e se esconde, deixando suas roupas e os brincos no chão.

EUGÊNIO: Volte aqui, aprenda a ser homem. Covarde, trapaceiro, vem aqui que eu te capo.

Vitória entra e se depara com o marido armado.

VITÓRIA: Se é para derramar o sangue de alguém, que seja o meu.
EUGÊNIO: Vitória! Não é a hora. Saia daqui. Vai se machucar.
VITÓRIA: Eu quero morrer! Basta.
EUGÊNIO: Agora não, maluca. Você não disse que ia voltar para a casa do seu pai?
VITÓRIA: Não consigo. Não vou te deixar. Pode me escravizar, me vender! Não posso viver sem você. Prefiro morrer. Me mate!
RIDOLFO (*entrando, a Eugênio com reprovação*): Vergonha! Matar a sua mulher! Depois de tudo que sofreu! É uma santa!
VITÓRIA: Deixa, se ele assim quiser! É meu marido e sempre será! Me mate, Eugênio!
EUGÊNIO (*comovido, chora*): Eu, não! Eu, nunca! Que pesadelo.
RIDOLFO (*a Vitória*): Viu? Ele está arrependido.
VITÓRIA (*a Ridolfo*): Lágrimas de crocodilo. Quantas vezes já se arrependeu e meia hora depois voltou a jogar.
RIDOLFO: Dessa vez é diferente. Veja, está confuso. Mudou.
VITÓRIA: Não acredito. Ninguém muda assim, de repente. (*Vendo os brincos no chão, os recolhe.*) Olha aqui meus brincos. Eu sabia! Mudou nada. (*A Eugênio.*) Safado! Ladrão! (*Lança os brincos. Eugênio se esconde.*) Mas juro que essa é a última vez que choro por ele.
RIDOLFO: Quer um conselho, dona Vitória? Vai pra casa esperar que ele já volta. (*E sai.*)
VITÓRIA: Para casa sozinha, esperar, não vou mesmo. Eu vou chamar a polícia! (*E sai.*)

Cena 6

Os mesmos.

CONDE (*escondido*): Quem está aí? (*Chamando.*) Dom Márcio!
DOM MÁRCIO (*escondido*): Quem chama? É a polícia?
CONDE: Sou eu, o conde! Aqui atrás.
DOM MÁRCIO: Ah, é o senhor. Que susto. (*Saindo da toca.*) Acabou? Aquelas mulheres foram embora?
CONDE: Não sei. Faça o favor. Pegue aí as minhas coisas.
PLÁCIDA (*entrando de repente*): Cadê aquela cantora? (*Conde e Dom Márcio voltam a se esconder.*) Vou achar a piranha.
BELA (*entrando de repente*): É comigo?
PLÁCIDA: Olá. Sou a esposa do seu namorado.
DOM MÁRCIO (*aparecendo da toca*): Senhora condessa! Sou amigo do conde, seu marido.
PLÁCIDA: Conde? Ele não é conde coisa nenhuma.
BELA: Não é conde? Essa é boa. (*As duas mulheres riem juntas.*)
DOM MÁRCIO (*assustado*): Como não é conde? É o que então? Polícia?
PLÁCIDA: Não disse isso.
DOM MÁRCIO: Ah, não é conde, mas é honesto.
PLÁCIDA: Honesto? Me largou grávida com uma montanha de dívidas.
BELA (*a Plácida*): Amiga, o que a gente não passa na mão desses porcos.
DOM MÁRCIO: E por que faria isso?
PLÁCIDA: Vício.
DOM MÁRCIO: Mulheres? Garotos?
PLÁCIDA: Vício pelo jogo, senhor cavalheiro das quatro castanhas. E você não é o dono do jogo por aqui?
DOM MÁRCIO: É, sou eu mesmo. Mas a senhora não era paraguaia?
PLÁCIDA: Sou daqui mesmo. Diga onde meu marido está que eu vou esquecer as castanhas.
DOM MÁRCIO: O que diz ser conde? Não sei. Sumiu. Viajou.
PLÁCIDA: Viajou para onde?
DOM MÁRCIO: Para fora! Senhora, quer um conselho? Volte para casa. Espere lá que o seu marido já volta.
PLÁCIDA: Voltar para casa? Eu não vou mesmo! Vou chamar a polícia. (*E sai.*)
DOM MÁRCIO: Mais uma! (*Chamando o Conde.*) O senhor ouviu a sua mulher, senhor... bem, conde você não é.
CONDE (*saindo da toca*): Ela foi chamar a polícia?
EUGÊNIO (*saindo da toca*): A minha mulher também! Só me faltava isso.

CONDE E EUGÊNIO: Faça alguma coisa, Dom Márcio! Polícia não!
DOM MÁRCIO: Logo eu? Eu sou bicheiro! Não sou herói.
CONDE E EUGÊNIO: Pois é! O senhor é um homem de bem, um cavalheiro, como nós.
DOM MÁRCIO: Bem, posso tentar. Mas vai ter um preço.

Conde passa os brincos para Dom Márcio.

DOM MÁRCIO (*insatisfeito*): Não vai ser fácil.
EUGÊNIO (*passa a cortina*): Pegue isso também.
DOM MÁRCIO: Não prometo nada, mas vou tentar.
EUGÊNIO (*ao Conde*): E a minha dívida?
CONDE (*a Eugênio*): Esquece.
EUGÊNIO: Isso que é palavra de cavalheiro. Amigo, já que não é conde, eu o faço Cavalheiro da Ordem da Mosqueta e, como diriam os verdadeiros mosqueteiros, um por todos, todos por um!
DOM MÁRCIO (*heroico*): Deixem comigo. Ah, se não fosse por mim...

Cena 7

Todos à parte.[3]

DOM MÁRCIO: Os mais fracos sucumbem. Românticos que ainda acreditam em honra e destino, aventureiros, jogadores e cavalheiros desaparecerão da face da terra, como os dinossauros. Chegou o fim do ciclo natural da espécie. Novos tempos virão! Empresários, usuários e políticos, eis os que herdarão a terra.
EUGÊNIO: Hoje só fiz besteira. Teria sido melhor nem levantar da cama. Aliás, que digo: teria sido melhor nem sair da barriga da minha mãe! Por que justamente eu sou desse jeito? Um fracasso! Minha mulher não acredita em mim. Até mamãe diz que eu não presto. Ah, mas eu prometo que vou crescer. Se sair dessa, juro que viro homem de uma vez por todas.
CONDE: Somos homens, logo erramos. Fugi de casa, abandonei a família, vivo de biscates e falcatruas. Errei, tudo bem, mas não é errando que se aprende? Enfim, dos meus vícios e das minhas amantes já me arrependi. E o arrependimento perdoa qualquer culpa.

---

3   Essa cena não existe no original. Ela foi criada a partir de falas à parte das personagens recolhidas em diversas cenas.

PLÁCIDA: Agora que vi a cantora, devo admitir que ele não tem mau gosto. Mas eu só quero o que é meu. Essa não é a primeira vez que o meu marido foge de mim. E eu o amo mais do que nunca! Pertenço a ele e ele é meu e é comigo que ele tem que ficar.
VITÓRIA: Vergonha, Vitória. Eu queria não ter piedade, queria fazer deserto do meu coração. E agora? Estou mais apaixonada do que nunca. Não consigo pensar em minha vida sem ele.
BELA: Eu amo. Nunca achei possível. Dava uma melancolia, de vez em quando... só por causa da solidão. Mas agora, amo, como nunca amei. Agora sim eu fui traída, seduzida, enganada. Isso é amor! Como dói! É terrível, é maravilhoso. Ai, como amo!
TRAPO: Eu sempre achei que é preciso ganhar dinheiro, dinheiro, dinheiro até não ter que pensar mais em dinheiro. Mas por causa do dinheiro, estou nessa situação: trabalho o dia inteiro, a noite inteira, não me deixam nem respirar. Todo mundo manda em mim. O que preciso mesmo é de uma mão me acariciando quando estou triste, preciso de um ombro amigo para apoiar a cabeça. Só isso que eu preciso.

Tocam 16 horas.

Ato III

Cena 1

Plácida, Dom Márcio, Trapo, Vitória e Ridolfo.

PLÁCIDA (*entrando*): Trapo! Cadê o meu marido?

Trapo se esconde atrás de Dom Márcio, que está sentado solenemente, como um juiz.

DOM MÁRCIO: Oh, a falsa paraguaia. O seu marido falso conde mandou dizer que está muito irritado com a senhora e mandou a senhora esperá-lo em casa.
PLÁCIDA: Irritado?
DOM MÁRCIO: Furioso.
PLÁCIDA: Comigo?
DOM MÁRCIO: Claro! A senhora esperava o quê? Depois de toda aquela confusão, ainda disse que ia à polícia!
PLÁCIDA: Mas eu não fui à polícia, não. Só queria assustá-lo. Misericórdia. O que faço agora?

DOM MÁRCIO: Agora é tarde, a senhora vai ter que pagar pelo que fez.
PLÁCIDA: Eu pago. (*Oferecendo dinheiro.*) Me ajude, Dom Márcio! Converse com ele.
DOM MÁRCIO: Sendo assim... (*Pegando o dinheiro.*) Converso, sim. A senhora vai esperar lá dentro, no boteco. Fique quieta até eu chamar! Enquanto eu não chamar, não saia! Trapo! (*Trapo aparece.*) Leve a senhora para dentro.
TRAPO: Coitada! Posso fazer companhia?
DOM MÁRCIO: Não! Deixe ela sozinha e volte aqui. (*Trapo sai, escoltando Plácida. Dom Márcio contando.*) Trezentos rublos... dá meio milhão de libras, mil e poucos dólares, cento e cinquenta pratas. Se não fosse por mim...
VITÓRIA (*entrando*): Dom Márcio! Cadê o meu marido?

Trapo volta e, vendo Vitória, se esconde atrás de Dom Márcio como antes.

VITÓRIA: Voltou pro jogo?
DOM MÁRCIO: E desde quando isso é da sua conta, Dona Vitória? Já se viu, mulher se metendo na vida do marido? Bem que ele tem razão.
VITÓRIA: Razão de quê?
DOM MÁRCIO: Razão de que ele foi falar com o seu pai! Pedir divórcio! Anulação! Ressarcimento!
VITÓRIA: Misericórdia! Mas eu nem fui à polícia! Disse aquilo só para assustá-lo. O que faço agora? Me ajude, Dom Márcio!
DOM MÁRCIO: Agora é tarde, dona Vitória. As senhoras fazem a sujeira toda e quem limpa sou eu?
VITÓRIA: Converse com ele, Dom Márcio! Tente, ao menos. (*Oferece dinheiro.*) Diga que estou arrependida.
DOM MÁRCIO (*como antes*): Sendo assim... Trapo! (*Trapo aparece.*) Leve ela pra dentro.
TRAPO (*escoltando Vitória*): Coitadas dessas mulheres. Melhor morrer do que viver casada desse jeito.
DOM MÁRCIO (*contando o dinheiro*): Ah, mas se não fosse por mim...

Batem 17 horas. Entra Ridolfo enquanto Dom Márcio está com todo o dinheiro na mão.

DOM MÁRCIO: Ih! Você perdeu o melhor. Ó, vou lhe contar...
RIDOLFO: Só vim acertar a conta, Dom Márcio. São vinte e quatro cafés, dois chopes e o churrasco para seis: dá trezentos e trinta e três reais. Vai pagar em dinheiro mesmo?
DOM MÁRCIO (*tentando esconder o dinheiro no pano*): Pagar, eu?

RIDOLFO (*de olho no dinheiro*): Você mesmo.
DOM MÁRCIO: Dinheiro? Eu não tenho dinheiro.
RIDOLFO: Cartão ou cheque?
DOM MÁRCIO: Eu? Eu não pedi nada, não comi nada, não vou pagar nada!
RIDOLFO: Ah, é assim? Quem vai pagar então?
DOM MÁRCIO (*chama*): Trapo!
RIDOLFO (*chama mais forte*): Trapo!

Trapo entra.

DOM MÁRCIO: O tal do conde e aquele barbeiro, chama eles! Rápido! Vai logo!
RIDOLFO: Vai nada! Eu que mando nele. Ele é meu funcionário.
DOM MÁRCIO: Aquelas mulheres, então! As mulheres que você prendeu no boteco! Chama, rápido!
RIDOLFO (*a Trapo*): Mulheres? No meu boteco? Quem mandou?
TRAPO (*a Ridolfo*): Foi o senhor Dom Márcio.
RIDOLFO (*a Dom Márcio*): Dom Márcio, o senhor mandou o quê? O boteco é meu! Eu que mando no meu boteco.
DOM MÁRCIO: O senhor manda, ahn, com certeza. Mas na hora H, o senhor some! Eu que resolvo tudo. Saiba que os seus amigos aprontaram por aqui. Aquelas mulheres armaram um barraco. Mandei elas esperarem no boteco, enquanto eu resolvo. (*A Trapo.*) Chama todo mundo!
TRAPO (*tirando o avental*): Não.
DOM MÁRCIO E RIDOLFO (*assustados*): Como não?
TRAPO: Não vou chamar. Quietos!

Os três escutam ruídos sensuais de dentro do boteco.

RIDOLFO: O que é isso? Será que eles estão jogando? No meu boteco?
DOM MÁRCIO: Jogo é o meu negócio, não o seu.
TRAPO: É outro jogo. Ninguém rouba ninguém. Cada um brinca com o que tem direito. No caso, com o próprio marido e com a própria mulher.
DOM MÁRCIO: Ah, mas então isso aí não é boteco: é bordel! Deixe eu ver.
RIDOLFO: Trapo, sai da frente!

Os dois tentam entrar no boteco. Trapo impede.

TRAPO (*firme*): Não.
DOM MÁRCIO: Respeite o seu patrão, Trapo! Vai apanhar.
TRAPO (*firme*): Ninguém entra aqui agora. Respeitem o casamento alheio, seus inúteis. (*Sai.*)

DOM MÁRCIO: Inútil, eu? Trapo! Café.
RIDOLFO: Ah, não mesmo. Nada de café, até o senhor pagar a conta.
DOM MÁRCIO: Que conta? Já disse que não vou pagar!
RIDOLFO: Ah, não? Então eu vou chamar a polícia. (*E sai.*)
DOM MÁRCIO: Chama a polícia, chama. Eu que vou chamar a polícia aqui, seu dono de bordel. (*Chamando.*) Polícia! Polícia!

Cena 2

Dois guardas, e Dom Márcio. Tocam 18 horas.

GUARDAS (*entrando*): Boa tarde.
DOM MÁRCIO (*tentando esconder o dinheiro com o pano e sair*): Boa tarde. Até que o tempo está fechando.
GUARDA 1: Enquanto não fecha mesmo, o senhor fica aqui conosco. Vamos aproveitar. Qual é seu nome mesmo?
GUARDA 2: Identidade, CPF. (*Dom Márcio se enrola e não responde.*) Passaporte.
DOM MÁRCIO: Difícil tirar documento hoje em dia. Eu só parei aqui neste traste de boteco para tomar café. Aceita um café? (*Chamando.*) Trapo! Café.
TRAPO (*entrando, sem café*): Acabou, Dom Márcio.
GUARDA 2: Ah, Dom Márcio. É assim que o senhor se chama? Trapo! Confere?
TRAPO: Sim, senhor.
GUARDA 1: O famoso Dom Márcio. O senhor que é dono da casa de jogo aqui?
TRAPO: Sim, senhor.
GUARDA 2: Tudo clandestino.
GUARDA 1: Muito bem. Tem até funcionário?
DOM MÁRCIO: Eu não tenho funcionário! Esse funcionário é do boteco, que, na verdade, senhor Guarda, é um bordel! Eu sou um homem respeitável, um homem de bem, vejam. (*Passa algum dinheiro ao guarda.*)
GUARDA 1: Ah, que ótimo. (*Pega o dinheiro e pede mais para dar ao colega.*) Casa de jogo na calçada. Bordel disfarçado de boteco. Trapo! Esse é seu nome? (*Trapo confirma.*) Cadê o dono do boteco? (*Trapo aponta para o boteco. Guarda 1 sai.*)

Cena Final

Todos.

MULHERES (*de fora*): É um fofoqueiro! Um mentiroso! Um canalha!
EUGÊNIO (*de fora*): Um cafetão e agiota.
CONDE (*de fora*): E trapaceiro.
RIDOLFO (*de fora*): E não quer pagar a conta! Pega ladrão. (*Entrando, com o guarda, as mulheres, o Conde e Eugênio.*) Ei-lo aqui! É esse. Dom Márcio! Segurem ele!
GUARDA 1 (*a Dom Márcio*): Então, senhor. Ficamos sabendo que o seu negócio aqui é jogo. Jogo é contravenção. E contravenção dá cadeia!
DOM MÁRCIO: Mas isso, já acertei.
GUARDA 2: Acertou com quem?
DOM MÁRCIO: Com os senhores, seu guarda, logo antes. Já paguei, não?
GUARDA 1: O quê? Pagou? Como assim?
GUARDA 2: O que o senhor está querendo insinuar? Corrompendo a polícia? Delinquente.
GUARDA 1: Artigo 317 do código penal: corrupção de público oficial. Isso dá mais cadeia. Vamos revistar.
DOM MÁRCIO: Não tem nada aqui.

Guarda 2 revista Dom Márcio e acha os brincos e a espada do Conde.

VITÓRIA: Meus brincos! O meu marido empenhou por uma merreca.
CONDE: A espada é minha! Ele pegou no chão e não quis me devolver.
GUARDA 1: Ahn. O senhor disse que não tinha nada aí. Mentindo pra polícia: onde já se viu? Artigo 299: perjúrio. Isso dá mais cadeia! (*Guarda 2 calcula os anos de cadeia contando o número dos artigos.*) Sem contar o crime de receptação, Artigo 180, e agiotagem, ou seja usura, contemplada pela Lei 1521 do Código Penal. Quanto dá no total?
GUARDA 2: Dá dois mil, trezentos e dezessete.
GUARDA 1: Mais a contravenção que lhe contestei acima, do jogo. É pouca coisa, arredonda.
GUARDA 2: Dois mil e quinhentos.
GUARDA 1: Dom Márcio, esteja preso. Dois mil e quinhentos anos de cadeia. Vamos.
DOM MÁRCIO: Eu? Mas eu sou homem de bem, respeitado. Como que vou ficar preso?
GUARDA 1: Então pode pagar fiança. Dá no mesmo.
GUARDA 2: Dois mil e quinhentos, vale dizer, dois paus e meio. Tem aí?

DOM MÁRCIO: Eu não tenho dinheiro!
GUARDA 2: Como não tem? Deixe ver a sua bolsa. (*Revista e acha dinheiro.*)
DOM MÁRCIO: Meu dinheiro, não!
GUARDA 1: Então, cadeia. Colega, segura ele.
DOM MÁRCIO (*tentando se libertar*): Me larga! Me larga, seu guarda desqualificado!
GUARDA 1: Segura, segura!
GUARDA 2 (*segurando*): O sujeito é delinquente mesmo, dos perigosos.
GUARDA 1 (*contando o dinheiro*): Isso paga pela contravenção, pela corrupção, pelo perjúrio, pela receptação e pela usura. Falta pagar pela resistência à abordagem policial e pelo desacato à autoridade de que todos foram testemunhas aqui. O sujeito não disse agora mesmo que não tinha mais dinheiro?
GUARDA 2: Disse.
GUARDA 1: Pode conferir.

Guarda 2 revira os bolsos de Dom Márcio e acha mais dinheiro.

GUARDA 1 (*a Dom Márcio*): O senhor tem vício de mentir mesmo. Reincidência no artigo 299. Então, falta pagar...
GUARDA 2: Mais duzentos e noventa e nove anos, quer dizer, reais.
GUARDA 1: Tem aí?
DOM MÁRCIO (*que ainda aperta a cortina na mão*): Não tenho mais nada!
GUARDA 1: Então, cadeia nele.
DOM MÁRCIO: Me larga! Estou avisando. Eu sou conhecido por aqui. Tenho amigos.
GUARDA 1: Ah, é? Amigos? Quem é seu amigo aqui?
DOM MÁRCIO: Socorro! Senhor Eugênio, que é homem honrado. Quantas vezes fez a minha barba!
EUGÊNIO: Honrado, eu? Quem sabe um dia. E o senhor não apareça mais na minha loja para barbear!
GUARDA 1 (*a Dom Márcio*): Esse não parece ser seu amigo.
DOM MÁRCIO: Dona Vitória, eu ajudei a senhora: me ajude! (*Ao Guarda.*) Esta é a mulher dele. (*Apontando para Eugênio.*)
DONA VITÓRIA: Sou a mulher dele, sim, Dom Márcio. Isso não quer dizer que sou mulher pública! E não preciso de protetor, entendeu?
DOM MÁRCIO: Senhor conde! Meu amigo, socorro.
PLÁCIDA: Ih! Ele nem é conde.
DOM MÁRCIO: O dono do boteco é meu amigo. Cadê ele?
RIDOLFO: Estou aqui, Dom Márcio. Mas agora não posso. Da próxima vez que quiser um café, lembre-se que ficou me devendo a conta.

DOM MÁRCIO: Trapo! Meu garoto, Trapo! Sempre gostei de você...
GUARDA 1: Trapo, seu garoto? Menor de idade! Confere?
TRAPO: Sim, senhor.
GUARDA 1: O indivíduo diz que sempre gostou de você; como assim? É abuso? Pedofilia? Isso é gravíssimo. Artigo 141E, do Estatuto da Criança e Adolescente, dá mais dez anos de cadeia! Esse sujeito é um porco mesmo. Não me resta mais nada a não ser levar ele preso. Vamos!

Guarda 2 levanta Dom Márcio, que deixa cair tudo que lhe resta: as quatro castanhas e a cortina.

BELA (*pega as castanhas*): Saiba que isso não compra nem um sorriso meu.
VITÓRIA (*pega a cortina*): Fique bem agasalhado. Pode se resfriar.
RIDOLFO: As nossas cadeias são as mais úmidas do mundo.
BELA: Se cuide, senhor linguarudo.
EUGÊNIO: Adeus, senhor espião.
DOM MÁRCIO: Ah, é assim? O mundo todo contra mim. Os senhores e senhoras me insultam, ninguém me defende, ninguém me quer; dizem que sou espião, que sou fofoqueiro; é assim, então. Entendi. Aqui nunca fui respeitado, nunca fui amado, nunca fui nada. Tudo mentira. Uma farsa. Cada um de vocês. Inclusive eu. Perdi o crédito. Está na hora de eu ir embora, mesmo que eu não queira. Boa noite para vocês, pessoas do bem, gente honrada, fina e bem-comportada. Gozem da sua liberdade. Adeus. (*E sai.*)

Tocam 19 horas.

Fim da comédia.

Cena de O Café, *em gravura do século XVIII.*

Cena de O Mentiroso. *Gravura.*

O MENTIROSO[1]

O Autor, Aos Que Leem

O valoroso Corneille, com a mais bela ingenuidade do mundo, confessou ao público ter trabalhado em seu *Mentiroso* conforme o modelo do texto que na Espanha foi atribuído a Lope de Vega, muito embora outro autor espanhol pretendesse ser o seu autor.

Com igual sinceridade, revelarei a meus leitores ter parcialmente extraído o argumento desta comédia daquela do supramencionado Corneille. O autor francês destaca ter trabalhado em sua obra com aquela variedade de entrecho que mais lhe pareceu apropriada ao gosto da nação onde deveria ser representada. A mesma coisa fiz eu ao me valer do tema: servi-me

---

1 A comédia estreou em Mântua, na primavera de 1750, seguindo para Milão e Veneza. Como declara aos leitores, Goldoni havia tirado o tema da peça homônima de Corneille (*Menteur*, 1642), que assistiu em Florença, em uma tradução ruim. Corneille, por sua vez, o teria tirado de *Verdad suspechosa*, atribuída a Lope de Vega mas, na verdade, de autoria de Juan Ruiz de Alarcón (1581-1639). Goldoni escreveu uma primeira versão em 1748, mas não ficou satisfeito; em 1750 fez uma nova versão buscando dar, como aqui detalha, um "respiro mais brilhante" à peça, que estrearia em Veneza, no Teatro Sant'Angelo, logo após a *Bottega del café*. Fez sucesso, sendo replicada por oito noites. Tradução de Roberta Barni.

apenas do argumento; segui, em algumas partes, o entrecho, mas, quem quiser verificar, depois de algumas cenas semelhantes vai achar o meu *Mentiroso* bem diferente dos outros dois, tanto que poderia ter me dado o mérito da criação, se a propósito de uma coisa dessas eu não fosse muito escrupuloso, e grande inimigo de qualquer impostura.

Infelizmente, a edição de Veneza de minhas comédias, impressas por Bettinelli, saiu sem meus breves prefácios, e não havendo tal premissa ao meu *Mentiroso*, não faltará quem dirá ser mentiroso eu mesmo, arrogando-me o mérito e o trabalho alheio; e aí está a necessidade de minhas palavras ao leitor, cuja falta é defeito marcante da mencionada edição[2].

Por outro lado, como dizia, dei um respiro muito mais brilhante a tal comédia. Coloquei em contraste com o homem franco um tímido, que lhe dá destaque. Coloquei o mentiroso em situações muito árduas e difíceis de superar, para poder emaranhá-lo ainda mais nas próprias mentiras, as quais são por natureza tão fecundas, que uma delas costuma produzir mais de cem, e umas precisam das outras para se sustentar.

O soneto talvez seja a parte mais ridícula da comédia. As cartas dirigidas a Pantalone e a Lélio acrescem constrangimento e suspensão. Todas essas coisas que eu criei podiam me dar matéria suficiente para uma comédia que se pudesse dizer totalmente minha; apesar disso, sabendo que utilizei o tema do autor francês, não quis abusar, e quisera Deus que todos fizessem assim, que não se veriam tantas máscaras, tantos remendos, tantas manifestas imposturas.

---

2   O prefácio foi publicado por Paperini (1753) e Pasquali (1762), enquanto a comédia já tinha sido publicada na edição Bettinelli (1750). O autor revisou o texto diversas vezes, inserindo notas filológicas – indicadas aqui com (N. do A.) – para distinguir os dialetos empregados. Além de Pantalone, na maioria das cenas Arlequim, Briguela, o Jovem [I.12] e o Mensageiro [III.3] falam veneziano. Em cena, o Doutor falava bolonhês. Todas as outras notas são de Roberta Barni e Alessandra Vannucci.

Personagens

O DOUTOR Balanzoni: bolonhês, médico em Veneza.
ROSAURA e BEATRIZ: suas filhas.
COLOMBINA: camareira delas.
OTÁVIO: cavalheiro paduano, ama Beatriz.
FLORINDO: cidadão bolonhês, que estuda medicina e mora na casa do Doutor; ama timidamente Rosaura.
BRIGUELA: seu confidente.
LÉLIO: o mentiroso.
PANTALONE: mercador veneziano, pai de Lélio, o mentiroso.
ARLEQUIM: seu criado.
UM CONDUTOR napolitano
UM JOVEM mercador
UM MENSAGEIRO
UMA MULHER que canta
MÚSICOS
BARQUEIROS de *peota*[3]
GONDOLEIROS

A comédia se passa em Veneza.

Ato I

Cena 1

Noite de luar. Rua com vista para o canal. De um lado, a casa do Doutor, com um balcão. Do outro, a pousada com o símbolo da Águia. Quando o pano de boca se levanta, vê-se um barco iluminado e dentro dele músicos e uma mulher cantando. Os músicos tocam uma canção, depois param. Florindo e Briguela no chão, de um lado da cena. Rosaura e Beatriz vão para o balcão.

---

3   A *peota* em Veneza é um barco bastante confortável, capaz de levar muitas pessoas, coberta por um pano vermelho, com bons assentos e uma mesa no meio. Serve para pequenas viagens e para diversão na cidade. (N. do A.)

FLORINDO: Olha, olha, Briguela, aí está minha querida Rosaura no balcão, com sua irmã Beatriz: vieram curtir a serenata. Agora seria uma boa hora para mandar cantar a cançoneta que eu fiz para explicar o meu amor a Rosaura.

BRIGUELA: Nunca vi um amor tão esquisito.[4] O senhor ama perdidamente a senhorita Rosaura; vive na mesma casa, já que faz prática de medicina com o Doutor, pai da moça; tem como falar com ela com toda tranquilidade; só que em lugar de usar a boca, quer se explicar com uma serenata? Quer se declarar com uma cançoneta? Ah, não, desse jeito só desperdiça miseramente seu tempo. Fale com ela, faça com que ela entenda, sinta para que lado tende: e se ela retribuir, aí sim, mande fazer a serenata. Pelo menos não vai gastar o seu dinheiro à toa.

FLORINDO: Briguela, já te disse mil vezes; não tenho coragem. Amo Rosaura, mas não acho um jeito de dizer a ela que a amo. Acredite, se tivesse de falar face a face sobre o meu amor, morreria de vergonha.

BRIGUELA: Então o senhor quer continuar desse jeito? Penar, sem falar uma palavra?

FLORINDO: Vá, vá até o barco e mande cantar a minha cançoneta.

BRIGUELA: O senhor me perdoe. Em Bolonha servi seu pai. Conheço o senhor desde criança e lhe quero bem. Mesmo servindo a outro patrão, nesta cidade, quando encontro o senhor parece-me ver o meu antigo patrão, e aquelas horas que eu puder roubar, as usaria de bom grado...

FLORINDO: Se realmente me quer bem, faça o que estou mandando; vá até o barco e diga que cantem.

BRIGUELA: Já que insiste, irei.

FLORINDO: Vou me esconder atrás dessa casa.

BRIGUELA: Para que se esconder?

FLORINDO: Para que ninguém me veja.

BRIGUELA (*à parte*): Que amor extravagante! Que rapaz à antiga! Hoje em dia tem poucos bobalhões dessa espécie. (*Encaminha-se para o barco.*)

FLORINDO: Rosaura, és minha alma. Minha única esperança. Oh, se soubesse o quanto eu a amo! (*Retira-se.*)

Os músicos do barco tocam o refrão da cançoneta e a mulher do mesmo barco canta a seguinte canção veneziana.

> *Ídolo do meu coração,*
> *Por ti ardo de paixão,*
> *E sempre, minha esperança,*
> *Avança meu penar.*

4 A linguagem de Briguela pode passar por veneziano. (N. do A.)

Explicar quisera, ó querida,
Minha paixão ferida
Mas certo sei lá o quê...
Será que vais entender?

Faz-me perder a fala.
Quando não te vejo,
Quando só te desejo,
Queria, sem te falar,
Minha dor te explicar.

Mas como ardo por ti, senhora
Já não sou capaz, como outrora
E certo sei lá o quê...
Será que vais entender?
Faz o coração se fechar.

Se me olhas no rosto,
Faz-se conhecer
Aquele bárbaro tormento,
Que sinto – lá por dentro

Quisera dissimular
Meu tormentoso penar;
Mas certo sei lá o quê...
Será que vais entender?
Te diz: ele te quer bem

És meu primeiro amor,
E o último serás,
Se tenho de me casar,
É a ti que quero desposar.

Minha cara, não demores
Gostaria de dizer muito mais
Mas certo sei lá o quê...
Será que vais me entender?
Não quer que diga mais.

Peno de dia e à noite
Por ti, sempre esse açoite.
Essa pena (se tenho que dizer)
Sofrê-la mais não sei.
Então, para remediar,
Minha cara, vou falar:
Mas certo sei lá o quê...
Será que vais entender?
Faz-me perder a fala.

Sinto que Amor me diz:
Deixes esse rubor,
E explica esse tormento,
Que tens no coração.
Mas se eu tento falar
Palavras não sei achar
E certo sei lá o quê...
Será que vais entender?
Infelizmente me encantou.

Enquanto cantam, Lélio e Arlequim saem da pousada, e ficam apreciando a serenata. Finda a canção, os músicos continuam tocando enquanto o barco parte.

BRIGUELA (*em voz baixa, a Florindo*): Ficou satisfeito?
FLORINDO: Muito satisfeito.
BRIGUELA: Tudo correu bem?
FLORINDO: Às mil maravilhas.
BRIGUELA: Mas a senhorita Rosaura não sabe quem mandou fazer a serenata.
FLORINDO: Ora, que importância tem? Basta-me que ela tenha apreciado a cançoneta.
BRIGUELA: Vá para a casa dela, mostre-se, faça-a desconfiar de que essa fineza vem do senhor.
FLORINDO: Deus me livre! Aliás, para não levantar suspeitas quanto a isso, vou por aqui. Dou uma volta e entro em casa pela outra porta. Venha comigo.
BRIGUELA: Vou para onde o senhor quiser.
FLORINDO: Esse é o amor verdadeiro. O amor não declarado. (*Saem.*)

Cena 2

Lélio e Arlequim, Rosaura e Beatriz no balcão.

LÉLIO: O que me diz, Arlequim, hein? Belo lugar, essa Veneza! Há diversão garantida em qualquer estação! Agora que estamos no verão e o calor convida a respirar o ar fresco da noite, desfruta-se de belíssimas serenatas.

ARLEQUIM: Eu não dou um tostão por essa serenata.[5]

LÉLIO: Não? Por quê?

ARLEQUIM: Porque eu gosto de serenatas acompanhadas de comida.

LÉLIO: Olha, olha, Arlequim, aquelas duas damas no balcão. Eu as vi também pela janela do meu quarto. Mesmo na penumbra, pareceram-me bonitas.

ARLEQUIM: Para o senhor todas as mulheres são bonitas. Aquela senhora Cleonice que deixou em Roma lhe parecia uma estrela; mesmo assim a deixou.

LÉLIO: Não lembro dela. Se as duas damas ficam tanto tempo no balcão, não devem ser das mais recatadas. Quero tentar a sorte.

ARLEQUIM: A cada quatro palavras dirá dez mentiras.

LÉLIO: Que impertinente. São só brincadeiras, para me divertir.

ARLEQUIM: Seria melhor o senhor ir à casa do Pantalone, seu pai.

LÉLIO: Ele está no campo. Quando ele vier à Veneza, irei para a casa dele.

ARLEQUIM: Enquanto isso quer ficar na pousada?

LÉLIO: Sim, para desfrutar de minha liberdade. É época de feira, época de alegria. Faz vinte anos que não volto à minha terra. Ai, Veneza. Repare como as damas brilham ao luar daqui. Antes de me aventurar e falar com elas, preciso saber quem são. Faz o seguinte, Arlequim, vá até a pousada e pergunte a algum criado quem elas são, se são mesmo bonitas e como se chamam.

ARLEQUIM: Para saber disso tudo, levaria um mês.

LÉLIO: Anda logo, estou te esperando aqui.

ARLEQUIM: Eu, hein. Esse querer xeretar os fatos alheios...

LÉLIO: Não me leve a ficar bravo, vou ter que te bater.

ARLEQUIM: Para tirar o incômodo, vou cumprir a ordem. (*Entra na pousada.*)

LÉLIO: Quero ver se consigo curtir uma nova aventura essa noite. (*Passeia.*)

ROSAURA: Pois é, minha irmã, a serenata não podia ser mais magnífica.

---

5   Hoje em dia os Arlequins usam a linguagem veneziana. (N. do A.)

BEATRIZ: Aqui em volta não parece haver pessoas que a mereçam. Estou lisonjeada! Será que foi feita para nós?

ROSAURA: Se pelo menos soubéssemos para qual das duas, e quem encomendou a serenata.

BEATRIZ: Algum desconhecido amante de tuas belezas.

ROSAURA: Ou algum secreto admirador de teus méritos.

BEATRIZ: Não saberia a quem atribuí-la. O senhor Otávio parece apaixonado por mim, mas se ele tivesse encomendado a serenata, não teria se escondido.

ROSAURA: Tampouco eu saberia imaginar quem foi o autor. Florindo não pode ser. Sempre que tento lhe dizer alguma palavrinha doce, mostra-se inimigo do amor.

BEATRIZ: Está vendo lá um homem que passeia?

ROSAURA: Sim, e no luar parece bem vestido.

LÉLIO (*ainda passeando sozinho; à parte*): Arlequim não volta; não sei quem são, nem como me comportar. Bem, ficarei nas generalidades.

ROSAURA: Vamos nos retirar.

BEATRIZ: Que loucura! Do que tem medo?

LÉLIO: Que beleza esse céu sereno! Que noite esplêndida! Não me maravilha que o céu resplandeça mais que o habitual, já que é iluminado por duas estrelas vaguíssimas. (*Rumo ao balcão.*)

ROSAURA (*a Beatriz*): Está falando de nós.

BEATRIZ (*a Rosaura*): Essa é boa! Vamos ouvir.

LÉLIO: Não há perigo que o úmido raio da lua nos ofenda, pois dois sóis ardentes aquecem o ar.

BEATRIZ (*a Rosaura*): Ou é algum louco, ou algum apaixonado por nós.

ROSAURA (*a Beatriz*): Parece um jovem muito bonito, e fala muito bem.

LÉLIO: Se não receasse ser tachado de temerário, ousaria desejar às senhoras a boa-noite.

ROSAURA: Longe disso, é uma honra para nós.

LÉLIO: Estão desfrutando do ar fresco? A estação realmente pede isso.

BEATRIZ: Gozamos dessa pouca liberdade devido à ausência de nosso pai.

LÉLIO: Ah, seu genitor não está na cidade?

BEATRIZ: Não senhor.

ROSAURA: O senhor conhece nosso pai?

LÉLIO: Oh, ele é muito meu amigo. Para onde ele foi, se posso perguntar?

ROSAURA: Para Pádua, visitar um enfermo.

LÉLIO (*à parte*): São filhas de um médico. (*A elas.*) Certamente o senhor doutor é um grande homem, é a honra de nosso século.

ROSAURA: Apenas generosidade de quem sabe tratá-lo com indulgência. Mas, tenha a bondade, quem é o senhor que nos conhece, e que nós não conhecemos?

LÉLIO: Sou um admirador de vossos méritos.

ROSAURA: Dos meus?

LÉLIO: Daqueles de uma das duas.

BEATRIZ: Não poderia nos dizer a qual das duas o senhor se refere?

LÉLIO: Permitam-me manter oculto esse arcano, por enquanto. Na hora certa, saberão.

ROSAURA (*a Beatriz*): Esse homem deve querer uma de nós como esposa.

BEATRIZ (*a Rosaura*): Só o céu sabe a quem caberá tal sorte.

Cena 3

Arlequim, da pousada, e demais acima citados.

ARLEQUIM (*procurando Lélio*): Para onde ele foi?

LÉLIO (*em baixa voz, para Arlequim, ao encontrá-lo*): Muito bem, já sabe os seus nomes?

ARLEQUIM (*como acima*): Sei, o criado me disse tudo.

LÉLIO (*como acima*): Anda logo.

ARLEQUIM (*como acima*): Elas são filhas de certo...

LÉLIO (*como acima*): Não é isso o que quero saber. Diga-me os nomes.

ARLEQUIM (*como acima*): Agora mesmo. O pai é um médico.

LÉLIO (*como acima*): Eu sei. Eu sei. Diga-me os seus nomes, seu maldito!

ARLEQUIM (*como acima*): Uma se chama Rosaura, a outra, Beatriz.

LÉLIO (*como acima*): Isso é suficiente. (*Volta para debaixo do balcão.*) Perdão. Confiei uma missão ao meu criado.

ROSAURA: Mas o senhor é veneziano, ou forasteiro?

LÉLIO: Eu sou um cavalheiro napolitano.

ARLEQUIM (*à parte*): Cavalheiro e napolitano? Duas lorotas de uma só vez.

ROSAURA: Mas como nos conhece?

LÉLIO: Deve fazer um ano que eu me hospedo, incógnito, nessa cidade.

ARLEQUIM (*à parte*): Chegamos ontem à noite.

LÉLIO: Assim que cheguei, meus olhos se encantaram com as belezas da senhorita Rosaura e da senhorita Beatriz. Fiquei algum tempo indeciso quanto a quem deveria entregar o meu coração, pois ambas me pareciam dignas, mas finalmente me decidi por uma...

ROSAURA: Por quem?

LÉLIO: Não posso dizer... por enquanto.
ARLEQUIM (*à parte*): Se depender dele, ficará com as duas.
BEATRIZ: Mas por que motivo não se declara?
LÉLIO: Porque receio que a beldade que eu desejo tenha impedimentos.
ROSAURA: Posso lhe assegurar que não tenho amantes.
BEATRIZ: Tampouco eu tenho algum compromisso com alguém.
ARLEQUIM (*a Lélio, baixinho*): Duas vagas disponíveis! Que sorte a sua.
LÉLIO: Mas fazem serenatas sob suas janelas.
ROSAURA: Juro sobre minha honra que desconhecemos o autor.
BEATRIZ: Que caia um raio na minha cabeça se souber quem a encomendou.
LÉLIO: Também acredito que não saibam. Teriam curiosidade de saber?
ROSAURA: Morro de vontade de saber.
BEATRIZ: Somos mulheres! Isso basta.
LÉLIO: Vamos lá, aliviarei as senhoras desse sofrimento. A serenata de que gozaram é um pequeno testemunho daquele amor que tenho por minha bela dama.
ARLEQUIM (*à parte*): Maldito! Que lorota faz as duas engolirem!
ROSAURA: E não quer dizer por quem?
LÉLIO: Não, decerto. Vocês ouviram aquela cançoneta que eu pedi para cantarem? Por acaso não falava de um amante secreto e tímido? Esse, justamente, sou eu.
ROSAURA: Se então uma de nós duas não lhe agradecer, é só porque o senhor não quer declarar a quem foram voltados seus favores.
LÉLIO: Não merece agradecimento uma pequena demonstração de estima. Se eu tiver a honra de servir manifestamente aquela a quem amo, deixarei Veneza espantada pelo bom gosto com o qual costumo oferecer diversão.
ARLEQUIM (*à parte*): Um desses dias vai ter de penhorar as roupas, se seu pai não vier logo.
ROSAURA (*a Beatriz*): Irmã, esse é um cavalheiro muito rico.
BEATRIZ (*a Rosaura*): Não será para mim, sou muito azarada.
ROSAURA: Senhor, ao menos tenha a bondade de dizer seu nome.
LÉLIO: De bom grado. Dom Asdrúbal dos marqueses de Castel d'Ouro.
ARLEQUIM (*à parte*): Nomes e sobrenomes nunca lhe faltam.
BEATRIZ (*a Rosaura*): Vamos nos retirar. Para que não se pense que somos assanhadas.
ROSAURA (*a Beatriz*): Muito bem observado. Vamos ser prudentes. (*Para Lélio.*) Senhor marquês, com sua licença, o ar na cabeça começa a incomodar.

LÉLIO: Já querem se retirar?
BEATRIZ: Uma velha da casa nos chama para irmos descansar.
LÉLIO: Paciência! Fico sem uma grande satisfação.
ROSAURA: Noutra hora apreciaremos sua presença.
LÉLIO: Amanhã, se permitirem, irei à sua casa cumprimentá-las.
ARLEQUIM (*à parte*): Sei, só faltava essa, em casa.
ROSAURA: Ah, muito bonito, bonito mesmo, senhor amante tímido. Não se vai em casa com essa facilidade toda.
LÉLIO: Ao menos as saudarei pela janela.
ROSAURA: Até aí, podemos conceder.
BEATRIZ: E se o senhor se declarar, será admitido para alguma coisinha a mais.
LÉLIO: Na volta do senhor Doutor falaremos desse assunto. Enquanto isso…
ROSAURA: Senhor marquês, saudações. (*Entra.*)
BEATRIZ: Senhor Asdrúbal, sua criada. (*Entra.*)

Cena 4

Lélio e Arlequim.

ARLEQUIM (*a Lélio, rindo*): Senhor napolitano, beijo-lhe a mão.
LÉLIO: O que me diz disso? Comportei-me direitinho?
ARLEQUIM: Fico me perguntando como diabo o senhor faz para inventar tanta história pra boi dormir, dizer tantas mentiras sem nunca se confundir.
LÉLIO: Ignorante! Essas não são mentiras: são brincadeiras inocentes, produzidas pela fertilidade de meu engenho, pronto e brilhante. Quem quiser desfrutar do mundo, precisa de franqueza, e nunca perde as boas oportunidades. (*Sai.*)

Cena 5

Arlequim, depois Colombina no balcão.

ARLEQUIM: E o pai desse maluco que não chega a Veneza? Ele vai se arruinar de vez.
COLOMBINA: Agora que as patroas foram dormir, eu também posso tomar a fresca.

ARLEQUIM: Outra mulher no balcão! E não me parece nenhuma daquelas duas.

COLOMBINA: Parece que aquele homem está passeando e me olhando; ah, se fosse hoje o meu dia de sorte, pobrezinha.

ARLEQUIM: Quero ver se também tenho o engenho para inventar quatro histórias pra boi dormir, como o meu patrão.

COLOMBINA: Na verdade, ele vem vindo.

ARLEQUIM: Reverencio aquela beleza que a noite resplandece e desavisadamente apaixona.[6]

COLOMBINA: Quem é o senhor?

ARLEQUIM: Dom Pícaro da Catalunha.

COLOMBINA (*à parte*): O Dom é título de cavalheiro.

ARLEQUIM: Sou alguém que morre, se atormenta e enlouquece pela senhora.

COLOMBINA: Mas eu não o conheço!

ARLEQUIM: Sou um amante tímido e envergonhado.

COLOMBINA: Comigo pode falar livremente, pois sou apenas uma criada.

ARLEQUIM (*à parte*): Criada! Um bom negócio para mim. (*Para Colombina.*) Diga-me, bela criadinha, a senhora ouviu cantar aquela cançoneta?

COLOMBINA: Sim, senhor, eu ouvi.

ARLEQUIM: A senhora sabe quem a cantou?

COLOMBINA: Certamente não fui eu.

ARLEQUIM: Eu a cantei.

COLOMBINA: A voz parecia de mulher.

ARLEQUIM: Tenho a habilidade de cantar em todas as vozes. Meus agudos alcançam duas oitavas fora do címbalo.[7]

COLOMBINA: Era realmente uma bela canção amorosa.

ARLEQUIM: Fui eu quem compôs.

COLOMBINA: O senhor também é poeta?

ARLEQUIM: Eu mamei o leite da musa.[8]

COLOMBINA: Mas por quem o senhor fez tanto esforço?

ARLEQUIM: Pela senhorita, minha querida.

COLOMBINA: Se acreditasse que o senhor não mente, teria do que ficar orgulhosa.

---

6 Imita a fala toscana, fingindo afetação. (N. do A.) A fala toscana era usada nos palcos da *Commedia dell'Arte* pelas personagens "namorados", afetando elegância.
7 O címbalo é um antigo instrumento, do qual se origina o cravo.
8 Arlequim brinca com a palavra "musa" pronunciada por ele *mussa*, que significa asna.

ARLEQUIM: Acredite. Juro pelos títulos de minha nobreza.
COLOMBINA: Agradeço-lhe de coração.
ARLEQUIM: Minha beldade, o que eu não faria por seus olhos de rubi?
COLOMBINA: Já vou, já vou. Senhor, minhas patroas me chamam.
ARLEQUIM: Ai de mim, não me prive das rubicundas trevas[9] de vossa beleza.
COLOMBINA: Não posso ficar.
ARLEQUIM: Nos veremos novamente?
COLOMBINA: Sim, nos veremos novamente. Senhor dom Pícaro, minhas reverências. (*Entra.*)
ARLEQUIM: Não me saí mal. Como diz o ditado, quem anda com o lobo aprende a uivar. Seria uma desfeita ao meu patrão se deixasse seu serviço sem ter aprendido a dizer cem mil mentiras. (*Vai à pousada.*)

Cena 6

Dia. Florindo e Briguela.

BRIGUELA: Muito bem! Passa a noite toda no sereno e ainda acorda bem cedo pela manhã. Pelo que vejo, o amor lhe tira o sono.
FLORINDO: Não pude dormir, pelo consolo que o bom resultado de minha serenata me deu.
BRIGUELA: Belo consolo! Gastar seus tostões, perder a noite e não ganhar o mérito junto da amada!
FLORINDO: Basta-me que Rosaura tenha aproveitado. É tudo o que quero.
BRIGUELA: O senhor se contenta com muito pouco.
FLORINDO: Escute, Briguela, ouvi dizer antes de ontem, por minha cara Rosaura, que ela tinha o desejo de um fornecimento de rendas de seda; agora que temos a ocasião da feira, quero cuidar disso para ela, e lhe dar esse presente.
BRIGUELA: Bom, e com essa ocasião poderá começar a entrar no assunto do seu amor.
FLORINDO: Oh, não serei eu a dar as rendas para ela. Querido Briguela, ouça-me e faça o que eu digo, se me quer bem. Pegue essa bolsa, na qual estão dez moedas de ouro; vá até a mercearia, compre quarenta

---

9 Arlequim se atrapalha na linguagem, querendo bancar o poeta titulado.

braços de renda, dos mais bonitos que houver, por meio felipe[10] o braço. Mande o vendedor entregar para Rosaura, mas com a expressa proibição de revelar-lhe quem envia.

BRIGUELA: Dez moedas de ouro jogadas fora.

FLORINDO: Por quê?

BRIGUELA: Porque a senhorita Rosaura, sem saber de quem veio o presente, não terá a quem agradecer.

FLORINDO: Não importa. Com o tempo saberá. Por enquanto quero ganhar méritos sem me revelar.

BRIGUELA: Mas como o senhor fez para juntar essas dez moedas?

FLORINDO: Com as mesadas que meu pai me envia de Bolonha, e algum ganho das visitas que vou fazendo no lugar de meu chefe...

BRIGUELA: Junta tudo e joga fora.

FLORINDO: Vai Briguela, vá logo fazer essa gentileza para mim. Hoje é o primeiro dia de feira. Gostaria que ela tivesse as rendas já antes do almoço.

BRIGUELA: Não sei o que dizer, não concordo, mas vou servir o senhor.

FLORINDO: Cuide para que sejam bonitas.

BRIGUELA: Confie em mim.

FLORINDO: Ficarei eternamente grato.

BRIGUELA (*à parte*): Com essas dez moedas de ouro, um homem sensato gozaria muito mais. (*Sai.*)

Cena 7

Florindo e depois Otávio.

FLORINDO: Aí está o amado balcão, por onde aparece meu bem. Se ela saísse agora, acho que eu seria capaz de lhe dizer alguma palavra. Diria, por exemplo...

Otávio chega do lado oposto do balcão e fica observando Florindo.

FLORINDO: Sim, lhe diria: senhorita, amo-a ternamente. Não posso viver sem a senhora; a senhora é minha alma. Querida, tenha piedade de mim. (*Vira-se e vê Otávio.*) (*À parte.*) Ai de mim, espero que não tenha

---

10 *Filippo* (felipe) era uma moeda usada em Milão. Muito embora a ação se passe em Veneza, era comum que alguns tipos de moedas estrangeiras fossem trocadas em outros estados dentro da península itálica.

me visto. (*A Otávio.*) Amigo, o que o senhor me diz da bela arquitetura daquele balcão?

OTÁVIO: Belíssima. Mas me diga: o senhor é arquiteto ou pintor?

FLORINDO: E o que o senhor quer dizer com isso?

OTÁVIO: Quero dizer, se está aqui para copiar o desenho do balcão, ou o belo rosto das donas da casa?

FLORINDO: Eu não tenho ideia do que o senhor diz.

OTÁVIO: Embora seja mais confortável retratá-las em casa.

FLORINDO: Eu me dedico à minha profissão. Sou médico, e não pintor.

OTÁVIO: Caro amigo, o senhor ouviu a serenata que foi realizada ontem à noite neste canal?

FLORINDO: Eu vou dormir cedo. Não sei de serenatas.

OTÁVIO: No entanto foi visto andando por aqui, enquanto se cantava no barco.

FLORINDO: Devo ter passado por acaso. Não sei de nada. E não tenho namoradas...

OTÁVIO (*à parte*): Parece confuso. Acredito realmente que ele tenha sido o autor.

FLORINDO: Senhor Otávio, minhas saudações.

OTÁVIO: Um momento. Somos amigos. Não precisa esconder a verdade. Eu amo a senhorita Beatriz, e não tenho dificuldades em confessar isso. Se o senhor ama a senhorita Rosaura, talvez eu possa ajudar, mas se ama a senhorita Beatriz, estou pronto a cedê-la, caso ela prefira o senhor.

FLORINDO: Torno a dizer que não estou interessado em ninguém. Aplico-me à medicina e à cirurgia, e não ligo para as mulheres.

OTÁVIO: Não acredito. Mais de uma vez ouvi o senhor suspirando. Não se suspira pela medicina.

FLORINDO: Muito bem, não me importo se o senhor não quer acreditar em mim. Torno a dizer que não amo nenhuma mulher, e se eu estava olhando para o balcão, é porque meu olhar foi atraído pela beleza de seu desenho. (*Olha para as janelas e sai.*)

Cena 8

Otávio e depois Lélio.

OTÁVIO: Sem dúvida está apaixonado, e já que não quer se abrir comigo, receio que ame Beatriz. Se na noite passada eu estivesse na pousada, em vez de perdê-la no jogo, teria visto Florindo e teria esclarecido as minhas dúvidas; mas vou abrir os olhos, e descobrirei a verdade.

LÉLIO (*saindo da pousada*): Olha quem está aí! Amigo Otávio!

OTÁVIO: Lélio, meu querido.

LÉLIO: O senhor por aqui?

OTÁVIO: O senhor retornou à pátria?

LÉLIO: Cheguei ontem.

OTÁVIO: Por que deixou Nápoles? Não estava envolvido em cem casos amorosos por lá?

LÉLIO: Ah, na verdade me despedi com muita pena. Deixei lá muitos corações partidos. Mas logo que cheguei aqui em Veneza, apareceram tantas aventuras que já me esqueci das belezas napolitanas.

OTÁVIO: Fico feliz por ser sempre tão afortunado no amor.

LÉLIO: A sorte às vezes sabe ser justa, e o amor nem sempre é cego.

OTÁVIO: Pois é, mas o mérito de conquistar tantas mulheres por aí é todo seu.

LÉLIO: Diga-me, o senhor conhece essa cidade?

OTÁVIO: Um pouco. Deve fazer um ano que moro aqui.

LÉLIO: O senhor conhece duas irmãs que moram naquela casa?

OTÁVIO (*à parte*): Quero entender o que ele quer. (*A Lélio.*) Não as conheço.

LÉLIO: Amigo, são duas belas moças. Uma se chama Rosaura, e a outra Beatriz; são filhas de um doutor em medicina, e as duas estão apaixonadas por mim.

OTÁVIO: As duas?

LÉLIO: Sim, as duas. Parece-lhe estranho?

OTÁVIO: Mas como fez para deixá-las apaixonadas tão rapidamente?

LÉLIO: Assim que me viram, foram elas as primeiras a me cumprimentar, e me convidaram para falar com elas.

OTÁVIO (*à parte*): Será possível?

LÉLIO: Pouquíssimas palavras minhas bastaram para deixá-las encantadas, e as duas declararam seu amor por mim.

OTÁVIO: As duas?

LÉLIO: As duas.

OTÁVIO (*à parte*): Estou morrendo de ciúmes.

LÉLIO: Queriam que eu entrasse em casa...

OTÁVIO (*à parte*): Só faltava essa!

LÉLIO: Mas como a noite se aproximava, pensei em oferecer uma magnífica diversão para elas e pedi licença.

OTÁVIO: Por acaso encomendou uma serenata?

LÉLIO: Precisamente. O senhor já sabia?
OTÁVIO: Sim, me disseram. (*À parte.*) Agora descobri o autor da serenata. Florindo diz a verdade.
LÉLIO: Mas a diversão não acabou com a serenata...
OTÁVIO (*com ironia*): Muito bem, senhor Lélio, e o que mais fez?
LÉLIO: Desci do barco, pedi aos meus criados que preparassem uma lauta ceia e consegui que as gentis irmãs me convidassem para sua casa, onde concluímos a noite entre talheres e taças.
OTÁVIO: Amigo, não quero acusá-lo de estar mentindo, mas acho que está se divertindo às minhas custas. Não acredito nas coisas que diz.
LÉLIO: O quê? Parecem-lhe coisas extraordinárias? Qual a dificuldade em acreditar nisso?
OTÁVIO: Não é comum que duas moças honestas e educadas, enquanto seu pai está no campo, abram a porta, à noite, para um estranho e permitam que se faça uma balbúrdia em sua casa.

Cena 9

Arlequim e acima mencionados.

LÉLIO: Aqui está o meu criado. Pode questioná-lo para saber se o que lhe disse é verdade.
OTÁVIO (*à parte*): Seria um escândalo se elas tivessem cometido tamanho vacilo!
LÉLIO: Diga-me, Arlequim, por onde andei a noite passada?
ARLEQUIM: Apanhando a fresca.
LÉLIO: Falei ou não sob aquele balcão com duas senhoras?
ARLEQUIM: Sim senhor, é verdade.
LÉLIO: E não encomendei uma serenata?
ARLEQUIM: Decerto, e eu cantei a cançoneta.
LÉLIO: Depois não jantamos?
ARLEQUIM: Jantamos?
LÉLIO (*faz sinal para que ele diga que sim*): Sim, a lauta ceia na casa da senhorita Rosaura e da senhorita Beatriz.
ARLEQUIM: Sim senhor, na casa da senhorita Rosaura e da senhorita Beatriz.
LÉLIO: E não foi uma ceia magnífica?
ARLEQUIM: Que comilança!
LÉLIO (*a Otávio*): Ouviu? Aí está a confirmação de cada circunstância.

OTÁVIO: Só posso repetir: o senhor é um homem de muita sorte.
LÉLIO: Não para me gabar, mas a sorte não é o motivo principal de minhas conquistas.
OTÁVIO: Então, qual é?
LÉLIO: Modéstia à parte, tenho um pouco de mérito.
OTÁVIO: Sim, concordo. O senhor é um jovem de brio, de boas maneiras; em Nápoles tive a oportunidade de admirá-lo. Mas deixar as duas irmãs, assim, de repente, apaixonadas... é demais.
LÉLIO: É, amigo! E ainda vai se surpreender.
OTÁVIO: Sou fã de seu mérito e de sua sorte. Em outro momento nos divertiremos. Agora, se me der licença, tenho de ir ao meu quarto buscar dinheiro, para pagar a perda da noite passada. (*Encaminha-se para a pousada.*)
LÉLIO: Onde está hospedado?
OTÁVIO: Nesta pousada.
LÉLIO (*à parte*): Oh, diabos! (*A Otávio.*) Também estou hospedado ali e ainda não o tinha visto.
OTÁVIO: Tenho jantado fora e jogado a noite toda.
LÉLIO: Está aqui há tanto tempo e não conhece as duas moças?
OTÁVIO: Conheço de vista, mas nunca falei com elas. (*À parte.*) Não quero me revelar.
LÉLIO: Olhe, se algum dia falar com elas, não diga nada sobre o que lhe contei. São coisas confidenciais. Se não fosse meu amigo, não contaria.
OTÁVIO: Amigo, até mais ver.
LÉLIO: Seu criado.
OTÁVIO (*à parte*): Nunca imaginaria que Rosaura e Beatriz fossem tão levinas assim. (*Entra na pousada.*)

Cena 10

Lélio e Arlequim.

ARLEQUIM: Patrão, se continuar assim, será uma confusão.
LÉLIO: Tolo que você é; ajude-me e não pense em mais nada.
ARLEQUIM: Vamos fazer uma coisa. Quando quiser dizer alguma mentira...
LÉLIO: Seu burro! Alguma divertida invenção.
ARLEQUIM: Bem. Quando quiser dizer alguma invenção divertida, faça um sinal para mim, para que eu possa auxiliar.

LÉLIO: Essa sua tolice me incomoda.
ARLEQUIM: Faça assim, quando quiser que eu o ajude, dê um espirro.
LÉLIO: Mas é tão complicado confirmar o que eu digo?
ARLEQUIM: Fico confuso. Não sei quando tenho de falar e quando tenho de me calar.

Cena 11

Rosaura e Colombina, fantasiadas, de casa, e anteriormente mencionados.

LÉLIO: Arlequim, olhe aquelas duas mascaradas.
ARLEQUIM: Será Carnaval?
LÉLIO: Não. Nessa cidade, no primeiro dia de feira[11] usamos máscaras já pela manhã.
ARLEQUIM: Quem serão essas duas?
LÉLIO: Certamente são as duas irmãs com as quais falei na noite passada.
ARLEQUIM: Esconder o focinho é um péssimo hábito.
LÉLIO: Senhoritas, não adianta ocultar o rosto para cobrir suas belezas, porque a luz emanada por seus olhos revela quem são.
ROSAURA (*indicando Colombina*): Essa também?
LÉLIO: Por enquanto, não faço distinções entre a beleza de uma e da outra.
ROSAURA: Mas essa é a criada.
ARLEQUIM: Pode parar, patrão, essa aí é pra mim.
LÉLIO: Não é de estranhar que eu tenha me equivocado.
ROSAURA: Vejo que os olhos de Colombina provocam no senhor a mesma impressão que os meus.
LÉLIO: Senhorita, vou falar com liberdade. Saiba que somente a senhorita é aquela que atrai toda minha admiração, que ocupa inteiramente meu coração, e se falei da mesma forma a respeito de sua irmã, o fiz sem observá-la bem.
ROSAURA: E o senhor me distingue de minha irmã, mesmo mascarada?
LÉLIO: E como! Seria bem pouco amor se não a reconhecesse.
ROSAURA: Pelo que me reconhece?
LÉLIO: Pela voz, pela silhueta, pelo porte nobre e majestoso, pelo brilho de seus olhos. Meu coração não mente.
ROSAURA: Então diga... Quem sou eu?

---

11 Para ocasião da festa da Ascensão, em maio (quando estreia a peça), havia uma feira de quinze dias na Praça S. Marco, em Veneza, sendo que no primeiro dia permitiam-se festas mascaradas desde manhã cedo.

LÉLIO: A senhorita é minha musa.
ROSAURA: Diga o meu nome.
LÉLIO (*à parte*): Vou arriscar. (*A Rosaura.*) Rosaura.
ROSAURA: Muito bem! Agora vejo que me reconhece mesmo. (*Revela-se.*)
LÉLIO (*à parte*): Que sorte, acertei. (*Baixinho, para Arlequim.*) Olhe, Arlequim, que rosto encantador!
ARLEQUIM (*à parte*): Me coço de curiosidade de ver o rosto da outra.
ROSAURA: Posso mesmo acreditar no seu amor?
LÉLIO: Asdrúbal não mente. Amo-a, adoro-a! E quando não posso vê-la, vivo a repetir o seu nome e a louvar suas belezas. (*A Arlequim.*) Não é verdade?
ARLEQUIM (*à parte*): Se eu pudesse ver o rosto da outra!
LÉLIO (*espirra*): Diga, não é verdade?
ARLEQUIM: Sim senhor, é a pura verdade.
ROSAURA: Mas se me ama tanto, por que ainda não se declarou?
LÉLIO: Vou dizer. Meu pai queria que eu me casasse em Nápoles, com uma moça de Palermo, mas eu não gostava dela, então fugi para não ser obrigado. Empolgado por sua beleza, escrevi ao meu pai que desejava a senhorita como esposa. Apenas ontem recebi o consentimento dele.
ROSAURA: Parece estranho seu pai concordar que se case com a filha de um médico.
LÉLIO (*espirra*): Mas é a pura verdade!
ARLEQUIM: Sim senhorita, eu li a carta.
ROSAURA: O dote que meu pai poderá oferecer não corresponde ao seu título.
LÉLIO: O marquês de Castel d'Ouro não precisa de dote. O meu pai é um homem precavido. Faz vinte anos que acumula joias, ouro e prata para meu casamento. A senhorita será uma mulher rica.
ROSAURA: Que surpresa! Mas temo que o senhor, com tantas riquezas, queira apenas se divertir comigo.
LÉLIO: O céu é testemunha de que não minto; não sou capaz de alterar a verdade. Desde que me conheço por gente, não há pessoa que possa me repreender pela menor mentira. (*Arlequim ri.*) Pergunte a meu criado. (*Espirra.*)
ARLEQUIM: Sim senhorita; meu patrão é a boca da verdade.
ROSAURA: Quando terei a prova de tudo que me diz?
LÉLIO: Assim que seu pai chegar a Veneza.
ROSAURA: Veremos se realmente me ama.
LÉLIO: Nunca encontrará homem mais sincero do que eu.

Cena 12

Um Jovem do armarinho, com caixa de rendas, e mencionados.

JOVEM: Parece que essa é a casa do Doutor. (*Aproxima-se para bater.*)
ROSAURA: Quem deseja, meu jovem?
JOVEM: Perdoe, senhorita mascarada. É essa a casa do doutor Balanzoni?
ROSAURA: Sim. Por quem procura?
JOVEM: Tenho uma encomenda para a senhorita Rosaura, sua filha.
ROSAURA: Sou eu mesma. Que encomenda é essa? Quem a envia?
JOVEM: Trata-se de quarenta braços de renda de seda. Meu patrão me disse que é para a senhorita; mas nem ele nem eu sei quem é o remetente.
ROSAURA: Pode levar de volta. Não recebo encomendas sem saber de quem.
JOVEM: Eu tenho ordens para entregar de qualquer maneira. Se não quiser receber aqui na rua, posso levar para sua casa.
ROSAURA: Já disse que não quero.
JOVEM: Mas está paga, custou dez moedas de ouro.
ROSAURA: E quem pagou?
JOVEM: Não sei, palavra de honra que não sei.
ROSAURA: Então não aceito.
LÉLIO: Senhorita Rosaura, admiro sua sensatez. Receba as rendas sem receio, e já que a senhora se recusa a recebê-las por não saber quem as envia, sou forçado a dizer que sou eu. Uma pequena prova de meu amor.
JOVEM: Ouviu? Foi ele quem as comprou.

Arlequim fica admirado.

ROSAURA: Foi o senhor? (*A Lélio.*)
LÉLIO: Sim, minha amada. E queria fazer isso sem dizê-lo, para não sentir vergonha de lhe oferecer algo tão trivial.
JOVEM: Saiba, senhorita, que são as melhores rendas que há no mercado.
LÉLIO: Afinal, tenho bom gosto. Gasto bem o meu dinheiro.
ARLEQUIM (*à parte*): Mas que bandido!
ROSAURA: Não sei como agradecer o seu presente. Acredite, essas rendas são um luxo para mim. Estava louca para comprar umas rendas, mas não tão bonitas. Pegue, Colombina. Amanhã vamos distribuí-las nas gavetas. (*Colombina recebe do Jovem a caixa.*)
JOVEM (*a Lélio*): Mais alguma coisa?
LÉLIO: Pode ir.
JOVEM: Ilustríssimo, a gorjeta...

LÉLIO: Mais tarde!
JOVEM (*a Rosaura*): Senhorita, penso que a servi bem.
ROSAURA: Espere, vou lhe dar alguma coisa...
LÉLIO: Pode deixar, eu resolvo isso.
JOVEM (*a Lélio*): Infinitamente obrigado. Espero aqui.
LÉLIO: Pode ir, depois falamos.
JOVEM (*à parte*): Entendi, nunca mais vou vê-lo. (*Sai.*)

Cena 13

Lélio, Rosaura, Colombina e Arlequim.

ROSAURA: Se me der licença, voltarei para casa.
LÉLIO: A senhorita não deseja que eu a acompanhe?
ROSAURA: Por enquanto não. Saí mascarada apenas para encontrá-lo e descobrir quem era a sua preferida. Agora volto para casa bem feliz.
LÉLIO: Vai levar consigo o meu coração.
ROSAURA: E o que devo dizer à minha irmã?
LÉLIO: Por enquanto é melhor não dizer nada.
ROSAURA: Ficarei calada, só porque me aconselha assim.
LÉLIO: Minha noiva, ame-me com todo coração.
ROSAURA: Noiva? Ainda duvido.
LÉLIO: Minhas palavras são contratos.
ROSAURA: O tempo será o juiz. (*Entra em casa.*)
COLOMBINA (*à parte*): Aquele moreno parece o mesmo que falou comigo essa noite, mas a roupa não é de dom Pícaro. Vou esclarecer isso agora mesmo. (*Entra em casa.*)

Cena 14

Lélio e Arlequim, a seguir, Colombina.

ARLEQUIM: Maldição, ela foi embora sem que pudesse ver o seu rosto.
LÉLIO: O que me diz da beleza de Rosaura? Não é uma obra-prima?
ARLEQUIM: Ela é uma obra-prima de beleza, e o senhor uma obra-prima de mentiras.
LÉLIO: Será que ela tem alguém que a ama em silêncio? Que não tem coragem de se declarar?

ARLEQUIM: E o senhor, agora, aproveitando da ocasião, vai suprir sua carência.

LÉLIO: Seria um louco se não aproveitasse de uma ocasião tão boa.

Colombina torna a sair de casa, sem máscara.

ARLEQUIM: Olha, a criada voltou para a rua. A minha, em termos de beleza, não tem nada a invejar a sua.

LÉLIO: Aproveite como puder; se conseguir simpatizar, faça com que interceda por mim.

ARLEQUIM: Ensine-me alguma mentira.

LÉLIO: Todo mundo sabe mentir, por natureza.

ARLEQUIM: Senhorita, se não me engano, você é a mesma dessa noite.

COLOMBINA: Sou a mesma há vinte anos.

ARLEQUIM: Muito bom, engraçadinha! Eu sou aquele que essa noite lhe disse aquelas belas palavras.

COLOMBINA: O senhor dom Pícaro?

ARLEQUIM: Para servi-la.

COLOMBINA: Perdoe-me, mas o traje que veste, não é de cavalheiro.

ARLEQUIM: Sou cavalheiro, nobre, rico e fidalgo; e se não acredita, pergunte a esse meu amigo. (*Espirra em direção a Lélio.*)

COLOMBINA: Saúde.

ARLEQUIM: Muito obrigado. (*Em voz baixa, para Lélio.*) Patrão, espirrei.

LÉLIO (*baixinho para Arlequim*): Acabe com isso e venha comigo.

ARLEQUIM (*baixinho para Lélio*): Por favor, confirme também as minhas brincadeiras.

COLOMBINA (*a Arlequim*): De onde é, senhor?

ARLEQUIM: Eu sou de Roma, capital. Mas tenho parentes da mais alta nobreza europeia e tenho terras nos quatro cantos do mundo. (*Espirra alto.*)

COLOMBINA: Saúde! Se cuide!

ARLEQUIM: É o tabaco. (*Baixinho para Lélio.*) Nem um favorzinho?

LÉLIO (*a Arlequim*): Pesadas demais, suas lorotas.

ARLEQUIM (*a Lélio*): As suas tampouco são leves.

COLOMBINA: O senhor marquês, que ama minha patroa, deu-lhe um presente. Se o senhor me amasse, faria o mesmo.

ARLEQUIM: A senhorita manda. Pegue na feira o que lhe agrada, que eu pagarei; gaste à vontade até meio milhão.

COLOMBINA: Senhor dom Pícaro, essa foi pesada demais. (*Entra em casa.*)

Cena 15

Lélio e Arlequim.

LÉLIO: O que foi que eu disse? Você é um bronco.
ARLEQUIM: Já que tenho que inventar, melhor jogar pesado de uma vez.
LÉLIO: Agora, venha comigo à pousada. Preciso contar logo essa nova aventura a Otávio.
ARLEQUIM: Não é bom contar tudo a todo mundo.
LÉLIO: O maior prazer do amante é poder se gabar dos favores de sua bela.
ARLEQUIM: Com algum pequeno acréscimo.
LÉLIO: A narração das aventuras amorosas não tem graça sem romancear. (*Entra na pousada.*)
ARLEQUIM: E viva as bricadeiras. (*Entra na pousada.*)

Cena 16

Uma gôndola conduzida por dois barqueiros, da qual desembarcam Pantalone e o Doutor, vestidos para o campo.

DOUTOR: Graças ao céu, chegamos.
PANTALONE[12]: Não se podia vir mais depressa de Mira a Veneza.
DOUTOR: Gostei muito da viagem. Primeiro estive em Pádua, onde, em três consultas, ganhei dez moedas de ouro. Depois, em sua casa, fui tratado como um rei. Sobretudo, o casamento que combinamos entre o senhor Lélio, seu filho, e Rosaura, minha filha, me enche de alegria e consolo.
PANTALONE: Com tantos anos de amizade, tenho muito gosto em tornar-me seu parente.
DOUTOR: Acha que seu filho chega logo em Veneza?
PANTALONE: Na última carta que me escreveu de Roma, ele disse que partiria de imediato. Talvez chegue ainda hoje ou amanhã.
DOUTOR: Diga-me, caro amigo, afinal seu filho é bonito? Forte, saudável? Minha filha ficará contente?
PANTALONE: Para dizer a verdade, faz uns vinte anos que não o vejo. Quando completou dez anos, mandei-o para Nápoles, e lá ficou na casa de um irmão meu com quem tenho negócios.

---

12 Pantalone fala sempre em veneziano. (N. do A.)

DOUTOR: Se o visse agora, não o reconheceria?
PANTALONE: Certamente não, porque saiu daqui ainda menino. Mas por suas cartas, ele é um jovem determinado, de boa presença e simpático.
DOUTOR: Tenho gosto. Minha filha ficará ainda mais contente.
PANTALONE: Não tinha pensado em casá-la até agora?
DOUTOR: Vou lhe dizer a verdade. Tenho em casa um estudante de minha cidade, Florindo, rapaz de boa família e muito distinto. Sempre pensei que se casassem, mas me convenci que ele é contrário ao matrimônio e inimigo do sexo feminino, daí resolvi casá-la com outro. Por sorte fui visitar o senhor e, em poucas palavras, concluímos o melhor negócio desse mundo.
PANTALONE: E a senhorita Beatriz, vai querer casá-la?
DOUTOR: Depois de casar Rosaura, tratarei do casamento dela também.
PANTALONE: O senhor está certo. As filhas solteiras, especialmente quando não têm mãe, dão muita preocupação.
DOUTOR: Há um senhor Otávio, cavalheiro de Pádua, que se casaria com ela, mas eu não quis que a mais velha ficasse para trás. Agora pode ser que eu a conceda a ele.
PANTALONE: Conheço o senhor Otávio, o pai dele e a família toda. Fará um bom negócio.
DOUTOR: Tanto melhor, já que os conhece. Senhor Pantalone, agradeço por ter me trazido até aqui com sua gôndola. Vou para casa, conversar com minhas duas filhas, especialmente com Rosaura. Se não estiver enganado, aqueles olhos brilham quando se fala em casamento. (*Abre a porta e entra em casa.*)

Cena 17

Pantalone, sozinho.

PANTALONE: Esse brilho, são poucas as moças que não o tem. Que seja para melhorar de vida, ou para sair de casa, ou para não dormir sozinha, as moças não veem a hora de casar.

Cena 18

Lélio e um cocheiro da pousada, e mencionado.

COCHEIRO: Só isso? Não se envergonha de me dar só uma moeda para trazê-lo de Nápoles até Veneza?

LÉLIO: Gorjeta é cortesia, não obrigação; e se lhe dou uma moeda, é por tratá-lo bem.

COCHEIRO: As gorjetas são nosso salário. De Nápoles para cá, esperava ao menos três moedas.

PANTALONE (*à parte*): Esse fidalgo vem de Nápoles. Quem sabe não conhece o meu filho?

LÉLIO: Vamos lá, se quiser essa moeda, bem, se não quiser, tanto melhor. Dou em troca uma dúzia de pauladas.

COCHEIRO: Se não estivéssemos em Veneza, o senhor conheceria os cocheiros napolitanos.

LÉLIO: Vá-se embora, e não me aborreça.

COCHEIRO: Isso é o que se ganha em servir esses muquiranas. (*Sai.*)

LÉLIO: Atrevido! Vou quebrar seus braços! (*À parte.*) Melhor deixá-lo ir.

PANTALONE (*à parte*): E se fosse ele meu filho?

LÉLIO: Esses cocheiros nunca estão satisfeitos. Vivem esfolando os pobres viajantes.

PANTALONE (*à parte*): Quero me certificar para não dar um fora. (*A Lélio.*) Ilustríssimo, perdoe-me o atrevimento, o senhor está vindo de Nápoles?

LÉLIO: Sim, exatamente.

PANTALONE: Em Nápoles tenho caros amigos e correspondo-me com muitos cavalheiros. Se, por acaso, o senhor fosse um deles, teria prazer em servi-lo.

LÉLIO: Sou o conde de Âncora, às suas ordens.

PANTALONE (*à parte*): Minha nossa! Não é meu filho. Quase me engano. (*A Lélio.*) Perdoe-me, ilustríssimo senhor conde, mais esse atrevimento: conheceu, em Nápoles, o senhor Lélio Necessitados?

LÉLIO: Muito! Meu grande amigo. Um moço muito fino, inteligente, amado, adorado por todos. As mulheres correm atrás dele, é um sucesso em Nápoles; e o que é melhor, tem um coração imenso, sincero, incapaz de uma simples mentira.

PANTALONE (*à parte*): Céus, eu agradeço. Fico muito satisfeito em saber disso. Me dá vontade de chorar de tanta alegria.

Cena 19

Otávio da pousada, e mencionados.

OTÁVIO (*a Pantalone*): Senhor, também me alegro muito.
PANTALONE: Se alegra por que, senhor Otávio?
OTÁVIO: Pela chegada de seu filho.
PANTALONE: Meu filho chegou? Onde ele está?
OTÁVIO: Ora essa, não é este seu filho?
LÉLIO (*à parte*): Este homem é meu pai? Dessa vez aprontei feio.
PANTALONE (*a Lélio*): Como é isso, senhor conde de Âncora?
LÉLIO (*rindo*): Foi uma simples brincadeira, papai. O reconheci e queria ver os efeitos da notícia no senhor. Me perdoe, aqui estou eu, a seus pés.
PANTALONE: Venha cá, meu filho, venha cá. Faz tanto tempo que não te vejo. (*Suspira.*) Deixe que te abrace, caro Lélio, mas não minta mais para mim, nem de brincadeira.
LÉLIO: Creia, meu pai, essa é a primeira mentira que digo desde que me conheço por gente.
PANTALONE: Muito bem, faça com que seja a última. Meu querido filho, fico satisfeito em vê-lo tão bonito, tão simpático. Fez boa viagem? Por que não veio diretamente para casa?
LÉLIO: Soube que o senhor estava fora, e se não o encontrasse hoje em Veneza, iria procurá-lo em Mira.
PANTALONE: Ainda bem! Vamos para casa, precisamos conversar. Tenho muita coisa para lhe contar. Senhor Otávio, com sua licença.
OTÁVIO: Fique à vontade.
PANTALONE (*à parte*): Oh, filho querido! Que benção! Olhe que rapaz! Como está forte e bonito! Grande é o amor de um pai! Estou fora de mim de tão contente.
LÉLIO (*a Otávio*): Amigo, essa manhã banquei a feira das duas irmãs. Vieram mascaradas me procurar. Depois eu conto, não diga nada a ninguém. (*Vai atrás de Pantalone.*)

Cena 20

Otávio, depois o Doutor.

OTÁVIO: Espanta-me a leviandade dessas duas moças. Nem imaginava tal temperamento. Tudo bem tomar alguma liberdade com a ausência do pai, mas nunca pensei que fossem capazes de tanto.

DOUTOR: Seu criado, meu caro senhor Otávio. (*Saindo de casa.*)
OTÁVIO (*à parte*): Pobre pai! Que desgosto que as filhas lhe dão!
DOUTOR (*à parte*): Não está para conversa. Deve estar magoado, porque ainda não consenti o casamento dele com Beatriz.
OTÁVIO (*à parte*): Talvez tenha sido para o meu bem. Ele não consentia meu casamento com Beatriz. Poupou-me de ter uma péssima esposa.
DOUTOR (*à parte*): Agora darei um jeito nisso. (*A Otávio.*) Senhor Otávio, anuncio que casei minha filha Rosaura.
OTÁVIO: Alegro-me infinitamente. (*À parte.*) O marido está bem arranjado.
DOUTOR: Agora só me resta acertar Beatriz.
OTÁVIO: Não terá dificuldade para lhe arranjar marido.
DOUTOR: Claro, eu também sei que haverá mais de um aspirando a ser meu genro. Nada mais tenho a não ser essas duas filhas, e quando eu morrer tudo será delas; mas como o senhor sempre se mostrou atencioso para com Beatriz, agora que ela vai poder casar, pensei no senhor.
OTÁVIO: Agradeço-lhe profundamente, mas não posso mais aceitar seus favores.
DOUTOR: O que o senhor quer dizer com isso? Pretende se vingar de minha recusa inicial? Não tinha condições de casá-la naquela época, enquanto agora já tenho alguma possibilidade.
OTÁVIO (*com altivez*): Case-a com quem bem entender. Eu não tenho condições de ficar com ela.
DOUTOR: Por que tamanho desprezo? Beatriz não é filha de um sapateiro.
OTÁVIO: É filha de um cavalheiro; mas faz pouco caso do nome do pai.
DOUTOR: O que o senhor está dizendo?
OTÁVIO: Digo com fundamento. Deveria me calar, mas tanto pela paixão que tive pela senhorita Beatriz, e que ainda não acabou, tanto pela estima que lhe devo, exagero para que o senhor enxergue. Parece que é cego!
DOUTOR: Está me fazendo parecer tonto e insensato. Que diabos há de novo?
OTÁVIO: Está bem, falarei. As suas duas filhas, na noite passada, depois de terem apreciado uma serenata, introduziram um estranho em sua casa, e passaram a noite jantando e festejando.
DOUTOR: Muito me espanta o que o senhor diz; isso não pode ser.
OTÁVIO: Pois posso provar.
DOUTOR: Se o senhor for um homem de palavra, prepare-se para prová-lo; de outro modo, se for mentira, vai me pagar por isso.
OTÁVIO: Quem confirmará o fato será aquele mesmo homem que, chegando ontem de Nápoles, foi recebido na sua casa por suas filhas.
DOUTOR: As minhas filhas não são capazes de cometer tais ações.

OTÁVIO: É o que veremos. Se o senhor acreditar em minha boa-fé, serei um amigo que lhe avisa; se achar que faço por vingança, serei alguém que, de todo modo, provará suas palavras. (*Sai.*)

Cena 21

Doutor, sozinho.

DOUTOR: Ai de mim! Pobre da minha casa! Pobre da minha reputação! Isso sim é algo ruim, é uma enfermidade que nem Hipócrates nem Galeno me ensinam a curar. Mas bem que saberei encontrar um remédio moral, para cortar o mal pela raiz. Tenho que agir logo para não deixar que o mal progrida e tome conta. *Principiis obsta, sero medicina paratur*[13]. (*Entra em casa.*)

Ato II

Cena 1

Aposento na casa do Doutor. Doutor e Florindo.

FLORINDO: Acredite, senhor Doutor, juro pela minha honra. Essa noite ninguém esteve aqui.
DOUTOR: Sei por certo que fizeram uma serenata para minhas filhas.
FLORINDO: Isso é bem verdade, e elas a apreciaram do balcão, recatadamente. O que há de mal nisso? As serenatas não prejudicam as filhas honestas. Flertar com respeito é lícito a qualquer moça civilizada.
DOUTOR: Mas receber homens em casa, à noite? Jantar com um estranho?
FLORINDO: Isso não é verdade.
DOUTOR: Mas o que o senhor sabe disso? Deveria estar dormindo.
FLORINDO: Fiquei acordado a noite toda.
DOUTOR: Acordado, por quê?
FLORINDO: Por causa do calor. Não conseguia dormir.
DOUTOR: Você conhece o senhor Otávio?

---

13 A frase é de Ovídio (*Remedia amoris*, v, 91): "tarde se procura o remédio", continuando no verso seguinte *Cum mala per longas convaluere moras:* "quando o mal ganhou vigor em virtude da longa demora". Na edição Bettinelli consta a informação (errada) de que se trata de um "aforisma de Ippocrate".

FLORINDO: Conheço.
DOUTOR: Foi ele quem me avisou e pode provar que diz a verdade.
FLORINDO: Mas é mentira. Vamos procurá-lo para que explique com que base afirma isso. Tenho certeza que descobriremos ser uma calúnia.
DOUTOR: Se for calúnia, eu ficaria sentido por ter mortificado tanto as minhas filhas.
FLORINDO: Pobres moças! Que injustiça!
DOUTOR: Rosaura chorava sem parar, não conseguia se conformar.
FLORINDO: Porque é inocente! Estou com dó dela. (*Seca os olhos.*)
DOUTOR: O que tem, chora você também?
FLORINDO: Não, o tabaco entrou nos meus olhos. (*Mostra a tabaqueira.*)

Cena 2

Colombina e mencionados.

COLOMBINA (*ao Doutor*): Patrão, venha logo! A pobre senhorita Rosaura desmaiou, e não sei como fazê-la recobrar os sentidos. Corra, por caridade, patrão. Venha socorrê-la.

Florindo agita-se.

DOUTOR: Dê-lhe um pouco de água de melissa.
COLOMBINA: Se o senhor ouvisse como o coração dela palpita! Precisaria tirar um pouco de sangue.
DOUTOR: Senhor Florindo, vá vê-la, confira o pulso, e se lhe parecer que precisa tirar sangue, pique a veia. Você é especialista nessas operações. Enquanto isso eu vou buscar a água de melissa. (*Sai.*)
COLOMBINA: Pelo amor de Deus, não abandonem a pobre menina.
FLORINDO: Aí está o efeito das repreensões injustas do pai. Vou socorrê-la como puder. (*Sai.*)

Cena 3

Quarto de Rosaura, com cadeiras. Rosaura, desmaiada numa cadeira; depois Colombina, depois Florindo e depois o Doutor.

COLOMBINA: Aqui está a pobrezinha! Ainda não voltou a si; e sua irmã não se importa; nem pensa nela; gostaria que ela morresse. Essas duas irmãs não se amam, mal se suportam.

FLORINDO: Onde estou? Eu não estou enxergando nada.
COLOMBINA: Como assim, não enxerga? O quarto está tão claro! Olhe a pobre senhorita Rosaura desmaiada.
FLORINDO: Ai de mim! Não posso mais. Colombina, vá buscar o necessário para lhe tirar sangue.
COLOMBINA: Já estou indo. Pelo amor, não a abandone. (*Sai e depois volta.*)
FLORINDO (*toca seu pulso*): Estou sozinho, ninguém me vendo, posso tocar aquela bela mão. Sim, querida, vou sentir seu pulso. Como é linda, mesmo desmaiada! Ai de mim. Vou morrer. (*Cai desmaiado no chão, ou numa cadeira próxima.*)
COLOMBINA (*trazendo fósforo e mais alguma coisa para o sangue*): Essa é boa! O médico foi fazer companhia à doente.
DOUTOR: Cheguei; ainda não se recobrou?
COLOMBINA: Olhe. O senhor Florindo desmaiou por tabela.
DOUTOR: Ó diabos! Que história é essa? Vamos socorrê-los. Pegue a essência e molhe sob o nariz de Rosaura. Eu vou dar assistência ao rapaz.
COLOMBINA (*molhando-a com a água*): Pronto, pronto, a patroa está se mexendo.
DOUTOR: Florindo também está despertando. Andam sincronizados.
ROSAURA: Ai de mim! Onde estou?
DOUTOR: Vamos lá, minha filha, anime-se, não foi nada.
FLORINDO (*levanta-se, vê o Doutor e fica envergonhado; à parte*): Pobre de mim! O que deu em mim?
DOUTOR: O que foi, Florindo? O que deu em você?
FLORINDO: Senhor... nem eu sei. Com sua licença. (*Sai, confuso.*)
DOUTOR: Para dizer a verdade, parece um maluco.
COLOMBINA: Ânimo, patroa, alegria.
ROSAURA: Ah papai, por favor...
DOUTOR: Minha filha, não se aflija. Quero acreditar que seja uma calúnia o que me foi dito a seu respeito. Uma mera invenção. Chegaremos à verdade.
ROSAURA: Mas, senhor pai, quem foi que o convenceu de falsidades tão enormes, tão prejudiciais à nossa reputação, posso saber?
DOUTOR: Foi o senhor Otávio.
ROSAURA: Com que base, posso saber?
DOUTOR: Não sei. Disse e se comprometeu a provar.
ROSAURA: Que prove, se puder. Senhor pai, trata-se de sua honra, de minha honra: não ignore algo tão importante.
DOUTOR: Sim, eu sei. Vou encontrá-lo e pedir satisfação.
COLOMBINA: Espere. Eu vou e o trago já para cá. Caramba! Terá que desdizer o que disse.

DOUTOR: Vá, e se o encontrar, diga-lhe que precisamos conversar.
COLOMBINA: É pra já. Mesmo que não queira. (*Sai.*)

Cena 4

Rosaura e Doutor.

ROSAURA: O senhor meu pai me fez passar por um grande sofrimento!
DOUTOR: Mas vou compensar a dor sofrida com uma nova alegria. Saiba, Rosaura, que eu te arranjei um noivo.
ROSAURA: E quem seria o noivo?
DOUTOR: O filho do senhor Pantalone.
ROSAURA: Se gosta de mim, me poupe, por hora, desse casamento.
DOUTOR: Mas por quê? Ora essa, diga-me e pode ser que eu escute.
ROSAURA: Sou uma filha obediente e não escondo nada de meu pai. É que um outro cavalheiro, um forasteiro, de sangue azul e grande fortuna, pediu-me em casamento.
DOUTOR: Então é verdade o que se conta. Se há um forasteiro, deve haver então a serenata e a ceia.
ROSAURA: Sim, é verdade que um forasteiro me ama e que me fez a serenata, mas falou comigo uma única vez, debaixo do balcão, e nunca colocou os pés nessa casa. Que um raio caia na minha cabeça se isso não é verdade.
DOUTOR: É um senhor de grande fortuna, e quer se casar contigo?
ROSAURA: Assim, ao menos, ele contou.
DOUTOR: Não se tratará de algum impostor?
ROSAURA: Hoje mesmo virá para que o senhor o conheça. Verá com seus próprios olhos.
DOUTOR: Escute, minha filha: se o céu te destina tal sorte, não serei eu tão louco de tirá-la de ti. Tenho certo compromisso com Pantalone, mas apenas de palavra. Pretextos para me livrar dele não vão faltar.
ROSAURA: Basta dizer que eu não o quero.
DOUTOR: Não basta, porque quem manda aqui sou eu. Encontraremos outro pretexto melhor. E como se chama esse cavalheiro?
ROSAURA: O marquês Asdrúbal de Castel d'Ouro.
DOUTOR: Caramba, minha filha, um marquês?

Cena 5

Beatriz, que ouve, e os mencionados.

ROSAURA: Faz um ano que está apaixonado por mim, e apenas ontem à noite se declarou.
DOUTOR: Ele realmente te ama?
ROSAURA: Acredite, me adora.
DOUTOR: E vai mesmo casar com você?
ROSAURA: Ele me prometeu.
DOUTOR: Sendo assim, é uma sorte grande.
BEATRIZ: Senhor pai, não acredite na ingenuidade de minha irmã. Não é verdade que o marquês Asdrúbal tenha se declarado para ela. Ele ama uma de nós duas, e, assim, tenho tantos motivos quanto ela para acreditar que ele me ama.
DOUTOR (*a Rosaura*): Ora! Que história é essa?
ROSAURA (*a Beatriz*): Onde apoia suas esperanças?
BEATRIZ (*a Rosaura*): No mesmo lugar em que apoia as suas.
ROSAURA: Senhor pai, eu falo com fundamento.
BEATRIZ: Senhor pai, eu sei o que digo.
DOUTOR: Francamente, essa é a maior enganação do mundo. Vamos lá, me escutem e vamos acabar logo com isso. Primeiro, fiquem dentro de casa, e não saiam sem minha permissão. Se o senhor marquês vier falar comigo, ouvirei se é verdade o que me disseram e qual das duas é a predileta; mas se for uma mentira, como creio, terei motivo de dizer, sem ser injusto nem com uma nem com a outra, que as duas são doidas. (*Sai.*)

Cena 6

Rosaura e Beatriz.

BEATRIZ: Minha irmã, em que se baseia para acreditar no amor do marquês?
ROSAURA: Num motivo certeiro, mas não sou obrigada a lhe dizer.
BEATRIZ: Ah, entendo. Foi quando saiu mascarada, não foi? Deve ter se empenhado para puxar sardinha para o seu lado, mas prometo que não vai conseguir vencer.
ROSAURA: E você, o que pretende? Ele disse preferi-la, por acaso? Demonstrou-lhe amor?

BEATRIZ: Disse a mim o que disse a você; e não sei agora com que desplante pretende que seja seu.
ROSAURA: Basta, veremos.
BEATRIZ: Se eu souber que você trapaceou, irmã, vai pagar por isso.
ROSAURA: Mais respeito! Afinal eu sou a mais velha.
BEATRIZ: Beijem a mão da madre superiora.
ROSAURA: Eu sempre disse. Juntas não ficamos bem.
BEATRIZ: Se não fosse por sua causa, estaria casada há mais de três anos. Cinquenta me queriam. Mas o senhor pai não quis ofender a mais velha.
ROSAURA: Grandes pretendentes a senhorita teve! Aquele educadíssimo senhor Otávio. Foi ele que, para se vingar de seu desprezo, inventou essa história indigna e contou a nosso pai.
BEATRIZ: Foi Otávio quem inventou tudo isso?
ROSAURA: Foi o que o pai acabou de dizer.
BEATRIZ: Ah, miserável! Se aparecer na minha frente, ele vai ouvir.
ROSAURA: Mereceria ser trucidado.

Cena 7

Colombina, depois Otávio, e mencionadas.

COLOMBINA: Patroas, aqui está o senhor Otávio para fazer uma visita.
OTÁVIO: Senhoritas, estou envergonhado e confuso...
ROSAURA: O senhor é um mentiroso.
BEATRIZ: Um cafajeste.
OTÁVIO: O mentiroso, o cafajeste não sou eu.
ROSAURA: Quem disse a nosso pai da serenata?
OTÁVIO: Eu, mas...
BEATRIZ: Quem disse a nosso pai que recebemos estranhos em casa, à noite?
OTÁVIO: Eu, mas saibam...
BEATRIZ: O senhor é um mentiroso.
ROSAURA: O senhor é um cafajeste.
OTÁVIO: Foi o que me disse Lélio Necessitados...
ROSAURA: O senhor disse que ficamos no balcão?
OTÁVIO: Sim, senhoritas, mas ouçam...
BEATRIZ: Disse que um forasteiro nos visitou?
OTÁVIO: Eu disse, porque ele mesmo...
BEATRIZ: Mentiroso. (*Sai.*)
ROSAURA: Cafajeste. (*Sai.*)

Cena 8

Otávio e Colombina.

OTÁVIO: Elas nem me deixaram falar... Colombina, confio em você. Diga-lhes que se me escutarem será melhor.
COLOMBINA: Como o senhor irá se desculpar?
OTÁVIO: Tenho muitas coisas a dizer. Escute e julgue você mesma, se tenho ou não razão.
COLOMBINA: Vamos ao que interessa. O senhor disse ao patrão que um estranho entrou em casa à noite.
OTÁVIO: Mas...
COLOMBINA: O senhor disse que o estranho ofereceu um jantar a elas.
OTÁVIO: Sim, mas tudo isso...
COLOMBINA: Disse ou não disse?
OTÁVIO: Disse...
COLOMBINA: Portanto o senhor é um farsante, um trapaceiro, um mentiroso. (*Sai.*)

Cena 9

Otávio e depois o Doutor.

OTÁVIO: Até a criada zomba de mim? Infelizmente o mentiroso existe, mas não sou eu. O pior é que não posso me defender. Florindo garante que não é verdade que Lélio foi levado para dentro, muito menos que jantou com elas. Uma serenata não prejudica a honestidade de uma jovem, por isso me arrependo por ter acreditado, e muito mais por ter falado. Lélio é o impostor, Lélio mentiu e eu, cego de ciúmes, dancei. Não parei para pensar. Acreditei num malandro recém-chegado de Nápoles! Como vou consertar essa situação com Beatriz? E, o que mais importa, como me consertar com seu pai? Lá está ele, vem vindo. Mereço as suas repreensões.
DOUTOR: O que há, senhor Otávio? O que está fazendo em minha casa?
OTÁVIO: Senhor, aqui estou eu, a seus pés.
DOUTOR: Então contou-me falsidades.
OTÁVIO: Tudo o que eu disse, não foi invenção minha, mas eu acreditei, e rápido demais vim repetir aquilo que um mentiroso asseverou.
DOUTOR: E quem é esse sujeito?

OTÁVIO: Lélio Necessitados.
DOUTOR: O filho do senhor Pantalone?
OTÁVIO: Ele, precisamente.
DOUTOR: Ele está em Veneza?
OTÁVIO: Chegou ontem, para minha desgraça.
DOUTOR: Onde ele está? Está na casa do pai?
OTÁVIO: Acho que não. É um malandro que ama a liberdade.
DOUTOR: Mas como esse desgraçado pôde dizer tudo o que disse?
OTÁVIO: Disse com tanta convicção que qualquer um acreditaria, e se o senhor Florindo – que é um homem sincero e de bem – não desmentisse, talvez eu ainda acreditasse.
DOUTOR: Fico pasmo como esse homem, mal tendo chegado a Veneza, tenha tido tempo de plantar tanta mentira. Sabe que Rosaura e Beatriz são minhas filhas?
OTÁVIO: Creio que sim. Sabe que são filhas de um médico.
DOUTOR: Ah, desgraçado! Então é assim? Não lhe darei mais Rosaura.
OTÁVIO: Senhor Doutor, peço desculpas.
DOUTOR: Está desculpado.
OTÁVIO: Não me prive de seu favor.
DOUTOR: Serei seu amigo.
OTÁVIO: Lembre-se que me prometeu a senhorita Beatriz.
DOUTOR: Lembro-me que o senhor a recusou.
OTÁVIO: Agora suplico. Não me negue o que peço.
DOUTOR: Falaremos depois.
OTÁVIO: Diga-me que sim, eu suplico.
DOUTOR: Vou pensar.
OTÁVIO: Peço só a filha, nem precisa de dote.
DOUTOR: Vá, falaremos. (*Sai.*)
OTÁVIO: Não ligo de perder o dote, se conseguir Beatriz. Mas vai ser difícil. As mulheres são mais constantes no ódio do que no amor. (*Sai.*)

Cena 10

Aposento na casa de Pantalone. Lélio e Arlequim.

LÉLIO: Arlequim, estou apaixonado de verdade.
ARLEQUIM: Com sua licença, não acredito.
LÉLIO: Pois estou.

ARLEQUIM: Não acredito, digo-o como cavalheiro.
LÉLIO: Infelizmente, dessa vez estou dizendo a verdade.
ARLEQUIM: Vai ver que é verdade, mas não acredito.
LÉLIO: E por que, se é verdade, não quer acreditar?
ARLEQUIM: Porque de um mentiroso não se espera que diga a verdade.
LÉLIO: Você deveria admitir que estou apaixonado pois não paro de suspirar.
ARLEQUIM: Então tá! O senhor suspira e chora quando bem entende. Bem que o sabe aquela pobre Cleonice, que o viu chorar e suspirar, até ela cair.
LÉLIO: Ela foi um tanto fácil demais.
ARLEQUIM: Tinha prometido se casar com ela, e a pobre moça acreditou.
LÉLIO: Mais de dez mulheres já me enganaram; vai ver que eu não posso zombar de uma?
ARLEQUIM: Chega. Reze aos céus para que tudo corra bem e que a moça não venha encontrá-lo em Veneza.
LÉLIO: Quem, Cleonice? Não terá tamanha ousadia.
ARLEQUIM: As mulheres, em se tratando de amor, fazem despropósitos.
LÉLIO: Chega, pode parar com essa conversa chata. Nem penso mais em Cleonice. Agora eu amo Rosaura, e a amo com um amor extraordinário, um amor peculiar.
ARLEQUIM: Dá para ver que o senhor lhe quer bem, não fosse por outra coisa, pelos belos presentes que andou lhe dando. Caramba! Dez moedas de ouro em renda.
LÉLIO (*rindo*): O que acha, Arlequim? Não soube aproveitar da ocasião bem na hora certa?
ARLEQUIM: Foi uma bela e divertida fantasia. Mas, patrão, estamos na casa de seu pai, e ainda não se come?
LÉLIO: Espere, não seja tão guloso.
ARLEQUIM: Como é o seu pai, que eu ainda não o vi?
LÉLIO: É um bom velho. Olha ele vindo aí.
ARLEQUIM: Oh, bela barba!

Cena 11

Pantalone e mencionados.

PANTALONE: Meu filho, estava justamente procurando por você.
LÉLIO: Cá estou eu, às suas ordens.

ARLEQUIM: Senhor dom Pantalone, permita-me vossa senhoria que me apresente: sou criado do seu filho, criado da prole masculina, de modo que sou seu criado também. Assim sendo, disponha de mim. Entenda o resto sem que eu diga.
PANTALONE: Que doido mais simpático. Quem é esse sujeito?
LÉLIO: É um criado meu, lépido, mas fiel.
PANTALONE: Bonzinho, limpinho. Será nossa diversão.
ARLEQUIM: Serei o bobo da sua corte, se o senhor quiser.
PANTALONE: Ficará a meu serviço.
ARLEQUIM: Mas preste atenção. Dê-me de comer direito, porque os bobos comem mais que os outros.
PANTALONE: Perfeitamente. Não lhe faltará nada.
ARLEQUIM: Veremos se é homem de palavra.
PANTALONE: O que eu prometo, cumpro.
ARLEQUIM: Vamos testar. Agora mesmo eu preciso comer.
PANTALONE: Vá para a cozinha e sirva-se.
ARLEQUIM: Bem, é um grande homem. Vou trocar uma ideia com o cozinheiro. (*A Lélio.*) Patrão, uma palavrinha.
LÉLIO: O que você quer?
ARLEQUIM (*a Lélio, baixinho*): Receio que esse homem não seja o seu pai.
LÉLIO (*a Arlequim*): E por quê?
ARLEQUIM (*a Lélio, baixinho*): Porque ele só fala a verdade, e você só mente. (*Sai.*)
LÉLIO (*à parte*): Esse sujeito é muito folgado.

Cena 12

Pantalone e Lélio.

PANTALONE: Um tipo curioso esse seu criado. Como te dizia, meu filho, tenho que falar contigo.
LÉLIO: Sou todo ouvidos.
PANTALONE: Como sabe, você é o único herdeiro da família. Desde a morte do meu pobre irmão, você ficou ainda mais rico do que antes. Por isso é preciso pensar seriamente na conservação de nossos bens e do nome da família. Em uma palavra: casamento.
LÉLIO: Eu já tinha pensado nisso. Tenho algo em vista. Quando chegar a hora, falaremos.
PANTALONE: Quando se trata de casar, hoje em dia, a juventude só pensa em satisfazer o próprio capricho e depois de quatro dias, arrepende-se. Esse

tipo de negócio deve ser deixado aos pais. Esses, interessados no bem dos filhos mais que os próprios filhos, fazem as coisas com mais juízo, sem deixar se cegar pela paixão. Com o tempo, o filho fica contente.

LÉLIO: Claro que não farei nada sem o seu consentimento. Sempre dependerei de seus conselhos, aliás, de sua autoridade.

PANTALONE: Sendo assim, meu filho, saiba que eu já o casei. Para ser mais preciso, nesta manhã estabeleci o contrato de suas núpcias.

LÉLIO: Como assim? Sem mim?

PANTALONE: A ocasião não poderia ser melhor. Uma boa moça, do lar, de bom dote, filha de um cidadão de Bolonha, residente em Veneza. Acrescento, para seu consolo, que a moça é bonita e espirituosa. O que mais você pode querer? Eu, por mim, já dei a palavra.

LÉLIO: Senhor pai, perdoe-me. Os pais sabem o que é bom para um filho, mas quem vai casar sou eu. É preciso que eu fique satisfeito.

PANTALONE: Meu filho, onde está a resignação da qual me falou até agora? Só pelo fato que sempre viveu longe de mim, não é razão para me desrespeitar. Finalmente sou seu pai, ainda estou em tempo de ensinar-lhe.

LÉLIO: Mas o senhor nem quer que eu a veja antes?

PANTALONE: Vai conhecê-la quando formos assinar o contrato. Antigamente se fazia assim. O que eu fiz, fiz direito. Sou o seu pai, e isso basta.

LÉLIO (*à parte*): Agora é a hora de inventar algo divertido.

PANTALONE: E então, o que me responde?

LÉLIO: Senhor pai, sua autoridade me coloca à prova; já não posso manter oculto um segredo.

PANTALONE: O que é? O que há de novo?

LÉLIO (*ajoelha-se*): Ajoelho-me a seus pés. Sei que estou errado, mas fui obrigado.

PANTALONE: Diga logo o que foi que fez.

LÉLIO: Digo-lhe com lágrimas aos olhos.

PANTALONE: Ande logo, fale!

LÉLIO: Em Nápoles, eu me casei.

PANTALONE: E só agora me diz? E nunca me escreveu sobre isso? E meu irmão não sabia?

LÉLIO: Não sabia.

PANTALONE: Levante-se. Você mereceria que eu não o considerasse mais meu filho, que te mandasse embora de minha casa. Mas eu te amo, você é o meu único filho, e a coisa já está feita, não há remédio. Se o casamento for digno de nossa família, se a nora me escrever, ou falar comigo, talvez, talvez eu a aceite. Mas se você tiver se casado com alguma marafona...

LÉLIO: Casei-me com uma mulher honestíssima, senhor meu pai!

PANTALONE: De que condição?
LÉLIO: É filha de um cavalheiro.
PANTALONE: De que país?
LÉLIO: Napolitana.
PANTALONE: Tem dote?
LÉLIO: Riquíssima.
PANTALONE: E de um matrimônio dessa ordem, você não me avisa? Do que tinha medo, de que eu dissesse não? Não sou nenhum idiota. Fez direito. Mas por que não dizer nada nem para mim, nem para o seu tio? Você se casou às escondidas dos parentes dela?
LÉLIO: Todos sabem.
PANTALONE: Mas por que calar-se comigo e com o meu irmão?
LÉLIO: Porque casei-me de uma hora para outra.
PANTALONE: O que vem a ser um casamento de uma hora para outra?
LÉLIO: Fui surpreendido pelo pai no quarto da noiva...
PANTALONE: E por que foi no quarto da moça?
LÉLIO: Loucuras amorosas, frutos da juventude.
PANTALONE: Ah, desgraçado! Basta, você se casou, está feito. E qual o nome de sua noiva?
LÉLIO: Briseida.
PANTALONE: E do pai?
LÉLIO: Dom Policarpo.
PANTALONE: E o sobrenome?
LÉLIO: De Albacava.
PANTALONE: Ela é jovem?
LÉLIO: Tem minha idade.
PANTALONE: Como começou o namoro?
LÉLIO: Era minha vizinha.
PANTALONE: Como você conseguiu entrar na casa dela?
LÉLIO: Por meio de uma criada.
PANTALONE: E o pai te encontrou no quarto?
LÉLIO: Sim, e estávamos sozinhos, eu e ela.
PANTALONE: De dia ou de noite?
LÉLIO: Entre o claro e o escuro.
PANTALONE: Então você teve tão pouco juízo de se deixar encontrar ali, correndo o risco de ser morto?
LÉLIO: Escondi-me num armário.
PANTALONE: Ele te achou?
LÉLIO: O meu relógio tocou as horas, e o pai desconfiou.
PANTALONE: Oh diabos! E o que ele disse?

LÉLIO: Perguntou à filha de onde vinha aquele toque.
PANTALONE: E ela?
LÉLIO: E ela foi logo dizendo que a prima lhe tinha dado de presente.
PANTALONE: Quem é essa prima dela?
LÉLIO: A duquesa Matilde, filha do príncipe Astolfo, irmã do conde Argante, superintendente de caça de sua majestade.
PANTALONE: Essa sua noiva tem uns parentes fabulosos.
LÉLIO: E de uma excelente família.
PANTALONE: Então o que disse o pai sobre o relógio? Acalmou-se?
LÉLIO: Quis vê-lo.
PANTALONE: Nossa mãe! E como ela se virou?
LÉLIO: Briseida veio, abriu uma frestinha do armário, e pediu-me o relógio baixinho.
PANTALONE: Você lhe deu e a história acabou ali.
LÉLIO: Mas ao puxá-lo do meu bolso, a corrente bateu no cão da minha pistola que estava armada, e a pistola disparou.
PANTALONE: Que horror! Você se machucou?
LÉLIO: Nenhum arranhão.
PANTALONE: O que ele disse? O que aconteceu?
LÉLIO: Uma gritaria só. Meu sogro chamou os criados todos.
PANTALONE: Te encontraram?
LÉLIO: Claro!
PANTALONE: Vou ter um ataque do coração. O que você fez?
LÉLIO: Agitei minha espada e todos fugiram.
PANTALONE: E se eles te matassem?
LÉLIO: Minha espada não receia enfrentar cem.
PANTALONE: Menos, Lélio, menos. Mas enfim, você fugiu?
LÉLIO: Nunca. Não podia abandonar a minha bela.
PANTALONE: E o que ela disse?
LÉLIO (*terno*): Jogou-se a meus pés e se desmanchou em lágrimas.
PANTALONE: Parece um romance.
LÉLIO: No entanto é a pura verdade.
PANTALONE: Como acabou a história?
LÉLIO: Meu sogro recorreu à justiça. Veio com um capitão, com uma companhia de soldados, e me obrigaram a casar com ela, dando-me, por castigo, vinte mil escudos de dote.
PANTALONE (*à parte*): Essa talvez seja a primeira vez que de um mal deriva um bem.
LÉLIO (*à parte*): Aposto que nem o melhor escritor da Europa é capaz de inventar algum fato tão bem circunstanciado.

PANTALONE: Meu filho, você correu um risco grave, mas já que você se saiu com honra, agradeça o céu e para o futuro tenha um pouco mais de juízo. De pistola? Que história é essa? Não vai me aprontar uma dessas por aqui.

LÉLIO: Desde aquele dia, nunca mais carreguei armas de fogo.

PANTALONE: Mas por que não contar a seu tio do casamento?

LÉLIO: Quando o caso aconteceu, ele estava muito doente.

PANTALONE: E por que não escrever isso para mim?

LÉLIO: Queria contar pessoalmente.

PANTALONE: Por que não trouxe sua esposa para Veneza?

LÉLIO: Está de seis meses.

PANTALONE: Grávida? De seis meses? Já? Então a coisa não é tão recente assim. Você fez muito bem em não me avisar! O que deve pensar de mim o seu sogro? Que você tem um pai malcriado, que nem sequer escreveu uma linha para mostrar satisfação com esse casamento. Mas vou escrever imediatamente. Hoje à noite parte o correio para Nápoles. Quero, sobretudo, oferecer meu apoio à guarda de minha nora e de meu neto, que sendo fruto de meu filho, é sangue do meu sangue. Vou agora mesmo. Como é mesmo o sobrenome de dom Policarpo? Diga-me novamente, querido filho.

LÉLIO (*à parte*): Nem eu me lembro mais! (*A Pantalone.*) Dom Policarpo Carciofoli.

PANTALONE: Carciofoli? Não foi esse o nome... Agora me lembro. Você me disse de Albacava.

LÉLIO: Carciofoli é o nome da família, Albacava é o nome do feudo. Tanto faz um ou outro.

PANTALONE: Entendi. Vou escrever. Logo que ela estiver em condições, quero receber minha cara nora em Veneza. Não vejo a hora de beijar meu neto, única esperança e sustento da casa Necessitados, apoio da velhice do pobre Pantalone. (*Sai.*)

Cena 13

Lélio sozinho.

LÉLIO: Que enorme esforço tive de fazer para me livrar do compromisso de me casar com essa bolonhesa, à qual meu pai tinha se obrigado por mim! Quando eu for fazer a loucura de me amarrar à corrente do casamento, não quero outra esposa a não ser Rosaura. Gosto demais dela. Tem um não sei o quê que me impressionou à primeira vista. E afinal é filha de um médico, meu pai não pode desprezá-la. Quando eu tiver me casado com ela, a napolitana virará veneziana. Meu pai quer netinhos? Faremos quantos ele quiser! (*Sai.*)

Cena 14

Rua, com o balcão da casa do Doutor. Florindo e Briguela.

FLORINDO: Briguela, estou desesperado.
BRIGUELA: Por causa do quê?
FLORINDO: Ouvi dizer que o doutor Balanzoni quer casar a senhorita Rosaura com um marquês napolitano.
BRIGUELA: De quem o senhor ouviu dizer isso?
FLORINDO: Da senhorita Beatriz, sua irmã.
BRIGUELA: Então não podemos perder mais tempo. É preciso que o senhor fale, que se declare.
FLORINDO: Sim, Briguela, decidi me explicar.
BRIGUELA: Graças aos céus. Quem sabe finalmente eu o veja feliz.
FLORINDO: Compus um soneto, e com ele quero me revelar para Rosaura.
BRIGUELA: Não precisa de sonetos. É melhor falar em prosa.
FLORINDO: O soneto é suficientemente claro para que me entenda.
BRIGUELA: Se é claro, e se a senhorita Rosaura vai entendê-lo, até o soneto pode servir. Posso ouvi-lo também?
FLORINDO: Aqui está. Observe como está bem escrito.
BRIGUELA: Não está escrito com a sua letra.
FLORINDO: Não, mandei escrevê-lo.
BRIGUELA: E por que motivo mandou outro escrever?
FLORINDO: Para que não se reconheça minha caligrafia.
BRIGUELA: Mas não se deve saber que foi o senhor quem o compôs?
FLORINDO: Escute e me diga se pode falar mais claramente do que eu.

SONETO
Ídolo de meu coração, deusa adorada,
Por ti peno ao me calar, e amo-te tanto
Que temendo que a outrem estejas destinada,
Sai-me dos olhos, e do meu coração, o pranto.

Não sou cavalheiro, nem titulado,
Nem de riquezas ou tesouros posso me gabar;

Deu-me o destino um medíocre estado,
E minha atividade é do que posso me orgulhar.

Nasci na Lombardia, sob outra abóbada celeste
Não raro me vês à tua volta
Calei-me outrora, mas me revelo neste.

Apenas por tua causa aqui ainda moro
Dona Rosaura, conheces bem meu zelo
E o meu nome a te dizer já não demoro.

FLORINDO: Ei, o que me diz?

BRIGUELA: Bonito é bonito, mas não explica nada.

FLORINDO: Como assim não explica nada? Não fala claramente de mim? A segunda quadra me retrata exatamente. E afinal, dizendo no primeiro verso do terceto: "Nasci na Lombardia", não me manifesto como bolonhês?

BRIGUELA: Lombardia também é Milão, Bérgamo, Brescia, Verona, Mântua, Módena e muitas outras cidades. Como é que ela vai adivinhar que o senhor quer dizer que é de Bolonha?

FLORINDO: E esse verso "Não raro me vês à tua volta", por acaso não diz expressamente que sou eu?

BRIGUELA: Mas pode ser alguém mais.

FLORINDO: Deixe disso! Está sendo demasiado caviloso. O soneto fala claro, e Rosaura vai entender.

BRIGUELA: Se o senhor o entregar pessoalmente, ela vai entender melhor.

FLORINDO: Não quero pessoalmente entregar a ela.

BRIGUELA: Mas então como quer fazer?

FLORINDO: Pensei em lançá-lo na sacada. Ela vai encontrá-lo, vai ler e entenderá tudo.

BRIGUELA: E se alguém mais o encontrar?

FLORINDO: Quem quer que o encontre, certamente o mostrará para Rosaura também.

BRIGUELA: Não seria um tanto…

FLORINDO: Cale-se; observe como se faz. (*Joga o soneto na sacada.*)

BRIGUELA: Perfeito! É mais direto com a mão que com a língua.

FLORINDO: Acho que tem gente chegando à sacada.

BRIGUELA: Vamos ficar aqui observando a cena.

FLORINDO: Vamos, vamos. (*Sai.*)

BRIGUELA: Ele vai se declarar só quando não der mais tempo.

Cena 15

Colombina na sacada, e depois Rosaura.

COLOMBINA (*em direção à casa*): Vi alguma coisa caindo na sacada. Estou curiosa para ver o que é. Oh, aqui está, um pedaço de papel. Será que é uma carta? (*Abre-a.*) Pena que não sei ler direito. "S, o, So, n, e, t, Sonet, t, o, to, Soneto" É um soneto. Senhora patroa, venha para a sacada. Jogaram um soneto.
ROSAURA (*vai ao balcão*): Um soneto? Quem foi que jogou?
COLOMBINA: Não sei. Encontrei por acaso.
ROSAURA: Dê-me, vou ler com gosto.
COLOMBINA: Leia e depois conte para mim. Vou passar roupa, enquanto o ferro está quente. (*Sai.*)
ROSAURA: Vou ler com prazer. (*Lê em voz baixa.*)

Cena 16

Lélio e mencionada.

LÉLIO (*à parte*): Aí está minha bela Rosaura, lendo com grande atenção – o que será que está lendo?
ROSAURA (*à parte*): Esse soneto tem umas expressões que me surpreendem.
LÉLIO: Permita Senhorita Rosaura, que eu tenha o prazer de saudá-la?
ROSAURA: Ó, senhor marquês, me perdoe, não o tinha visto.
LÉLIO: E o que está lendo? Posso saber?
ROSAURA: Vou lhe dizer. Colombina chamou-me ao balcão. Ela achou este soneto e me entregou; acho que se dirige a mim.
LÉLIO: E a senhorita sabe quem escreveu?
ROSAURA: Não há nome nenhum aqui.
LÉLIO: Conhece a letra?
ROSAURA: Não.
LÉLIO: Pode imaginar quem o compôs?
ROSAURA: Isso é o que estou pensando, mas não consigo adivinhar.
LÉLIO: O soneto é bonito?
ROSAURA: Parece-me muito bonito.
LÉLIO: Não é um soneto de amor?
ROSAURA: Claro, fala de amor. Um amante não poderia escrever com maior ternura.

LÉLIO: E ainda está em dúvida sobre o autor?
ROSAURA: Não consigo imaginar.
LÉLIO: Esse é um parto de minha Musa.
ROSAURA: O senhor compôs esse soneto?
LÉLIO: Sim, minha cara; nunca paro de pensar nas diversas maneiras de lhe assegurar o meu amor.
ROSAURA: O senhor me surpreende.
LÉLIO: Não me acredita capaz de compor um soneto?
ROSAURA: Não é isso, não o imaginava no estado de escrever assim.
LÉLIO: Por acaso o soneto não fala de um coração que a adora?
ROSAURA: Ouça os primeiros versos, e confirme se o soneto é seu:
Ídolo de meu coração, deusa adorada,
Por ti peno ao me calar, e amo-te tanto.
LÉLIO: Oh, é meu, sem dúvida. *Ídolo de meu coração, deusa adorada, Por ti peno ao me calar, e amo-te tanto.* Está ouvindo? Conheço-o de cor.
ROSAURA: Mas por que "ao me calar", se ontem mesmo já falou comigo?
LÉLIO: Não lhe contei a centésima parte de minhas penas. E afinal, faz um ano que estou calado – posso dizer que ainda sofro me calando.
ROSAURA: Prossigamos:
Que temendo que a outrem estejas destinada,
Sai-me dos olhos, e do meu coração, o pranto.
Quem me quer? Quem me pretende?
LÉLIO: Costumeiro ciúme dos amantes. Ainda não falei com o seu pai, a senhorita ainda não é minha, duvido, e duvidando choro.
ROSAURA: Senhor marquês, explique-me esses quatro belíssimos versos:
Não sou cavalheiro, nem titulado,
Nem de riquezas ou tesouros posso me gabar;
deu-me o destino um medíocre estado,
E minha atividade é do que posso me orgulhar.
LÉLIO (*à parte*): Agora sim, estou encrencado.
ROSAURA: É seu esse belo soneto?
LÉLIO: Sim, é meu. O amor leal e sincero que me liga à senhorita não me permitiu manter uma lorota que um dia podia ser o seu desgosto, e a minha vergonha. Não sou cavalheiro, não tenho títulos, é verdade. Fingi-me assim por bizarria, apresentando-me a duas irmãs que não queria que soubessem quem eu era. Não queria me aventurar assim, às cegas, sem antes verificar se podia me orgulhar de sua inclinação – agora que a vejo aceitar meus honestos desejos, e que espero me ame, resolvi contar a verdade. Mas sem coragem de lhe dizer isso, utilizei o expediente do soneto. Não sou rico, mas de média fortuna, e já que

exerço em Nápoles a nobre arte de mercador, é certo que minha atividade é do que posso me orgulhar.

ROSAURA: Espanta-me e muito essa confissão; deveria expulsá-lo daqui, descobrindo que é um mentiroso – mas o amor que tenho pelo senhor não me permite. Se é um mercador conhecido, não será para mim um partido de se jogar fora. Mas o resto do soneto é o que me deixa ainda mais curiosa. Vou terminar a leitura.

LÉLIO (*à parte*): O que raios pode haver de pior!

ROSAURA: *Nasci na Lombardia, sob outra abóbada celeste.* Como isso se adapta ao senhor, se é napolitano?

LÉLIO: Nápoles é uma parte da Lombardia.

ROSAURA: Eu nunca ouvi dizer que o reino de Nápoles fica na Lombardia.

LÉLIO: Perdoe-me, leia história, e vai descobrir que os Longobardos ocuparam a Itália toda – e a todos os lados que os longobardos ocuparam, chamamos poeticamente de Lombardia. (*À parte.*) Com uma mulher posso passar por historiador.

ROSAURA: Deve ser como o senhor diz – vamos adiante. *Não raro me vês à tua volta.* Eu só lhe vi ontem à noite – como pode dizer, não raro me vês?

LÉLIO: Diz "me vês"?

ROSAURA: Diz assim, justamente.

LÉLIO: É um erro, tem que dizer "me verás"; "muitas vezes me verás à tua volta".

ROSAURA: *Calei-me outrora, mas me revelo neste.*

LÉLIO: Faz um ano que me calo, já não posso mais.

ROSAURA: Para o último terceto.

LÉLIO (*à parte*): Se me sair bem dessa, sou um prodígio.

ROSAURA: *Apenas por tua causa aqui ainda moro*

LÉLIO: Não fosse pela senhora, nessas horas eu estaria em Londres, ou em Portugal. Os meus negócios pedem minha presença, mas o amor que tenho pela senhorita, me segura aqui em Veneza.

ROSAURA: *Dona Rosaura, conheces bem meu zelo*

LÉLIO: Esse verso não carece de explicação.

ROSAURA: Mas o último vai precisar. *E o meu nome a te dizer já não demoro.*

LÉLIO: Esse é o dia, e essa é a explicação. Eu não me chamo Asdrúbal de Castel d'Ouro, mas Ruggiero Pandolfi.

ROSAURA: O soneto é incompreensível sem a explicação.

LÉLIO: Os poetas costumam usar de fingimentos.

ROSAURA: Então o senhor fingiu até ao dizer seu nome.

LÉLIO: Ontem à noite estava em clima de fingir.
ROSAURA: E hoje, em que clima está?
LÉLIO: De lhe dizer sinceramente a verdade.
ROSAURA: Posso acreditar que me ama sem fingimentos?
LÉLIO: Ardo de amor pela senhora, nem encontro paz sem a esperança de tê-la.
ROSAURA: Não serei alvo de novos enganos. Explique-se com meu pai. Permita que ele o conheça, e se ele concordar, não irei recusá-lo. Embora o senhor tenha me enganado, não consigo desprezá-lo.
LÉLIO: Mas o seu pai, onde posso encontrá-lo?
ROSAURA: Aí vem ele.

Cena 17

O Doutor e mencionados.

DOUTOR (*a Rosaura, de longe*): É esse senhor?
ROSAURA: Sim, mas...
DOUTOR (*a Rosaura, sem ser ouvido por Lélio*): Vá para dentro.
ROSAURA: Antes ouça...
DOUTOR (*como acima*): Vá para dentro, não me faça ficar zangado.
ROSAURA: Preciso obedecer. (*Entra.*)
LÉLIO (*à parte*): Realmente portei-me bem. Nem Gil Blas tem aventuras belas como essa.
DOUTOR (*à parte*): Pelo jeito se nota que é um grande cavalheiro; mas me parece um tanto arrevesado.
LÉLIO (*à parte*): Agora convém enrolar o pai, se for possível. (*Ao Doutor.*) Senhor Doutor, meus devotos cumprimentos.
DOUTOR: Minhas humildes reverências.
LÉLIO: O senhor é o pai da senhorita Rosaura?
DOUTOR: Às suas ordens.
LÉLIO: Isso me deixa muito feliz, e desejo ter a honra de servi-lo.
DOUTOR: Efeito de sua bondade.
LÉLIO: Senhor, sou homem direto em todas as minhas coisas. Permita-me, portanto, que sem preâmbulos lhe diga que me apaixonei por sua filha, e que desejo que seja minha mulher.
DOUTOR: Eu gosto disso: uma fala econômica; eu respondo, que isso me dá uma honra que não mereço, que a concederei ao senhor com muito gosto, desde que tenha a bondade de me dar os devidos atestados de sua pessoa.

LÉLIO: Se o senhor concordar em me dar a senhorita Rosaura, vou me apresentar imediatamente.
DOUTOR: O senhor não é o marquês Asdrúbal?
LÉLIO: Vou lhe dizer, caro amigo...

Cena 18

Otávio e mencionados.

OTÁVIO (*a Lélio*): Estava lhe procurando. Me deve satisfação pelas imposturas que inventou contra o decoro das filhas do Doutor. Se for um homem honrado, coloque a mão em sua espada.
DOUTOR: Como? Ao senhor marquês?
OTÁVIO: Que marquês o quê! Este é Lélio, filho do senhor Pantalone.
DOUTOR: Oh, diabos, mas o que estou ouvindo!
LÉLIO (*coloca a mão na espada*): Quem quer que eu seja, terei bastante espírito para rechaçar seu atrevimento.
OTÁVIO (*ele também coloca a mão na espada*): Venha, se tiver coragem.
DOUTOR (*coloca-se no meio*): Alto lá, alto lá, pare senhor Otávio, não quero isso, decerto. Para que quer duelar com esse baita mentiroso? (*A Otávio.*) Vamos, venha comigo.
OTÁVIO: Deixe-me, eu lhe rogo.
DOUTOR: Não quero, não quero de jeito nenhum. Se gosta de minha filha, venha comigo.
OTÁVIO (*a Lélio*): É melhor eu obedecer. Nos veremos noutra hora.
LÉLIO: A qualquer hora saberei lhe dar satisfação.
DOUTOR: Bonito o senhor marquês! O senhor napolitano! Cavalheiro! Titulado! Trapaceiro, impostor, mentiroso. (*Vai embora com Otávio.*)

Cena 19

Lélio, depois Arlequim.

LÉLIO: Maldito Otávio! Esse sujeito resolveu me perseguir. Mas juro para os céus, ele vai me pagar. Essa espada fará esse homem se arrepender por ter me insultado.
ARLEQUIM: Senhor patrão, o que o senhor faz de espada na mão?
LÉLIO: Fui desafiado em duelo por Otávio.

ARLEQUIM: O senhor combateu?
LÉLIO: Duelamos por quarenta e cinco minutos.
ARLEQUIM: E como se saiu?
LÉLIO: Com uma estocada transpassei o inimigo de lado a lado.
ARLEQUIM: Ele deve estar morto.
LÉLIO: Sem dúvida.
ARLEQUIM: Onde está o cadáver?
LÉLIO: Levaram-no embora.
ARLEQUIM: Muito bem, senhor patrão, um homem de bem não faria melhor hoje em dia.

Cena 20

Otávio e mencionados.

OTÁVIO: Não estou satisfeito com o senhor. Espero-o amanhã na Giudecca[14]. Se for homem honrado, venha duelar comigo.

Arlequim dá mostras de admiração ao ver Otávio.

LÉLIO: Espere-me lá. Juro que eu vou.
OTÁVIO: Aprenda a mentir menos. (*Sai.*)
ARLEQUIM (*rindo*): Senhor patrão, o morto anda.
LÉLIO: A cólera me cegou. Matei outro no lugar dele.
ARLEQUIM: Imagino que o senhor o matou a golpes de brincadeiras inocentes. (*Espirra e sai.*)

Cena 21

Lélio sozinho.

LÉLIO: Não pode passar por espirituoso quem não tem o bom gosto de inventar. Aquele soneto, me pôs em maus lençóis. Poderia ser pior?
   Não sou cavalheiro, nem titulado,
      Nem de riquezas ou tesouros posso me gabar
E depois

---

14 Extensa ilha da Laguna de Veneza à qual se chega, da Praça San Marco, pelo canal homônimo. Assim chamada porque hospedava o bairro judeu.

Nasci na Lombardia, sob outra abóbada celeste!

Cismou justamente comigo esse meu incógnito rival, mas o meu espírito, minha destreza, minha prontidão de engenho superam qualquer aventura estranha. Quando fizer meu testamento, quero encomendar que na minha lápide sejam gravados esses versos:

Aqui jaz Lélio, por querer do fado,
Que para emplacar mentiras à primeira vista,
sabia bem mais que um advogado,
E inventava mais que um novelista
Embora morto nesse túmulo o vês
Fazes muito, passageiro, se morto o crês.
(*Sai.*)

Ato III

Cena 1

Rua. Florindo, de casa, Briguela encontra-o.

BRIGUELA: Senhor Florindo, estava procurando justamente o senhor.
FLORINDO: A mim? O que você quer, meu caro Briguela?
BRIGUELA: O senhor falou? Declarou-se para a senhorita Rosaura?
FLORINDO: Ainda não. Depois do soneto, não a vi mais.
BRIGUELA: Receio que não dê mais tempo.
FLORINDO: Meu Deus! Por quê?
BRIGUELA: Porque certo impostor, mentiroso e trapaceiro está pronto para lhe tirar a *porpetinha*[15] do prato!
FLORINDO: Diga-me, quem é esse sujeito? Seria talvez o marquês de Castel d'Ouro?
BRIGUELA: Precisamente esse. Esbarrei com seu criado, que é da minha terra, e como ele é um tanto papalvo, contou-me tudo. O senhor deve saber que esse sujeito se passou por autor da serenata com a senhorita Rosaura e por autor do soneto também, e contou cem mil lorotas, uma pior que a outra. Vossa Senhoria gasta, e ele desfruta. Vossa Senhoria suspira, e ele ri. Vossa Senhoria se cala, e ele fala. Ele vai fazer a festa, e o senhor vai ficar na vontade.
FLORINDO: Ó, Briguela, está me contando coisas muito sérias!

---

15 Tirar a almôndega do prato (*la polpettina dal tondo*), ou seja, tirar de alguém o fruto de muito trabalho.

BRIGUELA: Precisa resolver! Se o senhor não falar com ela já, vai pôr tudo a perder.
FLORINDO: Falaria de bom grado, mas não tenho coragem.
BRIGUELA: Então fale com o pai dela.
FLORINDO: Respeito-o demais para isso.
BRIGUELA: Então encontre algum amigo.
FLORINDO: Não sei em quem posso confiar.
BRIGUELA: Falaria eu mesmo, mas não convém que um criado de libré trate dessas questões.
FLORINDO: Briguela, me dê um conselho... O que devo fazer?
BRIGUELA: Vamos para casa e pensaremos no melhor jeito.
FLORINDO: Se eu perder Rosaura, ficarei desesperado.
BRIGUELA: Para não a perder, é preciso remediar já.
FLORINDO: Sim, não vamos perder tempo. Caro Briguela, o quanto eu te devo! Se me casar com Rosaura, vou reconhecer que de sua afeição veio minha maior felicidade! (*Entra em casa.*)
BRIGUELA: Vai saber se depois ele vai lembrar mesmo de mim? Mas paciência, eu lhe quero bem, e faço isso de coração. (*Entra.*)

Cena 2

Pantalone, com uma carta na mão.

PANTALONE: Eu, eu em pessoa quero colocar essa carta no correio de Nápoles, não quero que o criado se esqueça; não vou faltar com minha dívida com o senhor Policarpo. Mas que grande doido, que grande desmiolado é esse meu filho! Ele se casa, ele namora, ele me deixa grávida a filha de um Doutor! Isso é que dá tê-lo enviado a Nápoles. Se ele tivesse sido criado debaixo dos meus olhos, não seria assim. Mas isso acabou, embora ele seja bem crescidinho, e casado, vou saber castigá-lo. O Doutor está certo, preciso tentar lhe dar alguma satisfação. O espertinho! Marquês de Castel d'Ouro, serenatas, jantares, falar contra a reputação de uma família! Terá de se haver comigo. Vou me apressar a levar essa carta, e depois terei uma conversinha com o senhor meu filho.

Cena 3

Um Mensageiro e mencionado.

MENSAGEIRO: Senhor Pantalone, uma carta. Trinta moedas.
PANTALONE: De onde?
MENSAGEIRO: Vem do correio de Roma.
PANTALONE: Deve ser de Nápoles. Tome, trinta moedas. É muito pesada!
MENSAGEIRO: Faça-me um favor. Certo Lélio Necessitados, quem é?
PANTALONE: Meu filho.
MENSAGEIRO: Desde quando?
PANTALONE: Ele voltou de Nápoles.
MENSAGEIRO: Tenho uma carta para ele também.
PANTALONE: Pode entregar para mim, que sou seu pai.
MENSAGEIRO: Aqui está. Sete moedas.
PANTALONE: Tome, sete moedas.
MENSAGEIRO: Seu criado. (*Sai.*)

Cena 4

Pantalone sozinho.

PANTALONE: Quem será que me escreve? O que tem aqui dentro? Essa letra... acho que não conheço. O sigilo muito menos. Bem, vou abrir para saber. A mesma mania de sempre! Quero adivinhar quem escreve antes de abrir a carta. "Venerando meu Senhor." Quem é que escreve? "Masaniello Capezzali. Nápoles, 24 de abril de 1750". Não sei quem é; vamos ver. "Tendo escrito duas cartas ao senhor Lélio seu filho, e não tendo recebido resposta..." Meu filho esteve em Roma algum tempo, essas duas cartas devem estar no correio. "Resolvi escrever a presente para Vossa Senhoria e meu senhor, pois receio que ele não tenha chegado, ou que esteja indisposto. O senhor Lélio, dois dias antes de deixar Nápoles, pediu a mim, seu bom amigo, que lhe enviasse os documentos de seu estado de solteiro, para poder se casar em algum outro lugar, se necessário..." Ah, essa é boa! Mas se ele já estava casado! "Ninguém podia ajudá-lo melhor do que eu, já que até a hora em que viajou sempre estive a seu lado, conforme a lei da boa amizade..." Esse sujeito devia saber de tudo, até do casamento. "De modo que, junto com nosso amigo comum Nicoluccio, obtivemos os documentos atestando seu estado de solteiro, os quais, para que não venham a ser extraviados, incluo nesta carta dirigida a Vossa Senhoria, são certificados autênticos e legalizados..." Como é que é? Que negócio é esse? O atestado de solteiro? Não é casado? Ou as certidões são falsas, ou o casamento é uma invenção.

Vamos adiante. "É um milagre o senhor Lélio retornar à pátria livre e não amarrado, depois dos infinitos perigos em que se embateu devido ao sem bom coração; mas posso me gabar de, por nossa boa amizade, ter lhe evitado mil obstáculos – assim ele partiu de Nápoles livre e sem amarras, o que dará muito alívio a Vossa Senhoria já que pode lhe arranjar aí um casamento confortável e de seu agrado; e com meus protestos sou." Mas o que é que ouço? Lélio não é casado? Esses são os documentos que provam que ele é solteiro. (*Desdobra os papéis.*) Isso mesmo, certificados autênticos e reconhecidos. Não podem ser falsos. Esse cavalheiro que escreve, por que haveria de inventar uma mentira? Não pode ser, não me ocorre motivo algum. Mas por que Lélio me contou mais essa lorota? Não sei como as coisas são de fato. Vamos ouvir se dessa carta dirigida a ele dá para deduzir alguma coisa. (*Vai abrir a carta.*)

Cena 5

Lélio e mencionado.

LÉLIO: Senhor pai, procurava justamente pelo senhor.
PANTALONE: Senhor filho, chegou bem na hora. Diga-me, conheceu em Nápoles certo senhor Masaniello Capezzali?
LÉLIO: Conheci-o muito bem. (*À parte.*) Esse homem conhece todas as minhas bizarrices. Não gostaria que meu pai lhe escrevesse.
PANTALONE: É um homem direito? Um homem íntegro e sincero?
LÉLIO: Era sim, mas agora não é mais.
PANTALONE: Não? E por quê?
LÉLIO: Porque o pobrezinho morreu.
PANTALONE: Desde quando ele morreu?
LÉLIO: Antes que eu partisse de Nápoles.
PANTALONE: Não faz três meses que partiu de Nápoles?
LÉLIO: Precisamente.
PANTALONE: Quero te confortar; seu caro amigo, o senhor Masaniello, ressuscitou.

LÉLIO: Mas o que é isso? Uma piada!
PANTALONE: Olha, essa aqui não é letra dele?
LÉLIO: Ai de mim, não é letra dele não! (*À parte.*) Infelizmente é letra dele, sim. Que diabos escreve?
PANTALONE: Tem certeza de que não se trata da letra dele?
LÉLIO: Tenho muita certeza... E ademais, ele está morto.
PANTALONE (*à parte*): Ou essas certidões são falsas, ou então meu filho é o príncipe dos mentirosos. É preciso ser político para descobrir a verdade.
LÉLIO (*à parte*): Estou muito curioso para saber o que aquela carta contém. (*A Pantalone.*) Senhor pai, deixe-me observar melhor se conheço essa letra.
PANTALONE: O senhor Masaniello não está morto?
LÉLIO: Morreu, sem dúvida.
PANTALONE: Como está morto, acabou-se. Deixemos esse assunto de lado, e vamos a outro. O que você fez ao doutor Balanzoni?
LÉLIO: A ele, nada.
PANTALONE: A ele nada; mas e à sua filha?
LÉLIO: Ela é que fez alguma coisa comigo.
PANTALONE: Ela a você? O que diabos ela pode ter feito a você?
LÉLIO: Encantou-me, cegou-me. Acho que ela me enfeitiçou.
PANTALONE: Conte-me, como é que foi isso?
LÉLIO: Ontem, ao anoitecer, estava andando por aí sozinho. Ela me viu pela janela; tenho que contar que ela se apaixonou por não sei o quê no meu rosto, que aliás apaixona todas as mulheres, e cumprimentou-me com um suspiro. Eu, que se ouço uma mulher suspirar já caio morto, parei para olhá-la. Imagine! Meus olhos encontraram-se nos dela. Eu acho que naqueles dois olhos ela tem dois diabos, arruinou-me ali mesmo, na hora, e não houve jeito.
PANTALONE: Você se apaixona muito facilmente. Diga-me, você encomendou uma serenata para ela?
LÉLIO: Oh, imagine só! Passou acidentalmente uma serenata. Eu fiquei ouvindo. A moça acreditou que eu a tivesse encomendado para ela, e eu a deixei acreditar.
PANTALONE: E inventou que esteve na casa dela depois da serenata?
LÉLIO: Não digo mentiras. Estive na casa sim.
PANTALONE: E você jantou com ela?
LÉLIO: Para lhe dizer a verdade, sim senhor, jantei com ela.
PANTALONE: E você não considera demais tamanhas intimidades com uma jovem?

LÉLIO: Ela me convidou, eu fui.
PANTALONE: E você acha que um homem casado deve fazer essas coisas?
LÉLIO: É verdade, não foi direito. Não farei mais.
PANTALONE: E você é mesmo casado?
LÉLIO: Se minha mulher não estiver morta!
PANTALONE: Por que ela deveria estar morta?
LÉLIO: Pode morrer de parto.
PANTALONE: Mas se ela só está de seis meses.
LÉLIO: Pode abortar.
PANTALONE: Diga-me uma coisa. Você sabe quem é aquela senhorita Rosaura com a qual você falou, em cuja casa você esteve?
LÉLIO: É a filha do doutor Balanzoni.
PANTALONE: Muito bem – é a mesma que hoje pela manhã eu tinha proposto a você como esposa.
LÉLIO: Aquela?
PANTALONE: Ela mesma.
LÉLIO: O senhor me disse que era a filha de um bolonhês.
PANTALONE: Sim, o doutor Balanzoni é bolonhês.
LÉLIO (*à parte*): Oh raios, o que foi que eu fiz!
PANTALONE: O que disse? Se você fosse livre você se casaria com ela de bom grado?
LÉLIO: De muito bom grado, de todo coração! Peço-lhe, meu pai, não desfaça o acordo; não abandone o que tratou, acalme o Doutor, mantenhamos a palavra com a filha. Não posso viver sem ela.
PANTALONE: Mas se você já é casado.
LÉLIO: Pode ser que minha mulher esteja morta.
PANTALONE: Essa é uma esperança de insano. Tenha juízo, cuide de sua vida. Deixe para lá as moças. A senhorita Rosaura foi dispensada. E para dar uma satisfação ao Doutor, mandarei você de volta a Nápoles.
LÉLIO: Não, pelo amor dos céus.
PANTALONE: Você não fica feliz de ver sua mulher?
LÉLIO: Ah, o senhor quer me ver morrer!
PANTALONE: Por quê?
LÉLIO: Morrerei, se o senhor me privar da senhorita Rosaura.
PANTALONE: Mas quantas mulheres você quer ter, afinal? Sete, como os turcos?
LÉLIO: Uma só me basta.
PANTALONE: Muito bom, e você tem a senhora Briseida.
LÉLIO: Ai de mim... Briseida...
PANTALONE: Que é que tem?
LÉLIO (*ajoelha-se*): Senhor pai, cá estou eu, novamente a seus pés.

PANTALONE: Então, o que é que quer dizer?
LÉLIO: Peço-lhe mil vezes perdão.
PANTALONE: Diga logo, não me deixe penar.
LÉLIO: Inventei a Briseida. Eu não sou casado.
PANTALONE: Muito bem, senhor, muito bem! Esse tipo de história pra boi dormir é o que conta ao seu pai? Levante-se seu patife, seu mentiroso; essa foi a bela escola de Nápoles? Vem a Veneza, e assim que chega, antes de ver seu pai, briga com pessoas que nem sabe quem são. Dá a entender que é napolitano, dom Asdrúbal de Castel d'Ouro, rico milionário, sobrinho de príncipes, e faltou pouco para ser o irmão de um rei; inventa mil porcarias prejudicando duas moças honestas e educadas. Chegou a ponto de enganar seu pobre pai. Dá-lhe a entender que se casou em Nápoles – aparece a senhora Briseida, o senhor Policarpo, o relógio de repetição, a pistola; e permite que eu desperdice lágrimas de consolo por uma nora imaginária, e por um neto inventado; e me deixa escrever uma carta para o seu sogro, que seria enviada no correio de Nápoles. Como diabo faz para inventar essas histórias todas? Onde diabos encontra a matéria dessas malditas mentiras? O homem civilizado não se reconhece pelo nascimento, mas por suas ações. O crédito do mercador consiste em dizer sempre a verdade. A palavra é nosso maior capital. Se não tiver palavra, se não tiver reputação, será sempre um homem suspeito, um mau mercador, indigno dessa praça, indigno de minha casa, indigno de ostentar o honrado sobrenome dos Necessitados.
LÉLIO: Ah, senhor pai, até fiquei vermelho. O amor que nasceu em mim pela senhorita Rosaura, não sabendo eu que se tratava daquela que o senhor tinha me destinado como esposa, me fez cair em tais e tamanhas brincadeiras, que agora vejo o quanto prejudicam a minha honra e meu costume de ser sincero.
PANTALONE: Se fosse verdade que está arrependido, não seria nada. Mas receio que você seja mentiroso por natureza, e que fará ainda pior no futuro.
LÉLIO: Claro que não! Detesto, abomino as mentiras. Sempre serei amante da verdade. Juro que não vou deixar sair de minha boca nem sequer uma sílaba equivocada, ou falsa. Mas, por piedade, não me abandone. Consiga o perdão de minha querida Rosaura, de outro modo me verá morrer. Ainda há pouco, tomado de excessiva paixão, saiu um bocado de sangue entornado do meu peito.
PANTALONE (*à parte*): Pobre dele! Ele me faz cometer pecado. (*A Lélio.*) Se eu pudesse confiar em você, gostaria até de te consolar – mas tenho medo.

LÉLIO: Se eu inventar mais uma, que o diabo me carregue!
PANTALONE: Então em Nápoles você não se casou?
LÉLIO: Não, certamente.
PANTALONE: Não tem nenhum compromisso com alguma mulher?
LÉLIO: Com mulheres nunca tive nenhum compromisso.
PANTALONE: Nem em Nápoles, nem fora de Nápoles?
LÉLIO: Em lugar nenhum.
PANTALONE: Veja lá, hein?
LÉLIO: Não diria mais uma mentira nem por todo o ouro do mundo.
PANTALONE: Você tem atestado de solteiro?
LÉLIO: Não tenho, mas deve estar a caminho.
PANTALONE: Se tivesse chegado, você ficaria contente?
LÉLIO: Quem dera! Esperaria conseguir mais cedo minha cara Rosaura.
PANTALONE (*entrega os papéis para Lélio*): Veja só. O que são esses papéis?
LÉLIO: Ai que felicidade! São os meus atestados de estado de solteiro.
PANTALONE: Pena que devem ser falsos.
LÉLIO: Por que falsos? Não está vendo que são autenticados?
PANTALONE: São falsos, porque foram enviados por um morto.
LÉLIO: Um morto? Como assim?
PANTALONE: Veja, foram enviados pelo senhor Masaniello Capezzali, o qual, você mesmo disse, morreu faz três meses.
LÉLIO: Deixe-me ver; agora reconheço a letra. Não é Masaniello o velho, quem escreve, mas seu filho, meu caro amigo. (*Guarda os documentos.*)
PANTALONE: O filho se chama Masaniello, como o pai?
LÉLIO: Sim, por causa da herança, todos na família têm o mesmo nome.
PANTALONE: Ele é tão seu amigo, e você nem reconhecia sua letra?
LÉLIO: Sempre andamos juntos, nunca tivemos ocasião de nos escrever cartas.
PANTALONE: Mas você conhecia a letra do pai dele?
LÉLIO: Essa eu conhecia porque ele era banqueiro e fez para mim algumas letras de câmbio.
PANTALONE: Mas o pai dele morreu, e esse senhor Masaniello não sela a carta com a bula preta?
LÉLIO: O senhor bem sabe; isso já não se usa mais.
PANTALONE: Lélio, não gostaria que você estivesse me contando mais lorotas.
LÉLIO: Que eu morra se disser mais uma só.
PANTALONE: Cale-se, malandro. Então esses atestados são verdadeiros?
LÉLIO: Muito verdadeiros; posso me casar amanhã.
PANTALONE: E os dois meses e tanto que você passou em Roma?

LÉLIO: Isso não contamos para ninguém. Damos a entender que vim diretamente de Nápoles a Veneza. Encontraremos duas testemunhas para confirmar.
PANTALONE: Pode parar. Não se deve dizer mais mentiras.
LÉLIO: Isso não é mentira, é só dar um jeitinho.
PANTALONE: Chega. Falarei com o Doutor, e conversaremos sobre isso. Olhe essa carta que o mensageiro me entregou.
LÉLIO: É para mim?
PANTALONE: Sim, tive de pagar sete moedas. Deve vir de Roma.
LÉLIO: Pode ser. Dê-me a carta, depois vou ler.
PANTALONE: Com sua licença, quero lê-la eu mesmo. (*Abre-a.*)
LÉLIO: Mas por favor, a carta é minha.
PANTALONE: E eu sou seu pai, e posso ler.
LÉLIO: Como quiser... (*À parte.*) Tomara que não surja nenhum novo imbróglio.
PANTALONE (*lendo*): *Caríssimo esposo.* (*Olhando para Lélio.*) Caríssimo esposo?
LÉLIO: Essa carta não é para mim.
PANTALONE: Esse é o endereço: *Ao Ilustríssimo senhor patrão amado, Lélio Necessitados. Veneza.*
LÉLIO: Está vendo, não é para mim.
PANTALONE: Não? E por quê?
LÉLIO: Nós não somos ilustríssimos.
PANTALONE: É, nos dias de hoje os títulos estão baratos, e depois você, você se intitularia até de Alteza. Vamos ver quem assina: *Sua fidelíssima esposa. Cleonice Anselmi*
LÉLIO: Está vendo? A carta não é para mim.
PANTALONE: E dessa vez por quê?
LÉLIO: Porque eu não conheço essa mulher.
PANTALONE: Você não está mentindo?
LÉLIO: Os céus me livrem!
PANTALONE: Você até jurou!
LÉLIO: Já disse, que eu morra se estiver mentindo.
PANTALONE: A quem mais poderia estar destinada essa carta?
LÉLIO: Deve haver mais alguém com o mesmo nome e sobrenome.
PANTALONE: Mas eu tenho muitos anos nas costas e nunca ouvi dizer que existe alguém mais em Veneza com o nosso sobrenome.
LÉLIO: Em Nápoles e Roma tem.
PANTALONE: A carta está endereçada a Veneza.
LÉLIO: E não pode estar em Veneza algum Lélio Necessitados de Nápoles ou de Roma?

PANTALONE: Isso pode acontecer. Vamos ler a carta.
LÉLIO: Senhor pai, com seu perdão, não é correto ler dos assuntos alheios. Quando abrimos uma carta por engano, voltamos a fechá-la sem a ler.
PANTALONE: Uma carta de meu filho eu posso ler.
LÉLIO: Mas se não é para mim!
PANTALONE: Veremos.
LÉLIO (*à parte*): Sem dúvida, Cleonice estará me censurando. Terei que inventar mais um pouquinho, para me esquivar.
PANTALONE: *Sua partida de Roma deixou-me numa atroz melancolia. Prometera me levar junto a Veneza, mas de repente partiu sozinho...*
LÉLIO: Estou dizendo, não é para mim.
PANTALONE: Mas se ela diz que ele partiu para Veneza.
LÉLIO: Muito bem, esse sujeito deve estar em Veneza.
PANTALONE: *Lembre-se que me deu sua palavra de noivo.*
LÉLIO: Oh, absolutamente não é dirigida a mim.
PANTALONE: Claro que não: o senhor não tem compromisso com nenhuma mulher.
LÉLIO: Decerto que não.
PANTALONE: Mentiras o senhor não diz mais.
LÉLIO: Nunca mais.
PANTALONE: Vamos adiante.
LÉLIO (*à parte*): Essa carta promete ser a companheira do soneto.
PANTALONE: *Se por ventura tiver a intenção de me enganar, fique certo que, esteja onde o senhor estiver, mandarei fazer justiça.*
LÉLIO: Alguma pobre diaba abandonada.
PANTALONE: Esse Lélio Necessitados não deve prestar.
LÉLIO: Sinto que se façam injustiças com meu nome.
PANTALONE: Logo o senhor, que é tão sincero...
LÉLIO: Disso eu me orgulho.
PANTALONE: Vamos ver como termina. *Se o senhor não me chamar aí, e não marcar o casamento, mandarei uma pessoa de autoridade escrever ao senhor Pantalone seu pai...* Ei! Pantalone?
LÉLIO: Oh, veja só! O nome do pai também é o mesmo.
PANTALONE: *Sei que o senhor Pantalone é um honrado mercador veneziano...* Está melhorando! *E embora o senhor tenha sido criado em Nápoles pelo irmão dele...* Espere aí, está ficando melhor ainda! *Há de ter amor e desvelo pelo senhor, e não vai querer vê-lo numa prisão, já que me sentirei obrigada a contar o que o senhor tirou de mim adiantado por conta do dote.* Poderia haver algo pior?
LÉLIO: Aposto que é gozação de algum querido amigo...

PANTALONE: Gozação de um amigo? Se o senhor toma isso por gozação, vai gostar do que eu tenho para lhe dizer a sério. Em minha casa o senhor nunca mais vai botar o pé. Vou lhe dar o que lhe cabe por lei. Vá a Roma manter sua palavra.
LÉLIO: Como assim, senhor pai...
PANTALONE: Fora daqui! Impostor, infame, campeão das malandragens, cara de pau, desaforado, seu filho de uma marafona[16]! (*Sai.*)
LÉLIO: Força, avante sem medo. Não vou desanimar por causa disso. Aliás, não quero mais dizer mentiras. Quero tentar dizer a verdade. Mas se alguma vez a verdade não tiver serventia para os meus projetos? Mentir sempre será uma grande tentação. (*Sai.*)

Cena 6

Sala na casa do Doutor. Doutor e Rosaura.

DOUTOR: Diga-me, filha, desde quando não vê o senhor marquês Asdrúbal de Castel d'Ouro?
ROSAURA: Sei muito bem que ele não é marquês.
DOUTOR: Então a senhorita sabe quem ele é.
ROSAURA: Sei sim, chama-se Ruggiero Pandolfi, ele é comerciante. De Nápoles!
DOUTOR: Ruggiero Pandolfi?
ROSAURA: Foi o que ele disse.
DOUTOR: De Nápoles?
ROSAURA: Nápoles, isso.
DOUTOR: Nada disso, sua louca, tola e sem juízo – sabe quem é ele?
ROSAURA: Quem?
DOUTOR: É Lélio, filho de Pantalone.
ROSAURA: Aquele que o senhor me propôs como marido?
DOUTOR: Ele, aquele sujeitinho.
ROSAURA: Então, se é ele, a coisa é mais fácil de arranjar.
DOUTOR: Escuta, sua infeliz, escuta onde podia levá-la sua falta de juízo, a facilidade com que deu ouvidos a um desconhecido. Lélio Necessitados, que com nome falso tentou seduzi-la, é casado. Em Nápoles!
ROSAURA: O senhor sabe disso com certeza? Mal posso acreditar.
DOUTOR: Sei com certeza sim senhora. O pai dele me disse.

---

16 Pantalone diz *pezo d'uma palandrana*, ou seja, "filho de uma puta".

ROSAURA: Ai de mim, que tragédia! Que traição horrível! (*Chora.*)
DOUTOR: Está chorando, sua tonta? Aprenda a viver com mais prudêncioa, com mais cuidado. Eu não posso tomar conta de tudo. Preciso cuidar de meu trabalho. Já que você é tão imprudente, vou prendê-la lá onde não haverá perigo de cair em tentação.
ROSAURA: O senhor está certo. Pode me castigar, pai, bem que eu mereço. (*À parte.*) Cafajeste, farsante, o céu vai puni-lo. (*Sai.*)

Cena 7

Doutor, e depois Otávio.

DOUTOR: Por um lado, compadeço-me por ela, e sinto; mas para preservar sua reputação, quero pô-la à salvo.
OTÁVIO: Senhor Doutor, sua camareira deu-me a entender que a senhorita Beatriz deseja me falar. Eu sou um homem honrado, não tenciono falar com a filha sem o conhecimento do pai.
DOUTOR: Muito bem, o senhor é um homem de bem. Sempre o estimei, e agora o estimo ainda mais por sua prudência. Se estiver disposto, antes do anoitecer concluiremos o contrato da minha filha. (*À parte.*) Não vejo a hora de me livrar das duas.
OTÁVIO: Por mim, concordo.
DOUTOR: Vamos chamar Beatriz para ouvir sua vontade.

Cena 8

Colombina e mencionados.

COLOMBINA: Patrão, o senhor Lélio Necessitados, que já foi marquês, gostaria de lhe falar por um instante.
OTÁVIO: Esse sujeito vai me pagar, ah se vai.
DOUTOR: Não tenha dúvida, vai se castigar sozinho. Vamos ouvir um pouco o que tem a dizer. Faça-o entrar.
COLOMBINA: Este sim, mente bem! E depois falam de nós mulheres. (*Sai.*)
OTÁVIO: Deve ter inventado alguma outra!
DOUTOR: Se ele é casado, suas maquinações com Rosaura se acabaram.

Cena 9

Lélio, Otávio e o Doutor.

LÉLIO: Senhor Doutor, cheio de rubor e de confusão venho pedir-lhe perdão.
DOUTOR: Mentiroso de uma figa!
OTÁVIO (*a Lélio*): Amanhã conversaremos, o senhor e eu.
LÉLIO (*a Otávio*): O senhor quer duelar comigo, o senhor quer ser meu inimigo. Eu estou aqui implorando sua amigável proteção.
OTÁVIO: Para com quem?
LÉLIO: O meu venerável senhor Doutor.
DOUTOR: Você quer o que de mim?
LÉLIO: Sua filha como esposa.
DOUTOR: Como? Minha filha como esposa? Mas o senhor é casado.
LÉLIO: Eu, casado? Não é verdade. Eu seria um abominável cafajeste se fizesse um pedido desses ao senhor e tivesse prometido me casar com outra.
DOUTOR: O senhor está querendo emplacar outra patranha?
OTÁVIO: Suas mentiras já não têm crédito.
LÉLIO: Mas quem lhe disse que sou casado?
DOUTOR: Seu pai me disse; disse que o senhor se casou com a senhora Briseida, filha de dom Policarpo.
LÉLIO: Ah, senhor Doutor, sinto desmentir meu pai; mas o zelo por minha reputação, e o amor que tenho pela senhorita Rosaura, me forçam a fazê-lo. Meu pai mentiu!
DOUTOR: Cale-se e tenha vergonha de falar assim. O senhor seu pai é um cavalheiro – não é capaz de mentir.
OTÁVIO (*a Lélio*): Quando vai parar com suas imposturas?
LÉLIO: Vejam se estou dizendo falsidades. Observem minhas imposturas. (*Mostra a Otávio os documentos.*) Eis meus atestados de solteiro, tirados em Nápoles. O senhor Otávio, que tem prática daquela cidade, pode verificar que são legítimas e autenticadas.
OTÁVIO: É verdade; conheço a letra, conheço os selos.
DOUTOR: É o fim do mundo! O senhor não é casado?
LÉLIO: Não, com certeza.
DOUTOR: Mas por que motivo então o senhor Pantalone me disse que é casado?
LÉLIO: Eu vou lhe contar por quê.
DOUTOR: Não vá começar com suas lorotas.
LÉLIO: Meu pai arrependeu-se de ter lhe dado a palavra para meu casamento com sua filha.

DOUTOR: Por que motivo?

LÉLIO: Porque hoje pela manhã um intermediário, que soube de minha vinda, ofereceu-lhe um dote de cinquenta mil ducados.

DOUTOR: O senhor Pantalone me fez uma ofensa dessas?

LÉLIO: A ganância cega.

OTÁVIO (*à parte*): Estou espantado. Não sei no que acreditar!

DOUTOR: Então, o senhor está apaixonado por minha filha?

LÉLIO: Sim senhor.

DOUTOR: Como foi que se apaixonou tão depressa?

LÉLIO: Tão depressa? Em dois meses, o amor menino vira gigante.

DOUTOR: Como em dois meses, se o senhor só chegou ontem à noite?

LÉLIO: Senhor doutor, vou lhe revelar toda a verdade.

OTÁVIO (*à parte*): Alguma outra maquinação.

LÉLIO: O senhor sabe quanto tempo faz que eu parti de Nápoles?

DOUTOR: Seu pai me disse que deve ser cerca de três meses.

LÉLIO: Pois bem, e onde estive durante esses três meses?

DOUTOR: Ele me disse que o senhor esteve em Roma.

LÉLIO: Isso é o que não é verdade. Parei em Roma três ou quatro dias, e vim diretamente para Veneza.

DOUTOR: E o senhor Pantalone não soube?

LÉLIO: Não soube, porque quando cheguei ele estava, como de costume, na roça, em Mira.

DOUTOR: Mas por que não foi vê-lo? Por que não foi visitá-lo no campo?

LÉLIO: Porque vi o rosto da senhorita Rosaura, e não consegui mais me separar dela.

OTÁVIO: Senhor Lélio, o senhor está inventando de novo, uma invenção maior que a outra. Faz dois meses que estou hospedado na pousada da Águia, e o senhor só chegou ontem.

LÉLIO: É que até então estava hospedado na Escudo de França, e para admirar mais facilmente a senhorita Rosaura, ontem à noite me mudei.

DOUTOR: Por que, se estava apaixonado por minha filha, inventar a serenata e a ceia em casa?

LÉLIO: A serenata é verdade, eu mandei fazer.

DOUTOR: E o jantar?

LÉLIO: Disse que fiz o que eu teria gostado de fazer.

OTÁVIO: E de manhã, que levou as duas irmãs ao mercado?

LÉLIO: Vamos lá! Eu disse uns gracejos, estou arrependido, nunca mais direi. Vamos à conclusão. Senhor Doutor, eu sou filho de Pantalone dos Necessitados, e nisso o senhor deve acreditar.

DOUTOR: Pode até ser que não seja verdade.

LÉLIO: Eu sou livre, e aqui estão os atestados de minha liberdade.
DOUTOR: Desde que sejam verdadeiros.
LÉLIO: O senhor Otávio os reconhece.
OTÁVIO: Sim, parecem verdadeiros.
LÉLIO: O casamento entre a senhorita Rosaura e eu foi tratado pelo senhor e meu pai.
DOUTOR: Sinto que o senhor Pantalone, atraído por cinquenta mil ducados, me falte com a palavra.
LÉLIO: Vou lhe dizer. O dote dos cinquenta mil ducados virou fumaça, e meu pai está arrependido por ter mentido sobre eu ser casado.
DOUTOR: Por que não veio falar comigo?
LÉLIO: Não ousa. Mandou-me em seu lugar.
DOUTOR: Isso mais parece um imbróglio.
LÉLIO: Juro e lhe dou minha palavra.
DOUTOR: Enfim, seja lá como for, vou lhe dar minha filha. Porque se o senhor Pantalone estiver satisfeito, ficará contente, e se não estiver, ainda posso chantageá-lo com a afronta que ele ia me fazer. Senhor Otávio, o que me diz?
OTÁVIO: O senhor pensou muito bem. Afinal, quando estiver casada, não haverá mais o que dizer.
DOUTOR: Dê-me esses atestados.
LÉLIO: Aqui estão.
DOUTOR: Mas nesses três meses o senhor poderia ter assumido um compromisso.
LÉLIO: Não, pois sempre estive aqui em Veneza.
DOUTOR: Devo acreditar nisso?
LÉLIO: Não mentiria nem para me tornar rei.
DOUTOR: Vou chamar minha filha; se ela estiver de acordo, estará feito. (*Sai.*)

Cena 10

Lélio, Otávio; depois o Doutor e Rosaura.

LÉLIO (*à parte*): O golpe foi dado. Se eu me casar, caem por terra todas as pretensões da romana.
OTÁVIO: Senhor Lélio, o senhor tem sorte em suas imposturas.
LÉLIO: Amigo, amanhã não poderei duelar com o senhor.
OTÁVIO: Por quê?

LÉLIO: Porque espero fazer outro duelo.
DOUTOR (*a Rosaura*): Aqui está o senhor Lélio. Ele gostaria de ser seu marido: o que me diz? Você concorda?
ROSAURA: Mas não me disse que era casado?
DOUTOR: Acreditava que já tivesse esposa, mas ainda é livre.
ROSAURA: Bem que achava impossível ele ser capaz de tamanha falsidade.
LÉLIO: Não, minha cara, não sou capaz de mentir com a senhorita, que tanto amo.
ROSAURA: Mas mentiu! Mentiu muito!
DOUTOR: Ânimo, vamos concluir. Vai querê-lo como marido?
ROSAURA: Se o senhor me der, vou ficar com ele.

Cena 11

Pantalone e mencionados.

PANTALONE: Senhor Doutor, com sua boa graça. O que o meu filho está fazendo aqui?
DOUTOR: Sabe o que seu filho está fazendo? Está me dando satisfação da injustiça e da afronta que o senhor me fez.
PANTALONE: Eu? Mas o que foi que lhe fiz?
DOUTOR: O senhor deu a entender que ele era casado, para se desobrigar do compromisso de lhe dar a minha filha.
PANTALONE: Disse que ele era casado, porque ele assim me disse.
LÉLIO: Deixem disso, acabou. Senhor pai, essa é a minha esposa. O senhor a destinou para mim, todos estão satisfeitos. Cale-se e não diga mais nada.
PANTALONE: Que cale-se o quê! Seu podre desgraçado! Cale-se o quê! Senhor Doutor, ouça essa carta, e veja se esse casamento pode prosseguir. (*Dá ao Doutor a carta de Cleonice.*)
LÉLIO: Essa carta não é endereçada a mim.
DOUTOR: Muito bem, senhor Lélio! Dois meses e mais que está em Veneza? Não tem compromisso com mulher nenhuma? O senhor é livre, livre demais? Rosaura, afaste-se desse maldito mentiroso. Ficou em Roma três meses, comprometeu-se com Cleonice Anselmi. Não pode se casar com outra mulher. Impostor, cara de pau, irresponsável!
LÉLIO: Já que meu pai quer que eu enrubesça, sou obrigado a dizer que essa é uma mulher da vida com a qual me encontrei casualmente na pousada de Roma por três dias apenas, quando ali estive. Certa noite,

atraiu-me em sua rede e me fez prometer, ofuscado pelo vinho como eu estava, sem saber o que fazia. Tenho testemunha! Estava fora de mim quando falei, mesmo quando escrevi.

DOUTOR: Para esclarecer essa verdade, é preciso tempo; enquanto isso, queira sair dessa casa.

LÉLIO: O senhor quer me ver morto. Como poderei resistir longe de minha querida Rosaura?

DOUTOR: Quanto mais vou descobrindo o seu caráter, tanto mais acredito que, embora finja morrer de amores por minha filha, o senhor não se importa minimamente com ela.

LÉLIO: Não me importo? Pergunte a ela, se o amor dela, a sua graça não me importa. Diga, senhorita Rosaura, com quanta atenção tentei satisfazê-la em poucas horas. Conte a magnífica serenata que lhe dediquei ontem à noite, e a sinceridade com a qual me declarei à senhora num soneto.

Cena 12

Florindo, Briguela e mencionados.

FLORINDO: Senhor Doutor, senhorita Rosaura, com sua bondosa licença, permitam-me que lhes revele um segredo que até agora guardei com muito zelo. Um impostor tenta usurpar o mérito de minhas atenções, por isso me sinto obrigado a tirar a máscara e manifestar a verdade. Saibam, meus senhores, que fui eu quem mandou fazer a serenata, e que o autor do soneto sou eu.

LÉLIO: Mentira! Isso não é verdade.

FLORINDO: Essa é a canção que eu compus, e esse é o rascunho de meu soneto. Senhorita Rosaura, peço-lhe que verifique. (*Entrega duas folhas a Rosaura.*)

BRIGUELA: Senhor Doutor, se me permite, direi, pela verdade, que fui eu quem, por ordem do senhor Florindo, mandou executar a serenata, e que estava presente quando com suas mãos ele jogou esse soneto no balcão.

DOUTOR: O que me diz, senhor Lélio?

LÉLIO: Ah, ah, estou rindo feito um louco. Não poderia ter preparado para a senhorita Rosaura uma comédia mais graciosa do que essa. Um jovem tolo e sem espírito manda fazer uma serenata e não se manifesta como autor. Compõe um soneto e o joga no balcão, e se esconde, e se cala; coisas que matam de tanto rir. Mas eu tornei a cena ainda mais ridícula, pois com minhas inocentes brincadeiras obriguei o parvo a se revelar. Senhor incógnito, o que pretende? Veio se revelar um tanto tarde. A senhorita Rosaura é coisa minha; ela me ama, o pai dela a concedeu a mim, e em sua presença lhe darei a mão como esposo.

PANTALONE (*à parte*): Mas que cara desonesto! Que linguarudo!

DOUTOR: Vamos devagar, senhor das brincadeiras. Então, senhor Florindo, o senhor está apaixonado por minha filha Rosaura?

FLORINDO: Senhor, eu não ousava manifestar minha paixão.

DOUTOR: O que me diz, Rosaura? Aceitaria o senhor Florindo como marido?

ROSAURA: Quem me dera pudesse conseguir! Lélio é um mentiroso, não me casaria com ele nem por todo o ouro do mundo.

PANTALONE (*à parte*): Estou me segurando. Tenho vontade de esganá-lo com minhas próprias mãos.

LÉLIO: Como, senhorita Rosaura? A senhorita me deu sua palavra, agora tem de ser minha.

DOUTOR: Vá se casar com a romana.

LÉLIO: Uma mulher sem reputação não pode obrigar-me a me casar com ela.

Cena 13

Arlequim e mencionados.

ARLEQUIM (*a Lélio*): Senhor patrão, trate de se salvar.

LÉLIO: O que há?

PANTALONE: Diga a mim, o que é que foi?

ARLEQUIM (*a Lélio*): Não há mais tempo de inventar nada. A romana veio para Veneza.

DOUTOR: Quem é essa?

ARLEQUIM: Senhora Cleonice Anselmi.

DOUTOR: É uma prostituta?

ARLEQUIM: Ei, deixe disso. Ela é filha de um dos primeiros mercadores de Roma.

LÉLIO: Mentira! Este sujeito mente. Não deve ser a mesma, sou um cavalheiro. Eu não minto.

OTÁVIO: O senhor, um cavalheiro? O senhor prostituiu sua honra, sua palavra com falsos juramentos, com testemunhos mendazes.

DOUTOR: Fora dessa casa.

PANTALONE (*ao Doutor*): O senhor manda embora assim o meu filho?
DOUTOR: Um filho que deturpa o caráter honrado do seu pai.
PANTALONE: Infelizmente o senhor diz a verdade. Um filho infame, um filho traidor, que de tantas mentiras vira a casa de cabeça para baixo, e me faz parecer um tolo também. Filho indigno, filho infeliz. Vá, não quero vê-lo nunca mais; vá para longe de meus olhos, assim como te rechaço longe do meu coração. (*Sai.*)
LÉLIO: Mentiras infames, eu abomino vocês, as amaldiçoo. Língua mendaz, se disser mais mentiras, vou cortá-la.
ROSAURA (*chama*): Colombina.

Cena Final[17]

Colombina e mencionados.

COLOMBINA: Senhora. (*Rosaura fala em seu ouvido.*) Já já. (*Sai, depois volta.*)
DOUTOR: Envergonhe-se por ser tão mentiroso.
LÉLIO: Se me ouvir dizendo mais uma mentira, pode me reputar de infame.
OTÁVIO: Mude esse hábito, se quiser viver entre gente honesta.
LÉLIO: Pode me maltratar, se eu mentir mais uma vez.
COLOMBINA (*com a caixa das rendas*): Aqui está. (*Entrega-a para Rosaura.*)
ROSAURA (*oferece a Lélio a caixa com as rendas*): Tome, seu cafajeste. Essas são as rendas que me deu. Não quero nada seu.

---

17 Este final tem variantes nas diversas edições curadas pelo autor (sendo que essa tradução segue a edição recolhida nos Classici Mondadori). Na edição Bettinelli, entra um guarda e declara a prisão de Lélio, sendo que então Arlequim pede o pagamento imediato de seu salário, antes que o pior aconteça (como Sganarello em *Don Juan*, de Molière, e na versão de Da Ponte para a ópera de Mozart). Lélio confessa e a última fala é idêntica. Em outra versão, apresentada em cena e lembrada por alguns *canovacci*, Lélio se safava mais uma vez, assumindo a sua confissão publicamente, sem ser obrigado. É a versão adotada por Jacobbi em sua tradução e montagem de 1950. Eis aqui as últimas falas:
"LÉLIO (*chamando*): Estão todos aí? Dona Beatriz! (*Entra Beatriz.*) Muito bem. Agora que estão todos presentes, quero fazer uma declaração. Saibam que eu preguei todas essas mentiras apenas para obrigar a verdade a se revelar.
TODOS: Como?!
LÉLIO: Se não fosse por mim, este idiota jamais revelaria o seu amor a Rosaura.
OTÁVIO: Mas e eu? Pedi a mão de Beatriz há muito tempo. Não precisava do senhor para me declarar.
LÉLIO: É o que você pensa. Sendo Beatriz a menor entre as duas, você precisaria esperar pela declaração de Florindo. Isto é, até o juízo final.   ▶

FLORINDO: Como? Quem mandou comprar aquelas rendas fui eu.

BRIGUELA: Sim senhor, eu paguei dez moedas de ouro na venda do Gato, mandei o jovem da loja entregar à senhorita Rosaura, sem revelar quem as enviava.

ROSAURA: Agora entendo, Florindo me deu um presente, e este malandro levou o mérito. (*Pega a caixa.*)

LÉLIO: O silêncio do senhor Florindo levou-me a aproveitar da oportunidade para me fazer bonito com duas beldades. Para sustentar a patranha, comecei a mentir, e as mentiras por sua natureza são tão fecundas que só uma delas costuma parir mais de cem. Agora é melhor eu me casar com a romana. Senhor Doutor, senhorita Rosaura, peço-lhes humildemente perdão, e juro que nunca mais minto. (*Sai.*)

ARLEQUIM: Esse refrão eu aprendi de cor. Mentir nunca mais, mas inventar umas brincadeiras... para se divertir, de vez em quando...

DOUTOR: Vamos lá. Rosaura vai se casar com o senhor Florindo, e o senhor Otávio dará a mão para Beatriz.

OTÁVIO: Seremos quatro pessoas felizes, e gozaremos do fruto dos nossos amores sinceros. Sempre amaremos a belíssima verdade, pois aprendemos de nosso Mentiroso que as mentiras tornam o homem ridículo, infame e detestável; e que para não sermos maltratados, convém falar pouco, dar crédito à verdade e focar no que realmente importa.

Fim da comédia.

▷ ARLEQUIM: É o bicho! Que talento!
LÉLIO: Vou ao encontro da minha noiva romana... E, sinto muito, mas terei que contar para ela que já me casei em Veneza, com...
ROSAURA: Comigo?
FLORINDO: Não se atreva!
LÉLIO: Não, Rosaura. Com... digamos... Albina de Albacava. Adeus, senhores e senhoras. Vamos, Arlequim.
ARLEQUIM: Desculpe, senhor, mas eu fico. (*Agarrando Colombina.*)
LÉLIO: Compreendo. Adeus. (*Sai lentamente, todos o acompanham com o olhar.*)
ÚLTIMO QUADRO. *Pantalone sozinho, pensativo, abatido, mais velho do que nunca. Lélio olha-o em silêncio e depois se aproxima dele.*
LÉLIO: Não se desespere, meu velho. Olhe, quer saber de uma coisa. Eu não sou seu filho! Foi tudo mentira! (*Sai.*)"

A DONA DA POUSADA

O Autor, Aos Que Leem[1]

De todas as comédias que escrevi até hoje, eu diria que essa é a mais moral, a mais útil, a mais instrutiva. Parecerá um paradoxo a quem quiser considerar apenas o caráter de Mirandolina, antes notando que nunca retratei mulher mais sedutora do que ela. Quem, porém, considerar a personalidade e os fatos que tocam ao cavaleiro, encontrará um exemplo vivo da presunção humilhada e uma lição de como se deve fugir aos perigos, para não cair neles.

Mirandolina mostra como os homens se apaixonam. A simpatia do inimigo das mulheres é conquistada, no início, concordando sempre com seu modo de pensar, bajulando-o para agradá-lo, provocando sua genérica censura às mulheres. Com isso, vencida a aversão que o cavaleiro teria por ela, Mirandolina principia a tratá-lo com pequenos cuidados e manhas

---

[1] A tradução deste texto introdutório, com o aparato filológico e todas as notas, é de Alessandra Vannucci. A tradução da comédia é de Ruggero Jacobbi, em parceria com Itália Fausta.

sofisticadas, sem deixar que perceba que o obriga a mostrar-se grato. Visita-o, o serve à mesa, conversa com humildade e respeito; vendo que a aspereza do outro diminui, torna-se mais ousada. Lança olhares e frases incompletas e, sem que ele atente para isso, desfere-lhe golpes profundos. O coitado avista o perigo e gostaria de fugir, mas a mulher esperta com duas lágrimas o impede e com um desmaio o abate, submete, avilta. Parece impossível que em poucas horas um homem possa apaixonar-se a tal ponto, um homem, diga-se, que despreza as mulheres e nunca trataria com elas, segundo declara. Mas, por isso mesmo, ele cai mais facilmente, porque despreza sem conhecer e não sabe dos artifícios femininos nem de como as mulheres fundamentam seus triunfos; julga que sua grosseria deveria bastar-lhe para autodefesa; e acaba oferecendo o peito indefeso aos golpes da inimiga.

Eu mesmo duvidava, a princípio, de vê-lo apaixonado no final da comédia. No entanto, levando-o pouco a pouco e naturalmente, como acontece na comédia, consegui dá-lo por vencido já no fim do segundo ato. Nem sabia mais o que fazer dele no terceiro; entretanto me lembrei que mulheres costumam, quando os galanteadores estão no laço, tratá-los com aspereza. Quis assim dar um exemplo dessa bárbara crueldade, desse desprezo com que escarnecem dos miseráveis derrotados para mostrar o horror da escravidão que eles mesmos desejaram para si, coitados. Quis mostrar as sereias com face menos encantadora.

A cena do ferro de passar deixa todos indignados contra aquela que insulta o cavaleiro, uma vez que ele está de quatro; ou não? Eis uma boa lição para os nossos jovens! Eu mesmo, se Deus tivesse me oferecido tal exemplo a tempo, não teria sido obrigado a ver umas moças rirem barbaramente das minhas lágrimas. Minha experiência forneceu material para diversas cenas. Bem, não é esse o local para orgulhar-me dos meus delírios ou arrepender-me dos meus erros. Fico contente se a lição que ofereço servir para mais alguém. As mulheres honestas podem festejar que se desmascarem as sedutoras que desonram seu sexo; as demais, as sedutoras, ficarão de face corada e me amaldiçoarão; não me importo.

Devo avisá-lo, caríssimo leitor, de uma pequena mudança que efetuei na comédia. Fabrício, o criado da pousada, falava vêneto quando a peça estreou; criei assim a personagem por conveniência do ator que costumava fazer papel de Briguela; mais recentemente, mudei-o para toscano, por ser inconveniente usar numa peça um dialeto de fora, sem necessidade[2]. Dou essa explicação porque não sei qual versão o tipógrafo Bettinelli vai estampar; pode ser que ele use esse meu texto revisado e Deus queira, assim não terei feito o trabalho à toa. Mas o escrúpulo que o meu editor manifesta em imprimir minhas obras exatamente do jeito como foram encenadas talvez o faça descuidar dessa conveniência.

Personagens

MARQUÊS DE FORLIPÓPOLI
CONDE DE ALBAFIORITA
CAVALEIRO DE RIPAFRATTA
MIRANDOLINA, a dona da pousada
FABRÍCIO, seu empregado
CRIADO do Cavaleiro
CRIADO do Conde
HORTÊNSIA, atriz de uma companhia teatral viajante
DEJANIRA, atriz da mesma companhia teatral viajante

---

2   *La locandiera* estreou no Teatro Sant'Angelo, em Veneza, em janeiro de 1753, mas é ambientada em Florença. Foi publicada pela primeira vez na edição Bettinelli e em todas as seguintes. No Brasil, essa versão traduzida por Jacobbi (em parceria com Itália Fausta) estreou em julho de 1955 no Teatro Maria della Costa em São Paulo, com Maria della Costa no papel-título e Fernanda Montenegro fazendo Dejanira, uma das comediantes; cenário de Gianni Ratto e direção do próprio Jacobbi. Foi remontada em novembro de 1964, pelo Teatro dos Sete no Teatro Ginástico, no Rio de Janeiro, com Fernanda Montenegro no papel-título e direção de Gianni Ratto.

Ato I

Cena 1

Sala da pousada. O Marquês de Forlipópoli e o Conde de Albafiorita.

MARQUÊS: Entre o senhor e eu, há alguma diferença.

CONDE: Aqui na pousada, seu dinheiro tem o mesmo valor que o meu.

MARQUÊS: Mas, se a dona da pousada dispensa à minha pessoa certas atenções especiais, isso é porque eu as mereço muito mais que o senhor.

CONDE: Por quê? Vejamos!

MARQUÊS: Porque eu sou o Marquês de Forlipópoli.

CONDE: E eu sou o Conde de Albafiorita.

MARQUÊS: Conde! Hum! Título comprado.

CONDE: Comprei meu título de conde na mesma hora em que o senhor vendeu seu título de marquês...

MARQUÊS: Chega! Eu tenho a minha dignidade, e exijo respeito.

CONDE: Ninguém tem a intenção de desrespeitar o senhor marquês... mas acontece que o senhor, falando com muita liberdade...

MARQUÊS: Estou nesta pousada porque amo a dona da pousada: Mirandolina... todos o sabem, e todos devem deixar em paz uma jovem que me agrada.

CONDE: Essa é boa! O senhor quer impedir-me de amar a Mirandolina? Por que diabo pensa o senhor que eu me encontro em Florença? Por que motivo deveria eu ficar nesta pousada?

MARQUÊS: Está bem, está bem. O senhor não arranjará nada.

CONDE: Eu, não... e o senhor, sim?

MARQUÊS: Eu, sim... e o senhor, não. Sou o Marquês de Forlipópoli e Mirandolina precisa da minha proteção.

CONDE: Mirandolina precisa de dinheiro, não de proteção.

MARQUÊS: Dinheiro? Pois eu o tenho.

CONDE: Gasto um escudo por dia[3], senhor marquês, e dou presentes a Mirandolina quase que diariamente.

MARQUÊS: E eu não tenho o mau gosto de contar o que faço.

---

3 "Gasto um escudo por dia" traduzindo *spendo uno zecchino il giorno*; mais adiante "três paulos... três paulinhos" (*tre paoletti il giorno*); e ainda na mesma cena, "daremos trezentos escudos cada um" (*trecento scudi per uno*): um *zecchino* valia vinte *paoli*, sendo que um *paolo* equivalia a uma libra vêneta. Já um *scudo* valia doze libras vênetas. Duas cenas mais adiante (Ato I, Cena 3), teremos "emprestar-lhe digamos, duzentos felipes", traduzindo *prestar cento doppie*, sendo que uma *doppia* valia 37 libras, ou seja, um pouco mais que dois *escudos* e um pouco menos que dois *zecchini*. Jacobbi traduz *scudo* e *zecchino* por escudo, *paolo* por paulinho e *doppia* por felipes.

CONDE: O senhor não conta, mas todo o mundo sabe.
MARQUÊS: Todo o mundo "pensa" que sabe.
CONDE: Sabe sim senhor. Os criados falam. Três paulos... três paulinhos... por dia!
MARQUÊS: A propósito de criados... há aqui esse tal de Fabrício... não gosto dele! Tenho a impressão de que a dona da pousada simpatiza muito com esse... indivíduo!
CONDE: Pode ser que ela queira casar. Não seria coisa malfeita. Já faz mais de seis meses que o pai de Mirandolina morreu. Uma moça, sozinha, tomando conta de uma pousada, não pode deixar de encontrar-se em situações difíceis. Da minha parte, se ela casar, já prometi dar-lhe trezentos escudos.
MARQUÊS: Se ela se casar, quem lhe dará o dote serei eu, pois sou o seu protetor. Dar-lhe-ei... bem, bem, tenho meus planos.
CONDE: Vamos, vamos. Podemos chegar a um acordo... daremos trezentos escudos cada um. Que tal?
MARQUÊS: O que eu faço, faço-o secretamente e não costumo me vangloriar. Tenho a minha dignidade. (*Bate palmas.*). Olá!
CONDE: É um pobretão! Completamente arruinado e ainda com ares de imperador!

Cena 2

Fabrício e os mesmos.

FABRÍCIO (*entrando*): Às suas ordens, senhor.
MARQUÊS: "Senhor"? Sabe quem sou eu? Alguém te deu educação?
FABRÍCIO: Peço desculpas.
CONDE: Diga... como está a patroazinha?
FABRÍCIO: Está muito bem, ilustríssimo.
MARQUÊS: Já se levantou?
FABRÍCIO: Já, ilustríssimo.
MARQUÊS: Burro!
FABRÍCIO: Por que, ilustríssimo?
MARQUÊS: Que história é essa de "ilustríssimo"?
FABRÍCIO: É o mesmo título que dei ao outro cavaleiro.
MARQUÊS: Entre ele e eu, há alguma diferença.
CONDE (*a Fabrício*): Ouviu?
FABRÍCIO (*ao Conde*): Ele tem razão. Há muita diferença. Basta olhar as contas.

MARQUÊS: Diga à patroa que venha cá, que eu preciso falar-lhe.
FABRÍCIO: Perfeitamente, excelência. Errei agora?
MARQUÊS: Não, estás certo. Aliás, já te ensinei, há três meses. Mas és atrevido.
FABRÍCIO: O senhor que sabe, excelência.
CONDE: Fabrício, quer ver qual é a diferença que existe entre sua excelência o marquês e um simples conde?
MARQUÊS: Que é isso?
CONDE: Eis aqui um escudo. Faça com que ele lhe dê o mesmo.
FABRÍCIO (*ao Conde*): Obrigado, ilustríssimo. (*Ao outro.*) Sua Excelência Senhor Marquês...
MARQUÊS: Não sou louco. Não esbanjo assim o meu dinheiro. Vai-te.
FABRÍCIO: Deus lhe pague, ilustríssimo. (*Ao Conde.*) Excelência! (*À parte.*) É um falso rico! Se quiser ser respeitado fora do castelo, precisa de dinheiro, não de títulos! (*Sai.*)

Cena 3

Marquês e Conde.

MARQUÊS: O senhor pensa que pode me esmagar com seu dinheiro, mas não conseguirá coisa nenhuma. Meu título vale mais do que todas as suas riquezas.
CONDE: Para mim, só vale o que se pode gastar.
MARQUÊS: Pode gastar à vontade. Mirandolina não se interessa pelo senhor.
CONDE: Acha por acaso que ela é capaz de se interessar pela sua famosa nobreza? O que é preciso é dinheiro!
MARQUÊS: Que dinheiro o quê! A moça precisa de proteção: de alguém que, a qualquer momento, possa fazer-lhe um favor.
CONDE: Exatamente. De alguém que, a qualquer momento, possa emprestar-lhe duzentos felipes[4].
MARQUÊS: Um homem precisa inspirar confiança, respeito...
CONDE: Quando se tem dinheiro, todos confiam, todos respeitam.
MARQUÊS: O senhor não sabe o que diz.
CONDE: Sei muito mais do que o senhor.

---

4   Ver nota anterior.

Cena 4

Entra o Cavaleiro de Ripafratta, vindo de seu quarto.

CAVALEIRO: Meus amigos, que barulho é esse? Discutindo outra vez?
CONDE: Estamos debatendo um assunto interessantíssimo.
MARQUÊS: O conde quer saber mais do que eu sobre os méritos da nobreza...
CONDE: Não nego os méritos da nobreza. Apenas sustento que, quando se quer satisfazer certas vontades, é preciso ter dinheiro.
CAVALEIRO: Realmente, meu caro marquês...
MARQUÊS: Acho melhor mudarmos de assunto.
CAVALEIRO: Mas por que chegaram à essa discussão?
CONDE: Pelo motivo mais ridículo do mundo.
MARQUÊS: Está vendo? O conde acha tudo ridículo!
CONDE: O nosso marquês está apaixonado pela dona da pousada. Eu também a amo e creio que mais profundamente. Ele pretende ser correspondido, por simples homenagem à sua alta nobreza. Pois eu pretendo o mesmo, como recompensa das minhas atenções. O senhor não acha essa questão ridícula?
MARQUÊS: O senhor ignora o valor da minha proteção.
CONDE: Pois é. Ele a protege, e eu gasto.
CAVALEIRO: Em verdade, não posso imaginar motivo menos digno para um debate entre cavaleiros. Os senhores se alteram por causa de uma mulher? Basta uma mulher para torná-los assim agitados? Uma mulher? Que coisa mais absurda! Uma mulher? Quanto a mim, não há perigo que eu brigue com quem quer que seja por causa de mulher. Jamais gostei dessas criaturas, nunca as apreciei, e tenho para mim que a mulher representa para o homem uma espécie de doença; uma doença insuportável.
MARQUÊS: Bem, isso é demais. Mirandolina, por exemplo, tem grandes qualidades.
CONDE: Nisso o marquês tem razão. A dona desta pousada é realmente encantadora.
MARQUÊS: O simples fato de ter despertado um sentimento de amor num homem como eu demonstra que há nesta mulher algo de excepcional.
CAVALEIRO: Os senhores me fazem rir. Que poderá ter ela de tão extraordinário que qualquer outra mulher não possua?
MARQUÊS: Tem modos amáveis, que cativam...
CONDE: É bonita, fala com propriedade, veste-se corretamente, tem muito bom gosto...

CAVALEIRO: Faz três dias que moro aqui e não notei nada disso.
CONDE: Não a observou bem. Preste atenção, e verá.
CAVALEIRO: Que loucura! Observei-a muito bem. É uma mulher como todas as outras.
MARQUÊS: Como todas as outras, não. Ela tem algo mais. Eu, que já frequentei as mais distintas damas, não conheço outra mulher que saiba reunir, como esta, encantos e decência.
CONDE: Sempre lidei com mulheres[5]. Conheço seus defeitos, seus pontos fracos; mas essa é diferente. Há tempos venho fazendo-lhe a corte; já gastei muito dinheiro em presentes; apesar disso, não consegui tocar-lhe a ponta de um dedo.
CAVALEIRO: Artes! Artes refinadas! Artes e artimanhas! Pobres loucos! Caíram na armadilha! Eu não, eu não me deixaria engomar. Mulheres? Para o diabo com todas elas!
CONDE: O senhor nunca amou?
CAVALEIRO: Nunca. E nunca amarei. Meus amigos já fizeram o diabo para conseguir que eu me casasse, mas eu sempre resisti.
MARQUÊS: Contudo o senhor é o único homem de sua família. Já pensou na sucessão?
CAVALEIRO: Pensei muitas vezes. Mas, quando me lembro que para se ter filhos é necessário suportar uma mulher, a vontade logo se esfuma.
CONDE: Que pretende fazer de suas riquezas?
CAVALEIRO: Desfrutá-las em paz, na companhia de bons amigos.
MARQUÊS: Muito bem, cavaleiro, muito bem. Pois as desfrutaremos!
CONDE: E nada para as mulheres?
CAVALEIRO: Nada de nada. Não tocarão em um fiapo do que é meu.

Ouve-se a voz de Mirandolina cantando[6].

CONDE: Eis aí nossa patroazinha. Veja, veja como ela é encantadora.
CAVALEIRO: Grande coisa! Acho quatro vezes mais valioso um bom cão de raça.
MARQUÊS: Pois, se o senhor não gosta, eu gosto, e muito!

---

5 "Sempre lidei com mulheres…" A fala corresponde à versão publicada na edição Bettinelli (*Io son sempre stato solito trattar donne: ne conosco li difetti ed il loro debole. Pure con costei, non ostante il mio lungo corteggio e le tante spese per essa fatte, non ho potuto toccarle um dito*). Essa versão resulta de uma revisão do próprio autor o qual, na edição Paperini, estabelecia um nexo explícito entre proteção, favores e dinheiro: "Eu estava acostumado a abrir muitas portas com poucos paulinhos. Já gastei uma grana para essa mulher etc." (*Io ero avezzo con pochi paoli a batter tante porte. Ho speso tanto con costei e non ho potuto toccarle un dito.*)
6 A rubrica, sugerida pelo tradutor, serve de suporte à fala sucessiva.

CAVALEIRO: Poderia ser mais bela do que Vênus e sempre a cederia com muito gosto aos senhores.

Cena 5

Mirandolina e os mesmos.

MIRANDOLINA (*entrando*): Bom dia, ilustres cavaleiros. Qual dos senhores precisa de mim?
MARQUÊS: Eu. Preciso de você, mas não aqui.
MIRANDOLINA: E onde, sua excelência? Posso saber?
MARQUÊS: No meu quarto.
MIRANDOLINA: No seu quarto? Se precisar de alguma coisa, o criado irá até lá, para servi-lo.
MARQUÊS (*ao Cavaleiro*): Viu que dignidade?
CAVALEIRO (*ao Marquês*): O que o senhor chama de dignidade é impertinência.
CONDE: Eu, por mim, querida Mirandolina, posso falar em público. Não será preciso que se incomode em vir até o meu quarto. Veja estes brincos. Gosta?
MIRANDOLINA: Lindos.
CONDE: São de brilhantes, sabe?
MIRANDOLINA: Sei, sei. Eu também conheço brilhantes.
CONDE: Pois fique com eles.
CAVALEIRO (*ao Conde*): Meu amigo, isso é jogar dinheiro fora.
MIRANDOLINA: Por que motivo o senhor quer me dar esses brincos de presente?
MARQUÊS: Belo presente! Ela tem brincos muito melhores do que esses.
CONDE: Estes foram montados conforme a última moda. Queira aceitá-los para me agradar.
CAVALEIRO: É louco, é louco!
MIRANDOLINA: Não posso, meu senhor... creia, mas eu...
CONDE: Se não os aceitar, me dará um grande desgosto.
MIRANDOLINA: Não sei o que dizer. Quero que os hóspedes desta pousada sejam meus amigos. Para não dar um desgosto ao senhor conde, aceito.
CAVALEIRO (*à parte*): Espertinha...
CONDE (*ao Cavaleiro*): Que me diz o senhor desta delicadeza de sentimentos?
CAVALEIRO (*ao Conde*): Delicadeza? Fica com os brincos e nem ao menos agradece.

MARQUÊS: Realmente, senhor conde, o senhor cometeu uma ação muito elegante. Presentear a uma moça publicamente, por pura vaidade. Mirandolina, eu falarei com você a sós. A sós. Sou um homem de honra.

MIRANDOLINA (*à parte*): Coitado! Está liso, liso[7]. (*A todos.*) Se não houver outras ordens, preciso ir.

CAVALEIRO: Um momento. A roupa de cama que a senhora me deu, não me agrada. Se não houver coisa melhor nesta pousada, serei obrigado a providenciar eu mesmo.

MIRANDOLINA: Há coisa melhor, sem dúvida. Não terei nenhuma dificuldade em fornecê-la ao senhor. Acho, porém, que poderia pedi-la com um pouco mais de cortesia.

CAVALEIRO: Onde gasto o meu dinheiro, não preciso fazer cerimônias.

CONDE: Tenha paciência com ele, Mirandolina. É um grande inimigo das mulheres[8].

CAVALEIRO: Não preciso da indulgência dessa moça.

MIRANDOLINA: Pobres mulheres, que foi que lhe fizeram? Por que é tão cruel para conosco, Cavaleiro?

CAVALEIRO: Basta. Comigo a senhora não tomará muitas liberdades. Mande mudar a roupa de cama. Aliás, mandarei eu mesmo o meu criado. Amigos, tchau. (*Sai.*)

Cena 6

Marquês, Conde e Mirandolina.

MIRANDOLINA: Que urso[9]! Nunca vi igual.

CONDE: Querida Mirandolina, nem todo mundo conhece as suas qualidades.

---

7 A fala (*Che arsura!*) evoca uma sede extrema, metaforicamente a condição de estar sem dinheiro nenhum. Em seguida (Ato I, Cena 9) Mirandolina faz alusão ao Marquês com este apelido (*Marchese Arsura*) traduzido aqui por "marquês da miséria".

8 A expressão "inimigo das mulheres" (*nemico delle donne*) pode evocar, para a plateia de 1955, a montagem de 1941 na qual Procópio Ferreira fazia o Cavaleiro, com a filha Bibi estreando no papel da Mirandolina, e que levava este título (*Inimigo das Mulheres*). A fala teria, assim, uma eficácia potenciada pela ressonância do grande ator na memória coletiva.

9 "Urso" traduz a sensação de selvageria da expressão usada por Mirandolina (*Che uomo selvatico*), dita do indivíduo que ela irá domesticar de modo que, no final, poderá ser comparado a um ursinho de pelúcia. Como a anterior, parece ser uma escolha de eficácia potenciada pelo achado da improvisação da atriz (neste caso, Maria della Costa, que fazia Mirandolina) e pela referência ao mesmo significado dado à palavra na peça de Tchékhov, *O Urso*, repertório comum na década de 1950.

MIRANDOLINA: Francamente, estou tão desgostosa com a malcriação desse homem, que tenho vontade de mandá-lo embora.
MARQUÊS: Ótimo. E se ele não quiser sair, fale comigo, que o enxotarei daqui imediatamente. Conte com a minha proteção.
CONDE: E quanto ao prejuízo, pensarei eu. Pagarei tudo. (*A Mirandolina.*) Ouça, mande embora o marquês também: pagarei a lotação da pousada.
MIRANDOLINA: Obrigada, senhores, obrigada. Mas tenho coragem bastante para dizer francamente a um forasteiro que é indesejável. Quanto ao prejuízo, não se preocupem: aqui nenhum quarto fica vago mais do que um dia.

Cena 7

Fabrício e os mesmos.

FABRÍCIO (*entrando*): Senhor conde, há alguém à sua procura.
CONDE: Sabes quem é?
FABRÍCIO: Deve ser o joalheiro. (*A Mirandolina.*) Cuidado, Mirandolina, esse não é o seu lugar. (*Sai.*)
CONDE: Ah, é isso mesmo. Veio mostrar-me uma joia, uma joia que pedi. Sabe, Mirandolina? Acho que aqueles brincos precisam ser acompanhados.
MIRANDOLINA: Isso é demais, senhor conde.
CONDE: Dou muito valor a você, nenhum ao dinheiro. Com licença. Vou ver esse joalheiro. Até já, Mirandolina. Minhas homenagens, senhor marquês. (*Sai.*)

Cena 8

Marquês e Mirandolina.

MARQUÊS (*à parte*): Maldito! Quer me matar, com todo esse dinheiro!
MIRANDOLINA: Francamente, o conde se incomoda muito por minha causa.
MARQUÊS: Essa gente não pode ter um centavo, que logo faz questão de gastá-lo, por pura vaidade! Conheço esse tipo de homem. Aliás, conheço o mundo.
MIRANDOLINA: Eu também conheço o mundo.

MARQUÊS: Pensa que as mulheres como você podem ser conquistadas com presentes.

MIRANDOLINA: Bem, os presentes não fazem mal ao estômago.

MARQUÊS: Eu teria receio de insultá-la, procurando-lhe obrigações dessa espécie.

MIRANDOLINA: Quanto a isso, fique tranquilo, o senhor nunca me insultou.

MARQUÊS: E nunca a insultarei.

MIRANDOLINA: Não tenho a menor dúvida.

MARQUÊS: Mas, em tudo o que eu puder, estou às ordens.

MIRANDOLINA: Seria preciso que eu soubesse o que é que o senhor pode.

MARQUÊS: Tudo. É só experimentar.

MIRANDOLINA: Em verdade, não ouso.

MARQUÊS: Você é extraordinária, Mirandolina.

MIRANDOLINA: Bondade sua, marquês.

MARQUÊS: Ah, estou quase para dizer um despropósito. Tenho vontade de amaldiçoar esse título de marquês!

MIRANDOLINA: Por que, meu senhor?

MARQUÊS: Gostaria de estar na situação do conde.

MIRANDOLINA: Devido talvez ao dinheiro?

MARQUÊS: Que dinheiro! Eu não dou importância a isso. Mas, se eu fosse um simples conde, um conde ridículo, como ele...

MIRANDOLINA: Que faria o senhor?

MARQUÊS: Por setenta mil diabos... casaria com você. (*Sai.*)

Cena 9

Mirandolina.

MIRANDOLINA: Oh, mas isso é uma maravilha! O excelentíssimo senhor marquês da miséria estaria disposto a casar comigo? Acontece, porém, que se ele quisesse, haveria uma pequena dificuldade. Eu não o quereria. Gosto do assado, não da fumaça. Se me tivesse casado com todos aqueles que queriam (ou que assim diziam), a essas horas, isto aqui estava cheio de maridos! Todos os que vêm a esta pousada, todos, se apaixonam, correm atrás de mim, e muitos, muitos, falam até em casamento. Só esse tal de Cavaleiro de Ripafratta, esse urso selvagem, me trata brutalmente. É o primeiro hóspede daqui que não gosta de conversar comigo. Não digo que todo mundo tenha a obrigação de se apaixonar; mas, desprezar-me? Isso me dá uma raiva... Inimigo das mulheres? Não gosta de nós? Evidentemente não encontrou ainda a mulher que o soubesse puxar pelo nariz. Mas vai achá-la. Se vai! Estou mesmo pensando que essa mulher já apareceu. É com sujeitos como ele que fico terrível. Os que rastejam por mim, logo me enjoam. A nobreza não se adapta à minha pessoa. A riqueza me agrada e não me agrada. Todo o meu prazer consiste em ver que me adoram, me desejam, me obedecem. Essa é a minha tara. Aliás, tenho a impressão de que é a tara de quase todas as mulheres. Quanto a casamento, nem se fala; não preciso de ninguém; vivo honestamente e tenho a minha liberdade. Brinco com todo mundo, mas não me entrego para ninguém. A brincadeira é zombar dessas caricaturas de amantes despenados; e quero usar todas as artes para derrotar, esmagar e espezinhar aqueles corações bárbaros que nos hostilizam, a nós, as mulheres, que somos a melhor coisa produzida na terra pela belíssima mãe Natureza.

Cena 10

Fabrício e a mesma.

FABRÍCIO (*entrando*): Patroa.
MIRANDOLINA: Que há?
FABRÍCIO: O hóspede do quarto ali do meio está fazendo barulho por conta da roupa de cama. Diz que é muito ordinária e quer mudá-la.
MIRANDOLINA: Sei, sei. Já falou comigo. Vamos atendê-lo.
FABRÍCIO: Muito bem. Dê-me a roupa de cama, que eu a entregarei.
MIRANDOLINA: Vá, Fabrício. Vou entregá-la eu mesma.
FABRÍCIO: Pessoalmente?
MIRANDOLINA: Pessoalmente.
FABRÍCIO: Deve estar muito interessada nesse cavaleiro...
MIRANDOLINA: Interesso-me por todos os meus hóspedes. Não se meta.
FABRÍCIO (*à parte*): Estou vendo. Não conseguirei nada. Ela me dá esperanças, mas no fim...
MIRANDOLINA (*à parte*): Coitadinho! Ele tem umas pretensões. [Vou alimentar as suas esperanças, para que me obedeça fielmente.][10].
FABRÍCIO: O serviço nos quartos sempre foi feito por mim.

10 "Coitadinho! Etc." O tradutor cortou a segunda parte da fala (*Voglio tenerlo in speranza, perché mi serva com fedeltà*), aqui restaurada pela organizadora. A seguir, todos os cortes restaurados são indicados, no corpo do texto, entre colchetes.

MIRANDOLINA: Você é muito brusco com os forasteiros.
FABRÍCIO: Melhor muito brusco, que demasiado atencioso.
MIRANDOLINA: Se está falando de mim, saiba que não preciso de conselhos.
FABRÍCIO: Nesse caso, vai precisar de um novo criado.
MIRANDOLINA: Por que, Fabrício? Está cansado de mim?
FABRÍCIO: Lembra-se do que disse o senhor seu pai antes de morrer?
MIRANDOLINA: Quando chegar a hora em que eu resolver casar, então me lembrarei do que ele disse.
FABRÍCIO: Mas eu tenho o estômago delicado, e não suporto certas coisas.
MIRANDOLINA: Mas o que é que você pensa? Que sou alguma leviana? Alguma louca, alguma namoradeira? Estou estranhando o seu comportamento, Fabrício. Diz que me importo com os hóspedes que entram e saem da pousada. Sim, costumo tratá-los bem, para o meu interesse, para a reputação da casa. E não preciso de presentes. Não preciso de dinheiro. Achas que vou namorar? Para isso basta um, e esse não me falta: sei que ele merece, sei o que me convém. Quando quiser casar-me, então me lembrarei do meu pai. E quem me tiver servido com sinceridade, não terá do que se queixar. Conheço a gratidão. Sei apreciar as boas qualidades. Infelizmente, porém, vejo que minhas qualidades não são conhecidas nem apreciadas. Chega, Fabrício. E procure entender-me, se puder. (*Sai.*)
FABRÍCIO: Entendê-la? Quem o poderá? Às vezes parece que ela me quer, às vezes nem me vê. Diz que não é leviana, porém faz tudo o que lhe dá na veneta. Não sei o que pensar. Veremos. Ela me agrada, gosto dela. Além do mais, se conseguisse que case comigo, teria arrumado meus negócios para o resto da vida. Será melhor que eu feche um olho e deixe o tempo passar. Afinal, os hóspedes vão e vêm. Eu fico. O melhor pedaço será sempre para mim. (*Sai.*)

Cena 11

Quarto do Cavaleiro de Ripafratta. Cavaleiro e um Criado.

CRIADO (*entrando*): Excelência, trouxeram-lhe esta carta.
CAVALEIRO: Está bem. Vai buscar o chocolate. (*Criado sai. Cavaleiro abre a carta e lê.*) *Siena, dois de janeiro de 1753.* Quem será? Horácio Ardenti. *Meu caro amigo, a terna e profunda amizade que me liga à sua pessoa obriga-me a comunicar-lhe, com toda a urgência, que é necessário que você regresse à cidade. O conde Ernesto morreu...* Coitado! Era um

bom sujeito. *Deixou uma única filha, herdeira de cento e cinquenta mil ducados. Todos os seus amigos desejam que esta fortuna seja entregue às mãos de um homem honrado como você, e já estão tratando com a família, a fim de preparar...* Chega, chega. O melhor é que me deixem em paz. Não quero saber dessa história. Eles estão cansados de ouvir que detesto mulheres. E esse velho amigo, que deveria conhecer os meus sentimentos melhor do que qualquer outro, ainda vem me aborrecer com propostas de casamento. (*Rasga a carta.*) Para que deveria eu desejar cento e cinquenta mil ducados? Vivendo sozinho, preciso de muito menos. Se eu fosse casado, o dobro não bastaria. Casar, eu? Prefiro a lepra!

Cena 12

O Marquês e o mesmo.

MARQUÊS (*entrando*): O amigo me dá licença para uma visita de alguns minutos?
CAVALEIRO: Eu é que lhe agradeço.
MARQUÊS: Entre nós, ao menos, é possível conversar, como convém a homens de qualidade. Ao passo que esse conde dos demônios não tem qualificação, nem para dirigir-nos a palavra...
CAVALEIRO: Tenha paciência, marquês; mas será melhor que respeite os outros, se quiser ser respeitado.
MARQUÊS: Eu sou muito franco. Costumo ser gentil com todo mundo, mas aquele homem me é insuportável.
CAVALEIRO: Insuportável só porque existe, entre os dois, uma pequena rivalidade de amor? Que vergonha! Um nobre, como o senhor, apaixonar-se por uma dona da pousada! Um homem instruído, viajado, perder o controle por causa de uma mulher!
MARQUÊS: Meu amigo, a verdade é que ela me enfeitiçou.
CAVALEIRO: Que loucura! Que disparate! Por que será que sobre mim esses feitiços não agem? O feitiço consiste nos truques, nas artimanhas, nas mistificações. Fique longe delas, como eu, e não haverá perigo de bruxarias.
MARQUÊS: Bem, bem... mudemos de assunto. O que muito me preocupa é o administrador das minhas propriedades.
CAVALEIRO: Alguma irregularidade?
MARQUÊS: Não... mas um descuido imperdoável.

Cena 13

Entra o Criado com o chocolate, e os mesmos.

CAVALEIRO: Oh, desculpe... (*Ao Criado.*) Faça outro, imediatamente.
CRIADO: É que o chocolate acabou, excelência.
CAVALEIRO: Mais tarde iremos comprá-lo. (*Ao Marquês.*) Se o senhor quiser ficar com esta...
MARQUÊS (*agarra a xícara e começa a beber o chocolate sem cerimônias*): Mas, como eu ia dizendo, o meu administrador... (*Bebe.*)
CAVALEIRO (*à parte*): E eu fiquei sem chocolate.
MARQUÊS: ...prometeu mandar-me pelo correio... (*Bebe.*) ...vinte e cinco escudos... (*Bebe.*)
CAVALEIRO (*à parte*): Lá vem outra facada.
MARQUÊS: Mas infelizmente, até agora... (*Bebe.*)
CAVALEIRO: Com certeza chegarão amanhã ou depois.
MARQUÊS: A coisa é... a coisa é... (*Acaba de beber.*) Tome. (*Entrega a xícara ao Criado.*) A coisa é que eu tenho um compromisso, e não sei o que fazer.
CAVALEIRO: Dia mais, dia menos...
MARQUÊS: Mas o senhor, que é um homem de honra, sabe o que significa a palavra empenhada. É um compromisso sério, e... por todos os diabos! Teria vontade de arrancar os cabelos!...
CAVALEIRO: Desagrada-me ver o senhor tão preocupado. (*À parte.*) Se eu soubesse como sair dessa ileso...
MARQUÊS: O senhor teria dificuldade em me adiantar, por alguns dias...?
CAVALEIRO: Meu caro marquês, se eu pudesse, atenderia ao seu pedido de todo o coração; aliás, se eu tivesse dinheiro, já o teria oferecido ao senhor... mas acontece que também estou esperando uma remessa, e portanto...
MARQUÊS: Não vá me dizer que está sem dinheiro.
CAVALEIRO (*mostrando uma moeda de ouro e outras menores*): Olhe aqui. Toda a minha riqueza. Não chega a dois escudos.
MARQUÊS: Mas este é um escudo de ouro.
CAVALEIRO: Pois é. É o último.
MARQUÊS: Bem... empreste-me esse, e eu verei...
CAVALEIRO: Mas eu, então...
MARQUÊS: O senhor duvida de mim? Eu o devolverei.
CAVALEIRO: Está bem. Sirva-se. (*Dá-lhe o escudo.*)
MARQUÊS: Preciso ir. Tenho um negócio urgente. Até logo, meu amigo. E obrigado, sim? Nos vemos no almoço. (*Sai.*)

Cena 14

O Cavaleiro, só.

CAVALEIRO: Formidável! O senhor marquês queria me sangrar em vinte e cinco escudos e acabou ficando com um. Afinal de contas, perder um escudo não é coisa de vida ou morte. Ele não o devolverá, mas, pelo menos, deixará de me aborrecer. O pior é que tomou o meu chocolate. Que indelicadeza! "Sou um homem de honra... sou um cavaleiro de qualidade..." Grande cavaleiro, mesmo!

Cena 15

Mirandolina e o mesmo.

MIRANDOLINA (*entra carregando a roupa de cama*): Dá licença?
CAVALEIRO: Que deseja?
MIRANDOLINA: Trouxe a roupa de cama. A melhor que temos.
CAVALEIRO: Está bem. Ponha-a no quarto.
MIRANDOLINA: Peço-lhe, por favor, que a examine, para ver se lhe agrada.
CAVALEIRO: Que espécie de roupa é?
MIRANDOLINA: Os lençóis são de tela de Reims.
CAVALEIRO: Tela de Reims?
MIRANDOLINA: Sim, senhor. Dez paulos a braça. Olhe.
CAVALEIRO: Não precisava tanto. Bastava qualquer coisa que fosse um pouco melhor do que a outra.
MIRANDOLINA: Costumo guardar esses lençóis para os hóspedes de alto tratamento, que entendem dessas coisas. Em verdade, só fui buscá-los por se tratar do senhor. A outro freguês não os daria.
CAVALEIRO: Aposto que diz o mesmo a todo mundo.
MIRANDOLINA: Observe o jogo de mesa.
CAVALEIRO: Essas telas flamengas perdem muito, depois de lavadas. A senhora não precisava estragá-las por minha causa.
MIRANDOLINA: Diante de um cavaleiro da sua qualidade, não dou importância a tais minúcias. Tenho muitos desses guardanapos, e quero reservá-los para Vossa Excelência.
CAVALEIRO (*à parte*): Inegavelmente ela sabe tratar com cortesia.
MIRANDOLINA (*à parte*): Tem mesmo um ar de urso. Nem olha para as mulheres.

CAVALEIRO: Entregue tudo ao meu criado. Não precisa se incomodar.
MIRANDOLINA: Oh, isso não é trabalho. Gosto de servir às pessoas distintas, que têm bom gosto.
CAVALEIRO: Está bem, está bem, como quiser. (*À parte.*) Pura bajulação. Ah, mulheres!
MIRANDOLINA: Vou deixar a roupa de cama na alcova.
CAVALEIRO: Como quiser, como quiser.
MIRANDOLINA (*à parte*): Durinho, hein? Acho que desse não sai nada. (*Guarda a roupa de cama.*)
CAVALEIRO (*à parte*): Os bobos ouvem essas palavrinhas, acreditam em quem as diz e caem na rede.
MIRANDOLINA: Que deseja para o almoço?
CAVALEIRO: Qualquer coisa. O que houver.
MIRANDOLINA: Gostaria de saber se tem alguma preferência. Não me custaria nada providenciar.
CAVALEIRO: Se houver necessidade, chamarei o criado.
MIRANDOLINA: Os homens, nessas coisas, não têm o cuidado e a paciência que temos nós mulheres. Se o senhor gostar de alguma iguaria, um molho especial...
CAVALEIRO: Escute aqui, minha senhora. Sou-lhe muito grato pela atenção; mas fique sabendo que nem dessa maneira a senhora conseguirá fazer comigo o que fez com o marquês e o conde. Entendeu?
MIRANDOLINA: A propósito, que é que o senhor acha da futilidade desses cavalheiros? Mal chegam a uma pousada, fazem logo questão de namorar a dona. A gente, meu caro senhor, tem mais o que fazer. Não sobra tempo para darmos ouvido às conversas desses conquistadores. Procuramos, é claro, salvar o nosso interesse. Deixamos escapar uma ou outra palavra gentil, para que não se aborreçam e não nos abandonem. Mas depois... eu, especialmente, quando vejo que começam a alimentar ilusões, me racho de rir!
CAVALEIRO: Brava. Gosto da sua sinceridade.
MIRANDOLINA: É a única qualidade que possuo.
CAVALEIRO: Entretanto, com aqueles que a cortejam, a senhora sabe fingir.
MIRANDOLINA: Eu, fingir? Deus me livre. Pergunte àqueles dois que suspiram por mim; veja se eu dei a qualquer um deles um sinal, um sinalzinho de afeto; veja se alguma vez brinquei com eles de forma menos que inocente e se alimentei as suas pretensões. Não os maltrato, pois isso contraria o meu interesse; mas às vezes perco a paciência. Esses homens fúteis têm o poder de irritar-me. E, pela mesma razão, detesto as mulheres que correm atrás dos homens. Compreende? Eu não sou

nenhuma criança; já vivi bastante; não sou bonita, mas já tive algumas boas oportunidades; em suma, não me casei porque não quis, e porque aprecio infinitamente a minha liberdade.

CAVALEIRO: Isso. A liberdade é um tesouro precioso.
MIRANDOLINA: E muitos o jogam fora, estupidamente.
CAVALEIRO: Eu sei o que faço. Fico longe, bem longe disso tudo.
MIRANDOLINA: O senhor não é casado?
CAVALEIRO: Deus me livre! Não quero saber de mulheres.
MIRANDOLINA: Bravo, bravíssimo! Continue assim. As mulheres, o senhor sabe, as mulheres... bem, não cabe a mim criticá-las.
CAVALEIRO: A senhora é a primeira mulher a quem ouço falar dessa maneira.
MIRANDOLINA: Deve ser porque, em nossa profissão, somos obrigadas a ver e ouvir muitas coisas. Por isso compreendo certos homens, que têm medo do sexo feminino.
CAVALEIRO (*à parte*): Estranha criatura...
MIRANDOLINA: Com licença de Vossa Senhoria... (*Faz menção de sair.*)
CAVALEIRO: Tem tanta pressa assim?
MIRANDOLINA: Não queria importuná-lo.
CAVALEIRO: Nada disso. Até me diverte.
MIRANDOLINA: Está vendo, Excelência? É o que faço com todos. Demoro-me alguns minutos; e, sendo alegre como sou, conto umas histórias, digo umas piadas, só para diverti-los. E eles logo imaginam... o senhor bem sabe: eles vêm logo com pretensões e anéis...
CAVALEIRO: Isso acontece porque a senhora é muito amável.
MIRANDOLINA: Bondade sua.
CAVALEIRO: Eles se apaixonam.
MIRANDOLINA: Que fraqueza! Que falta de caráter! Apaixonar-se assim, sem mais nem menos!
CAVALEIRO: É uma coisa que nunca pude entender.
MIRANDOLINA: Indigna de um verdadeiro homem!
CAVALEIRO: Tolices... misérias da humanidade!
MIRANDOLINA: Todo homem deveria pensar como o senhor. (*Pausa.*) Cavaleiro, por favor, dê-me a sua mão.
CAVALEIRO: Por quê?
MIRANDOLINA: Conceda-me esse favor. Olhe, minha mão é limpa.
CAVALEIRO: Pronto. Eis a mão.
MIRANDOLINA (*apertando a mão do Cavaleiro*): Essa é a primeira vez que tenho a honra de apertar a mão de um verdadeiro homem.
CAVALEIRO: Bem, agora chega. (*Retira a mão.*)

MIRANDOLINA: Está vendo? Se eu tivesse apertado a mão de um daqueles dois gaiatos, logo pensaria que eu estava querendo Deus sabe o quê. Ou, senão, desmaiaria. Por nada nesse mundo deixaria essa gente tomar liberdades comigo. Eles não sabem viver. Como é bom poder conversar livremente, sem malícia, sem preocupações, sem insinuações ridículas! Desculpe a minha impertinência. Em tudo o que desejar, disponha de mim, e eu o servirei com tanta dedicação, como nunca tive por ninguém.

CAVALEIRO: Qual será o motivo dessa preferência?

MIRANDOLINA: Deixando de lado os seus méritos e a sua condição, tenho ao menos a certeza de que com o senhor posso tratar francamente, sem imaginar que pretenda fazer mau juízo e mau uso das minhas atenções. Conforta-me sobretudo a ideia de que o senhor me tem por uma criada, apenas, sem atormentar-me com pretensões ridículas. Não gosto de falsidade.

CAVALEIRO (*à parte*): Que diabo terá ela, que eu não entendo?

MIRANDOLINA (*à parte*): O urso está ficando mansinho.

CAVALEIRO: Bem, se a senhora tiver que cuidar de suas obrigações, não se prenda por minha causa.

MIRANDOLINA: Obrigada, senhor. Preciso mesmo correr atrás dos negócios da casa. São esses os meus namoros, as minhas diversões. Se precisar de alguma coisa, chame e mandarei o criado.

CAVALEIRO: Sim... bem... se, de vez em quando, a senhora também quiser aparecer, terei prazer em vê-la.

MIRANDOLINA: Acontece que eu nunca vou aos quartos dos hóspedes. Mas com o senhor, é diferente: uma vez ou outra, aparecerei.

CAVALEIRO: Por que logo comigo?

MIRANDOLINA: Porque, se Vossa Excelência permitir, direi que... gosto muito do senhor.

CAVALEIRO: Gosta de mim?

MIRANDOLINA: Gosto porque não é fútil, não é daqueles loucos que se apaixonam. (*À parte.*) Macacos me mordam, se antes de amanhã não está caído por mim[11]. (*Sai.*)

---

11 Essa última fala traduz a expressão espirituosa *mi caschi il naso, se avanti domani non l'innamoro*. Para uma referência desta cena de sedução feminina, ver Pierre de Marivaux, *La Surprise de l'amour*, ato I, cena 7 (1722).

Cena 16

Cavaleiro, só.

CAVALEIRO: Ei! Eu sei o que faço. Mulheres? À distância. Essa seria capaz de me fazer cair mais facilmente do que as outras. Tem uma franqueza, um jeitinho que é realmente pouco comum. Tem mesmo algo de extraordinário; mas nem por isso vou cair no laço. Para me divertir um pouco, escolheria essa, sem dúvida. Mas o perigo é o amor, a perda da liberdade. Nada, nada... não sou um desses loucos que se apaixonam por mulheres! (*Sai.*)

Cena 17

Sala da pousada. Entram Fabrício, Hortênsia e Dejanira.

FABRÍCIO: Se as senhoras quiserem, posso mostrar-lhes um apartamento. Um quarto de dormir e uma sala para jantar, receber, jogar, costurar.
HORTÊNSIA: Está bem, está bem. O senhor é proprietário ou empregado?
FABRÍCIO: Empregado, às ordens de Vossa Senhoria.
DEJANIRA (*à parte*): Ele nos trata de Senhoria.
HORTÊNSIA (*à parte*): Devemos responder à altura. (*Com importância.*) Meu rapaz...[12]
FABRÍCIO: Madame.
HORTÊNSIA: Diga ao seu patrão que venha cá. Precisamos falar com ele sobre a nossa estadia.
FABRÍCIO: A patroa vem já. Com licença. (*À parte.*) Quem serão essas duas senhoras sozinhas? Pelo aspecto, pelas roupas, parecem grandes damas. (*Sai.*)

---

12 "Devemos responder à altura" traduz *bisogna secondare il lazzo*, ou seja, a ação de improviso cênico, pois as mulheres são atrizes; sendo tratadas como damas, começam a fingir que o são, expressando-se de modo afetado quando são observadas. Gírias do palavreado de classes populares surgem quando elas conversam entre si (*ci sbianchiranno*, "seremos desmascaradas"; *mancanza di lugagni*, "falta de prata"; e *non son buona per micheggiare*, "não sei tratar"). Essas duas personagens, introduzidas por Goldoni para dar um papel na peça às comediantes da companhia, normalmente escaladas no tipo de "dama central" (Caterina Landi e Vittoria Falchi), costumavam ser cortadas nas encenações modernas. O tradutor as mantém, operando alguns cortes pontuais. Ver Introdução. Lembrando que a peça foi escrita por ocasião de doença da primeira dama, Teodora Medebach; aproveitando o afastamento, Goldoni criou Mirandolina para Maddalena Marliani, uma atriz jovem geralmente limitada a papéis de *servetta*.

Cena 18

Hortênsia e Dejanira.

DEJANIRA: Ele nos tomou por duas damas.
HORTÊNSIA: Melhor assim. Seremos bem tratadas.
DEJANIRA: Mas pagaremos o dobro.
HORTÊNSIA: Deixe isso por minha conta. Faz muitos anos que ando por esse mundo.
DEJANIRA: Não queria que esse engano provocasse alguma complicação.
HORTÊNSIA: Querida, você não tem imaginação. Com que, então, duas comediantes, acostumadas a representar condessas, marquesas e até princesas, terão dificuldade em interpretar um papel no palco desta pousada?
DEJANIRA: Chegarão nossos companheiros e logo seremos desmascaradas.
HORTÊNSIA: É impossível que eles cheguem a Florença hoje. De Pisa até aqui, de barco, são necessários três dias, no mínimo.
DEJANIRA: Que bobagem, viajar de barco.
HORTÊNSIA: Falta de prata. Ainda bem que nós duas pudemos vir de carruagem.
DEJANIRA: Aquela apresentação extraordinária foi um grande negócio.
HORTÊNSIA: Foi. Mas se não estivesse eu na porta, não dava resultado.

Cena 19

Fabrício e as mesmas.

FABRÍCIO (*voltando*): A patroa vem chegando.
HORTÊNSIA: Muito bem.
FABRÍCIO: Disponham de mim à vontade. Já servi algumas damas ilustres, e o mesmo farei com Vossas Senhorias.
HORTÊNSIA: Precisando, aproveitarei seus préstimos, meu rapaz.
DEJANIRA (*à parte*): Hortênsia, nesses papéis, é formidável!
FABRÍCIO: E agora, se me dão licença, nobres senhoras, preciso tomar nota de seus ilustres nomes neste caderno. (*Dirige-se à escrivaninha.*)
DEJANIRA (*à parte*): Pronto. Começou.
HORTÊNSIA: Por que deveria eu revelar o meu nome?
FABRÍCIO: É que o governo nos obriga a registrar nome, condição, pátria de origem e dia de chegada de todos os viajantes que aqui vêm se hospedar. E se não o fizermos, ai de nós!

DEJANIRA (*A Hortênsia*): Acabou a festa.
HORTÊNSIA: Muitos devem dar um nome imaginário.
FABRÍCIO: Isso não nos interessa. Escreve-se o que o freguês vai ditando, e nada mais.
HORTÊNSIA: Pois escreva. Baronesa Hortênsia de Monteclaro, palermitana.
FABRÍCIO (*à parte*): Siciliana... sangue quente. (*Escreve.*) E a senhora, por favor?
DEJANIRA: Bem, eu... não sei o que dizer.
HORTÊNSIA: Vamos, condessa Dejanira, diga o seu nome.
FABRÍCIO: Sim, por favor.
DEJANIRA: Pois não ouviu?
FABRÍCIO (*escrevendo*): Excelentíssima senhora condessa Dejanira... E o sobrenome?
DEJANIRA: O sobrenome também?
HORTÊNSIA: Dejanira dos Bugalhos, romana.
FABRÍCIO: Não precisa de mais nada. Desculpem o incômodo. A patroa vem já. (*À parte.*) Bem que eu vi que se tratava de damas: vou fazer bons negócios. Hão de chover as gorjetas. (*Sai.*)
DEJANIRA (*declamando*): Ponho-me humildemente às ordens da baronesa.
HORTÊNSIA: A vós solenes homenagens, condessa.
DEJANIRA: Que sublime fortuna é essa, que me dá a preciosa oportunidade de cumprimentar a vossa grandeza?
HORTÊNSIA: Da fonte do meu coração estão jorrando torrentes de agradecimentos.

Cena 20

Aparece Mirandolina em silêncio.

DEJANIRA: Baronesa, quereis lisonjear-me?
MIRANDOLINA (*à parte*): Que damas cerimoniosas!
DEJANIRA: Ai, que coisa engraçada!
HORTÊNSIA (*a Dejanira*): Silêncio, a patroa está aí.
MIRANDOLINA: Às suas ordens, minhas senhoras.
HORTÊNSIA: Bom dia, mocinha.
DEJANIRA: Muito prazer em conhecê-la.
HORTÊNSIA (*beliscando Dejanira*): Cuidado...
MIRANDOLINA (*a Hortênsia*): Permita que eu lhe beije a mão.
HORTÊNSIA: Vejo que és bem educada. (*Dá-lhe a mão. Dejanira ri.*)

MIRANDOLINA (*a Dejanira*): A senhora também.
DEJANIRA: Não precisa.
HORTÊNSIA: Vamos, seja gentil com essa moça. Dê-lhe a mão.
MIRANDOLINA: Se me permite...
DEJANIRA: Pois aqui está. (*Dá-lhe a mão e ri.*)
MIRANDOLINA: A senhora está rindo?
HORTÊNSIA: A condessa é assim mesmo. Está rindo de mim. Contei-lhe uma história e ela achou graça.
MIRANDOLINA (*à parte*): Aposto que não são damas. Se fossem, não viriam sozinhas.
HORTÊNSIA: Precisamos falar sobre as condições de nossa estadia.
MIRANDOLINA: Bem, as senhoras estão sozinhas? Não têm cavaleiros, não têm criados, não têm ninguém?
HORTÊNSIA: É que o barão, meu marido...

Dejanira ri.

MIRANDOLINA: Por que ri, condessa?
HORTÊNSIA: Isso mesmo, por que ri?
DEJANIRA: Estou pensando no seu marido, o barão.
HORTÊNSIA: Ele tem graça, mesmo. Conta sempre umas piadas. Chegará daqui a pouco, e com ele o conde Horácio, marido desta dama. (*Dejanira ri.*)
MIRANDOLINA (*a Dejanira*): O conde também a faz rir?
HORTÊNSIA: Vamos, condessa, procure controlar-se.
MIRANDOLINA: Minhas senhoras, uma gentileza. Estamos a sós, ninguém nos escuta. Esse condado, essa baronia, não seriam por acaso...
HORTÊNSIA: Que quer dizer? Duvida de nossa nobreza?
MIRANDOLINA: Não se altere, madame, senão fará rir a senhora condessa.
DEJANIRA: Afinal, para que...
HORTÊNSIA: Condessa!
MIRANDOLINA: Sei o que a senhora queria dizer.
DEJANIRA: Adivinhou? É muito inteligente.
MIRANDOLINA: A senhora queria dizer: para que fingir, já que somos duas peças e duas peças fazem uma dama[13]? Não é isso?
DEJANIRA (*a Mirandolina*): A senhora nos reconheceu?
HORTÊNSIA: Grande comediante! Não sabe sustentar um papel!
DEJANIRA: Fora de cena, não sei fingir.
MIRANDOLINA: Muito bem, senhora baronesa. Gosto de ver que tem espírito, e que é muito franca.

---

13 Referência às regras do jogo de damas: duas peças sobrepostas fazem dama

HORTÊNSIA: Foi uma brincadeira inocente.
MIRANDOLINA: Eu também gosto de brincar. Fiquem na hospedaria o quanto quiserem. Dar-lhes-ei o apartamento que Fabrício prometeu. Com uma condição: se chegarem aqui fregueses de importância, as senhoras se mudarão e eu lhes arranjarei uns quartos bem confortáveis.
DEJANIRA: Está combinado.
HORTÊNSIA: Quando gasto meu dinheiro, pretendo ser servida como uma dama. Enquanto eu pagar, não deixarei o apartamento.
MIRANDOLINA: Vamos, senhora baronesa, seja boazinha. Eis o nosso marquês. Um cavaleiro que mora aqui há vários dias. Quando há mulheres, logo aparece.
DEJANIRA: É marquês mesmo?
MIRANDOLINA: É.
HORTÊNSIA: Rico?
MIRANDOLINA: Não sei. Não me meto na vida dos hóspedes.

Cena 21

Marquês e as mesmas.

MARQUÊS (*entrando*): Dão licença? Estou incomodando?
HORTÊNSIA: Absolutamente.
MARQUÊS: Bom dia às lindas damas.
DEJANIRA: Bom dia, cavaleiro.
HORTÊNSIA: Às suas ordens, senhor.
MARQUÊS (*a Mirandolina*): São forasteiras?
MIRANDOLINA: Sim, excelência. Vieram morar aqui. Deram-me essa honra.
[HORTÊNSIA (*à parte*): Excelência? Opa.
DEJANIRA (*à parte*): Hortênsia já está na caçada.]
MARQUÊS (*a Mirandolina*): Honra? Quem são elas?
MIRANDOLINA: Esta é a baronesa Hortênsia de Monteclaro e esta é a condessa Dejanira dos Bugalhos.
MARQUÊS: Grandes damas!
HORTÊNSIA: Qual é a sua graça, senhor?
MARQUÊS: Sou o Marquês de Forlipópoli.
DEJANIRA (*à parte*): A dona da pousada quer prolongar a brincadeira[14].

---

14 Literalmente: "A dona da pousada quer que a comédia continue." (*La locandiera vuol seguitar a far la commedia.*)

HORTÊNSIA: Muito prazer em conhecê-lo, excelentíssimo marquês.
MARQUÊS: Se eu puder ser útil, disponham. É uma grande honra ter as senhoras aqui. Escolheram bem. A patroa é muito atenciosa.
MIRANDOLINA: O marquês é que é muito gentil. Estou sob a sua proteção.
MARQUÊS: Isso mesmo. Protejo-a e protejo a todas que vêm morar em sua pousada. Repito: disponham.
HORTÊNSIA: Obrigada.
DEJANIRA: Muito obrigada.
[MARQUÊS: A senhora condessa também, conte comigo.
DEJANIRA: Bem feliz de ser computada entre as suas protegidas. Será uma honra.
HORTÊNSIA (*à parte*): O crédito a encabulou.] (*Marquês tira do bolso um lenço e desenrola-o para enxugar a testa.*)
MIRANDOLINA: Lindo lenço, senhor marquês.
MARQUÊS: Acha? Não é verdade que tenho bom gosto?
MIRANDOLINA: O lenço é de ótimo gosto.
MARQUÊS (*a Hortênsia*): Já viu um mais bonito?
HORTÊNSIA: Nunca. É maravilhoso. (*À parte.*) Bem que eu o aceitaria como presente.
MARQUÊS (*a Dejanira*): Vem de Londres.
DEJANIRA: É muito bonito.
MARQUÊS: Não é verdade que tenho bom gosto?
DEJANIRA (*à parte*): Devia oferecê-lo a mim.
MARQUÊS: Aqui na pousada há um tal de conde que tem dinheiro mas não sabe gastar. Esbanja fortunas e nunca compra um objeto de bom gosto.
MIRANDOLINA: O senhor marquês conhece, discrimina, sabe, observa e entende.
MARQUÊS: É uma arte dobrar estes lenços para que não se estraguem. (*Executa.*) São coisas que devem ser guardadas com cuidado. Tome. (*Entrega a Mirandolina.*)
MIRANDOLINA: Quer que eu o ponha no seu quarto?
MARQUÊS: Não, ponha-o no seu.
MIRANDOLINA: No meu, por quê?
MARQUÊS: Porque... é um presente.
MIRANDOLINA: Desculpe, excelência, mas...
MARQUÊS: Pois é assim. É um presente.
MIRANDOLINA: Não quero.
MARQUÊS: Quer me ofender?
MIRANDOLINA: Isso nunca. O senhor marquês bem sabe que não quero ofender ninguém. Para não dar-lhe esse desgosto, aceitarei.
DEJANIRA (*a Hortênsia*): Ela é esperta.

HORTÊNSIA (*a Dejanira*): E depois falam das comediantes.
MARQUÊS (*a Hortênsia*): Viu? Um lenço de Londres! E eu o doei à nossa patroazinha.
HORTÊNSIA: O senhor é generoso.
MARQUÊS: Eu sou assim.
MIRANDOLINA (*à parte*): É o primeiro presente que ele me faz. Francamente, não sei onde foi arranjar esse lenço.
DEJANIRA: Senhor marquês, será fácil encontrar em Florença esse tipo de lenço? Gostaria de ter um.
MARQUÊS: Igual a esse, será difícil. Mas procuraremos.
MIRANDOLINA (*à parte*): Muito bem a condessinha.
HORTÊNSIA: Senhor marquês, já que conhece tão bem a cidade, poderia mandar-me um sapateiro de luxo? Preciso fazer umas compras.
MARQUÊS: Mandarei vir o meu.
MIRANDOLINA (*à parte*): Todas pra cima dele. Mas ele não tem um centavo, nem de amostra[15].
HORTÊNSIA: Fique conosco, marquês. Faça-nos companhia.
DEJANIRA: Quer almoçar conosco?
MARQUÊS: Com muito prazer. (*A Mirandolina.*) Não fique com ciúmes, Mirandolina. Bem sabe que o meu coração lhe pertence.
MIRANDOLINA: À vontade. Acho bom que se divirta.
HORTÊNSIA: O senhor será o nosso cicerone.
DEJANIRA: Não conhecemos ninguém. Contamos com o senhor.
MARQUÊS: Queridas damas, estou aqui para servi-las.

Cena 22

Conde e os mesmos.

CONDE (*entrando*): Mirandolina, estava à sua procura.
MIRANDOLINA: Estou aqui, com estas damas.
CONDE: Damas? Muito prazer em conhecê-las.
HORTÊNSIA: Prazer meu. (*A Dejanira.*) Este me parece melhor ainda.
DEJANIRA (*a Hortênsia*): Pena que não sei tratar com esses trouxas[16].

---

15 Literalmente: "Todas para a jugular dele, mas não sabem que não sobrou uma gota de sangue para quem estiver com muita raiva." (*Tutte alla vita. Ma non sanno che non ce n'è uno per la rabbia.*)
16 Literalmente, "macaquear" (*micheggiare*), ou seja, fingir para conseguir favores e presentes.

MARQUÊS (a Mirandolina): Mostre-lhe o lenço.
MIRANDOLINA: Olhe, senhor conde, o lindo presente que recebi do marquês. (Mostra.)
CONDE: Formidável! Bravo, senhor marquês.
MARQUÊS: Nada, nada. Tolices. Guarde-o, Mirandolina. Não quero que fale nisso. O que eu faço, não é para ser divulgado.
MIRANDOLINA (à parte): Não quer que se saiba e manda mostrar o lenço. Marquês meio miséria e meio empáfia.
CONDE: Com licença das damas, gostaria de dizer duas palavras a Mirandolina.
HORTÊNSIA: Ora, fique à vontade.
MARQUÊS (a Mirandolina): Guardando o lenço assim, você o estragará.
MIRANDOLINA: Vou pô-lo no algodão, assim não se machucará.
CONDE: Olhe, Mirandolina: é um anel de brilhantes. (Exibe-o.)
MIRANDOLINA: Lindo.
CONDE: Tem o mesmo desenho dos brincos que lhe dei.

Hortênsia e Dejanira observam a cena e comentam.

MIRANDOLINA: Combina perfeitamente. Mas é ainda mais precioso.
MARQUÊS (à parte): Maldito seja esse conde, com seus brilhantes, seu dinheiro e os diabos que o carreguem!
CONDE: Faço questão de que aceite este anel, Mirandolina, para completar o enfeite.
MIRANDOLINA: Não o quero, absolutamente.
CONDE: Mirandolina, não me fará essa grosseria.
MIRANDOLINA: É verdade: detesto grosserias. E para demonstrá-lo, só para isso, aceitarei.

Troca de falas e olhares entre Hortênsia e Dejanira.

MIRANDOLINA: Que me diz, senhor marquês, não é uma linda joia?
MARQUÊS: Em seu gênero, o lenço é coisa muito mais fina.
MIRANDOLINA: Mas entre um gênero e outro, há muita diferença.
MARQUÊS (ao Conde): O que eu acho deselegante é esse seu modo de se gabar em público das despesas que faz.
CONDE: Pois é: os presentes do senhor são absolutamente secretos.
MIRANDOLINA (à parte): Eles brigam e quem ganha sou eu.
MARQUÊS: Queridas damas, estou às ordens. Vamos almoçar. (Ao Conde.) Elas me convidaram.
HORTÊNSIA (ao Conde): Qual é sua graça, senhor?
CONDE: Sou o conde de Albafiorita, para servi-la.
DEJANIRA (à parte): Caraca! É um ricaço famoso.

[(*Dejanira encosta no Conde.*)
CONDE: Disponha.]
HORTÊNSIA: Mora aqui?
CONDE: Por enquanto.
DEJANIRA: Ficará muito tempo?
CONDE: Acho que sim.
MARQUÊS: As minhas damas devem estar cansadas. Vou acompanhá-las ao apartamento.
HORTÊNSIA: Espere. (*Ao Conde.*) De que cidade é o senhor conde?
CONDE: Napolitano, madame.
HORTÊNSIA: Somos quase do mesmo estado. Sou palermitana.
DEJANIRA: Eu sou romana, mas vivi muito tempo em Nápoles. Aliás, tenho lá alguns negócios, e preciso muito falar sobre isso com algum napolitano.
CONDE: Estou às ordens. As senhoras estão sozinhas?
MARQUÊS: Estão comigo. Eu as protejo.
HORTÊNSIA: Absolutamente sozinhas, senhor conde, por uma série de circunstâncias que lhe contaremos depois, em particular.
CONDE: Mirandolina.
MIRANDOLINA: Senhor.
CONDE: Mande preparar no meu quarto o almoço para três pessoas. (*Às senhoras.*) As senhoras aceitam, não é verdade?
HORTÊNSIA: Aceitamos com entusiasmo.
MARQUÊS: Mas fui convidado por elas, e...
CONDE: Teria muito prazer em manter o convite, porém minha mesa é pequena e só serve para três pessoas.
MARQUÊS: Queria ver agora que estas damas...
HORTÊNSIA: Vamos, vamos, senhor conde. O marquês almoçará conosco amanhã. (*Sai.*)
DEJANIRA: Senhor marquês, se encontrar aquele lenço, não se esqueça. (*Sai.*)
MARQUÊS: O senhor me pagará por isso.
CONDE: Que foi que eu fiz?
MARQUÊS: Basta. Tenho a minha dignidade e não estou acostumado a ser tratado dessa maneira. A condessinha quer de mim um lenço? Um lenço de Londres? Nunca! Mirandolina, guarde com carinho o seu. Brilhantes há em toda a parte, mas, um lenço como esse, é único, hoje em dia, no mundo inteiro. (*Sai.*)
MIRANDOLINA (*à parte*): Ele é que é único mesmo!
CONDE: Mirandolina, querida, vai se zangar se eu passar algum tempo com essas damas?
MIRANDOLINA: Nada disso, meu senhor.

CONDE: Faço-o por você... para aumentar o crédito e a freguesia da sua casa. Mas não se esqueça de que tudo o que é meu lhe pertence exclusivamente: meu coração, minha fortuna, tudo. E de tudo você pode dispor, sendo a minha dona, a minha patroa. (*Sai.*)

Cena 23

MIRANDOLINA: Com toda a sua fortuna, jamais conseguirá que eu me apaixone. E muito menos o conseguirá o marquês com a sua ridícula proteção. Se eu tivesse que ficar com um dos dois, é claro que escolheria aquele que gasta mais dinheiro. A verdade é que não quero saber nem de um nem do outro. Agora o meu empenho é o de fazer cair o cavaleiro de Ripafratta; isso vai me dar um prazer tão sutil que não o trocaria por um anel duas vezes maior do que este. Vou tentar; não sou esperta como essas duas comediantes, mas vou tentar. O conde e o marquês vão ficar ocupados com as damas e vão me deixar em paz por algum tempo, assim poderei agir à vontade com o meu urso. Será possível que ele não ceda? Quem pode resistir a uma mulher, se essa tem tempo e oportunidade de utilizar a sua arte? Só quem foge se salva; quem para, olha, escuta e conversa, esse, mais cedo ou mais tarde, há de cair! Há de cair!

Ato II

Cena 1

Quarto do Cavaleiro de Ripafratta. Mesa posta. Em cena, o cavaleiro com seu criado. Entra Fabrício com a sopa.

FABRÍCIO (*ao Criado*): Diga ao seu patrão que a sopa está na mesa.
CRIADO: Por que não o diz você mesmo?
FABRÍCIO: Ele é tão ranzinza que tenho medo até de falar.
CRIADO: Ele não é mau. Não gosta de mulheres mas, afora isso, é muito delicado.
FABRÍCIO: Não gosta de mulher? Pois não sabe o que é bom. (*Sai.*)
CRIADO: Ilustríssimo, o almoço está pronto.
CAVALEIRO (*indo sentar-se*): Tenho a impressão de que o almoço hoje foi servido mais cedo que de costume.

CRIADO: É que fomos servidos antes dos outros. O conde de Albafiorita até ficou zangado, porque havia convidado umas damas e não queria esperar. Mas a patroa fez questão de que o senhor fosse o primeiro!
CAVALEIRO: Muito gentil de sua parte.
CRIADO: É uma mulher maravilhosa. No mundo inteiro nunca vi uma proprietária mais simpática.
CAVALEIRO: Gostas dela, hein?
CRIADO: Se o senhor não estivesse tão acostumado comigo, até queria trabalhar para ela, como criado mesmo.
CAVALEIRO: Bobão! Que vantagem tirarias disso?
CRIADO: Eu poderia ser uma espécie de cachorrinho fiel dela. Que mulher formidável! (*Recebe o prato vazio e sai.*)
CAVALEIRO: Diabos! A mulherzinha encanta todo mundo. Seria deveras engraçado se me encantasse também. Nada disso! Amanhã partirei para Livorno. Que se engenhe hoje, mas logo verá que eu não me deixo enfraquecer. Será preciso bem mais para que eu supere minha aversão às mulheres.

Cena 2

Os mesmos.

CRIADO (*voltando com carne cozida e um outro prato*): A patroa me disse que, se o senhor não gostar do frango, pode-lhe arranjar um peru.
CAVALEIRO: Gosto de tudo! E isso, o que é?
CRIADO: A patroa me disse que quer saber se à Vossa Excelência agrada este molho que ela mesma fez, com as próprias mãos.
CAVALEIRO: Está me assoberbando de cortesias. (*Experimenta.*) É ótimo! Diga-lhe que gostei e que a agradeço muito.
CRIADO: Darei o recado, ilustríssimo.
CAVALEIRO: Deves dá-lo imediatamente. Vai.
CRIADO: Vou correndo. (*À parte.*) Mandando recadinhos para uma mulher? Que milagre. (*Sai.*)
CAVALEIRO: Este molho é delicioso. Nunca provei coisa melhor. Se Mirandolina continuar assim, terá sempre muitos fregueses. Boa mesa, roupa de cama de primeira qualidade. Enfim, não se pode negar que ela é muito atenciosa. O que mais me agrada dela é a franqueza. Uma sinceridade assim é coisa rara. Afinal, por que é que eu não gosto de mulheres? Porque são mentirosas, hipócritas, enganadoras. Mas uma sinceridade dessas...

Cena 3

Os mesmos.

CRIADO (*entrando*): A patroa agradece a V. Exa. pela delicadeza com que se dignou a agradecer sua pequena homenagem.
CAVALEIRO: Muito bem, senhor embaixador, muito bem.
CRIADO: Agora ela está cozinhando outro prato. Mas não me disse o que seria.
CAVALEIRO: Está cozinhando, ela mesma?
CRIADO: Ela mesma, com as próprias mãos.
CAVALEIRO: Traga-me o vinho.
CRIADO: Já vai. (*Sai para buscar.*)
CAVALEIRO: Preciso responder com generosidade a tantas cortesias. Ela é mesmo muito amável. Pagarei o dobro da diária. Em suma: tratá-la bem e fugir depressa. (*Volta o Criado com o vinho.*) O conde foi almoçar? (*Bebe.*)
CRIADO: Começou agora. Já lhe disse que tem duas convidadas? Duas moças bonitas.
CAVALEIRO: Duas moças? Quem são elas?
CRIADO: Chegaram há poucas horas; não as conheço.
CAVALEIRO: E o conde as conhecia?
CRIADO: Acho que não. Mas, logo que as viu, convidou-as para almoçar.
CAVALEIRO: São essas as fraquezas dos homens. Então o senhor conde, mal vê chegar duas mulheres, agarra-se a elas. E, o que é pior, elas aceitam. Sabe Deus quem são essas duas. Aliás, sejam quem forem, são mulheres, e isso basta. Esse conde vai se arruinar. Diga-me: o marquês também está almoçando?
CRIADO: Saiu e não voltou ainda.
CAVALEIRO: Almoçando com duas mulheres! [Pode servir.
CRIADO: Pronto.]
CAVALEIRO: Que bela companhia! Com suas caretas, elas me fariam perder o apetite.

Cena 4

Mirandolina e os mesmos.

MIRANDOLINA (*aparece na porta com um prato*): Dá licença?
CAVALEIRO: Vamos, homem.
CRIADO: O quê?

CAVALEIRO: Tire o prato das mãos da moça.
MIRANDOLINA: Não, não. Desculpe, mas faço questão de servir eu mesma. (*Executa.*)
CAVALEIRO: Não é ofício da senhora.
MIRANDOLINA: Quem sou eu, afinal? Alguma dama? Sou apenas uma serva de quem quiser se alojar na minha pousada.
CAVALEIRO (*à parte*): Que humildade!
MIRANDOLINA: Realmente, não teria dificuldade em servir o almoço para todo o mundo. Se não o faço, é por certos motivos que o senhor sabe. Mas aqui não tenho medo de ter que enfrentar situações desagradáveis.
CAVALEIRO: Obrigado. Que prato é esse?
MIRANDOLINA: É um pratinho especial, feito por minhas mãos.
CAVALEIRO: Deve ser bom. Se foi a senhora quem o cozinhou, deve ser bom.
MIRANDOLINA: O senhor é que é muito bom comigo. Não tenho grandes habilidades. Mas gostaria de ter, para satisfazer a um cavaleiro tão simpático.
CAVALEIRO (*à parte*): Amanhã vou para Livorno. (*A Mirandolina.*) Se estiver ocupada, não se demore por mim.
MIRANDOLINA: Não, não, senhor. Há bastante cozinheiros aqui. Quero mesmo ver se esse prato lhe agrada.
CAVALEIRO: Vou provar. É bom, é ótimo! Gostoso mesmo! Só não compreendo o que seja.
MIRANDOLINA: A arte tem seus segredos, excelência. E, pelo visto, eu possuo um pouco dessa arte.
CAVALEIRO (*ao Criado*): Traga mais vinho.
MIRANDOLINA: Para acompanhar esse prato, é preciso alguma coisa especial.
CAVALEIRO: Então, traga o Borgonha.
MIRANDOLINA: Muito bem. O vinho de Borgonha é uma preciosidade. Na minha opinião, é o melhor de todos, para se tomar durante as refeições.

Criado traz outra garrafa e um copo.

CAVALEIRO: Vejo que tem bom gosto.
MIRANDOLINA: Com efeito, é raro que eu me engane.
CAVALEIRO: Entretanto, desta vez, está se enganando.
MIRANDOLINA: No que, senhor?
CAVALEIRO: Em acreditar que eu mereça atenções especiais.
MIRANDOLINA (*suspira*): Ai, senhor.
CAVALEIRO: Que há? Que suspiro é esse?
MIRANDOLINA: O senhor sabe: eu sou atenciosa para com todo mundo, e todo mundo é ingrato para comigo.

CAVALEIRO: Eu não serei ingrato.
MIRANDOLINA: Com o senhor eu fiz apenas meu dever.
CAVALEIRO: Não, não! Sei distinguir: não sou tão ríspido como pareço. Não terá motivos para se queixar de mim.
MIRANDOLINA: Senhor, não compreendo...
CAVALEIRO: À sua saúde. (*Bebe.*)
MIRANDOLINA: Obrigada. É muita honra.
CAVALEIRO: Este vinho é ótimo.
MIRANDOLINA: Adoro o Borgonha.
CAVALEIRO: Se quiser, sirva-se.
MIRANDOLINA (*recusando*): Obrigada, senhor.
CAVALEIRO: Já almoçou?
MIRANDOLINA: Já, excelência.
CAVALEIRO: Não quer mesmo um pouco de vinho?
MIRANDOLINA: Não se incomode por mim.
CAVALEIRO: Vamos, aceite um gole.
MIRANDOLINA: Já que o senhor insiste...
CAVALEIRO (*ao criado*): Traga outro copo.
MIRANDOLINA: Não, não, se me dá licença, usarei este. (*Pega o copo do Cavaleiro.*)
CAVALEIRO: Mas neste eu já bebi.
MIRANDOLINA: Não faz mal, beberei seus pensamentos...
CAVALEIRO (*servindo-se do outro copo*): Espertinha...
MIRANDOLINA: Receio, porém, que me faça mal. Já almocei há algum tempo.
CAVALEIRO: Não há perigo.
MIRANDOLINA: Talvez com um pedacinho de pão...
CAVALEIRO: Aqui está.

Dá-lhe o pão. Mirandolina, com o copo na mão direita e o pão na esquerda, fica desajeitada, não sabendo como fazer para molhar o pão no vinho.

CAVALEIRO: A senhora não está à vontade. Sente-se.
MIRANDOLINA: Não, meu senhor.
CAVALEIRO: Vamos, vamos. Estamos a sós. (*Ao Criado.*) Traga uma cadeira.
CRIADO (*executando*): O patrão vai ter um treco. Nunca fez isso na vida.
MIRANDOLINA: Se o conde e o marquês me vissem agora, coitada de mim!
CAVALEIRO: Por quê?
MIRANDOLINA: Mil vezes me convidaram e jamais aceitei.
CAVALEIRO: Vamos, sente-se.
MIRANDOLINA: Obedeço, senhor. (*Senta-se e vai molhando o pão no vinho.*)
CAVALEIRO (*ao Criado*): Não diga a ninguém que ela sentou-se à minha mesa.

CRIADO: Fique tranquilo. (*À parte.*) Quanta novidade. Não entendo mais nada.
MIRANDOLINA: Bebo à saúde de tudo o que mais agrada Vossa Excelência.
CAVALEIRO: Muito obrigado.
MIRANDOLINA: Esse brinde naturalmente não inclui as mulheres.
CAVALEIRO: Não? Por quê?
MIRANDOLINA: Sei que não gosta delas.
CAVALEIRO: É verdade, nunca as apreciei muito.
MIRANDOLINA: Continue assim.
CAVALEIRO: Receio, porém... (*Para e olha para o Criado.*)
MIRANDOLINA: O que, senhor?
CAVALEIRO: Escute. (*Falando-lhe ao ouvido.*) Receio que você me faça mudar de ideia.
MIRANDOLINA: Eu, meu senhor? De que maneira?
CAVALEIRO (*ao Criado*): Vai! Vai!
CRIADO: O senhor precisa de alguma coisa?
CAVALEIRO: Manda preparar dois ovos e, quando estiverem prontos, vem servi-los à mesa.
CRIADO: Ovos quentes? Ovos cozidos, fritos?
CAVALEIRO: Ovos. Vai!
CRIADO: Compreendi. (*À parte.*) O patrão está esquentando. (*Sai.*)
CAVALEIRO: Mirandolina, você é uma criatura encantadora.
MIRANDOLINA: Está caçoando de mim, senhor.
CAVALEIRO: Quero dizer-lhe uma coisa verdadeira, verdadeiríssima, que será praticamente a proclamação de sua glória.
MIRANDOLINA: Escutarei com prazer.
CAVALEIRO: Você é a primeira mulher neste mundo com quem tive o prazer em tratar sem sofrimento. E isso me surpreende.
MIRANDOLINA: Vou explicar, senhor. Não é que eu tenha algum mérito extraordinário. É que, às vezes, parece que o sangue da pessoa combina com o de outra. Essa simpatia, essa química, se dá mesmo entre desconhecidos. Eu também sinto pelo senhor o que não senti por ninguém.
CAVALEIRO: Você é capaz de perturbar o meu sossego. Estou preocupado.
MIRANDOLINA: Vamos, senhor cavaleiro. És homem de juízo e com juízo deve agir. Não caia na mesma fraqueza dos outros. Se eu perceber isso, não virei mais aqui. Também sinto não sei o que dentro de mim: alguma coisa que eu nunca... mas não quero perder a cabeça por causa de homens, e muito menos por um homem que detesta as mulheres. Quem sabe se o senhor quer apenas me pôr à prova, para depois desdenhar de mim? Seria horrível! Posso tomar mais um gole de Borgonha?

CAVALEIRO: Cuidado.
MIRANDOLINA (*à parte*): Está amolecendo...
CAVALEIRO (*dando-lhe mais vinho*): Tome.
MIRANDOLINA: Muito obrigada. E o senhor não bebe?
CAVALEIRO: Beberei, sim. (*À parte.*) Era melhor que eu me embriagasse. Um diabo enxotaria o outro!
MIRANDOLINA (*dengosa*): Cavaleiro, por favor...
CAVALEIRO: Que é?
MIRANDOLINA: Toque aqui. (*Tocam os copos.*) Um viva às pessoas que se gostam sem malícia! Toque.
CAVALEIRO: Viva!

Cena 5

Marquês e os mesmos.

MARQUÊS (*entrando*): Viva! Voltei.
CAVALEIRO: Que é isso, marquês?
MARQUÊS: Desculpe, amigo. Chamei, mas ninguém me atendeu.
MIRANDOLINA: Dá licença (*Faz menção de sair.*)
CAVALEIRO: Fique aqui. (*Ao Marquês.*) Eu nunca tomei dessas liberdades com o senhor.
MARQUÊS: Já pedi desculpas. Afinal, somos amigos. Pensei que estivesse sozinho. Vejo com prazer que está em companhia de nossa adorável patroazinha. Que me diz? Não é uma obra-prima?
MIRANDOLINA: Senhor marquês, vim aqui exclusivamente para servir o almoço. Tive uma tontura, então o cavaleiro me ofereceu um copo de Borgonha.
MARQUÊS: É Borgonha mesmo?
CAVALEIRO: É.
MARQUÊS: Mesmo, mesmo?
CAVALEIRO: Foi o que me garantiram.
MARQUÊS: Sou entendido em vinhos. Deixe que eu prove e logo direi se é autêntico.
CAVALEIRO (*chamando o Criado*): Ei, moço!

Cena 6

Entra o Criado com os ovos, e os mesmos.

CAVALEIRO: Um copo para o marquês.
MARQUÊS: Mas não um desses copinhos pequenos! Borgonha não é licor. Para julgá-lo, é preciso beber bastante.
CRIADO: Aqui estão.
CAVALEIRO: Não quero mais nada.
MARQUÊS: Que prato é esse?
CAVALEIRO: Ovos.
MARQUÊS: Não gosto. (*Criado leva os ovos.*)
MIRANDOLINA: Senhor marquês, com licença do meu hóspede, queira experimentar este pratinho preparado por mim.
MARQUÊS: Naturalmente. Uma cadeira. (*Criado traz uma cadeira e o copo.*) Um garfo!
CAVALEIRO: Ouviu? Um garfo também.
MIRANDOLINA: Bem, agora estou me sentindo melhor. Vou indo.
MARQUÊS: Por favor, fique mais um pouco.
MIRANDOLINA: Senhor, preciso cuidar de muitas coisas. E depois, o senhor cavaleiro...
MARQUÊS: O senhor dá licença que ela fique?
CAVALEIRO: Por quê? Está precisando dela?
MARQUÊS: Quero que o senhor beba comigo um gole de certo vinho de Chipre que é uma verdadeira preciosidade. E gostaria que Mirandolina também o provasse e me dissesse sua opinião.
CAVALEIRO: Vamos, fique, para agradar ao senhor marquês.
MIRANDOLINA: O senhor marquês me desculpará.
MARQUÊS: E o vinho de Chipre?
MIRANDOLINA: Fica para outra vez.
CAVALEIRO: Vamos, fique.
MIRANDOLINA: É uma ordem?
CAVALEIRO: É um pedido.
MIRANDOLINA: Obedeço. (*Senta-se.*)
CAVALEIRO (*à parte*): Ela é realmente muito gentil comigo.
MARQUÊS (*comendo*): Mas que maravilha! Que sabor! Que gostinho!
CAVALEIRO (*a Mirandolina*): O marquês vai ficar com ciúme, vendo que você se sentou ao meu lado.
MIRANDOLINA (*ao Cavaleiro*): Pouco me importa.
CAVALEIRO (*como acima*): Você também é inimiga dos homens?

MIRANDOLINA (*como acima*): Tanto quanto o senhor é inimigo das mulheres.
CAVALEIRO (*como acima*): É... mas as minhas inimigas estão se vingando de mim.
MIRANDOLINA (*como acima*): Não entendo, senhor...
CAVALEIRO (*como acima*): Espertinha. Está vendo perfeitamente...
MARQUÊS: À sua saúde, amigo. (*Bebe o vinho de Borgonha.*)
CAVALEIRO: Então? Gostou?
MARQUÊS: Quero ser franco com o senhor: não vale nada. Espere para ver meu vinho de Chipre!...
CAVALEIRO: Mas onde está esse vinho?
MARQUÊS: Está aqui. Trouxe-o comigo. Quero que seja uma festa para todos. É formidável! Ei-lo. (*Tira do bolso uma garrafinha minúscula.*)
MIRANDOLINA: Pelo que vejo, o senhor marquês quer evitar que nos embriaguemos.
MARQUÊS: Deve ser bebido gota a gota, como a essência de melissa. Ei, homem, os copinhos! (*Abre a garrafa. Criado traz uns copos pequenos.*)
MARQUÊS: São muito grandes. Não há uns menores?
CAVALEIRO: Traga os copos de licor.
MIRANDOLINA: Acho que nem é preciso beber. Cheira-se e basta.
MARQUÊS: Com efeito, tem um cheiro divino.

Criado traz três copinhos.

MARQUÊS (*põe um pouco de vinho nos copos, sem enchê-los; dá dois ao Cavaleiro e a Mirandolina e um para si mesmo, depois fecha a garrafa com mil cuidados*): Que néctar! Que ambrosia! É o maná destilado! (*Bebe.*)
CAVALEIRO (*a Mirandolina*): Que acha desta porcaria?
MIRANDOLINA (*ao Cavaleiro*): É água suja.
MARQUÊS (*ao Cavaleiro*): Que me diz deste vinho?
CAVALEIRO: Ótimo, delicioso.
MARQUÊS: Viu? E você, Mirandolina, que me diz?
MIRANDOLINA: Quanto a mim, senhor, não posso fingir. Não gosto. Acho-o péssimo, e não sei dizer o contrário. Talvez a capacidade de dissimular seja uma virtude; porém, quem sabe fingir numa coisa, provavelmente é fingido em todas as outras.
CAVALEIRO (*à parte*): Ela está me censurando. Por que será?
MARQUÊS: Evidentemente, Mirandolina, você não entende de vinhos. É pena. Você tem bom gosto em matéria de lenços. Logo soube reconhecer o valor daquele que eu lhe dei de presente. Mas com o vinho não é assim.
MIRANDOLINA (*ao Cavaleiro*): Ele vive se gabando.
CAVALEIRO: Eu não sou assim.

MIRANDOLINA: O senhor se gaba é de desprezar as mulheres.
CAVALEIRO: E você, de conquistar todos os homens.
MIRANDOLINA: Todos, não.
CAVALEIRO: Todos, sim.
MARQUÊS (*ao Criado*): Por favor, três copinhos limpos.
MIRANDOLINA: Não quero mais.
MARQUÊS: Não se assuste. Não é para você. (*Criado traz os copos e o Marquês enche-os com infinitos cuidados.*) Meu rapaz, peça licença ao seu patrão e vá procurar o conde de Albafiorita. Diga-lhe, da minha parte, que faço questão de lhe oferecer o meu vinho de Chipre. Fale bem claro e bem alto, para que todos ouçam.
CRIADO: Perfeitamente. (*À parte.*) Coitados, bêbados é que não vão ficar. (*Sai.*)
CAVALEIRO: O senhor marquês é muito generoso.
MARQUÊS: Sou mesmo. Pode perguntar a Mirandolina.
MIRANDOLINA: Muito, muito generoso!
MARQUÊS: Já mostrou o lenço ao cavaleiro?
MIRANDOLINA: Ainda não.
MARQUÊS: Pois verás. (*Guardando a garrafa.*) Vou guardar um pouco deste tesouro para o jantar.
MIRANDOLINA: Cuidado, que não lhe faça mal.
MARQUÊS: Só uma coisa me faz mal.
MIRANDOLINA: Qual é?
MARQUÊS: Seus lindos olhos.
MIRANDOLINA: Verdade?
MARQUÊS (*ao Cavaleiro*): Ai, senhor cavaleiro, eu estou perdidamente apaixonado por essa mulher!
CAVALEIRO (*ao Marquês*): Sinto muito.
MARQUÊS (*ao Cavaleiro*): O senhor não sabe o que é o amor! Se soubesse, teria pena de mim.
CAVALEIRO: E tenho mesmo.
MARQUÊS: Ainda por cima, sou ciumento. Deixo que ela fique perto do senhor, porque sei que não há perigo. Em caso contrário, não suportaria uma coisa dessas.
CAVALEIRO (*à parte*): Estou começando a perder a paciência.

Cena 7

Os mesmos.

CRIADO (*entra com uma garrafa*): O senhor conde agradece à Vossa Senhoria e manda-lhe essa garrafa de vinho das Ilhas Canárias.
MARQUÊS: Agora ele quer comparar o meu vinho de Chipre com as suas Canárias! Deixe ver. Coitado! É uma infame mistura.
CAVALEIRO: Experimente, antes de julgar.
MARQUÊS Nunca! Isso não passa de uma impertinência, mais uma impertinência do senhor conde. Quer ser maior que eu em tudo. Quer ofender-me, quer provocar-me para que eu faça alguma besteira. Mas juro que, se a fizer, será a maior de todas. Mirandolina, se você não expulsar esse homem, haverá grandes estragos aqui dentro! Sim, grandes estragos! Esse homem é um temerário! Eu tenho a minha dignidade, e não suportarei outros insultos! (*Sai com a garrafa.*)

Cena 8

Cavaleiro, Mirandolina e o Criado.

CAVALEIRO: Ficou furioso. Coitado! Está louco, e quem o fez enlouquecer foi você.
MIRANDOLINA [(*à parte*): Acaso tenha um ataque, levou uma garrafa inteira de remédio.] (*Ao Cavaleiro*) Acha que uma mulher como eu tem forças para tanto?
CAVALEIRO: Acho. Você é...
MIRANDOLINA (*levantando-se*): Com licença, senhor.
CAVALEIRO: Um momento.
MIRANDOLINA: Desculpe, mas nunca enlouqueci ninguém.
CAVALEIRO: Escute.
MIRANDOLINA: Passar bem.
CAVALEIRO: Fique.
MIRANDOLINA (*alterada*): Que quer de mim?
CAVALEIRO (*atrapalhado*): Nada. Vamos tomar um outro copo de Borgonha.
MIRANDOLINA: Está bem. Mas depressa, porque preciso sair.
CAVALEIRO: Sente-se.
MIRANDOLINA: De pé, de pé.

CAVALEIRO: Como quiser. (*Entrega-lhe o copo.*)
MIRANDOLINA: Um brinde, e já vou. Um brinde que aprendi com minha avó:
> Viva o vinho, e viva o Amor.
> Um e outro a gente encanta!
> Desce aquele até a garganta, este chega ao coração.
> Bebo o vinho e me despeço:
> quanto ao resto, nada peço. (*Sai.*)

Cena 9

Cavaleiro e Criado.

CAVALEIRO: Brava! Espere! Me escute... Ah, danada! Se foi. Foi-se, e deixou-me às voltas com mil diabos que me atormentam.
CRIADO: O senhor quer fruta?
CAVALEIRO: Vá para o inferno. (*Criado sai.*) *Bebo o vinho e me despeço: / quanto ao resto, nada peço...*; que brinde misterioso é esse? Te reconheço, demônio. Quer me abater, quer me assassinar! E o faz com um jeitinho tão gracioso... Meu Deus, como é insinuante! Tem não sei o quê. Pelos diabos, será que essa mulher...? Não! Vou para Livorno. Não quero vê-la nunca mais. Malditas mulheres! Juro solenemente que nunca mais porei o pé em lugar onde haja mulheres. Nunca mais! (*Sai.*)

Cena 10

Quarto do Conde de Albafiorita. Entram rindo Hortênsia, o Conde e Dejanira.

CONDE: Esse marquês de Forlipópoli é um tipo curiosíssimo. É nobre de nascença, sem dúvida; mas o pai, primeiro, e ele, depois, esbanjaram toda a fortuna. Sobrou-lhe apenas do que viver. Mas não resiste à tentação de se mostrar importante.
HORTÊNSIA: Bem se vê que queria ser generoso, mas não pode.
DEJANIRA: Faz uns presentes sem valor, e quer que todo mundo saiba.
CONDE: Seria uma boa personagem para alguma comédia.
HORTÊNSIA: Deixe que chegue a companhia. Talvez haja um meio de armar uma boa brincadeira à custa dele.
DEJANIRA: Há um ou dois atores muito bons para imitar esses tipos.

CONDE: Mas, se quiserem realmente pregar-lhe uma peça, vocês duas precisam continuar fingindo que são damas[17].
HORTÊNSIA: Por mim, não há dúvida. Ela, porém, não sabe ficar séria[18].
DEJANIRA: É que sou muito franca e, nessas situações, morro de rir[19].
CONDE: Bem, no meu caso, fizeram bem em revelar-me a verdade. Só assim posso fazer alguma coisa para vocês.
HORTÊNSIA: O senhor conde será o nosso protetor.
DEJANIRA: Somos amigas, e dividiremos os seus favores em partes iguais.
CONDE: Quero ser franco com vocês. Procurarei ajudá-las, serei amigo, mas acontece que tenho uma obrigação, a qual não me permitirá frequentar o seu quarto.
HORTÊNSIA: Ai, senhor conde, isto é caso de amor. Ou não é?
CONDE: Vou revelar-lhes um segredo. Trata-se da dona desta pousada.
HORTÊNSIA: Ora, é realmente uma grande dama! Admiro-me que o senhor conde perca o tempo com uma comerciante.
DEJANIRA: Já seria melhor se o empregasse com uma comediante.
CONDE: Francamente, o amor com você não me agrada. Hoje estão aqui, amanhã quem sabe onde.
HORTÊNSIA: Pois não é melhor assim? O amor é eterno enquanto dura; os homens, dessa maneira, não se arruínam.
CONDE: Pode ser, mas eu gosto dela, e não quero que se zangue comigo.
DEJANIRA: Que tem ela de especial?
CONDE: Muito.
HORTÊNSIA: É bonita, corada... (*Faz um gesto para indicar que ela se maquia.*)
CONDE: É inteligente, sabe falar...
DEJANIRA: Bem, nesse ponto, ousará compará-la conosco?
CONDE: Chega. Seja o que quiser, Mirandolina me agrada. Se vocês desejarem minha amizade, deverão gostar dela. Senão, façam de conta que nunca me conheceram.
HORTÊNSIA: Sendo assim, declaro que ela é mais linda do que Vênus.
DEJANIRA: É a mais inteligente criatura do mundo.
CONDE: Assim é melhor.
HORTÊNSIA: Pelo que custa...

---

17 A fala pressupõe que, pela intimidade conquistada durante o almoço, o Conde já conhece a verdadeira identidade das duas comediantes.
18 "Não sabe ficar séria" traduz *dà di bianco*, expressão da cena teatral que continua de uso comum, significando "dar branco" ou "não conseguir manter o papel".
19 "É que sou muito franca e, nessas situações, morro de rir" traduz *mi vien da ridere quando i gonzi mi credono una signora* (lit. "morro de rir dos bobos que acreditam quando eu finjo ser uma dama") e implica que bobos sejam todos aqueles que caem nas farsas dos comediantes, ou seja, o público.

O Cavaleiro passa ao fundo.

CONDE (*olhando para dentro da cena*): Já viram esse homem? Esse que passou agora pela sala?
HORTÊNSIA: Vi, por quê?
CONDE: É outro bom tipo para o teatro.
HORTÊNSIA: Que tipo?
CONDE: Detesta as mulheres. Todas as mulheres.
DEJANIRA: Coitado!
HORTÊNSIA: Deve ter tido alguma decepção.
CONDE: Nada disso. Nunca amou. Sempre recusou-se a tratar com mulheres. Seu desprezo chega ao ponto que ele nem olha para Mirandolina.
HORTÊNSIA: Acho que, se eu quisesse, conseguiria fazê-lo de mudar de opinião.
DEJANIRA: Grande coisa! Eu também sou capaz...
CONDE: Então aceito a aposta! Vamos nos divertir. Se conseguirem que ele se apaixone, ganharão de mim um lindo presente.
HORTÊNSIA: Não quero recompensas. Se o fizer, será por meu gosto.
DEJANIRA: Se o senhor conde quiser demonstrar a sua generosidade, não há de ser por isso. Enquanto se espera a chegada da companhia, vamos nos divertir com esse homem!
CONDE: Aviso-as de que nada conseguirão.
HORTÊNSIA: O senhor conde faz mau juízo de nós.
DEJANIRA: Não sou nenhuma Mirandolina, porém conheço os homens.
CONDE: Quer que o mande chamar?
HORTÊNSIA: Como quiser.

Cena 11

Os mesmos e o Criado.

CONDE (*bate palmas; aparece o Criado*): Diga ao cavaleiro de Ripafratta que me faça o favor de vir até aqui, pois preciso falar-lhe.
CRIADO: Ele não está no quarto.
CONDE: Passou agora pela sala. Tá para a cozinha. Vai depressa!
CRIADO: Imediatamente. (*Sai.*)
[CONDE (*à parte*): Que diabo terá ido fazer na cozinha? Aposto que foi reclamar com Mirandolina porque não lhe agradou o almoço.
HORTÊNSIA: Senhor Conde, supliquei ao Marquês que chamasse o sapateiro, mas até agora não apareceu.

CONDE: Isso eu posso resolver. Deixe comigo.
DEJANIRA: A mim, o senhor marquês prometeu um lenço, mas, quem te viu, quem te vê!
CONDE: Tem lenço por toda a parte.
DEJANIRA: Mas é que eu preciso mesmo!
CONDE (*oferecendo o dele*): Se quiser usar o meu... é limpo.
DEJANIRA: Muito agradecida. Quanta gentileza.]
CONDE: Oh, lá vem o cavaleiro!] Continuem representando o papel de damas. Assim será forçado a escutá-las. Fiquem um pouco de lado. Se ele reparar que estão aqui, ele foge.
HORTÊNSIA: Cavaleiro de Ripafratta? É toscano?
CONDE: De Florença.
DEJANIRA: Casado?
CONDE: Que esperança!
HORTÊNSIA: Rico?
CONDE: Muito.
DEJANIRA: Generoso?
CONDE: Bastante.
DEJANIRA: Então deixe-o por minha conta.
HORTÊNSIA: Saberemos como amansá-lo. (*Afastam-se as duas.*)

Cena 12

O Cavaleiro e os mesmos.

CAVALEIRO (*entrando*): O senhor conde deseja falar comigo?
CONDE: Sim. Desculpe se o incomodei.
CAVALEIRO: Não foi nada.
CONDE: Essas damas precisam do senhor. (*As duas aparecem.*)
CAVALEIRO: Desculpem, mas estou com pressa. Mais tarde.
[HORTÊNSIA: Cavaleiro, não queremos importunar.
DEJANIRA: Só conversar.
CAVALEIRO: Senhoras, peço licença. Tenho um negócio a resolver.
HORTÊNSIA: Duas palavras apenas.
DEJANIRA: Um minutinho.
CAVALEIRO (*à parte*): Maldito conde.
CONDE: Amigo caro, duas senhoras suplicando, não dá para não satisfazê-las. É o mínimo da civilidade.
CAVALEIRO: Perdão. Digam, então.

HORTÊNSIA: O senhor é toscano?
CAVALEIRO: Sim senhora.
DEJANIRA: Tens amigos em Florença?
CAVALEIRO: Amigos e parentes.
DEJANIRA: Saiba então, senhor... Amiga, você começa. (*A Hortênsia.*)
HORTÊNSIA: Cavaleiro, o senhor precisa saber...
CAVALEIRO: Vamos, senhoras, não tenho o dia todo.
CONDE: A minha presença incomoda. Deixo vocês à vontade com o cavaleiro.
CAVALEIRO: Não, amigo, não vá.
CONDE: Sei o que faço. Até logo. (*Sai.*)].
HORTÊNSIA: É coisa de um minuto.
DEJANIRA: Duas palavras apenas.
CONDE: Deixo-as à vontade. Até logo. (*Sai.*)

Cena 13

As mesmas e o Cavaleiro.

CAVALEIRO: Estou às ordens, senhoras.
HORTÊNSIA: Não quer sentar-se?
CAVALEIRO: Não, obrigado, estou com pressa.
DEJANIRA: Tão rude com mulheres?
CAVALEIRO: Por favor, digam o que desejam.
HORTÊNSIA: Precisamos de sua ajuda, de sua bondade, de sua proteção.
CAVALEIRO: Que foi que lhes aconteceu?
DEJANIRA: Fomos abandonadas pelos nossos maridos
[CAVALEIRO: Abandonadas? Duas damas? Por quem? Seus maridos?
DEJANIRA (*a Hortênsia*): Amiga, eu não tenho coragem...
HORTÊNSIA (*a Dejanira*): Até eu fiquei com medo deste demônio.]
CAVALEIRO: Bem, até logo, prazer em conhecê-las. (*Quer sair.*)
HORTÊNSIA: Assim nos trata?
DEJANIRA: São esses os modos de um cavaleiro?
CAVALEIRO: Desculpem, mas eu gosto muito do meu sossego. Duas damas abandonadas pelos maridos!... Com certeza as senhoras sabem que tenho amigos em Florença e hão de querer que eu procure esse ou aquele, que eu vá para cima e para baixo... Eu não dou para isso. Não contem comigo.
HORTÊNSIA (*a Dejanira*): Acho que será melhor contar a verdade.
DEJANIRA (*a Hortênsia*): Sim, falemos francamente.
CAVALEIRO: Que novidade é essa?

HORTÊNSIA: Não somos damas.
CAVALEIRO: O quê?
DEJANIRA: Foi uma brincadeira do senhor conde
[CAVALEIRO: Brincadeira bem-sucedida. Até mais.
HORTÊNSIA: Espere.
CAVALEIRO: O que quer mais?
DEJANIRA: Que o senhor se digne a conversar mais um pouco conosco.
CAVALEIRO: Tenho mais o que fazer. Não posso ficar.
HORTÊNSIA: Já não queremos pedir favor nenhum.
CAVALEIRO: A sua reputação não está em risco.
HORTÊNSIA: Sabemos que o senhor detesta as mulheres.
CAVALEIRO: Já sabem, acho ótimo. Passar bem.
HORTÊNSIA: Escute, nós não somos mulheres que podem ameaçá-lo.
CAVALEIRO: Pois é, são quem?
HORTÊNSIA: Fala, Dejanira.
DEJANIRA: Fala você.
CAVALEIRO: Chega, quem são vocês?]
HORTÊNSIA: Somos duas comediantes.
CAVALEIRO: Duas comediantes? Então, falem à vontade. Conheço gente da sua profissão. Não tenho medo.
HORTÊNSIA: Que quer dizer?
CAVALEIRO: Sei que todos vocês fingem em cena e fora de cena.
DEJANIRA: Eu, fora de cena, não sei fingir.
CAVALEIRO: Qual é o seu nome? Madame Sinceridade?
DEJANIRA: Meu nome é...
CAVALEIRO: E a senhora? Madame Pureza?
HORTÊNSIA: Mas, cavaleiro...
CAVALEIRO: Quando fica na porta do teatro com a bandeja, abre bastante o decote?
HORTÊNSIA: Mas eu...
CAVALEIRO: E qual é o seu sistema para fisgar os trouxas?
DEJANIRA: Um momento, senhor.
CAVALEIRO: Conheço a gíria. Não é "trouxa" que se diz?
HORTÊNSIA: Esse cavaleiro é um brincalhão. (*Quer agarrá-lo pelo braço.*)
CAVALEIRO: Tire as patas daí.
HORTÊNSIA: Parece mais um caipira do que um cavaleiro.
CAVALEIRO: Pois eu lhes digo que as senhoras são duas impertinentes.
DEJANIRA: Ousa dizer isso a mim?
HORTÊNSIA: A uma mulher como eu?
CAVALEIRO: Oh, que linda cara pintada!

HORTÊNSIA: Patife! (*Sai.*)
CAVALEIRO: Oh, que linda peruca!
DEJANIRA: Canalha! (*Sai.*)

Cena 14

Cavaleiro só.

CAVALEIRO: Que é que elas pensavam? Que eu era algum bobo? Coitadinhas! Se fossem damas, a única saída seria fugir. Mas, sendo quem são, o melhor é mesmo dizer-lhes a verdade na cara. Sempre que posso, gosto de maltratar as mulheres. Mirandolina não, é claro. Ela foi muito atenciosa comigo. Tratou-me tão bem que não posso deixar de gostar dela. Mas nem por isso deixa de ser mulher. É preciso desconfiar. O melhor mesmo é partir. Sim, amanhã partirei. Mas, por que esperar até amanhã? Quem me garante que Mirandolina não me procurará essa noite, quando eu voltar? Disso poderia surgir alguma complicação. Aqui é preciso tomar uma resolução de homem.
CRIADO (*entrando*): Patrão.
CAVALEIRO: Que queres?
CRIADO: O marquês está no quarto do senhor e quer falar-lhe.
CAVALEIRO: Outra vez? Se for coisa de dinheiro, está bem arranjado. Não lhe darei mais um centavo. Que espere, que espere. Quando estiver cansado de esperar, irá embora. Vai, procura o criado da pousada e diz-lhe que me traga a conta.
CRIADO: Está bem. (*Faz menção de sair.*)
CAVALEIRO: Escuta. Prepara a minha bagagem, depressa.
CRIADO: Vamos partir?
CAVALEIRO: Traga-me aqui a espada e o chapéu, sem que o marquês perceba.
CRIADO: Mas, se ele vê as malas...
CAVALEIRO: Conta-lhe qualquer coisa. Vai correndo.
CRIADO (*à parte*): Que pena, ter que partir! Estava mesmo gostando dessa Mirandolina. (*Sai.*)
CAVALEIRO: Apesar de tudo, é bem verdade que sinto alguma coisa ao me despedir desta casa: um sentimento novo, que jamais experimentei antes. Tanto pior para mim, se eu ficasse. O remédio é mesmo partir. Sim, mulheres, dessa vez também só posso falar mal de vocês, pois vocês nos prejudicam e nos fazem sofrer até mesmo quando nos tratam bem!

Cena 15

Fabrício e o mesmo.

FABRÍCIO (*entrando*): O senhor pediu a conta?
CAVALEIRO: Trouxe-a?
FABRÍCIO: A patroa está fazendo.
CAVALEIRO: É ela quem faz as contas?
FABRÍCIO: Sempre. Mesmo quando o pai estava vivo. Ela escreve e faz as contas melhor que um contador.
CAVALEIRO (*à parte*): Que mulher singular é essa!
FABRÍCIO: Mas o senhor vai partir tão depressa?
CAVALEIRO: Assim querem os meus negócios.
FABRÍCIO: Não se esqueça de mim.
CAVALEIRO: Traga-me a conta. Eu sei qual é o meu dever.
FABRÍCIO: Devo trazê-la aqui mesmo?
CAVALEIRO: Aqui mesmo. Não quero voltar para o meu quarto.
FABRÍCIO: Pois faz o senhor muito bem. No seu quarto está o louco do marquês. Coitadinho! Está apaixonado pela patroa. Mas vai ficar de mão abanando. Mirandolina há de ser minha esposa.
CAVALEIRO (*gritando*): A conta!
FABRÍCIO: Já vai, já vai. (*Sai.*)

Cena 16

Cavaleiro, só.

CAVALEIRO: Estão todos apaixonados por Mirandolina. Não é de admirar, uma vez que eu mesmo estava começando a ficar impressionado! Mas vou-me embora. Saberei superar essa força desconhecida. Que vejo? Mirandolina? Que quer ela de mim? Tem um papel na mão. Há de ser a conta. Que devo fazer? Bem, aguentemos esse último encontro. Dentro de duas horas estarei longe daqui.

Cena 17

Mirandolina e o mesmo.

MIRANDOLINA (*entrando, tristíssima*): Senhor...

CAVALEIRO: Que há, Mirandolina?
MIRANDOLINA: Dá licença?
CAVALEIRO: Entre.
MIRANDOLINA: Pediu a conta e eu a trouxe.
CAVALEIRO: Deixe ver.
MIRANDOLINA: Ei-la. (*Entrega a conta e enxuga os olhos no avental.*)
CAVALEIRO: Que é isso? Está chorando?
MIRANDOLINA: Nada, senhor. Lá na cozinha, a fumaça entrou nos meus olhos e...
CAVALEIRO: Fumaça nos olhos? Bem, bem... quanto é a conta? (*Lê.*) Vinte paulos? Em quatro dias? Tão barato? Vinte paulos?
MIRANDOLINA: Pois a conta é essa.
CAVALEIRO: E o almoço especial que me deu hoje, não está na conta?
MIRANDOLINA: O que eu dou de presente, não costumo cobrar.
CAVALEIRO: De presente?
MIRANDOLINA: Desculpe essa liberdade. Receba-o como um ato de... (*Cobre os olhos.*)
CAVALEIRO: Mas o que é que você tem?
MIRANDOLINA: É a fumaça, ou talvez alguma doença nos olhos.
CAVALEIRO: Será que você ficou assim cozinhando por minha causa?
MIRANDOLINA: Se fosse por isso, eu sofreria com prazer. (*Soluça.*)
CAVALEIRO (*à parte*): Preciso partir! (*A Mirandolina.*) Tome. São dois escudos. Disponha deles como quiser e lembre-se de mim e... procure compreender.

Mirandolina cai desmaiada numa cadeira.

CAVALEIRO: Mirandolina! Ai, meu Deus! Mirandolina! Desmaiou! Será que...? Será que estava apaixonada por mim? Mas... tão depressa? E por que não? Afinal, não estou eu apaixonado per ela? Querida Mirandolina... Querida? Eu disse querida? Bem, afinal desmaiou por minha causa. Meu Deus, como é bonita! Se eu tivesse ao menos alguma coisa para fazê-la voltar a si... Eu não lido com mulheres, não tenho sais, não tenho perfumes. (*Vai até a porta.*) Ah, por favor! Não tem ninguém? Depressa! Bem, vou eu mesmo. Coitadinha! Que Deus a abençoe. (*Sai.*)
MIRANDOLINA (*abre os olhos*): Agora caiu direitinho. Muitas são as armas das mulheres, mas quando os homens são teimosos, o golpe definitivo é o desmaio. Ele está voltando! (*Fecha os olhos.*)
CAVALEIRO (*volta com um jarro de água*): Estou aqui, estou aqui... Ainda não voltou a si! Não há dúvida, ela me ama! (*Vai salpicando o rosto*

com água.) Vamos, coragem, estou aqui. Estou aqui, querida! Não vou partir, não vou partir.

Cena 18

O Criado e os mesmos.

CRIADO (*entrando*): Eis a espada e o chapéu.
CAVALEIRO: Sai daqui.
CRIADO: E as malas?
CAVALEIRO: Sai daqui, desgraçado!
CRIADO: Olha, a patroazinha, coitada...
CAVALEIRO: Sai ou te quebro a cara! (*Criado sai.*) Ela não volta a si! Está suando frio... Vamos, Mirandolina, meu amor! Coragem, abra os olhos, fale comigo!

Cena 19

Marquês, Conde e os mesmos.

MARQUÊS (*entrando*): Que foi?
CONDE (*entrando*): Mas, meu amigo...
CAVALEIRO (*à parte*): Um raio que os parta!
MARQUÊS: Mirandolina?
MIRANDOLINA: Ai, ai... meu Deus! (*Acorda e vai levantando.*)
MARQUÊS: Ela me viu, e logo ficou boa!
CONDE: Muito bem, senhor cavaleiro...
MARQUÊS: Muito bem, senhor inimigo das mulheres...
CAVALEIRO: Que impertinência!
CONDE: Caiu direitinho, hein?
CAVALEIRO: Vão os dois para o diabo que os carregue! (*Atira o jarro no chão, quebrando-o e sai.*)
CONDE: O homem ficou louco. (*Sai.*)
MARQUÊS: Há de me pagar por esse insulto. (*Sai.*)
MIRANDOLINA: O jogo está feito. Agora o coração do urso virou fogo, chama, cinza. Só me resta, para completar a minha vitória, tornar público o meu triunfo. Assim estarão vingadas as mulheres, e punidos os homens presunçosos, que fazem pouco de nós!

Ato III

Cena 1

Sala da pousada com tábua de passar roupa.

MIRANDOLINA: Acabou-se a brincadeira. Preciso cuidar do meu trabalho. Vou passar essa roupa antes que seque. (*Chamando.*) Fabrício!
FABRÍCIO (*entrando*): Patroa?
MIRANDOLINA: Por favor, vá buscar um ferro quente.
FABRÍCIO: Sim, senhora.
MIRANDOLINA: Desculpe se te peço esse favor.
FABRÍCIO: Não há de quê. Enquanto eu comer o seu pão, tenho obrigação de servi-la.
MIRANDOLINA: Espere. Você não tem nenhuma obrigação. Esse serviço não é seu. Mas você o faz igualmente, e até mesmo com prazer, porque sou eu que lhe peço. E eu, da minha parte... Basta, basta, não quero falar.
FABRÍCIO: Faria qualquer coisa pela senhora, embora veja que não vale a pena.
MIRANDOLINA: Por que não vale a pena? Acha que sou uma ingrata?
FABRÍCIO: A senhorita não olha para os pobres diabos como eu. A senhorita gosta é da aristocracia.
MIRANDOLINA: Ora, aqueles dois loucos. Deixe de bobagens, Fabrício. Vá buscar o ferro.
FABRÍCIO: Eu vi com meus próprios olhos.
MIRANDOLINA: Chega, chega. Vá buscar o ferro.
FABRÍCIO: Está bem. Eu vou. Faço o que manda. Mas não há de ser por muito tempo. (*Vai saindo.*)
MIRANDOLINA (*fingindo falar consigo mesma*): Homens! Mais a gente gosta deles, pior eles ficam.
FABRÍCIO: Que foi que disse?
MIRANDOLINA: Esse ferro vem ou não vem?
FABRÍCIO: Já vai. (*À parte.*) Não entendo. Às vezes parece que você gosta de mim, outras vezes me maltrata (*Sai.*)

Cena 2

Mirandolina e o Criado do Cavaleiro.

MIRANDOLINA: Pobre Fabrício! Há de me servir, mesmo com ciúme e raiva. Os homens acabam sempre por fazer a minha vontade. Que exemplo melhor do que o tal cavaleiro de Ripafratta? Detesta todas as mulheres mas agora faria qualquer disparate por mim.

CRIADO (*entrando*): Bom dia, senhorita Mirandolina.

MIRANDOLINA: Que há de novo, amigo?

CRIADO: Meu patrão mandou cumprimentá-la e quer saber como está passando.

MIRANDOLINA: Diga ao patrão que me sinto perfeitamente bem.

CRIADO: Encarregou-me também de oferecer-lhe isto. (*Mostra um frasco dourado.*) É essência de melissa. Um remédio excelente.

MIRANDOLINA: É de ouro?

CRIADO: De ouro legítimo.

MIRANDOLINA: E por que não me deu esse remédio quando desmaiei?

CRIADO: Porque não o tinha.

MIRANDOLINA: Mandou buscá-lo agora?

CRIADO: É um segredo, mas vou contar. O meu patrão mandou-me procurar um joalheiro. Foi agora de manhã. O homem quis doze escudos por isto. Depois fui à farmácia, comprar o remédio.

MIRANDOLINA (*ri*): Que ideia!

CRIADO: Qual é a graça?

MIRANDOLINA: É que ele me dá o remédio quando o mal já passou.

CRIADO: Servirá para outra vez.

MIRANDOLINA: Vou tomar um gole disso. (*Bebe.*) Tratamento preventivo. E agora leva-o de volta. E agradece ao teu patrão.

CRIADO: O frasco é seu.

MIRANDOLINA: Meu?

CRIADO: Presente do patrão.

MIRANDOLINA: Leva-o de volta com meus agradecimentos.

CRIADO: Senhorita, não faça uma coisa dessas.

MIRANDOLINA: Não quero presentes. Pegue.

CRIADO: Ele vai ficar muito zangado.

MIRANDOLINA: Leva-o de volta, já disse.

CRIADO: Está bem, como quiser. (*À parte.*) Juro que não existe outra mulher capaz de recusar doze escudos com essa calma. (*Sai.*)

Cena 3

Mirandolina e Fabrício.

MIRANDOLINA: Está frito, fritadinho e fritíssimo. Mas o que eu fiz com ele,

não foi por interesse. Foi para vingar a honra das mulheres. Não ia estragar tudo agora, deixando-o pensar que nós somos interesseiras e venais.
FABRÍCIO (*entrando*): Aqui está o ferro.
MIRANDOLINA: Está bem quente?
FABRÍCIO: Está sim... Queimando, como eu.
MIRANDOLINA: Que fogo é esse?
FABRÍCIO: É o tal cavaleiro de Ripafratta, mandando recadinhos e presentes. Já sei tudo.
MIRANDOLINA: Não é nenhum mistério. Ele me mandou um frasco de ouro e eu o mandei de volta.
FABRÍCIO: Mandou de volta?
MIRANDOLINA: Se não acredita em mim, pergunte a ele mesmo.
FABRÍCIO: Por que fez isso?
MIRANDOLINA: Porque não quero que você pense... Chega, vamos mudar de assunto.
FABRÍCIO: Mirandolina, minha querida Mirandolina, perdoe-me.
MIRANDOLINA: Vá embora, deixe-me trabalhar.
FABRÍCIO: Você precisa compreender que eu...
MIRANDOLINA: Vá buscar outro ferro. Quando estiver quente, volte aqui.
FABRÍCIO: Vou. Acredite, eu falei porque...
MIRANDOLINA: Chega! Estou começando a me zangar.
FABRÍCIO: Não falo mais nada. (*À parte.*) Ela tem um geniozinho difícil, mas eu gosto. (*Sai.*)
MIRANDOLINA: Essa é boa: agora Fabrício ficou feliz porque recusei o presente do outro. Isso é o que chamo saber viver. Tudo se pode arranjar e de tudo se pode tirar algum proveito. É só um pouquinho de malandragem, de bons modos e de bom humor. Essas são as melhores qualidades das mulheres.

Cena 4

Cavaleiro e a mesma.

CAVALEIRO (*aparecendo, à parte*): Aí está ela! Eu não queria vir. Foi o diabo que me trouxe até aqui.
MIRANDOLINA (*à parte*): Hum... temos visitas! (*Vai passando roupa.*)
CAVALEIRO: Mirandolina...
MIRANDOLINA: O senhor aqui? Às suas ordens.
CAVALEIRO: Como está se sentindo?

MIRANDOLINA: Otimamente.
CAVALEIRO: Sabe que estou zangado com você?
MIRANDOLINA: Por que, senhor?
CAVALEIRO: Porque recusou o meu presente.
MIRANDOLINA: Que outra coisa podia eu fazer?
CAVALEIRO: Guardá-lo, e utilizá-lo sempre que precisasse.
MIRANDOLINA: Graças a Deus eu não vivo desmaiando. Só aconteceu uma vez e não vai se repetir.
CAVALEIRO: Mirandolina, será que tenho alguma culpa daquele seu desmaio?
MIRANDOLINA: Infelizmente, sim. Acho que foi mesmo culpa do senhor
CAVALEIRO (*apaixonado*): Minha? De verdade?
MIRANDOLINA: O senhor me deu para beber aquele vinho de Borgonha, que me fez mal.
CAVALEIRO (*decepcionado*): Ah, então foi isso?
MIRANDOLINA: Sem dúvida. Nunca mais irei ver o senhor no seu quarto.
CAVALEIRO: Nunca mais? Estou começando a compreender. Não quer vir nunca mais? Sim, compreendo como você se sente. Pois lhe digo que venha! Venha, querida, e não se arrependerá.
MIRANDOLINA: Meu ferro esfriou. Fabrício! Traga o outro ferro, se estiver quente!
CAVALEIRO: Por favor, guarde este frasco.
MIRANDOLINA: Não costumo aceitar presentes, meu senhor
CAVALEIRO: Então por que aceitou os presentes do conde?
MIRANDOLINA: Tive que fazê-lo, para não lhe dar um desgosto.
CAVALEIRO: E quer dar um desgosto a mim?
MIRANDOLINA: Com o senhor é diferente. O senhor não dá importância ao que as mulheres fazem.
CAVALEIRO: Mirandolina, as coisas mudaram muito.
MIRANDOLINA: Ah, é? Vamos ter lua nova? A que horas?
CAVALEIRO: Estou falando de uma mudança que se deu dentro de mim. A lua não tem nada com isso. Foi um milagre que você fez, com sua beleza, seus encantos... (*Mirandolina ri.*) De que está rindo?
MIRANDOLINA: O senhor zomba de mim e quer que eu não ria?
CAVALEIRO: Eu, zombar de você, meu bem? Nem pense nisso. Vamos, aceite o meu presente...
MIRANDOLINA: Não, obrigada.
CAVALEIRO: Aceite, se não quer me ofender.
MIRANDOLINA (*chamando*): Fabrício! O ferro!
CAVALEIRO: Aceita ou não aceita?

Mirandolina pega o frasco e atira-o na cesta da roupa.

CAVALEIRO: Está jogando fora o meu presente?
MIRANDOLINA: Fabrício!

Cena 5

Fabrício e os mesmos.

FABRÍCIO (*entrando com o ferro*): Pronto.
MIRANDOLINA: Está bem quente?
FABRÍCIO: Está.
MIRANDOLINA: Que é que você tem, Fabrício?
FABRÍCIO: Não é nada, não, patroa. Não é nada.
MIRANDOLINA: Está se sentindo mal?
FABRÍCIO: Dê-me o outro ferro para esquentar.
MIRANDOLINA: Estou meio assustada com você. Parece doente.
CAVALEIRO: Vamos, dê-lhe o ferro e deixe-o ir.
MIRANDOLINA: Eu gosto muito dele, sabe? É meu homem de confiança.
CAVALEIRO (*à parte*): Vou estourar!
MIRANDOLINA: Tome o ferro, meu caro Fabrício. Vá.
FABRÍCIO: Patroa...
MIRANDOLINA: Vá, vá depressa.
FABRÍCIO (*saindo*): Não aguento mais essa situação!

Cena 6

Cavaleiro e Mirandolina.

CAVALEIRO: A senhorita é bem carinhosa com esse rapaz.
MIRANDOLINA: Que é que o senhor está insinuando?
CAVALEIRO: É claro. Está apaixonada por ele!
MIRANDOLINA: Eu, apaixonada por um criado? Muito obrigada, senhor. Saiba que tenho bom gosto. Se quisesse me apaixonar, saberia ao menos escolher.
CAVALEIRO: Você merece o amor de um rei.
MIRANDOLINA: Rei de espadas ou de copas?
CAVALEIRO: Mirandolina, falemos sério...

MIRANDOLINA: Fale. Estou ouvindo.
CAVALEIRO: Não pode parar de passar essa roupa por um instante?
MIRANDOLINA: Desculpe, mas quero que a roupa fique pronta hoje mesmo.
CAVALEIRO: Dá mais importância à roupa do que a mim!
MIRANDOLINA: É verdade.
CAVALEIRO: E me diz isso assim?
MIRANDOLINA: Naturalmente. Porque desta roupa eu preciso, ao passo que o senhor não me é útil em nada.
CAVALEIRO: Ao contrário, pode dispor de mim.
MIRANDOLINA: O senhor não gosta das mulheres.
CAVALEIRO: Deixe de atormentar-me com isso. Já está vingada, não está? Gosto de você e acho que gostaria de qualquer outra mulher que seja como você. Apenas duvido que ela exista. Sim, Mirandolina, eu gosto de você, eu a amo, eu lhe peço perdão!
MIRANDOLINA: Interessante! (*Deixa cair uma camisa.*)
CAVALEIRO (*apanhando a camisa*): Acredite!
MIRANDOLINA: Não se incomode.
CAVALEIRO: Você merece ser servida. (*Mirandolina ri.*) Está rindo outra vez?
MIRANDOLINA: Claro, pois o senhor continua zombando de mim.
CAVALEIRO: Mirandolina, eu não aguento mais.
MIRANDOLINA: Está passando mal?
CAVALEIRO: Estou. Quem vai desmaiar dessa vez sou eu.
MIRANDOLINA: Tome um pouco de melissa. (*Dá-lhe o frasco.*)
CAVALEIRO: Não seja tão cruel comigo. Eu a amo, juro que a amo! (*Tenta pegar-lhe a mão, e ela a queima com o ferro.*) Ai!
MIRANDOLINA: Desculpe, não foi de propósito.
CAVALEIRO: Isto não é nada. Você me queimou bem mais profundamente.
MIRANDOLINA: Onde, senhor?
CAVALEIRO: No coração.
MIRANDOLINA (*chamando*): Fabrício!
CAVALEIRO: Pelo amor de Deus, não chame esse homem.
MIRANDOLINA: Preciso do outro ferro.
CAVALEIRO: Espere. Não! Chamarei o meu criado.
MIRANDOLINA: Fabrício!
CAVALEIRO: Com os diabos, se esse homem aparecer aqui, quebro-lhe a cara.
MIRANDOLINA: Tem graça! Não posso dispor do meu pessoal?
CAVALEIRO: Chame outro. Não quero ver esse camarada.
MIRANDOLINA: Acho que o senhor está exagerando. (*Afasta-se da tábua com o ferro na mão.*)
CAVALEIRO: Perdoe-me. Estou muito agitado.

MIRANDOLINA: Eu mesma vou buscar o ferro. Assim o senhor ficará em paz.
CAVALEIRO: Não, meu bem, não vá.
MIRANDOLINA: O senhor é engraçado, hein? (*Passeia pela sala.*)
CAVALEIRO: Perdoe.
MIRANDOLINA: Não posso chamar os meus empregados?
CAVALEIRO (*indo atrás dela*): Confesso que tenho ciúmes do Fabrício.
MIRANDOLINA (*à parte*): Anda atrás de mim como um cachorrinho.
CAVALEIRO: Você precisa me desculpar, é a primeira vez que amo.
MIRANDOLINA: Ninguém manda em mim, ouviu?
CAVALEIRO: Eu não mando, peço.
MIRANDOLINA (*parando*): Afinal, que quer o senhor de mim?
CAVALEIRO: Compreensão, compaixão e amor.
MIRANDOLINA: Um homem que ainda ontem desprezava as mulheres pede compreensão e amor? Não é possível. Não acredito. (*À parte.*) Toma, apanha, morre. Assim você aprende. (*Sai.*)

Cena 7

Cavaleiro, só.

CAVALEIRO: Maldita foi a hora em que conheci essa mulher. Agora caí no laço e não há mais remédio.

Cena 8

Marquês e Cavaleiro.

MARQUÊS (*entrando*): Cavaleiro, o senhor me insultou.
CAVALEIRO: Desculpe, foi sem querer.
MARQUÊS: Estou achando a sua atitude bastante estranha.
CAVALEIRO: Afinal, o jarro não caiu na sua cabeça, não foi?
MARQUÊS: Mas uma gota de água salpicou na minha roupa.
CAVALEIRO: Mais uma vez, desculpe.
MARQUÊS: Foi uma impertinência da sua parte.
CAVALEIRO: Foi um acidente. Pela terceira vez, desculpe!
MARQUÊS: Exijo satisfação.
[MARQUÊS: É que temo que essa mancha não saia mais da minha roupa. Isso que me deixa furioso.

CAVALEIRO (*violento*): Um cavaleiro pede-lhe desculpa, você quer mais o quê?
MARQUÊS (*assustado*): Bem, se não foi de propósito...]
CAVALEIRO: Não foi. Mas saiba que, se faz mesmo questão, dar-lhe-ei todas as satisfações que quiser. Não tenho medo do senhor.
MARQUÊS: Bem, bem, já passou. Não se fala mais nisso.
CAVALEIRO: O senhor é um covarde!
MARQUÊS: Tem graça... agora que fiquei calmo, o senhor começa a se irritar.
CAVALEIRO: É que estou muito agitado.
MARQUÊS: Compreendo. Conheço a sua doença.
CAVALEIRO: Não se meta na minha vida.
MARQUÊS: O inimigo das mulheres caiu direitinho, não foi?
CAVALEIRO: Eu?
MARQUÊS: Não negue que está apaixonado.
CAVALEIRO: Ora, vá para o inferno!
MARQUÊS: Para que disfarçar?
CAVALEIRO: Deixe-me em paz, se não quer que isso acabe mal. (*Sai.*)

Cena 9

Marquês, só.

MARQUÊS: Está apaixonado, mas tem vergonha disso e não quer que ninguém saiba. Talvez queira esconder a verdade, porque tem medo de mim. Sabe que sou um rival perigoso. Sim, é isso... [Que pena essa mancha, nem sei como posso tirá-la. Mulheres costumam guardar algum detergente. (*Procura na cesta de roupas.*)] Bonito este frasco. Será mesmo de ouro? Acho que não. Se fosse ouro legítimo, ninguém o deixaria assim largado. (*Cheirando o conteúdo do frasco.*) É essência de melissa.

Cena 10

Dejanira e o mesmo.

DEJANIRA (*entrando*): Querido marquês, há quanto tempo! O senhor sumiu!
MARQUÊS: Ia agora mesmo visitar a senhora condessa
[DEJANIRA: O que estava fazendo?

MARQUÊS: Estava tentando tirar essa pequena mancha.
DEJANIRA: Com que detergente, senhor?
MARQUÊS: Com isso... essência de melissa.
DEJANIRA: Perdão, mas melissa não tira mancha, pelo contrário, a faz se alastrar.
MARQUÊS: Como posso fazer?
DEJANIRA: Eu tenho um segredo para tirar manchas.
MARQUÊS: Faria o favor de me ensinar?
DEJANIRA: Com prazer. Pelo valor de um escudo, a mancha vai sumir completamente da sua roupa.
MARQUÊS: Um escudo?
DEJANIRA: Parece-lhe caro?
MARQUÊS: Vou tentar com a essência de melissa.
DEJANIRA: À vontade. Está no prazo de validade?
MARQUÊS: O cheiro está delicioso. (*Entrega o frasco.*)
DEJANIRA: Sei fazer melhor. (*Prova.*)
MARQUÊS: Sabe fazer essência?
DEJANIRA: Sim senhor, sei fazer de tudo.
MARQUÊS: Muito bem, muito bem. Assim é que eu gosto.
DEJANIRA (*pegando o frasco*): O frasco é de ouro?]. O que há dentro desse frasco?
MARQUÊS: Essência de melissa.
DEJANIRA (*pegando o frasco e cheirando*): Hum, gostoso... O frasco é de ouro?
MARQUÊS: Evidentemente. (*À parte.*) Ela não entende dessas coisas.
DEJANIRA: É do senhor?
MARQUÊS: Meu, e da senhora também, se o desejar.
DEJANIRA: Oh, muito obrigada. (*Guarda o frasco.*)
MARQUÊS: A senhora está brincando.
DEJANIRA: Como? O senhor ofereceu-o!
MARQUÊS: Não é coisa para uma dama. É um objeto barato. Dar-lhe-ei de presente algo melhor.
DEJANIRA: Não, não, senhor marquês. É até demais. Muito obrigada.
MARQUÊS: Escute, vou lhe dizer a verdade; não é ouro.
DEJANIRA: Não importa. Um presente do senhor é sempre precioso.
MARQUÊS: Está bem, fique com ele se quiser. (*À parte.*) Será preciso indenizar a Mirandolina. Que pode valer isso? Um felipe?
DEJANIRA: O senhor é muito generoso.
MARQUÉS: Tenho até vergonha de um presente tão ordinário.
DEJANIRA: Entretanto, parece mesmo ouro. Qualquer um se enganaria.
[MARQUÊS: Eu não. Reconheço ouro de longe.

DEJANIRA: Até pelo peso parece ouro.
MARQUÊS: Estou falando que não é.
DEJANIRA: Vou mostrar para a minha colega. Ela...]
MARQUÊS: Escute. Faça-me um favor. Não o mostre a ninguém. Especialmente a Mirandolina. Ela é indiscreta, fala muito.
DEJANIRA: Compreendo perfeitamente. Ninguém saberá disso, a não ser Hortênsia.
MARQUÊS: A baronesa?
DEJANIRA: Isso mesmo, a baronesa. (*Sai rindo.*)

Cena 11

Marquês, depois o Criado do Cavaleiro.

MARQUÊS: Ela ri porque pensa que conseguiu arrancar de mim um presente de valor. Coitada. Arranjarei um felipe emprestado e pagarei a Mirandolina.
CRIADO (*entrando*): O senhor não viu um frasco?
MARQUÊS: Que frasco?
CRIADO: Um frasco de essência de melissa. A patroa está procurando-o.
MARQUÊS: Um frasco de cor dourada?
CRIADO: Não senhor, de ouro. Ouro legítimo. Eu mesmo fui buscá-lo no joalheiro. Custou doze escudos.
MARQUÊS (*à parte*): Ai, meu Deus! (*Zangado.*) Mas por que deixar assim, por aí, um frasco de ouro?
CRIADO: Pois é. Ela esqueceu. E eu não consigo encontrá-lo.
[MARQUÊS: Me parece impossível que aquele frasco fosse de ouro.
CRIADO: Era ouro mesmo, já disse. O senhor viu o frasco?].
MARQUÊS: Eu não vi nada.
CRIADO: Afinal, pior para ela! Obrigado, senhor. (*Sai.*)

Cena 12

Marquês, depois o Conde.

MARQUÊS: Doze escudos? Ai, coitado de mim! [Doei um frasco de ouro que vale doze escudos, insistindo que não valia nada]. E agora? Se eu pedir à condessa que me devolva o frasco, farei um papel ridículo. Se

Mirandolina descobrir que ele esteve na minha mão, minha reputação será abalada. Afinal sou o marquês de Forlipópoli. Preciso pagar. Mas não tenho dinheiro.

CONDE (*entrando*): Que me diz o senhor marquês da novidade?

MARQUÊS: Que novidade?

CONDE: O cavaleiro de Ripafratta, o urso, o inimigo das mulheres, está apaixonado por Mirandolina.

MARQUÊS: Ótimo! Assim reconhecerá as qualidades dessa mulher. Compreenderá que, quando gosto de alguém, quer dizer que se trata de coisa excepcional. Esse será o castigo dos seus atrevimentos.

CONDE: E se Mirandolina corresponder a esse amor?

MARQUÊS: Impossível. Ela não faria tamanha injustiça a um homem como eu, especialmente depois de tudo o que fiz por ela.

CONDE: Eu fiz muito mais. E qual foi o resultado? Mirandolina teve para esse cavaleiro atenções que nunca demonstrou nem para o senhor nem para mim. Evidentemente as mulheres zombam dos que as adoram, e gostam dos que as desprezam.

MARQUÊS: Tudo isso é absurdo.

CONDE: Absurdo por quê?

MARQUÊS: Não se pode comparar um cavaleiro com um marquês.

CONDE: Pois foi o senhor mesmo quem surpreendeu Mirandolina almoçando com ele em seu quarto. Já se lembra de alguma intimidade desse gênero em relação a nós? Para ele, a melhor roupa de cama; para ele, o almoço servido em horário especial; para ele, os pratos cozinhados pessoalmente... Os criados comentam. O pobre Fabrício está morrendo de ciúmes. E, se isso não bastasse, ainda haveria o desmaio. O desmaio de Mirandolina, real ou fingido, é uma prova de amor.

MARQUÊS: Tudo isso é um insulto à minha posição de aristocrata.

CONDE: E eu, que gastei tanto dinheiro por essa mulher!

MARQUÊS: E eu, que me arruinei para lhe oferecer presentes! Até o meu vinho de Chipre foi para a mesa dessa mulher leviana e desse cavaleiro desleal! Afinal, esse homem não deu nenhum presente a Mirandolina...

CONDE: Deu sim senhor. Agora há pouco.

MARQUÊS: Que foi que ele deu a ela?

CONDE: Um frasco de ouro com essência de melissa.

MARQUÊS: Tem certeza?

CONDE: O criado do cavaleiro falou com o meu.

MARQUÊS (*à parte*): A coisa piorou. Terei que prestar contas ao cavaleiro.

CONDE: Essa Mirandolina é uma ingrata. Quero ir-me embora imediatamente. Hoje mesmo vou sair da pousada.

MARQUÊS: É uma excelente ideia, vá, vá!
CONDE: O senhor também, que é tão zeloso da sua reputação, não pode deixar de partir comigo.
MARQUÊS: Partir... para onde?
CONDE: Vou achar um lugar para o senhor. Iremos para a casa de um amigo meu. O senhor não gastará nada.
MARQUÊS: O senhor é um grande amigo. Diante de semelhante oferta, não posso recusar.
CONDE: Vamos embora, já. Vinguemo-nos dessa pérfida criatura!
MARQUÊS: Vamos. [(*À parte.*) Mas e com a conta, como hei de fazer? Tenho uma moral, não posso pendurar.
CONDE: Não pense mais nisso, senhor marquês.] Se precisar de alguma coisa...
CONDE: Se o senhor precisar de alguma coisa...
MARQUÊS (*à parte*): O frasco! (*Ao Conde.*) Quero ser franco com o senhor. O administrador das minhas propriedades atrasou o pagamento e...
CONDE: Está devendo a Mirandolina?
MARQUÊS: Doze escudos. Se o senhor pudesse...
[CONDE: Doze escudos? Deve ser meses de pensão que deixou de pagar!
MARQUÊS: É isso mesmo, infelizmente. Não posso deixar de pagar. Se o senhor pudesse...]
CONDE: Não se preocupe. Ei-los...
MARQUÊS: Ah, agora me lembro. Em verdade, são treze. (*À parte.*) Minha dívida com o cavaleiro.
CONDE: Para mim, tanto faz. Tome.
MARQUÊS: Obrigado. Devolverei tudo ao senhor
CONDE: Não há pressa. O dinheiro não me falta. E para vingar-me dessa mulher, pagaria mil ducados.
MARQUÊS: Ela é mesmo uma ingrata.
CONDE: Não há de sobrar um só hóspede aqui dentro. Isso aqui vai fechar! Já consegui afastar aquelas duas comediantes...
MARQUÊS: Comediantes?
CONDE: Sim, Hortênsia e Dejanira.
MARQUÊS: Não eram duas damas?
CONDE: Qual! Eram apenas duas comediantes. A companhia chegou e elas vão sair hoje mesmo.
MARQUÊS: Vou procurá-las antes que partam. Com licença. (*Sai.*)
CONDE: Acabou-se a pousada de Mirandolina. Quanto ao cavaleiro de Ripafratta... bem, descobrirei algum meio de vingar-me. (*Sai.*)

Cena 13

Sala da pousada com três portas. Mirandolina, só.

MIRANDOLINA: Coitada de mim! Estou bem arranjada. Se o cavaleiro aparecer por aqui, quem me salvará? Ele está furioso! Vou fechar essa porta... Estou começando a ficar meio arrependida. Sem dúvida foi divertido amansar e humilhar esse inimigo das mulheres. Mas agora o urso está bravo, e eu me encontro em grande perigo. Perigo para minha honra, perigo até para a minha vida. Preciso tomar uma resolução. A verdade é que sou uma mulher sozinha. Não tenho ninguém que me defenda. O único capaz de me ajudar nessa situação é o Fabrício. Vou prometer-lhe que me casarei com ele. Mas já prometi tantas vezes, que não sei se ele acreditará. E se eu me casasse mesmo? Talvez fosse melhor. Poderia continuar cuidando livremente dos meus negócios, sem arriscar a minha reputação.

Cena 14

[*O Cavaleiro bate na porta.*

MIRANDOLINA: Quem é?
CAVALEIRO (*do lado de fora*): Mirandolina!
MIRANDOLINA (*à parte*): Pronto. Chegou.
CAVALEIRO (*do lado de fora*): Mirandolina, abra essa porta!
MIRANDOLINA (*à parte*): Abrir? Não mesmo. (*Ao Cavaleiro.*) O senhor deseja alguma coisa?
CAVALEIRO (*do lado de fora*): Onde você está? Abra essa porta.
MIRANDOLINA: Vá para o seu quarto. Espere-me lá, por favor. Daqui a pouco eu vou.
CAVALEIRO (*do lado de fora*): Por que não abrir?][20]

20 Este trecho foi adaptado por Ruggero Jacobbi, permitindo que o Cavaleiro entre em cena logo agora, enquanto no original somente consegue entrar na metade da Cena 16. Até lá, no original o Cavaleiro fala na modalidade "fora de cena". Consta aqui:

"Cena 14.
Cavaleiro do lado de fora e a mesma, depois Fabrício.
CAVALEIRO (*fora de cena*): Mirandolina!
MIRANDOLINA (*à parte*): É ele!
CAVALEIRO (*entrando*): Mirandolina, onde está você?

MIRANDOLINA: Não insista. Vá para o seu quarto. Não me demorarei.
CAVALEIRO (*do lado de fora*): Eu vou. Mas, se você não aparecer, vai haver uma tragédia aqui dentro!
MIRANDOLINA: E agora? A coisa vai de mal a pior. Será que ele se foi? (*Olha pelo buraco da fechadura.*) Foi-se, graças a Deus. Está me esperando, mas eu não vou. Não sou louca. (*Vai a outra porta e chama.*) Fabrício! Agora só me faltava que Fabrício, para se vingar, se recusasse a ajudar-me. Não, não há perigo. Minhas artes femininas ainda valem alguma coisa. Se eu quiser, sou capaz de derrubar montanhas. Fabrício!
FABRÍCIO (*entrando*): A patroa chamou?
MIRANDOLINA: Venha cá. Quero contar-lhe um segredo.
FABRÍCIO: Estou ouvindo.
MIRANDOLINA: O cavaleiro de Ripafratta está apaixonado por mim.
FABRÍCIO: Já havia percebido.
MIRANDOLINA: É mesmo? Pois eu não me dei conta de nada.
FABRÍCIO: Não se deu conta de nada? Que ingenuidade... Então não viu as gracinhas que lhe fazia, quando você estava passando roupa? E o ciúme que tinha de mim?
MIRANDOLINA: Eu não tenho malícia, por isso não reparo nessas coisas. Mas agora preciso acabar com isso: ele me falou de maneira inconveniente.
FABRÍCIO: É o que acontece a uma mulher sozinha. Sem pai, sem mãe, sem marido. Se você fosse casada, tudo seria diferente.
MIRANDOLINA: Você tem razão. Estou mesmo pensando em me casar.
FABRÍCIO: Lembre-se do seu pai.
MIRANDOLINA: Estou me lembrando.

Cena 15

Cavaleiro do lado de fora e os mesmos.

CAVALEIRO (*fora de cena*): Mirandolina!
MIRANDOLIN: Ai, meu Deus!
FABRÍCIO: Quem está chamando?

> MIRANDOLINA (*escondida*): O senhor deseja alguma coisa?
> CAVALEIRO: Mas, onde você está?
> MIRANDOLINA: Vá para o seu quarto. Espere-me lá, por favor. Daqui a pouco eu vou.
> CAVALEIRO: Por que não quer aparecer?
> MIRANDOLINA: Não insista..." etc.

CAVALEIRO (*de fora*): Mirandolina!
MIRANDOLINA: É ele.
FABRÍCIO (*alto*): Que é que o senhor quer?
MIRANDOLINA (*a Fabrício*): Espere, vou-me embora.
FABRÍCIO: De que é que você tem medo?
MIRANDOLINA: É melhor que eu não esteja presente.
FABRÍCIO: Eu a defenderei.
MIRANDOLINA: Até logo. (*Sai.*)
CAVALEIRO: Mirandolina!
FABRÍCIO: O que deseja, senhor? Que gritos são esses?
[CAVALEIRO: Abra essa porta. (*Tenta forçar a porta.*)]
FABRÍCIO: Seria bom que alguém me ajudasse. (*Vai a outra porta.*) Ei, não há ninguém aí?

Cena 16

Marquês e Conde e os mesmos.

CONDE (*entrando*): Que foi?
MARQUÊS: Que barulho é esse?
FABRÍCIO: O cavaleiro enlouqueceu.
CAVALEIRO: Mirandolina!
MARQUÊS: Enlouqueceu mesmo. (*Ao Conde.*) Vamos embora.
CONDE: Deixe por minha conta, Fabrício. Estou mesmo com vontade de dizer duas palavrinhas a esse cavaleiro.
FABRÍCIO: Conde, pelo amor de Deus...
CONDE: Calma, rapaz. Nós estamos aqui.
[MARQUÊS (*à parte*): No primeiro sinal de briga, vou me escafeder.

Fabrício abre a porta e o Cavaleiro entra.]

CAVALEIRO: Onde está Mirandolina?
FABRÍCIO: Não sei.
CAVALEIRO: Miserável, hei de encontrá-la! (*Vê o Conde e o Marquês.*)
CONDE: Que fúria é essa, senhor?
MARQUÊS: Explique-se. Somos amigos.
CAVALEIRO (*à parte*): Não quero que esses dois descubram a minha fraqueza.
FABRÍCIO: Que é que o senhor quer da minha patroa?
CAVALEIRO: Não é da tua conta. Quando eu peço uma coisa, quero que me obedeçam. Pago por isso.

FABRÍCIO: O senhor paga para ser atendido nas coisas honestas e justas. Mas quando o senhor pede a uma moça solteira...
CAVALEIRO: Que estás dizendo? Tu não sabes de nada. Só eu sei o que pedi à tua patroa.
FABRÍCIO: Pediu-lhe que fosse ao seu quarto.
CAVALEIRO: Patife. (*Avança contra Fabrício.*)
MARQUÊS (*a Fabrício*): Fique quieto.
CONDE (*a Fabrício*): Vá-se embora.
FABRÍCIO: Olhe aqui, eu...
MARQUÊS E CONDE: Saia, saia... (*Empurram Fabrício para fora.*)
FABRÍCIO (*na porta*): Estou mesmo com vontade de matar! (*Sai.*)

Cena 17

Cavaleiro, Marquês e Conde.

CAVALEIRO (*à parte*): Mulher indigna! Deixou-me esperando. Há de me pagar.
MARQUÊS (*ao Conde*): Que é que ele tem?
CONDE (*à parte*): É claríssimo. Está apaixonado.
[CAVALEIRO (*à parte*): Aqui dentro, sozinha com Fabrício? Namorando? Falando em casamento?
CONDE (*à parte*):] Chegou a hora de nossa vingança. (*Ao Cavaleiro.*) Senhor cavaleiro, preciso dizer-lhe uma coisa. Quem tem um coração delicadinho, como o senhor, não deveria zombar dos sentimentos dos outros.
CAVALEIRO: Que quer dizer com isso?
CONDE: Conheço os motivos da sua agitação.
CAVALEIRO (*ao Marquês*): O senhor entende o que é que ele está falando?
MARQUÊS: Eu não entendo nada, meu amigo.
CONDE: Estou falando do senhor, que astuciosamente fingiu ser inimigo das mulheres para seduzir Mirandolina e roubá-la de mim!
CAVALEIRO (*ao Marquês*): Acha que eu fiz isso?
MARQUÊS: Eu não falei, não falei.
CONDE: Fale comigo. Responda. O senhor não tem vergonha da sua deslealdade?
CAVALEIRO: Tenho vergonha de estar permitindo que o senhor diga tais mentiras.
CONDE: Está me tratando de mentiroso? Repita!
MARQUÊS (*à parte*): A coisa está piorando...
CAVALEIRO: Não se permita afirmar tais absurdos. (*Ao Marquês.*) Absurdos, ouviu?

MARQUÊS: Eu não tenho nada com isso.
CONDE: O verdadeiro mentiroso é o senhor!
MARQUÊS: Acho que vou dar uma volta... (*Quer sair.*)
CAVALEIRO: Não se mexa!
CONDE: Exijo uma satisfação!
CAVALEIRO: Com muito prazer. (*Ao Marquês.*) Empresta-me a sua espada.
MARQUÊS: Vamos, acalmem-se. Afinal, meu caro conde, o cavaleiro não é o único homem apaixonado por Mirandolina.
CAVALEIRO: Eu não estou apaixonado por ninguém! É mentira!
MARQUÊS: Bem, bem, bem... quem o afirmou não fui eu. Eu não falei nada.
CONDE: Pois eu falei e volto a falar. Sustento o que disse. Não tenho medo do senhor!
CAVALEIRO (*ao Marquês*): Dá-me a sua espada.
MARQUÊS: Não dou!
CAVALEIRO: Está contra mim?
MARQUÊS: Eu sou seu amigo... (*Olha para o Conde.*) Eu sou amigo de todo mundo.
CONDE: O senhor cometeu uma ação indigna de um cavaleiro.
CAVALEIRO: Diabos! (*Arranca a espada do Marquês, com o cinto e a bainha.*)
MARQUÊS: O senhor... como ousa?
CAVALEIRO: Ofendeu-se? Pois estou também à sua disposição.
MARQUÊS: Calma! Como o senhor se esquenta depressa!
CONDE: Chega de palavras. Vamos. (*Puxa a espada.*)
CAVALEIRO: Às suas ordens. (*Tenta desembainhar a espada.*)
MARQUÊS: Essa espada está muito acostumada comigo...
CAVALEIRO (*puxando*): Sai, maldita.
MARQUÊS: Assim o senhor não consegue nada.
CONDE: Estou perdendo a paciência.
CAVALEIRO: Em guarda! (*A espada sai. Só tem metade da lâmina.*) Que é isso?
MARQUÊS: Quebrou a minha espada!
CAVALEIRO: A outra metade, onde está? Na bainha não há nada!
MARQUÊS: Agora me lembro. Quebrei-a no meu último duelo.
CAVALEIRO (*ao Conde*): Vou procurar outra.
CONDE: Não pense que pode fugir.
CAVALEIRO: Fugir? Pois olhe: sou capaz de enfrentá-lo até com meia espada.
MARQUÊS: É aço de Espanha. Garantida. Inquebrantável.
CONDE: Então, vamos! (*Começam a duelar.*)

Cena 18

Mirandolina, Fabrício e os mesmos.

FABRÍCIO (*entrando*): Parem, parem!
MIRANDOLINA: Meus senhores!
CONDE: Você? Infame!
MIRANDOLINA: Um duelo na minha pousada!
MARQUÊS: Foi por sua causa.
MIRANDOLINA: Que é que eu tenho com isso?
CONDE: O cavaleiro está apaixonado.
CAVALEIRO: Não é verdade! O senhor mentiu!
MIRANDOLINA: O cavaleiro, apaixonado por mim? O Senhor conde está enganado. Posso demonstrar-lhe que está enganado.
CONDE: Você também tem a sua parte de culpa.
MARQUÊS: A gente sabe, a gente vê...
CAVALEIRO: Sabe o quê? Vê o quê?
MARQUÊS: Quer dizer... que, quando, a gente sabe. Quando não é, a gente não vê.
MIRANDOLINA: Ouviram? O cavaleiro negou que estivesse apaixonado por mim. Negou-o na minha frente. Assim fazendo, ele conseguiu me humilhar, provando que tem caráter, ao passo que eu agi levianamente. Confesso que teria gostado de derreter o coração de pedra deste homem. Teria sido a minha vitória. Mas ele detesta as mulheres, despreza-as, e faz delas o pior juízo do mundo. Um homem assim não pode se apaixonar. Eu sou muito franca, senhores. Não sei esconder a verdade. Tentei conquistar o cavaleiro, porém nada consegui. Não é verdade, senhor cavaleiro? Perdi a minha aposta!
CAVALEIRO (*à parte*): Eu não posso falar.
CONDE: Ele encabulou.
MARQUÊS: Não teve coragem de desmentir.
CAVALEIRO (*ao Marquês*): O senhor não sabe o que diz.
MARQUÊS: Por que se zanga sempre comigo?
MIRANDOLINA: O senhor cavaleiro é inabalável. Conhece os truques das mulheres. Não se deixa enganar por nossas miseráveis astúcias. Não acredita em palavras, não confia nas lágrimas e zomba dos desmaios.
CAVALEIRO: Quer dizer que as lágrimas, as palavras, os desmaios não passavam de ficção?
MIRANDOLINA: Como, o senhor não sabe? Sabe, sim. Por isso não acreditou.
CAVALEIRO: Diabos, uma encenação dessas merecia ser punida com a espada!

MIRANDOLINA: Não se exalte, cavaleiro, senão esses senhores pensarão que está realmente apaixonado.
CONDE: E está mesmo. Não pode disfarçar.
MARQUÊS: Vê-se pela expressão dos olhos.
CAVALEIRO (*ao Marquês*): Não estou apaixonado!
MARQUÊS: Sempre implicando comigo!
MIRANDOLINA: Ele tem razão. Não está apaixonado e eu posso prová-lo.
CAVALEIRO (*à parte*): Vou-me embora, senão eu morro! (*Ao Conde.*) Da próxima vez, terei uma verdadeira espada. (*Joga a meia espada do Marquês no chão e quer sair.*)
[MARQUÊS: Ei! Custa o olho da cara!]
MIRANDOLINA: Fique, senhor cavaleiro. Sua palavra está em jogo. Esses senhores sustentam que está apaixonado. Precisamos desmenti-los.
CAVALEIRO: Não me interessa.
MIRANDOLINA: Interessa, sim. Fique.
CAVALEIRO (*à parte*): Que mais quer?
MIRANDOLINA: Meus amigos, o sintoma mais comum do amor é o ciúme. Quem não tem ciúmes, não ama. Pois os senhores vão ver que o nosso cavaleiro suportará calmamente que eu pertença a outro homem.
CAVALEIRO: Quem é esse outro homem?
MIRANDOLINA: Aquele que recebeu de meu pai a promessa da minha mão.
FABRÍCIO: Está falando de mim?
MIRANDOLINA: Sim, Fabrício. Na frente destes cavaleiros, dou-lhe a minha mão e prometo ser sua esposa.
CAVALEIRO (*à parte*): Não suportarei uma coisa dessas!
CONDE: Muito bem, Mirandolina. Case-se. Eu lhe darei trezentos escudos de presente.
MARQUÊS: Sua decisão é sábia. Como diz o ditado popular, melhor um ovo hoje do que uma galinha amanhã. Case-se, e eu lhe darei doze escudos.
MIRANDOLINA: Obrigada, meus senhores. Não preciso de dote. Sou uma pobre moça, sem grandes qualidades de beleza, de inteligência ou de educação. Seria impossível que um cavaleiro se interessasse por mim. Fabrício, porém, gosta. E eu não posso fazer outra coisa senão aceitar.
CAVALEIRO: Está bem, maldita! Está bem. Aceite o que quiser, case-se com quem quiser. Eu sei que você me enganou. Sei que neste momento está se divertindo intimamente, porque tem certeza da minha humilhação. Já percebi que você quer espezinhar o meu coração e a minha dignidade até o fim. Mirandolina, você merecia que eu pusesse termo à sua perfídia com a ponta de um punhal! Merecia que eu lhe arrancasse o coração e que o mostrasse a todas as mulheres maliciosas e mentirosas.

Mas isso seria perder-me definitivamente. Fugirei para bem longe de você, procurando esquecer seus sorrisos, suas lágrimas, seus malditos desmaios. Você conseguiu me fazer entender que as mulheres possuem uma força terrível. Aprendi à minha custa que contra essa força não bastam o desprezo e silêncio. É preciso fugir. (*Sai.*)

Cena 19

Mirandolina, Conde, Marquês e Fabrício.

CONDE: E dizia que não estava apaixonado!
MARQUÊS: Mentiroso! Merece uma lição!
MIRANDOLINA: Chega, senhores. Ele foi embora. Se não voltar, se desistir da vingança, eu terei tido muita sorte. Realmente consegui que ele se apaixonasse, coitado! Mas isso trouxe más consequências. Quero esquecer-me disso tudo. Fabrício, dê-me sua mão.
FABRÍCIO: Minha mão? Devagar, devagar. A patroa anda brincando com todo mundo e ainda pensa que a quero como esposa?
MIRANDOLINA: Não seja bobo. Foi apenas uma questão de orgulho. Além do mais, eu sou uma mulher livre, sozinha, sem ninguém que me aconselhe. Quando estiver casada, saberei o que fazer.

Cena 20

O Criado do Cavaleiro e os mesmos.

CRIADO (*entrando*): Dá licença, patroa? Vim despedir-me da senhora.
MIRANDOLINA: Vai partir?
CRIADO: Vou, sim senhora. Vou para Livorno com o meu patrão.
MIRANDOLINA: Lamento muito... não sei como dizer...
CRIADO: Infelizmente, não posso ficar. O patrão está esperando. Obrigado por tudo. Adeus. (*Sai.*)
MIRANDOLINA: Graças a Deus, o cavaleiro partiu. Sinto certo remorso. Será bem triste essa viagem. Daqui pra frente, não brincarei mais assim com os homens.
CONDE: Mirandolina, moça ou casada que seja, saiba que pretendo continuar seu amigo.

MARQUÊS: Pode contar eternamente com a minha proteção.
MIRANDOLINA: Desculpem, meus senhores, mas agora que resolvi casar-me, não quero mais saber de protetores, namorados, presentes. Até agora brinquei, agi sem pensar, arrisquei-me demais... mas agora, tudo isso acabou. Esse é o meu marido...
FABRÍCIO: Devagar, devagar...
MIRANDOLINA: Por quê? Vamos, dá-me a sua mão.
FABRÍCIO: Antes precisamos esclarecer umas coisas.
MIRANDOLINA: Não há nada a esclarecer. Ou você me dá a mão, ou volta para a casa da sua mãe.
FABRÍCIO: Está bem, dou-lhe a mão, mas depois...
MIRANDOLINA: Sim, bobinho, depois tudo será diferente. Serei toda sua, serei fiel, você não terá motivos para duvidar de mim.
FABRÍCIO: É mesmo? Meu amor!
MIRANDOLINA (*à parte*): Até que enfim!
CONDE: Mirandolina, você é uma mulher extraordinária. Leva sempre os homens para onde quer.
MARQUÊS: Ninguém pode resistir!
MIRANDOLINA: Gostaria de pedir um favor aos senhores. É o último. Posso?
CONDE: Fale.
MARQUÊS: Mande.
MIRANDOLINA: Peço-lhes que procurem outra pousada.
FABRÍCIO (*à parte*): Brava! Agora sim, tenho certeza de que ela me ama.
CONDE: Compreendo perfeitamente. Aprovo a sua resolução. Vou-me embora, mas lembre-se; em qualquer lugar que eu esteja, serei seu amigo.
MARQUÊS: Diga-me uma coisa! Você perdeu hoje um frasco de ouro?
MIRANDOLINA: Perdi sim senhor
MARQUÊS: Ei-lo. Eu o encontrei. Também vou partir, atendendo ao seu pedido, mas saiba que pode contar com a minha proteção.
MIRANDOLINA: E eu me lembrarei de suas cortesias, dentro dos limites da conveniência e da honestidade. Mudando de condição, mudarei de vida. Espero que os senhores tirem algum proveito do que aqui se passou. Saibam proteger os seus corações. E toda vez que eles vacilarem, toda vez que estiverem a ponto de ceder, de cair, de perder-se... reflitam bem, e lembrem-se de Mirandolina.

Fim da comédia.

Pietro Antonio Novelli, cena de A Dona da Pousada, *em gravura de c. 1777.*

Pietro Antonio Novelli, cena de Bafafá, em gravura de c.1777.

BAFAFÁ[1]

O Autor, Aos Que Leem[2]

O termo *baruffe* é empregado tanto no dialeto veneziano, falado em Chioggia, quanto no toscano. Quer dizer confusão, zoeira, briga entre homens ou entre mulheres que altercam e se agridem. Essas balbúrdias, comuns em qualquer povo, são bem frequentes em Chioggia, mais do que alhures, pois, naquela vila, de sessenta mil habitantes pelo menos cinquenta mil são de berço humilde: pescadores e gente de mar. Chioggia é uma bela cidade abastada, distante 25 milhas de Veneza, no meio da

---

1 *Le baruffe chiozzotte* faz parte (com *I rusteghi, Il campiello* e *La casa nova*) de um conjunto de peças escritas em dialeto vêneto. Foi apresentada no Teatro San Luca em janeiro de 1762 e se manteve em cena até o Carnaval, determinando um grande sucesso. A tradução desta comédia é de Alvaro de Sá e Maria Carolina Lahr. A versão do título tentou manter a sonoridade do original (*baruffe*), dispensando a referência à localidade (*chiozzotte*, ou seja, de Chioggia). Segundo os tradutores, quem sugeriu esse título foia a atriz Marília Pêra, sendo que a palavra "bafafá" era utilizada por seu pai, Manoel Pêra, grande ator da dita Geração Trianon, para designar confusão e briga. É o sentido exato do original. A montagem carioca, dirigida por Gilles Gwizdek, cumpriu duas temporadas em 1987: no Teatro Cacilda Becker e no Paço Imperial.

2 O prefácio aparece somente na edição Pasquali (Veneza, 1774), sendo portanto posterior a escrita da comédia. Tradução de Alessandra Vannucci.

Laguna, mas parecendo uma península, já que é conectada ao continente por uma compridíssima ponte de madeira. Há lá um governador, com título de *Podestà*, normalmente oriundo de uma das primeiras casas patrícias da República, e um bispo. Há um porto vastíssimo e aconchegante, bem fortificado. Há nobres, classe média e comerciantes; muita gente fina e distinta. Qualquer advogado lá tem título de oficial de justiça e o privilégio de vestir a batina de mangas largas, idêntica à dos procuradores de San Marco[3]. Enfim, é uma cidade respeitável; aqui nesta comédia não quero falar senão do povo, aquela gente ordinária que compõe cinco de seis partes da honrada população de Chioggia.

A língua que falam, como disse, é veneziano; mas o povo miúdo tem seus termos peculiares e um sotaque diferente. Por exemplo, os cidadãos de Veneza dizem *andar, star, vegnir, voler*; os de Chioggia pronunciam *andare, stare, vegnire, volere*. Ou seja, parecem terminar os verbos ao modo toscano, sem truncar a vogal; mas não é bem assim, pois alongam tanto o final da palavra que o som vira quase caricatural. Eu aprendi aquela dicção no tempo que passei lá, empregado no escritório do substituto do chanceler da Vara Criminal; fiz um esforço enorme para instruir os comediantes na imitação daquela lenga-lenga, toda apoiada nas sílabas finais e pronunciando cada verbo com três ou quatro *e*, assim: *andareeeee, sentireeeeee, stareeee*. Vejam bem, quando o termo é proparoxítono, como *rídere, pérdere, frígere*, então aqueles cidadãos, não podendo dizer *ridereeee, perdereeee, frigereeee*, porque ficaria esquisito até para os ouvidos deles, resolvem truncar antes e dizem: *ride, perde, frige*. Devem

---

3 *Procuratore di San Marco* é o mais prestigiado cargo vitalício da República de Veneza, após o *doge*; nomeados pelo *Maggior Consiglio*, ocupavam-se de administrar os bens da Basílica de San Marco, residindo nos dois edifícios que a ladeiam, chamados de *procuratie*; o cargo está ainda hoje em função. O italiano *cancelliere* pode indicar qualquer funcionário preposto à chancelaria de atos públicos, aqui traduzido por "oficial de justiça". Goldoni faz apelo aqui à sua experiência no ordenamento jurídico, como advogado, para descrever a fluidez com que profissionais formados na área do direito acumulavam cargos diferentes, não só no Judiciário, como nos demais poderes da administração pública.

estar achando que pretendo dar-lhes uma aula de gramática, mas não, não se preocupem: só quero ressaltar o caráter lúdico da minha tentativa de fazer um registro escrito daquele vernáculo na comédia, que agradou muitíssimo ao público.

A personagem do Mestre Fortunato fez o maior sucesso. É um homem simples, de fala ríspida; ele come as palavras de modo que nem seus conterrâneos o entendem. Como o entenderão os leitores? Devo colocar uma nota de pé de página para cada fala dele? Ficaria pesado. Os venezianos compreenderão algo; os estrangeiros terão que adivinhar, ou terão paciência. Não quis mudar nada na fala da personagem, nem dos outros, porque me parece ser um mérito da comédia a exata imitação da natureza. Alguém dirá que autores de comédias, ao copiar a natureza, devem escolher suas partes belas e elevadas e não as baixas e ridículas. Eu respondo que tudo vira comédia, fora os vícios que contristam e as piadas que ofendem. Um homem que distorce as palavras pode vir a ser engraçado se o seu defeito for usado com parcimônia, como no caso de um gago ou de um fanho. O mesmo não posso dizer de alguém que seja coxo, cego ou paralítico, pois tais defeitos exigem compaixão e não merecem ser expostos, a menos que o caráter peculiar da personagem faça com que seu defeito se torne motor de cenas lúdicas e divertidas.

Outros, quiçá, irão me condenar pela proliferação de assuntos humildes e de papos vulgares em cena. *As Fofoqueiras, As Donas de Casa, A Pracinha*[4] e este *Bafafá* (dirão aqueles), eis quatro comédias populares tiradas de tudo que tem de mais baixo na espécie humana e que não interessam, talvez até desagradem as pessoas educadas e finas. Por sinal, estes senhores críticos devem ser os mesmos que se queixavam de mim quando teimava em pôr em cena condes, marqueses e cavalheiros. Vou responder que talvez eles não gostem de comédia, já que pretendem limitar tanto a fantasia dos autores. De qualquer forma, assumo que meu ofício de imitar a natureza me impõe tentar

---

4 *I pettegolezzi delle donne, Le massere, Il campiello*, inéditas em português.

mais uma vez o caminho; sem contar o sucesso daquelas outras três peças, que me obriga a continuar. É um gênero de comédia que os latinos chamavam *Tabernaria*, e os franceses chamam de *Poissard*. Conta com muitos bons autores de peças antigas e modernas que mereceram aplausos; ouso dizer que as minhas também. O editor de *monsieur* Vadé, cuja obra conta com quatro volumes, assim apresenta o autor francês no prefácio:

É criador do gênero *poissard*, aquele que espíritos que se dizem iluminados fazem questão de desqualificar, mas que, no entanto, não é nada desprezível. Descreve a natureza, alguém dirá a baixa natureza, mas agradável para quem assiste porque nosso autor a retrata com traços reconhecíveis e cores interessantes. Há cada espírito no mundo: aqueles severos misantropos irritam-se porque nós queremos que se divirtam e medem seu respeito pelos outros na escada da tristeza e da gravidade; censores perpétuos, empregam sua vaidade em achar culpa em tudo; alguns, de seu alto grau, olham para a brincadeira como indigna da virtude deles e se julgam degradados quando conseguimos lhes arrancar um sorriso. Outros, macacos sem graça, afetam uma ridícula seriedade e, sempre por vaidade, resistem ao prazer que sentem naturalmente. Tais são os espíritos que desgostam, ou fingem desgostar, do gênero da comédia popular.[5]

E mais adiante:

Tout ce qui est vrai, a droit de plaire, tout ce qui est plaisant, a droit de faire rire.
[Tudo o que é verdadeiro tem a prerrogativa de agradar, tudo o que é agradável tem a prerrogativa de fazer rir.]

Vejam, o Autor francês só fez na vida comédias populares. Já eu, antes de fazer as minhas, escrevi *Pamela, Terenzio, Tasso, Persiane* e tantas outras peças sérias que poderiam satisfazer as mentes mais severas e cultivadas. Os teatros na Itália são frequentados por todas as classes; o ingresso é tão barato que um lojista, um empregado e até um pobre pescador pode se permitir este público entretenimento; diversamente aos teatros

---

5   Em francês no original.

franceses, onde uma cadeira no balcão nobre custa doze libras[6] e gastam-se até duas libras para ficar em pé no *parterre*[7]. Eu tirei o Arlequim de cena; o público ouviu falar de reforma das comédias e queria provar; só que aqueles caráteres (de condes e marqueses) não se adaptam inteiramente ao gosto do povo miúdo; me parece então justo, para ir ao encontro destas pessoas que pagam exatamente quanto pagam os nobres e os ricos, escrever umas comédias nas quais elas possam reconhecer seus costumes, defeitos e ainda, me deem licença, seu valor.

Esta última justificativa é de todo inútil, porque assistindo às minhas comédias os nobres e as pessoas de gosto mais afinado se divertiram tanto ou mais até, pela razão que foi dita antes em francês, ou seja: tudo que é verdadeiro tem direito de agradar e tudo que é agradável tem direito de fazer rir.

Personagens

MESTRE TONI, dono do barco de pescaria
DONA PASQUA, esposa do mestre Toni
LUCIETTA, moça, irmã do mestre Toni
TITTA NANE, jovem pescador
BEPPE, moço, irmão do mestre Toni
MESTRE FORTUNATO, pescador
DONA LIBERA, esposa do mestre Fortunato
ORSETTA, moça, irmã de dona Libera
DONA CHECCA, outra irmã de dona Linera
MESTRE VICENZO, pescador
TOFFOLO, barqueiro
ISODORO, substituto do Oficial de Justiça
OFICIAL DE JUSTIÇA

---

6 No original, *paoli*. Um *paolo* valia uma *livre* (do latim *libra*), moeda francesa até 1795 quando foi substituída pelo franco.
7 O *parterre* é a plateia, abaixo da primeira ordem de palcos; nela, caso a peça lotasse, espectadores ficavam de pé.

SANGUESSUGA, criado do substituto do Oficial de Justiça
LULA, vendedor de pastel

Ato 1

Cena 1

Uma rua de Chioggia apinhada de casas pobres. Pasqua e Lucietta em um canto. Libera, Orsetta e Checca noutro canto. Todas sentadas em cadeiras de palha, confeccionando renda sobre tamboretes que estão diante de cada uma delas.

LUCIETTA: Então, meninas, o que vocês estão achando do tempo?
ORSETTA: É! Que vento é esse?
LUCIETTA (*a Pasqua*): Não sei mesmo. Ô cunhada, qual é o vento que está soprando?
PASQUA: Você não está sentindo a brisa do siroco?
ORSETTA: E quem está voltando, precisa dele?
PASQUA: Precisa. Se os homens estiverem a caminho, vão vir de vento em popa.
LIBERA: Hoje ou amanhã eles devem estar de volta.
CHECCA: Ih, então preciso me apressar. Eu queria acabar essa renda antes de eles chegarem.
LUCIETTA: Me diz, Checca: ainda falta muito para acabar?
CHECCA: Não, falta uma braçada.
LIBERA: Você não gosta de trabalhar, não é, minha filha?
CHECCA: Ah é? E há quanto tempo estou fazendo essa renda?
LIBERA: Uma semana.
CHECCA: Isso. Uma semana.
LIBERA: Anda logo, se fizer questão da saia.
LUCIETTA : Ô Checca, que saia é essa que você está fazendo?
CHECCA: É uma saia nova de flanela.
LUCIETTA: Sério? Vai usar saia longa?
CHECCA: Como assim, saia longa?
ORSETTA: A sonsa! Como se não soubesse que uma moça crescida usa saia longa: a saia longa é sinal de que seus pais querem que ela se case.
CHECCA (*a Libera*): Minha irmã...
LIBERA: O que foi?
CHECCA: Querem me casar?

LIBERA: Primeiro, tem que esperar o meu marido voltar.
CHECCA: Dona Pasqua, o meu cunhado Fortunato não foi pescar com o mestre Toni?
PASQUA: Foi. Você não sabe que ele foi na mesma traineira com meu marido e seu irmão Beppe?
CHECCA: E Titta Nane? Foi com eles?
LUCIETTA: Foi. Que pergunta! O que você quer com ele?
CHECCA: Eu? Nada!
LUCIETTA: Vai dizer que não sabe que a gente namora há dois anos; que ele me prometeu um anel de noivado assim que voltar?
CHECCA (*à parte*): Metida a besta! Ela quer todos só para ela.
ORSETTA: Vamos, Lucietta, que bicho te mordeu? Antes de ela casar, vou eu, assim que seu irmão Beppe desembarcar. E se Titta Nane quiser, você vai. Ainda falta muito para minha irmãzinha....
CHECCA (*a Orsetta*): A senhora ficaria contente se eu não me casasse nunca.
LIBERA: Cala a boca e mãos à obra.
CHECCA: Se minha mãe estivesse viva...
LIBERA: Cala a boca, se não eu te dou com esse tamborete nas suas costas.
CHECCA (*à parte*): Lógico que eu quero me casar. Nem que seja com um desses vagabundos que só ficam pescando siri na praia.

Cena 2

As mesmas, mais Toffolo e Lula.

LUCIETTA: Bom dia, Toffolo!
TOFFOLO: Bom dia, Lucietta!
ORSETTA: E nós, seu mal-educado, não cumprimenta a gente?
TOFFOLO: Calma, por favor. Uma de cada vez.
CHECCA (*à parte*): Toffolo também não é nada mal.
PASQUA: Como é, meu rapaz, não se trabalha hoje?
TOFFOLO: Acabei de trabalhar agora. Fui com o barco pegar um carregamento de couve para levar pro mercado de Ferrara. O dia está ganho.
LUCIETTA: E não vai oferecer nada pra gente?
TOFFOLO: Claro, com prazer.
CHECCA (*a Orsetta*): Olha que abusada!
TOFFOLO: Dá licença um momento. Ô Lula!
LULA: Às suas ordens, mestre.
TOFFOLO: Deixa eu ver o que tem de bom.

Lula: Está tudo fresquinho. Acabei de fritar.
TOFFOLO: Você quer, Lucietta?
LUCIETTA: Claro, me dá um.
TOFFOLO: E a senhora, dona Pasqua, aceita?
PASQUA: Aceito. Adoro pastel. Me dá um.
TOFFOLO: Com prazer! Você não vai comer, Lucietta?
LUCIETTA: Tá quente. Tô esperando esfriar.
CHECCA: Ô Lula!
LULA: Às suas ordens.
CHECCA: Me dá um, por favor.
TOFFOLO: Deixa comigo, fica por minha conta.
CHECCA: Obrigado, senhor. Mas não quero.
TOFFOLO: Ué, mas por quê?
CHECCA: Porque eu não suporto isso. Mas a Lucietta não se importou. Claro! Ela não se importa com nada, ela não tem vergonha na cara.
LUCIETTA: E aí, mocinha? Ficou zangada porque fui a primeira?
CHECCA: Não quero saber de conversa com a senhora. Eu não aceito nada de ninguém.
LUCIETTA: E eu por um acaso aceitei?
CHECCA: Aceitou sim senhora! Aceitou os mariscos e os siris do filho do Losco.
LUCIETTA: Eu? Mentirosa!
PASQUA: Chega!
LIBERA: Chega, chega!
LULA: Alguém quer mais alguma coisa?
TOFFOLO: Não. Até logo!
LULA (*se afastando*): Olha o pastel! Olha o pastel!

Cena 3

Todos, menos Lula.

TOFFOLO (*a Checca*): Olha lá, dona Checca. Para quem não suporta pastel...
CHECCA (*a Toffolo*): Vai embora. Não quero saber de você.
TOFFOLO (*a Checca*): Puxa, eu estava tão bem-intencionado!
CHECCA (*a Toffolo*): Como assim?
TOFFOLO (*a Checca*): Meu padrinho vai me mandar um barco, e quando eu estiver bem de vida também vou querer me casar.

CHECCA (*a Toffolo*): De verdade?
TOFFOLO (*a Checca*): Mas você falou que não suportava isso, né?
CHECCA (*a Toffolo*): Eu estava falando dos pastéis; não estava falando de você.
LIBERA: Ô, diz aí, que falação é essa?
TOFFOLO (*a Libera*): A senhora não está vendo? Estou de saída.
LIBERA: É, sai daí, estou falando.
TOFFOLO: O que eu fiz de errado? Então tá. Eu vou embora. (*Afasta-se para o outro lado do palco.*)
CHECCA (*à parte*): Desgraçado!
ORSETTA (*a Libera*): Vamos, minha irmã, você sabe que esse rapaz não é um mau partido. Se ele quisesse a Checca, você não deixaria?
LUCIETTA (*a Pasqua*): O que você está achando, cunhada? Acho que ela está ciscando desde agora.
PASQUA (*a Lucietta*): Essa menina me dá uma raiva!
LUCIETTA: Que sirigaita! Quero deixar ela tinindo de raiva!
TOFFOLO: Não se dê ao trabalho, dona Pasqua.
PASQUA: Não, meu filho, tudo bem. Olha só como os fios da minha renda são grossos. É uma renda de dez moedas.
TOFFOLO: E a sua, Lucietta?
LUCIETTA: A minha vale trinta.
TOFFOLO: Bem bonita.
LUCIETTA: Você gosta?
TOFFOLO: É tão delicada. Também, com essas mãos de fada...
LUCIETTA: Vem cá, senta aqui.
TOFFOLO (*se senta*): Aqui me sinto como num mar de rosas.
CHECCA (*a Orsetta, mostrando Toffolo*): O que você acha disso?
ORSETTA (*a Checca*): Não é da sua conta.
TOFFOLO (*a Lucietta*): Se eu ficar aqui, vou apanhar?
LUCIETTA: Danado!
ORSETTA (*a Libera, mostrando Lucietta*): O que você acha disso?
TOFFOLO: Dona Pasqua, a senhora quer rapé?
PASQUA: É do bom?
TOFFOLO: É. Vem de Malamocco.
PASQUA: Me dá uma pitada.
TOFFOLO: Com prazer.
CHECCA (*à parte*): Coitada, se Titta Nane soubesse.
TOFFOLO: E você, Lucietta, quer?
LUCIETTA: Quero sim. Ótimo, só para ela ficar se roendo. (*Mostrando Checca.*)

TOFFOLO (*a Lucietta*): Opa, que olhinhos maliciosos.
LUCIETTA (*a Toffolo*): É. Mas nem se comparam aos de Checca.
TOFFOLO: Checca? Nem passou pela minha cabeça.
LUCIETTA: Olha, você não acha ela uma graça?
TOFFOLO (*ridicularizando Checca*): Imagine só.
CHECCA (*à parte*): Aposto que estão falando de mim.
LUCIETTA: Mas você não gosta dela?
TOFFOLO: Que ideia!
LUCIETTA (*rindo de Checca*): A gente chama ela de cabrita, tá sabendo?
TOFFOLO (*sorrindo*): Cabrita?
CHECCA (*alto a Toffolo*): Olha aqui, vocês dois. Eu não sou cega, estão entendendo? Querem acabar com isso?
TOFFOLO (*imitando uma cabrita*): Bé, bé, vem cá cabrita, vem cá!
CHECCA (*se levantando*): O que você está falando? Por que está balindo?
ORSETTA (*a Checca*): Não se meta nisso!
LIBERA (*a Orsetta e Checca*): Voltem ao trabalho!
CHECCA: Vê se se enxerga, seu Toffolo Tatu!
TOFFOLO: Que tatu é esse?
ORSETTA: Tatu sim! O senhor acha que a gente não sabe qual é o seu apelido?
LUCIETTA: Olha só que ridícula!
ORSETTA: E você, língua de trapo! Que se dane.
LUCIETTA: Que língua de trapo é essa? Veja lá, hein, dona Orsetta Broa de Milho!
LIBERA: Diabo! Não desrespeite as minhas irmãs!
PASQUA (*se levanta*): Olha aqui, não desrespeite minha cunhada!
LIBERA: Cala a boca, dona Pasqua Pastel.
PASQUA: Cala a boca você, dona Libera Ave de Rapina.
TOFFOLO: Arre! Se não fossem mulheres...
LIBERA: Vocês vão ver quando o meu marido chegar!
CHECCA: Titta Nane também vai chegar. Eu vou contar tudo para ele, tudinho.
LUCIETTA: Pode contar. Pouco me importa.
ORSETTA: Que venha o mestre Toni Cestinha!
LUCIETTA: É, é, que venha o mestre Fortunato Peixe-Espada.
ORSETTA: Ah, que temporal!
LUCIETTA: Ah, que tempestade!
PASQUA: Ah, que vendaval!
ORSETTA: Ah, que furacão!

Cena 4

As mesmas, mais Toffolo e Vicenzo.

VICENZO: Olá, mulheres! Que diabo deu em vocês?
LUCIETTA: Ei, vem pra cá, mestre Vicenzo.
ORSETTA: Escuta aqui, mestre Vicenzo Lasanha.
VICENZO: Calma! A traineira do mestre Toni acabou de chegar.
PASQUA (*a Lucietta*): Xiu! Xiu! Meu marido chegou.
LUCIETTA: Oh, Titta Nane também chegou.
LIBERA: Ô meninas, olha lá, seu cunhado não pode saber de nada!
ORSETTA: Bico fechado! Bico fechado! O Beppe também não!
TOFFOLO (*a Lucietta*): Lucietta, estou aqui, não se preocupe.
LUCIETTA: Vai embora.
PASQUA: Sai fora.
TOFFOLO: Eu? Puxa vida!
PASQUA: Vai rodar peão!
LUCIETTA: Vai brincar de amarelinha!
TOFFOLO: Eu? Droga! Então vou correndo pro lado da Chequinha.
LIBERA: Cai fora, desgraçado.
ORSETTA: Sai daí.
CHECCA: Que o diabo te carregue!
TOFFOLO (*com desdém*): Desgraçado? Me mandar pro diabo?
VICENZO: Vai pro teu barquinho.
TOFFOLO (*zangado*): Olha lá, mestre Vicenzo!
VICENZO (*dá um bofetão em Toffolo*): Vai puxar as amarras!
TOFFOLO: É, é melhor eu ir! Senão acabo fazendo uma besteira.
PASQUA (*a Vicenzo*): Onde estão os homens da traineira?
VICENZO: O canal está seco e eles não puderam vir até aqui. Vão ancorar em Vigo. A senhora precisa de alguma coisa? Eu vou ver se tem peixe. Se tiver vou comprar para revender em Ponte Longo.
LUCIETTA (*a Vicenzo*): O senhor não vai contar nada, não é?
LIBERA: Ô, me diga, mestre Vicenzo, o senhor não vai dizer que...
VICENZO: Não, imagina...
ORSETTA: O senhor não vai dizer que...
VICENZO: Quem vocês pensam que eu sou? (*Sai.*)
LIBERA: Não ficaria bem se os nossos homens voltassem no meio da briga.
PASQUA: Ah, eu tenho pavio curto, mas logo logo entrego os pontos.
LUCIETTA (*a Checca*): Tá zangada, Checca?
CHECCA: Você tira qualquer um do sério!

ORSETTA: Chega! Vamos fazer as pazes, Lucietta.
LUCIETTA: Por que não?
ORSETTA: Me dá um beijo, Lucietta.
LUCIETTA: Tá, meu amor. (*Beijam-se.*)
ORSETTA: Você também, Checca.
CHECCA: Eu, nem pensar! Não tenho a menor vontade!
LUCIETTA: Vamos, sua bobinha.
CHECCA: Eu? Me deixa em paz, você é uma duas caras.
LUCIETTA: Eu? Você não me conhece. Vamos rápido, me dá um beijo.
CHECCA: Tá. Mas toma cuidado, se for gozação.
PASQUA: Vamos, pegue seu tamborete e vamos entrar. Depois a gente vai até a traineira. (*Pega o tamborete, a renda e sai.*)
LIBERA: Vamos também, meninas. Vamos nos encontrar com eles. (*Pega o tamborete, a renda e sai.*)
ORSETTA: Não vejo a hora de rever o meu querido Beppe. (*Pega o tamborete, a renda e sai.*)
LUCIETTA: Até logo, Checca. (*Pega o tamborete.*)
CHECCA: Até logo. Não me queira mal. (*Pega o tamborete, a renda e sai.*)
LUCIETTA: Pode deixar. (*Sai.*)

Cena 5

Vista do canal com vários barcos pesqueiros, entre os quais a traineira de mestre Toni. Mestre Fortunato, Beppe, Titta Nane e outros homens estão na traineira e mestre Toni em terra, depois mestre Vicenzo.

TONI: Vamos, minha gente, coragem! Ponham os peixes ali!
VICENZO: Bem-vindo, mestre Toni.
TONI: Ao seu dispor, mestre Vicenzo.
VICENZO: Correu tudo bem?
TONI: É. Não podemos nos queixar.
VICENZO: O que vocês têm de bom aí na traineira?
TONI: Um pouco de tudo, tem um pouco de tudo.
VICENZO: Você me daria quatro cestas de corvina?
TONI: Pois não.
VICENZO: Me daria quatro cestas de vermelhos?
TONI: Claro!
VICENZO: E badejo, tem?
TONI: Se tem? Tão grandes que parecem, com todo o respeito, línguas de boi.

VICENZO: E linguado?
TONI: Temos sim, temos, dá pra encher um barril.
VICENZO: Posso ver esses peixes?
TONI: Suba no barco que mestre Fortunato está lá. Pede pra ele te mostrar os peixes antes que eles sejam repartidos.
VICENZO: Já já vou lá ver. Quero tudo por um bom preço.
TONI: Não tem pressa, mestre Vicenzo. Tudo bem.
VICENZO (*à parte*): Gente boa, esses pescadores! (*Sai.*)
TONI: Quem dera se a gente pudesse vender esse peixe a bordo. Por mim eu venderia de bom grado. Se a gente cai nas mãos dos atravessadores, eles não querem dar nada. Querem tudo pra eles. Nós, pobres diabos, só servimos pra arriscar a pele no mar e essa gente de chapéu de veludo se enriquece às nossas custas.
BEPPE (*descendo da traineira com duas cestas*): Ô irmão!
TONI: O que foi, Beppe? O que você quer?
BEPPE: Se você concordar, eu queria mandar estas cestas de robalo para o Ilustríssimo.
TONI: Por que motivo?
BEPPE: Você não sabe que ele vai ser meu padrinho?
TONI: Bem, se você quiser mandar. Mas ó, não se iluda, se você precisar dele, ele não vai levantar um dedo. Quando ele te ver, vai te abraçar e dizer: "Ótimo Beppe, muito obrigado, conte comigo." Mas se você disser: "Ilustríssimo, eu preciso de um favor seu", ele já nem se lembra dos peixes e é bem capaz de nem te reconhecer; ele vai esquecer que é seu padrinho e não vai querer lembrar por nada desse mundo.
BEPPE: O que você quer que eu faça? Dessa vez, deixa eu mandar.
TONI: Eu não disse que não. Pode mandar.
BEPPE: Ei, Manolo! Leva esses peixes pro Senhor Ilustríssimo e fala pra ele que fui eu que mandei de presente. (*Manolo sai.*)

Cena 6

Pasqua, Lucietta e os mesmos.

PASQUA: Toni!
TONI: Ô mulher!
LUCIETTA (*a Toni*): Mano!
TONI: Bom dia, Lucietta!
LUCIETTA: Bom dia, Beppe.

BEPPE: Tudo bem, minha irmã?
LUCIETTA: Tudo bem, e você?
BEPPE: Bem, bem. E você cunhada, como vai?
PASQUA (*a Toni*): Bem, meu rapaz. Fez boa viagem?
TONI: Pra que falar da viagem? Quando estamos em terra, a gente esquece o que aconteceu no mar. Quando estamos pescando, a viagem é sempre boa. E quando a pesca é boa, nem pensamos que estamos arriscando as nossas vidas. Voltamos com muitos peixes e estamos felizes e contentes.
PASQUA: Que bom, ainda bem. Vocês atracaram em algum porto?
TONI: Atracamos sim, em Senigalia.
LUCIETTA: Hum! E vocês trouxeram alguma coisa?
TONI: Trouxemos. Eu comprei pra você um lenço e dois pares de meias vermelhas.
LUCIETTA: Ah, meu irmão querido! Ele gosta tanto de mim!
PASQUA: E pra mim, o senhor não comprou nada?
TONI: Pra você eu comprei uma camisola e uma anágua.
PASQUA: Mas de quê?
TONI: Você vai ver, estou te falando.
LUCIETTA (*a Beppe*): E você não trouxe nada para mim?
BEPPE: Olha só! O que você quer que eu te traga? Eu comprei um anel de noivado pra minha noiva.
LUCIETTA: É bonito?
BEPPE: Olha aqui. (*Mostra o anel.*)
LUCIETTA: Ah, como é lindo! Quando penso que é pra ela...
BEPPE: Ela?
LUCIETTA: Se você soubesse o que ela fez! Pergunta pra sua cunhada: aquela desaforada da Orsetta e a impertinente da Checca se xingaram até a alma! Disseram poucas e boas.
PASQUA: Como se dona Libera não tivesse falado nada! E também dava pra tratar elas de outra maneira?
TONI: O que está acontecendo? O que houve?
BEPPE: O que aconteceu?
LUCIETTA: Nada! Linguarudas. Tinha que cortar a língua delas.
PASQUA: Bom, a gente só estava lá sentada, trabalhando, com nossos tamboretes.
LUCIETTA: A gente nem estava prestando atenção. Se você soubesse. Tudo isso por causa desse grosso do Toffolo Tatu. Ficar com ciúmes desse sujeitinho?
BEPPE: O quê? Ela falou com Toffolo Tatu?
LUCIETTA: Sim senhor.

TONI: Vamos, não vamos encher os ouvidos do rapaz e criar confusão.
LUCIETTA: Hum, se você soubesse...
PASQUA: Chega, chega, Lucietta, senão a gente ainda vai pagar o pato.
BEPPE: Com quem o Tatu estava falando?
LUCIETTA: Com todo mundo.
BEPPE: Com Orsetta também?
LUCIETTA: É, acho que sim.
BEPPE: Maldita!
TONI: Vamos, parem com isso que não quero essa fofocada no meu ouvido.
BEPPE: Não quero mais saber da Orsetta! E esse tatu miserável! Vai me pagar caro.
TONI: Vamos, vamos embora.
LUCIETTA: Onde está o Titta Nane?
TONI (*com desdém*): Está no barco.
LUCIETTA: Eu quero falar com ele.
TONI: Vamos pra casa, já disse.
LUCIETTA: Como você está apressado, irmão.
TONI: Você não precisava abrir a boca.
LUCIETTA: Tá vendo, cunhada? A gente tinha dito que não ia abrir a boca.
PASQUA: Mas quem começou primeiro?
LUCIETTA: Eu? Mas o que foi que eu disse?
PASQUA: E eu? Eu não disse nada de mais.
BEPPE: Vocês disseram tanta coisa que se Orsetta estivesse aqui ia levar um tapa na cara. Não me falem mais dela! Vou agora mesmo vender o anel.
LUCIETTA: Dá pra mim, dá pra mim.
BEPPE: Vai pro diabo.
LUCIETTA: Animal!
TONI: Bem feito, você não merece outra coisa. Vamos embora. Já falei, vamos já pra casa, agora.
LUCIETTA: Olha só! Quem você acha que eu sou? Sua empregada? Não se preocupa não, eu não vou atrapalhar. Quando encontrar o Titta Nane, vou contar pra ele. Ele vai se casar comigo ou então, juro por Deus, prefiro trabalhar na casa dos outros.
PASQUA: Que coisa de doido!
TONI: Quer ver como eu vou te... (*Faz o gesto de bater.*)
PASQUA: Ah, os homens! Ô raça maldita!
TONI: Ah, as mulheres! Só servem pra picar e servir de isca.

Cena 7

Fortunato, Titta Nane, Vicenzo, descem da traineira com homens carregados de cestas.

TITTA NANE: Que confusão é essa?
VICENZO: Nada, compadre! Dona Pasqua Pastel é uma mulher que vive aborrecida.
TITTA: Ela se aborreceu com quem?
VICENZO: Com o marido.
TITTA: E Lucietta estava lá?
VICENZO: Acho que sim. Que azar. Fiquei o tempo todo no convés descarregando peixe e nem pude vir em terra um segundo. Ah, caro Titta Nane! Você está com medo de não ver sua noiva?
TITTA: Se você soubesse! Estou morrendo de saudades.
FORTUNATO (*fala rapidamente e comendo as palavras*): Mestre Vicenzo.
VICENZO: Que foi, mestre Fortunato?
FORTUNATO: Seu peixe está aqui. Quatro cestas de corvina, duas de vermelhos, seis de linguado, e uma de pescadinha.
VICENZO: O quê?
FORTUNATO: E uma de pescadinha.
VICENZO: Eu não estou entendendo nada.
FORTUNATO: Você não está entendendo? Quatro de corvina, duas de vermelhos, seis de linguado e uma de pescadinha.
VICENZO (*à parte*): Ele fala de um jeito...
FORTUNATO: Leve esses peixes pra sua casa que eu mesmo vou pegar meu dinheiro.
VICENZO: Sim, senhor, quando quiser. O seu dinheiro vai estar lá contadinho.
FORTUNATO: Uma pitada de rapé?
VICENZO: Como?
FORTUNATO: Rapé, rapé.
VICENZO: Ah, entendi. Com prazer. (*Oferece rapé.*)
FORTUNATO: Perdi minha caixinha no mar e na traineira ninguém cheira rapé. Comprei outra em Senigalia, mas nem se compara com a nossa de Chioggia. O rapé de Senigalia é rapé, claro, mas se parece com chumbo de tão grosso que é.
VICENZO: É isso aí, mestre Fortunato. Mas não estou entendendo nada.
FORTUNATO: Como assim? Será que estou falando grego? Estou falando a nossa língua, sim ou não?
VICENZO: Entendi. Até logo, mestre Fortunato.

FORTUNATO: Seu criado, mestre Vicenzo.
VICENZO: Seu criado, Titta Nane.
TITTA NANE: Às suas ordens, mestre.
VICENZO: Vamos, gente, levem esses peixes. (*À parte.*) Gente boa, o mestre Fortunato. É engraçado ouvir ele falando.

Cena 8

Fortunato e Titta Nane.

TITTA NANE: Podemos ir, mestre Fortunato?
FORTUNATO: Espera.
TITTA: Esperar o quê?
FORTUNATO: Espera.
TITTA: Espera, espera, o que tem que esperar?
FORTUNATO: Ainda tem que descarregar peixe. E farinha também. Espera.
TITTA (*imitando Fortunato*): Esperamos.
FORTUNATO: Ei, que maneiras são essas? Tá zombando de mim?
TITTA: Calma, mestre Fortunato. Estão vindo aí a sua mulher com as suas irmãs, Orsetta e Chequinha.
FORTUNATO (*alegre*): Ah, minha mulher, minha mulher.

Cena 9

Libera, Orsetta, Checca e os mesmos.

LIBERA: Ô mestre! O que você está fazendo? Por que não veio pra casa ainda?
FORTUNATO: É que estou esperando o peixe. E você, mulher, como está, está bem?
LIBERA: Estou bem, meu filho. E você, está bem?
FORTUNATO: Estou bem, estou muito bem. Bom dia, cunhada. Bom dia, Chequinha!
ORSETTA: Sua criada, cunhado.
CHECCA: Bom dia pra você, cunhado.
ORSETTA: E você, Titta Nane, não cumprimenta?
TITTA: Senhoras.
CHECCA: O senhor está esquisito com a gente! Está com medo que a Lucietta brigue com o senhor?

TITTA: Como vai a Lucietta? Ela está bem?
ORSETTA: Ah, ela está ótima, aquela pérola!
TITTA: O que aconteceu? Vocês não são mais amigas?
ORSETTA (*irônica*): E como!
CHECCA (*irônica*): Ela gosta tanto da gente!
LIBERA: Chega, meninas. Esquecemos tudo e prometemos que não íamos falar mais nisso. Não quero que ela diga que a gente fica por aí falando isso e aquilo e que somos fofoqueiras.
FORTUNATO: Ô, mulher, eu trouxe farinha lá do sul, uma farinha de milho, vamos fazer polenta. É isso mesmo, uma boa polenta.
LIBERA: Que maravilha! Farinha de milho. Que ótimo! Meu marido é tão bom!
FORTUNATO: Eu trouxe...
TITTA (*a Libera*): Eu gostaria que a senhora me dissesse...
FORTUNATO (*a Titta*): Espera aí, fica quieto. Deixa os mais velhos falarem.
LIBERA (*a Fortunato*): Calma, meu velho, calma.
TITTA: Eu gostaria que a senhora me dissesse por que estão se queixando da Lucietta?
LIBERA: Por nada.
TITTA: Por nada?
ORSETTA (*empurrando Libera*): Por nada. Estou falando, por nada.
CHECCA (*empurrando Orsetta*): É melhor assim. Por nada.
FORTUNATO (*em direção ao barco*): Ô gente, descarreguem o saco de farinha!
TITTA: Vamos, meninas, vocês brigaram? Vocês sabem que eu não gosto disso. Eu sei que vocês são boas moças. Mas sei também que a Lucietta é uma pérola.
LIBERA: Ah, meu Titta Nane querido.
ORSETTA: E que pérola.
CHECCA: Que pérola rara.
TITTA: O que vocês têm contra a Lucietta?
ORSETTA: Nada.
CHECCA: Pergunta ao Tatu.
TITTA: Quem é esse Tatu?
LIBERA: Silêncio, crianças! Que bicho mordeu vocês? Não conseguem segurar a língua?
TITTA: Querem me dizer quem é esse Tatu?
CHECCA: O barqueiro, você não conhece? (*Os homens descem da traineira com peixe e um saco de farinha.*)
FORTUNATO (*a Titta*): Vamos buscar o peixe e a farinha.
TITTA: Não, sai pra lá. (*A Fortunato.*) O que ele aprontou com a Lucietta?

CHECCA: Sentou do lado dela.
ORSETTA: Ele queria aprender a fazer renda.
CHECCA: Ele pagou um pastel pra ela.
LIBERA: E depois aquele miserável fez com que a gente brigasse.
TITTA: Puxa! Que história é essa?
FORTUNATO: Vamos embora, vamos embora.
LIBERA: Ele até me ameaçou.
CHECCA: Ele me chamou de cabrita.
ORSETTA: Tudo por causa de sua pérola!
TITTA (*ofegante*): Onde ele está? Onde ele mora? Onde ele se esconde? Onde posso encontrar esse sujeito?
ORSETTA: Ele mora na rua da coroa, num quarto de fundos, debaixo dos arcos perto do canal.
LIBERA: É, na casa da dona Corneta.
CHECCA: E o barco dele fica ali no canal, em frente à peixaria, ao lado do barco do Checco.
TITTA: Não se preocupem, deixem comigo. Se eu encontrar com ele, vou cortar ele todinho em postas, como um badejo.
CHECCA: Se você quiser encontrar, procura na casa da Lucietta.
TITTA: Da Lucietta?
ORSETTA: É, na casa da sua noiva.
TITTA: Não me fale mais em noivado. Eu vou largar ela agora mesmo. Quanto ao sem vergonha do Tatu, por Deus, vou já, já cortar o pescoço dele. (*Sai.*)
FORTUNATO: Vamos embora, vamos embora, já falei.
LIBERA: É, vamos tartamudo, vamos.
FORTUNATO: Que maneira é essa de falar comigo? O que vocês vieram fazer aqui? Vieram fofocar? Cruz credo! Estou com a cabeça estourando. Se acontecer alguma coisa, qualquer coisa, eu arrebento a sua fuça, isso mesmo, a sua fuça, e amarro vocês na cama. É, na cama, jararacas! (*Sai.*)
LIBERA: Vocês viram? Até meu marido me ameaça! Por causa de vocês, sempre acaba sobrando pra mim, suas fofoqueiras. Línguas ferinas! Vocês me prometeram ficar caladas, mas deram logo com a língua nos dentes. Meu Deus do céu, vocês querem me matar de raiva! (*Sai.*)
ORSETTA: Você ouviu?
CHECCA: Você está com medo?
ORSETTA: Eu? Nem um pouco.
CHECCA: A Lucietta vai perder o noivo, azar o dela.
ORSETTA: Em todo caso, fico com o meu.

CHECCA: Eu vou encontrar um noivo pra mim.
ORSETTA: Ai, que história!
CHECCA: Ai, que tormento!
ORSETTA: Azar, deixa pra lá.
CHECCA: Hoje a pata vai chocar! (*Saem.*)

Cena 10

Rua com casas, como na primeira cena. Toffolo, depois Beppe.

TOFFOLO: É, eu fiz mal, fiz mal, fiz muito mal. Eu não devia ter me metido com a Lucietta. Ela é noiva, eu não devia ter feito isso. A Checca ainda é moça. Mas um dia desses ela ainda vai usar saia longa. Aí vou ter tempo de sobra pra namorar com ela. Agora ela está zangada, mas ela tem razão pra isso. Isso prova que ela gosta de mim de verdade. Se ao menos eu pudesse ver a Checca! Se eu pudesse falar um pouquinho com ela. Eu faria tudo pra acalmar ela. Mestre Fortunato chegou, e mesmo que ela não use saia longa, eu poderia pedir a mão dela. Ih, a porta está fechada. Será que ela está em casa ou não? (*Se aproxima da casa.*)
BEPPE: Olha lá o atrevido! (*Saindo da casa.*)
TOFFOLO: Se eu pudesse! Eu vou dar uma olhadinha. (*Se aproxima da casa.*)
BEPPE: Ei, seu Tatu.
TOFFOLO: Que Tatu é esse?
BEPPE: Sai daí.
TOFFOLO: O quê? Sai daí? Por que, sai daí?
BEPPE: Quer apostar como vou te encher de bolacha?
TOFFOLO: Estou incomodando o senhor?
BEPPE: O que você veio fazer aqui?
TOFFOLO: Eu faço o que bem entender.
BEPPE: Mas eu não quero que você fique aí.
TOFFOLO: Mas eu quero ficar; eu vou ficar, ouviu?
BEPPE: Vai embora, já disse.
TOFFOLO: De jeito nenhum.
BEPPE: Vai embora, senão você vai apanhar!
TOFFOLO: O quê? Vou te jogar umas pedras! (*Apanha pedras.*)
BEPPE (*tira a faca*): Você vai ver só, circulando vagabundo.
TOFFOLO: Me deixa, me deixa em paz!
BEPPE: Cai fora!
TOFFOLO: Eu não quero, eu não vou.

BEPPE: Cai fora, senão te arranco as tripas.
TOFFOLO: Experimenta e eu te racho a cabeça.
BEPPE: Joga se você tem coragem!

Toffolo joga as pedras e Beppe se abaixa.

Cena 11

Mestre Fortunato e mestre Toni saem de casa, entram de novo e saem com Pasqua e Lucietta.

TONI: Que confusão é essa?

Toffolo joga uma pedra em mestre Toni.

TONI: Socorro! Ele me jogou uma pedra. Espera aí, seu desgraçado! Você vai me pagar. (*Entra em casa.*)
TOFFOLO: Eu não quero mal a ninguém. Ele me xingou. (*Pegando mais pedras.*)
BEPPE: Larga essas pedras.
TOFFOLO: Larga essa faca.
TONI (*sai com uma peixeira*): Espera que eu vou fazer picadinho de você.
PASQUA (*segurando mestre Toni*): Toni, pare!
LUCIETTA (*segurando mestre Toni*): Vamos, irmão, pare!
BEPPE: A gente vai acabar com ele!
LUCIETTA (*segurando Beppe*): Vamos, que exagero! Pare com isso!
TOFFOLO (*ameaçando com pedras*): Se afastem senão eu jogo.
LUCIETTA (*gritando*): Pessoal! Venham nos ajudar!
PASQUA: Gente! Venham nos ajudar!

Cena 12

Mestre Fortunato, Libera, Orsetta, Checca, homens trazendo peixe e farinha e os precedentes.

FORTUNATO: O que está acontecendo? O que está havendo? Pare, pare, o que é que há?
ORSETTA: Ah, uma briga!
CHECCA: Uma briga? Pobre de mim. (*Se tranca em casa.*)

LIBERA: Acabem com isso, seus malucos!
BEPPE: Tudo por causa de vocês.
ORSETTA: Quem? O quê?
LIBERA: O que foi que você disse?
LUCIETTA: É, eles estão brigando por causa de vocês.
PASQUA: Vocês só servem pra encher a cabeça da gente.
ORSETTA: Ouviu essa?
LIBERA: Olha que víbora!
BEPPE: Vou deixar ele estirado na sua porta.
ORSETTA: Quem?
BEPPE: Esse canalha do Tatu!
TOFFOLO (*jogando pedras*): Toma! Que eu não sou Tatu!
PASQUA (*empurrando Toni*): Chega, Mestre!
LUCIETTA: Chega irmão, vamos pra casa!
TONI: Me deixa!
PASQUA: Vamos pra casa, já disse, vamos. (*Força ele a entrar.*)
BEPPE (*a Lucietta*): Me deixa!
LUCIETTA: Entra, seu louco, entra já falei. (*Força ele a entrar e fecha a porta.*)
TOFFOLO: Vagabundos, assassinos! Saiam, se vocês têm coragem.
ORSETTA: Vai pro diabo que te carregue!
LIBERA: Vai te enforcar! (*Empurra Toffolo.*)
TOFFOLO: Estão pensando o quê? Que história é essa?
FORTUNATO: Sai daqui, sai daqui, senão vou te matar e te virar pelo avesso.
TOFFOLO: Eu respeito o senhor porque o senhor é velho, e é cunhado da Chequinha. Mas esses vagabundos, esses cachorros vão me pagar!

Cena 13

Titta Nane com o facão e os precedentes.

TITTA NANE (*enfiando o facão no chão*): Cuidado senão acabo com a tua raça!
TOFFOLO: Socorro! (*Encosta na porta de Checca.*)
FORTUNATO: Tenha juízo! Pare com isso!
LIBERA: Não faça isso!
ORSETTA: Segura ele!
TITTA NANE (*querendo agarrar Toffolo*): Me larga, me larga!
TOFFOLO (*empurrando a porta que se abre e ele cai dentro da casa de Pasqua*): Socorro!
FORTUNATO (*segurando Titta Nane*): Titta Nane, Titta Nane!

LIBERA (*a Fortunato*): Leva ele pra casa, leva ele pra casa!
TITTA NANE (*se debatendo*): Eu não quero, eu não quero!
FORTUNATO: É melhor, vem pra cá. (*Empurra ele com força pra dentro da casa.*)
LIBERA: Ai que tremedeira!
ORSETTA: Ai meu coração!
PASQUA (*jogando Toffolo de dentro da casa*): Saia daqui!
LUCIETTA: Vai pro diabo que te carregue!
PASQUA: Seu covarde! (*Entra em casa.*)
LUCIETTA: Medroso! (*Entra em casa e fecha a porta.*)
TOFFOLO (*a Libera e Orsetta*): Viram isso, meninas?
LIBERA: Bem feito. (*Sai.*)
ORSETTA: Ainda é pouco.
TOFFOLO: Cruz credo! Vou agora mesmo dar queixa.

Ato II

Cena 1

Na vara de justiça. Isidoro escrevendo numa pequena mesa, depois Toffolo e, depois, o Oficial de Justiça.

TOFFOLO: Ilustríssimo senhor juiz!
ISIDORO: Eu não sou juiz, sou o substituto.
TOFFOLO: Ilustríssimo senhor substituto!
ISIDORO: O que você quer?
TOFFOLO: O senhor precisa saber, Ilustríssimo, que um bandido me provocou e me ameaçou com uma peixeira e queria me dar uma surra; e aí apareceu um outro canalha, Ilustríssimo...
ISIDORO: Maldição! Pare com esse Ilustríssimo.
TOFFOLO: Tá bom, senhor substituto. É preciso que o senhor me escute. Como eu ia dizendo, não fiz nada, e ainda queriam me matar.
ISIDORO (*tomando uma folha para escrever*): Vem cá! Espere!
TOFFOLO: Aqui estou, Ilustríssimo. (*À parte.*) Cachorros! Eles vão me pagar!
ISIDORO: Quem é você?
TOFFOLO: Eu sou barqueiro, Ilustríssimo.
ISIDORO: Qual é o seu nome?
TOFFOLO: Toffolo.
ISIDORO: Sobrenome.
TOFFOLO: Scirello.

ISIDORO: Você não é nem mesmo um pé de sapato, você é um pé de chinelo!
TOFFOLO: Chinelo sim, Ilustríssimo.
ISIDORO: De onde você é?
TOFFOLO: Sou daqui, de Chioggia.
ISIDORO: Você ainda tem pai?
TOFFOLO: Meu pai, Ilustríssimo, morreu no mar.
ISIDORO: Como ele se chamava?
TOFFOLO: Toni Scirello "Viola".
ISIDORO: E você não tem um apelido?
TOFFOLO: Eu não, Ilustríssimo.
ISIDORO: É impossível que não tenha!
TOFFOLO: Que apelido o senhor quer que eu tenha?
ISIDORO: Me diz uma coisa... você já não esteve aqui na vara de justiça?
TOFFOLO: Sim, senhor. Já estive aqui uma vez para depor.
ISIDORO: Vem cá, se não me engano, já mandei citar você como Toffolo "Tatu".
TOFFOLO: Eu me chamo Chinelo, Chinelo é o meu nome, e não tenho nada de Tatu. Quem me deu esse apelido é um canalha, Ilustríssimo.
ISIDORO: Cuidado aí que você acaba levando um Ilustríssimo na cabeça!
TOFFOLO: Tenha a bondade de me desculpar, Ilustríssimo.
ISIDORO: Quem te ameaçou?
TOFFOLO: Mestre Toni Cestinha, seu irmão Beppe Bacalhau e depois Titta Nane Tubarão.
ISIDORO: Estavam armados?
TOFFOLO: Se estavam! Beppe Bacalhau estava com sua faca, mestre Toni saiu com sua peixeira, e Titta Nane tinha um facão daqueles que ficam nas popas das traineiras.
ISIDORO: Te agrediram? Você foi ferido?
TOFFOLO: Não! Mas fiquei apavorado.
ISIDORO: Por que te ameaçaram? Por que eles queriam te bater?
TOFFOLO: Por nada.
ISIDORO: Vocês brigaram? Teve muita confusão?
TOFFOLO: Mas eu não tenho nada a ver com isso.
ISIDORO: Você fugiu? Se defendeu? Como isso acabou?
TOFFOLO: Eu estava lá assim... "Meus irmãos, meus amigos", eu dizia, "Se querem me matar, podem me matar", era isso que eu dizia!
ISIDORO: E então? Como acabou?
TOFFOLO: Aí chegaram umas pessoas que obrigaram eles a parar, e me salvaram a vida.
ISIDORO: E que pessoas são essas?
TOFFOLO: Mestre Fortunato Peixe-Espada, sua mulher Dona Libera Ave

de Rapina, sua cunhada Orsetta Broa de Milho e sua outra cunhada, Checca Cabrita.

ISIDORO (*à parte*): Sei, sei, essas aí eu conheço. Sobretudo a Checca, que é um pedaço de mulher! (*Alto e escrevendo.*) Tinha mais alguém?
TOFFOLO: Havia dona Pasqua Pastel e Lucietta Língua de Trapo.
ISIDORO (*à parte, escrevendo*): Essas também eu conheço! (*Alto.*) Mais alguma coisa?
TOFFOLO: Não, Ilustríssimo!
ISIDORO: Você não vai dar queixa?
TOFFOLO: De quê?
ISIDORO: Não quer que essa gente seja intimada?
TOFFOLO: Claro, Ilustríssimo!
ISIDORO: Para serem condenadas a quê?
TOFFOLO: À deportação, Ilustríssimo.
ISIDORO: E você vai ser condenado à forca, seu ignorante!
TOFFOLO: Eu? Por qual motivo?
ISIDORO: Tá bom, tá bom, já basta! Eu entendi. (*Escreve numa pequena folha de papel.*)
TOFFOLO (*à parte*): Espero que eles também não venham se queixar, porque eu também joguei pedras. Ah, podem vir! Cheguei primeiro e quem foi ao vento perdeu o assento.

Isidoro toca a campainha. Entra o Oficial de Justiça.

OFICIAL: Ilustríssimo!
ISIDORO (*levantando-se*): Convoque essa gente.
OFICIAL: Pois não, Ilustríssimo.
ISIDORO: Até a vista, Tatu.
TOFFOLO: Chinelo, para lhe servir.
ISIDORO: Sim, chinelo, sem sola nem mola, sem eira nem beira. (*Sai.*)
TOFFOLO (*ao Oficial, rindo*): Ele gosta de mim, o senhor substituto.
OFICIAL: Tô vendo! É pra você, essas testemunhas todas?
TOFFOLO: É sim, senhor oficial de justiça.
OFICIAL: Você quer que elas sejam intimadas?
TOFFOLO: É claro, senhor oficial de justiça.
OFICIAL: Você me paga uma bebida?
TOFFOLO: Com prazer, senhor oficial de justiça.
OFICIAL: Eu nem sei onde elas moram.
TOFFOLO: Eu sei, senhor oficial de justiça.
OFICIAL: Muito bem, senhor Tatu.
TOFFOLO: Ao diabo, senhor oficial de justiça! (*Eles saem.*)

Cena 2

Numa rua como a cena um do primeiro ato. Pasqua e Lucietta saem de suas casas, com suas cadeiras de palha, seus tamboretes. Elas estão sentadas, fazendo rendas.

LUCIETTA: Olha só o que essas pilantras me aprontaram! Foram dizer ao Titta Nane que o Tatu veio falar comigo!
PASQUA: E você? Quem mandou você contar pros seus irmãos aquilo tudo?
LUCIETTA: E você, madame? Por acaso não disse nada?
PASQUA: Ah, falei sim, falei sim, falei mas não devia ter falado nada!
LUCIETTA: Ai, que ódio! Eu também tinha jurado não dizer nada!
PASQUA: É sempre assim, cunhada. Acredite em mim, é sempre assim! Se nós mulheres não falamos, acabamos morrendo.
LUCIETTA: É! Eu não queria falar, mas não consegui me segurar. As palavras vinham na minha boca. Eu tentava me controlar, mas ficava engasgada. Uma orelha me dizia: "Calada!" A outra, porém, me dizia: "Fala!" Bom, então eu tapei a orelha que dizia "calada" e escancarei a que dizia "fala". E falei, falei, falei...
PASQUA: O mais chato é que os homens tiveram que brigar.
LUCIETTA: Não! Isso não tem importância. Toffolo é um bobo. Não vai dar em nada!
PASQUA: Beppe quer largar Orsetta.
LUCIETTA: Bem, ele arruma outra. Em Chioggia, mulher é o que não falta.
PASQUA: Claro! De quarenta mil habitantes, trinta mil são mulheres.
LUCIETTA: E quantas para casar?
PASQUA: Veja bem. É por isso que estou aborrecida, porque o Titta Nane vai terminar com você, e não vai ser fácil encontrar outro.
LUCIETTA: Mas afinal, o que eu fiz ao Titta Nane?
PASQUA: Nada, realmente você não fez nada. Mas essas linguarudas botaram ele contra você.
LUCIETTA: Se ele gostasse de mim, não acreditaria nelas.
PASQUA: Você não sabe como ele é ciumento?
LUCIETTA: Mas por quê? Será que não posso falar com ninguém? Não posso rir um pouquinho? Os homens ficam no mar durante dez meses e nós temos que mofar aqui e ficar pastando em companhia desses malditos tamboretes de renda!
PASQUA: Cala a boca! Cala a boca! Titta Nane vem aí.
LUCIETTA: Ih! Olha a cara dele! Eu vejo logo quando ele está de ovo virado!
PASQUA: Mas não faça cara feia!
LUCIETTA: Se ele faz, por que eu não posso fazer?

PASQUA: Você gosta dele?
LUCIETTA: Gosto.
PASQUA: Então, olhe pra ele.
LUCIETTA: Eu não, de jeito nenhum!
PASQUA: Vamos, não seja teimosa!
LUCIETTA: Prefiro morrer!
PASQUA: Impertinente!

Cena 3

As mesmas e Titta Nane.

TITTA (*à parte*): Eu quero terminar com ela, mas... não sei como.
PASQUA (*a Lucietta*): Olha pra ele.
LUCIETTA (*a Pasqua*): Tenho que olhar é pra minha renda, não pra ele.
PASQUA (*à parte*): Só mesmo dando com esse tamborete na sua cabeça!
TITTA (*à parte*): Ela tá pouco ligando pra mim, nem me olhou...
PASQUA: Bom dia, Titta Nane.
TITTA: Seu criado!
PASQUA (*a Lucietta*): Diz bom-dia.
LUCIETTA (*a Pasqua*): Imagina, deixa ele falar primeiro.
TITTA: Quanta pressa de trabalhar!
PASQUA: Meu filho: você imagina o quê? Não somos mulheres de respeito?
TITTA: Isso mesmo. É melhor mesmo se apressar, antes que chegue algum atrevidinho e sente ao lado dela e aí não dá pra fazer mais nada. (*Lucietta tosse ostensivamente.*)
PASQUA (*a Lucietta*): Vai com calma!
LUCIETTA (*a Pasqua*): Eu não!
TITTA: Dona Pasqua, a senhora gosta de pastel?
PASQUA: Ora! Que pergunta é essa?
TITTA: Eu tô perguntando porque tenho boca. (*Lucietta cospe com violência.*) Que resfriado hein, madame?
LUCIETTA: É o pastel que me faz cuspir. (*Ela continua a trabalhar sem levantar os olhos.*)
TITTA (*com raiva*): Se eu pudesse torcer o pescoço dela...
LUCIETTA (*sempre de olhos baixos*): Quem não gosta de mim que vá pro inferno!
TITTA (*à parte*): Bem, eu disse que não volto atrás. (*A Pasqua.*) Dona Pasqua, é com a senhora que eu quero falar. A senhora é uma mulher

de respeito. Foi pra senhora que pedi a mão de sua cunhada Lucietta, e agora digo que está tudo acabado.

PASQUA: Ué? E por que isso?

TITTA: Porque... porque... (*Lucietta levanta-se para ir embora.*)

PASQUA: Aonde você vai?

LUCIETTA: Aonde eu bem entender. (*Entra em casa para depois voltar no momento seguinte.*)

PASQUA (*a Titta*): Você deu ouvidos aos boatos?

TITTA: Sei de tudo, e estou surpreso de ver que a senhora... E que ela...

PASQUA: Ela gosta tanto de você!

TITTA: Se ela gostasse, não me daria às costas como fez agora.

PASQUA: Coitadinha! Com certeza ela foi chorar, com toda certeza!

TITTA: Chorar por quem? Pelo Tatu?

PASQUA: Não, Titta Nane, não é do Tatu que ela gosta, é de você. Toda vez que você vai pro mar, ela fica desesperada. Quando o mar fica bravo, ela quase fica maluca. Se se apavora, é por sua causa; todas as noites ela se levanta e vai até à janela pra ver o tempo. Olha, eu tô te dizendo, ela é louca por você, e não vê mais ninguém.

TITTA: Então por que ela não falou direito comigo?

PASQUA: É porque ela tem medo, não consegue! Tá com um nó na garganta!

TITTA: E eu não tenho razão para me queixar?

PASQUA: Vou contar o que aconteceu.

TITTA: Não, senhora. É ela quem tem que me contar. É ela quem tem que se explicar e me pedir perdão.

PASQUA: E você vai perdoar?

TITTA: Quem sabe? Pode ser. Aonde ela foi?

PASQUA: Lá vem ela! Lá vem ela!

LUCIETTA: Toma! Seus sapatos, suas fitas, seu xale, tudo o que o senhor me deu. (*Ela joga tudo no chão.*)

PASQUA: Ai de mim! Ficou louca? (*Ela apanha os objetos e coloca numa cadeira.*)

TITTA: Que desaforo! Logo comigo?

LUCIETTA: Não tá tudo acabado? Então, toma aqui seus presentes e bom proveito.

TITTA: Se você falar de novo com o Tatu, eu mato ele.

LUCIETTA: Era só o que me faltava! Você terminou comigo e ainda quer mandar em mim?

TITTA: É por causa dele que eu acabei.

PASQUA: Eu não entendo como você pode acreditar que a Lucietta iria se meter com aquele atrevido!

LUCIETTA: Eu sou feia, eu sou pobre, eu sou tudo o que você quiser, mas não me meto com barqueiros.

TITTA: Então por que você deu trela pra ele? Por que você aceitou o pastel?

LUCIETTA: Ai, que drama!

PASQUA: Um crime imperdoável!

TITTA: Quando eu tô namorando, não permito que ninguém fique rindo de mim. Isso serve pra você também. Droga! Ninguém nunca pôs chifres no Titta Nane e nunca vai botar!

LUCIETTA: Que pretensão!

TITTA: Eu sou homem, ouviu? Eu sou homem e não um moleque! (*Lucietta esconde que está chorando.*)

PASQUA: O que você tem?

LUCIETTA: Nada. (*Ela continua a chorar e dá uma cotovelada em Pasqua.*)

PASQUA: Tá chorando?

LUCIETTA: De raiva, eu queria torcer o pescoço dele com minhas próprias mãos.

TITTA (*aproxima-se de Lucietta*): Ora, por que essas lágrimas?

LUCIETTA: Vá pro inferno!

TITTA (*a Pasqua*): Ouviu? A senhora ouviu?

PASQUA: Mas ela não tem razão? O senhor é pior que um cachorro!

TITTA: Quer apostar como eu me jogo no canal?

PASQUA: Que absurdo!

LUCIETTA (*mais alto, chorando*): Deixa ele! Deixa ele se jogar!

PASQUA: Que boba!

TITTA (*se enternecendo*): Mas eu gostava dela, puxa como eu gostava dela...

PASQUA (*a Titta Nane*): Gostava? E agora?

TITTA: Mas o que posso fazer? Ela não quer mais nada comigo.

PASQUA: E então, Lucietta?

LUCIETTA: Me deixa em paz!

PASQUA (*a Lucietta*): Toma os teus sapatos, as tuas fitas e o teu xale.

LUCIETTA: Eu não quero nada.

PASQUA (*a Lucietta*): Escuta aqui, vem cá!

LUCIETTA: Me deixa em paz!

PASQUA (*a Lucietta*): Fale com ele!

LUCIETTA: Não!

PASQUA: Vem cá, Titta Nane!

TITTA: Nem pensar!

PASQUA (*a Titta Nane*): Vamos...

TITTA: Não quero nem saber!

PASQUA: Sabe de uma coisa? Vão pro diabo que os carregue!

Cena 4

O Oficial de Justiça e os mesmos.

OFICIAL: A senhora é dona Pasqua, mulher do Toni Cestinha?
PASQUA: Sim senhor, para lhe servir.
OFICIAL (*a Pasqua*): E essa aí é Lucietta, irmã do mestre Toni?
PASQUA: Sim, senhor. O que o senhor quer com ele?
LUCIETTA (*à parte*): Ai meu Deus do céu! O que o oficial quer comigo?
OFICIAL: Vocês estão convocados, por ordem das autoridades responsáveis, a se apresentarem na vara de justiça.
PASQUA: Qual o motivo?
OFICIAL: Eu não sei de nada. Vão e obedeçam sob pena de pagar dez ducados de multa.
PASQUA (*a Lucietta*): Foi por causa da briga.
LUCIETTA (*a Pasqua*): Ah! Eu não tenho a menor vontade de ir!
PASQUA (*a Lucietta*): Ah! Mas nós vamos ter que ir!
OFICIAL (*a Pasqua*): Essa é a casa do mestre Fortunato?
PASQUA: Sim senhor, é sim.
OFICIAL: Basta! A porta está aberta e eu vou entrar. (*Entra na casa.*)

Cena 5

Pasqua, Lucietta e Titta Nane.

PASQUA: Ouviu, Titta Nane?
TITTA: Ouvi. Esse malandro do Tatu tá querendo me processar. Eu vou ter que me esconder.
PASQUA: E o meu marido?
LUCIETTA: E os meus irmãos?
PASQUA: Oh, meu Deus! Rápido, vai rápido ao porto e procura por eles, e quando encontrar conte tudo. E eu vou procurar o mestre Vicenzo e o meu compadre, o Doutor. Eu vou falar também com a mulher do Ilustríssimo, e vou passar na casa do juiz. Pobre de mim! Meus bens, minhas joias e a minha casinha, a minha casinha! (*Sai.*)

Cena 6

Lucietta e Titta Nane.

TITTA: A senhora viu? Tudo por sua causa.
LUCIETTA: Por minha causa? O que foi que eu fiz?
TITTA: É, você é uma desmiolada, não tem nada na cabeça!
LUCIETTA: Você não presta, seu cretino!
TITTA: Vou ser preso e aí você vai ficar contente.
LUCIETTA: Preso? Ora, vamos... Por que preso?
TITTA: Mas se isso acontecer, eu mato o Tatu!
LUCIETTA: Você tá ficando louco?
TITTA (*ameaçando-a*): E você, você também vai me pagar!
LUCIETTA: Eu? O que é que eu tenho a ver com isso?
TITTA: Assim você leva um homem ao desespero!
LUCIETTA: Ih... Lá vem o oficial de justiça!
TITTA: Estou perdido! Vou embora correndo antes que ele me veja, senão ele vai me prender! (*Sai.*)
LUCIETTA: Cachorro, assassino! Ele me ameaça e depois vai embora. É assim que demonstra seu amor por mim? Ah, os homens! Que raça! Não quero mais ouvir falar em casamento, prefiro me afogar! (*Sai.*)

Cena 7

O Oficial de Justiça e mestre Fortunato saem de casa.

OFICIAL: O senhor é homem, mestre Fortunato, e sabe como são essas coisas.
FORTUNATO: Eu, sei nada não. Nunca fui numa *varga* dessas, nunca!
OFICIAL: O senhor nunca esteve em uma vara de justiça?
FORTUNATO: Não senhor, nunca.
OFICIAL: Então já não vai mais poder dizer isso!
FORTUNATO: E por que a minha mulher é obrigada a ir?
OFICIAL: Para ser interrogada.
FORTUNATO: Minhas cunhadas também?
OFICIAL: Também!
FORTUNATO: As meninas também? Até a pequerrucha?
OFICIAL: Ela vai com a sua irmã casada. O senhor está com medo de quê?
FORTUNATO: Ela está chorando, está com medo, não quer ir.
OFICIAL: Se ela não for, pior para ela. Eu fiz o que tinha que fazer. Vou fazer o relatório e dizer que convoquei todas elas: o resto é com vocês. (*Sai.*)

FORTUNATO: Então temos que ir, temos que ir, temos que ir, mulheres. Minha velha, coloca o xale na cabeça, cunhada Orsetta, o xale na cabeça, cunhada Checca, bota o seu também, pois temos que ir. (*Alto, para o público.*) Temos que ir, temos que ir. Maldito bafafá! Malditos espertalhões! Andem! Vamos depressa! O que vocês estão esperando? Mulheres! Que bafafá! Depressa, senão vocês vão apanhar, sim, apanhar! (*Entra na casa.*)

Cena 8

Na vara de justiça, Isidoro e mestre Vicenzo.

VICENZO: Reconsidere, Ilustríssimo, é uma coisa sem importância.
ISIDORO: Eu não disse que era? Mas a justiça tem que ser feita, deram queixa e as testemunhas foram convocadas.
VICENZO: O senhor acha, Ilustríssimo, que quem se queixou é inocente? Ele também atirou pedras.
ISIDORO: Melhor ainda, assim tudo vai ficar esclarecido.
VICENZO: Diga lá, Ilustríssimo, não tem como dar um jeitinho?
ISIDORO: Se retirarem a queixa e pagarem as despesas.
VICENZO: Ora, Ilustríssimo, o senhor me conhece! Olha bem pra mim!
ISIDORO: Vou lhe dizer o seguinte, mestre Vicenzo: é verdade que só há fatos irrelevantes no depoimento dele, e que podemos dar um jeito. Mas, e as testemunhas? Tenho ao menos que interrogar algumas. Se não há nada de grave, se não há velhos rancores, se a briga não foi premeditada, se não houve abuso de autoridade, danos a terceiros ou qualquer coisa parecida, eu serei o primeiro a dar um jeito, ainda que eu não esteja aqui para julgar. Eu sou o substituto e não o juiz! É ele quem decide. O juiz está em Veneza e está pra chegar. Ele dará uma olhada no processo, você falará com ele e eu também. Afinal, o que eu ganho com isso? Aliás, eu sou um homem de bem e não aceitaria nada. Gosto de ajudar as pessoas, só penso em ser útil.
VICENZO: O senhor falou como o homem de bem que é! Agora sei o que me resta a fazer.
ISIDORO: Da minha parte, já disse, não quero nada!
VICENZO: Vamos, um peixe, um belo peixe!
ISIDORO: Bem, já que se trata de um peixe, por que não? Não é que se coma mal aqui na vara de justiça, mas sabe, um petisco aqui e ali, de vez em quando...

VICENZO: E eu não sei que o senhor substituto é bom de boca?
ISIDORO: O que o senhor quer? Aqui se trabalha, mas um pouquinho de diversão não faz mal a ninguém!
VICENZO: Será que o senhor substituto não aprecia umas anáguas também?
ISIDORO: Já chega! Eu tenho que atender uma pessoa. Fique aqui e não se mexa. Quando essa gente chegar, diga a eles que já volto. Diga às mulheres que não precisam ter medo de serem interrogadas, que eu sou gentil com todo mundo. Especialmente com elas, sou um verdadeiro cordeirinho! (*Sai.*)

Cena 9

Vicenzo sozinho.

VICENZO: Sim, gentil o senhor é, mas na minha casa não põe os pés! Não quero nenhuma conversa fiada com as mulheres. Esses senhores de perucas não combinam conosco, os pescadores. Ih! Lá vêm elas pra serem interrogadas! Ele tinha medo que elas não viessem. Ué, que homem é aquele? Ah, sim, é mestre Fortunato! Venham, venham minhas queridas, estamos em família!

Cena 10

Pasqua, Lucietta, Libera, Orsetta, Checca, todas com xale na cabeça. Mestre Fortunato e o mesmo.

CHECCA: Onde estamos?
ORSETTA: Aonde vamos?
LIBERA: Ai de mim! Nunca estive num lugar desses.
FORTUNATO: Mestre Vicenzo, às suas ordens, mestre Vicenzo!
VICENZO (*saudando-o*): Mestre Fortunato!
LUCIETTA: Estou com as pernas bambas, bambas!
PASQUA: E eu então? O meu coração está saindo pela boca!
FORTUNATO (*a Vicenzo*): Onde está o senhor juiz?
VICENZO: Ele tá em Veneza. É o senhor substituto que vai interrogar vocês.
LIBERA (*a Orsetta, dando-lhe uma cotovelada e indicando-lhe o substituto que elas conhecem bem*): Ih! Olha lá o Ilustríssimo!
ORSETTA (*dá uma cotovelada em Checca*): Ah! É o Ilustríssimo tão gentil!

PASQUA (*a Lucietta, toda contente*): Ouviu? É o substituto que vai interrogar a gente.
LUCIETTA (*a Pasqua*): Que bom! Tô satisfeita, pelo menos ele nos conhece!
PASQUA (*a Lucietta*): Sim, ele é um homem e tanto!
LUCIETTA (*a Pasqua*): Você se lembra que ele comprou da gente seis metros de renda que valiam trinta moedas, mas queria pagar três escudos?

Cena 11

Isidoro e os mesmos.

ISIDORO: O que vocês estão fazendo aqui?
TODAS AS MULHERES: Ilustríssimo! Ilustríssimo!
ISIDORO: O que querem? Que as interrogue todas juntas? Voltem para lá e esperem; eu vou chamar uma por uma.
PASQUA: Nós primeiro!
LUCIETTA: Nós primeiro!
ORSETTA: Nós é que chegamos primeiro.
ISIDORO: Não vou prejudicar ninguém. Eu vou chamar na ordem que está escrito nesse papel. Checca é a primeira. Checca fica e as outras, saiam!
PASQUA: Claro, ela é a mais nova. (*Sai.*)
LUCIETTA: Isso não basta! É preciso sorte! (*Sai.*)
ISIDORO (*à parte*): Essas mulheres! Como se elas fossem falar a verdade, elas têm que abrir o bico a qualquer preço!
FORTUNATO: Fora! Fora! Vamos sair!
ORSETTA: Ô senhor substituto, o senhor não vai ficar com ela três horas, nós temos mais o que fazer!
ISIDORO: Não se preocupe, serei breve!
LIBERA (*a Isidoro*): Ó, veja bem, essa aí é uma pobre inocente!
ISIDORO: É bom a senhora saber que nesse recinto não se corre esse tipo de perigo.
LIBERA (*à parte*): Ele é muito fogoso e eu não confio nada nela!

Cena 12

Isidoro e Checca, depois o Oficial de Justiça.

ISIDORO: Vem cá, menina! Senta aqui. (*Senta-se.*)

CHECCA: Não senhor! Estou bem de pé.
ISIDORO: Senta! Não quero que você fique em pé.
CHECCA: Para lhe servir. (*Senta-se*)
ISIDORO: Como você se chama?
CHECCA: Checca.
ISIDORO: Sobrenome?
CHECCA: Schiantina.
ISIDORO: Você não tem um apelido?
CHECCA: Que ideia! Um apelido!
ISIDORO: Não te chamam de "cabrita"?
CHECCA (*faz um bico*): Ah, sei! O senhor também quer zombar de mim!
ISIDORO: Vamos! Já que você é bonita, também pode ser gentil. Responda... sabe por que motivo mandei te chamar?
CHECCA: Sim, senhor! Por causa de um bafafá.
ISIDORO: Me conta o que aconteceu.
CHECCA: Mas eu não estava lá, não sei de nada. Eu estava indo pra casa com minha irmã Libera e minha irmã Orsetta e o meu cunhado Fortunato; e estavam lá o mestre Toni, o Beppe Bacalhau e o Titta Nane. Eles queriam dar uma surra no Toffolo Tatu, que estava atirando pedras neles.
ISIDORO: Bom, entendi. Basta. Qual é a sua idade?
CHECCA: O senhor quer saber também a minha idade?
ISIDORO: Sim, senhorita. Todos aqueles que são interrogados devem dizer sua idade, que é colocado no final do depoimento. Então, quantos anos você tem?
CHECCA: Ora, eu... Não preciso esconder a minha idade! Dezessete anos completos.
ISIDORO: Jura ter dito a verdade, nada mais que a verdade?
CHECCA: Sobre o quê?
ISIDORO: Jura que tudo o que você disse no seu depoimento é verdade?
CHECCA: Sim, senhor, eu juro que disse a verdade.
ISIDORO: Seu interrogatório acabou.
CHECCA: Posso ir embora?
ISIDORO: Um momento, por favor. Como vamos de amores?
CHECCA: Eu não tenho namorado.
ISIDORO: Que mentirinha é essa?
CHECCA: Eu devo jurar?
ISIDORO: Não, agora você não precisa mais jurar. Olha lá, é feio dizer mentiras. Vamos lá, é feio dizer mentiras. Vamos, quantos namorados você tem?

CHECCA: Eu? Ninguém me quer porque eu sou pobre.
ISIDORO: E se eu lhe der um dote?
CHECCA: Santo Deus! Nossa senhora!
ISIDORO: Se você tivesse um dote, você se casaria?
CHECCA: Lógico, Ilustríssimo, que eu me casaria.
ISIDORO: Por acaso você tem alguém em vista?
CHECCA: Quem o senhor quer que eu tenha?
ISIDORO: Não tem ninguém que você goste? Enfim, que mexa com seu coração?
CHECCA: Assim o senhor me deixa encabulada...
ISIDORO: Não precisa se encabular. Estamos a sós e podemos falar com franqueza.
CHECCA: Está bem! Se eu pudesse conseguir o Titta Nane, eu ficaria felicíssima!
ISIDORO: Ele não é o noivo de Lucietta?
CHECCA: Ela terminou com ele.
ISIDORO: Se é assim, podemos ver isso. Se ele quiser...
CHECCA: De quanto seria o dote?
ISIDORO: Cinquenta ducados.
CHECCA: Oh, senhor! Meu cunhado me daria cem. E eu tenho cinquenta guardados, que eu ganhei com minha renda. Nem a Lucietta teria um dote tão grande assim!
ISIDORO: Você quer que eu fale com Titta Nane?
CHECCA: Claro, Ilustríssimo!
ISIDORO: Onde ele está agora?
CHECCA: Ele se escondeu.
ISIDORO: Onde?
CHECCA: Vou lhe dizer no ouvido, não quero que ninguém ouça. (*Fala-lhe no ouvido.*)
ISIDORO: Entendi. Vou mandar buscar o Titta Nane. Eu mesmo vou falar com ele, deixa comigo! Vá embora, mocinha, vá e não diga uma palavra sobre isso. Entendido? (*Toca a campainha.*)
CHECCA: Deus o abençoe, meu querido senhor Ilustríssimo!
OFICIAL: Às suas ordens!
ISIDORO: Manda entrar Orsetta.
OFICIAL: Imediatamente.
ISIDORO: Mandarei notícias e irei te procurar.
CHECCA (*levanta-se*): Sim, Ilustríssimo. (*À parte.*) Se eu pudesse tomar o Titta Nane da Lucietta! Ai se eu pudesse.

Cena 13

Orsetta e os precedentes, depois o Oficial de Justiça.

ORSETTA (*baixo, a Checca*): Você demorou muito, hein! O que ele te perguntou?
CHECCA (*a Orsetta*): Ah! Minha irmã, que belo depoimento eu fiz! Depois te conto...
ISIDORO: Venha, sente-se aqui!
ORSETTA: Sim senhor! (*Senta-se com altivez.*)
ISIDORO (*à parte*): Essa daqui é mais orgulhosa.(A Orsetta.) Como você se chama?
ORSETTA: Orsetta Schiantina.
ISIDORO: Você não tem apelido?
ORSETTA: Que apelido o senhor quer que eu tenha?
ISIDORO: Não te chamam de "broa de milho"?
ORSETTA: Na verdade, Ilustríssimo, se eu não soubesse onde estou, arrancaria essa peruca...
ISIDORO: O quê? Um pouco mais de respeito, por favor!
ORSETTA: Então não venha com essa "broa de milho". O pão de Chioggia é feito de fubá e eu não sou amarela e nem da cor do pão!
ISIDORO: Vamos, lindeza, não fique nervosa. Aqui não é lugar pra fazer cenas. Responda de preferência! Você sabe por que motivo foi chamada para depor?
ORSETTA: Não, senhor!
ISIDORO: Você não imagina?
ORSETTA: Não, senhor!
ISIDORO: Você não está a par de um certo bafafá?
ORSETTA: Sim, senhor!
ISIDORO: Vamos! Conte o que você sabe.
ORSETTA: Pergunte e eu responderei.
ISIDORO (*à parte*): Essa daí é do tipo que atazana a vida de um juiz. (*A Orsetta.*) Conhece Toffolo Chinelo?
ORSETTA: Não, senhor!
ISIDORO: Toffolo Tatu?
ORSETTA: Sim, senhor!
ISIDORO: Você sabia que certas pessoas queriam bater nele?
ORSETTA: Como é que eu vou saber o que os outros fazem?
ISIDORO (*à parte*): Sabidinha. (*A Orsetta.*) Você viu alguém ameaçando ele com uma arma?

ORSETTA: Sim, senhor!
ISIDORO: Quem?
ORSETTA: Não me lembro.
ISIDORO: Se eu disser os nomes, você lembraria?
ORSETTA: Se o senhor disser os nomes, responderei.
ISIDORO (*à parte*): Diabo! Ela quer me prender aqui a tarde inteira! (*A Orsetta.*) Titta Nane "tubarão" estava lá?
ORSETTA: Sim, senhor!
ISIDORO: E Beppe "bacalhau"?
ORSETTA: Sim, senhor!
ISIDORO: Brava, dona "broa de milho"!
ORSETTA: Diga-me. O senhor também tem um apelido, não tem?
ISIDORO (*escrevendo*): Vamos! Que é isso. Chega de conversa mole!
ORSETTA: Eu lhe darei um: senhor substituto "desgraça".
ISIDORO: Toffolo "Tatu" atirou pedras?
ORSETTA: Sim senhor, e como atirou! (*À parte.*) Pena que não foi na cabeça do "desgraça".
ISIDORO: O que você disse?
ORSETTA: Nada! Eu falava sozinha. Será que não posso mais falar?
ISIDORO: E por que essa briga?
ORSETTA: Como o senhor quer que eu saiba?
ISIDORO (*à parte*): Eu não aguento mais! (*A Orsetta.*) Você não sabe se o Titta Nane tem ciúmes do Toffolo Tatu?
ORSETTA: Sim senhor, por causa de Lucietta "língua de trapo".
ISIDORO: Você não sabe que Titta Nane terminou com a "língua de trapo"?
ORSETTA: Sim senhor, eu ouvi dizer.
ISIDORO (*à parte*): Checca falou a verdade. (*A Orsetta.*) Pronto! Você está livre dessa história. Qual sua idade?
ORSETTA: Ai, minha santa! A idade o senhor também quer saber?
ISIDORO: Sim, senhorita, a idade também.
ORSETTA: E o senhor vai botar aí?
ISIDORO: Sim, eu preciso colocar.
ORSETTA: Bem, escreva dezenove anos.
ISIDORO (*escrevendo*): Você jura ter dito a verdade?
ORSETTA: Bem, se é preciso jurar, eu tenho vinte e quatro.
ISIDORO: Não precisa jurar sobre isso. Não se pede um juramento desses para nenhuma mulher. Eu te peço para jurar sobre o que disse no seu interrogatório.
ORSETTA: Ah! Sim senhor, eu juro. (*Isidoro toca a campainha.*)
OFICIAL: O que o senhor deseja?

ISIDORO: Dona Libera.
OFICIAL: Às suas ordens. (*Sai.*)
ORSETTA (*à parte*): Veja só! Até a idade é preciso dizer! (*Levanta-se*)

Cena 14

Dona Libera, os precedentes, depois o Oficial de Justiça.

LIBERA (*a Orsetta*): Você se saiu bem?
ORSETTA: Imagina! Até a nossa idade ele quer saber.
LIBERA (*a Orsetta*): Tá brincando?
ORSETTA (*a Libera*): E é preciso jurar.
LIBERA (*à parte*): Que besteiras são essas? Dizer a idade? Jurar? Isso é que nós vamos ver! Eu não tenho a mínima vontade de dizer a minha idade, e jurar, menos ainda...
ISIDORO: Vamos, venha cá! Sente-se. (*Libera não responde.*) Ué? Tô falando! Venha cá, sente-se. (*Ele indica um cadeira onde ela deve sentar-se. Libera se senta.*) Como você se chama? (*Libera não responde.*)
LIBERA: Senhor...
ISIDORO (*empurrando-a*): Responda, como você se chama?
LIBERA: Senhor...
ISIDORO: Como você se chama?
LIBERA: O que o senhor disse?
ISIDORO: Você é surda?
LIBERA: Eu escuto mal.
ISIDORO (*à parte*): Só me faltava essa. (*A Libera.*) Qual o seu nome?
LIBERA: Por favor?
ISIDORO: Seu nome?
LIBERA: Um pouco mais alto, por favor!
ISIDORO (*toca a campainha*): Ah! Assim eu vou ficar maluco!
OFICIAL: Às suas ordens.
ISIDORO: Faça entrar o homem.
OFICIAL: Imediatamente.
ISIDORO (*a Libera*): Até logo e vai com Deus.
LIBERA: Senhor?
ISIDORO (*empurrando-a para fora*): Vá embora daqui!
LIBERA: Hein? (*À parte*) Eu me saí melhor do que pensava! A vida é minha e ninguém mete a colher!

Cena 15

Isidoro, depois mestre Fortunato, depois o Oficial de Justiça.

ISIDORO: É uma bonita profissão, honesta, digna, e até mesmo útil. Mas de vez em quando dá uma raiva...
FORTUNATO: 'Tíssimo, senhor juiz, 'tíssimo.
ISIDORO: Como você se chama?
FORTUNATO: Fortunato 'vicchio.
ISIDORO: Fale direito se quer ser entendido. Eu só compreendo a metade do que você diz. Mestre Fortunato Cavicchio, sabe qual é o motivo que o trouxe aqui?
FORTUNATO: Senhor, sim, senhor.
ISIDORO: Bem, então me diga; por que você veio até aqui?
FORTUNATO: Eu vim porque o oficial me chamou.
ISIDORO: Engraçadinho! Eu também sei que você está aqui porque o oficial te chamou. Mas me diz, você não está à par de um certo bafafá?
FORTUNATO: Senhor, sim, senhor.
ISIDORO: Vamos, diga. O que aconteceu?
FORTUNATO: O senhor precisa 'ber que eu cheguei hoje de Vigo. Eu cheguei na traineira, e mi' mulher veio com mi' 'nhada Orsetta e mi' outra 'nhada Checca.
ISIDORO: Que diabo é isso? Eu não tô entendendo nada. Fala direito, por favor.
FORTUNATO: Sim, senhor, sim. Voltamos pra casa com a mi' mulher e a mi' 'nhada, vi o mestre Toni e o irmão dele Beppe. Eu vi Titta Nane, Toffolo Tatu, mestre Toni correndo em zigue-zague e Beppe "Toma cuidado, toma cuidado com a faca", e Tatu "Bum, bum", com as pedras. Então Titta Nane chegou, é sim, ele chegou "Sai, sai, sai!" 'mor confusão, bafafá... O Tatu caiu e eu não sei mais nada. 'tendeu?
ISIDORO: Nem uma palavra.
FORTUNATO: Entretanto, eu falo a língua daqui, 'tríssimo. De que país o senhor é, 'tríssimo?
ISIDORO: De Veneza, mas eu não entendi nada do que o senhor disse.
FORTUNATO: Às suas ordens. Eu vou repetir então, eu vou repetir.
ISIDORO: Vai para o inferno! Inferno! Inferno!
FORTUNATO (*saindo*): 'tríssimo!
ISIDORO: Maldito papagaio!
FORTUNATO (*afastando-se*): 'tríssimo!
ISIDORO: Eu estaria perdido se fosse um processo de verdade!

FORTUNATO (*na soleira da porta*): Senhor juiz 'stituto 'tríssimo!
ISIDORO: Vai para o diabo que te carregue! (*Toca a campainha.*)
OFICIAL: Às ordens!
ISIDORO: Mande essas mulheres embora! Eu não quero ouvir mais ninguém!
OFICIAL: Pode deixar. (*Sai.*)

Cena 16

Isidoro, depois Pasqua e Lucietta, depois o Oficial de Justiça.

ISIDORO: Minha paciência está acabando!
PASQUA (*com raiva*): Por que mandou a gente embora?
LUCIETTA: Por que o senhor não quer interrogar a gente?
ISIDORO: Porque eu já estou por aqui!
PASQUA: Sim, sim, meu caro, estamos entendendo...
LUCIETTA: As outras ele escutou; agora, com a gente, ele pouco se incomoda.
ISIDORO: Vamos acabar com isso?
LUCIETTA: Com a Cabrita, ele ficou mais de uma hora.
PASQUA: E a Broa? Quanto tempo ficou com ela?
LUCIETTA: Mas nós, nós sabemos aonde temos que ir...
PASQUA: Sabemos onde se faz justiça.
ISIDORO: Ouçam, vocês são umas ignorantes!
PASQUA: O que o senhor quer dizer com isso?
LUCIETTA: O senhor quer enrolar a gente?
ISIDORO: Vocês estão implicadas, consequentemente, não podem ser testemunhas.
LUCIETTA: Não é verdade, não é verdade! Nós não estamos implicadas, isso não é verdade.
PASQUA: Nós também queremos depor.
ISIDORO: Vamos acabar com isso de uma vez por todas!
PASQUA: Você vai ouvir a gente de qualquer maneira.
LUCIETTA: Nós sabemos com quem falar.
ISIDORO: Mas que peste de mulheres!
OFICIAL: Ilustríssimo!
ISIDORO: O que foi?
OFICIAL: O senhor juiz voltou.
PASQUA: Oh! Chegou na hora certa!
LUCIETTA: Vamos até ele.

ISIDORO: Vão, vão! Que o diabo carregue vocês todas! Animais! Suas jararacas! (*Sai.*)
PASQUA: Atrevido! Vamos botar ele na linha! (*Sai.*)
LUCIETTA: Agora sim! Ele vai ter que tomar jeito! (*Sai.*)

Ato III

Cena 1

A mesma rua das cenas anteriores.

BEPPE (*sozinho*): Podem me prender se quiser! Pouco me importa! Mas escondido eu não fico mais! Eu não morro feliz se não der um bofetão na Orsetta e cortar uma orelha desse Tatu, nem que eu vá preso! A porta dessa gente está fechada. A minha também. Lucietta e minha cunhada devem ter ido na certa depor a meu favor, e a favor do meu irmão Toni também. E as outras foram depor em favor do Tatu. Vem gente aí! Parece que a polícia tá sempre atrás de mim. Ih, Orsetta tá chegando! Vem, vem cá que você vai ver só!

Cena 2

Libera, Orsetta e Checca de xale.

LIBERA (*afetuosamente*): Beppe!
ORSETTA: Meu querido Beppe!
BEPPE: Vai pro diabo!
ORSETTA: Tá com raiva de quem?
LIBERA: Quem vai pro diabo?
BEPPE: Vocês todas!
CHECCA (*a Beppe*): Vai você!
ORSETTA (*a Checca*): Cala a boca! (*A Beppe.*) O que a gente te fez?
BEPPE: Você vai ficar contente quando eu for preso. Mas antes de ir...
ORSETTA: Não, não, fica calmo. Isso não vai dar em nada.
LIBERA: Mestre Vicenzo falou pra gente que não precisa se preocupar, que tudo vai acabar bem.
CHECCA: E o juiz tá do nosso lado.
ORSETTA: Agora diz, de quem você ainda está com raiva?

BEPPE: De você.
ORSETTA: De mim?
BEPPE: É, de você.
ORSETTA: O que eu te fiz?
BEPPE: Por que você tinha que se meter com o Tatu? Por que você conversou com ele? Ele veio te procurar?
ORSETTA: Eu?
BEPPE: Você.
ORSETTA: Quem te disse?
BEPPE: Minha cunhada e minha irmã.
ORSETTA: Mentirosas!
LIBERA: Mentirosas!
CHECCA: Ah, que mentirosas!
ORSETTA: Ele veio falar com a Checca.
LIBERA: E depois ele se sentou ao lado da sua irmã.
ORSETTA: E foi pra ela que ele pagou um pastel!
CHECCA: A prova é que o Titta Nane terminou com a Lucietta.
BEPPE: Ele terminou com a minha irmã? Por quê?
CHECCA: Por causa do Tatu.
ORSETTA: E eu com isso?
BEPPE (*a Orsetta*): O Tatu não foi falar com você? Não falou com a Lucietta? E Titta Nane não terminou com ela?
ORSETTA: É, cachorro! Você não acredita em mim? Você não acredita na sua pobre Orsetta que te ama tanto? Que chora e se descabela por sua causa?
BEPPE: Por que essas línguas de trapo vieram me contar tudo isso?
LIBERA: Foi pra tirar o corpo fora que elas jogaram a gente no fogo.
CHECCA: A gente não estava fazendo nada, foram elas que começaram.
BEPPE (*ameaçador*): Deixa elas voltarem! Elas vão ver!
ORSETTA: Lá vem elas!
LIBERA: Cala a boca!
CHECCA: Eu não tô falando nada!

Cena 3

Pasqua e Lucietta de xale, e os precedentes.

LUCIETTA (*a Beppe*): O que foi?
PASQUA (*a Beppe*): O que você tá fazendo aqui?

BEPPE (*com raiva*): Por que vocês me contaram aquelas coisas?
LUCIETTA: Escuta aqui!
PASQUA: Vem cá, escuta!
BEPPE: O que vocês inventaram?
LUCIETTA (*emocionada*): Vamos, vem cá, rápido!
PASQUA: É, vem rápido, pobrezinho!
BEPPE: O que foi? Alguma novidade?

As mulheres se aproximam dele e o cercam.

PASQUA: Sai logo daqui!
BEPPE: Elas me disseram que eu não preciso me preocupar!
LUCIETTA: Não confie nelas!
PASQUA: Eles querem te matar!
LUCIETTA: A gente foi na vara de justiça e ele nem ouviu a gente.
PASQUA: Ele recebeu todas elas, mas da gente ele nem quis saber.
LUCIETTA: Orsetta ficou trancada mais de uma hora com o juiz.
PASQUA: Você vai ser intimado.
LUCIETTA: Você vai ser preso.
PASQUA: Vai correndo se esconder!
BEPPE (*a Orsetta*): O quê? Como alguém pode trair um homem assim?
ORSETTA: O que há?
BEPPE: É pra me arruinar que você está me segurando aqui?
ORSETTA: Quem disse isso?
LUCIETTA: Eu! Fui eu quem disse!
PASQUA: A gente sabe de tudo, tudinho...
LUCIETTA (*a Beppe*): Foge!
BEPPE (*a Orsetta*): Eu vou, mas você vai me pagar!

Cena 4

Mestre Toni e os precedentes.

PASQUA: Meu marido!
LUCIETTA: Meu irmão!
PASQUA: Vão embora!
LUCIETTA: Ninguém pode encontrar vocês aqui.
TONI: Calma, calma, não tenham medo. Mestre Vicenzo me procurou. Ele me disse que conversou com o substituto e que está tudo bem e que a gente pode voltar pra casa.

ORSETTA: Ouviram?
LIBERA: A gente não disse?
CHECCA: Nós é que somos mentirosas?
ORSETTA: Somos nós que queremos a tua ruína?
BEPPE (*a Pasqua e Lucietta*): Por que vocês falaram essas coisas? Por que inventaram tudo isso?

Cena 5

Mestre Vicenzo e os precedentes.

ORSETTA: Ah, chegou mestre Vicenzo. Está tudo certo, né, mestre Vicenzo?
VICENZO: Nada feito.
ORSETTA: Por que não?
VICENZO: Porque aquele cabeça dura do Tatu não quer nem saber de um acordo. E sem paz, nada feito.
PASQUA: Você ouviu isso?
LUCIETTA: Não te disse?
PASQUA: Não dá pra entender.
LUCIETTA: Continua tudo na mesma.
PASQUA: Cuidado! Ninguém pode ver vocês.
LUCIETTA: É melhor vocês se esconderem.

Cena 6

Titta Nane e os precedentes.

PASQUA: Ih, Titta Nane! O que você está fazendo aqui?
TITTA: Faço o que bem entendo!
PASQUA (*à parte*): Hum! Ele ainda está com raiva.
LUCIETTA (*a Titta*): Você não está com medo da polícia?
TITTA (*com desdém*): Eu não tenho medo de ninguém. (*A mestre Vicenzo.*) Já que o substituto mandou me buscar, eu fui falar com ele. Ele me disse que posso ir aonde eu quiser e não preciso me preocupar.
ORSETTA: Então eu não estava certa? (*A Lucietta.*) Eu não disse que o substituto está do nosso lado?

Cena 7

Oficial de Justiça e os precedentes.

OFICIAL: Mestre Toni Cestinha, Beppe Bacalhau e Titta Nane Tubarão venham comigo até a vara de justiça por ordem do juiz.
PASQUA: Pobre de mim!
LUCIETTA: Estamos perdidas!
PASQUA (*a Orsetta*): Dá pra acreditar no que vocês dizem?
LUCIETTA (*a Orsetta*): Como é que você pôde confiar naquele pavão de substituto?

Cena 8

Isidoro e os precedentes.

LUCIETTA (*vendo Isidoro*): Ih, meu Deus!
ISIDORO: Estão falando de mim?
ORSETTA (*indicando Lucietta*): Foi ela, Ilustríssimo. Eu não sei de nada.
LUCIETTA: O que o senhor quer com nossos homens? O que quer com eles?
ISIDORO: Nada. Quero que me acompanhem sem receios. Sou um homem de bem e como o juiz deixou tudo nas minhas mãos, eu me comprometi a ajeitar as coisas. Mestre Vicenzo, vá buscar o Tatu e faça tudo pra trazer ele aqui. E se ele não vier por bem, fala pra ele que vou mandar buscá-lo à força.
VICENZO: Sim, senhor. Estou sempre pronto pra fazer o bem. Estou indo. Estou indo. Beppe, mestre Toni, venham comigo, preciso falar com vocês.
TONI: Pode deixar, compadre. Claro que vou com o senhor.
TITTA (*à parte*): Eu? Eu não vou me afastar do substituto.
BEPPE: Até logo, Orsetta.
ORSETTA: Ainda está com raiva?
BEPPE: Deixa pra lá, não se fala mais nisso. Até logo. (*Sai com mestre Toni e mestre Vicenzo.*)

Cena 9

Isidoro, Checca, Orsetta, Pasqua e Titta Nane.

ISIDORO (*a Checca, baixinho*): O que foi, minha filha?
CHECCA (*como acima*): O senhor falou com ele?

ISIDORO (*como acima*): Falei.
CHECCA (*como acima*): O que foi que ele disse?
ISIDORO (*como acima*): Para dizer a verdade, nem sim, nem não, mas me parece que os duzentos ducados ele não vai recusar.
CHECCA (*como acima*): Estou nas suas mãos.
ISIDORO (*como acima*): Deixa comigo. (*A Titta Nane.*) Então? Vamos embora, Titta Nane?
TITTA: Já estou indo!
LUCIETTA (*a Titta Nane*): E então? Nem mesmo um até logo?
PASQUA (*a Titta Nane*): Onde está a sua educação?
TITTA (*com desprezo a elas*): Senhoras.
ISIDORO (*a Titta Nane*): Vamos cumprimentar a Chequinha.
TITTA (*amavelmente*): Seu criado, belezura! (*Lucietta faz careta.*)
CHECCA: Sua criada, mestre Titta!
TITTA (*à parte*): Bem feito! Quero que a Lucietta coma o pão que o diabo amassou. Vou me vingar!
ISIDORO (*à parte*): Que comédia! (*Saem.*)

Cena 10

Lucietta, Orsetta, Checca, Pasqua e Libera.

LUCIETTA (*a Pasqua*): Você ouviu o que ele disse? Ele disse "belezura".
PASQUA (*a Lucietta*): Tá bom! O que você está pensando?
LUCIETTA (*em voz alta, imitando Checca*): E ela? "Sua criada, mestre Titta, sua criada mestre Titta"!
CHECCA: A senhora está me gozando?
ORSETTA: Ela não se enxerga.
LIBERA: Se se enxergasse pensaria duas vezes antes de abrir a boca!
LUCIETTA: Eu? De mim ninguém pode se queixar, porque sou incapaz de fazer maldades.
PASQUA (*a Lucietta*): Vamos, deixa. Não liga. Você não sabe como elas são? Deixa pra lá!
CHECCA: Nós somos como?
ORSETTA (*a Libera*): O que está pensando?
LIBERA (*a Orsetta*): Pensar é pra quem tem cabeça. Vamos.
LUCIETTA: Olha só, dona sabichona, as meninas que têm cabeça deixam os noivos das outras em paz. Não ficam roubando namorados por aí!
ORSETTA: Alguém roubou alguma coisa de você?

LUCIETTA: Roubaram sim, Titta Nane!
CHECCA: Titta Nane terminou com você.
PASQUA: Não é verdade!
LIBERA: Todo mundo viu!
PASQUA: Cala a boca, fofoqueira.
ORSETTA: Cala a boca, cascavel.
LUCIETTA: Olha só a louca varrida.
LIBERA: Olha só a bela adormecida!
LUCIETTA: Sou mesmo mais bonita que a sua irmã.
CHECCA: Você que pensa.
LUCIETTA: Nojenta!
ORSETTA: O que foi que você disse? (*Se aproxima para brigar.*)
PASQUA: Quer apostar como vou te dar uma surra?
LIBERA: Quem?
ORSETTA: Maldita! Olha que vou te estraçalhar!
LUCIETTA: Ui. Que maluca!
ORSETTA (*bate na mão de Lucietta*): Cuidado com o que diz!
LUCIETTA: Ah, é?
LIBERA (*empurrando Pasqua*): Sai pra lá.
PASQUA (*empurrando Libera*): Para de me empurrar.
ORSETTA (*começando a brigar*): Pega, pega!
TODAS BRIGANDO: Segura!

Cena 11

Mestre Fortunato e os precedentes.

FORTUNATO: Parem, parem, mulheres, parem! (*As mulheres continuam a brigar, sempre gritando, Fortunato se mete no meio, até conseguir separá-las levando-as para casa.*)
LIBERA: Você tem razão! (*Entra em casa.*)
CHECCA: Você me paga! (*Entra.*)
ORSETTA: Vou te arrancar os cabelos. (*Entra também.*)
PASQUA: Vá pro diabo, se meu braço não doesse tanto, eu te jogaria no chão. (*Entra também.*)
LUCIETTA: E quanto ao senhor, mestre Lesma, se não colocar um pouco de juízo nos miolos dela, eu vou jogar um pinico na sua cabeça.
FORTUNATO: Bah! Vamos lá, malditas! Sempre brigando, sempre gritando, mulher é encrenca, encrenca é mulher, mulher com mulher dá jacaré.

Cena 12

Um quarto de uma casa particular. Isidoro e Titta Nane.

ISIDORO: Venha comigo, não tenha medo. Aqui não é a vara de justiça. Essa é a casa de um homem honesto, de um veneziano que vem a Chioggia duas vezes por ano, e quando não está, me deixa as chaves. Aqui estou em casa e é aqui que vocês vão fazer as pazes, acabando com todos os mal-entendidos e as fofocas. Faço tudo isso porque sou amigo de vocês e gosto muito da gente daqui.

TITTA: Bondade sua, senhor substituto.

ISIDORO: Vem cá, já estamos a sós.

TITTA: Onde estão os outros?

ISIDORO: Mestre Vicenzo foi buscar o Tatu e vai vir até aqui, pois sabe muito bem o caminho. Eu mandei mestre Toni buscar meu criado na vara de justiça. Quero comemorar a reconciliação com duas garrafas de vinho. Quanto ao Beppe, pra ser franco, ele foi buscar dona Libera e mestre Fortunato.

TITTA: E se o Tatu não vier?

ISIDORO: Se ele não vier, vou trazer ele aqui à força. Vamos, já que estamos a sós, responde à pergunta que te fiz há pouco. Que tal a Checca? Você casaria com ela?

TITTA: Pra dizer a verdade, não gosto dela. Muito menos pra casar.

ISIDORO: Como? Não foi isso que você me disse de manhã.

TITTA: O que foi que eu disse?

ISIDORO: Você disse: eu não sei, estou meio comprometido. Depois você me perguntou sobre o dote. E eu respondi que ela tem mais de duzentos ducados. Achei que o dote servia e também achei que a menina não te desagradava. Então você mudou de ideia?

TITTA: Ilustríssimo, não mudei de ideia, mas o senhor precisa saber que há dois anos eu namoro a Lucietta. Perdi a cabeça, tudo que fiz foi por ciúme e por amor, foi por isso que eu terminei com ela. Mas é preciso que o senhor saiba, Ilustríssimo, que amo a Lucietta, sim, amo, e quando um homem perde a cabeça não sabe mais o que diz. Hoje de manhã, eu teria matado a Lucietta e ainda há pouco eu teria dado uma surra nela. Mas quando paro pra pensar, meu Deus, Ilustríssimo, não posso desistir dela. É ela que eu amo. Terminei com ela porque ela me ofendeu, mas estou com o coração partido.

ISIDORO: Olha lá o nosso galã! Mandei buscar dona Libera e mestre Fortunato pra falar da nossa proposta e pedir a mão de Checca pra você.

TITTA (*aborrecido*): Obrigado, Ilustríssimo.
ISIDORO: Então você não quer?
TITTA (*aborrecido*): Agradeço a sua bondade.
ISIDORO: Sim ou não?
TITTA: Com todo respeito, não, Ilustríssimo.
ISIDORO: Então vai pro inferno! Pouco me importa!
TITTA: Como disse, Ilustríssimo? Eu sou pobre, sou um pobre pescador. Mas tenho a minha honra, Ilustríssimo.
ISIDORO: Que decepção! Eu teria tanto prazer em casar essa menina.
TITTA: Com licença, Ilustríssimo. Sem querer ofender, eu gostaria de dizer uma palavrinha, gostaria.
ISIDORO: Fala. O que é que você quer dizer?
TITTA: Caro Ilustríssimo, por favor, não me leve a mal.
ISIDORO: Não, não, não vou levar. (*À parte.*) Estou curioso pra saber aonde ele quer chegar.
TITTA: Falo com todo o respeito e beijo o chão que o senhor pisou, senhor substituto. Mas se eu fosse me casar, não gostaria nem um pouco que um ilustríssimo se preocupasse tanto com a minha mulher.
ISIDORO: Meu caro Titta Nane, você me faz rir. Como é que você pode pensar que eu tenha algum interesse por essa menina?
TITTA: Por que não? Pro bem dela, claro, pro bem dela, por que não?
ISIDORO: Sou um homem decente e sou incapaz de...
TITTA: Por que não?
ISIDORO (*à parte*): Ai, que abusado!

Cena 13

Mestre Vicenzo, e os precedentes, depois Toffolo.

VICENZO: Estou aqui, Ilustríssimo. Finalmente o convenci a vir até aqui.
ISIDORO: Onde ele está?
VICENZO: Lá fora. Quer que chame?
ISIDORO: Chama sim!
VICENZO: Toffolo, vem cá.
TOFFOLO: Estou aqui, seu Vicenzo. (*A Isidoro, cumprimentando-o.*) Lustríssimo.
ISIDORO: Chega aqui.
TOFFOLO (*cumprimentando-o de novo*): Lustríssimo senhor substituto.
ISIDORO: Me diz aí. Por que você não quer fazer as pazes com os homens com quem você brigou hoje de manhã?

TOFFOLO: Porque eles querem me matar, Lustríssimo.
ISIDORO: Querem tanto te matar que estão querendo fazer as pazes.
TOFFOLO: Eles são muito espertos, Lustríssimo.
TITTA (*a Toffolo, ameaçando-o*): Olha lá, olha lá!
ISIDORO: Calma. (*A Toffolo.*) E você, cuidado com o que diz senão vai pra cadeia.
TOFFOLO: Às suas ordens, Lustrísimo.
ISIDORO: Sabe que, pelas pedras que você jogou, você também merece ser processado? E pela malícia com que você veio se queixar dessa gente, você seria obrigado a pagar as despesas do processo.
TOFFOLO: Eu sou um pobre coitado, Lustríssimo! Não tenho nenhum centavo. (*A Vicenzo e Titta.*) Então venham me matar, pobre diabo que sou, venham.
ISIDORO (*à parte*): Esse aí se faz de bobo. Mas ele dá de dez no diabo.
VICENZO: Vamos fazer as pazes e ponto-final.
TOFFOLO: Eu quero ter certeza de que nada vai acontecer comigo.
ISIDORO: Está bem, eu garanto. Titta Nane, dê a sua palavra de que você não vai mais encostar a mão nele.
TITTA: Dou Ilustríssimo, mas ele tem que deixar a Lucietta em paz e não ficar xeretando nas redondezas.
TOFFOLO: Meu irmão, a Lucietta nem me passa pela cabeça e não é por causa dela que eu fico xeretando nas redondezas.
ISIDORO: Então, por quem?
TOFFOLO: Lustríssimo, também já estou na idade de casar.
ISIDORO: Vamos, diz. Em que moça você está de olho?
TOFFOLO: Lustríssimo...
ISIDORO: Orsetta?
TOFFOLO: Nem pensar!
ISIDORO: Checca por acaso?
TOFFOLO (*rindo*): Aí, bravo, Lustríssimo, bravo!
TITTA: Mentiroso!
TOFFOLO: Por que mentiroso?
TITTA: Porque Checca disse e Dona Libera e Orsetta também que você sentou ao lado da Lucietta e lhe pagou um pastel.
TOFFOLO: Foi pra deixar a outra com raiva que eu fiz isso.
TITTA: Quem?
ISIDORO (*a Titta*): Calma! (*A Toffolo.*) Fala sério! Está apaixonado pela Checca?
TOFFOLO: Eu? Falo sim, palavra de honra.
ISIDORO: Você se casaria com ela?

TOFFOLO: Meu Deus! Se casaria!
ISIDORO: E ela vai te aceitar?
TOFFOLO: Ora essa, por que não me aceitaria? Ela me disse umas coisas, umas coisas que eu não posso repetir. Aliás, a irmã dela me expulsou... Mas eu vou ter um barco em Vigo e aí vou poder sustentar ela.
ISIDORO (*à parte*): Chegou em boa hora pra minha Checca.

Cena 14

Mestre Toni, Sanguessuga com duas garrafas de vinho e os precedentes.

TONI: Está aqui o seu criado, Ilustríssimo.
ISIDORO: Ótimo. Deixa essas garrafas aí e vai até a cozinha. No armário tem copos. (*Sanguessuga sai.*)
TONI (*baixinho pra Vicenzo*): Como vão as coisas, mestre Vicenzo?
VICENZO: Bem, bem. Acabamos de tomar conhecimento de umas coisas. Tudo vai dar certo.
ISIDORO: Alegre-se, Toffolo, vamos fazer esse casamento.
TOFFOLO: Tomara, 'tríssimo.
TONI: Ué, Toffolo com quem?
ISIDORO: Com Checca!
TONI: E o meu irmão Beppe vai se casar com Orsetta.
ISIDORO: Ótimo! E Titta Nane com Lucietta.
TITTA: Se ela ficar boazinha, pode ser.
ISIDORO: Nada disso. Chega de frescura. Venham todos aqui com suas noivas e fazemos esses casamentos todos. Eu me encarrego dos doces, vamos jantar e fazer uma festa. Alegria!
TOFFOLO: Mestre Toni! Alegria!
VICENZO: Mestre Toni! Alegria!
ISIDORO: Titta Nane, quero te ver contente também.
TITTA: Eu estou, eu estou.
ISIDORO: Vamos, façam as pazes.
TOFFOLO (*abraçando Toni*): A paz?
TONI (*abraçando Toffolo*): A paz.
TOFFOLO (*abraçando Titta*): Amigos?
TITTA (*abraçando Toffolo*): Amigos.
VICENZO: Meus amigos, vamos ser amigos!

Cena 15

Beppe e os precedentes.

TOFFOLO (*dando pulos de alegria e abraçando Beppe*): Seu criado, meu parente, meu amigo!
BEPPE: Pare com isso! Que gritaria! Nem sei por onde começar!
ISIDORO: O que é que está acontecendo?
BEPPE (*falando das mulheres*): Elas gritavam, se batiam, se xingavam.
ISIDORO: Quem?
BEPPE: Minha cunhada Pasqua, Lucietta, Dona Libera, Checca, Orsetta. Eu fui lá como o senhor substituto me mandou. Não dava pra entrar, elas não me deixavam passar. Orsetta bateu a porta na minha cara. A Lucietta não quer nem ouvir falar no Titta Nane. Elas gritavam feito loucas e estou com medo de que elas comecem a se atracar de novo.
TITTA: Droga! O que é isso? Droga! (*Sai.*)
TONI: Vou defender a minha mulher. (*Sai.*)
BEPPE: Se elas brigarem outra vez, ih, se elas brigarem, vai dar uma bela confusão. (*Sai.*)
VICENZO: Pare, pare, começou tudo de novo! (*Sai.*)
TOFFOLO: Elas vão ter que deixar a Checca em paz, ah, se vão! (*Sai.*)
ISIDORO: Vocês são uns malditos, todos vocês! Malditos! (*Sai.*)

Cena 16

A mesma rua e casas das cenas anteriores. Lucietta e Orsetta estão nas janelas e Pasqua no interior.

LUCIETTA: Como é que é? Não quer mais o meu irmão? Como se você fosse digna dele!
ORSETTA: Ah, eu? Vai ser fácil achar um outro melhor.
LUCIETTA: Quem, por exemplo?
ORSETTA: Pobretona.
LUCIETTA: O roto falando do esfarrapado.
ORSETTA: A gente sabe que você fala que nem uma matraca.
LUCIETTA: Igualzinha a você.
ORSETTA: Cala a boca que eu sou uma moça de respeito.
LUCIETTA: Daria pra ver se isso fosse verdade.
ORSETTA: Chega, linguaruda!

LUCIETTA: Encrenqueira!
PASQUA (*gritando de dentro*): Entra, Lucietta, entra!
LUCIETTA: Você vai ter que sumir daqui.
ORSETTA: Quem? Você que vai.
PASQUA (*de dentro, gritando*): Lucietta.
ORSETTA (*dando uma banana*): Aqui ó, você vai ver!
LUCIETTA: Vai tomar banho! (*Sai.*)
ORSETTA: Nojenta! Com quem você pensa que está falando? Eu vou me casar. Mas você? Você não vai achar ninguém que te queira. Olha onde vai se meter o infeliz que te quiser. Titta Nane não te quer mais, ele não te quer mais.
LUCIETTA (*aparecendo na janela*): Pouco me importa. E mesmo que ele me quisesse, agora quem não quer mais ele sou eu.
ORSETTA: Quem desdenha, quer comprar.
LUCIETTA: Sei, sei, ele vai casar com a nojentinha da tua irmã!
ORSETTA: Cuidado com o que diz!
PASQUA (*de dentro, gritando*): Lucietta! Lucietta!
LUCIETTA: É só eu querer, ó, e vai ficar assim!
ORSETTA: A gente sabe que você tem um protetor.
LUCIETTA: Cala a boca senão você vai ter que retirar o que disse...
PASQUA (*de dentro, gritando*): Lucietta! Lucietta!
ORSETTA (*fazendo pouco de Lucietta*): Ai que medo!
LUCIETTA: Você vai ver o que é bom!
ORSETTA: Có có có có, não para de falar!
LUCIETTA: Vou embora! Assim é demais. (*Sai.*)
ORSETTA: Melhor assim, senão vai se dar mal. (*Sai.*)
LUCIETTA (*reaparece*): Broa de milho!
ORSETTA (*reaparece também*): Língua de trapo!
Lucietta cospe e sai.
ORSETTA: Nossa. Que moça grossa. (*Sai.*)
LUCIETTA (*reaparece*): Ah, é, você seria fina.
ORSETTA (*reaparece*): Um botão de rosas!

Cena 17

Titta Nane, depois Toni e Beppe e os precedentes.

TITTA (*a Lucietta*): O que foi que você disse? Por que você tem que se meter na minha vida?

LUCIETTA: Vai pro inferno! Vai namorar a Checca. (*Sai.*)
ORSETTA (*a Titta*): Não liga! Ela é maluca.
TONI (*a Orsetta*): Que maneira de falar é essa?
ORSETTA (*a Toni*): Ora, são todas da mesma laia!
BEPPE: Orsetta, Orsetta!
ORSETTA: Vai te catar! (*Sai.*)
TONI (*a Titta*): Vê se não põe mais os pés na nossa casa, não quero mais te ver!
BEPPE (*a Titta*): Nem chegue mais perto, a gente não quer mais saber de você.
TITTA: Por isso mesmo é que vou aparecer.
BEPPE: Foi pro Tatu que eu prometi uma surra, mas quem vai ganhar é você. (*Entra em casa.*)
TITTA (*faz banana*): Olha aqui ó!
TONI: Na minha traineira você não coloca mais os pés. Pode procurar outro patrão que eu vou procurar outro homem. (*Entra em casa.*)

Cena 18

Titta Nane, depois mestre Vicenzo, depois Toffolo, depois Isidoro.

TITTA: Sai de baixo! Alguém vai me pagar!
VICENZO: O que está acontecendo, Titta Nane?
TITTA: Puta merda, uma faca! Sai fora, uma faca!
VICENZO: Sai daqui, seu louco! Chega de briga!
TITTA: Posso morrer enforcado, mas antes, droga, levo três ou quatro comigo!
TOFFOLO: Estou aqui. O que está acontecendo?
TITTA: Uma faca, sai fora, uma faca!
TOFFOLO: Eu não estou entendendo nada! (*Sai correndo e esbarra em Isidoro, que o empurra no chão.*)
ISIDORO: Imbecil!
TOFFOLO: Socorro!
ISIDORO: O que você tem?
TOFFOLO (*se levantando*): Ele quer me bater!
ISIDORO: Ele quem?
TOFFOLO: Titta Nane.
TITTA: Não é verdade!
ISIDORO: Sai daqui imediatamente.
VICENZO: Não é nada disso, Ilustríssimo. O problema é com o Beppe e o mestre Toni.

ISIDORO: Sai daqui, já disse!
VICENZO (*a Titta*): Vamos, vamos embora, é melhor obedecer.
ISIDORO (*a Vicenzo*): Leva ele, mestre Vicenzo, não deixa ele sozinho e esperem debaixo dos arcos, no barbeiro ou na quitanda. Se eu precisar de você, aí mando te chamar.
VICENZO (*a Isidoro*): Às suas ordens, Ilustríssimo. (*A Titta.*) Vamos embora.
TITTA: Eu não quero.
VICENZO: Vem comigo, não se preocupe. Sou teu amigo, sou um homem de bem, não se preocupe.
ISIDORO: Vamos, vai com ele e faz o que ele mandar. Tenha paciência, é por pouco tempo; você vai ficar satisfeito comigo que eu vou te dar tudo o que você merece.
TITTA: Estou nas suas mãos, Ilustríssimo. Eu sou pobre, mas eu sou um homem honrado. Estou nas suas mãos, Ilustríssimo, senhor substituto. (*Sai com Vicenzo.*)

Cena 19

Isidoro e Toffolo.

ISIDORO (*à parte*): Eu sei o que é preciso pra eles fazerem as pazes. Uma boa surra, é, é isso. Mas aí não seria tão divertido. (*A Toffolo.*) Vem cá, Toffolo.
TOFFOLO: Lustríssimo.
ISIDORO: Você quer que a gente fale com essa menina pra ver se fazemos esse casamento?
TOFFOLO: Quem dera, Lustríssimo! Mas é preciso falar com a irmã dela, dona Libera, e seu cunhado, Fortunato.
ISIDORO: Eles estão em casa?
TOFFOLO: Eu não sei, Lustríssimo. O senhor quer que eu chame?
ISIDORO: É melhor entrar.
TOFFOLO: Mas eu não posso entrar.
ISIDORO: Por quê?
TOFFOLO: Em Chioggia, Lustríssimo, um rapaz que quer casar não pode pôr os pés na casa da menina antes do noivado.
ISIDORO: No entanto, em Chioggia vocês passam o tempo todo namorando.
TOFFOLO: Na rua, Lustríssimo, a gente namora na rua. E depois a gente pede a mão da moça, e quando fica noivo, aí pode entrar.
ISIDORO: Então chama eles.
TOFFOLO: Ô de casa, mestre Fortunato! Ô de casa, dona Libera!

Cena 20

Dona Libera e os precedentes, depois mestre Fortunato.

ISIDORO (*à parte*): Ih, com essa surda, eu vou ficar louco!
LIBERA: O que foi? O que você quer?
TOFFOLO: Ilustríssimo, diga lá.
ISIDORO: Como? Você não é surda?
LIBERA: Oh, não, Ilustríssimo, eu estava gripada. Mas agora já passou.
ISIDORO: Tão rápido assim?
LIBERA: É, passou de uma hora pra outra.
ISIDORO: Ou será que a senhora ficou surda pra não dizer...
FORTUNATO (*ao Isidoro*): 'Tíssimo.
ISIDORO: Muito prazer em te ver, compadre tartamudo. Estou aqui para saber se o senhor gostaria de casar a moça Checca.
LIBERA: Deus te ouça, Ilustríssimo! O senhor me tiraria um peso das costas.
FORTUNATO: Eu prometi cem ducados.
LIBERA: Mais cinquenta que conseguimos poupar.
ISIDORO: Eu arrumo cinquenta ducados de presente.
LIBERA: Deus lhe abençoe! O senhor tem algum partido pra ela?
ISIDORO (*mostrando Toffolo*): Vejam, que tal, serve?
FORTUNATO: Toffolo? Toffolo? Um desordeiro, um desordeiro!
TOFFOLO: Quando me deixam em paz eu não brigo com ninguém!
LIBERA: Com um barquinho desses, como é que ele vai sustentar ela?
TOFFOLO: Eu vou comprar meu barco, não vou?
LIBERA: Se você não tem teto, pra onde você vai levar ela?
FORTUNATO: É mesmo, vocês vão dormir no barco?
TOFFOLO: Vocês poderiam ficar com os cem ducados como aluguel e abrigarem a mim e à minha mulher.
ISIDORO: Ótimo! Falou bem e tem mais juízo do que eu pensava. Eles ficariam com vocês só por um tempo.
LIBERA: Mas quanto tempo, Ilustríssimo?
ISIDORO: Quanto tempo você gostaria de ficar por cem ducados?
TOFFOLO: Não sei, Ilustríssimo, não sei. Seis anos, pelo menos.
FORTUNATO: Credo! Seis anos! Credo!
ISIDORO (*a Libera*): Não seria um mau negócio.
TOFFOLO: O senhor é quem decide, Lustríssimo.
ISIDORO (*a Libera*): Bem, um ano serve?
LIBERA (*a Fortunato*): O que acha, meu velho?
FORTUNATO (*a Libera*): Decide você, minha velha, decide você.

TOFFOLO: Eu vou me sujeitar a tudo, Lustríssimo.
FORTUNATO: Chama a menina e vamos ver o que ela acha.
LIBERA: Ô Checca!
FORTUNATO (*alto*): Checca, Checca!

Cena 21

Checca e os precedentes.

CHECCA: Estou aqui. O que foi?
LIBERA: Você não sabe?
CHECCA: É, ouvi tudo.
FORTUNATO: Bravo! Então você estava espionando?
ISIDORO: E aí, o que você acha?
CHECCA (*a Isidoro*): Com licença.
ISIDORO: Sou todo ouvidos.
CHECCA (*a Isidoro*): E Titta Nane, nada?
ISIDORO (*a Checca*): Ele me disse um não daqueles.
TOFFOLO (*à parte, indignado*): E ainda fica falando no ouvido dele!
CHECCA (*a Isidoro*): Mas por quê?
ISIDORO (*a Checca*): Ele está apaixonado pela Lucietta.
TOFFOLO: Lustríssimo senhor substituto!
ISIDORO: O que foi?
TOFFOLO: Eu também gostaria de ouvir.
ISIDORO (*a Checca*): Vamos, decida logo! Você quer ou não quer?
CHECCA (*a Libera*): O que você acha, minha irmã? O que você acha, meu cunhado?
LIBERA (*a Checca*): Eu é que tenho que achar? Você aceita?
CHECCA: Por que não?
TOFFOLO (*felicíssimo*): Oh, minha amada! Ela aceitou! Oh, minha amada!
ISIDORO: Crianças, quando eu trato dessas coisas, eu não gosto de demora. Andem logo e casem!

Cena 22

Orsetta e os precedentes, depois Beppe.

ORSETTA: Como assim? Checca vai se casar antes de mim? Eu que uso saia longa há três anos e ainda não me casei, ela é mais nova do que eu e vai casar na minha frente?

FORTUNATO: É mesmo, ela tem razão.
CHECCA: Tá com ciúmes? Se casa. O que te impede?
FORTUNATO: É, se casa, já que você tá querendo tanto!
LIBERA (*a Orsetta*): Você tinha um noivo. Por que você fez o que fez?
FORTUNATO (*a Orsetta*): É, por quê?
ISIDORO (*a Libera*): O Beppe não era noivo dela?
LIBERA: Era sim.
FORTUNATO: É, o Beppe.
ISIDORO: Um momento. (*Se dirige à casa de Beppe.*) Beppe está?
BEPPE: Estou aqui, Ilustríssimo.
ISIDORO: Por que você está com raiva de Orsetta?
BEPPE: Eu, Ilustríssimo? Foi ela que se zangou. Foi ela que me expulsou.
ISIDORO: Ouviu, senhorita?
ORSETTA: O senhor não sabe que a raiva é cega, e às vezes muda, e que a raiva nunca sabe o que diz?
ISIDORO (*a Beppe*): Ouviu? Ela não está mais com raiva.
BEPPE: Eu também não, já me esqueci de tudo.
ISIDORO: Pronto! Tá resolvido. (*A Orsetta.*) Se você não quer que a Checca se case antes de você, então casa logo com o Beppe...
ORSETTA (*a Libera*): O que você acha, minha irmã?
LIBERA: É pra mim que você pergunta?
FORTUNATO (*incita Orsetta a se casar com alegria*): Vamos, Orsetta, seja boazinha, dá um sorrizinho!

Cena 23

Lucietta e os precedentes.

LUCIETTA (*a Beppe*): Como, seu sem vergonha? Você tem coragem de casar com ela, depois de tudo o que ela fez comigo?
ISIDORO (*à parte*): Está querendo dar uma de santinha agora!
ORSETTA (*a Lucietta, furiosa*): Por que ela tem que se meter onde não é chamada?
LIBERA: Não bota lenha na fogueira, faz favor!
FORTUNATO: Ai ai ai ai ai ai ai ai!
BEPPE: O que eu posso dizer? O que eu posso fazer? A única coisa que eu sei é que eu quero me casar!
LUCIETTA: Quem tem que se casar primeiro sou eu! Enquanto eu estiver em casa, nenhuma cunhada bota os pés aqui!

ISIDORO (*a Beppe*): Por que vocês não casam ela?
BEPPE: Porque Titta Nane não quer mais!
ISIDORO: Toffolo, vem cá! Vá ao barbeiro, embaixo dos arcos, e fala pro mestre Vicenzo vir aqui com o Titta Nane sem demora.
TOFFOLO: Sim, Lustríssimo. Checca, eu volto já, já. Já volto. (*Sai.*)
LUCIETTA (*à parte*): Se o Tatu casar com a Checca, eu não tenho mais motivo de ter ciúme do Titta Nane.
ISIDORO: Será que existe algum meio de vocês mulheres fazerem as pazes e ficarem amigas para sempre?
LUCIETTA: Se elas não têm nada contra mim, eu não tenho nada contra elas.
ISIDORO (*às mulheres*): Então o que vocês acham?
ORSETTA: Bom, eu não guardo rancores!
LIBERA: Se ninguém pisar nos meus calos...
ISIDORO: E você, Checca?
CHECCA: Ah, eu gosto de viver em paz com todo mundo.
ISIDORO: Então pronto, tá feito! Se abracem!
ORSETTA: Por mim tudo bem!
LUCIETTA: Tá bom!

Cena 24

Pasqua e os precedentes.

PASQUA: Como? O que você está fazendo? As pazes com aquela lá? Com aquela gentinha?
ISIDORO: Ah, lá vem a outra encher a nossa paciência!
PASQUA: Eu não estou acreditando, logo com elas!
ISIDORO: Fique calma e vamos acabar logo com isso!
PASQUA: Não vou me acalmar! O meu braço ainda tá doendo. Que me acalmar que nada!

Cena 25

Mestre Toni e os precedentes.

ISIDORO: Ei, mestre Toni!
TONI: Ilustríssimo!
ISIDORO: Se o senhor não colocar um pouco de juízo na cabeça da sua mulher...

TONI: Entendi, entendi, Ilustríssimo, entendi. (*A Pasqua.*) Coragem, faz as pazes!
PASQUA: Nem pensar!
TONI (*ameaçando*): Faz as pazes!
PASQUA: Já disse que não!
TONI (*tirando o cassetete*): Faz as pazes, já te disse!
PASQUA (*mortificada, se adiantando*): Tá bom, marido, tá bom, obedeço!
ISIDORO: Ótimo, ótimo! Isso que é homem!
LIBERA: Vamos, Pasqua!
PASQUA: Estou aqui! (*Abraçam-se.*)
LIBERA: Vocês também, meninas. (*Todas se abraçam.*)

Cena 26

Mestre Vicenzo, Titta Nane, Toffolo e os precedentes. Depois Sanguessuga.

VICENZO: Chegamos, Ilustríssimo!
ISIDORO: Vem cá, Titta Nane, está na hora de mostrar que eu te quero bem e que você é um bom homem.
VICENZO: Eu já disse tanta coisa pro Titta Nane, que ele esfriou a cabeça. Espero que ele faça tudo o que o senhor Ilustríssimo deseja.
ISIDORO: Vamos, ponto-final! Se reconcilie com essa gente e case com Lucietta.
TITTA: Eu, Ilustríssimo? Nem morto!
ISIDORO: Ora! Vejam só!
LUCIETTA (*à parte*): Eu quero fazer picadinho dele!
PASQUA (*a Titta*): Ô, escuta aqui! Se você acha que vai botar a mão na Checca, toma cuidado. Agora ela é noiva de Toffolo.
FORTUNATO: E eu dei cem ducados de dote.
TITTA: Isso nunca passou pela minha cabeça. Pode se casar com quem quiser.
ISIDORO (*a Titta*): E por que você não quer mais a Lucietta?
TITTA: Porque ela me disse vai pro inferno, é, vai pro inferno.
LUCIETTA: Olha só! E o que foi que você me disse?
ISIDORO: Ah, chega, e não se fala mais nisso! E vocês, Checca e Toffolo, se deem as mãos.
TOFFOLO: Toma.
CHECCA: Toma.
ORSETTA: Não senhor, pare! Sou eu que tenho que me casar primeiro!

ISIDORO: Coragem, Beppe, vamos lá!
BEPPE: Não precisa falar duas vezes!
LUCIETTA (*a Beppe*): Não senhor! Se eu não me casar você também não se casa!
PASQUA: Lucietta tem razão.
TONI: E eu? Isso não me diz respeito? Ninguém quer saber a minha opinião?
ISIDORO: Vocês querem saber de uma coisa? Vocês vão pro raio que os parta que eu tô cheio. (*Finge que vai sair.*)
CHECCA (*a Isidoro*): Meu Deus, não vá embora!
FORTUNATO (*segurando ele*): 'Tíssimo!
ORSETTA: Fique!
FORTUNATO: 'Tíssimo!
LIBERA: Tenha paciência!
ISIDORO (*a Lucietta*): Por sua causa todo mundo vai sair perdendo!
LUCIETTA: Vamos, Ilustríssimo, não me atormente mais. Eu não quero que ninguém saia perdendo por minha causa. Sou eu a culpada, sou eu que tenho que me conformar. Titta Nane não me quer mais? Paciência. O que é que eu fiz pra ele? Se eu disse alguma coisa, ele disse coisas piores. Mas eu gosto dele e já perdoei. Se ele não quer me perdoar é sinal que não me ama mais. (*Chora.*)
PASQUA (*emocionada*): Lucietta!
ORSETTA (*a Titta*): Oh, tá chorando.
LIBERA (*a Titta*): Tá chorando.
CHECCA (*a Titta*): Me dá uma pena.
TITTA (*à parte*): Desgraça! Se eu não me chamasse Titta Nane...
LIBERA (*a Titta*): Ora, vamos! Será que você não tem coração? Pobrezinha. Olhe bem, ela está chorando lágrimas de sangue!
TITTA (*bruscamente*): O que você tem?
LUCIETTA (*chorando*): Nada.
TITTA: Vem, anda logo!
LUCIETTA: O que você quer?
TITTA: Que choradeira é essa?
LUCIETTA: Cachorro! Assassino!
TITTA: Cala a boca!
LUCIETTA: Você quer me deixar?
TITTA: Você quer me enlouquecer?
LUCIETTA: Não.
TITTA: Vai me amar?
LUCIETTA: Sim.

TITTA: Mestre Toni, dona Pasqua, Ilustríssimo, com sua permissão. (*A Lucietta.*) Me dê sua mão.
LUCIETTA: Toma.
TITTA (*ainda brusco*): Agora você é minha mulher.
ISIDORO: Até que enfim! Ô Sanguessuga!
SANGUESSUGA: Ilustríssimo.
ISIDORO: Vai logo fazer o que eu mandei.
SANGUESSUGA: Sim senhor.
ISIDORO: Agora é a sua vez Beppe.
BEPPE: É bem simples! Mestre Fortunato, dona Libera, Ilustríssimo, com a sua permissão. (*Pega na mão de Orsetta.*) Marido e mulher.
ORSETTA (*a Checca*): Agora não me importo mais, pode se casar, é a sua vez.
ISIDORO: Toffolo, quem é o próximo?
TOFFOLO: Eu! É minha vez. Mestre Fortunato, dona Libera, Ilustríssimo, com sua permissão. (*Dá a mão a Checca.*)
CHECCA (*a Isidoro*): Ei, e o dote?
ISIDORO: Sou um homem de bem e dei minha palavra.
CHECCA (*a Toffolo*): Toma a minha mão.
TOFFOLO: Minha mulher.
CHECCA: Meu marido.
TOFFOLO: Viva!
FORTUNATO: Viva nós! Minha velha, eu também tô me sentindo novinho em folha!
SANGUESSUGA (*a Isidoro*): Eles estão aqui às suas ordens.
ISIDORO: Viva os noivos! Tem uns músicos aí, eu preparei uma festinha. Venham comigo, por favor, vamos nos divertir, vamos dançar a furlana[8].
ORSETTA: Aqui, vamos dançar aqui.
ISIDORO: Onde você quiser. Peguem umas cadeiras e chamem os músicos. E você, Sanguessuga, vai buscar umas bebidas.
LUCIETTA: Sim senhor! Já que estamos noivos, vamos dançar e nos divertir. Mas se o senhor me permite, Ilustríssimo, eu gostaria de dar uma palavrinha. Agradeço tudo o que o senhor fez por mim e pelos outros. Pena que o senhor não seja daqui. E quando o senhor for embora, não vou querer que fale da gente e que se espalhe o boato de que as mulheres de Chioggia gostam de um bom bafafá. Tudo que o senhor viu e ouviu foi um simples mal-entendido. Somos mulheres de bem e somos

---

8 A furlana é uma dança de casal do Norte da Itália, muito animada, no ritmo de 6/8 ou 6/4.

respeitáveis. Mas também somos alegres e queremos continuar assim. Queremos dançar e queremos pular. E queremos que todos digam: "Viva as mulheres de Chioggia! Viva as mulheres de Chioggia! Viva as mulheres de Chioggia! Viva as mulheres de Chioggia!"

Fim da comédia.

O LEQUE[1]

Personagens

EVARISTO, um senhor
DONA GERTRUDE, viúva
SENHORITA CÂNDIDA, sua sobrinha
BARÃO DA CIDREIRA
CONDE DA ROCHA MARINHA
TIMÓTEO, boticário
JOANINHA, jovem camponesa
SUSANA, dona da loja
CORONATO, dono do boteco
CRESPINO, sapateiro
MORACCHIO, camponês, irmão de Joaninha
LIMÃOZINHO, empregado que traz café

1   A versão original da comédia, em francês, estreou em Paris, no Théâtre de la Comédie Italienne, em maio de 1763, e foi replicada em Veneza, no Teatro San Luca, no Carnaval de 1765, já em sua versão em italiano. A versão original se perdeu, enquanto a versão italiana foi publicada em 1788, em Veneza, pelo editor Zatta, sem a revisão do autor, de modo que não apresenta o canônico prefácio "Aos Que Leem" que acompanha as outras. Tradução e notas de Alessandra Vannucci.

TONINHO, criado das duas senhoras (Gertrude e Cândida)
SCAVEZZO, criado do boteco

A cena se passa na aldeia de Casas Novas, subúrbio de Milão.

Ato I

Cena 1

Todos já estão em cena e se movimentam quando levanta o pano. Gertrude e Cândida sentadas na sacada do sobrado: a primeira faz renda e a segunda, borda. Evaristo e Barão envergando casacos de caçadores, sentados em bancos altos, tomam café com as espingardas ao lado. Conde com roupa de montar, chapéu de palha e bengala, sentado na cadeira perto do boticário, lê um livro. Timóteo dentro da loja pisa algo no pilão de bronze em cima da bancada. Joaninha vestida de camponesa, sentada à porta da casa, fia. Susana, sentada perto da loja, arruma qualquer coisa de cor branca. Coronato, apoiando-se num banco, próximo do boteco, com um livro de contas e um lápis na mão. Crespino, em seu escaninho, molda um sapato na forma. Moracchio, do lado de cá da casa de Joaninha, na direção da ribalta[2], segura um cão de caça na coleira e lhe dá pão para comer. Scavezzo, do lado de cá do boteco, na direção da ribalta, depena um frango. Limãozinho, perto dos dois que tomam café, espera as xícaras com os pires na mão. Toninho varre o chão diante da porta do sobrado e a fachada. Sem falas, por um tempo suficiente para o público examinar a cena.

EVARISTO: Que tal esse café?
BARÃO: Parece bom.
EVARISTO: É excelente! Bravo, Limãozinho, está trabalhando bem hoje.
LIMÃOZINHO: Obrigado, mas peço que não volte a chamar-me com este apelido de Limãozinho.
EVARISTO: Essa é boa! Todo mundo aqui te conhece por Limãozinho, você é famoso! A gente diz: vamos até Casas Novas, tomar o café do Limãozinho. Como pode levar a mal um troço desse?
LIMÃOZINHO: Senhor, não é meu nome.

---

2   A expressão italiana (*verso i lumini*) aponta para a conformação típica do palco do século XVIII, no qual a iluminação provinha principalmente de uma série de doze a dezoito velas dispostas na base da boca de cena e protegidas por uma caixa, dita *ribalta*.

BARÃO (*tomando café*): Pois bem, daqui em diante o chamaremos de Laranja ou Bergamota.
LIMÃOZINHO: Fique sabendo que não levo jeito para palhaço.

Cândida ri.

EVARISTO: Que lhe parece, senhorita Cândida?
CÂNDIDA (*abana-se com o leque e pousa-o no parapeito*): Tem graça mesmo.
GERTRUDE: Vamos, senhores. Deixem o pobre rapaz sossegado. Ele faz um bom café e está sob a minha proteção.
BARÃO: Ah, se está sob a proteção da senhora, vamos ter que respeitá-lo. (*Baixo, a Evaristo.*) Ouviu? A boa viúva gosta dele.
EVARISTO (*ao Barão*): Não faça fofocas de dona Gertrude. É a mulher mais ajuizada deste mundo. A mais honesta desta praça.
BARÃO (*a Evaristo*): Como quiser, mas ela se dá um tom que parece... sei lá... parece aquele conde, que se acha sabe-se lá quem.
EVARISTO (*ao Barão*): Quanto a ele, o senhor diz bem, é caricato; mas acho injusto compará-lo com dona Gertrude.
BARÃO (*baixo*): Um para cá, um para lá, os dois são ridículos.
EVARISTO (*baixo*): Que há de ridículo na dona Gertrude?
BARÃO (*baixo*): Muita regra, uma boa dose de empáfia, nariz empinado.
EVARISTO (*baixo*): Licença, o senhor não a conhece.
BARÃO (*baixo*): Admiro a senhorita Cândida cem mil vezes mais.

Barão e Evaristo terminam o café. Levantam e entregam as xícaras a Limãozinho. Ambos querem pagar. Barão se adianta, Evaristo agradece de voz baixa. Limãozinho, com as xícaras e as moedas, entra no café. Nesse momento, Timóteo bate mais forte.

EVARISTO: Pois não. A sobrinha merece. (*À parte.*) Não gostaria que esse senhor competisse comigo.
CONDE (*sério*): Oi, senhor Timóteo!
TIMÓTEO: Diga.
CONDE: Essa barulheira me incomoda.
TIMÓTEO: Lamento. (*Pisando.*)
CONDE: Não posso ler. Parece que está batendo na minha cabeça.
TIMÓTEO: Tenha paciência. Já estou terminando. (*Peneira, e volta a pisar.*)
CRESPINO (*trabalhando, ri*): Ei, Coronato.
CORONATO: O que quer, mestre Crespino?
CRESPINO: O senhor conde não quer ouvir ninguém bater. (*E bate com força na forma.*)

CONDE: Que insolência! Não vão parar essa manhã?
CRESPINO: Ilustríssimo, preste atenção. O que estou fazendo?
CONDE (*com desdém*): O que está fazendo?
CRESPINO: Estou consertando os seus sapatos velhos.
CONDE: Cale-se, atrevido! (*Retoma a leitura.*)
CRESPINO: Coronato! (*Martela mais forte e Timóteo pisa mais forte.*)
CONDE (*agita-se*): Não aguento mais!
SCAVEZZO: Moracchio!
MORACCHIO: Quem chama?
SCAVEZZO: O senhor conde te chama!
MORACCHIO: Olha lá, afinal de contas é um fidalgo.
SCAVEZZO: Um morto de fome.
JOANINHA: Moracchio!
MORACCHIO: O que quer?
JOANINHA: Scavezzo disse o quê?
MORACCHIO: Nada que preste. Se cuida. Vai fiando.
JOANINHA: Olha o jeito que me trata, irmão. (*À parte.*) Não vejo a hora de casar. (*Volta a fiar despeitada.*)
SUSANA: Que houve, Joaninha? Algo errado?
JOANINHA: Dona Susana, se soubesse. Não há sujeito mais grosseiro no mundo que o meu irmão.
MORACCHIO: Então. Sou do jeito que sou. Vai falar o quê? Enquanto a senhorita depender de mim...
JOANINHA: Depender de ti? Não por muito tempo. (*Fia, irritada.*)
EVARISTO (*a Moracchio*): Vamos, para que isso? Está sempre atormentando a moça... (*Se aproximando dela.*) Ela não merece, coitadinha.
JOANINHA: Fico zangada.
MORACCHIO: Ela quer se meter em tudo.
EVARISTO: Acabou, acabou.
BARÃO (*a Cândida*): Um coração tão sensível, o senhor Evaristo.
CÂNDIDA (*encantada*): Sim, realmente...
GERTRUDE (*a Cândida*): Realmente? Dos que criticam as ações dos outros e não reparam nas próprias.
BARÃO (*à parte*): Lá vem ela, com as suas regras. Não aguento.
CRESPINO (*à parte*): Pobre Joaninha. Ah, mas quando ela for minha mulher, o velhaco não vai mexer com ela, não.
CORONATO (*à parte*): Vou casar com ela, nem que seja para livrá-la do irmão.
EVARISTO (*aproximando-se do Barão*): Então, senhor barão, quer passear?
BARÃO: Para ser franco, essa manhã não tenho vontade de ir à caça. Fiquei cansado de ontem.

EVARISTO: Como quiser. Permite que eu vá?
BARÃO: Faça o favor. (*À parte.*) Tanto melhor para mim. Vou ficar à vontade e tentar a sorte com a senhorita Cândida.
EVARISTO: Moracchio!
MORACCHIO: Senhor.
EVARISTO: O cachorro comeu?
MORACCHIO: Sim, senhor.
EVARISTO: Pegue a espingarda. Vamos.
MORACCHIO: Vou buscá-la. Um instantinho. (*A Joaninha.*) Segure aqui.
JOANINHA: O quê?
MORACCHIO: O cachorro, enquanto eu volto.
JOANINHA: Dá cá, resmungão. (*Faz dengo no cachorro. Moracchio entra.*)
CORONATO (*à parte*): Ela é uma boa moça, mesmo. Não vejo a hora que seja minha.
CRESPINO (*à parte*): Que graça, que dengo! Se faz tantas festas a um cão, imagine quando tiver marido.
BARÃO: Scavezzo!
SCAVEZZO (*se aproximando*): Senhor.
BARÃO: Aqui, deixe a minha espingarda no quarto.
SCAVEZZO: Sim, senhor. (*À parte.*) Ao menos é rico e generoso. Não como aquele pé rapado do onde. (*Leva a espingarda para dentro do boteco.*)
EVARISTO (*ao Barão*): Então, ficará por aqui hoje?
BARÃO: Sim, vou descansar.
EVARISTO: Se for pedir o almoço, conte comigo. Chegarei bem na hora.
BARÃO: Com gosto. Vou esperá-lo. (*Às senhoras.*) Minhas senhoras, os meus respeitos. (*À parte.*) Vou sair daqui para não levantar suspeitas. (*A Coronato.*) Estarei no meu quarto. Almoço para dois, hoje! (*Entra no boteco.*)
CORONATO: Como quiser. Não faltará nada.

Cena 2

Moracchio, Evaristo e as mesmas.

MORACCHIO (*saindo da casa com espingarda, pega a trela do cachorro da Joaninha*): Pronto. (*A Evaristo.*) Senhor, já estou pronto.
EVARISTO (*a Moracchio*): Vamos. (*Às senhoras.*) Minhas senhoras, licença! Vou brincar um pouco.
GERTRUDE: Fique à vontade. Aproveite bastante.

CÂNDIDA: Boa caçada e boa sorte.
EVARISTO (*a Cândida*): Tenho certeza de que tudo correrá bem se eu partir assim, com seu favor. (*Enquanto acomoda a espingarda.*)
CÂNDIDA (*à Gertrude*): É mesmo muito gentil esse senhor.
GERTRUDE: Pois não, gentil e atencioso. Mas, minha filha, não confie em quem não conhece à perfeição.
CÂNDIDA: Por que diz isso, senhora tia?
GERTRUDE: Tenho minhas razões, já faz tempo, minha sobrinha.
CÂNDIDA: Não acredito que a senhora está falando de mim.
GERTRUDE: Não de você. Tomara que se mantenha honesta, seguindo sempre os meus conselhos.
CÂNDIDA (*à parte*): Chegou tarde esse conselho! Estou tão apaixonada, que mais, impossível.
EVARISTO (*a Moracchio*): Tudo em cima. Vamos! (*Às senhoras.*) Humilde servidor de vossas senhorias.
GERTRUDE (*levantando para fazer uma reverência*): Serva sua.
CÂNDIDA (*levantando também*): Humilíssima.

O leque cai do parapeito na rua.

EVARISTO (*catando o leque*): Oh!
CÂNDIDA: Não tem importância!
GERTRUDE: Não se incomode.
EVARISTO: O leque quebrou. Lamento muito!
CÂNDIDA: Nada demais, é um leque velho.
EVARISTO: Mas foi bem por minha causa que o leque caiu.
GERTRUDE: Não se avexe, não.
EVARISTO: Mas permitam... eu queria ter a honra (*E pretende levá-lo pessoalmente.*)
GERTRUDE: Não há necessidade, eu disse. Entregue-o ao meu criado. (*Alto.*) Toninho!
TONINHO (*a Gertrude*): Senhora!
GERTRUDE: Vá buscar aquele leque.
TONINHO (*a Evaristo*): Faça favor.
EVARISTO: Já que não me permitem... Pegue. (*Entrega o leque a Toninho que o agarra e entra no sobrado.*)
CÂNDIDA: Nossa, como se aborreceu por um velho leque quebrado!
GERTRUDE: Um homem gentil e educado não agiria de outra forma. (*À parte.*) Isso aí cheira paixão.

Cena 3

Evaristo, Susana e os mesmos. Toninho, na sacada, entrega o leque às senhoras, que tentam acomodá-lo.

EVARISTO (*à parte*): Chato o leque ter se quebrado por minha causa. Vou ter que repor. (*Baixo.*) Dona Susana!
SUSANA: Senhor.
EVARISTO: Posso falar com a senhora? Lá dentro?
SUSANA: Faça o favor. (*Levanta.*) Entre.
EVARISTO: Moracchio!
MORACCHIO: Senhor.
EVARISTO: Vá indo. Me aguarde na entrada do bosque. Não demoro. (*Entra na loja com Susana.*)
MORACCHIO: Se formos perder tempo assim, não apanharemos nem abóboras. (*Sai, com o cachorro.*)
JOANINHA (*fiando*): Ainda bem que meu irmão se foi. Preciso ter uma palavrinha a sós com Crespino. Sem aquele diabo de Coronato dando voltas. Esse homem me persegue. Não gosto dele.
CONDE (*lendo*): Oh, que lindo, lindo, uma beleza mesmo. Dona Gertrude!
CRESPINO: Que beleza? Onde, senhor conde?
CONDE: O que tem com isso? Não se meta, analfabeto.
CRESPINO (*à parte, batendo com força na forma*): Aposto que sei mais da vida do que ele.
GERTRUDE: O que deseja, senhor conde?
CONDE: A senhora, que é mulher de bom gosto, se ouvisse o que estou lendo neste exato momento, julgaria uma obra-prima.
GERTRUDE: É um romance?
CONDE (*desafiador*): Não.
GERTRUDE: Um tratado de filosofia?
CONDE (*como antes*): Não.
GERTRUDE: Uma poesia!
CONDE (*como antes*): Não, não.
GERTRUDE: Então, não sei. O que será?
CONDE: Uma coisa maravilhosa, esplendorosamente traduzida do francês, uma coisa fantástica vulgarmente chamada de conto de fadas.
CRESPINO (*à parte, batendo*): De fadas! Que imbecil.
GERTRUDE: De Esopo?
CONDE: Não.
GERTRUDE : Do monsieur de la Fontaine?
CONDE: Não sei dizer o autor. Pouco importa. Posso ler?

GERTRUDE: Por favor, leia.
CONDE: Espere. Perdi a marca... (*Procurando o papel.*) onde está...
CÂNDIDA (*a Gertrude*): Não acredito que a senhora tia, que lê livros tão bons, vai ficar ouvindo um conto de fadas.
GERTRUDE: Por que não? Se for bem escrito, se tiver graça... Pode ser instrutivo.
CONDE: Até que enfim, achei. Ouça.
CRESPINO (*à parte*): O idiota lê contos de fadas! (*Batendo forte.*)
CONDE (*a Crespino*): Voltando a bater?
CRESPINO (*batendo*): Quer que eu pregue os tacos? Ou não?

Timóteo volta a pisar forte no pilão.

CONDE: Lá vem de novo aquele outro mala pisar no pilão. Parem com isso!
TIMÓTEO (*pisando*): Acontece que é o meu ofício.
CONDE (*a Gertrude*): Ouça: "Era uma vez uma donzela tão bela..." (*A Timóteo.*) Chega! Vá fazer barulho em outro canto!
Timóteo: Peço licença, mas pago aluguel disso aqui e não tenho outro canto para trabalhar. (*Pisa.*)
CONDE: Vá se ferrar com seu maldito pilão. Não dá para ler, não dá para fazer nada. Dona Gertrude, vou subir. Vai ouvir que arte, que coisa original, que novidade! (*Fecha o livro e entra na casa.*)
GERTRUDE: Pois é metido, o boticário. (*A Cândida.*) Ânimo! Receberemos a visita do senhor conde.
CÂNDIDA: A senhora que recebe. Eu não gosto de contos de fada.
GERTRUDE: Não interessa. Você fica; é boa educação.
CÂNDIDA: Ui, que chato esse conde.
GERTRUDE: Sobrinha! Respeite se quiser ser respeitada. Ânimo!
CÂNDIDA: Sim, sim. Para não a desagradar (*E levanta.*)

Cena 4

Evaristo e Susana saem da loja. E as mesmas.

CÂNDIDA (*da sacada, observando escondida*): Como assim? Evaristo ainda está por aqui? Não foi à caça? Bem que gostaria de saber o porquê.
SUSANA (*a Evaristo*): Não se queixe do tratamento. Dei-lhe o leque baratíssimo.
EVARISTO (*à parte*): Oh, a senhorita Cândida não está mais na sacada. (*A Susana.*) É que eu queria achar um leque melhor.
SUSANA: Nem melhor nem pior; o senhor levou o único que havia na loja.

EVARISTO: Muito bem, terei de contentar-me.
SUSANA: Imagino que seja presente...
EVARISTO: Não comprei para mim, não.
SUSANA: É para a senhorita Cândida?
EVARISTO (*à parte*): Bem metida a quinquilheira. (*A Susana.*) O que lhe faz crer que eu daria um leque para a senhorita Cândida?
SUSANA: Vi que o dela quebrou.
EVARISTO: Pois não. É para outra pessoa.
SUSANA: Está bem, dê para quem quiser. Não fico me metendo na vida dos outros.
EVARISTO (*a Susana*): Não se mete, mas é metida. Não admito. (*Anda na direção de Joaninha.*)
CÂNDIDA (*avançando na sacada para ver melhor*): Segredinhos com a dona da loja. Queria saber mesmo...
EVARISTO (*aproxima-se*): Joaninha...
JOANINHA (*trabalhando*): Senhor.
EVARISTO: Preciso de uma gentileza.
JOANINHA: Diga. Se eu puder ajudar...
EVARISTO: A senhorita Cândida gosta de você.
JOANINHA: Sim, senhor. Fico grata.
EVARISTO: Até me pediu para cuidar de seus interesses, junto ao seu irmão.
JOANINHA (*com desdém*): Sou uma moça desgraçada! Sem pai e sem mãe. Fico na dependência daquele brutamonte do meu irmão. Sabe, senhor, ele é um grosso mesmo. Ah, mas se fosse por mim...
EVARISTO: Me escute.
JOANINHA (*altiva, fiando*): Pode falar, que fiar não me tapa os ouvidos.
EVARISTO (*à parte*): O irmão é grosso, mas ela não fica por menos.
SUSANA (*à parte*): Será que comprou o leque para Joaninha? Não acredito.

Coronato e Crespino esticam o pescoço, para ouvir o que Evaristo diz a Joaninha.

CÂNDIDA (*à parte*): Segredinhos com a dona da loja, conversa fiada com a moça. O que será que ele...
EVARISTO (*a Joaninha*): Pois bem, uma gentileza.
JOANINHA: Pode pedir! Já não disse? Vá logo! Se a roca o irrita, pronto! Jogo fora! (*Levanta e atira a roca com fúria.*)
EVARISTO (*à parte*): Melhor parar por aqui. Mas eu preciso do favor...
CÂNDIDA (*à parte*): Nossa! O que significa esta cena?
CRESPINO (*com sapato e martelo na mão, levanta-se e avança, à parte*): Que é isso? Atirou a roca?

CORONATO (*com o caderno de contas na mão, levanta-se e avança, à parte*): Gente, o papo está esquentando.

SUSANA (*à parte, observando*): Deu-lhe o presente. Por que diabos ela atirou a roca?

JOANINHA: Enfim, senhor. Pode falar.

EVARISTO: Fique calma, Joaninha.

JOANINHA: Nunca fui mais calma.

EVARISTO: Você viu que a senhorita Cândida deixou cair o leque.

JOANINHA (*carrancuda*): Sim, senhor.

EVARISTO: Comprei um novinho agora na loja.

JOANINHA: Fez bem.

EVARISTO: Não quero que dona Gertrude se intrometa.

JOANINHA: Ahn. Tá certo.

EVARISTO: Pois você vai entregá-lo para mim, escondida.

JOANINHA: Não vou não senhor.

EVARISTO (*à parte*): Que grosseria!

CÂNDIDA (*à parte*): Se despede, diz que vai à caça e fica por aí de conversa fiada com a moça?

CRESPINO (*à parte*): Quanto eu pagaria para ouvir. (*Avança.*)

CORONATO (*à parte*): Não me aguento mais de curiosidade. (*Avança.*)

EVARISTO: Por que não? É só uma gentileza.

JOANINHA: Não aprendi o serviço de cafetina ainda.

EVARISTO: Quê? Não entendeu direito. A senhorita Cândida gosta muito de você...

JOANINHA: E daí? Nessas coisas...

EVARISTO: Ela me disse que você quer se casar com Crespino. (*Vira e vê os dois à escuta.*) O que há? Que vadiagem é essa?

CRESPINO: Eu trabalho, senhor.

CORONATO: Eu faço a minha contabilidade andando. Dá licença.

CÂNDIDA (*à parte*): Segredos dos grandes...

SUSANA (*à parte*): Que diabo aquela moça tem, que todos os homens babam por ela?

JOANINHA: Isso mesmo. Dá licença, vou catar a minha roca. (*Apanha a roca.*)

EVARISTO: Ouça, a senhorita Cândida pediu-me que eu consiga um dote para garantir os seus interesses.

JOANINHA: A senhorita Cândida pediu ao senhor?

EVARISTO: Sim, eu me comprometi e vou conseguir.

JOANINHA: Cadê o leque?

EVARISTO: Aqui. No bolso.

JOANINHA: Dê para mim, mas que ninguém veja.
EVARISTO: Pronto. (*Passa o leque escondido.*)
CRESPINO (*esticando o pescoço, à parte*): Ele lhe deu algo.
CORONATO (*o mesmo*): Que diabo foi isso?
SUSANA (*à parte*): Sem dúvida, deu-lhe o leque.
CÂNDIDA (*à parte*): Ah, sim, Evaristo tem mesmo um coração mole. O Barão disse bem. Mas não por minha causa.
EVARISTO (*a Joaninha*): Recomendo discrição.
JOANINHA: Deixe comigo, não duvide e não volte atrás no que disse.
EVARISTO: Adeus.
JOANINHA: Até mais. Faço reverência.
EVARISTO: Conto com a senhorita.
JOANINHA: Conto com o senhor[3]. (*Senta e recomeça a fiar.*)
EVARISTO (*ao ver Cândida na sacada, à parte*): Lá está ela, outra vez na sacada; é melhor cumprimentar. (*Alto.*) Senhorita Cândida!

Cândida vira de costas e sai.

EVARISTO: Que novidade. O que foi isso? Desdém? Não acredito. Sei que ela gosta de mim. Deve ter se dado conta de que a amo. Então? Já sei, a tia estava olhando e ela não quis se manifestar... sim, deve ser isso, não pode ser de outra forma. Já chega. Preciso romper esse sigilo. Falar logo com dona Gertrude, conseguir com ela o dom mais precioso; a sobrinha. (*Sai.*)
JOANINHA (*fiando*): Estou devendo à senhorita Cândida. Ela cuida de mim. Posso fazer menos do que a mesma coisa por ela? Entre nós, mulheres, trocamos favores sem malícia.
CORONATO (*levantando para se aproximar de Joaninha*): Grandes negócios, hein! Segredinhos, conversinhas e um presente de um senhor.
JOANINHA: Por que se mete? Interessa?
CORONATO: Interessa, caso contrário eu não me meteria.

Crespino levanta devagar e se põe a escutar atrás de Coronato.

JOANINHA: Você não tem nada comigo e não tem direito de perguntar.
CORONATO: Não tenho agora, mas terei muito em breve.

---

3 O uso que Joaninha faz dos pronomes pessoais evidencia a superação, por sua parte, de qualquer sujeição de classe, pois, mesmo sendo camponesa, ela faz questão de ser tratada formalmente. (EVARISTO: *Mi raccomando a voi*; JOANINHA: *E io a lei.*) Usa-se *lei* no diálogo nas línguas italianas a partir do século XVI, por influência da dominação hispânica no centro/sul da península. Antes disso, as formas em uso para a segunda pessoa eram *tu* (informal) e *voi* (formal).

JOANINHA: Quem disse?

CORONATO: Disse e deu palavra de cavaleiro aquele que pode dar e dispor da senhorita.

JOANINHA (*rindo*): O meu irmão! Será?

CORONATO: O seu irmão, sim; e vou informá-lo dos segredinhos, da conversa e do presente.

CRESPINO: Peraí, colega. (*Mete-se entre os dois.*) O que pretendes com a moça?

CORONATO: Não tenho que lhe prestar contas, amigo.

CRESPINO (*a Joaninha*): Que conversa é essa com o senhor Evaristo?

JOANINHA: Me larguem, os dois! Parem de me encher.

CRESPINO (*a Joaninha*): Quero saber tudo, absolutamente e sem falta.

CORONATO: Quer o quê? Vá mandar no que é seu! Joaninha é minha; o irmão dela a prometeu.

CRESPINO: A mim, ela mesma se prometeu; vale mais uma palavra dela do que cem do irmão.

CORONATO: Veremos.

CRESPINO (*a Joaninha*): O que é que aquele senhor lhe deu?

JOANINHA: O diabo que te leve.

CORONATO: Eu sei. Vi ele saindo da loja. A dona me dirá. (*Corre para falar com Susana.*)

CRESPINO: Algum presente? Um brinde? (*Anda na direção da loja.*)

JOANINHA (*à parte*): Eu não abro o bico. Quanto à dona Susana...

CORONATO (*a Susana*): Diga-me, peço; o que seu Evaristo comprou agora há pouco?

SUSANA: Um leque.

CRESPINO: Ah! Sabes o que ele deu para Joaninha?

SUSANA: Ai, gente. O leque, ora!

JOANINHA: Não é nada disso.

SUSANA (*a Joaninha, levantando*): Como assim, nada disso?

CORONATO (*a Joaninha, com força*): Deixe ver o leque.

CRESPINO (*empurra Coronato*): Não se meta! (*A Joaninha.*) Deixe ver o leque.

Coronato levanta a mão e ameaça bater em Crespino. Crespino faz o mesmo.

JOANINHA (*a Susana*): Olha aí, o que a senhora fez.

SUSANA (*irada*): Eu?

JOANINHA: Fofoqueira.

SUSANA (*avança ameaçadora*): Fofoqueira, eu?

JOANINHA (*levantando a roca*): Saia daqui, ou juro pela santa...

SUSANA (*retirando-se*): Vou-me embora. Não quero perder a moral.
JOANINHA: Que moral?
SUSANA: Tu não passas de uma camponesa. Aprenda a se comportar. (*Foge para dentro da loja.*)
JOANINHA (*quer segui-la, mas Crespino a impede*): Me larga!
CRESPINO (*a Joaninha*): Deixe-me ver o leque.
JOANINHA: Não há leque nenhum.
CORONATO (*a Joaninha*): O que será que o senhor Evaristo lhe deu? Fala.
JOANINHA: Falo sim, o seguinte... quanta prepotência!
CORONATO (*encosta em Joaninha*): Quero saber.
CRESPINO (*empurra Coronato*): Já disse para não se meter.
JOANINHA: Aprendam os dois a tratar uma mulher. (*Afasta-se em direção à casa.*)
CRESPINO (*seguindo-a*): Fale comigo, Joaninha.
JOANINHA (*na porta*): Não, senhor.
CORONATO: Eu tenho mais direito de saber. (*Empurra Crespino e encosta em Joaninha.*)
JOANINHA: Vão tomar banho! (*Entra e bate a porta na cara dos dois.*)
CORONATO: A mim? A porta na cara? (*A Crespino.*) Por sua causa!
CRESPINO: Por que você se meteu?
CORONATO: Cuidado, o sangue ferve.
CRESPINO: Ui, que medo...
CORONATO: Joaninha há de ser minha!
CRESPINO: Jamais! Se for, você vai ver...
CORONATO: Está me ameaçando? Você sabe com quem está falando?
CRESPINO: Sou um homem de bem. Conhecido por aqui.
CORONATO: E eu, não?
CRESPINO: Não sei.
CORONATO: Sou dono deste boteco aqui! Me respeite!
CRESPINO: Respeitar por quê? Todo mundo sabe...
CORONATO: Todo mundo quem? Que lixo é esse?
CRESPINO: Não sou eu quem fala.
CORONATO: Quem, então?
CRESPINO: A vila inteira!
CORONATO: Amigo, não é de mim que a vila fala. Não vendo couro velho por novo.
CRESPINO: E eu não dou água por vinho. Nem cachorro por cabrito. Nem saio de noite para caçar gato e vender por lebre.
CORONATO (*levanta a mão*): Por todos os diabos do inferno!
CRESPINO (*o mesmo*): Sai pra lá.

CORONATO (*enfia a mão no bolso*): Cadê a minha...
CRESPINO (*pegando uma ferramenta do seu escaninho*): Tire a mão daí!
CORONATO: ... faca, não está comigo... (*Corre e pega o seu banco.*)

Crespino joga a ferramenta e pega o banco onde estava sentado o Conde, do lado de fora da farmácia, e querem brigar.

Cena 5

Timóteo saindo da loja com o pilão na mão, Limãozinho saindo do café com um pedaço de pau, Scavezzo saindo do boteco com um espeto, Conde saindo da casa de Gertrude com ar de quem vai separar a briga, e os mesmos.

CONDE: Para, para! Que animais! Larguem tudo que estou mandando. Eu, Conde de Roca de Monte, aliás, Conde da Rocha Marinha, ordeno aos senhores, seus brutamontes proletários, que baixem as armas.
CRESPINO (*a Coronato*): Só por respeito ao Conde de Roca de Monte.
CORONATO: Pois é, agradeça ao Conde da Rocha Marinha que não te esmaguei a cachola.
CONDE: Chega, chega. Quero saber o motivo da briga. Vão-se embora os outros. Estando eu aqui, não precisa de mais ninguém.
TIMÓTEO: Alguém se feriu?

Limãozinho e Scavezzo saem.

CONDE: O senhor boticário teria gostado se tivesse alguma cabeça quebrada, perna torta e ombro deslocado, não é mesmo? Sempre em busca de oportunidades para vender seus remédios.
TIMÓTEO: Não desejo mal a ninguém, mas se alguém estiver precisando de mim por estar ferido, torcido, estropiado, amassado ou esmagado, estou pronto. Primeiramente, caso se tratasse de vossemecê mesmo, ilustríssimo.
CONDE: Afoito! Vou fazer com que seja banido da vila.
TIMÓTEO: Não se exila um homem de bem tão fácil assim.
CONDE: Se expulsam os falastrões, cínicos e impostores, como você.
TIMÓTEO: Fico pasmo em ouvir isso do senhor, pois o senhor, sem os meus remédios, estaria morto.
CONDE: Como se atreve?
TIMÓTEO: Remédios que ficou devendo. (*Sai.*)
CORONATO (*à parte*): O senhor conde pode ser de alguma utilidade, neste caso.

CONDE: Então, o que houve? Qual o motivo da briga?
CRESPINO: Eu conto, senhor. Não me importo de falar na frente de todo o mundo – amo Joaninha!
CORONATO: Joaninha há de ser minha.
CONDE (*rindo*): Ah, entendo. Guerra dos sexos. Insensato coração. Pouco amor não é amor. A gata comeu. Você decide. Senhora dos destinos da vila das Casas Novas[4].
CRESPINO: Já que zombas de mim... (*Quer sair.*)
CONDE (*segurando Crespino*): Não, não. Fique aqui.
CORONATO: Garanto que não é brincadeira.
CONDE: Está bem, já entendi. Sois apaixonados e rivais. Céus! Que coincidência! Parece o conto que eu estava lendo para dona Gertrude. (*Mostrando o livro.*) Era uma vez uma donzela tão bela...
CRESPINO (*à parte*): Sei. (*Alto.*) Licença.
CORONATO: Aonde vai? Fique.
CRESPINO: Preciso terminar o serviço nos seus sapatos.
CONDE: Nesse caso, vá. Que estejam prontos para amanhã cedo.
CORONATO: E não faça o serviço com couro velho.
CRESPINO (*a Coronato*): Vou aí pegar seu couro novinho.
CORONATO: Graças a Deus não sou sapateiro.
CRESPINO: Não faço questão de competir. Couro de gato serve. (*Sai.*)
CORONATO (*à parte*): Ainda mato esse sujeito com as minhas mãos.
CONDE (*a Coronato*): O que ele quis dizer? Que gato? Come-se gato no seu boteco?
CORONATO: Senhor, sou um homem educado e aquele cara é um safado que me acossa sem motivo.
CONDE: Tudo por causa de uma paixão na qual sois rivais. Você ama Joaninha?
CORONATO: Sim, senhor. Gostaria de contar com o seu apoio.
CONDE: O meu apoio? (*Empinando o nariz.*) Bem, hei de ver isso. Tem certeza de que ela lhe corresponde?
CORONATO: Na verdade, tenho certeza que não. Ela gosta mais do outro do que de mim.
CONDE: Isso não é bom.
CORONATO: Mas eu tenho a palavra do irmão dela!
CONDE: Nem confie nele.
CORONATO: Como assim? Moracchio tem moral.

4 O original elenca aqui títulos de peças (*canovacci*) muito comuns nos repertórios da época; a tradução adaptada aos títulos de novelas parece adequada ao público brasileiro.

CONDE: Sei, mas não tem como forçar uma mulher.
CORONATO: É o irmão! Tem como forçar, sim!
CONDE (*com fúria*): Não mesmo. Nem o irmão tem como fazer isso.
CORONATO: Então, resumindo, conto com o seu apoio.
CONDE: Meu apoio é valioso. Minha proteção é poderosa. Mas um cavaleiro como eu não há de forçar o coração de uma dama.
CORONATO: Que exagero. É só uma camponesa.
CONDE: Mulher é mulher. Discrimino classe, casta, condição, mas respeito gênero acima de tudo.
CORONATO (*à parte*): Sei, a tal da proteção dele não presta.
CONDE: Que me diz da sua adega? A safra foi boa?
CORONATO: Estou bem abastecido. Vinhos bons, ótimos até.
CONDE: Vou querer provar. A minha vinha esse ano só deu parra.
CORONATO (*à parte*): Já faz dois anos que vendeu a vinha.
CONDE: Se a sua safra foi tão boa assim, vou adquirir meu estoque contigo.
CORONATO (*à parte*): O senhor conde quer trocar favores.
CONDE: Escutou?
CORONATO: Escutei.
CONDE: Eu poderia conversar com a moça, dispor o coração dela, com boas maneiras.
CORONATO: Suas palavras certamente me dariam vantagem.
CONDE: Pois é. Você merece ser o preferido.
CORONATO: Entre Crespino e a minha pessoa...
CONDE: Não tem comparação. Você é educado, civilizado, limpo, abastecido.
CORONATO: Quanta bondade da sua parte.
CONDE: Ofereço respeito às pessoas, principalmente às mulheres; é fato que, sendo tratadas com jeito, elas acabam fazendo por mim o que não fariam por ninguém.
CORONATO: Era o que eu pensava. Mas o senhor, antes, queria me fazer perder as esperanças.
CONDE: Veja bem, procedo como os procuradores, que principiam pelas evidências. Amigo, você tem um boteco com uma adega bem abastecida, sendo assim, és homem que pode sustentar sua família com civilidade. Confie em mim. Vou fazer o possível.
CORONATO: Interceda por mim.
CONDE: Sim, prometo e outorgo.
CORONATO: Quando quiser vir provar do meu vinho...
CONDE: Com gosto. Na sua adega me sinto em casa.
CORONATO: Às ordens.

CONDE: Homem bom mesmo! (*Põe a mão no ombro de Coronato.*) Vamos logo?

CORONATO (*à parte*): Por uns dois tonéis de vinho, valeu o investimento. (*Sai.*)

Ato II

Cena 1

Susana sozinha saindo da sua loja e ajeitando as mercadorias.

SUSANA: Não se fazem bons negócios nesta vila! Até essa hora, só vendi um leque e por um preço tão baixo que, praticamente, dei. Quem tem grana para gastar, vai fazer compra na cidade. Com gente pobre, não há o que ganhar. Tola sou eu, que fico a perder tempo; nesta vila só tem camponeses sem maneiras, desajeitados. Não distinguem uma comerciante como eu de uma feirante. Rúcula! Leite! Dúzia de ovos! Ora, me poupe. Vale pouco ser refinada no subúrbio. Por aqui todos são iguais, é tudo camarada. Susana com Joaninha com Luzia com Margarida, a comerciante a camponesa a cabreira; botam tudo num pacote só. Estas duas damas aqui em cima se distinguem, mas por pouco, por um fio. Nem falo daquela abusada da Joaninha. Conseguiu proteção de alguém e já se acha. Deram a ela um leque, ora! O que fará com um leque a nossa senhorita camponesa? Se abanará… assim, assim. Bom proveito! Que espetáculo! Dá vontade de rir, mas dá uma raiva. Sou assim. Fui educada como se deve, não tolero gente metida. (*Senta e trabalha.*)

Cena 2

Cândida, saindo do sobrado devagar, e a mesma.

CÂNDIDA (*aproximando-se de Susana*): Não sossego enquanto não entender o que aconteceu. Eu mesma vi Evaristo sair da loja e se aproximar de Joaninha; alguma coisa deu a ela, tenho certeza. Vou investigar com a dona da loja. A minha tia sempre diz que não devo confiar em quem não conheço perfeitamente. Pobre de mim! Vai que descubro que ele ama outra? Logo o meu primeiro amor! Destino cruel! Jamais amarei outro.

SUSANA (*levantando*): Senhorita Cândida! Ao seu dispor. Posso servi-la?
CÂNDIDA: Bom dia, Susana. Está trabalhando em algo novo? Uma renda bonita!
SUSANA: Arranjando uma touca. Por passatempo...
CÂNDIDA: Está à venda?
SUSANA: Sim, claro, só não sei quando.
CÂNDIDA: Acontece que eu preciso de uma touca para deitar.
SUSANA: Tenho outras prontas! Quer ver?
CÂNDIDA: Sem pressa. Outra vez.
SUSANA (*puxando a cadeira*): Quer sentar-se um instante?
CÂNDIDA: E a senhora?
SUSANA: Vou buscar outra cadeira. (*Entra na loja e sai com outra cadeira, de palha.*) Fique à vontade. Esta é mais confortável.
CÂNDIDA (*senta*): Sente-se comigo. Continue seu trabalho.
SUSANA: Que delícia ter a sua companhia! (*Sentando.*) Se vê que é bem nascida. Quem tem bom berço, não se importa em sentar com quem quer que seja. Enquanto esses suburbanos são metidos.... Aquela Joaninha...
CÂNDIDA: Viu que o senhor Evaristo foi conversar com ela?
SUSANA: Vi sim.
CÂNDIDA: Conversaram bastante.
SUSANA: E depois? Viu que bafafá?
CÂNDIDA: Só ouvi o barulho. O que foi? Pareceu ser uma briga feia entre Coronato e Crespino.
SUSANA: Sim, brigaram por causa daquela joia, daquela gracinha.
CÂNDIDA: Como assim?
SUSANA: Ciúmes um do outro e do senhor Evaristo também.
CÂNDIDA: Evaristo tem algo com a moça?
SUSANA: Eu não sei, não me meto, não quero mal a ninguém, mas o sapateiro e o dono do boteco iam se matar por ciúme do Evaristo. Deve ter algo, não é?
CÂNDIDA (*à parte*): Ai de mim, faz sentido. De mal a pior.
SUSANA: Me desculpe, dona. Não quero ser enxerida.
CÂNDIDA: Enxerida?
SUSANA: De repente, vai que a senhorita tem alguma inclinação...
CÂNDIDA: Eu? Inclinação nenhuma. Conheço aquele senhor, só isso. Ele vai lá em casa de vez em quando, visitar a minha tia.
SUSANA: Ah, então posso falar francamente. (*À parte.*) Não é possível que se sinta afrontada por isso. (*A Cândida.*) Eu acreditava que entre a senhora e o senhor Evaristo houvesse algum caso, nada indecente,

claro, só um honesto entretenimento, mas depois da visita dele, aqui na minha loja hoje mais cedo, me desenganei.

CÂNDIDA: Ele veio aqui hoje, mais cedo?

SUSANA: Sim, senhora. Quer saber? Veio comprar um leque.

CÂNDIDA (*ansiosa*): Um leque?

SUSANA: Sim; e como calhou d'eu observar que a senhorita quebrou o seu, hoje mais cedo, por causa do próprio senhor Evaristo inclusive, imaginei logo que o compraria para oferecê-lo à senhorita. Foi isso que eu pensei comigo mesma, e perguntei...

CÂNDIDA: Então é isso? Comprou um leque para mim?

SUSANA: Não, minha senhora. Ouça bem; eu tive a ousadia de perguntar se comprava o leque para oferecê-lo à senhora. E ele reagiu mal, como se o tivesse insultado: "Tem cabimento isso? O que tenho a ver eu com a senhorita Cândida?", e disse "o leque tem outro destino"...

CÂNDIDA: Qual destino?

SUSANA: Qual? Então, ele deu o leque para Joaninha.

CÂNDIDA (*à parte*): Estou ferrada. Ai, que desespero.

SUSANA (*notando o desespero da outra*): Senhorita Cândida!

CÂNDIDA (*à parte*): Safado! Traidor! E por causa de uma moça qualquer, do subúrbio...

SUSANA (*preocupada*): Senhorita Cândida.

CÂNDIDA (*à parte*): Que injúria. Imperdoável.

SUSANA (*à parte*): Agora eu fiz merda. (*A Cândida.*) Minha senhora, querida, acalme-se. Posso estar equivocada.

CÂNDIDA: Ele deu ou não deu o leque para Joaninha?

SUSANA: Deu sim, eu vi com esses olhos.

CÂNDIDA: Então por que me diz que está equivocada?

SUSANA: Sei lá. Vai que, por minha causa, a senhorita...

Cena 3

Gertrude na porta do sobrado, e as mesmas.

SUSANA: Está chegando a senhora sua tia.

CÂNDIDA: Não diga nada, pelo amor de Deus.

SUSANA: Nem precisa pedir. (*À parte.*) Poxa, ela mentiu para mim... pior para ela. Por que não falou a verdade?

GERTRUDE (*entrando*): Você aqui, sobrinha?

Cândida e Susana levantam-se.

SUSANA: A senhorita me fez a graça de uns minutinhos de companhia. Uma delícia.

CÂNDIDA: Vim procurar uma touca.

SUSANA: Ah, sim, é mesmo, uma touca para deitar. Senhora dona Gertrude, aqui na minha loja não há perigo. Não sou leviana. Aqui não entra qualquer pessoa.

GERTRUDE: Não precisa se justificar. Não lhe pedi.

SUSANA: Sou uma mulher escrupulosa.

GERTRUDE (*a Cândida*): Por que não me disse que precisa de uma touca?

CÂNDIDA: Tia, a senhora estava escrevendo no seu gabinete, não quis incomodar.

SUSANA: Querem ver as toucas? Vou buscar. Um minutinho, dona Gertrude, me aguarde aqui, faz favor. Sente-se. (*Oferece a sua cadeira para Gertrude e entra na loja.*)

GERTRUDE (*a Cândida, enquanto senta*): Soube da briga entre o sapateiro e o colega dele, o dono do boteco?

CÂNDIDA: Foi por amor, tia. Ciúmes. (*Senta-se.*) Parece que foi por causa de Joaninha.

GERTRUDE: Que pena. É uma boa moça.

CÂNDIDA: Não sei não, tia, ouvi contar umas coisas a respeito dela que acho melhor que a senhora não a receba mais em casa.

GERTRUDE: Por quê? O que te contaram?

CÂNDIDA: Depois eu digo. Mas escute, não a convide mais para ir lá em casa, tia, é melhor assim.

GERTRUDE: Ela te visita mais do que a mim, portanto, sobrinha, proceda como quiser.

CÂNDIDA (*à parte*): Safada! Não terá o atrevimento de aparecer lá em casa!

SUSANA (*voltando com as toucas*): Aqui estão, *mesdames*. Olhem, escolham, provem, sirvam-se. (*As três concentram-se nas toucas e falam entre si em voz baixa.*)

Cena 4

O Conde e o Barão saindo juntos do boteco.

CONDE: Muito me honra que me escolheu para seu confidente. Deixe que encaminhe as coisas e não se preocupe.

BARÃO: Sei que o senhor é íntimo de dona Gertrude.

CONDE: Amigo, vou lhe contar. Trata-se de mulher de algum talento.

Como sabes, amo literatura e admiro a conversação dela mais do que de outras. De resto, não é rica, coitada. O marido deixou-lhe aquele sobrado e uns pedaços de terra. Para ser respeitada na vila, precisa da minha proteção.

BARÃO: Viva o conde protetor das viúvas e de todas as damas deste mundo!

CONDE: Pois é. Neste mundo, cada um faz o que pode. Eu sou bom nisso.

BARÃO: Preciso daquela gentileza sua...

CONDE: Sem falta. Amanhã mesmo vou falar com ela e pedir a mão da sobrinha para um cavaleiro, amigo meu. Sendo eu que peço, ela não terá coragem de dizer que não dá.

BARÃO: Melhor falar que é para mim, diga-lhe quem eu sou.

CONDE: Não será preciso, sendo que sou eu mesmo que peço.

BARÃO: Mas, pede para quem?

CONDE: Para o meu amigo barão!

BARÃO: E o que o senhor sabe de mim?

CONDE: Achas que não sei? Ora, conheço de cor seus brasões, seus bens, seus ofícios, seus títulos! Entre nós, aristocratas, não há segredos! (*Oferece um abraço.*) Meu camarada!

BARÃO (*à parte*): É uma piada esse sujeito, mas preciso dele.

CONDE (*soltando o abraço*): Caríssimo!

BARÃO: Diga.

CONDE: Lá está dona Gertrude, com a sobrinha.

BARÃO: Estão ocupadas. Não nos viram.

CONDE: Não, por certo. Se tivessem me visto, estariam vindo ao meu encontro.

BARÃO: O senhor vai lá falar agora?

CONDE: Imediatamente, se for o caso.

BARÃO: Não convém que eu fique. Fale, enquanto vou até a farmácia.

CONDE: Fazer o quê na farmácia?

BARÃO: Preciso de um remédio para má digestão. Ruibarbo.

CONDE: Ruibarbo? Planta rara por aqui. Cuidado com o boticário; que não lhe dê gengibre no lugar!

BARÃO: Conheço a planta. Se não for a própria, não levo. No mais, confio em você!

CONDE: Caríssimo! Cuide-se! (*Oferece um abraço.*)

BARÃO: Adeus, adeus, caríssimo! (*À parte.*) É o maior bocó. (*Entra na farmácia.*)

CONDE: Dona Gertrude!

GERTRUDE (*levanta*): Conde, perdão! Não o vi.

CONDE: Uma palavra, faz favor.

SUSANA: Os senhores querem entrar? Fiquem à vontade.
CONDE: Não, não. (*A Gertrude.*) Temos que conversar em particular. Perdoe o incômodo, mas preciso que saia.
GERTRUDE: Já vou. Só um minutinho. Pago a touca que escolhemos e vou aí voando. (*Tira do bolso as moedas para pagar Susana e demora.*)
CONDE: Quer pagar logo! Esse vício eu nunca tive.

Cena 5

Coronato sai do boteco com Scavezzo, que traz um tonel de vinho nas costas.

CORONATO: Ilustríssimo! Eis aqui o seu tonel!
CONDE: Cadê o outro?
CORONATO: Quando acabar este, mando entregar o outro. Onde quer que entregue?
CONDE: No meu palácio.
CORONATO: Aos cuidados de quem?
CONDE: Do meu mordomo. Se ele estiver lá.
CORONATO: Receio que não estará.
CONDE: Entregue a quem estiver.
CORONATO: O senhor que sabe. Vamos.
SCAVEZZO: O senhor conde não vai esquecer a gorjeta.
CONDE: Preste atenção, não é para você beber o meu vinho nem para misturar com água. (*A Coronato.*) Não deixe ele ir sozinho!
CORONATO: Vou junto. Fique tranquilo que sempre acompanho.
SCAVEZZO (*à parte*): O patrão diz a verdade. Nunca me deixa só quando se trata de batizar um tonel. (*Sai.*)

Gertrude paga e dirige-se para o Conde. Susana senta e volta ao trabalho. Cândida fica sentada, as duas falam baixo.

GERTRUDE: Estou aqui, senhor conde. Que deseja?
CONDE: Em poucas palavras. Quer me dar a sua sobrinha?
GERTRUDE: Dar? Em que sentido?
CONDE: Céus! Qual sentido seria? Dar em casamento!
GERTRUDE: Ao senhor?
CONDE: Não! A um outro cavaleiro que conheço e recomendo.
GERTRUDE: Olhe só, conde. A minha sobrinha perdeu os pais. Sendo que ela é filha do meu irmão, assumi a criação dela. Tive que tomar o lugar deles. A pobre moça...

CONDE (*interrompendo*): Com licença, é um papo meio chato.
GERTRUDE: Deixe chegar ao ponto que interessa.
CONDE: A moça é pobre?
GERTRUDE: Não herdou dos pais o suficiente para se casar conforme a sua condição.
CONDE: Não fazemos questão disso.
GERTRUDE: Deixe terminar. Eu fui beneficiada, digamos, pela morte do meu marido. Herdei.
CONDE: Sei.
GERTRUDE: Não tendo filhos...
CONDE (*impaciente*): Ah, agora entendi! A moça é pobre mas pode vir a ter um dote.
GERTRUDE: Sim senhor, se o casamento me convier.
CONDE: Esse é o ponto. A presente proposta sou eu mesmo que apresento. Vindo de mim, é necessariamente conveniente para a senhora.
GERTRUDE: Confio que o senhor conde não vai me deixar em maus lençóis; mesmo assim, gostaria que fosse tão gentil de dizer quem é o indivíduo.
CONDE: Um camarada meu, como disse.
GERTRUDE: Como assim, camarada?
CONDE: Um camarada caríssimo e muito amigo meu. Um senhor da nobreza, como eu.
GERTRUDE: Conde, diga logo quem é.
CONDE: Dona Gertrude, não vá criar dificuldades.
GERTRUDE: Fale se quiser; se não quiser, já vou. Licença...
CONDE: Ora, seja boazinha. Então, fale a senhora primeiro. Sei tratar com mulheres. Sou benévolo até. Vou escutar. Prometo não interromper.
GERTRUDE: Em breve, eis o que sinto. Um título de nobreza enaltece a fachada de um palácio, mas não uma pessoa. Minha sobrinha não é ambiciosa e não vou sê-lo a ponto de sacrificá-la ao simulacro da vaidade.
CONDE: Dá para notar que a senhora gosta de literatura...
GERTRUDE: É o que sinto. Não aprendi de contos nem de romances; mas da natureza que me inspira e da educação que me aconselha.
CONDE: Natureza, educação e literatura. Agora é minha vez. Aquele cuja proposta lhe apresento é nada menos que o Barão da Cidreira.
GERTRUDE: O Barão ama a minha sobrinha?
CONDE: *Oui, madame.*
GERTRUDE: Conheço-o pessoalmente. Um senhor muito respeitável.
CONDE: Reparou agora no nível da proposta que lhe trago?

GERTRUDE: É um cavaleiro, sem dúvida.
CONDE: Meu camarada, como disse, camarada caríssimo.
GERTRUDE: Talvez um pouco franco demais, mas isso não me desagrada.
CONDE: Então? A sua resposta?
GERTRUDE: Calma! Certas coisas não se resolvem assim, na hora. O Barão se dará ao trabalho de vir falar comigo pessoalmente.
CONDE: Já que sou eu que apresento, não parece o caso de pôr em dúvida. Estou pedindo por parte dele. Ele pediu, suplicou, recomendou e eu peço, suplico, recomendo.
GERTRUDE: Suponhamos que não seja bobagem.
CONDE: Ora! Como "suponhamos"? É sério! Sou eu que apresento!
GERTRUDE: Tá bem, é sério. O senhor barão quer. O senhor conde pede. Falta saber se Cândida concorda.
CONDE: Ela nunca vai saber, se a senhora não for falar.
GERTRUDE: Não esquecerei de informá-la.
CONDE: Lá está. Pode ser agora?
GERTRUDE: Pode. Já vou, então.
CONDE: Vá! Aguardo aqui a resposta.
GERTRUDE (*fazendo reverência*): Com licença. Já volto. (*À parte.*) Se não for embromação, seria uma sorte para a minha sobrinha. Mas duvido que ela queira. (*Se afasta em direção à loja.*)
CONDE: Com meus bons modos, consigo das pessoas tudo que quero. (*Tira do bolso um livro, senta no banco e folheia.*)
GERTRUDE: Cândida, vamos dar uma volta. Precisamos conversar.
SUSANA: Caso queiram, há um pequeno jardim lá atrás. Fiquem à vontade.
GERTRUDE (*levantando*): Sim, vamos lá. Não demoramos. (*Entra na loja.*)
CÂNDIDA: O que será? Hoje não é meu dia. Só pode vir coisa ruim. (*Entra.*)
CONDE: Capaz de me deixar esperando horas, a boa viúva. Ainda bem que ando com meu livro no bolso. Grande coisa a literatura! Um homem e um bom livro, acabou a solidão. (*Volta a ler.*)

Cena 6

Joaninha, saindo de casa, e o Conde.

JOANINHA: O almoço está pronto. Quando o animal do meu irmão chegar, não terá por que gritar. Ninguém está olhando. É um momento bom para levar o leque à senhorita Cândida. Se a tia dela não estiver por perto, dou logo. Se a tia perceber, aguardo outra vez.

CONDE: Eis Joaninha. Ei! Moça!
JOANINHA (*virando sem sair do lugar*): Senhor.
CONDE: Uma coisa. Venha cá.
JOANINHA (*avançando lentamente, à parte*): Só me faltava essa.
CONDE (*à parte*): Não devo me esquecer do Coronato. Prometi apoio, ele merece. (*Levanta-se e guarda o livro.*)
JOANINHA: Estou aqui, senhor. Posso ajudar?
CONDE: Onde é que vai?
JOANINHA: Cuidar da minha vida. Mais alguma coisa?
CONDE: Assim é que se fala? Que insolência! Atrevida.
JOANINHA: Como quer que eu responda? Sou do meu jeito. Falo assim com todo mundo e nunca ninguém me chamou de atrevida.
CONDE: Você não sabe com quem está falando.
JOANINHA: Não sei mesmo. Não faço distinções. Se quiser algo, diga logo. Se quiser se divertir comigo, não tenho tempo a perder com vossemecê[5].
CONDE: Me chame de ilustríssimo, moça.
JOANINHA: Tá bom, ilustríssimo excelentíssimo, etcetera.
CONDE: Venha cá.
JOANINHA (*distante*): Já estou.
CONDE: Quer se casar?
JOANINHA: Eu quero.
CONDE: Muito bem. Assim é que se fala.
JOANINHA: O que tenho no coração sai pela boca.
CONDE: Quer que eu a case?
JOANINHA: Não, senhor.
CONDE: Não? Por quê?
JOANINHA: Porque não. Para me casar, não preciso de vossemecê ilustríssimo excelentíssimo etcetera.
CONDE: Pense bem. Não precisa de proteção?
JOANINHA: Não. Nenhuma. Fim de papo.
CONDE: Moça, está sabendo do poder que eu tenho nesta vila?
JOANINHA: O senhor pode até poder tudo na vila, mas comigo não pode nada.
CONDE: Sério? Nada?
JOANINHA (*rindo*): Nada, nadinha, nadíssima.
CONDE: Você gosta do Crespino.
JOANINHA: É simpático do jeito que eu gosto.
CONDE: Gosta mais dele do que daquele homem educado, rico, sério que é Coronato?

---

5 Traduz o tratamento formal *lei*, com uma ponta de ironia.

JOANINHA: Mais dele do que de vários outros, além de Coronato.
CONDE: Tem vários outros?
JOANINHA: E muitos! Ah, se soubesse...
CONDE: Gosta mais dele do que de mim?
JOANINHA: Quer que eu diga, mesmo?
CONDE: Não, não. Você é capaz de falar grosseria.
JOANINHA: Está servido? Algo mais?
CONDE: Olha, moça. Eu dei a palavra ao seu irmão. O seu irmão deu a palavra a Coronato. Você terá que se casar com ele!
JOANINHA: Vossemecê...
CONDE: Ilustríssima...
JOANINHA: ...excelentíssima, etcetera e tal, diga; o senhor protege o meu irmão?
CONDE: Me interesso por ele.
JOANINHA: Meu irmão deu a palavra a Coronato?
CONDE: Certamente.
JOANINHA: Bem, então... eu concordo...
CONDE: Diga.
JOANINHA: Meu irmão terá que se casar com Coronato.
CONDE: Caramba! Garanto que você não há de se casar com Crespino.
JOANINHA: Ora, ora. Por quê?
CONDE: Porque eu vou banir aquele tipo da vila.
JOANINHA: Não faz mal. Irei com ele onde ele estiver.
CONDE: Vou mandar espancá-lo.
JOANINHA: Ele é bom de briga.
CONDE: Vou mandar matar!
JOANINHA: Chega, conde. Não gostei.
CONDE: O que a senhorita faria, se Crespino morresse?
JOANINHA: Não sei, nem quero saber.
CONDE: Ia arranjar outro?
JOANINHA: Se fosse o caso.
CONDE: Faça de conta que ele morreu.
JOANINHA: Senhor, não sei ler nem escrever nem fazer contas.
CONDE: De novo! Que atrevida!
JOANINHA: Mais alguma coisa?
CONDE: Vá tomar banho!
JOANINHA: Onde fica o banho?
CONDE: Caramba, juro que se não fosse mulher...
JOANINHA: O que o senhor faria?
CONDE: Fora daqui. Saia!

JOANINHA: Fui. (*Afasta-se em direção ao sobrado.*) Senhor conde, não diga que não sei obedecer prontamente.
CONDE (*furioso, grita-lhe atrás*): Tão prontamente que nem cumprimentou direito.
JOANINHA: Ah, sim. (*Fazendo reverência.*) Serva de vossemecê...
CONDE (*gritando*): Vossa Senhoria! Ilustríssima!
JOANINHA (*rindo alto*): 'lustríssima excelentíssima... tchau!
CONDE: *Rustica progênies nescit habere modum*[6]. Bem, não dá para fazer nada com esta moça. Ela não gosta de Coronato, não posso obrigá-la a gostar. Bem que tentei. Mas a culpa é dele; como é que um sujeito mete na cabeça querer uma mulher que não gosta dele? Falta mulher no mundo? Já sei. Vou achar outra mulher, até melhor, para ele. Isso! Todos na vila verão o efeito da minha proteção.

Cena 7

Gertrude e Cândida saindo da loja, e o mesmo.

CONDE: Então, dona Gertrude?
GERTRUDE: Conde, a minha sobrinha é uma jovem sábia e prudente.
CONDE: Vamos, sem delongas.
GERTRUDE: Me deu um trabalho, senhor conde...
CONDE: Tenha dó. Se soubesse o que acabei de passar aqui, com outra mulher... bem diferente da sua sobrinha, é claro, mas todas são mulheres! Enfim, o que diz a sábia e prudente senhorita Cândida?
GERTRUDE: Suponhamos que o senhor barão...
CONDE: Suponhamos, sim, maldita seja a prudência.
GERTRUDE: Uma vez suposto, afiançado e concluído, como tem pressa de afirmar o conde...
CONDE (*entre dentes*): Ilustríssimo.
GERTRUDE: O quê?
CONDE: Nada de relevante. Continue.
GERTRUDE: E uma vez dadas por discutidas e negociadas e pactuadas as condições, minha sobrinha concorda em casar com o senhor barão.
CONDE (*a Cândida*): Brava! Muito bem! (*À parte.*) Com essa, ao menos, consegui.
CÂNDIDA (*à parte*): Sim, para vingar-me daquele perverso traidor, Evaristo. Só por isso.

[6] Expressão latina: "Estirpe de camponeses, jamais aprenderá as boas maneiras."

GERTRUDE (*à parte*): Eu fico pasma. Pensei que não concordaria. Parecia-me apaixonada por outro. Me enganei.

Cena 8

Joaninha na sacada do sobrado e os mesmos.

JOANINHA (*à parte*): Cadê ela, não está nem aqui em cima, nem lá em baixo. Pois....
CONDE: Finalmente, a senhorita Cândida se casará com o Barão da Cidreira.
JOANINHA (*à parte*): O quê? Ouvi direito?
GERTRUDE: Uma vez pactuadas as condições...
CONDE: Quais condições?
CÂNDIDA: Sem condições, tia. Vou casar de qualquer jeito.
CONDE: Viva! Sábia moça, assim eu gosto. (*À parte.*) É um fato que, quando me meto em um assunto, tudo corre às mil maravilhas.
JOANINHA (*à parte*): Que notícia! Coitado do seu Evaristo. Não vale a pena entregar o leque. (*Sai.*)
GERTRUDE (*à parte*): Me enganei feio! Ela ama o senhor barão; eu teria jurado que gostava do Evaristo.
CONDE: Licença. Vou dar a boa nova ao senhor barão, meu colega caríssimo, meu camarada.
GERTRUDE: Onde está?
CONDE: Me aguarda na farmácia. Vamos fazer o seguinte. As senhoras vão para casa e já já levo ele para lá.
GERTRUDE (*a Cândida*): Que lhe parece?
CÂNDIDA: Sim, falará consigo.
CONDE: Com as duas, não?
CÂNDIDA: O que a minha tia for decidir, está bom para mim. (*À parte.*) Morrerei, mas morro vingada!
CONDE: Vou já. Aguardem. Iremos juntos. (*A Gertrude.*) Reparou na hora? Não seria nada mal convidá-lo para almoçar.
GERTRUDE: Logo na primeira visita?
CONDE: São conveniências ultrapassadas. Ele vai aceitar, garanto. Para convencê-lo, ficarei eu também. (*Afasta-se em direção à drogaria.*)
GERTRUDE: Vamos então aprontar o almoço. E o resto.
CÂNDIDA (*melancólica*): O resto, sim.
GERTRUDE: O que foi? Não está se sentindo à vontade?
CÂNDIDA: Estou sim, tia. (*À parte.*) Agora não há mais jeito.

GERTRUDE (*à parte*): Pobre mocinha, dá uma pena. Mesmo que seja por amor, um casamento provoca sempre uma certa ansiedade. (*Ambas procedem em direção ao sobrado.*)

Cena 9

Joaninha, da sacada do sobrado, e Cândida.

JOANINHA: Senhorita Cândida. Até que...
CÂNDIDA (*furiosa*): O que está fazendo na minha casa?
JOANINHA: Vim procurá-la.
CÂNDIDA: Fora daqui; não se atreva. Nunca mais apareça.
JOANINHA: O quê? Por que me ofende?
CÂNDIDA: Ofendo mesmo. Escandalosa! Não devo nem vou te respeitar.
GERTRUDE (*à parte*): Que exagero!
JOANINHA (*à parte*): Fiquei chocada! (*Alto.*) Dona Gertrude.
GERTRUDE: Lamento, Joaninha, mas a minha sobrinha tem juízo. Se te tratou mal, deve ter fundamento para tanto.
JOANINHA (*alto*): Qual seria esse tal de "fundamento"? Fiquei até tonta.
GERTRUDE: Tenha respeito. Não levante a voz.
JOANINHA (*avançando*): Precisamos conversar, dona. Agora mesmo.
GERTRUDE: Não, agora não dá para conversar. Depois, talvez.
JOANINHA (*tentando passar pela porta*): Digo que precisamos conversar agora. Me deixe entrar!
GERTRUDE (*parada na soleira*): Não se atreva, garota.

Cena 10

Conde e Barão saindo da farmácia, em direção ao sobrado.

CONDE: Vamos, depressa.
JOANINHA (*a Gertrude*): Dá licença.
GERTRUDE: Moça prepotente!

Gertrude entra e bate a porta, bem na hora em que o Conde e o Barão se apresentam, sem serem vistos por ela. Joaninha, furiosa, se afasta imediatamente. Conde fica estático e sem palavras, fitando a porta.

BARÃO: Ela bateu a porta na minha cara?
CONDE: Na minha cara? Não é possível.

BARÃO: O senhor não viu? Foi isso que aconteceu.
JOANINHA (*passeia furiosa*): É assim? Eu posso ser insultada à vontade, é?
CONDE: Vamos bater novamente. Entender o que houve.
JOANINHA (*à parte*): Se aqueles dois entrarem lá, entro também.
BARÃO: Não, não, chega, não quero mais saber. Não vou me expor a outras ofensas. Mal me serviste, conde; ninguém o respeita por aqui. Me cobri de ridículo, por sua causa.
CONDE (*agitado*): Que modos!
BARÃO: Aliás, não vai ficar por isso. Exijo satisfação.
CONDE: De quem?
BARÃO: De você.
CONDE: Como, de mim?
BARÃO: A espada!
CONDE: Espada? Vivo há mais de vinte anos neste subúrbio, senhor barão! Nunca mais peguei numa espada.
BARÃO: A pistola, então.
CONDE: Pistola, com certeza. Tenho várias pistolas! Vou ali um momentinho buscá-las. (*Quer se escafeder.*)
BARÃO: Tenho duas aqui. (*Sacando duas pistolas da bolsa e entregando uma ao Conde.*) Uma para você, outra para mim.
JOANINHA (*vendo*): O quê? Armas? Gente, socorro! Estão armados. Vai ter tiroteio (*Entra em casa.*)

Cena 11

Gertrude na sacada e os mesmos, depois Limãozinho e Toninho.

GERTRUDE: Senhores! O que se passa?
CONDE (*a Gertrude*): Por que a senhora bateu a porta na nossa cara?
GERTRUDE: Eu, bati a porta? Não, não. Eu não sou de fazer ação tão feia com quem quer que seja. Muito menos com o barão, que se digna gostar da minha sobrinha.
CONDE (*ao Barão*): Ouviu?
BARÃO: Mas, dona Gertrude, bem na hora que nos apresentamos à porta da sua casa, alguém fechou a porta.
GERTRUDE: Fui eu mesma, mas juro que não tinha visto. Fechei para impedir que entrasse aquela tola, aquela prepotente da Joaninha.
JOANINHA (*despontando a cabeça para fora da porta*): Eu, tola? (*Faz uma careta e retira a cabeça.*)

CONDE (*a Joaninha*): Cale-se! É atrevida, mesmo.
GERTRUDE: Se for o caso, mando abrir a porta agora mesmo.
CONDE (*ao Barão*): Escutou?
BARÃO: Sem comentários.
CONDE: Ainda quer satisfação? O que vamos fazer?
BARÃO: Desculpe-me. Tenho pavio curto. (*Guarda as pistolas na sacola.*)
CONDE: Vamos visitar as damas com duas pistolas na sacola?
BARÃO: Para a nossa defesa pessoal.
CONDE: você sabe como são as mulheres. Se perceberem que estamos armados, não vão deixar nem encostar.
BARÃO: Tem razão, senhor conde. Obrigado por me prevenir. (*Tira as armas da sacola, não sabe o que fazer com elas, entrega-as ao conde.*) Em sinal de renovada confiança, eis as armas. Pode ficar com elas.
CONDE (*com receio*): Como assim, posso ficar? É um presente?
BARÃO: Sim. Espero que não recuse. Em sinal de confiança...
CONDE: Estão carregadas?
BARÃO: Lógico. Do contrário, para que as levaria na sacola?
CONDE: Só um momentinho. Olá, do café.
LIMÃOZINHO: Conde?
CONDE: Pegue essas armas. Guarde-as com muitíssimo cuidado. Mais tarde, virei buscar.
LIMÃOZINHO: Sim senhor.
CONDE: Eu disse com cuidado, porque estão carregadas.
LIMÃOZINHO (*brincando de apontar as armas*): Ora, eu sei como usá-las.
CONDE (*apavorado*): Ei, que ideia maluca.
LIMÃOZINHO (*à parte*): Valentão, esse conde. (*Sai.*)
CONDE: Muito grato, senhor barão. Vou guardar as suas pistolas com enorme carinho. (*À parte.*) Que ideia. Amanhã eu vendo.
TONINHO (*chamando, do sobrado*): Senhores, a minha patroa está esperando.
CONDE: Vamos.
BARÃO: Vamos.
CONDE: Enfim. O que me diz, sou ou não sou respeitado por aqui? Hein, caríssimo? Me dê um abraço! (*Abraça.*) Entre nós, senhores, temos que ser solidários uns com os outros!

O Conde e o Barão entram, introduzidos por Toninho, que fica na porta. Joaninha sai de casa, se aproxima e põe-se atrás deles para entrar. Quando tenta entrar, Toninho a barra.

TONINHO: Tu não.
JOANINHA: Eu, sim.

TONINHO: Recebi ordens de não te deixar entrar. (*Fecha a porta.*)
JOANINHA (*enfurecida, andando pra cá e pra lá*): Que raiva! Nem desabafar me deixam! Vou até engasgar. A mim, uma afronta dessas? Uma moça de bem, como eu?

Cena 12

Evaristo regressa com a espingarda no ombro. Moracchio, com a espingarda na mão, um saco com a caça e um cachorro preso na coleira. Depois, entra Toninho.

EVARISTO (*a Moracchio*): Leve a espingarda para casa. Guarde as perdizes, ainda não sei o que eu faço com elas. Tome conta do cachorro. (*Senta no café, pega o tabaco.*)
MORACCHIO (*a Evaristo*): Não se preocupe. Cuido de tudo. (*A Joaninha, que se aproxima.*) O almoço está pronto?
JOANINHA (*furiosa*): Está sim.
MORACCHIO: O que deu em você? Está sempre furiosa! Maltrata Deus e o mundo! E ainda fala de mim.
JOANINHA: Bem se vê que somos irmãos.
MORACCHIO: Está na hora do almoço. Vamos.
JOANINHA: Vá você. Vou daqui a pouco. (*À parte.*) Quero trocar uma palavrinha com seu Evaristo.
MORACCHIO: Bom, se quiser, vem. Se não vier, como só.
JOANINHA: Se eu for engolir algo agora, posso até explodir.
EVARISTO (*à parte*): Ninguém na sacada. Devem estar almoçando. Melhor que eu vá também almoçar. O Barão me aguarda. (*A Joaninha.*) Moça, que tal? Tem algo para mim?
JOANINHA: Algo, sim senhor.
EVARISTO: Entregou o leque?
JOANINHA: Aqui, seu maldito leque.
EVARISTO: Não entregou, por quê?
JOANINHA: Eu fui insultada, me chamaram de tola, prepotente, atrevida e deram com a porta na minha cara, como se fosse uma mendiga.
EVARISTO: Dona Gertrude percebeu que você ia entregar? Será que foi isso?
JOANINHA: Não foi ela, não. Foi a senhorita Cândida.
EVARISTO: Não é possível. O que você fez?
JOANINHA: Eu não fiz nada!
EVARISTO: Você disse que lhe daria um leque?

JOANINHA: Como? Não me deu tempo de abrir a boca! Me botou para fora, que nem uma ladra. Entendeu?
EVARISTO: Não, não... Deve haver um motivo, um fundamento.
JOANINHA: Eu que sei que tal de "fundamento" ela tem. Todo esse absurdo, tenho certeza, foi por sua causa.
EVARISTO: Por minha causa? Não creio, mesmo. A senhorita Cândida gosta de mim.
JOANINHA: Gosta de você? Ah, você acredita nisso? Coitado!
EVARISTO: Sim, acredito, eu tenho certeza absoluta disso. Ela me ama.
JOANINHA: A senhorita Cândida? Você tem certeza absoluta que o ama? Ama muito, muito mesmo.
EVARISTO: Isso está me deixando terrivelmente ansioso.
JOANINHA: Vá, vá rever a sua senhorita que o ama tanto.
EVARISTO: Como, assim, não deveria revê-la?
JOANINHA: Vai ver que alguém tomou a sua vaga.
EVARISTO (*aflito*): Alguém? Quem?
JOANINHA: O barão do Cedro.
EVARISTO: O barão está lá com ela?
JOANINHA: Sim, o Barão está lá na casa da viúva, porque ele noivou a sua senhorita Cândida.
EVARISTO: Joaninha, você delira. Só despropósitos.
JOANINHA: Vai ver lá, vai! Se sou eu quem diz os tais "despropósitos".
EVARISTO: Na casa da boa viúva...
JOANINHA: ...e da senhorita sobrinha dela...
EVARISTO: O barão...
JOANINHA: ...do Cedro.
EVARISTO: Ficou noivo de Cândida...
JOANINHA: Eu vi com esses olhos. Ouvi com estas orelhas.
EVARISTO: Não pode estar acontecendo. Tudo besteira.
JOANINHA: Vá, veja, ouça. Se sou eu quem fala besteiras.
EVARISTO: Fui. (*Corre até o sobrado e bate.*)
JOANINHA: Coitado! Dá nisso, acreditar no amor de uma daminha mimada como aquela. Não são moças de bem como nós suburbanas.

Evaristo bate na porta do sobrado. Toninho abre.

EVARISTO: Então!
TONINHO: Desculpe. Não posso deixar ninguém entrar.
EVARISTO: Sou eu! Diga que...
TONINHO: Já disse que é o senhor.
EVARISTO: Cândida sabe que estou aqui?

TONINHO: Perfeitamente.
EVARISTO: A tia não deixa mais ela me ver?
TONINHO: Dona Gertrude disse para deixar entrar o senhor. A senhorita Cândida disse pra não deixar.
EVARISTO: Não me deixar entrar? Não acredito. Entendeu errado. Deixa passar. (*Tenta forçar, Toninho bate-lhe a porta na cara.*)
JOANINHA: Viu? Eu que falo besteiras? "Despropósitos"?
EVARISTO: Que delírio é esse? A porta na cara?
JOANINHA: Na minha cara também! Agora acredita?
EVARISTO: Como pôde? Como pode me tratar assim? Será que Cândida me enganou?
JOANINHA: É, de fato. Parece que enganou.
EVARISTO: Não! Não posso acreditar, não quero acreditar, não vou acreditar, nunca!
JOANINHA: Então fique na dúvida, coitado.
EVARISTO: Um equívoco, certamente. Sei lá. Deve haver uma explicação. Conheço o coração dela. Não seria capaz disso.
JOANINHA: Bem, console-se assim. Espere, confie e faça bom proveito.
EVARISTO: Preciso conversar com ela. Imediatamente.
JOANINHA: Só que não.
EVARISTO: Não importa. Vou tomar café. Me bastaria vê-la, ouvi-la; bastaria uma palavra, um gesto dela, para saber se vivo ou morro.
JOANINHA: Pegue isso. (*Dá-lhe o leque.*)

Cena 13

Coronato e Scavezzo chegam de onde saíram. Scavezzo se dirige ao boteco, Coronato fica na porta escutando.

EVARISTO: Pegar o quê?
JOANINHA: O seu leque.
EVARISTO: Não me atormente. Fique com ele.
JOANINHA: Está me dando um leque?
EVARISTO: Sim, sim, estou te dando. (*À parte.*) Estou fora de mim.
JOANINHA: Agradeço.
CORONATO (*à parte*): Agora sei qual é o presente. Um leque. (*Sem ser visto, entra no boteco.*)
EVARISTO: O que faço se Cândida não aparecer, se ela nunca mais vier à sacada? Ou se ela vier e, me vendo aqui, se recusar a falar comigo?

E se ela quiser falar e a tia a proibir? Estou confuso.

Crespino, com um saco de couros para sapatos, está para entrar na loja mas, vendo os dois, se põe a escutar.

JOANINHA: Coitado do seu Evaristo. Você me dá pena. Sinto muito.
EVARISTO: Para, Joaninha, não mereço isso.
JOANINHA: Pois é. Você é tão gentil! Tem um coração deste tamanho...
EVARISTO: O meu coração é testemunha do meu amor.
CRESPINO (*à parte*): Estão falando de amor? Bem na hora.
JOANINHA: Se eu soubesse como consolá-lo!
CRESPINO (*à parte*): Eu sei como ele quer ser consolado.
EVARISTO: Quero tentar a sorte. Melhor se arrepender de ter feito que de não ter feito, em todo caso. Ou não. Vou tomar café antes. Estou confuso, agitadíssimo. Reze por mim, amiga. (*Toma-lhe a mão, depois entra no café.*)
JOANINHA (*sozinha*): Por um lado, me dá pena e, por outro, é engraçado.

Crespino põe o saco no chão e tira dele sapatos que dispõe sobre o escaninho, sem falar nada.

JOANINHA: Olha lá quem chegou; Crespino. Onde você estava?
CRESPINO: Não enxerga não? Fui coletar sapatos para consertar.
JOANINHA: Tu só remendas sapatos velhos. As pessoas comentam... Há muitas más línguas por aqui.
CRESPINO (*trabalhando*): As más línguas têm mais a comentar o seu caso do que o meu.
JOANINHA: O meu caso? Qual caso?
CRESPINO (*trabalhando*): Se importa que digam que remendo sapatos? Sou um trabalhador, um homem de bem. Isso me basta, ganhar o pão com meu trabalho.
JOANINHA: Eu não gostaria que me chamassem de remendona[7].
CRESPINO: A ti? Por quê?
JOANINHA: Porque vou ser sua mulher.
CRESPINO: Hi!
JOANINHA: Que "hi" é esse? O que significa esse "hi"!
CRESPINO: Significa que Joaninha nunca será chamada de remendona porque ela tem ambições mais elevadas.
JOANINHA: O que está dizendo? Bebeu? Onde esteve hoje de manhã?
CRESPINO: Não bebi. Mas não sou cego e nem surdo.

---

7   Por *ciabattina*, mulher do artesão que, diversamente do sapateiro, só remenda os sapatos usados (*ciabattino*).

JOANINHA: Quer dizer o quê? Fale abertamente, se quiser que eu te entenda.
CRESPINO: Abertamente? Vou falar então. Ouvi a sua conversa com seu Evaristo.
JOANINHA: Evaristo?
CRESPINO: Esse cara mesmo. (*Imitando Evaristo.*) "O meu coração é testemunha do meu amor."
JOANINHA (*rindo*): Ah, tá doidinho.
CRESPINO: E você! (*Imitando Joaninha.*) "Se eu soubesse a maneira de consolá-lo."
JOANINHA: Ora, e daí? Que doido.
CRESPINO: E ele (*imitando Evaristo quando pega a mão da Joaninha*) "faça isso e aquilo por mim, minha amiga".
JOANINHA: Doido mesmo! Doidão!
CRESPINO: Eu?
JOANINHA: Sim, você, doido, doidinho, doidíssimo, doidão e doidaço.
CRESPINO: Para! Acha que não ouvi? Essa foi a sua conversa com aquele senhor.
JOANINHA: Doido.
CRESPINO: E as coisas que você respondeu.
JOANINHA: Ai ai, doido.
CRESPINO (*ameaçando*): Joaninha, para logo com esse "doido" que eu vou pirar de verdade.
JOANINHA: Ui. (*Mudando de tom.*) Tu acha que aquele senhor tão elegante gosta de mim?
CRESPINO: Eu não acho nada.
JOANINHA: Tu acha que eu sou tão idiota de cair nessa?
CRESPINO: Eu sei lá.
JOANINHA: Vem cá, doidinho. Deixa eu te explicar. (*Rápido.*) Seu Evaristo está apaixonado pela senhorita Cândida, mas a senhorita o enganou e ficou noiva do Barão; assim que soube, seu Evaristo, muito confuso e aflito, veio desabafar comigo e eu dei bola, porque me dava pena e porque era muito engraçado também. Parece que ficou um pouco mais tranquilo e foi tomar café. Compreendeu?
CRESPINO: Nem uma palavra.
JOANINHA: Entendeu que eu não fiz nada? Que sou inocente!
CRESPINO: Menos, menos.
JOANINHA: Ah, é assim? Então, sabe o quê? Vá tomar banho. Coronato me quer, Coronato me pediu em casamento e Moracchio deu-lhe a palavra. O conde apoia. Vou casar com esse tal de Coronato e pronto.
CRESPINO: Ei, devagar. Que fúria! Não fique assim. Posso confiar que diz a verdade? Nenhuma conversa com aquele senhor?

JOANINHA: Deixa eu te chamar de doido? (*Acaricia Crespino.*) Crespino meu, eu gosto tanto de ti, meu dengo, meu coração, meu chuchu doidinho, meu marido.
CRESPINO (*tonto*): Mas o que foi mesmo que aquele senhor te deu?
JOANINHA: Me deu? Não me deu nada.
CRESPINO: Nada, como assim? Eu vi que ele...
JOANINHA: Sei o que eu digo. (*À parte.*) Não posso falar do leque que logo ele pira.
CRESPINO: Jura!
JOANINHA: Mas que tormento.
CRESPINO: Gosta muito de mim?
JOANINHA: Sim, gosto muito de ti.
CRESPINO (*tocando a mão de Joaninha*): Vem, me dê a mão. Pazes?
JOANINHA (*rindo*): Que bom que entendeu, doidinho.
CRESPINO (*rindo*): Entendi nada. Doideira mesmo.

Cena 14

Coronato saindo do boteco e os mesmos.

CORONATO (*interrompendo*): Já sei qual presente a senhorita ganhou hoje.
JOANINHA: Por que se mete na minha vida?
CRESPINO (*a Coronato*): Ganhou de quem? Quem ganhou presente?
CORONATO: A nossa aqui presente Joaninha ganhou um presente de um senhor chamado Evaristo.
JOANINHA: É mentira.
CRESPINO: É verdade?
CORONATO (*a Joaninha*): É verdade, sim. Vou falar qual é o presente.
JOANINHA (*a Coronato*): Cale-se! Não é da sua conta. Eu gosto do Crespino! Vou me casar com ele.
CRESPINO (*a Coronato*): Qual é o presente?
CORONATO: Um leque.
CRESPINO (*a Joaninha, zangado*): Um leque?
JOANINHA (*à parte*): Que inferno.
CORONATO: Recebeu um leque sim, está no seu bolso.
CRESPINO: Deixa ver.
JOANINHA (*a Crespino*): Não.
CORONATO (*a Joaninha, puxando seus cabelos*): De um jeito ou de outro, terá que sair daí.
JOANINHA (*defendendo-se*): Pra trás, metido!

Cena 15

Moracchio sai do boteco com o lenço no pescoço, e os mesmos.

MORACCHIO: Que zorra é essa?
CORONATO: A tua irmã ganhou um leque, guardou no bolso e diz que não é verdade.
MORACCHIO (*a Joaninha, com tom imperativo*): Dá cá o leque.
JOANINHA: Me deixa em paz.
MORACCHIO (*ameaçando*): Dá o leque ou juro que eu...
JOANINHA: Animal! (*Tira o leque do bolso.*) Pronto! Aqui está.
CRESPINO (*quer pegá-lo*): Dá para mim.
CORONATO (*quer pegá-lo, pega em Joaninha*): Eu pego.
JOANINHA (*defendendo-se*): Me larguem! Pega ladrão!
MORACCHIO: Peraí. Eu é que pego este leque. Dá aqui.
JOANINHA: Não. Vou dar só para Crespino.
MORACCHIO: Dá aqui! Estou mandando.
JOANINHA: Crespino. (*Entrega o leque a Crespino e corre pra casa.*)
CORONATO: Me dá!
MORACCHIO: Me dá!
CRESPINO: Ela deu pra mim, vai ficar comigo. (*Os dois o cercam para pegar o leque. Crespino foge para a coxia; os dois correm atrás.*) Quem me pega?

Cena 16

Conde aparece na sacada, Timóteo no banco da drogaria. Depois o Barão.

CONDE (*alto e tom imperativo*): Seu Timóteo!
TIMÓTEO: Em que posso servi-lo?
CONDE: Traga sal, essências, álcool, cachaça! A senhorita Cândida desmaiou.
TIMÓTEO: Já vou. (*Entra na loja.*)
CONDE: O que deu nela? No café devia haver uns grãos tóxicos.

Crespino atravessa o palco correndo. Coronato e Moracchio correm atrás dele sem falar nada. Todos saem.

BARÃO (*do sobrado, solicita a ajuda do boticário*): Venha depressa, seu Timóteo.
TIMÓTEO (*sai da drogaria com uma bandeja com diversos frascos*): Pronto, pronto.

BARÃO: Precisamos de você. Entre!

Crespino, Coronato e Moracchio de outra coxia correm, como antes. Esbarram em Timóteo e o derrubam. Os frascos se espatifam no chão. Crespino escorrega e perde o leque. Coronato pega o leque e foge. Timóteo levanta e retorna à farmácia.

CORONATO: Está comigo!
MORACCHIO: Pode ficar. Eu cansei. Mas Joaninha me deve explicações. (*Entra em casa.*)
CORONATO: Peguei, afinal. (*Entra no boteco.*)
CRESPINO: Malditos bandidos. (*Mancando.*). Machuquei a perna. O pior é que Coronato pegou o leque. Daria um monte de sapatos novos para ter esse leque. Eu pegaria e o rasgaria em mil pedacinhos deste tamanho. Que vergonha. Presente que a minha namorada ganhou de outro. Mas será que isso me importa? Que doideira. Joaninha é uma boa moça, eu gosto dela, meu estômago não é lá tão delicado. Ah, deixa para lá... (*Entra mancando na loja.*)

Ato III

Cena 1

Todos agem. Sem falas, até a entrada do Conde e do Barão. Crespino sai da loja com pão, queijo, um prato cheio e uma caneca vazia. Arranja lugar no escaninho para almoçar. Toninho, vindo do sobrado com uma vassoura na mão, atravessa o palco até a farmácia e entra. Crespino corta um pedaço de pão, calado. Coronato sai do boteco com Scavezzo, o qual transporta nas costas um tonel parecido com aquele que levou ao Conde. Coronato passa em frente a Crespino, olha e ri. Crespino devolve o olhar, enfurecido. Coronato sai pela mesma coxia para onde levou o primeiro tonel. Crespino segue Coronato com os olhos e quando já não consegue vê-lo, volta à ocupação anterior. Toninho vem da porta da farmácia, varrendo os cacos dos frascos quebrados. Timóteo sai correndo da farmácia com outros frascos e entra no sobrado. Toninho varre. Crespino, com a caneca vazia na mão, avança, mancando e melancólico, até o boteco. Toninho varre. Susana sai da loja, arranja o mostruário, senta e costura. Toninho entra em casa e fecha a porta. Crespino sai do boteco com a caneca cheia de vinho e abre o casaco para dar uma olhada no leque, que agora está com ele; faz gesto amplo para mostrar ao público que o recuperou; caminha até o escaninho e pousa a caneca no chão. Joaninha sai de casa, senta e fia. Crespino senta, tira o leque do casaco, ri enquanto o esconde debaixo dos couros e recomeça a comer. Coronato, agora sozinho, regressa pelo mesmo caminho. Passa em frente a Crespino e ri. Crespino come e ri. Coronato, na porta do boteco, ri e entra. Crespino tira o leque que está sob os couros e ri; guarda-o novamente e recomeça a comer e beber. Aqui termina a cena muda. O Conde e o Barão saem do sobrado.

CONDE: Amigo, desculpe, não tem motivos para se queixar.

BARÃO: Tampouco tenho motivos para ficar satisfeito.

CONDE: A senhorita Cândida passou mal, foi um acidente. Precisamos ter paciência. Mulheres são sujeitas a febres, sangramentos, ataques estéreis...

BARÃO: Estéreis? O senhor quer dizer histéricos.

CONDE: Enfim. O que quero dizer é que, se a senhorita não o recebeu com todo o carinho e as honras, não foi por causa dela em si, mas foi por ela ser mulher.

BARÃO: Ela não estava doente quando entramos. Só quando me viu.

CONDE: Deve ter sido a emoção. Percebeu que ia desmaiar.

BARÃO: Reparou na cara da tia, quando saiu do quarto da sobrinha? Reparou com que espanto ela lia uns papéis que pareciam cartas?

CONDE: É uma mulher que tem agenda. Deviam ser recados de trabalho que acabavam de ser entregues.

BARÃO: Não, eram cartas mesmo. Coisas pessoais. Aposto que estavam escondidas na mesinha de cabeceira ou até mesmo na roupa íntima da sobrinha... na calcinha...

CONDE: Opa, a sua narração está ficando estranha. O que anda fantasiando?

BARÃO: Só eu entendo o que aconteceu? É tão óbvio! Um caso entre a senhorita Cândida e aquele senhor!

CONDE: Quem, Evaristo? Nem pense nisso! Se assim fosse, eu saberia. Sei de tudo que acontece aqui na vila. Como que não ia saber de um caso entre... Suponhamos, por absurdo, que tenha havido algo, digamos, um namoro... mas então como ela teria aceitado a sua proposta de casamento? Como teria se atrevido a comprometer a mediação de um senhor da nobreza, feito eu?

BARÃO: É verdade. Ela concordou sem se fazer de rogada. A tia, porém, a tia leu aquela papelada e mudou de comportamento para comigo. Ficou até contente quando fomos embora!

CONDE: É verdade. Ela nem convidou mais para o almoço.

BARÃO: Que importância tem isso?

CONDE: Eu lhe dei uns toques, mostrei o relógio, mas se fez de desentendida.
BARÃO: Não via a hora de nos ver pelas costas.
CONDE: Lamento. Onde irá almoçar hoje, querido senhor barão?
BARÃO: No boteco. Pedi almoço para dois.
CONDE: Dois?
BARÃO: Combinei com o senhor Evaristo... justamente com ele. Mas que coincidência mais desagradável.
CONDE: Não prefere vir almoçar comigo lá em casa?
BARÃO: Em casa?
CONDE: No meu palácio, fica uma légua distante.
BARÃO: Muito grato. Mas já fiz o pedido. Olá, do boteco! Coronato!

Cena 2

Coronato saindo do boteco e os mesmos.

CORONATO: Deseja?
BARÃO: O senhor Evaristo já voltou da caça?
CORONATO: Não vi ainda. Seu almoço está servido. Se demorar, vai ficar frio.
CONDE: É capaz de se atrasar, ficar caçando até tarde e deixá-lo esperando.
BARÃO: O que quer que eu faça? Vou ter que esperar.
CONDE: Até certo ponto. Meu amigo, esse senhor é de classe inferior à nossa. Tudo bem usar de cortesia para com ele, tudo bem tratá-lo com civilidade; mas nós, aristocratas, precisamos manter distância.
BARÃO: Quase que o convido à mesa, conde, no lugar do Evaristo.
CONDE: Venha comigo, senhor barão. Se não quiser esperar, se não quiser almoçar sozinho, vamos comer lá em casa!
BARÃO: Não, senhor conde. Aceite o meu convite. Sente-se comigo. Se aquele senhor não sabe ser pontual, pior para ele.
CONDE (*satisfeito*): Bem feito. Que aprenda educação, aquele senhor.
BARÃO (*a Coronato*): Moço! Pode trazer os pratos.
CORONATO: Imediatamente. (*À parte.*) Não sobrará nada.
BARÃO: Quero dar uma olhada na cozinha. (*Entra.*)
CONDE (*a Coronato*): Mandou entregar o outro tonel de vinho?
CORONATO: Sim, senhor. Mandei agora há pouco.
CONDE: Mandou e não acompanhou? Vão me roubar...
CORONATO: Fui com o rapaz até o fim da estrada e lá estava o seu...
CONDE: Meu mordomo?

CORONATO: Não.
CONDE: Meu camareiro pessoal?
CORONATO: Não.
CONDE: Meu criado?
CORONATO: Não.
CONDE: Quem, então?
CORONATO: Aquele colega seu que mora lá na sua casa e vende fruta e verdura na feira...
CONDE: Ah! Aquele.
CORONATO: Então, ele estava lá no fim da estrada; mostrei o tonel e ele foi para a sua casa com o rapaz.
CONDE (*à parte*): Maldição. Aquele é capaz de beber metade do tonel.
CORONATO: Diga uma coisa, conde.
CONDE: Sim?
CORONATO: O senhor já falou com Joaninha?
CONDE: Sim, eu já falei.
CORONATO: E a resposta?
CONDE (*sem graça*): Está tudo bem.
CORONATO: Está tudo bem o quê?
CONDE (*entrando*): O almoço está esfriando. Depois lhe conto.
CORONATO: Peraí; ela disse sim?
CONDE: Não posso fazer o senhor barão esperar.
CORONATO (*à parte*): Pelo menos se meteu, falou com ela. Tenho chances! (*Chama.*) Joaninha!

Joaninha fia e não atende.

CORONATO: Posso cumprimentá-la, moça?
JOANINHA (*sem olhar, fiando*): Pode me devolver o leque.
CORONATO: Sim, pois. (*À parte.*) Esqueci o leque na adega. (*Alto.*) Temos que conversar, Joaninha. (*À parte.*) Tomara que ninguém o tenha levado. (*Entra.*)

Crespino ri alto.

SUSANA: Está todo contente, não é, Crespino? Que risada gostosa.
CRESPINO: É pra rir mesmo.
JOANINHA: Tu acha? Eu aqui estou explodindo de raiva.
CRESPINO: Raiva? De quem?
JOANINHA: Daquele leque, que se meteu nas mãos do Coronato.
CRESPINO: Tu acha? De Coronato? (*Rindo.*)
JOANINHA: Está rindo de que, doidão?

CRESPINO: Do leque. (*Levanta, cata os restos do almoço e entra.*)
JOANINHA: Riso de doido.
SUSANA (*trabalhando*): Nunca imaginei que o meu leque tivesse que passar por tantas mãos.
JOANINHA (*irritada*): O seu leque?
SUSANA: Meu, sim, porque saiu da minha loja. Eu o vendi...
JOANINHA: Foi pago, então.
SUSANA: Lógico, moça. Ninguém teria levado sem pagar.
JOANINHA: O dobro do que vale.
SUSANA: Quem disse isso? E qual é o seu problema? Pelo preço que você pagou, menina, pode ficar com ele!
JOANINHA: O preço que eu paguei? Quem lhe disse que eu paguei um preço?
SUSANA (*sarcástica*): Parece mesmo. Nesse caso, é um problema seu. Espero que a pessoa tenha se comprometido... espero que não tenha ficado pelo leque e só... pobre moça.
JOANINHA (*furiosa*): Se comprometer com o quê? Que absurdo! Pare de se meter!
SUSANA: Ei, não creia que gritando me cala.
CRESPINO (*da sapataria*): Mulheres, que que há? Sempre brigando!
JOANINHA: Vou explodir! Dá uma vontade de quebrar a roca na cara dela! (*Senta e fia.*)
SUSANA: A moça provoca e ninguém pode lhe responder.
CRESPINO (*trabalhando*): Está furiosa de novo, Joaninha?
JOANINHA (*fiando*): Furiosa, eu?
SUSANA (*irônica*): Ela é pacífica, muito calminha mesmo.
JOANINHA: Menos quando se metem na minha vida, me puxam pelo cabelo, me dão com a porta na cara e me dizem uns absurdos.

Susana resmunga.

CRESPINO: Sou eu quem te diz absurdos, meu amor? Quem se mete na sua vida, sou eu?
JOANINHA (*fiando*): Não estou falando contigo.
SUSANA (*a Crespino*): Não é contigo. É comigo.
CRESPINO: Mas que coisa. Não dá para ficar em paz nesta vila? Somos quatro gatos pingados...
JOANINHA: Mas há umas más línguas... gente metida.
CRESPINO: Chega agora, se acalme um pouco.
SUSANA: Quem é metida? A moça insulta, mas ninguém pode reagir.
JOANINHA: Sei o que digo. Tenho meus "fundamentos".

SUSANA: Bem, se for assim, vou me calar.
JOANINHA: Melhor que dizer "despropósitos".
CRESPINO: Ela terá sempre a última palavra.
JOANINHA: Com certeza. A mim, não vão conseguir me calar, mesmo se me jogarem no fundo do poço.

Timóteo sai do palacete com bandeja e garrafas.

JOANINHA: Eu sou assim; quem não gosta, que me deixe em paz.
CRESPINO: Chega, meu amor. Tem gente.
TIMÓTEO (*à parte*): Tenho culpa se mertiolate não serve para desmaio? Só tenho isso. Não posso fornecer o que não tenho. Que pretensão! As damas querem achar no subúrbio todo tipo de conforto que há lá na cidade. Essências, óleos, xaropes! Pois eu não tenho. São bugigangas, remédios de charlatães. O essencial na medicina é isso aqui: álcool em gel e mertiolate. (*Entra na loja do boticário.*)
CRESPINO: Alguém deve estar doente na casa da viúva.
JOANINHA (*com desprezo*): Aquela joia de senhorita chamada Cândida.
SUSANA (*alto*): Pobrezinha, pobre senhorita Cândida!
CRESPINO (*a Susana*): O que se passou?
JOANINHA: Eu sei. Deu a louca nela.
SUSANA: Que louca. Eu que sei o que deu nela.
CRESPINO (*a Susana*): O quê?
SUSANA: Mas a moça aí (*indicando Joaninha*) sabe melhor que eu.
JOANINHA: Ora, eu? Sei de nada.
SUSANA: Sabe sim. A senhorita Cândida desmaiou e foi por sua causa!
JOANINHA (*furiosa*): Por minha causa? Eu hein? Olha a boca!
SUSANA (*faz sinal que vai silenciar*): Não dá para falar. Ela grita muito.
CRESPINO (*levanta*): Eu quero saber o que houve com a senhorita por causa de Joaninha.
JOANINHA (*furiosa*): Que absurdo! Veja bem o que vai dizer!!
SUSANA: Fique calma, vai, calminha.
CRESPINO (*a Joaninha*): Deixa ela falar!
JOANINHA (*a Susana*): Ela nem tem moral! Vai dizer o quê?
SUSANA: Não falo mais nada.
JOANINHA: Sabe o quê? Fale, então! Fale.
SUSANA: Não me obrigue…
JOANINHA: Tem decência? Tem "fundamentos"? Então, fale!
SUSANA: Ah, vou falar!
CRESPINO: Chega. Lá vem dona Gertrude. Não vamos gritar na frente dela.
JOANINHA (*entrando em casa*): Ainda vou pedir satisfação. Tu vais ver.

SUSANA (*à parte*): A moça quer que eu fale? Falarei! (*Senta e trabalha.*)
CRESPINO (*à parte*): Que confusão! Não entendi nada. (*Senta e trabalha.*)

Cena 3

Dona Gertrude, do sobrado, e os mesmos.

GERTRUDE (*a Joaninha*): Diga lá, moça, seu irmão está em casa?
JOANINHA (*caminhando*): Está sim, senhora.
GERTRUDE: Retornou da caça com o senhor Evaristo?
JOANINHA: Sim.
GERTRUDE: E onde eles estão agora?
JOANINHA: Sei lá. Passar bem (*Entra.*)
GERTRUDE (*à parte*): Que modos! Cada vez pior. (*Chamando.*) Crespino!
CRESPINO: Sim, senhora.
GERTRUDE: Você viu o senhor Evaristo?
CRESPINO: Para dizer a verdade, não vi.
GERTRUDE: Veja para mim se ele está almoçando no boteco.
CRESPINO: Vou ver e volto já. (*Entra no boteco.*)
SUSANA (*chamando*): Dona Gertrude!
GERTRUDE: O que deseja?
SUSANA: Uma palavra.
GERTRUDE: Você sabe onde está o senhor Evaristo?
SUSANA: Sei, sim senhora. Aliás, tenho muita coisa para lhe contar.
GERTRUDE: Será? Estou tonta. Que manhã atormentada! Você vai me explicar algo?
SUSANA: Aqui do lado de fora, não. Não são coisas para contar em público; estamos metidas com gente sem discrição, más línguas... Se quiser, vou até a sua casa.
GERTRUDE: Depois. Primeiro preciso achar o senhor Evaristo.
SUSANA: Se quiser, venha à minha casa então...
GERTRUDE: Pode ser, mais tarde. Preciso aguardar Crespino aqui.
SUSANA: Lá vem ele.

Crespino, saindo do boteco.

GERTRUDE: Então? Achou?
CRESPINO: Não, senhora. Esperavam-no para o almoço, mas não chegou.
GERTRUDE: Que estranho. No entanto, já voltou da caça.
CRESPINO: Voltou. Eu vi.

GERTRUDE: Onde se meteu?
SUSANA (*olha no café*): Não está tomando café.
CRESPINO (*olha na farmácia*): Nem está conversando com o boticário.
GERTRUDE: Procurem mais. A vila é pequena, hão de achá-lo.
CRESPINO: Com licença.
GERTRUDE: Se encontrar, diga que precisamos conversar com urgência. Espero por ele aqui na loja.
CRESPINO: Tudo bem.
GERTRUDE: Podemos ir agora. Estou curiosa. (*Entra na loja.*)
SUSANA: Ouvirá das boas.
CRESPINO: Mas que enredo mais atrapalhado. Só faltava o sumiço do seu Evaristo. Será aquele diabólico leque? Está comigo. Será que Coronato já percebeu que sumiu? Não tem como suspeitar de mim. Comprei vinho mais cedo, mas ele não estava no boteco. Coisas que acontecem. E não é que o leque estava largado bem em cima do tonel? Coincidência. Enquanto o rapaz destilava, peguei o leque. Imbecil quem o deixou em cima do tonel! Burrice! Coronato me perguntou depois: "Viu o leque?" Mas não sou burro a ponto de dizer "peguei". O que ele diria: "Roubou o leque!" Capaz! É tão babaca que seria capaz de me acusar disso! Vamos lá, agora, procurar o senhor Evaristo? Onde? Com o conde, não, ele está muito ocupado com o almoço de cortesia. No jogo, pode ser; temos seis ou sete pontos na vila, vou dar uma volta rapidinho. Só não entendi o que Susana disse; algo sobre Joaninha... enfim... será que me enganou de novo? O que vou fazer dessa vez? Terminar com ela? Não caio nessa não. Gosto demais daquela safadinha. Afinal é só um leque. (*Sai.*)

Cena 4

Limãozinho e os mesmos.

CRESPINO: Olá! Viu seu Evaristo?
LIMÃOZINHO: Ora, sou criado dele?
CRESPINO: Poxa, colega, só fiz uma pergunta. Não poderia estar tomando café?
LIMÃOZINHO: Se estivesse, você mesmo o viria.
CRESPINO: Limãozinho azedo.
LIMÃOZINHO (*avançando*): Maldição! Chega desse danado apelido.
CRESPINO: Venha, venha me pedir para remendar os seus sapatos furados! (*Sai.*)

LIMÃOZINHO: Até parece. Vou falar para ele que o senhor Evaristo está aqui atrás, no jardim? Todo contente e consolado. E me disse que não quer ser incomodado. Vou falar logo para aquele cara? Eu não. (*Chama.*) Ei, do boteco!
CORONATO: O que é?
LIMÃOZINHO: Seu Evaristo manda dizer ao barão que almoce, porque ele está ocupado e não vai vir mais não.
CORONATO: Diga que o recado chegou tarde. O barão já almoçou.
LIMÃOZINHO: Pois bem, vou dizer a ele. (*Afasta-se.*)
CORONATO: Escuta aqui, rapaz.
LIMÃOZINHO: Diga.
CORONATO: Por acaso você ouviu alguma coisa a respeito de um leque? Alguém achou?
LIMÃOZINHO: Eu não.
CORONATO: Se ouvir algo, me avise, por favor.
LIMÃOZINHO: Você perdeu um leque?
CORONATO: Estava comigo. Sumiu. Algum malandro entrou no boteco e levou; os bobocas dos meus empregados nem sabem me dizer quem veio buscar vinho. Se achar, me avisa, viu? (*Sai.*)
LIMÃOZINHO: Se achar... (*Sai.*)

Cena 5

O Conde na janela do boteco; e Limãozinho e Joaninha.

CONDE: A voz do Limãozinho! Aí, meu jovem.
LIMÃOZINHO: Senhor?
CONDE: Dois cafés dos bons para nós.
LIMÃOZINHO: Para nós quem, ilustríssimo?
CONDE: Para mim.
LIMÃOZINHO: Dois cafés para o conde?
CONDE: Um para mim e um para o senhor barão.
LIMÃOZINHO: É para já. (*À parte.*) Já que é o senhor barão que paga, vou servi-lo. (*Afastando-se.*)
JOANINHA: Limãozinho!
LIMÃOZINHO: Até você me aborrece com esse apelido!
JOANINHA: Ué. Não chamei de rabanete nem de abóbora nem de berinjela ou de pepino!
LIMÃOZINHO: Mais alguma coisa?

JOANINHA: Vem cá, o seu Evaristo está lá dentro ainda?
LIMÃOZINHO: Lá onde?
JOANINHA: Foi tomar café. Ele me disse.
LIMÃOZINHO: Onde?
JOANINHA: Ué, quem é que faz café aqui na vila? Limãozinho!
LIMÃOZINHO: Está vendo ele? Eu não.
JOANINHA: Não se faça de tolo. No jardim...
LIMÃOZINHO: Não sei de jardim nenhum. (*Entra no café.*)
JOANINHA: Que cabeção! Se eu tivesse a minha roca comigo, dava-lhe na cachola. E há quem diga que eu sou grosseira. Eu! Todo mundo grita comigo, zomba de mim, maltrata. Aquelas madames lá de cima, essa metida aqui embaixo; e os homens todos, Moracchio, Coronato, Crespino, até esse moço Limãozinho, que sejam malditos todos. Bandidos.

Cena 6

Evaristo saindo do café, alegre, e a mesma.

EVARISTO (*a Joaninha*): Olha aqui, Joaninha. Sorte a minha.
JOANINHA: Quer dizer o que, sorte a minha?
EVARISTO: Sou o homem mais feliz do mundo. Te encontrei!
JOANINHA: Muito bem, bravo, bravíssimo, me encontrou. Só espero que alguém pague por tudo que eu tive que aguentar.
EVARISTO: Você tem toda razão. Fofocaram de ti e te maltrataram injustamente! Escuta, Cândida foi informada de que eu te dei o leque. Ela imaginou que eu tivesse comprado o leque para ti desde o começo e ficou ciumenta. Por isso te maltratou.
JOANINHA: Ciumenta de mim?
EVARISTO: Exatamente.
JOANINHA (*em direção ao sobrado*): Ah, senhorita! Vá tomar banho!
EVARISTO: Para se vingar, ela ia casar com o senhor barão! Quando me viu, eu voltando da caça, desmaiou. Fiquei um tempo tonto, desesperado, sem saber o que fazer e fui tomar café. Finalmente a tia saiu de casa. Foi a minha sorte! Cândida desceu, eu trepei no muro, me joguei aos pés dela, chorei, rezei, jurei, supliquei e pronto. Consegui! Ganhei! É minha! Não há mais impedimento ao nosso casamento. Minha para sempre!
JOANINHA (*irônica*): Oba! É sua e sempre será.
EVARISTO: Falta só uma coisinha.

JOANINHA: Que coisinha?
EVARISTO: O leque.
JOANINHA: O quê?
EVARISTO: Trata-se de provar tudoque eu disse, entende? Salvar a minha reputação. A evidência é o leque. Tenha juízo, tenha critério, devolva o leque.
JOANINHA: Senhor, não dá.
EVARISTO: Ora, vamos, sei que é difícil. Dei-lhe de presente. Não o pediria de volta se não me encontrasse nessa extrema necessidade! Juro que compro outro leque para você, Joaninha, muito mais bonito. Mas aquele lá que eu lhe dei antes, pelo amor de Deus, devolva.
JOANINHA: Senhor, não dá porque não o tenho mais.
EVARISTO: Joaninha, escute, trata-se da minha vida, da minha honra e da sua também!
JOANINHA: Digo e repito com todas as letras, que não há mais leque!
EVARISTO: O que você fez com ele?
JOANINHA: Os homens souberam que eu ganhei um leque e me atacaram como três cachorros brabos.
EVARISTO: Quem?
JOANINHA: Meu irmão.
EVARISTO (*correndo em direção à casa*): Moracchio!
JOANINHA: Não ficou com ele não.
EVARISTO (*batendo os pés*): Quem mais?
JOANINHA: Crespino.
EVARISTO (*corre até o café*): Crespino! Cadê você?
JOANINHA: Volte aqui, escute…
EVARISTO: Estou confuso.
JOANINHA: Não ficou com ele tampouco.
EVARISTO: Ficou com quem? Diga logo!
JOANINHA: Ficou com aquele metido do Coronato.
EVARISTO: Coronato? (*Correndo para o boteco.*) Coronato!
CORONATO: Senhor, estou aqui.
EVARISTO: Chega de brincadeira. O leque, dá para mim.
CORONATO: Que leque?
JOANINHA: O meu leque. (*Apontando para Evaristo.*) É dele!
EVARISTO: Força, devolva. Sem perder tempo.
CORONATO: Lamento muito.
EVARISTO: O quê?
CORONATO: Sumiu.
EVARISTO: Sumiu?

CORONATO: Deixei em cima do tonel. Quando lembrei, não estava mais lá, alguém levou.
EVARISTO: Pelo amor de Deus. Ache-o!
CORONATO: Já procurei por toda parte.
EVARISTO: Dez, vinte, trinta moedas. Dou tudo que tenho. Quanto ouro você quer?
CORONATO: Sumiu!
EVARISTO: É o fim.
CORONATO: Lamento, mas não posso ajudar. (*Sai.*)
EVARISTO (*a Joaninha*): Por sua causa, acabou a minha vida de vez. O meu mundo desmoronou e a culpa é sua....
JOANINHA (*furiosa*): Minha? Ah, de novo não. Eu tenho culpa de quê?

Cena 7

Cândida, na sacada, e os mesmos.

CÂNDIDA: Evaristo!
EVARISTO (*à parte*): Pronto, lá vem ela, é o fim.
JOANINHA (*à parte*): O mundo dele desmorona por causa de um leque?
CÂNDIDA: Evaristo!
EVARISTO: Minha dileta, sou o homem mais desesperado e mais inconsolável...
CÂNDIDA: O leque sumiu?
JOANINHA (*à parte*): Nossa! Adivinhou.
EVARISTO: É muita coincidência! Alguém pegou e não se sabe quem. Essa, infelizmente, é a verdade.
CÂNDIDA: Sei.
EVARISTO: O quê? Sabe o que, amada Cândida? Qualquer indício...
CÂNDIDA: Sei que o leque está nas mãos da pessoa à qual você o deu. Essa pessoa não quer devolver e está certíssima.
JOANINHA (*a Cândida*): Está falando de mim? Não é verdade. Eu...
CÂNDIDA: Silêncio.
EVARISTO: Não é verdade! Eu juro...
CÂNDIDA: Por mim, já chega. O que me espanta é que você me obrigou ao confronto com essa moça suburbana. (*Sai.*)
JOANINHA (*gritando atrás dela*): Ei, qual é o problema em eu ser suburbana?
EVARISTO: Eu juro que vou morrer. (*A Joaninha.*) Dependia tudo de você. Por sua causa, olha agora o desespero.

JOANINHA: Quanta besteira, senhor.
EVARISTO: É o fim. Ela já se foi. Eu vou ter que decidir o que faço. Vou aguardar aqui o Barão e vamos deixar que as armas decidam. Se ele morrer, tudo bem; se não, terei de morrer eu mesmo. Por sua causa...
JOANINHA: Muita tolice de uma boca só. Vou embora para minha casa. (*Se afasta.*)
EVARISTO: Ai! Que dor no peito. A paixão me oprime. Estou sem ar, o pé vacila, os olhos piscam. Todo mundo foi embora! Morro, gente. Alguém me ajuda? (*Deixa-se cair na cadeira do café.*)
JOANINHA (*vê Evaristo cair*): Será que vai morrer mesmo? Socorro! Moracchio! Ei, do café!

Cena 8

Limãozinho saindo do café, com duas xícaras de café. Moracchio sai correndo de casa para socorrer Evaristo. Seguem-no Crespino, Timóteo e o Conde.

CRESPINO: Oh, até que enfim achei o senhor Evaristo. Está tudo bem?
JOANINHA: Precisa de água.
CRESPINO: Precisa de vinho.
LIMÃOZINHO: Serve um café?
MORACCHO: Ânimo, seu Evaristo. Queres ir à caça amanhã?
JOANINHA: A caça dele agora é outra. Está apaixonado. Diz um monte de besteiras e despropósitos!
TIMÓTEO (*da farmácia*): O que se passa?
JOANINHA: Venha, tem outro que está passando mal.
TIMÓTEO: Hoje é meu dia.
JOANINHA: Desmaiou!
TIMÓTEO: Então, mertiolate não serve. Acabo de ler isso na enciclopédia. Preciso sangrá-lo.
MORACCHIO: E você sabe fazer isso?
TIMÓTEO: Em caso de necessidade, me viro. (*Retorna à farmácia.*)
JOANINHA: O tratamento, isso sim que vai acabar com ele.
CRESPINO (*saindo do boteco com uma garrafa de vinho*): Pronto, um vinho bom de cinco anos vai fazê-lo acordar...
JOANINHA: Parece que já está acordando.
CRESPINO (*bebendo*): Este vinho levanta até os cadáveres.
MORACCHIO: Ânimo!

TIMÓTEO (*da farmácia, com uma faixa de gaze e uma navalha*): Cheguei. Tirem a roupa dele!
MORACCHIO: A navalha é para quê?
TIMÓTEO: Em caso de necessidade, substitui um bisturi.
CRESPINO: Vai sangrá-lo com navalha?
JOANINHA: Não falei? O tratamento vai matá-lo.
EVARISTO (*patético*): Alguém quer me matar... socorro...
JOANINHA: É só o boticário.
TIMÓTEO: Sou homem de bem, não quero matar ninguém. Em caso de necessidade, faço o que posso do jeito que sei fazer. (*À parte.*) Me chamem outra vez para cuidar de alguém, e eu não vou mais não. (*Retorna à farmácia.*)
MORACCHIO: Quer entrar na minha casa, seu Evaristo? Temos uma cama onde poderá descansar.
EVARISTO: Pode ser.
MORACCHIO: Me dê o braço. Força!
EVARISTO (*caminha amparado por Moracchio*): Vida miserável. Que acabe logo!
MORACCHIO: Estamos na porta. Vamos!
EVARISTO: Piedade inútil. Quero morrer. (*Entra.*)
JOANINHA (*à parte*): Quer morrer? É só pedir que volte o boticário.
MORACCHIO: Joaninha! Venha arrumar a cama.

Joaninha se encaminha para entrar em casa.

CRESPINO: Joaninha!
JOANINHA: O que é?
CRESPINO: Estou vendo que tu tens coração muito mole para com aquele senhor.
JOANINHA: É o mínimo. Ele diz que sou a causa da desgraça dele. Eu e você e aquele maldito leque que sumiu. (*Sai.*)
CRESPINO (*à parte*): Já ouvi falar desse leque um milhão de vezes. Não vou devolver não, não tenho culpa de nada. A culpa é do metido do Coronato; ele que se meteu contra mim e não quer deixar eu casar com a Joaninha. Será que devo deixar o leque no chão? Aqui, lá, em qualquer canto. E se alguém pisar nele e quebrar? Tenho que me livrar dele. Diz o ditado: "não quer ser lobo, não vista a pele". Quero conservar a pele que tenho. (*Caminha até seu escaninho, pega o leque.*)
LIMÃOZINHO: E o ...
CONDE (*saindo do boteco*): Açúcar... (*Pega um pedacinho de açúcar e enfia na boca.*) Para o resfriado.

LIMÃOZINHO: A garganta, quer dizer?
CONDE: O quê?
LIMÃOZINHO: Açúcar faz bem para a garganta. (*Sai.*)

Conde passeia contente e saciado.

CRESPINO (*à parte*): Deixe-me ver.... lá naquele canto é melhor. (*Avança com o leque.*)
CONDE: Salve, Crespino.
CRESPINO: Senhor ilustríssimo.
CONDE: Arranjou os meus sapatos?
CRESPINO: Amanhã estarão prontos. (*Deixa entrever o leque.*)
CONDE: O que é que você tem aí?
CRESPINO: Uma coisinha que catei no chão, perto da estalagem.
CONDE: Deixa ver.
CRESPINO: À vontade. (*Dá-lhe o leque.*)
CONDE: Olha, um leque. Alguém que passou por ali deve ter deixado cair. O que pretende fazer com esse leque?
CRESPINO: Eu? Não faço ideia.
CONDE: Está pensando em vender?
CRESPINO: Vender, não. Nem sei quanto custaria. O senhor saberia?
CONDE: Vejamos. Tem desenhos. Mas um leque achado ao lado da estalagem não pode valer muito.
CRESPINO: Que pena, adoraria que fosse de grande valor.
CONDE: Para lucrar bem?
CRESPINO: Não, senhor. Para ter o prazer de presentear vossmecê ilustríssimo com algo precioso.
CONDE: Quer me dar esse leque?
CRESPINO: Entretanto, não deve ser coisa digna de sua condição...
CONDE: Olha, tem seu mérito. É bonitinho. Eu agradeço, meu caro. Não deixarei de usar minha influência ao seu favor. (*À parte.*) Vou empacotar e dar para alguém que, assim, vai ficar me devendo.
CRESPINO: Só peço um favor em troca.
CONDE (*à parte*): Ah, sabia. Essa gente não faz nada sem ser por interesse. (*A Crespino.*) Que favor?
CRESPINO: Por favor, não diga a ninguém que fui eu que lhe dei.
CONDE: Só isso?
CRESPINO: Só.
CONDE (*à parte*): É modesto. (*A Crespino.*) Se não quiser mais nada... Mas, vem cá, por que não quer que eu diga que o recebi de ti? Será que o roubou?

CRESPINO: Perdoe-me, senhor ilustríssimo, não sou capaz disso.
CONDE: Mas qual a razão de não querer que se saiba que me deu o leque? Se você o achou e o dono não o reclama, não há motivo.
CRESPINO: Ora, tenho um motivo meu.
CONDE: Qual?
CRESPINO: Tenho uma namorada.
CONDE: Sei muito bem. É Joaninha.
CRESPINO: E se Joaninha souber que eu tive nas mãos este leque e não lhe dei, ela vai levar a mal.
CONDE: Aí está. Fez bem em não doar esse objeto para ela. Veja, leque não é para uma moça camponesa. (*Guarda o leque.*) Não direi a ninguém que o recebi das suas mãos. Falando nisso, como está o seu combinado com a Joaninha? Ela vai querer casar com você?
CRESPINO: Confesso que eu gostaria muito. Casaria com ela, de verdade. Mas...
CONDE: Não duvide. Se você quiser, faço com que se casem hoje à tarde.
CRESPINO: Eu quero!
CONDE: Viu quanto vale a minha amizade?
CRESPINO: Mas, estava dizendo que Coronato a quer também.
CONDE: Coronato é um tolo. Joaninha gosta de ti?
CRESPINO: Muito.
CONDE: Então, está certo. Deixa comigo, que eu resolvo isso usando a minha influência.
CRESPINO: Mas, e o irmão dela?
CONDE: Irmão? Ora, o que tem a ver o irmão! Se ela ficar contente com o marido, o irmão vai se meter? Deixe comigo, jovem.
CRESPINO: O senhor é bom demais.
CONDE: Vou te proteger.
CRESPINO: Vou terminar o serviço nos seus sapatos.
CONDE: Fala baixo. Sabe... eu precisava de um par de sapatos novos.
CRESPINO: Eu faço novinhos!
CONDE: Quero pagar, hein! Minha proteção não está à venda.
CRESPINO: Ora, se for só um par de sapatos!
CONDE: Vá, vá trabalhar.
CRESPINO: Estou indo. (*Se afasta em direção ao escaninho.*)

Conde extrai o leque e devagar o examina.

CRESPINO: Caramba. Esqueci que Dona Gertrude me pediu para encontrar o senhor Evaristo e eu o encontrei aqui meio morto e não avisei que estava sendo procurado. Eu poderia ir lá avisá-lo agora, mas não quero entrar lá, por causa do Moracchio. Vou fazer o seguinte: vou falar para Dona Gertrude que vi Evaristo entrar com Joaninha na casa dela. Me parece o melhor a fazer. (*Entra na loja de Susana.*)

CONDE (*observando o leque*): Não passa de um simples leque. O que poderia valer? Cinco, seis moedas. Se fosse mais valioso, eu poderia presentear a senhorita Cândida, que hoje mais cedo quebrou o dela. Por que não, aliás? Não é tão mal assim.

JOANINHA (*pela janela*): Cadê o Crespino? Aonde terá ido a essa hora?

CONDE: As figuras são mal pintadas, mas não são feias.

JOANINHA: Veja só! O famigerado leque na mão do conde. Rápido, vou avisar seu Evaristo. (*Sai.*)

CONDE: Bem, presente não se recusa. O que fazer com este leque, vou ver ainda.

Cena 9

Barão saindo do boteco e Conde, depois Toninho.

BARÃO: Amigo! Deixou-me à mesa sozinho.

CONDE: O senhor não me dava mais conversa.

BARÃO: Não consegui sossegar. Diga-me, podemos tentar rever aquelas damas?

CONDE: Tive uma ideia. Vou lhe dar um presente, que poderá repassar para a senhorita Cândida.

BARÃO: Que presente?

CONDE: Meu amigo, lembra que hoje mais cedo ela quebrou o leque?

BARÃO: Me foi dito algo assim; é verdade então.

CONDE: Eis um leque. Vamos lá visitá-la e você poderá entregar em mãos. (*Dá o leque ao Barão.*) Veja, não é feio.

BARÃO: Quer que eu...

CONDE: ... o ofereça em seu nome. Deixo-lhe todas as vantagens.

BARÃO: Aceito. Mas permita-me perguntar quanto custa.

CONDE: Não tem importância.

BARÃO: Tem sim, pois vou reembolsar o valor.

CONDE: Que ideia! O senhor me deu aquelas pistolas.

BARÃO: Quanta generosidade a sua. Não sei como agradecer. (*À parte.*) Onde diabo terá achado isso? Não acredito que o tenha comprado.

CONDE: Que me diz, caríssimo? Não é mesmo uma coisa fina? Não veio a propósito? Sou um sujeito previdente. Sei perfeitamente o que precisa

em certas ocasiões. Tenho um quartinho repleto de lisonjas para senhoras como essa. Vamos, sem perder um minuto. (*Corre e bate na porta do sobrado.*)
TONINHO (*da sacada*): Sim?
CONDE: Podemos visitar as damas?
TONINHO: Dona Gertrude não está em casa. A senhorita Cândida está no quarto e descansa.
CONDE: Logo que ela sair do quarto, me chame.
TONINHO: Tá bem.
CONDE: Ouviu?
BARÃO: Esperamos. Tenho que escrever uma carta. Sentarei no boticário. Se o senhor quiser me acompanhar...
CONDE: Não gosto de entrar naquele antro. Escreva a carta, enquanto eu fico aqui aguardando que o criado chame.
BARÃO: Muito bem. Ao menor sinal, estarei do seu lado.
CONDE: Confie em mim.
BARÃO (*à parte*): Confio pouco nele, menos na tia e menos ainda na sobrinha. (*Afasta-se em direção ao boticário.*)
CONDE: Vou me entreter com meu livro. Minha preciosa antologia de maravilhosas fábulas. (*Tira o livro da sacola e senta-se.*)

Cena 10

Evaristo saindo da casa de Joaninha, e o mesmo.

EVARISTO (*à parte*): O senhor conde ainda está por aqui! Nem sei como caí no sono, no meio de tantas aflições. Tão perturbado, cansado e acabado que eu estava. Mas agora, sinto-me bem melhor. A esperança de recuperar o leque... (*Ao Conde.*) Senhor conde, meus cumprimentos.
CONDE (*lendo com interesse*): Ao seu dispor.
EVARISTO: Permite? Preciso falar-lhe um instante.
CONDE (*lendo*): Já, já. Disponha!
EVARISTO (*olhando para todo lado no corpo do Conde, para ver onde guardou o leque. À parte.*): Não estando ele com o leque na mão, nem sei por onde iniciar a conversa.
CONDE (*levantando, e guarda o livro*): Sou todo ouvidos. Em que posso ajudar?
EVARISTO (*olhando*): Desculpe incomodar.
CONDE: Não é nada, vou deixar para terminar a minha leitura em outra oportunidade.

EVARISTO (*olhando*): Não gostaria que o senhor me julgasse intrometido.
CONDE: O que está olhando? (*Olha para si.*) Estou sujo?
EVARISTO: Me perdoe. Disseram-me que o senhor tem um leque.
CONDE: Um leque? (*Perturbado.*) É seu?
EVARISTO: Sim, senhor, era meu; o perdi.
CONDE: Entretanto, haja leques neste mundo. Como é que sabe que o que estava comigo é o mesmo que o senhor perdeu?
EVARISTO: Se o senhor fizesse a gentileza de me mostrar...
CONDE: Amigo! Chegou tarde.
EVARISTO: Tarde?
CONDE: O leque já não está comigo.
EVARISTO (*aflito*): Não?
CONDE: Dei de presente para uma pessoa.
EVARISTO (*animado*): Ah, sim... qual pessoa?
CONDE: Isso é o que não vou falar para você.
EVARISTO: Senhor conde, preciso mesmo recuperar esse leque; o senhor vai falar, sim.
CONDE: Não direi nada. Não pode me forçar...
EVARISTO (*exaltado*): Juro que vou fazer você falar!
CONDE: Olha lá! Perdeu o respeito?
EVARISTO: Conde, não está se portando bem.
CONDE: Tenho aqui um par de pistolas carregadas. Disponha.
EVARISTO: Não estou nem aí com suas pistolas. Devolva o meu leque.
CONDE: Que pouca vergonha! Tanto barulho por uma porcaria de leque que não vale um tostão furado.
EVARISTO: Tostão furado ou não, para mim é valiosíssimo e o senhor nem imagina o quanto eu daria para reavê-lo. Aliás, imagine. Eu daria... cinquenta moedas. De ouro.
CONDE: Cinquenta! De ouro!
EVARISTO: Juro. Devolva o leque e eu lhe darei cinquenta moedas de ouro.
CONDE (*à parte*): Diabos, deve ter sido pintado por Ticiano! Por Rafael!
EVARISTO: Vamos, conde. Faça esse favor para mim.
CONDE: Verei o que posso fazer.
EVARISTO: Se a pessoa à qual o senhor deu o leque quiser trocar o presente pelas cinquenta moedas, disponha.
CONDE: Eu ficaria injuriado com uma troca tão venal.
EVARISTO: Talvez a pessoa não se ofenda.
CONDE: A pessoa iria ofender-se como eu mesmo, e até mais. Amigo, fico sem jeito. Vai ser difícil.

EVARISTO: Veja se assim é melhor, conde. Esta tabaqueira é de ouro, só o peso vale cinquenta moedas, sem contar o feitio, que dobra o valor. Em troca do leque, pode dar a caixinha. Pegue. (*Dá a caixinha ao Conde.*)

CONDE: Há diamantes encravados naquele leque? Não reparei.

EVARISTO: Não vale nada, como o senhor disse, mas para mim é precioso.

CONDE: Vou ver o que posso fazer.

EVARISTO: Peço, rogo, suplico e juro. Ficarei imensamente grato.

CONDE: Espere aqui. (*À parte.*) Estou confuso. (*A Evaristo.*) Farei tudo o que posso para satisfazer o seu desejo. Posso oferecer mesmo essa tabaqueira em troca?

EVARISTO: Pode. Fique à vontade.

CONDE: E se a pessoa me devolver o leque e não quiser ficar com a tabaqueira?

EVARISTO: A tabaqueira é sua, faça o uso que preferir dela.

CONDE: Certeza?

EVARISTO: Absoluta.

CONDE: Aguarde um momentinho. (*À parte.*) O senhor Barão é meu amigo. Se fosse trocar o leque por cinquenta moedas, ele não aceitaria, mas por uma tabaqueira dessas? Que presente mais suntuoso. Coisa de fidalgo...

EVARISTO (*à parte*): Para me justificar aos olhos daquela mulher adorada, eu até verteria meu sangue, se fosse preciso.

Cena 11

Crespino saindo da loja, os mesmos; depois Joaninha.

CRESPINO (*à parte*): Lá está ele. (*A Evaristo.*) Senhor, boa tarde. Dona Gertrude deseja falar com o senhor. Está na loja e pede-lhe se não se incomoda em ir até lá. O espera.

EVARISTO: Diga-lhe que irei conversar com ela, só peço que me aguarde um momento, pois espero por uma pessoa que tenho urgência de encontrar. Logo depois, vou estar à disposição.

CRESPINO: Muito bem, senhor. Como está? Melhor?

EVARISTO: Graças a Deus. Bem melhor.

CRESPINO: Que alívio. E Joaninha, está bem?

EVARISTO: Creio que sim.

CRESPINO: É uma boa moça, Joaninha.

EVARISTO: É sim, e sei que ela gosta muito de você.

CRESPINO: Eu também gosto dela, mas...
EVARISTO: Mas o quê?
CRESPINO: É que me disseram certas coisas...
EVARISTO: Certas coisas ao meu respeito?
CRESPINO: Sim senhor. Para ser franco.
EVARISTO: Eu sou um homem respeitável e Joaninha é uma moça honesta. Entenda isso. O resto e o que se diz por aí não tem importância.
CRESPINO (*à parte*): Que bom. Eu sabia, mas tem gente por aí que gosta de falar mal dos outros...

Conde sai da loja do boticário.

EVARISTO (*a Crespino*): Diga a dona Gertrude que chego em um instante.
CRESPINO: Sim senhor. (*Afasta-se, passando ao lado do Conde.*) Lembre-se de mim, quanto a Joaninha.
CONDE: Deixa comigo! Vai dar tudo certo! Hoje mesmo!
CRESPINO: Não vejo a hora. (*Entra na loja.*)
EVARISTO: Então, senhor conde?
CONDE (*mostra-lhe o leque*): Eis aqui.
EVARISTO (*pegando o leque com fúria*): Até que enfim!
CONDE: Veja se é mesmo o seu.
EVARISTO: É sim, é o leque que comprei hoje mais cedo.
CONDE: O que faço da tabaqueira?
EVARISTO: Fique com ela e não se fala mais nisso. Até já! (*Correndo, entra na loja.*)
CONDE: Impressionante. Julguei ser um leque de pouco valor e, pelo contrário, ele é tão valioso! Fiz uma troca muito conveniente! (*Observa admirado a tabaqueira.*) Evaristo não quis que eu devolvesse. O senhor barão talvez ficasse, se eu fosse oferecê-la, mas digamos que preferi não oferecer nada. Ele se aborreceu quando lhe pedi o leque de volta. Então, disse-lhe que eu mesmo iria oferecê-lo em seu nome e se acalmou. Minha ideia é a seguinte: vou comprar outro leque, mais barato, que fará a mesma figura.
CRESPINO (*retornando da loja*): Fim da minha missão. Dona Gertrude foi atendida. Conde, tenho chances pra hoje ainda, então?
CONDE: Já disse que sim. Chances grandes! Hoje é meu dia de sorte. Tudo flui que é uma beleza.
CRESPINO: Tomara que flua para mim também!
CONDE: Vamos logo. Aguarde. (*Chamando.*) Joaninha!
JOANINHA (*de casa*): O que? (*Ao ver que é o conde, furiosa.*) O que deseja?
CONDE: Não se exalte. Quero o seu bem. Quero que se case!

JOANINHA: E eu lá preciso do senhor para casar-me?
CRESPINO (*ao Conde*): Viu?
CONDE: Me dá um tempo. (*A Joaninha.*) Eu disse que quero que você se case do meu jeito.
JOANINHA: E eu digo que não quero.
CONDE: O meu jeito é que você se case com Crespino.
JOANINHA (*contente*): Ah. Crespino?
CONDE: Hein? O que diz agora?
JOANINHA: Digo sim, com todo o coração.
CONDE (*a Crespino*): Viu? O efeito da minha influência?
CRESPINO: Sim, senhor, vejo.

Cena 12

Moracchio de dentro de casa, e os mesmos.

MORACCHIO: O que está acontecendo aqui?
JOANINHA: Ui, por que se mete?
CONDE: Moracchio! A sua irmã Joaninha vai casar sob a minha proteção.
MORACCHIO: Se for assim, fico contente, e a minha irmã deverá concordar por bem ou por mal.
JOANINHA: Se for assim, concordo.
MORACCHIO: Melhor assim.
JOANINHA: E para provar que fico contente, dou a minha mão a Crespino.
MORACCHIO (*aflito*): Mas, senhor conde?
CONDE (*calmo*): Deixa comigo.
MORACCHIO: Conde, o senhor prometeu a Coronato.

Cena 13

Coronato de dentro do boteco, e os mesmos.

CORONATO: Quem me chama?
MORACCHIO: Chegue logo. O conde decidiu com quem a minha irmã vai casar.
CORONATO (*inquieto*): Como assim?
CONDE: Eu sou um homem de bem, um cavaleiro razoável, um protetor justo. Joaninha não te quer. Não posso, não devo e nem quero forçá-la.

JOANINHA: Conde, falou bem. Eu disse e continuo dizendo. Vou me casar com Crespino mesmo que o mundo inteiro seja contra.
CORONATO (*a Moracchio*): E você, vai ficar calado?
MORACCHIO (*a Coronato*): E você, vai ficar quieto?
CORONATO: Pra mim, chega. Quem não me quer, não me merece.
JOANINHA: Assim diz o povo.
CONDE (*a Crespino*): Viu só? Eis o efeito da minha influência! Tudo fluindo!
CORONATO: Conde, lembre-se dos dois tonéis de vinho. Está me devendo...
CONDE: Me traga a conta que eu pago. (*Tira a tabaqueira do bolso e pega tabaco.*)
CORONATO (*à parte*): Com uma tabaqueira dessa, não deixará de pagar-me.
MORACCHIO (*a Joaninha*): Afinal, você arranjou tudo do seu jeito.
JOANINHA: Parece que sim.
MORACCHIO: Não se arrependa.
CONDE: Caso se arrependa, estará sob a minha proteção.
MORACCHIO: Mais pão, menos proteção. É o que queremos, conde. (*Sai.*)
CONDE: Então, para quando esse casamento?
JOANINHA: Pode ser agora.
CRESPINO: Para já.

Cena 14

Barão saindo do boteco, e os mesmos.

BARÃO: Então, senhor conde, viu a senhorita Cândida? Deu-lhe o meu presente? Não sei por que não me deixou a satisfação de lhe entregar pessoalmente o leque.
JOANINHA (*à parte*): Como? O leque não voltou às mãos do seu Evaristo?
CONDE: Infelizmente, ainda não estive com a senhorita Cândida. Quanto ao leque, tenho outros; acho melhor o meu amigo poder escolher um mais valioso. Olha aí, dona Gertrude.

Cena 15

Gertrude, Evaristo e Susana saindo da loja.

GERTRUDE (*a Susana*): Me faça o favor de pedir à minha sobrinha para que desça; diga a ela que precisamos conversar, que venha aqui.

SUSANA: Às ordens. (*Aproxima-se do sobrado, bate na porta, abrem, entra.*)
GERTRUDE: Não gostaria que os senhores entrassem na minha casa. Podemos conversar aqui embaixo.
CONDE: Mas, dona Gertrude, o senhor Barão e eu esperamos desde hoje mais cedo para fazer-lhe uma visita.
GERTRUDE: Obrigada, só que agora é a hora do nosso passeio. Tomaremos um pouco de ar fresco. Que lhes parece?
BARÃO: Já voltou, senhor Evaristo?
EVARISTO: Ao seu dispor.

Cena 16

Cândida e Susana do sobrado, e os mesmos.

CÂNDIDA: O que há, tia?
GERTRUDE: Quer dar uma caminhada?
CÂNDIDA (*à parte*): Aqui está aquele traidor do Evaristo.
GERTRUDE: Por que não traz um leque?
CÂNDIDA: Não lembra que quebrei o meu hoje de manhã?
GERTRUDE: Seria bom arranjar outro!
BARÃO (*baixo, ao Conde*): Essa é uma boa oportunidade para dar o presente!
CONDE (*baixo, ao Barão*): Em público? Nem pensar.
GERTRUDE: Senhor Evaristo, por acaso não teria um leque consigo?
EVARISTO (*mostra o leque, mas não o entrega*): Tenho este, senhora, ao seu dispor.

Cândida se vira para o outro lado, com despeito.

BARÃO (*baixo, ao Conde*): Olha, o leque!
CONDE (*baixo, ao Barão*): Caramba! Não é possível.
BARÃO (*baixo, ao Conde*): Cadê o outro? Ofereça agora.
CONDE (*baixo, ao Barão*): Agora, não.
GERTRUDE: Sobrinha, não quer aceitar a gentileza do senhor Evaristo?
CÂNDIDA: Não mesmo, tia. Não preciso.
CONDE (*baixo, ao Barão*): Vê? Ela não aceita presentes.
BARÃO (*baixo, puxando o casaco do Conde*): Me dá o leque. Dá!
CONDE (*baixo, ao Barão*): Me largue! Quer provocar outro duelo?
GERTRUDE (*a Cândida*): Posso saber por que não aceita o leque?
CÂNDIDA: Porque não foi destinado a mim. (*A Gertrude.*) Tia, não é conveniente nem para mim nem para a senhora que eu aceite.

GERTRUDE: Evaristo! Sua vez. Justifique-se.
EVARISTO: Gostaria muito que uma pessoa permitisse.
CÂNDIDA (*quer sair*): Licença.
GERTRUDE: Fique aqui, por favor. Estou mandando. (*Cândida fica.*)
BARÃO (*baixo, ao Conde*): Que cena é essa?
CONDE (*baixo, ao Barão*): Sei lá. Parece ensaiada.
EVARISTO: Dona Susana? Conhece este leque?
SUSANA: Sim, senhor. É o que o senhor comprou hoje mais cedo e eu, imprudentemente, achei que tivesse sido comprado para Joaninha.
JOANINHA: Gostei do "imprudentemente".
SUSANA: Admito que me enganei. Moça, aproveite para aprender como se presta testemunho. Sim, me enganei, mas não foi por má-fé, porque vi o senhor Evaristo dar o leque para Joaninha.
EVARISTO (*a Joaninha*): Joaninha, eu lhe dei o leque?
JOANINHA: Me deu e pediu que o entregasse à senhorita Cândida e eu tentei, mas ela me maltratou e não deixou nem falar. Mais tarde tentei devolvê-lo para o senhor e o senhor não quis; então eu dei para Crespino.
CRESPINO: Eu escorreguei, o leque caiu e Coronato pegou.
EVARISTO: Bem. Coronato, como saiu das suas mãos? Cadê o Coronato?
CRESPINO: Hein, não precisa chamar, pois eu posso explicar. Fui no boteco pra buscar vinho, encontrei o leque abandonado e peguei de volta.
EVARISTO: E o que fez com ele?
CRESPINO: Ofereci ao conde.
CONDE: Eu ofereci ao senhor barão.
BARÃO: Mas depois o pediu de volta...
CONDE: ... e o devolvi ao senhor Evaristo.
EVARISTO: Eis o leque enfim para ti, Cândida.

Cândida faz uma reverência e pega o leque toda feliz.

BARÃO (*ao Conde*): Que cena foi essa? Será que é o final já? Não gostei, fiquei com um papel ridículo. E a culpa é sua. (*Atracando-se com o Conde.*)
CONDE: Me ajude, senhor Evaristo! Socorro!
EVARISTO: Se acalmem, senhores. Não precisam duelar por isso. Aqui somos todos amigos. Aliás, meu amigo, me dê uma pitada daquele seu tabaco...
CONDE: Eu, por mim, me acalmo logo e não fico de mal com ninguém.
BARÃO: Mas eu, eu fico de mal.
GERTRUDE: Vamos, senhor barão...
BARÃO (*a Gertrude*): Até a senhora se divertiu às minhas custas.
GERTRUDE: Eu? Eu me comportei bem. Não faltei ao meu papel, pelo contrário, levei-o muito a sério. Escutei as suas falas, ofereci os seus

sentimentos à minha sobrinha, a gente ia fazer esse casamento com a satisfação de todos.

CONDE (*ao Barão*): Pois é, como eu disse.

BARÃO: Mas depois os senhores e as senhoras zombaram de mim! Eu fui enganado!

CÂNDIDA: Senhor barão, devo-lhe desculpas. Estava dividida entre duas paixões opostas; a vingança, querendo que eu fosse sua, e o amor, devolvendo o meu coração a Evaristo.

CONDE: Vê, caríssimo, que a culpa não é minha.

EVARISTO (*ao Barão*): Entretanto, se tivesse sido mais sincero comigo e não tão apressado em me roubar o amor de Cândida, você não estaria nesta situação.

BARÃO: Pois bem. Confesso a minha frenesia e admito a minha fraqueza. Mas não quero mais ver a cara interesseira deste senhor conde de araque! (*Sai.*)

CONDE: Ora, ora, entre nós senhores da nobreza, esses desentendimentos são comuns. Ele está sempre brincando comigo assim. Vamos pensar nos dois casamentos.

GERTRUDE: Entremos em casa e façamos uma única festa para deixar todos satisfeitos.

Cândida abana-se com o leque.

GERTRUDE (*a Cândida*): Até que enfim, ganhou o leque. Está feliz?

CÂNDIDA: Tão feliz que não consigo falar mais nada.

JOANINHA: Grande leque! Deu a volta em todos nós!

CÂNDIDA: Vem de Paris este *Leque*?

SUSANA: De Paris, como não. Certamente.

GERTRUDE: Olha a lua. Daqui a pouco é hora do jantar. Estão todos convidados. (*Aos comediantes.*) À saúde do autor que nos fez! E à saúde do público, quem nos deu o privilégio de compartilhar conosco estas horas.

Fim da comédia.

Antonio Dal Zotto, Monumento a Carlo Goldoni, *Campo San Bartolomeo, Veneza*, 1883.

Posfácio:
O TEATRO CÔMICO:
UMA POÉTICA EM AÇÃO[1]

Carlo Goldoni trabalhou como autor de teatro numa Veneza cuja pujança artística não tinha igual no período. A história do teatro veneziano é um fenômeno extraordinário: desde o final do século XVI, a cidade possuía uma rede de salas teatrais sem par na Europa, despertando espanto e admiração dos viajantes e diplomatas estrangeiros. No século XVIII, são cerca de treze as salas teatrais em atividade, um número impressionante para aqueles tempos, e pelo menos metade delas tinha temporadas simultâneas, ou seja, as salas concorriam umas com as outras. A lógica que regia essas salas era a empresarial – San Cassiano, o primeiro teatro comercial de Veneza, foi inaugurado em 1637 –, teatros, portanto, regidos por critérios econômicos, pressupondo ingentes investimentos e continuidade de iniciativas, bem como necessidade de lucro.

Essa enorme estrutura favoreceu a formação ali de um público amplo e diferenciado, que acompanhava os espetáculos.

[1] Este texto retoma as reflexões expostas no artigo "O *Teatro Cômico* de Carlo Goldoni ou a 'reforma' de um Iluminista", publicado na *Revista de Italianística*, n. XIX-XX, 2010.

É nesse quadro profissional que se afirma o mito teatral veneziano e sua primazia na Itália (e na Europa). A alta rotatividade do repertório, a diversidade e a qualidade das manifestações artísticas atraem para Veneza intérpretes da Itália toda, artistas e virtuoses dos mais renomados, os *capocomici* mais experientes e os empresários de maior iniciativa. Se, na Itália em geral, o teatro era reservado às cortes ou aos pequenos grupos da aristocracia, em Veneza, com uma despesa modesta, a burguesia rica dos negócios e empregos, ou a pequena burguesia dos ateliês, dos artesãos e o povo, podia se dar ao luxo de se acomodar no teatro bem ao lado de patrícios, embaixadores e hóspedes oficiais. E será precisamente a essa burguesia da qual provinha que Goldoni vai se dirigir mais e mais.

Nesse período, prevalecia nas salas teatrais o melodrama. O espetáculo cômico, a *Commedia dell'Arte*, ainda era encenada, mas a *improvvisa* parecia pertencer ao passado, tanto em termos de diversão (porque superada pelo melodrama) quanto de conteúdo (as tramas típicas e o tipo de atuação da *Commedia Italiana* pareciam agora, ao público, distantes da realidade). As máscaras ou tipos fixos estavam cada vez mais estereotipados e engessados, e os repertórios, mais repetitivos, assim como as cenas, mais vulgares. "Será a obra de Goldoni, que também significa a formação de um público burguês predisposto a novos gostos, a fazer aflorar o novo hábito social do teatro de prosa."[2] Fala-se no caráter teatral da própria cidade de Veneza. Pode ser que isso tenha contribuído para tornar a vida teatral da cidade fora do comum, mas a esse fator soma-se certamente a alta tolerância dos políticos da *República marinara* em relação às manifestações de cunho intelectual – à diferença do que ocorria em outros estados da península itálica.

Goldoni cultiva seu amor pelo teatro mergulhado nesse ambiente. Seu plano, para si e para o teatro, foi pioneiro. Ele não desejava ser um escritor de teatro (ou seja, um autor de

2   S. Ferrone, *Carlo Goldoni: Vita, opere, critica, messinscena*, p. 10.

peças destinadas à leitura ou à gaveta, raramente encenadas), mas, antes, um "poeta" de teatro, isto é, um autor de comédias vinculado por contrato a uma determinada companhia e a um empresário. Quer ser escritor de "poesia para ser encenada", quer dar dignidade à escritura de comédias, quer a "reabilitação [da comédia], à altura da tragédia e do melodrama"[3]. É um plano que, apesar de muitas idas e vindas, altos e baixos, acabou se realizando, tornando-o, assim, o primeiro comediógrafo profissional, no verdadeiro sentido da palavra. Sua decisão é inédita e ele sabe disso. Trata-se de algo que ele valoriza muito em suas *Mémoires*.

A partir do momento em que Goldoni decide deixar o ofício de advogado para se dedicar ao teatro, ele trabalha freneticamente (famoso é o compromisso que assumiu em 1750-1751 com a companhia do empresário Medebach: o de escrever nada menos que dezesseis novas comédias para a temporada teatral, que se estendia do começo de outubro até o último dia do Carnaval). Mas o autor veneziano começara a trabalhar para o teatro muito antes. As primeiras peças curtas datam de 1725, isto é, de ainda antes de ele se formar advogado. Aliás, em suas *Mémoires*, Goldoni – interessado tanto em registrar suas memórias e as de seu trabalho como em criar o mito de si mesmo – conta que sua paixão pelo teatro havia nascido muito cedo, no seio da família, porque o avô paterno costumava organizar apresentações teatrais em sua casa de campo. Hoje se sabe que isso teria sido impossível, já que o avô morrera quatro anos antes de Goldoni nascer. Mas esse fato mostra em que medida o autor considerava importante criar um mito sobre a sua figura.

Mitos à parte, podemos dizer, *grosso modo*, que, de 1731 a 1738, o autor estava em fase de conhecimento e aprendizagem dos mecanismos teatrais e ainda muito próximo do método compositivo da *Commedia dell'Arte*. Nesses anos, vemos Goldoni atuando, por exemplo, como consultor de alguns teatros,

[3] Ibidem, p. 22.

escrevendo libretos, tragédias e melodramas sérios, entreatos jocosos e farsas musicais (gêneros depois totalmente abandonados), até se tornar diretor artístico do Teatro Lírico de San Giovanni Grisostomo, em que permanece até 1741. De 1738 data a primeira peça digna de nota, *Mómolo Cortesão*. Goldoni redige por inteiro apenas o papel principal, deixando o resto do espetáculo – na mais pura tradição da *Commedia dell'Arte* – em forma de *canovaccio*, uma espécie de roteiro sumário para todas as personagens, que se valiam do tipo e da máscara para improvisar seus papéis. A peça é escrita em veneziano e em italiano, e costuma ser considerada o primeiro passo da reforma teatral goldoniana. Nela, vemos Pantalone, personagem da tradição anterior, se transformar de máscara ridícula em mercador honrado, embora mantendo alguns de seus traços tradicionais, como a idade, o ofício e o hábito de falar em veneziano.

Nosso autor está convencido da necessidade de uma mudança generalizada da comédia. O empenho que, à época, dedica a seu projeto só pode ser comparado ao trabalho de Molière. Embora tenha enfrentado a resistência dos atores, que não suportavam ter suas improvisações reduzidas, Goldoni prossegue amadurecendo seu projeto por quase dez anos e realiza suas mudanças gradualmente. Desse projeto ele se ocupará de 1748 a 1753, quando sua reforma estará completa; nesse período, dá inicio à publicação de sua obra teatral com o editor Bettinelli.

A partir dos *canovacci* preexistentes, deixados pelos grandes comediantes ou *capocomici* da *Commedia dell'Arte*, Goldoni passa a experimentar no palco as mudanças que considera necessárias. Ora os atores não estão dispostos a ceder, ora parte do público resiste, pois gosta das comédias à moda antiga; outras vezes são os intelectuais que questionam um homem como Goldoni, advogado e não homem de letras, querer ser o condutor de tal reforma. É importante salientar o método peculiar de trabalho de nosso dramaturgo. Se, no passado, eram intelectuais a, sentindo a necessidade de mudança, elaborarem e redigirem os termos das reformas dos teatros (que naturalmente não saíam do papel), Goldoni é, ao contrário, homem da prática: ele realiza sua reforma de dentro para fora, a partir dos bastidores, tendo a vantagem de poder observar na prática os efeitos das mudanças que propunha.

Para a reforma goldoniana, *O Teatro Cômico* é uma peça emblemática. "Uma poética em ação" – assim o autor a define em suas *Mémoires*. Ela foi a comédia que abriu a temporada de 1750, exatamente nos dias 5 e 6 de outubro. No ano seguinte, a peça foi publicada como introdução ao primeiro volume da edição Bettinelli de suas peças, com uma premissa que nos indica o caminho que o dramaturgo imagina e por onde está conduzindo seu teatro. Nessa peça, Goldoni indica o que deve ser feito, "encenando" o que não deve ser feito. Na prática, trata-se de um manifesto de poética em forma de espetáculo. Recorrendo ao teatro no teatro, o autor coloca em cena a companhia teatral do veneziano Horácio ensaiando pela manhã, num palco vazio, uma nova peça, *O Pai Rival do Filho*. Ao fazê-lo, vai revelando ao espectador os bastidores de sua própria vida como Autor que age no palco. Não é difícil reconhecer o original em carne e osso – um ator ou atriz que pertencia de fato à companhia Medebach, na qual Goldoni trabalhava – que inspira cada personagem; entre os quais o próprio Goldoni, reconhecível em parte na personagem do *capocomico*, o qual defende a necessidade de uma reforma radical da cena, desde a dramaturgia até detalhes da encenação e da produção. Outras personagens, como atores e atrizes, entre as quais um metido a poeta, defendem seus hábitos tradicionais, de modo que as discussões abrangem desde as regras da composição (como a unidade de ação) e os modos da atuação (como a improvisação) e acabam compactuando um arsenal de contrapreceitos, que são indicações válidas para a cena reformada: liberdade de escolha de ambiente, verossimilhança nas formas de vida social e na psicologia individual da personagem, recusa das fórmulas retóricas preestabelecidas. Enfim, a reforma goldoniana não se limita à intenção de dar dignidade literária ao gênero cômico pela substituição da improvisação por um texto redigido por inteiro. Ela exige uma experiência viva do teatro. Assim, os elementos do problema a ser resolvido se tornam a relação com os hábitos e os caprichos dos atores e com os gostos variáveis do público, considerando as exigências de caixa dos empresários, as convenções arraigadas, o perigo da censura etc. Goldoni é o único a perseguir um desenho reformista amplo, que se origina de sua experiência profissional direta de autor e encenador.

Em *O Teatro Cômico*, à medida que a ação se desdobra diante do espectador, Horácio, como diretor da companhia, vai apontando aos atores os velhos vícios da *Commedia dell'Arte*, ao mesmo tempo que aponta também o caminho para extirpá-los. Goldoni ilustra, dessa maneira, a aplicação de sua reforma teatral num jogo de espelhos que mostra cenicamente os principais objetivos a serem alcançados pelo teatro reformado: atores profissionais, cultos e dispostos ao estudo, verossimilhança das comédias, moralidade dos comediantes e dos textos a serem representados e assim por diante. A atriz Plácida, por exemplo, que representa a primeira namorada, afirma: "ninguém aguenta mais de tanto ver sempre as mesmas coisas e ouvir sempre as mesmas palavras; os espectadores sabem o que Arlequim vai dizer antes mesmo de ele abrir boca". Destaca-se desse modo o caráter engessado da *comédia de máscaras*. Por outro lado, há passagens que ilustram até a dificuldade para instaurar a reforma em seu conjunto.

Aos poucos, também as máscaras serão eliminadas. A última a desaparecer será a de Arlequim, cujos traços típicos resistem por muito tempo. Esse esvaziamento de dentro para fora das máscaras mostra que o projeto da reforma, embora simples e racional, não conheceria aplicação rápida. Goldoni sabia muito bem disso, e o afirma com todas as letras em *O Teatro Cômico*, quando o segundo namorado (Eugênio) pergunta: "Não poderíamos tirar as máscaras de nossas comédias de personagem?" Horácio-Goldoni responde: "Ai de nós se viéssemos com uma novidade dessas: ainda não chegou o tempo de fazer isso." Lidando com atores pouco propensos a mudar seu jeito de atuar, Goldoni, de forma inteligente e estratégica, percebe que a mudança necessária não consistia tanto em erradicar de vez a *Commedia dell'Arte*, e sim em aproveitar seus aspectos positivos – que, afinal, não eram poucos, se ela durava havia tanto tempo e se, além de gozar do consenso das cortes, fundara e exportara o gênero e sua organização, criando o primeiro teatro profissional do mundo – e em combater com firmeza os negativos, ditados pela certeza do sucesso, pelas fórmulas consagradas e possivelmente pela atitude histriônica dos atores.

Convém salientar que, ao retirar as máscaras, Goldoni introduz, em troca, densidade psicológica. A "poesia a ser representada" deve estar arraigada na sociedade. Nesse sentido, a "comédia de personagem" deve suplantar a *Commedia dell'Arte*. Em suas comédias, Goldoni tira personagens e episódios diretamente da realidade para que o público aristocrático e burguês possa extrair daí não apenas diversão, mas reflexão também. Exaltar as virtudes e depreciar os vícios é a sutil finalidade pedagógica da reforma teatral, perseguida sem moralismos aparentes, inserindo princípios e esquemas comportamentais abstratos em situações reais e vivas. Tem-se aí, ainda que isso não seja patente, um projeto ético-social guiado por uma intenção de restauração moral da sociedade e inspirado num iluminismo cauteloso. Goldoni parece desejar a possível conciliação entre as exigências da aristocracia e as da burguesia com vistas ao bem comum. Em especial a nobreza é convidada a lutar contra o ócio e a improdutividade e a acolher a laboriosidade e a capacidade empreendedora da burguesia.

Em *O Teatro Cômico*, portanto, desejando explicitar claramente suas razões para pessoas que certamente não teriam paciência ou vontade de ler a dissertação teórica, o autor exibe em cena todos os aspectos da *improvvisa* que precisavam ser reconsiderados. O expediente não é novo. A própria *Commedia dell'Arte* se valera dele ao recorrer ao metateatro para fins didático-expressivos, valendo-se da própria arte para divulgar seu manifesto poético. Exemplo disso são os prólogos dos *canovacci* de Flaminio Scala. A ideia era ir formando o espectador popular, que também surgia naquele momento e ainda não tinha certeza do papel que lhe cabia. Em outras ocasiões, o recurso será utilizado para responder à altura a críticos e detratores. Molière, por exemplo, o utilizou em *L'Impromptu de Versailles* para ilustrar suas ideias teóricas.

No século XX, o expediente do teatro no teatro, empregado por Luigi Pirandello, será portador de uma verdadeira revolução nas concepções da cena e nos modos da dramaturgia e da encenação.

Contudo, mesmo que não haja novidade no uso do recurso do teatro no teatro, o nome de Goldoni se fixa como ponto de virada fundamental na história do teatro italiano, justamente por causa da reforma cujo manifesto é este *Teatro Cômico*.

Há um dado curioso a sublinhar a propósito. Mesmo que, ao escrever a peça, Goldoni desejasse ilustrar sua visão de teatro em contraste com os métodos da *improvvisata*, é exatamente essa peça que batiza aquele mesmo fenômeno teatral que o autor pretendia reformar. A *Commedia dell'Arte* foi assim chamada pela primeira vez nesse texto do autor, e com esse nome permanecerá no imaginário coletivo e na história.

É importante salientar também o empenho do autor em delinear um retrato da realidade social da época, contemplando a nobreza, a burguesia e o povo. Para tanto, Goldoni recorre à verossimilhança e utiliza os costumes e a linguagem específica do "caráter" que está em cena. Além disso, muitas das questões de que tratam suas peças vinculam-se às discussões daqueles tempos, sempre sob uma óptica solidária às ideias iluministas e à renovação cívica. É preciso notar, no entanto (e esta costuma ser matéria um tanto esquecida), que, apesar de bastante ligados à realidade veneziana, os textos goldonianos têm um fôlego que ultrapassa as fronteiras locais e atingem em cheio a esfera europeia.

Quando a relação entre Goldoni e seu público começa a enturvar, a partir da década de 1760, insinua-se nele a dúvida, uma impossibilidade de reforma de um sistema social dominado por valores inautênticos e falsas necessidades. Aquela burguesia que deveria representar um modelo ético e comportamental parece cada vez mais encerrada em suas contradições internas: a parcimônia dos pais vira mesquinharia, o bom senso se transforma em impulso autoritário, o empreendedorismo econômico, em um desejo fútil de imitação dos hábitos frívolos dos nobres. Goldoni voltará sua atenção, por fim, para o universo popular, numa contemplação nostálgica de um mundo espontâneo e fora da história, impossível de ser reproduzido na realidade.

Até a temporada de 1752-1753, nosso autor honrou o contrato que o ligava ao empresário Medebach. Depois, mudou-se para o Teatro San Luca, de propriedade dos irmãos Antonio e Francesco Vendramin. Francesco, que administrava o teatro, quis arrematar aquele que era então o autor de maior renome na praça. Goldoni permaneceu ali até 1762, embora os conflitos fossem inúmeros, em especial porque Vendramin, bastante sovina e autoritário, barrava-lhe o caminho rumo a outras experiências profissionais. O sucesso de Goldoni, ademais, havia atiçado a rivalidade com outros comediógrafos, sobretudo com Pietro Chiari e Carlo Gozzi. Os atores continuavam a reivindicar maior autonomia, e até o público, sedento de novidades, começava a dar sinais de cansaço com o teatro "reformado". Mesmo naquele período, no entanto, não faltaram, entre boas comédias e trabalhos mais apressados, algumas obras-primas, como *Il campiello, Gli innamorati, I rusteghi* e a *Trilogia della villeggiatura, Le baruffe chiozzotte* e *Una delle ultime sere di carnevale*.

Em 1762, Goldoni deixa Veneza, aceitando o convite para dirigir o teatro da Comédie Italienne de Paris. Ali, as dificuldades logo se revelariam maiores do que ele imaginara, devido à resistência obstinada dos "comediantes da arte", que não tencionavam abrir mão de seus privilégios em prol do diretor. Além disso, o publico francês era desconfiado. Paris já tinha uma longa experiência de teatro cômico "reformado", com a reforma iniciada por Molière. Quando ia à Comédie, o público parisiense queria assistir a um teatro diferente, menos nobre do que aquele que a Comédie Française já encenava, e menos acadêmico também.

Os dois primeiros anos de Goldoni em Paris foram decididamente decepcionantes. Em cartas, ele não raro manifestava o desejo de regressar à Itália tão logo terminasse seu contrato de dois anos. Mas, no início de 1765, Luís XV ofereceu-lhe o cargo de professor de italiano das princesas reais Clotilde e Elisabete, irmãs do futuro Luís XVI. A partir daí, Goldoni dividiu sua vida entre a corte de Versalhes e os palcos da cidade, nos quais foi muito ativo na organização de espetáculos. *Le bourru bienfaisant*, encenado em 1771 pela Comédie Française e na corte de verão de Fontainbleau, obteve sucesso fenomenal. Seu veio criativo, porém, parece ter se esgotado ali.

A partir de 1784, Goldoni dedicou-se à redação de sua autobiografia, as *Mémoires*, publicadas em 1787. Enquanto isso, vários editores publicavam sua obra completa. A publicação enriqueceu os editores, mas não o dramaturgo, que viveu seus últimos anos com uma pensão da Corte. Com o advento da Revolução Francesa, o salário vitalício lhe foi negado. Já velho e doente, passou seu último ano de vida na penúria. Morreu em 6 de fevereiro de 1793, foi sepultado em vala comum e até sua ossada se perdeu, de modo que não há túmulo. Entretanto, é impressionante a quantidade de trabalho que nos legou. Em quase cinquenta anos de atividade pelos palcos, produziu um conjunto de peças de diferentes gêneros, uma centena de textos para música e as *Mémoires*, além de uma profusão de prefácios, composições poéticas e cartas que, como afirma Marzia Pieri, "ilustram e defendem com paixão, atrevimento e vez por outra até com desespero o progresso de seu trabalho"[4].

---

4   La commedia e Goldoni, em F. Brioschi; C. Di Girolamo (orgs.), *Manuale di Letteratura Italiana*, v.3, p. 899.

Bibliografia

FERRONE, Siro. *Carlo Goldoni: Vita, opere, critica, messinscena*. Firenze: Sansoni, 1990.
GOLDONI, Carlo. *Mémoires*. In: BOSISIO, Paolo (org.). *Carlo Goldoni: Memorie*. Trad. it. P. Ranzini. Milano: Mondadori, 1993.
____. *Tutte le opere*. Org. de Giuseppe Ortolani. Milano: Mondadori, 1956-1964, 14 v.
PIERI, Marzia. La commedia e Goldoni. In: BRIOSCHI, Franco; DI GIROLAMO, Costanzo (orgs.). *Manuale di Letteratura Italiana*, 1995.
STUSSI, Alfredo. Carlo Goldoni e l'ambiente veneziano. In: MALATO, Enrico. (coord.). *Storia della letteratura italiana*. V. IV. *Il Settecento*. Roma: Salerno Editrice, 1998.

Roberta Barni[5]

---

5 Professora de Literatura Italiana, no departamento de Letras Modernas da Faculdade de Filosofia, Letras e Ciências Humanas da Universidade de São Paulo (FFLCH-USP), autora de *A Loucura de Isabella e Outras Comédias da Commedia Dell'Arte*, 2013.